Das Cello

für Anton

WOLFGANG STAECHELIN

Das Cello

Roman

Bibliografische Information der Deutschen Nationalbibliothek: Die Deutsche Nationalbibliothek verzeichnet diese Publikation in der Deutschen Nationalbibliografie; detaillierte bibliografische Daten sind im Internet über dnb.dnb.de abrufbar.

TWENTYSIX – Der Self-Publishing-Verlag
Eine Kooperation zwischen der Verlagsgruppe Random House GmbH
und der Books on Demand GmbH
© 2017 Wolfgang Staechelin
Herstellung und Verlag:
BoD – Books on Demang GmbH
ISBN: 978-3-7407-2926-4

Inhalt

Erster Teil
Ein dreieiniges Klangwunder entsteht, ein Meistercello mit Zettel: Leopold Renaudin, Paris 1790

1.	Paris, Place de Grève, 17. Floréal 1795	13
2.	Paris, Rue Saint-Honoré, 17. Floréal 1795	22
3.	Zeitverwirrung in Paris zwischen Rue Saint-Honoré und Place de Grève am 17. Floréal 1795, um ein Uhr und eine viertel Stunde	34
4.	Ruheloser Geist wird in eine neue Heimat katapultiert am 17. Floréal 1795	37
5.	Erkundungstouren an der Rue Saint-Honoré 364, Beerdigung eines leblosen Körpers auf dem Friedhof Picpus am 17. Floréal 1795, spätnachmittags	40
6.	Nächtliches Rendezvous im Atelier Leopold Renaudins am 17. auf den 18. Floréal 1795	46
7.	Essen, die Verdauungsorgane sind gefordert, Überlegungen in der Nacht, 18. Floréal 1795, immer noch im Atelier Renaudins	49
8.	Die Sinnesorgane haben überlebt, Ode an die kulinarischen Freuden am Abend des 6. Floréal 1795 im Café du Commerce, eine Rückschau, 1. Teil	51
9.	Der Mensch lebt nicht vom Brot allein, ein Requiem für Johann Sebastian Bach, der verzauberte Rodolphe empfängt illustre Gäste am 10. Thermidor 1790	57

10.	Zurück im Café du Commerce, weitere kulinarische Höhepunkte und ein Sorbet Citron mit Geheimnissen, dunkle Gestalten, ein Fluchtplan entsteht am späteren Abend des 6. Floréal 1795, eine Rückschau, 2. Teil	60
11.	Flucht durch die Hintertür oder die Lust über eine List, Kutschenfahrt durch Paris, südlich der Seine bei einfallender Dunkelheit am 6. Floréal 1795	68
12.	Allgemeine Verunsicherung bei den Luthiers de France, Überlegungen am 18. Floréal 1795 im Atelier Renaudin	72
13.	Erotisierende Abendstimmung am 6. Floréal 1795 auf den Boulevards von Paris	74
14.	Eine süße Versuchung lockt, Liebesgeschichten erfreuen einen Suchenden in den Nachstunden des 18. Floréal an der Rue St.-Honoré 364	75
15.	Erinnerungen an Flussschiffskapitäne und Fluchthelfer, vor Mitternacht am 6. Floréal 1795 in der Innenstadt von Paris	77
16.	La Duchesse Beatrice de Fontainebleau et Valmy zeigt offenherzig ihre Vorzüge im Wonnemonat des Jahres 1783, noch zur Zeit des Ancien Régimes	88
17.	Tiefe Nacht am 18. Floréal 1795 an der Rue St.-Honoré, geheimnisumwobenes Werken des lebendigen toten Instrumentenbauers	98
18.	Die letzten Tage Leopold Renaudins im Zentralgefängnis auf der Île de la Cité, im Herzen von Paris, Abschied unter Freunden am 12. Floréal 1795	102
19.	Rodolphes Wünsche, die Flussreise eines verschlossenen Briefes, Jean Pillier traut seinen Augen nicht, all das am 12. Floréal 1795	110
20.	Herzensarbeit, Leopolds Aktionsradius vergrößert sich nachts am 18. Floréal 1795	115
21.	Die letzte Nacht Leopold Renaudins im Zentralgefängnis Île de la Cité in Paris am 16. Floréal 1795	116

22. Ausflug eines Ausgewachsenen bei Morgendämmerung
am 18. Floréal 1795 von der Rue Saint-Honoré 364   118

Zweiter Teil:
Das Cello überlebt in unruhigen Zeiten der Französischen Revolution seinen Meisterbauer, der 1795 durch das Fallbeil seinen wachen Kopf verliert, aber durch eine List der Menschheit erhalten bleibt

1. Anmarsch, beziehungsweise Anfahrt zur Testamentseröffnung am frühen Nachmittag des 18. Floréal 1795   121
2. Testamentseröffnung pünktlich um 14:00 Uhr am runden Ateliertisch an der Rue Saint-Honoré, 18. Floréal 1795   126
3. Jérôme, das Cello und Leopold Feinstoff sind eins, der Beginn einer gemeinsamen Geschichte im Atelier von Leopold Renaudins Erben   131
4. Was kann ein stolzes Erbe auslösen? Hier die Antworten der Erben des hingerichteten Leopold Renaudin am Abend des 18. Floréal 1795   133
5. Risiken eingehen, Wünsche erfüllen versus Risiken vermeiden, auf der sicheren Seite sein. Jérôme und Marianne hinterfragen ihren Lebensweg bis tief in die Nacht des 19. Floréal 1795   144
6. Die Transformation eines Revolutionärs, ein mitternächtliches Résumé, gedacht im Innern eines Cellos in der Nacht vom 18. auf den 19. Floréal 1795   148
7. Erster Arbeitstag im Atelier von Leopold Renaudins Erben am 19. Floréal 1795   151
8. Versailles, ein Ausflug am letzten Wochenende des Floréal 1795, 1. Teil   154
9. Schicksalsschlag einer Flussschifffahrtsfamilie Ende Floréal 1795   172
10. Versailles, ein Ausflug am letzten Wochenende im Floréal 1795, 2. Teil   176

11. Vergangenes, schriftlich verbrieft, beeinflusst die schwierige Gegenwart eines Flusskapitäns. Johanna hilft ihm dabei gegen Ende Prairial 1795   189
12. Ein festlicher Empfang für Musikfreunde in der Nobelwohnung von Rodolphe Kreutzer gegen Ende Prairial 1795, 1. Teil   192
13. Wie geht es mit dem arg geprüften Flussschiffer weiter? Gegen Ende Prairial 1795   203
14. Ein festlicher Empfang für Musikfreunde in der Nobelwohnung von Rodolphe Kreutzer gegen Ende Prairial 1795, 2. Teil   207
15. Überfüllte Spitäler, zu wenig Pflegepersonal und Ärzte, Langzeitwirkungen des Grande Terreur in Paris, Ende Prairial, Anfang Messidor 1795   216
16. Die heilige Johanna und der sehende Blinde, Leopold Feinstoff mit ersten Kontakten zu den schwarzen Artgenossen in einer Nacht im Hospiz Hôtel-Dieu, Anfang Messidor 1795   224
17. Jérôme im Glück, Schifffahrtsfamilie im Leid, wie das Leben so spielt zwischen Anfang und Mitte Messidor 1795 im sommerlichen Paris   241
18. Landschaften erkunden, sehen und feinschleifen im südlichen wie nördlichen Paris, Ende Messidor 1795   247

Dritter Teil:
Das Cello, meisterhaft bespielt, verzaubert durch seine Wohlklänge charmante Frauen wie edle Herrschaften sowie das gemeine Volk in ganz Europa Anfang des 19. Jahrhunderts, in einer turbulenten Zeit zwischen Krieg und Frieden

1. Leopold Feinstoff stellt sich eine Grundsatzfrage an seiner ehemaligen Arbeitsstätte, konspiratives Treffen zweier Ungleichgesinnter auf einer Bank neben dem Spital Hôtel-Dieu, immer noch Ende Messidor 1795   257

2. Trappistenpeitsche und Teufelsaustreibung, eine wegweisende Verfassung entsteht, Taufe des 1. Cellisten mit Christoph Willibald Glucks Iphigenie auf Tauris, 1. und 2. Akt, begleitet von purzelnden Feinstofflichen im Großraum Paris von Thermidor bis Vendémiaire 1795   265

3. Christoph Willibald Glucks Iphigenie auf Tauris, 3. Akt, Leutnant Christophe Mazets Feuertaufe, Suche nach Spuren eines verirrten Briefes im Großraum Paris zwischen Thermidor und Vendémiaire 1795   278

4. Die weise Brise braucht einen Perspektivwechsel, Johanna nächtigt im Freien, Christoph Willibald Glucks Iphigenie auf Tauris, 4. Akt, im Großraum Paris vom Thermidor bis Vendémiaire 1795   288

5. Napoleon in Versailles und Italien, ein alter Schlossgärtner und ein junger Adliger werden von der Muse geküsst, Leopold erwirbt den Flugschein für Zeitreisen im Frühjahr 1796   302

6. Johannas Schatzsuche kommt voran, auf der Suzette weht ein neuer Wind, ein Priester auf Abwegen, Barras am Ende, die Zeit vom Frühjahr 1796 bis zum Ende des 18. Jahrhunderts   321

7. Solocellist begeistert London, lichtstarke Kirchenfenster und Lotusblumen, Leopold löst endlich seinen Reisegutschein ein, all das um die Wende vom 18. ins 19. Jahrhundert   330

8. Vom 18. Jahrhundert in die Zukunft, Michael ist mit Leopold unterwegs, das Schicksal des Cellojuwels im Jahre 1968, Munir und die Menschenwürde, ein dunkles Kapitel in der Geschichte der Menschheit im Jahre 1943   337

9. Die Liebe, der wahre Schatz, Napoleon aus Ägypten zurück, neue APS sind gesucht, Leopold ohne blinden Fleck ist überglücklich, vom Ende der Französischen Revolution, 18. Brumaire 1799 bis kurz vor der Schlacht um Wagram im Juli 1809   352

10. Die Grande Armée im Anmarsch auf Wagram,
Veränderungen an der Rue Saint-Honoré 364, JCL
an der Kriegsfront Anfang Juli 1809 365
11. Beethoven komponiert in Mödling, Leopold Feinstoff
und die Brise erkunden die innere Landschaft des
Musikus und entdecken Eigenartiges, Michael und
die Freiheit Anfang Juli 1809, nahe Wien und in
Paris-Mitte 377
12. Jérôme, das Cello und Leopold leben ihre gemeinsame
Bestimmung und erfreuen die Herzen der Krieger vor
Wagram, Barbeau wird erneut hart von einem
Schicksalsschlag getroffen, gibt es einen Zusammenhang
zwischen dem Osterhasen und Bachs Johannespassion?
All das Anfang Juli 1809 385
13. Die Schlacht um Wagram beginnt am 5. Juli 1809,
Johanna auf streng geheimer Mission, Leopold trifft
endlich andere Feinstoffliche der weisen Art, Napoleon
ist unzufrieden, Begegnung mit heilender Wirkung
in Barbeau 400
14. Der 6. Juli 1809 bringt die Entscheidung in der Schlacht
um Wagram, viel Blut fließt auf dem Feld der Ehre,
Michael leitet gleichzeitig die Aktionen der Revolution
für ein neues Bewusstsein mit Herzblut. Krieg und
Frieden zwischen Wagram und Barbeau, ob Krieg
oder Frieden, Menschen sterben 413
15. Leopold bringt die große Ordnung ins Wanken,
Aufstand der Titanen, zwischen dem 6. Juli 1809
und dem 14. Juli 2189 427
16. Nachtrag …, eigentlich Vortrag: das Cello in anderen
Sphären 450

Erster Teil

Ein dreieiniges Klangwunder entsteht, ein Meistercello mit
Zettel: Leopold Renaudin, Paris 1790

1. Paris, Place de Grève, 17. Floréal 1795

Leopold Renaudin stolpert über die Straße. Noch sind es 300 Meter entlang der Rue des Piques bis zum Place de Grève. Mit einer kleinen Gruppe Männer bewegt er sich in seine Richtung, getrieben von Revolutionsgardisten und umgeben von johlendem Volk. Der Schweiß tropft ihm von der Stirn. Im Gleichschritt mit den anderen setzt er Fuß vor Fuß und nähert sich so dem Richtplatz. Ein kräftiger Windstoß vom Ufer der Seine fegt über die Menschenmenge. Der Wind fächert sich auf, verteilt sich in die Gassen und Straßen, streichelt die schwitzenden Körper schreiender Marktweiber, Straßenhändler und Seine-Fischer und umgarnt das versammelte Volk auf dem Place de Grève. Er schafft Linderung gegen die Mittagshitze des 17. Floréal. Unüblich, dass es im Frühling so warm ist. Diese Frühlingshitze passt zur aufgeladenen Stimmung der Menschen. Nur die Brise umsäuselt ungewaschene Leiber menstruierender Frauen, bemächtigt sich Rülpser betrunkener Männer, hascht nach den Parfums kreischender Kurtisanen, freut sich an jedem Pferdekot und labt sich an der Ausdünstung der Stadt Paris. Lustvoll vermischt sie all diese Gerüche und trägt sie großzügig tausendfach zu den Nasen und Nüstern der anwesenden Lebewesen.

Leopold Renaudin nimmt alles um sich herum überdeutlich wahr. Er sieht und denkt. Er liebt das Leben leidenschaftlich, wenn er während dieses Lebens auch Leiden schuf. Es ist hart durchzustehen, was ihm nun geschieht. Die Freiheit, eines seiner obersten Ideale, ist ihm genommen. Aber seine Leidenschaft, die Intensität seiner Wahrnehmung, seine Lebensenergie wird er bis zum bitteren Ende behalten. Er ist und bleibt seinen heiligen Grundsätzen der Jakobiner verpflichtet.

»Vive la République! Mort aux Royalistes!« Sein Schrei übertönt das Gejohle des Volkes. Seine Worte hallen wider an den Fassaden der Bürgerhäuser und verlieren sich auf dem Place de Grève.

Das Echo kommt sofort: »Vive la République! Mort aux Jacobins!« Aus tausend Kehlen.

Noch 100 Meter bis zum Ziel. Direkt einfallende Sonnenstrahlen lassen die Luft vibrieren, verhindern eine klare Sicht. Seine Gedanken sind klar. Er spürt sein gleichmäßig schlagendes Herz. Sein Blut pulsiert durch seine Adern, durch seinen Körper. Wärme durchströmt ihn. Als wäre es ein Zauber, sieht er vor seinen inneren Augen das Blut durch seine Blutbahnen zirkulieren, ist fasziniert von der Schönheit seiner Organe. Auch die rot schimmernden Farben wecken seine Aufmerksamkeit. Er ist Teil seines Körpers und gleichzeitig beobachtet er sich auf der Reise durch seine Physis. In der Magengegend kommt seine Reise ins Stocken. Er kotzt.

Sein ebenfalls in Ketten gelegter Leidensgenosse und Mitstreiter, Antoine Quentin Fouquier-Tinville, flucht, weil ein Teil seiner stinkenden Verdauungsmasse die blitzblank geputzten Stiefel und die enganliegenden Sansculotten des Freundes verschmutzt. Ein letzter Gruß an dessen adelige Vergangenheit.

Er sehnt sich nach einem Glas Wasser, um den penetranten Geschmack seiner Kotze loszuwerden. Ihm wird schwindelig, er torkelt. Der Schweiß rinnt in seine Augen, die nun brennen. Er fällt. Er schlägt auf dem Boden auf, seine Knie schmerzen. Die verketteten Mitgefangenen zerren ihn unbarmherzig weiter. 50 Meter vor dem Platz erbarmen sich die Wärter und gewähren den Verurteilten einen letzten Halt.

Leopold Renaudins Blick schweift kurz zurück. Das ganze Dutzend zum Tode Verurteilter hat aneinandergekettet das Gefängnis verlassen. Alle treten ihren letzten Gang mit Würde und innerer Gelassenheit an. Gemeinsam haben sie gelitten, gekämpft und gemordet. Die Ideale Freiheit, Gleichheit und Brüderlichkeit hielten sie hoch. Radikal haben sie die Gleichheit der Bürger verwirklicht. Kaum ein abgetauchter Royalist ist ihnen entkommen. Dem König wie seinem Gefolge wurde der Prozess gemacht, allesamt wurden sie verurteilt und dann hingerichtet. Sie, die Jakobiner, haben konsequent das vollbracht, was andere Kreise der Revolution nicht zum notwendigen Ende führten. Das Alte musste ausgerottet werden – ohne Blutzoll keine erfolgreiche Revolution.

Hände berühren ihn fast zärtlich, meistens von Frauen. Wieder wischt er Spucke aus seinem Gesicht. Ein hämisch grinsender Mann lässt seine Fäuste spielen und prügelt ihn. Der neben ihm marschierende Gardist lacht und lässt den Rohling gewähren. Antoine schreitet aufrecht und scheinbar in stoischer Ruhe seinem Schicksal entgegen. Sein Blick ist in die Ferne gerichtet. Es scheint, dass er mit seinem Leben abgeschlossen hat. Jetzt wendet er sein Haupt Leopold zu. Ihre Blicke treffen sich für einen ewigen Moment, wie es ihnen scheint. Wie liebt er diesen klaren Blick, der so viel aussagt über seinen Freund und langjährigen Mitkämpfer. Es ist mehr als eine Freundschaft, die sie verbindet.

Sie erreichen den mit Menschen überfüllten Richtplatz. Die Stimmung ist gereizt und gleichzeitig ausgelassen. Der verantwortliche Gardeoffizier, der sie zur Richtstätte führt, ruft lautstark nach Verstärkung. Immer wieder werden sie angepöbelt, beschimpft und tätlich angegangen. Kaum einer unter ihnen bleibt unversehrt. Während der letzten Jahre waren sie gefürchtet, respektiert und vom Volk verehrt worden. Nun das hier, unfassbar und schmerzhaft. Die Dynamik der Revolution fegt sie hinweg. Sie, die treuesten Diener ihrer Werte.

Von Weitem sieht er das Schafott. Sein Herzschlag erhöht sich. Er nimmt die Umwelt verschwommen wahr und kämpft mit seinem Gleichgewicht. Er versucht stark zu bleiben, seine Gefühlsturbulenzen nicht zu zeigen. Antoine und die meisten seiner Gefährten schreiten todesmutig voran. Was wohl in ihnen vorgeht?

Als ehemalige Accusateurs Public unter Robespierre zeigen sie alle keine Reue für ihr vergangenes Tun. Was ihnen bevorsteht, kennen sie bis ins letzte Detail. Sie bilden eine eingefleischte Gemeinschaft. Jeder von ihnen kämpfte und kämpft – heute dagegen, gebrochen zu werden, und gegen die Todesängste. Ihre Kampfansage gilt auch ihren Anklägern und den bereitstehenden Schlächtern. Sie wissen, dass sie den letzten Kampf nicht gewinnen können. Das gemeinsame Schicksal verbindet sie und ist Labsal für ihre gebeutelten Seelen.

Unmittelbar neben Antoine knallt eine Blumenschale auf die Pflastersteine und zerspringt in Dutzende Teile. Die roten Nelken sind noch gut erhalten. Eine junge, elegant gekleidete Bürgerin hebt sie auf und übergibt sie Leopold mit einem betörenden Lächeln. Gleichzeitig tritt ihm ihr Partner in den Arsch.

Er steckt sich selbst und Antoine eine rote Nelke ins Revers und erwidert ihr Lächeln mit Charme. Was ihm gelingt, trotz der Schmerzen an seinem Hinterteil. Das Gedränge um sie herum wird immer dichter. Die Masse singt die Carmagnole, das Lied der Revolution.

Die großzügige Brise treibt erneut ihr Unwesen und die Hitze auch noch dem letzten Gaffer den Schweiß aus allen Poren. Da viele von ihnen schon Stunden warten, um das bevorstehende Spektakel aus nächster Nähe zu erleben, erledigen Mann und Frau gelegentlich die Notdurft vor Ort. Um möglichen Handgreiflichkeiten vorzubeugen, verziehen sich Täter oder Täterinnen anschließend klammheimlich. Befreit von Drang und Last, stehen sie dann ein paar Schritte weiter wieder unbemerkt in der Menschenmasse. Jetzt übernimmt die geruchsempfindliche Brise die Verteilung des Gestanks zeitgerecht. Ganz im Sinne der Parole: Gleichheit für alle.

Antoine stupst Leopold an und nickt in nördliche Richtung. Dort steht Sidonie, ehemalige Hofdame der Capets und Gespielin der hingerichteten Marie Antoinette. Mit ihrer umwerfenden Schönheit betörte sie Louis XVI., Männer wie Damen am Hofe von Versailles. Ihre amourösen Abenteuer beschäftigten über Jahre ganz Versailles. Wie hatte sie es geschafft, sich ihrem Regime zu entziehen? Mehr Nähe als sie hatte ja kaum jemand zum Königshause. Als Instrumentenbauer hatte auch Leopold Renaudin die Ehre, dieser Nobel-Maitresse mehrmals zu begegnen, und er war jedes Mal von ihrem außergewöhnlichen weiblichen Charme verzaubert. Da er über Jahre die Instrumente des königlichen Konservatorium Paris betreut hatte, pflegte er Kontakt zu den Musiklehrern und zum Teil auch zu deren Schülern und Schülerinnen. Die wöchentlichen Geigenstunden bei Professor Rodolphe Kreutzer waren für Sidonie eine passende Gelegenheit, dem Hof für einen Tag ihren schönen Rücken zu kehren. Ihre erotische Ausstrahlung einmal im dritten Stand wirken zu lassen, war besonders reizvoll für sie. Sie wurde begehrt, und wie. Genüsslich ließ sie sich anbeten und wenn sich ihre Wollust einverstanden zeigte, kehrte sie, was öfter der Fall war, sehr entspannt und glücklich wieder von Paris nach Versailles zurück. Dass zwischen ihnen ein Liebesband besteht, teilt Leopold Antoine nicht mit, sonst bringt ihn dieser noch aufs Schafott, so denkt er für sich. Auch zwischen guten Freunden gibt es Geheimnisse. Doch bei diesem letzten Gang wird auch ein gewiefter Jurist, hartgesottener Leiter der Anklagejury des Revolutionstribunals und Jakobiner der ersten Stunde, sanft. Anerkennend zwinkert Antoine Quentin Fouquier-Tinville seinem Freund zu. Er hatte verstanden. Meistens teilten Antoine und Leopold die Sicht der Dinge. Sie hatten immer eng und gut zusammengearbeitet. Er war Leopolds Vorgesetzter. Tausende Anklagen gingen über ihren Tisch. Juristisch war er außergewöhnlich gut, der Kopf der Anklage. Als Juroren hatten sie genau gewusst, wie sie ihre Fälle abzuwickeln haben. Die meisten der Angeklagten waren verurteilt und enthauptet worden. Der Höhepunkt ihres Wirkens waren sicher der Prozess und die Hinrichtung von Marie Antoinette am 25. Vendémiaire 1793.

Sie stehen nun unmittelbar vor dem Schafott und somit wenige Meter vor der potent in den Himmel ragenden Todesmaschine: der Guillotine. Von unten betrachtet verbreitet sie phallische Macht. Der Henker tätigt die letzten Vorbereitungen, streift sich die schwarze Henkersmaske über, kontrolliert die Mechanik und überprüft die Schärfe des Fallbeils. Er erledigt diese Arbeiten routiniert und mit theatralischen Gesten. Er genießt den Augenblick, weiß um die Macht seines Amtes. Tausende von Augen sind auf ihn gerichtet. Spontan hebt er die Faust in den Himmel und brüllt: »Mort aux jacobins.«

Das Volk schreit zurück: »Mort aux jacobins et vive la Révolution.«

Und wieder ertönt aus tausend Kehlen die Carmagnole. Mehrmals wiederholt sich dieses Ritual. Der Henker dirigiert mit erhobener Faust sein Orchester und treibt seine Musiker zu Höchstleistungen. Die Luft schwingt mit, die Stimmung steigt. Das stählerne Fallbeil, blitzblank geputzt, reflektiert Sonnenstrahlen über die versammelte Menge. Stechende Lichtspeere blenden, treffen unwillkürlich Augen von Menschen und Tieren. Ein Gaul wiehert, wendet aufgebracht-nervös seinen Kopf zur Seite.

Die meisten der Verurteilten sind mit sich selbst und ihrem nun drastisch schnell zu Ende gehenden Leben beschäftigt. Eine bunte, festlich gekleidete Blaskapelle schmettert patriotische Töne. Die Hitze setzt den Jagdhörnern besonders zu. Die Reinheit ihres Klangs lässt zu wünschen übrig. Dies fällt aber nur geübten Ohren auf. Das Volk grölt kräftig mit. Immer mal wieder lässt der Henker seine Faust himmelwärts schnellen. Und die Antwort kommt lautstark und ohne Zögern: »Mort aux jacobins, vive la Révolution!«

Leopold leidet unter dem Missklang der Blaskapelle. Auch das noch. Sein absolutes Musikgehör wird malträtiert. Neben dem Bau von Streichinstrumenten ist er ein passionierter Cellospieler. Zusammen mit Professor Kreutzer, Geige, und Pascal Lamaire, Piano, spielen, oder doch realistischer spielten sie leidenschaftlich gerne Kammermusik. Trauer und Wut übermannen ihn.

Es laufen die letzten Vorbereitungen zur Hinrichtung. Sie werden entkettet und müssen sich auf ein Glied ausrichten. Der verantwortliche Gardeoffizier teilt sie per Namensaufruf von eins bis zwölf ein. Neben jedem stehen zwei bewaffnete Bewacher. Das Tribunal bestimmte einen Hinrichtungsverantwortlichen, der keinen von ihnen kennt. Aufgrund seines Akzentes denkt Leopold, dass er aus dem Languedoc kommt. Antoine soll als Nummer zwölf und damit als Letzter das Leben lassen. Als Hauptangeklagter kommt er somit in den Genuss zu sehen, wie seine engsten Mitkämpfer Mann für Mann in den Tod gehen. Er ist privilegiert, denn er wird diese Welt als Letzter von ihnen verlassen, welch ein Privileg!

Antoines letztem Wunsch wird entsprochen. Er schreitet die Todesreihe ab und umarmt jeden seiner Leute. Plötzlich ist es eigenartig still auf dem Place. Dann reiht er sich wieder ein. Er hat seine Würde nicht verloren. Er weiß, dass die Todesurteile schlussendlich gerecht sind. Die letzten Monate ihrer Macht hatten sie schonungslos genutzt, um die alte Garde auszumerzen. Jeder, dem Kontakt zum Königshaus oder Adelsstand nachgewiesen werden konnte, wurde sofort zum Angeklagten. Die Dauer der Prozesse wurde immer kürzer. Die sorgfältige Prozessführung litt darunter. In unbewusster Vorahnung, dass ihre Zeit bald vorbei sein würde, beschleunigten sie ihr Tun. Nicht zum Vorteil der Angeklagten. Sie nutzten ihre Macht schonungslos, schickten Hundertschaften ohne seriöse Abklärung in den Tod. Vordergründig kämpften sie für ihre Ideale. Hintergründig genossen sie ihre Macht und steigerten sich in einen wahren Blutrausch hinein. Die Henker in Paris, ja, in ganz Frankreich wurden während ihrer Herrschaft zu den Meistbeschäftigten der Revolution. Robespierre, ihr Anführer, wurde beim Thermidor-Aufstand im Konvent entmachtet und einen Tag darauf enthauptet, nachdem er auch Mitglieder des Konventes vor Verfolgung und Verurteilung nicht ausschloss. Das brachte das Fass zum Überlaufen. Das Vertrauen war gebrochen. Mit dem Umsturz und der Schließung des Jakobinerclubs wurden sie alle zu Feinden der République. Als Exponenten des Revolutionstribunals waren sie chancenlos, konnten dem Tode kaum entrinnen.

»Unser Vater, der Du bist …«, murmeln einige. Ausgerechnet sie, die sie die Pfaffen in die Wüste schickten und Notre-Dame zum Tempel der Vernunft umfunktionierten, erinnern sich wieder. Ungeölt werden ihre Häupter in die Hölle fahren.

»Nummer eins auf der Todesliste ist Leopold Renaudin«, schreit der leitende Gardeoffizier nun in die Menge. Gejohle, Pfiffe, Gesänge, das Volk will endlich

Blut sehen. Leopold versucht, bis zuletzt Haltung zu bewahren. Der Henker streckt seinen rechten Arm in die Höhe und lässt diesen ruckartig nach unten fallen. Dann zeigt er auf die bereitstehenden Körbe, die neben der Guillotine zwölffach aufgereiht sind.

»À l'àction, à l'àction!« Das Volk schreit mit einer gewaltigen Stimme.

Der Gardeoffizier versucht die Aufmerksamkeit aller auf sich zu ziehen. Das gelingt ihm nur in Ansätzen. Mit krächzender Stimme beginnt er mit dem Vorlesen meiner Anklageschrift: »Leopold Renaudin, geboren am …«

Die Worte des Languedocers erreichen Leopold nicht. Er ist abgetaucht in seine eigene Welt. Die Gedanken kreisen mit Höchstgeschwindigkeit. Seine Gefühle befinden sich in Turbulenzen. Mit seinen 39 Jahren steht er in der Blüte seines Lebens. Körperlich und geistig ist er sehr gesund. Seine Sinne sind wach. Er lauscht seinem Herzschlag. Sein Blut strömt durch seinen Körper, vom Kopf bis in die kleinen Zehen, warm und angetrieben von einem starken Herzmuskel. Er fühlt das Leben in jeder seiner Zellen pulsieren, mit einer Intensivität, die er bisher nicht kannte. Sein Gehirn, ja, sein gesamter Körper scheint von Lebensenergie überzuquellen. Dieses Gefühl wird stärker und stärker. Sein Penis schwillt an. Er ejakuliert.

Wieder wird er auf eine innere Reise geschickt. Aber wer schickt ihn eigentlich? In einer neuen Form nimmt er Besitz von seinem Fleisch. Erlebt die Spannkraft seiner Muskeln, das Zusammenspiel der Nervenbahnen. Tausende von Nerven bewegen sich im Puls seines Lebens. Seltsamerweise erinnert ihn das an ein großes Ährenfeld, das sich im Winde wiegt. Ein Netz von Blutbahnen schlängelt sich durch dieses Ährenfeld, umgeben von einem Meer funkelnder Zellen. Seine Organe ergänzen diese Landschaft. Sie glänzen wie Sterne in der Nacht.

»Leopold Renaudin, Tod durch Enthauptung«, schreit der Languedocer. Der weltliche Lärmpegel schreckt Leopold auf, holt ihn zurück in die brutale Realität. Omnipräsent steht er auf dem Richtgerüst vor dem Henker. Durch die schmalen Sehlöcher seiner Maske schielen gnadenlose Augen. Er packt ihn mit seinen kräftigen Armen und zwingt ihn in die Knie, legt ihm Handfesseln an und befiehlt ihm, sich auf das Schafott zu legen. Er gehorcht. Der Henker überprüft seine Kopflage. Seine beiden Gehilfen justieren das Fallbeil. Neben der Guillotine stehen ein geflochtener Korb und ein große Tonne Wasser. Bei zwölf hintereinander auszuführenden Enthauptungen wird viel Blut fließen.

Damit die Hinrichtungsequipe nicht auf der Bühne ausrutscht und der Lächerlichkeit preisgegeben wird, ist mit dem Wasser und zwei Besen vorgesorgt.

Leopold liegt flach da, den Kopf nach unten gerichtet. Er zittert am ganzen Körper und sieht nicht, wie der Gardeoffizier seine Hand hebt, das Zeichen zur Exekution. Der Henker lässt das Fallbeil sausen. In das Zischen des fallenden Beils mischt sich ein grausam stechender Schmerz. Sein Kopf ist vom Körper getrennt. Seine Blutbahnen bersten. Eine starke Sturmbö fegt über das Ährenfeld. Die Nerven implodieren, und was noch steht, wird von einer immensen Blutwelle überflutet. Das Funkeln der Zellen erlischt. Es breitet sich Stille in dem gerade noch pulsierenden Körper aus, Dunkelheit, alle Lebensenergie verschwindet im Nichts. Das, was sein Menschsein ermöglichte, ist weggemordet.

Stolz, aber mit mulmigen Gefühlen im Magen hört Antoine die triumphierende Henkerstimme schreien: »Exekution von Leopold Renaudin erfolgreich ausgeführt, 17. Floréal, 13:00 Uhr und eine viertel Stunde.«

Antoine hat Mühe hinzuschauen. Die Henkerschürze ist schon blutverschmiert, doch sie wird durch das pulsierende Blut aus Leopolds Rumpf immer wieder neu bemalt. Die Gehilfen schrubben emsig den Holzboden des Richtgerüstes, während der Henker den auf einer Lanze aufgespießten Kopf der Menge zeigt. Tosender Beifall braust ihm entgegen. »En enfer, en enfer!«, schreit das Volk.

Von Antoine unbemerkt, passiert nun Eigenartiges. Der Dunkelheit folgt eine überraschende Helligkeit. Leopolds Sinne erwachen erneut, nein, mehr als das, sind überwach. Leopold, oder was noch von ihm übrig ist, meldet sich auf dem Place de Grève zurück. Die aufgequollenen Augen des aufgespießten Kopfes zwinkern. Dem erfahrenen Henker fällt das sofort auf. Er kennt das. Es kommt immer wieder vor, dass abgeschlagene Köpfe noch kurze Zeit nach der Trennung vom Körper reden und menschliche Regungen zeigen. Lachend und gestikulierend weist er die Menge darauf hin.

Leopold selbst nimmt auf eine neue Art wahr. Er sieht das Spektakel von oben, erfasst alles, was rundherum, unten und oben vorgeht. Eine neue Sehschärfe ermöglicht es ihm, auch die entferntesten Menschen auf dem Platz zu erfassen, ihre Gesichtszüge und Mimik wahrzunehmen, blitzschnell. Er sieht und spürt auch die Ährenfelder der Menschen – da sind sie wieder, die überraschenden und seltsamen Ährenfelder. Sidonies bildhübsches Gesicht ist gezeichnet. Sie weint, trauert um ihn. Antoine wird im Angesicht seines bevorstehenden schrecklichen Endes von Angstgefühlen drangsaliert. Sein Ährenfeld leidet unter Sturmwinden. Sein Herz pumpt hektisch Blut durch die Bahnen seines Körpers. Der Magen reagiert nervös darauf. Er rülpst. Eine Schande für einen Menschen seines Formats.

In diesem Moment ist noch Bewusstsein im Kopf ohne Körper, einige Gedanken kreisen noch. Leopold bemerkt plötzlich andere Gestalten und Gesichter. Tote mischen sich unter die Lebenden in der versammelten Menschenmasse, hunderte. Er, oder eine Form seines Ichs, erfasst alle gleichzeitig, spürt ihre Anwesenheit, weiß um ihre menschliche vergangene Existenz, erkennt jede und jeden sofort. Bilder kommen und gehen, vermischen Vergangenheit und Gegenwart, verdichten sich zu einem aufgeladenen Moment. Mit angstvoll aufgerissenen Augen steht da Pierre, bettelt unterwürfig um ein milderes Urteil, will leben, nicht hingerichtet werden, weint verzweifelt, chancenlos. Er verurteilte ihn zum Tode. Daneben eine junge lebendige Frau, Witwe von Pierre – Amélies Ährenfeld leuchtet in der Sonne ihres irdischen Seins. Feurig rote Mohnblumen und buntfarbiges Feldgewächs bereichern ihr Wesen. Warmherzig strahlen ihre Augen. Die Brise erfreut sich am edlen Geruch ihrer reinen Ausdünstung. Sie umsäuselt lustvoll den wohlgeformten, weiblichen Körper Amélies und schenkt ihr so Linderung gegen die Hitze. Doch jetzt schließt Amélie ihre Augen. Ihre warmherzige Ausstrahlung erlischt. Sie schreit mit furchterregender Lautstärke: »En enfer avec ce salaud et pas de pitié pour lui.« Ihre hasserfüllte Stimme elektrisiert die ganze Menge. Alle stimmen ein. Ein Orkan aus Hass und Spott ergießt sich über Leopold, den Geköpften. Amélie orchestriert das Martyrium. Flucht ist nicht möglich. Der leblose Körper mit Händen, Füßen und Beinen liegt schon im Flechtkorb. Leopold, das verlöschende Ich, stirbt tausend Tode. Zwischendurch erkennt es vereinzelt auch tröstende Blicke in der Menge. Luc Delpierre, ein langjähriger Freund, Luthier und Geschäftspartner, verfolgt betroffen das Geschehen, neben ihm in gebeugter Haltung Rodolphe Kreutzer, ein Triopartner. Auf die Musiker ist Verlass. Die letzte Kraft der Sinne versiegt nun. Höllische Schmerzen übernehmen den Moment. Der Henker bemerkt die letzten Zuckungen der Augen. Befriedigt und vom Volk beklatscht, übergibt er mit einer abschätzigen Geste das Haupt dem Flechtkorb. Einer der Gehilfen dreht den Kopf nach oben und setzt ihn mit dem Rumpf zusammen. Ein wirklich letztes Augenzwinkern lässt ihn erschauern, bevor er den Korb schließt und Leopold seine Augen.

2. Paris, Rue Saint-Honoré, 17. Floréal 1795

Jérôme Lepraître liebt seine Familie, seine Kinder und seine Frau Marianne. Es ist gut, sich in Zeiten wie diesen seiner selbst zu versichern, Routinen zu bewahren. Also umarmt er seine Frau herzhaft wie jeden Morgen. Sie spricht ihm Mut zu. Drei Bisous auf die apfelroten Wangen der Kinder Claire und François. Weg ist er. Auf der Rue St.-Honoré herrscht schon am frühen Morgen ein emsiges Treiben. Das Knirschen überladener Karren, die Waren zum nahen Marktplatz Les Halles bringen, Stimmen unzähliger Kutscher und das Wiehern der Lastgäule vermischen sich mit dem Stimmengewirr eines Großstadt-Boulevards. Damen tätigen ihre ersten Tageseinkäufe. Männer sind auf dem Weg zur Arbeit, genau wie er. Ein Blick nach oben bestätigt ihm, dass sich heute, am 17. Floréal, das Wetter von der schönsten Seite zeigt. Seit einigen Tagen herrscht in Paris eine Hitze wie im Hochsommer, passend zur aufgeheizten Stimmung in der Stadt. Seit dem Sturz der Jakobiner ist hier wieder der Teufel los.

Er marschiert strammen Schrittes und schweren Herzens am Jakobinerkloster vorbei, dem ehemaligen Versammlungslokal der Jakobiner. In wenigen Minuten trifft er im Atelier ein, an der Rue St.-Honoré 364. Oben, gleich neben dem Eingang, prangt immer noch in schön geschwungener Goldschrift auf schwarzem Grund der Ateliername: Leopold Renaudin, Luthier. Seit er von Mirecourt in den Vogesen nach Paris gezogen ist, hat er für Leopold Renaudin gearbeitet. Er erinnert sich, als sei es gestern gewesen, an seine erste Begegnung mit Leopold ...

Mit dem Gesellenbrief als Luthier ausgestattet, einer schriftlichen Empfehlung seines Onkels Jean und weichen Knien läutet er an der Eingangstür. Der Meister selber öffnet. Kräftig gebaut, mittelgroße Statur, lockiges Haar und intensiv funkelnde Augen, so steht er vor ihm. Er begrüßt ihn mit spürbarem Händedruck und fragt nach seinem Anliegen. Schüchtern erwähnt er seinen Onkel

Jean. Leopold Renaudins charmantes Lächeln entspannt Jérôme ein wenig, der Meister lässt ihn in sein Reich eintreten mit den Worten: »Ja, Jean ist einer der wenigen Luthiers, mit denen ich in Mirecourt noch Kontakt pflege. Er baut überdurchschnittlich gute Instrumente. Er hat Sie mir bereits als Mitarbeiter empfohlen.« Er bietet ihm einen Stuhl an und setzt sich gegenüber auf eine brokatbezogene, bordeauxrote Chaiselongue, in angemessener Distanz. »Sie haben mir Papiere mitgebracht?«, fragt er.

Jérôme überreicht ihm seinen Gesellenbrief und das sorgfältig und wohlwollend formulierte Empfehlungsschreiben seines Onkels. Der Meister nimmt sich Zeit, die Dokumente zu studieren. Dann schaut er ihm tief in die Augen, lässt eine Weile, Jérôme erscheint sie eine Ewigkeit lang, verstreichen, räuspert sich und fragt ihn dann: »Warum wollen Sie bei mir und unbedingt in Paris arbeiten?«

Keck antwortet Jérôme ihm: »Ich möchte, ja, will unbedingt bei Ihnen arbeiten, weil mein Onkel Jean eines Ihrer Celli erworben hat. Ich durfte es öfter spielen. Dieses Cello hat einen wunderbaren, gar zauberhaften Klang. Dieser Zauber kann durch das Spiel eines guten Musikers auf die Zuhörerschaft überspringen. Vereinzelt gelingt es auch mir, Zuhörer zu bezaubern.«

»Sind da auch Zuhörerinnen eingeschlossen, junger Mann?«, fragt Renaudin, mit einigem Schalk in seinen Augen. Jérôme stutzt einen Moment, wirkt verlegen. Renaudin schmunzelt. »Und nun hoffen Sie in Paris auf eine größere weibliche Zuhörerschaft als im abgelegenen Mirecourt.«

»Paris und Frauen waren schon immer sehr anziehend«, antwortete Jérôme. »Aber die Wahrheit ist, ich will Ihre Kunst des Instrumentenbaues erlernen.«

Renaudin steht auf, geht nach hinten und wählt eines seiner Ausstellungsstücke aus. Bogenbestückt streckt er Jérôme das Cello entgegen. »So, lieber Mann, nun verzaubern Sie mich mal.«

Verdutzt gehorcht der junge Bewerber, nimmt Cello und Bogen entgegen, setzt sich aufrecht, prüft die Spannkraft des Bogens. Beim Stimmen des Instrumentes bemerkt er eine feine Verstimmung. Drei, vier zügige Striche und die notwendige Korrekturarbeit an den Wirbeln ist erfolgt. Er beginnt mit dem ersten Satz von Luigi Boccherini, Cellokonzert in D-Dur. Irgendwie bekommt er das Cello nicht in den Griff, hat ein ungutes Gefühl. Spontan unterbricht er sein Spiel und schaut in die funkelnden Augen seines Gegenübers.

Renaudin schmunzelt und fragt: »Na, junger Mann, wie finden Sie das Ding?«

Zögernd nimmt Jérôme all seinen Mut zusammen und antwortet: »Das Ding ist nicht mein Ding.«

Renaudin lacht schallend. »Dann entledigen wir uns dieses Undings.« Er stellt das Instrument wieder an seinen alten Platz. Mit beschwingt wippendem Gang bewegt er sich in das seitlich gelegene Büro und kommt mit einem anderen Cello und einem anderen Bogen zurück. »Ich gebe Ihnen eine letzte Chance, mich zu verzaubern. Machen Sie schon!«

Jérôme legt zum zweiten Mal los. Schon beim ersten Strich begeistert ihn das Cello. Es klingt wundervoll, lässt sich mühelos spielen. Das Renaudin-Cello seines Onkels Jean klang ähnlich. Aber dieses Cello verspricht mehr. Mit jedem Ton spielt er freudiger. Seine linke Hand gleitet über die Saiten. Auch das neue Bogending überzeugt. Instrument, Bogen und sein Spiel wirken gut zusammen. Boccherini erklingt. Trotz seiner Konzentration erlaubt er sich einen Blick auf Renaudin. Dessen Kopf und Oberkörper bewegen sich im Takt des Vortrages, sein Augenausdruck hat etwas Entrücktes. Jérôme spielt ohne Unterbrechung den ersten Satz zu Ende.

Renaudin sieht ihm direkt in die Augen. »Was meinen Sie zu diesem Instrument?«

»Es ist schwierig in Worte zu fassen«, erwidert Jérôme. »Ich bin überwältigt.«

Nach einer Pause nickt der Meister und reibt sich seine feingliedrigen Hände. Dann schenkt er Jérôme einen sanften, gütigen Blick. Dem jungen Mann wird es warm ums Herz. Mit klarer und strenger Stimme sagt Renaudin schließlich: »Über ein gutes Musikgehör verfügen Sie, auch als Cellist ist bei Ihnen ein gewisses Können hörbar, was allerdings auf einem meiner eigenen Cellis auch nicht besonders schwierig ist. Kurz gesagt, Ihr Spiel gefällt mir, doch Verzauberung? Cello spielen und Instrumente bauen sind zwei verschiedene Schuhe. Sind Sie sich darüber im Klaren, Jérôme?«

Der Bewerber bestätigt mit schüchternem Kopfnicken.

»Aber in einem bin ich enttäuscht«, poltert Renaudin nun.

Jérômes erwärmtes Herz rutscht ihm mit beachtlichem Wärmeverlust in die Gesellenhose. Was kommt nun?

»Als Franzose hätte ich mir gewünscht, dass Sie mir kein Stück eines Italieners vorspielen, sondern zum Beispiel eine Cellosonate unseres Komponisten Jean-Baptiste Bréval.« Ohne Jérômes Reaktion abzuwarten, fährt er fort: »Jérôme Lepraître, melden Sie sich morgen pünktlich um 07:00 Uhr hier in meinem Atelier. Sie können bei mir arbeiten.« Er steht auf, nimmt ihm das Cello ab, schüttelte ihm kurz die Hand und öffnet die Tür. Draußen ist er.

Ja, so war Leopold Renaudin, leidenschaftlich, herzlich, aber auch streng. Befindet er sich noch im Gefängnis oder hat er seinen letzten Gang zur Hinrichtungsstätte bereits angetreten? Jérôme konsultiert seine Uhr. Es ist 10:00 Uhr. Im Folgenden versucht er mit Arbeit seine Gedanken und traurigen Gefühle zu verdrängen. Gestern brachte ein Schüler von Rodolphe Kreutzer seine Violine mit gebrochenem Steg in das Atelier. Diesen gilt es zu ersetzen, eine Routinearbeit. Lustlos setzt er sich an seinen Werkplatz, begutachtet gedankenversunken das Übungsinstrument. Seine Hände erledigen die Arbeit mühelos auch ohne Hilfe seines Kopfes. Die Gedanken sind anderswo. Sie kreisen um Leopolds Schicksal.

Luc Delpierre und Jérôme, beide in der Zwischenzeit Geschäftspartner Leopolds, kämpften bis gestern mit allen ihnen zur Verfügung stehenden Mitteln um die Rettung ihres geliebten Patrons. Bis zu allerlezt hofften sie noch auf eine Wende zum Guten. Gestern Abend überbrachte ihnen ein Gesandter des Gerichtshofes dann das schreckliche Verdikt ins Atelier: Dem Antrag auf Begnadigung von Leopold Renaudin durch die Vereinigung der Luthier de France, vertreten durch den Präsidenten Luc Delpierre, kann nicht entsprochen werden. Die Vollstreckung des Todesurteils erfolgt somit morgen, 17. Floréal, gegen Mittag.

Frankreich verliert die Besten seiner Söhne. Das nackte Grauen überkommt ihn. Er kann nicht mehr ruhig sitzen, steht auf, lässt seine Arbeit Arbeit sein. Raus muss er, braucht frische Luft. Er schließt die Werkstatt, überquert die Rue St.-Honoré, nur ein Ziel vor Augen: das gegenüberliegende Bistro Chez Marc. Die Bremsen einer stattlichen Kutsche knirschen ohrenbetäubend. Die vorgespannten vier Pferde richten sich auf und kommen wiehernd unmittelbar vor mir zum Stehen. Der Kutscher flucht: »Haben Sie keine Augen im Kopf, Sie Vollidiot.«

Ein Soldat der Revolutionsarmee nimmt ihn beim Arm und führt ihn sicher auf die andere Straßenseite. Lachend verabschiedet er sich. Die Tische auf dem

Boulevard bei Marc sind alle besetzt wie meistens zu dieser Zeit. Das gemeine Volk nach den Jakobiner-Revolutionären, eine neue Fauna von gutgekleideten Stadtmenschen, unterhält sich lautstark gestikulierend. Was für ein Unterschied zu den Bistrogästen aus dem letzten Floréal. Mehrheitlich modisch gekleidet, die Damen tragen ihren Schmuck wieder sichtbar und auch die Herren legen Wert auf ein elegantes Äußeres. Eine neue Generation lebt bereits ein nachrevolutionäres Leben. Sie gehörten vor der Revolution noch zum dritten Stand. Nachdem die Royalisten und die meisten Adeligen durch die Revolution ihr Leben und ihre Privilegien verloren hatten, hat diese Schicht durch Geschäfts- und Handelstätigkeiten gutes Geld verdient, während der Großteil der Bevölkerung in Paris und ganz Frankreich Mühe hatte zu überleben.

Bei Marc trifft man sich, um da gesehen und gehört zu werden. Auch Jérôme will heute gehört werden. Er setzt sich an die Bar und bestellt ein Glas kühlen Weißwein. Marc sieht ihn sofort und steuert direkt auf ihn zu. Gewandt schlängelt er sich durch die dicht beieinander stehende Gästeschar. Ein Klirren der Gläser auf dem überfüllten Plateau ist beim Abstellen auf die Theke nicht zu hören. Ein Artist könnte es nicht besser. Er lässt die schmutzigen Gläser schmutzig sein, ergreift mit Schwung eine Kanne und schenkt Jérôme und sich selbst ein. Freundschaftlich legt er seinen Arm auf die Schulter seines Gastes, schaut ihm tief in die Augen, sagt kein Wort, hält ihn einfach fest. Seine Nähe spendet Jérôme Trost. Marc weiß um seine Trauer. »À la tienne!«, prostet er schließlich.

Jérôme erwidert den Trinkspruch: »La tienne.« Dann herrscht Stille zwischen ihnen. Der kühle Weiße lindert nur teilweise den Schmerz.

Der Weizenhändler Gérard kommt zu ihnen an die Theke. Auch er weiß um das Schicksal Leopolds. Verständnisvoll und achtsam hebt er sein Rotweinglas. »Auf bessere Tage«, prostet er.

Die drei nehmen einen kräftigen Schluck. Marc offeriert eine weitere Weinrunde. Sechs feuchte Augen sprechen mehr als tausend Worte. Sie respektierten und bewunderten Leopold. Er war ein außergewöhnlicher Mensch, Politiker, Instrumentenbauer, Musiker und Freund.

»Marc, noch eine Carafe Wein«, ruft Charles Brun. Er parliert mit dem Kutscher von Gérard. Die drei Verschworenen lösen ihre Runde auf, weil sie sich von Brun beobachtet fühlen. Der aus Lyon zugewanderte Bäcker war ebenso überzeugter Jakobiner, wie er heute die Ideen des neuen Bürgertums unterstützt. Er wechselt seine Ideale wie eine Fahne im Wind die Richtung. Die Jakobiner brauchten ihn als Spitzel. Einige ehemalige Royalisten konnten durch Hinweise von Brun verhaftet werden. Nach der Entmachtung der Rothüte versuchte er seine Taten zu vertuschen. Durch Gérards Kutscher wissen sie, dass er immer noch nachts vor Angst schweißgebadet aufwacht. Er befürchtet, dass sich Angehörige von Hingerichteten bei ihm rächen könnten. Jedenfalls schließt er jeden Abend alle seine Wohnungstüren und verstärkt diese durch Stützbalken gegen die Türklinken.

Als Jérôme bezahlen will, wird Marc wütend. »Hast du nicht gemerkt, dass du heute mein Gast bist?«

Jérôme herzt ihn kurz und verlässt das Lokal. Ohne Zwischenfall überquert er die Rue St.-Honoré, öffnet die Tür des Arbeitsraums und begibt sich ins Büro seines Patrons. Er erinnert sich an Leopolds beschwingt wippenden Gang während seines Vorstellungsgespräches. Neben seinem Pult befindet sich eine Liege. Er lässt sich aufs Bett fallen und schläft sofort ein.

Ein Poltern an der Eingangstür reißt ihn aus seinem kurzen, aber tiefen Schlaf. Er geht zum Eingang und sieht durch das Glasfenster der Tür den Schüler, der gestern seine Violine zur Reparatur gebracht hatte. Es dämmert ihm. Er hatte ihm versprochen, die Kleinigkeit bis heute Mittag zu erledigen. Er lässt ihn eintreten. »Setzen Sie sich noch einen Moment. Ein zwei Handgriffe müssen noch gemacht werden, dann ist Ihre schöne Geige wieder bespielbar«, sagt er leichthin. Als er sich wenig später von dem Kunden verabschiedet, schlagen die Glocken der nahen Église St. Roch zwölf Uhr.

Diese Glocken überlebten den Sturm auf die Kirchenglocken im Jahre 1793. Viele Kirchenglocken wurden eingeschmolzen und für die Kanonenproduktion der Revolutionsarmee verwendet. Die Nähe der katholischen Kirche zum französischen Königshaus und die Verfilzung des Adels mit dem Klerus machten auch die Kirche zum Feind der Revolutionäre. Leopold als überzeugter Atheist war ein wichtiger Exponent der Entchristianisierung. Als einer der Anführer war er Teil der Delegation, die den Bischof von Paris, Gobel, überzeugte, Rom abzuschwören und sich als vernunftbewusstes Wesen den Idealen der Revolution zu verschreiben. An der Seite von Robespierre beklatschte Leopold im versammelten Konvent Gobel, als dieser einige Tage nach Gesprächen alle seine kirchlichen Ämter ablegte.

Der kühle Weiße zeigt nun Wirkung. Jérômes Hunger ist stärker als seine unguten Gefühle in der Magengegend. Drei Stühle stehen um den kleinen Tisch im Atelier. An diesem Ort fanden heftige Debatten statt, sei es unter den Partnern oder auch mit Geigenbauern, Künstlern, Intellektuellen, Politikern oder Kunden. Ein Ort voller gelebter und fantasierter Geschichten. Heute wirkt er ungenutzt. Allein isst er am Tisch sein Mittagsbrot, das ihm Marianne wie jeden Tag liebevoll zubereitet hat. Sie sagt nie, was sie ihm an Schmackhaftem in den Esskorb legt. So wird er mindesten einmal pro Tag überrascht. Zuerst riecht er an den eingewickelten Esswaren. Das könnte ein mit Schweinefett bestrichenes Brotstück sein, denkt er sich. Dazu gibt es einen kleinen Pichet Rotwein sowie Gurken und Rüben. Fast gierig beißt er in das pralle Schweinefettbrot. Es schmeckt wunderbar. Er spürt, wie er sich essend beruhigt. Seine sehnsüchtigen Gedanken sind jetzt bei seinem Weib und nicht bei Leopold. Der Imbiss stärkt ihn.

Auch Robespierre saß öfter an diesem Tisch. Er schätzte den Diskurs mit ihnen. Hier wurden Strategien und Ziele der Jakobiner geboren. In der Radikalität ihrer Auslegung stand Leopold Renaudin Maximilien Robespierre in nichts nach. Sie ereiferten sich oft heftig und mit jedem Glase Rotwein intensiver. Die spannendste Zusammensetzung war, wenn Antoine Quentin Fouquier-Tinville, Robespierre und Renaudin rhetorisch die Klingen kreuzten. Und was sich ebenfalls stark in sein Erinnerungsvermögen eingeprägt hatte, war ein Abend mit Robespierres Bruder August und einem jungen korsischen Hauptmann der Artillerie namens Napoleon Bonaparte, der sich mit südländischem Feuer und viel Begeisterung für die jakobinischen Anliegen starkmachte. Mancher Arbeitstag wurde so mit einer politischen Nachtschicht bis in die frühen Morgenstunden verlängert. Ausgestreckt auf der bordeauxroten Chaiselongue verfolgte Jérôme oft ihre Debatten. Manchmal drehte Leopold den Kopf und fragte nach seiner Meinung. »Was meint denn unser apolitischer Musikus?« Monatelang faszinierten Jérôme diese Rededuelle.

Das alles ist nun Vergangenheit. Robespierre ließ schon sein Leben. Was ist mit Antoine und Leopold? Sitzen ihre eindrucksvollen Köpfe noch auf ihren Leibern?

Die Glocken der Église St. Roch schlagen ein Uhr. Von der Rue Saint-Honoré erschallt krächzend die Stimme eines Gardisten, der revolutionäre Traktate zum Verkauf anbietet: »Règlement de comptes, la fin des jacobins.«

Mit Urgewalt zieht es Jérôme zu seinem Cello, das er meistens im Atelier aufbewahrt. Er kann nicht anders, setzt sich und spielt.

Kurz bevor Leopold eingekerkert wurde, schenkte er ihm dieses liebste seiner Eigenfabrikate. »Nimm es und trage Sorge für dieses Juwel. Es ist bei dir in guten Händen«, hatte er gesagt und ihm das Instrument feierlich überreicht. Seine funkelnden Augen hatten den Wunsch bekräftigt, dass es seinem Kinde auch in der Zukunft gutgehen möge. Wortlos hatte er ihn und das Cello in seine starken Arme geschlossen. Das Cello, Leopold und er waren eins. Ein geheimnisvoller Bund war geschlossen.

Renaudins Streichinstrumente stehen seit geraumer Zeit hoch im Kurs. Geigen, Celli und Kontrabasse wurden bisher einzeln angefertigt. Die besten Solisten nicht nur in Frankreich bestellen diese Instrumente. Ein großer Teil der Herstellung wurde durch ihn und Luc Delpierre erledigt. Leopold hatte ihre Tätigkeit überwacht, das Holz und das übrige Material gekauft. Um die letzten Arbeiten hatte sich der Patron selbst gekümmert. Restaurationsarbeiten und Reparaturen teilten sie sich mit ihm. Alle gefertigten Klangkörper waren mit einen Zettel versehen, auf dem stand: Leopold Renaudin, Paris, und das Erstellungsdatum. Wie es mit dem Geschäft nun weitergeht, ist ungewiss.

Improvisierend bespielt Jérôme sein Juwel, freudig und leidenschaftlich. Er liebt das Instrument über alles. Seit drei Monaten ist es nun sein Eigentum. Selten hat er in seiner Freizeit so oft musiziert. Sein Renaudin ist ihm ans Herz gewachsen. Er kann sich gar nicht mehr vorstellen, auf einem anderen Instrument zu spielen.

Neben den täglichen Routinearbeiten baute Renaudin auch Instrumente, die er von A bis Z selber fertigte, in den letzten Jahren vor allem Celli und große Kontrabasse. Großes zu erschaffen, entsprach dem Meister. Den Geigenbau pflegte er in seinen Anfangsjahren. 4/4-Geigen waren seine kleinste Größe. »Mit Übungsgeigen vergeude ich nur meine wertvolle Zeit«, hatte Leopold immer erklärt.

Das Jérôme vermachte Cello hatte er vor gut fünf Jahren gebaut. Er ließ sich immer Zeit für seine Werke, tüftelte, verbesserte und arbeitete leidenschaftlich und mit Akribie. Jérôme sieht ihn noch vor sich, wie er während des Schöpfungsprozesses kämpft. Er suchte einen Weg, das ideale Cello zu bauen. Manchmal fluchte er, dann sprach er mit dem Instrumentenfötus liebevoll, streichelte sanft die schon zusammengebauten Holzteile. Nur wenn er sich in passender Stimmung fühlte, arbeitete er daran. Über Monate bespielte er seinen Schatz probehalber, verbesserte Kleinigkeiten, versuchte verschiedene Arten der Besaitung und veränderte die Lackierung. »Ein Meistercello zeigt im Innern wie im Äußern seine Schönheit. Seine Klangkraft soll den Musiker und die Zuhörer gleichermaßen faszinieren«, dozierte Leopold.

An einem trüben Novembermorgen, Luc und Jérôme wirkten an ihren Arbeitstischen, hörten sie das Spiel Renaudins auf einem Trésor. Das musste sein neues Cello sein. Ein herrlicher Ton und nahezu himmlische Klänge durchfluteten die Werkstatt. Leopold beendete sein Spiel, öffnete die Tür seines Büros, strahlte über das ganze Gesicht und rief: »Es ist vollbracht! Endlich habe ich es geschafft, ein vollkommenes Cello zu bauen.«

Sie beklatschten den Patron. Zärtlich streichelte er das neu in die Welt Gekommene. »War das ein schwieriger und langwieriger Geburtsvorgang«, seufzte der Meister. »Aber jetzt bin ich glücklich. Nun bezahle ich eine Runde. Auf das frohe Ereignis muss angestoßen werden.«

Sie schlossen das Atelier, überquerten die Rue St.-Honoré und ließen sich von Marc bedienen. Großzügig bezahlte der stolze Vater. Da es nicht bei einer Runde blieb, überquerten sie auf ihrem Rückweg beschwingt, aber traumwandlerisch-sicher den Boulevard und kehrten zurück zur wartenden Arbeit. Nach zweimaligem Versuch fand der Schlüssel das Schlüsselloch der Eingangstür. Bevor sie sich an ihre Arbeitsplätze setzten, erklärte der Meister den trüben Novembertag zum Feiertag. An der Eingangstür hing kurze Zeit später ein Schild: »Pour raison personelle« bleibt das Geschäft heute geschlossen.

Als Leopold Jérôme sein bestes Stück vermachte, spürte dieser eine gewisse Eifersucht bei Luc. Sein Kollege war ein exzellenter Instrumentenbauer, aber kein besonders begabter Geigenspieler. Da stand Jérôme seinem Chef schon näher. Sie beide spielten ihre Celli mit Bravour und den Instrumentenbau beherrschten sie natürlich auch.

Was mit dem Geschäft nach der Hinrichtung passieren sollte, war für ihn und Luc unklar, denn Leopold hatte keine Nachkommen. Verschiedentlich versuchten sie das Thema bei Leopold vorsichtig anzusprechen, aber ohne Erfolg. Vor zehn Tagen bestellte er sie ins Gefängnis und informierte sie, dass Rodolphe Kreutzer sich um die Nachfolgeregelung kümmern würde.

Auch Jérômes Frau Marianne war verunsichert, wie es mit der Familie weitergehen sollte. Bevor er heute Morgen die Wohnung verließ, hatte er das

Thema erneut mit Marianne besprochen. Als er erwähnte, dass Luc mit Rodolphe Kreutzer der Hinrichtung Leopolds beiwohnen werde, fand sie das alles andere als gut. Auch Jérôme war in den letzten Tagen aufgefallen, dass sein Geschäftspartner immer wieder den direkten Kontakt zu Kreutzer suchte. Doch er konnte und wollte nicht bei der brutalen Abschlachtung der Jakobinerjuroren, diesem grausamen Volksspektakel, dabei sein.

Sein Juwel lehnt begehrenswert an der Lehne der bordeauxroten Chaiselongue. Es zeigt ihm verführerisch seine elegante geschwungene Breitseite. Ein Sonnenstrahl spiegelt sich auf der herausgeputzten Oberseite und trifft ihn direkt ins rechte Auge. Betört zwinkert er zurück. Das Cello will bespielt sein. Erneut greift er zu. Er überlegt kurz. Mit welchem Stück könnte er das Cellojuwel betören? Seinen Resonanzkörper zum Vibrieren bringen und ihm himmlische Musik entlocken? Seine erregten Hände streicheln behutsam das Holzgehäuse. Jetzt gleiten sie über die gestimmten Saiten. Das Juwel und er vereinen sich zu Ehren von Leopold. Das Cello versteht, warum er es mit der A-Moll-Sonate von Jean-Baptiste Bréval beglückt. Die zwei sind auf gleicher Wellenlänge, sprechen die gleiche Sprache. Die Wogen des Spiels werden intensiver, die Klänge stärker. Das Cello und Jérôme harmonieren perfekt. Kurz bevor er zum Schlussakkord kommt – er hat schon seinen Bogen angesetzt –, beendet ein ohrenbetäubendes, schrilles Lärmgetöse abrupt das Musizieren. Reflexartig schützen seine Hände sein malträtiertes Gehör. Die A-Saite ist gerissen. Sie scheint wie von einem scharfen Messer durchschnitten. Seine Ohren schmerzen schauerlich. Das Cello schreit auf und verstummt sofort wieder. Betroffen zittert Jérôme am ganzen Körper. Sein Blick fällt auf die Atelier-Standuhr. Die Zeiger der Uhr stehen auf ein Uhr und eine viertel Stunde.

Nachdem er den ersten Schreck überwunden hat, und während seine Ohrenschmerzen abklingen, erinnert er sich, dass Leopold in seinem Büroschrank seine eigenen Saiten aufbewahrte. Er öffnet das unverschlossene Pult. Viel Kram liegt dort unsortiert verstreut in sechs Schubladen. Er kämpft sich durch Schreibfedern, Skizzenpapiere und Kolophoniumwürfel in eine zweite Schicht vor. Und siehe da, dort liegt schon in der ersten Schublade ein liebevoll verpacktes Couvert mit vier Darmsaiten. Auf dem Couvert entziffert er die zitterige Handschrift von Julien: Für meinen Freund Leopold, der das Leben liebt und seine Träume lebt, amitiés, Julien.

Julien starb vor zwei Jahren. Er verbrachte die meiste Zeit in seiner ärmlichen Absteige am Ende der Rue Saint-Honoré. Er war alleinstehend. Von derselben Adresse aus betrieb er bis zu seinem Tode ein Geschäft für Lederwaren. Seine eigentliche Leidenschaft war aber die Saitenherstellung. Über Jahre war das seine bevorzugte Nebenbeschäftigung, bevor er davon leben oder besser gesagt, damit überleben konnte. Er tüftelte und werkelte, um die Qualität seiner Darmsaiten stetig zu verbessern. Bei Marc lernte er Leopold kennen und bot ihm an, dass er seine Produkte ausprobieren dürfe. Leopold war begeistert. Von da an arbeiteten sie eng zusammen. Auf Empfehlung Leopolds belieferte Julien über Jahre das Conservatoire. Nachdem er diesen Kunden aus unergründlichen Gründen verloren hatte, ging es mit Juliens Geschäft bergab. Sein Lebensende verbrachte er in bitterer Armut. Leopold kaufte bis zum Schluss die Saiten ausschließlich bei seinem Freund. Ihn verband eine Seelenverwandtschaft mit Julien. Beide kämpften leidenschaftlich für ihre Ideale. Sie ließen es nicht nur bei Träumen, sie hauchten ihnen Leben ein, unabhängig vom materiellen Erfolg.

Gerade weil Julien am Lebensende arm wie eine Kirchenmaus dastand, bewunderte Leopold seinen Freund dafür, wie dieser unbeirrt weitermachte, öfter auch mal mit leerem Magen. Solidarisch hatten sich Leopold und Marc verschworen, und wenn Julien alle zwei, drei Tage bei Leopold auftauchte, wusste der Patron sofort Bescheid. Da gab es zuerst einen Schluck Roten und dann ging es ab zu Marc. Julien war das nicht immer angenehm, aber außer den Instrumentenbauer und der Bistro-Kundschaft bei Marc kannte er kaum noch Menschen. Bei Marc wurde dann ausgiebig getafelt und zum Nachtisch brachte ihm Marc immer verheißungsvoll schmunzelnd einen voluminösen Sack mit sogenannten Essensresten. Natürlich war alles frisch und köstlich zubereitet. Und es war auch immer genügend Brot dabei, damit er die nächsten Tage durchhalten würde. Lange Zeit verweigerte sich Julien jeder Unterstützung. Aber während eines extrem kalten Wintermonates, er hatte weder Geld für Essen, noch um Holz zu kaufen, um den Ofen zu heizen, bat er zum ersten Mal seinen Freund um Hilfe. Als Renaudin Julien in diesem erbärmlichen Zustand sah, abgemagert, mit ausgemergeltem Gesicht und leeren Augen, wusste er, dass Soforthilfe nötig war. Zuerst gab es etwas zwischen die Zähne, den Rest seiner Mittagmalzeit: Brot und Wurst. Dann redete Leopold Julien ins Gewissen: »Lieber Freund, niemals kommst du mir in diesem Zustand wieder vor die Augen. Das musst du mir versprechen.«

Julien schluchzte. »Immer habe ich versucht, meine Einkünfte selber zu erwirtschaften. Aber in meinem Alter wird das immer schwieriger. Auch die prekäre Lage im Lederwarengeschäft wird durch den politischen Wandel nicht begünstigt. Selbst der letzte große Kunde, der mir über Jahre Saiten abgekauft hat, das Konservatorium Paris, kauft nun anderswo. Ich bin am Ende.«

»Nein, das bist du nicht! Ich danke dir, mein Freund, dass du in dieser schwierigen Situation den Mut aufgebracht hast, mich aufzusuchen. Dein offenes Geständnis ehrt mich. Ich hoffe, dass du meine Hilfe annehmen kannst. Freundschaft heißt helfen, aber auch Hilfe annehmen. Habe keine Hemmungen, keine Schuldgefühle, wenn ich dir Hilfe anbiete. Ich tue es gerne, weil du mein Freund bist und weil du jede Unterstützung verdienst, du Weltmeister unter den Saitenherstellern.« Seit diesem Gespräch kannte Julien keinen Hunger mehr.

Jérôme besaitet nun sein, nein, ihr Cello mit den letzten von Julien gelieferten Saiten, und zwar mit einem vollständigen Satz. Die drei übrig gebliebenen Saiten wandern in den Abfallkübel. Vollkommenes Cello bestückt mit vollkommenen Saiten. Jérôme ist gefordert. Auch er will seine Träume verwirklichen, strebt Vollkommenheit im Cellospielen an. Er stimmt das Instrument. Kurzes enthusiastisches Einspielen, dann ist er bereit. Er atmet durch. Achtsam, ja, zärtlich umgarnt ihn eine luftige Brise, die federleicht durch das geöffnete Fenster gegenüber dem Innenhof hereinweht. Sie befreit ihn von seiner Verbissenheit, perfekt Cello spielen zu wollen, beschenkt ihn mit Gelassenheit und ermöglicht ihm so ein unbeschwertes, an Vollkommenheit grenzendes Musizieren. Wie fühlt er sich gut! Er darf einfach spielen, muss keine Normen erfüllen, keine Jury überzeugen. Er legt los, verbindet sich mit Leopolds Geschöpf, lässt Julians Saiten erklingen, versetzt sein ganzes Sein in die Musik von Bréval. Sein Kopf, sein Körper bewegen sich im Rhythmus der Musik. Ebenso spielerisch leicht weht die Brise um ihn und das Cello herum. Geheimnisvoll, alchemistisch verbinden sich die Kräfte von Toten und Lebendigen. Ein Moment für die Ewigkeit.

3. Zeitverwirrung in Paris zwischen Rue Saint-Honoré und Place de Grève am 17. Floréal 1795, um ein Uhr und eine viertel Stunde

Was geschieht mit Leopold? Ist er mehr als ein Körper mit Innenleben, fleischlich geborenes und gestorbenes Wesen, ein mit Verstand versehenes, fühlendes Säugetier? Er ist in eine ihm völlig unbekannte Sinneswelt eingetaucht, wird geradezu von einer Flut von Eindrücken überschwemmt. Ist er noch der verstorbene Leopold? Er benennt sich, fühlt sich als Subjekt, versucht zu verstehen, was mit ihm passiert, ist zwar kopflos, hat aber kein menschliches Gehirn mehr, das sein Denken steuert, nimmt aber sich und die Umgebung auf eine völlig neue Art intensiv und bewusst wahr. Es scheint, als hätte sich sein menschlicher, ans Fleisch gebundener Geist weiterentwickelt. Sein Wortschatz hat sich noch nicht ganz der menschlichen Denkweise entledigt, aber er empfindet so etwas wie ein Momentum. Nur beinhaltet, diese Form von Gegenwart viel mehr, als es während seines Menschseins möglich war. Vergangenes, Gegenwärtiges, Zukünftiges und nicht Zeitgebundenes vermischen und verdichten sich. Sein Bewusstsein ist klar und umfassend oder vielmehr: überfassend. Wärme durchströmt ihn. Er fühlt sich gut und geborgen.

Seine menschlichen Fähigkeiten, sein Innenleben und das seiner Mitmenschen zu sehen, ihre Ährenfelder zu deuten, ermöglichen ihm einen spontanen Zugang zur unbeschreiblichen Schönheit seiner aktuellen Umgebung. Da zeigt sich Wehendes, Fließendes, Lichtdurchflutetes, Farbenprächtiges, Klarsichtiges – er muss nicht mehr deuten, alles ist da. Ein Gefühl von Vollkommenheit durchströmt seine neue Form des Seins.

Gerichtete Dynamik lässt ihn erschauern. Kraftvoll umfasst ihn eine unsichtbare Hand und führt ihn in einen Tunnel aus Licht. Mit rasender Geschwindigkeit bewegt er sich vorwärts. Am Ende des Tunnels sieht er eine andere Lichtquelle, die ihn magisch anzieht. Plötzlich vermindert sich das Gefühl von Geschwindigkeit. Er verlässt den Tunnel und tritt scheinbar seine Rückreise an. Die Magie der Lichtquelle ist nicht verloren, aber wie neu ausgerichtet. Die Umgebung verändert sich, nimmt mehr bekannte Züge an. Befindet er sich zwischen Himmel und Erde? Die Umgebung ist nun weniger lichtdurchflutet. Es herrscht ein heiteres Klima. Schallendes Gelächter, ein Meer gutgelaunter Verstorbener tummelt sich schwebend im luftleeren Raum. Ihre verblichenen Glieder strotzen wieder vor Gesundheit wie in den besten Tagen ihres Seins als Erdenbürger. Alle freuen sich über ihre Körperlichkeit, tanzen, singen, scherzen, lieben sich ungehemmt. Leopold schmunzelt. Dann mischen sich bekannte Gesichter unter die lusttätige Menge. Abgetrennte Köpfe fliegen schmerzbefreit durch die Lüfte. Ein Heer geköpfter Revolutionsgegner sucht neue Rumpfkörper. Die Kopflosen verbinden sich immer wieder mit anderen Körpern, männlichen wie weiblichen. Der Spaß ist riesig. Da gibt es den molligen Frauenrumpf mit einem bärtigen Charakterkopf. Die männlichen Barthaare kitzeln ihre prallen Brüste. Ein bildhübsches Mädchengesicht verbindet sich mit einem männlichen Athletenrumpf. Das zweigeschlechtliche Wesen schäkert unverblümt mit Frauenmännern und Männerfrauen, die Verunsicherung ist höllisch.

Leopold wird aber zu diesem Treiben nicht zugelassen. Mit einer gewissen Wehmut lässt er die fröhlich Getriebenen zurück. Es zieht ihn weiter. Sein neuer bewusster Geist interessiert sich plötzlich ungemein für das Außenleben jenseits des Lichttunnels, der ihn schützt, aber auch gefangen hält. Wie er es angestellt hat, weiß er selbst nicht, aber es gelingt ihm. Die porigen Wände des Lichttunnels öffnen sich einen kleinen Spalt und erlauben ihm die Sicht ins Paradies. Es verschlägt ihm die eh schon verlorene Sprache. Aber bevor er von der Fülle erschlagen wird, zieht es ihn schnell zurück. Doch ihm gelingt noch ein Geniestreich. Die Wände sind bereits halb geschlossen, da klaut er im Vorbeihuschen einen knallroten Apfel von einem der vielen wunderschönen Bäume der Erkenntnis. Sein Geist verbeißt sich im knackigen erkenntnisspendenden Fruchtfleisch – wirklich ein paradiesischer Genuss.

Leopold verspürt nun eine Art Gegenbewegung. Die magnetische Kraft wirkt von der Erde. Er fließt eindeutig zurück. Mit jedem Augenblick empfindet er mehr Nähe zu lebenden Menschen. Er sehnt sich nach Körperlichkeit.

Er schwebt über dem Richtplatz. Erst der Nummer zwei wird gerade der Kopf abgehackt. Sein Zeitempfinden ist verwirrt. Nur mit Mühe passt es sich wieder den irdischen Verhältnissen an. Weit weg war er, sehr weit weg. Vereint mit der Brise bringt er den Todeskandidaten eine angenehme Kühle und letzte Linderung. Dann zieht es ihn mitsamt der Brise in eine bestimmte Richtung. Wo geht die Reise nun hin? Er lauscht, hat seine Jakobinerfreunde gesehen, schmerzhaft, aber gut so! Wundervolle Klänge kommen ihm entgegen, zuerst leise, kaum hörbar. Mit jedem Windstoß nähert er sich der herrlichen Musik, genießt die Fülle der Melodie. Die Vibrationen der Musik verbinden sich mit seinen, ja, was, ... Schwingungen. Er und die Musik werden eins. Er sehnt sich nach seinem Körper.

Wie Vögel umkreisen seine luftige Wegbegleiterin und er ein Quartier hoch über Paris. Sieht er richtig? Die Rue Saint-Honoré? Durch das offenstehende Hoffenster gleitet er unhörbar in sein ehemaliges Atelier. Mit einem Zwinkern verabschiedet sich die Brise und überlässt ihn seinem Schicksal.

Das ist Jérômes Musizieren, aber hört er richtig? Er spielt Bréval. Er spielt himmlisch. Leopold erkennt sein Cello, bestückt mit Juliens vollkommenen Saiten. Und er erkennt den Musiker umfassend, innerlich wie äußerlich, ein wunderbarer Mensch. Sein Ährenfeld leuchtet in allen Farben. Leopolds erweiterte Sinne ermöglichen es ihm, eine Vielfalt ihm bisher unbekannter Farbschattierungen zu sehen, sie lassen das Innere Jérômes magisch leuchten. Seine innere Schönheit zeigt sich auch im Äußeren, im Edlen seiner Gestalt. Musik, Mensch und Instrument manifestieren Vollkommenheit. Leopold erkennt das alles, lässt sich berühren, ist beglückt.

Doch sein Glück trübt sich ein. Die Schattenseite seines Lebens will auch gehört werden. Natürlich können nicht alle Menschen so vollkommen sein wie sein Schüler. Aber wie konnte er mithelfen, viele hoffnungsvolle Menschenleben auszulöschen? Als Revolutionär hat er nach der vollkommenen Form des gesellschaftlichen Zusammenlebens gestrebt. So weit, so gut. Der Zweck heiligte die Mittel. Aber heute erscheinen ihm die Mittel unheilig. Zweifel martern ihn erneut grausam, ihn, den lebenden Toten.

4. Ruheloser Geist wird in eine neue Heimat katapultiert am 17. Floréal 1795

Nun ist er wieder zurück in seinem alten Reich, kopflos, aber mit vielfach gesteigertem Bewusstsein. Der überzeitliche Ausflug beschenkte ihn mit einem neuen fleischlosen Intelligenzzentrum. Sitzt dies in einer körperähnlichen Form? Obwohl er sich immer noch als Subjekt empfindet, ist es ihm nicht möglich, sich von außen anzuschauen. Wo findet er einen Spiegel, der ihm sein neues Antlitz offenbart? Äußerst spannend, was ihm hier passiert. Wichtige Facetten seines irdischen Seins haben überlebt. Die Sichel des Sensenmannes konnte ihn nicht vollständig wegsäbeln. Sein Schlächter hatte wohl nur eine Lizenz zum körperlichen Töten gehabt.

Neben seinem Bewusstsein hat auch seine Gefühlswelt überlebt. Er empfindet nahezu gleich. Wo ortet er aber seine Sinnesorgane, die ihm sein Fühlen ermöglichen und Gefühle entstehen lassen? Er will immer alles verstehen, auch das ist ein bekannter Zug des verstorbenen Menschen Leopold. Sein momentaner Bewusstseinszustand lässt folgende Schlüsse zu: Das Subjekt Leopold lebt in einem veränderten Zustand, und zwar intensiver denn je.

Während er über diese neue Situation philosophiert, genießt er nach wie vor den Vortrag Jérômes. Nach Bréval spielt er Bach, Solosuite Nr. 1 in G-Dur. Er beendet das Prélude mit einem wohlklingenden Schlussakkord.

Leopold verweilt in diesem ihm wohlbekannten Raum. Wo aber ist hier nun sein Platz als Verstorbener? Irgendwie überall und nirgendwo. Er wünscht sich, mit Jérôme Kontakt aufzunehmen. Jérôme geht ganz in seinem Spiele auf. Von Beginn an war er beseelt vom Wunsch, Leopold mit seinem Musizieren bei seinem letzten Gang Beistand zu leisten. Nicht gaffend vor Ort, sondern in angemessenem Abstand vom grölenden Volk, von einem Ort der Stille aus. Das verlassene Atelier war also der perfekte Ort.

Jérôme beendet sein Spiel. Vorsichtig legt er sein Renaudin auf die bordeauxrote Chaiselongue. Draußen schlagen die Glocken von St. Roch drei Uhr. Er verlässt den Raum und begibt sich auf die Toilette.

Leopold ist mit seinem Cello allein. Er möchte es anfassen, möchte Cello spielen, aber kann es nicht. Sein Tastsinn ist ihm zwar noch gegenwärtig, aber seine Hände haben sich für immer geschlossen. Seine erste Euphorie leidet. Er hat doch etwas Wichtiges für immer verloren. Er sucht nach Möglichkeiten, dieses definitive Verdikt zu ändern. Typisch für ihn, das weiß er selbst.

Da erscheint ihm wieder die ortsansässige Brise, umgarnt ihn, wissend um seinen traurigen Zustand. Sie nimmt ihn bei seinen feinstofflichen Händen und nähert sich mit ihm dem Cello. Ultimativ fordert sie ihn auf, mit dem Holzkörper in Kontakt zu treten.

Er spürt, wie das Cello leblos auf dem Sofa liegt. Aber während Jérômes Spiels verbreitete der Klangkörper Schwingungen höchst lebendiger Art. Blitzschnell erfasst er, dass begabte, edle Menschen in der Lage sind, Leben in Unbelebtes zu bringen, Jérôme hatte ihm das soeben bewiesen. Ist das Umgekehrte eventuell auch wahr? Kann Unbelebtes auch Leben erwecken? Können Tote Leben erzeugen? Aus menschlicher Sicht ist das sicher völlig ausgeschlossen. Aber mal auf ihn bezogen – er ist nun ein lebendiger Toter, lebendig an Geist und Bewusstsein, nur sein Körper wurde dahingemetzelt. Seine nicht gestorbene Neugier nimmt Überhand. Vorsichtig versucht er, seine nicht definierbare Nähe zum Cello zu vermindern. Eine Interaktion stellt sich ein. Er verspürt zunehmend eine intensive Wärme.

Die Brise zeigt nun eine andere Seite ihres liebevollen Wesens. Sie verlässt kurz das Atelier durch das halbgeöffnete Hinterhoffenster. Dann kehrt sie sturmartig zurück: Die Wucht der Windstärke lässt das Fensterglas bersten. Tausend Stücke fliegen klirrend durch den Raum. Leopold wird förmlich in das Innere seines Eigengewächses katapultiert. Das Cello und er sind plötzlich eins. Er erlebt es wie einen Zeugungsakt. Er bringt Geist und Bewusstsein in diese Verbindung ein, das Cello seinen Holzkörper. Ein wesenartiges Instrument oder ein instrumentartiges Wesen ist am Entstehen. Wie sich sein Eigenleben entwickelt, steht noch in den Sternen.

Jérôme flucht. Erschrocken verlässt er die Toilette – und sieht die Bescherung. Das Fenster ist zerborsten. Warum? Seine erste Sorge gilt jedoch seinem Instrument. Glücklicherweise sind die Glasteile nicht bis zur bordeauxroten Chaiselongue vorgedrungen. Er seufzt erleichtert.

5. Erkundungstouren an der Rue Saint-Honoré 364, Beerdigung eines leblosen Körpers auf dem Friedhof Picpus am 17. Floréal 1795, spätnachmittags

In seiner Geistgestalt erkundet Leopold die Innenräume des Cellos. Die Zargen hätte er noch besser abschleifen können, aber sonst ist er mit der Arbeit zufrieden. Als er vor fünf Jahren die Zargen mit der Decke und dem Boden verleimte, überkam ihn ein gutes Gefühl. Die räumliche Dimension des Cellos nahm eine edle Gestalt an. Der bodenständige Ahornholzgeruch vermischt sich mit dem Duft des Fichtenholzes der Decke, wohlriechend. Seine Riechfähigkeiten sind intakt. Früher gehörte auch das Beschnuppern der verschiedenen hölzernen Teile zu seiner Qualitätskontrolle. Schon beim Einkauf des Holzes achtete er darauf. Aber das Beschnuppern des Innenraums ist für ihn neu. Der Geruch ist um ein Vielfaches intensiver.

In den letzten Jahren hat er bei Jean-Jacques sein Holz gekauft. In der Region Paris gab es noch verschiedene andere Holzhändler, aber bei Jean-Jacques wusste er, dass er echtes Mondholz bekommt. Nachts, bei sichtbarem Mond, werden die Bäume gefällt. Ihr Tod ereilt sie schlafend und schmerzfrei. Dieses achtsame Töten hinterlässt intakte Holzkörper.

Während seiner ersten Jahre als Luthier belachte er die Anhänger des Mondholzes. Bis er es selber damit versuchte. Ein Zufall überlistete ihn, es auszuprobieren. Jean-Jacques' Geschäft lag in Versailles, ein rechtes Wegstück von Paris entfernt. Eine süße Versuchung zog Leopold zu jener Zeit immer wieder nach Versailles. Aber das ist eine andere Geschichte. Vor seiner Rückreise – das Subjekt seiner Versuchung zeigte sich an diesem Tag abweisend – schaute er beim Versailler Holzhändler vorbei. Mit schlechter Laune, weil das Liebesleben gerade nichts brachte, stürzte er sich in das geschäftliche Leben, betrat er das

Büro von Jean-Jacques Prévot. Schon beim Händeschütteln wusste er, dass er ihn mag. Leidenschaftlich führte er Leopold in seine Welt des Holzhandels ein, fragte interessiert, was er für ihn tun könne. Leopold wusste nicht, wie ihm geschah. Jedenfalls verließ er zwei Stunden später das Geschäft. Und Jean Jacques hatte seinen Kundenstamm vergrößert.

Durch die beiden F-Löcher fällt das Spätnachmittagslicht und erhellt den Instrumenteninnenraum. Sanft verteilt es seine Lichtfächer und erwärmt angenehm den ganzen Hohlraum. Leopold fühlt sich wohl und verweilt einfach.

Ein erdbebenähnliches Grollen holt ihn irgendwann aus seinem Halbschlaf. Das Rauschen kommt näher. Die Wände seines schützenden Raumes beginnen zu zittern. Dann bebt der Boden. Das Ahornholz schwingt leicht anders als das Fichtenholz der Cellodecke, bemerkt er. Da wird ihm klar: Jérôme spielt wieder. Er schwebt mitschwingend im nun immens groß erscheinenden Freiraum des Cellorumpfes. Gewichtslos lässt er sich von den Klangwellen getragen durch ein Melodienmeer gleiten. Er spürt die Kraft des Musikers. Jetzt spielt Jérôme fortissimo. Das ganze Cello ist gefordert, von Kopf bis Fuß, oder besser von der Schnecke bis zum Stachel.

Jérôme musiziert und musiziert. Alltägliche Arbeit ist gerade nicht möglich, heute, am 17. Floréal 1795, diesem ereignisreichen Tag. Die Glocken der Kirche St. Roch melden pünktlich die volle Stunde. Es sind vier Glockenschläge. Er unterbricht mitten in der Sarabande, der Suite Nr. 1 in G-Dur von Bach, sein Spiel. Die letzten Töne entschwinden. Sitzend mit dem Instrument zwischen den Beinen macht er sich Gedanken über die Fortsetzung dieses unheiligen Nachmittags. Bach gibt ihm Hoffnung, seine Musik stärkt sein Vertrauen, spendet ihm Kraft, mindert seine existentiellen Ängste. Bald sind es fünfzig Jahre, dass Bach gestorben ist. Aber sein Werk ist unvergänglich. Seine Cello-Suiten gehören zum Erhabensten der Musikliteratur. Er braucht noch einen Schub bachscher Komposition. Alle sechs Cello-Suiten gehören zu seinem Repertoire, er beherrscht sie auswendig. Er ist nicht in Dur-Stimmung. Ja, die Suite Nr. 5 in C-Moll ist jetzt eine gute Wahl.

Sehnsüchtig hockt Leopold im Innenraum des Cellos und hofft auf baldiges Weitermusizieren. Sein erstes Erlebnis als mitschwingender Cello-Teil hat ihn begeistert. Endlich geht der Vortrag weiter. Wieder Bach. Ah, die C-Moll-Suite. Seine Inkorporation schreitet weiter voran. Bis jetzt wurde er in seinen neuen Zustand getrieben. Die wissende Brise stieß ihn ja geradezu in sein Glück.

Wer ihn kennt, versteht aber, dass er nicht gerne fremdbestimmt wird. Zuerst wurde er vom Abstecher in ewige Gefilde zurückbeordert und dann blies ihn die Brise in die Richtung, in die es wohl zu gehen hatte. Aber ab sofort nimmt er sein Nachleben in die eigenen Hände und wird selber aktiv. Aber wie soll das gelingen, wenn bei seinen Händen vermutlich der Verwesungsprozess schon einsetzt? Fürs Erste genießt er Bach. Eigentlich sollte er still innehalten und sich am melancholisch gespielten Vortrag ergötzen. Aber eine gewisse Enge seines Seins drängt nach Befreiung. Musikbegleitet schwingt er sich durch eines der F-Löcher nach draußen. Seine Geistgestalt dehnt sich aus, erfasst das gesamte Äußere und die hölzerne Haut des Instrumentenwesens. Er möchte seine Haut streicheln. Er sehnt sich nach Händen, nach Körperlichkeit. Mit seinen Händen hatte er Musikinstrumente erschaffen. Zupacken konnten seine Hände. Der Instrumentenbau verlangte auch feinmotorische Fähigkeiten, um filigrane Arbeiten auszuführen. Dadurch wurden seine Menschenhände mit fortschreitendem Alter immer feinfühliger. Er liebte es, Dinge wie auch Lebewesen anzufassen, Hände zu drücken und Körperteile zu berühren. Amputierte verspüren oft Phantomschmerzen in den fehlenden Körperteilen. Die Erinnerung an seine verlorenen Hände löst bei ihm analog ein phantomartiges Wohlbefinden aus. Diese phantomartigen Hände berühren nun zärtlich die Schnecke, die Wirbel, das Griffbrett, dann gleiten sie zum Resonanzkörper und zum Stachel. Nun hat er das Innere wie das Äußere des Instrumentenwesens erkundet. Wo finde er seinen Platz, seine neue Form von Körperlichkeit, seine Heimat?

Die Brise hatte ihn ja förmlich in seine neue Form gestoßen. Alles gut und recht, aber der neue Leopold kann nicht unverstanden annehmen, was ihm direktiv verpasst wird. Es drängt ihn nach Ordnung und klaren Verhältnissen. Also packt er es an. Sein Bewusstsein und sein Denken halten ihn wach, sind seine Lebenselixiere. Als lebendiger Toter hat er soeben erfahren, wie wichtig ein funktionierendes Denkorgan ist. Somit sucht er prioritär im Instrumentenkörper nach einem geeigneten Ort, dem er sein Gehirn zuordnen kann. Sein Menschenkopf krönte seine Gestalt. So soll es auch zukünftig sein. Sein Gehirn platziert er deshalb oben in der Schnecke. Seine Gehirnaktivitäten wirken ab sofort über die Schneckenwindungen.

Wie beim Instrumentenbau geht er schrittweise und geplant vor. Nach der Platzierung des Gehirns werden die Sinnesorgane inkorporiert. Die Suche für die Augen ist schnell beendet. Die beiden F-Löcher drängen sich auf. Damit hat er wieder ein linkes und ein rechtes Auge. Wunderbar!

Das Gehör, ein immens wichtiges Sinnesorgan für Musik, soll auf einer Höhe wie beim Menschen sein. Die Ohren sind so zu platzieren, dass sie ungehindert Tonsignale empfangen können. Ihr Platz? Natürlich in den Wirbeln. Entschlossenes Handeln wird ermöglicht durch kräftiges Drehen derselben, um Misstöne und Unstimmiges zu eliminieren. Sein absolutes Musikgehör funktionierte über ein linkes und ein rechtes Ohr. Neu ist er besser aufgestellt. Vier Ohren stehen ihm zur Verfügung. Dieses gesteigerte Hörvermögen wird ihm zukünftig noch nützlich sein.

Nun zum Geruchssinn, ein wunderbarer Sinn. Vorbeiziehende Gerüche angebratener Fleischstücke, Düfte einer kochenden Gemüsesuppe wie kurz vor der Mittagszeit aus Marcs Bistro-Küche regen gedanklich seinen Hunger an. Stillen kann er ihn ohne Verdauungsorgane aber nicht. Zwei zusätzliche Ohren kompensieren diesen Mangel nur teilweise.

Neugierige Menschen haben lange Nasen, so sagt man. Da das auch auf ihn zutrifft, hält er Ausschau nach einem Instrumententeil, der diesem Zuge Rechnung trägt. Das Griffbrett mit seiner imposanten Länge bietet sich hier als Ort für die Nase an.

Die Arbeit geht weiter. Der Geschmackssinn, für Genießer wie Leopold ist er unverzichtbar. Der Geschmack eines Glases feinen Bordeauxweins, herrlich. Die Kraft der Trauben auf dem fruchtbaren Boden der Gironde gereift, ihr Saft zum einzigartigen Rotwein verarbeitet, ein Geschmacksbouquet so voll und blumig, herb, tanninhaltig, himbeerfruchtig mit einem nachhaltigen Abgang. Geschmacklich können Menschen differenzieren, aber auch unterscheiden, können feststellen, ob ein Wein oder eine Speise essbar ist oder nicht. Leider kommt ihm bei diesem Thema der säuerliche Geschmack seines letzten Erbrechens als Todgeweihter nochmals hoch.

Bei Mund und Zunge tut er sich schwer, einen adäquaten Platz zu finden. Eigentlich gehören nach menschlicher Logik der Mund und die Zunge zum Kopf. Gehirn-, Ohren- und Nasenplätze sind schon vergeben. Die eingespannten Saiten sind nicht einzeln, sondern mehrfach vorhanden, eignen sich also nicht. Aber sie verschaffen eine Verbindung zum zungenförmigen Steg. Keck streckt der Steg seine Zunge gerade heraus, menschengerecht unter der Nase gelegen, aber instrumentenwesensgerecht zwischen dem linken und dem rechten Auge.

Für den Tastsinn und den Gleichgewichtssinn ist das bereits schon platzierte Gehirn zuständig.

Leopolds Schöpfungsprojekt nimmt Form an. Als Nächstes gilt es, den Celloteilen Atem einzuhauchen. Die Sinnesorgane platzieren, Holz- und Perlmutteile kunstvoll zusammenbauen, das beherrscht er. Aber wie schafft er es, Leben in die hölzernen Organe zu bringen? Der menschliche Körper besteht nicht nur aus Sinnesorganen und Hirn, sondern auch aus Verdauungs- und Geschlechtsorganen. Das Skelett ermöglicht einen aufrechten Gang. Damit Gehen möglich wird, braucht es Muskelmasse, vollgepumpt mit Blut. Die Pumpfunktion leistet das Herz. Nerven verbinden sinnvoll die einzelnen Körperbauteile, das Gehirn steuert. Die Lunge liefert den lebensnotwendigen Sauerstoff.

Sein Wille, Mut und Optimismus lassen ihn immer wieder Unbekanntes versuchen, Neuland entdecken, lustvoll. Dass manchmal etwas nicht gelingt, gehört dazu. Wenn es jedoch gelingt, löst das bei ihm Befriedigung, ja, Glücksgefühle aus. Doch allein ist er mit der Fortsetzung seines Projektes überfordert. Er überlegt, wie und wo er Unterstützung einholen könnte. Er zieht sich ins Innere des Cellos zurück. Ein Moment Ruhe wird ihm guttun. Als ob Jérôme seinen Wunsch nach Stille verstanden hätte, ertönen die tröstenden Schlussklänge von Bachs C-Moll-Sonate.

Jérôme legt den Bogen beiseite. Will aufstehen. Da hört er Klatschen. Er hatte nicht bemerkt, dass während seines Musizierens Rodolphe und Luc leise eingetreten waren und nun schon eine Weile hinter ihm stehen und seinem Musikvortrag zuhören.

Er wendet sich verlegen um. »Schon gut.« Doch der Beifall will nicht enden. »Ihr seid also vom schweren Gang zurück …«, sagt er dann langsam. Die Worte bereiten ihm Mühe. Trotzdem fragt er: »Wie war es?«

»Es war grausam. Leopold war der Erste, der hingerichtet wurde. Antoine starb knapp zwei Stunden später«, erzählt Rodolphe, er und Luc wirken noch sehr betroffen.

»Ich bin froh, nicht dabei gewesen zu sein. Ich hätte das kaum durchgehalten«, bemerkt Jérôme . Rodolphe nickt verständnisvoll.

Luc fährt fort und erzählt, dass ihrem Wunsch, den Leichnam Leopolds nicht in einem Armengrab zu beerdigen, entsprochen wurde. »Nach dem Ende der Hinrichtungen beorderte der verantwortliche Gardeoffizier vier Nationalgardisten, den Leichenkorb mit den körperlichen Überresten zum naheliegenden Friedhof Picpus zu tragen. Wir wiesen ihnen den Weg. Der Holzhändler Jean-Jacques Prévot und die schöne Sidonie schlossen sich unserem Trauerzug an. Wenigstens ein anständiges Grab für Leopold konnten wir durch die Anstrengungen der Vereinigung Französischer Luthiers organisieren«, berichtet er. »Der Totengräber erwartete uns vor dem geöffneten Grab. Mit vereinten Kräften hievten wir den schweren Flechtkorb ins Grab. Jean-Jacques zückte verlegen Leopolds ehemalige rote Jakobinermütze aus seinem Hosensack und warf sie auf den Flechtkorb. Sidonie verstreute ein Dutzend rote Rosen. Wo sie diese in so kurzer Zeit aufgetrieben hat, bleibt wohl ihr Geheimnis. Jedenfalls kann ich versichern, dass sie beim Eintritt auf den Friedhof nichts in den Händen trug. Wahrscheinlich hat sie im Vorbeigehen ihre geschickten Finger auf einem anderen frischen Grab spielen lassen. Dann schaufelte der Totenwärter, ein Gebet murmelnd, das Grab zu. Dort ruht er nun in Frieden.«

Im Innenraum des Cellos versucht Leopold zu verstehen, was da über ihn gesprochen wird. Er muss sich gewaltig anstrengen, um etwas zu hören, denn seine Wirbelohren sind noch nicht ganz funktionstüchtig. Von dem, was er mitbekommt, freuen ihn die geklauten roten Rosen Sidonies am meisten.

Nachdem alles erzählt ist, versorgt Jérôme sein Cellojuwel und verklebt behelfsmäßig das beschädigte Hinterhoffenster. Rodolphe wirft sich sein Jackett über und Luc wartet an der Eingangstür mit dem Schlüssel, um die Werkstatt abzuschließen. Bevor sie sich trennen, erwähnt Rodolphe, dass er morgen gegen 14:00 Uhr ins Atelier kommen wird, um mit Luc und Jérôme die Nachfolge des Geschäftes zu regeln. Für Jérôme kommt das überraschend. Luc scheint das nicht besonders zu bewegen. Die Tür fällt ins Schloss. Sechs Glockenklänge der Église St. Roch läuten den Abend des 17. Floréal 1795 ein. Das Geräusch hastiger Schritte dreier Männer verliert sich im Lärm des abendlichen Straßenverkehrs der Rue St.-Honoré.

Der lebende Teil Leopolds kringelt sich wie ein Fötus im Inneren des Cellos ein und bemerkt, dass draußen ein Frühlingsgewitter aufzieht. Der tote Teil Leopolds liegt schmerzbefreit und zweigeteilt auf dem Friedhof Picpus in ewiger Ruhe.

6. Nächtliches Rendezvous im Atelier Leopold Renaudins am 17. auf den 18. Floréal 1795

Im Cello gefangen, ist Leopold verunsichert durch das eindringende Wasser. Der Schrank, in dem Jérôme das Cello verstaut hat, liegt nur wenig höher als der Fußboden. Er wäre einem möglichen Hochwasser hilflos ausgesetzt.

Als sich der Sturm noch vor Mitternacht etwas gelegt hat, hastet Jérôme zum Atelier. Dort hängt er den Regenschutz an den Kleiderhaken, stellt den triefend nassen Schirm vor die Eingangstür und widmet sich unverzüglich der Entfernung des Wassers. Luc wohnt eine halbe Stunde Fußmarsch entfernt im Westen von Paris. So fällt sein Geschäftspartner als Nothelfer aus. Er wischt den Boden und trocknet ihn mit einem Lumpen. Glücklicherweise ist der Schaden nicht groß. Material und Instrumente sind unbeschädigt. Ein paar Wasserflecken auf dem Holzboden werden ihnen allerdings erhalten bleiben als Erinnerung an den 17. Floréal 1795, den Todestag Leopold Renaudins. Das Fenster flickt er erneut behelfsmäßig. Morgen wird er einen Glaser mit der Reparatur beauftragen.

Auf dem Heimweg durch die Nacht erinnern ihn die Klänge der Quartierkirche mit zwölf Glockenschlägen daran, dass die Zeit seines geliebten Patrons mit heutigem Datum definitiv und unwiderruflich abgelaufen ist. Seine Zeit, sein Leben laufen weiter. Auch er ist nur ein Mensch, der über ein ungewisses Zeitbudget auf dieser Erde verfügt. Die Art und Weise, wie er diese Zeit nutzt oder nicht, liegt weitgehend in seinen Händen. Das ist seine feste Überzeugung. Leopold war ihm da ein gutes Vorbild. Sein Leben war kurz. Aber er nutzte es radikal. Öfter deklarierte er, dass er einfach zu wenig Zeit in einem Leben finde, um alle seine Interessen zu verfolgen und seine Träume zu verwirklichen. Trotz seiner Vielseitigkeit verzettelte er sich nicht, sondern hatte die Fähigkeit, ja, die Gabe zu wissen und zu spüren, was jeweils für ihn stimmig war. Dabei vergaß er sein Umfeld nicht. Er verfügte über einen außergewöhnlich guten inneren Kompass. Und was er an ihm besonders schätzte, war seine Leidenschaft. Wenn er sich für etwas entschieden hatte, machte er es gut, konsequent und mit Begeisterung. Seine positive Lebenseinstellung hatte sich auch auf alle in der Werkstatt übertragen. Geschätzter Leopold, es war eine gute Zeit mit dir. Danke!

Morgen, besser heute, denn es ist nun bereits nach Mitternacht, wird er durch Rodolphe Kreutzer erfahren, wie es mit dem Geschäft weitergehen soll. Er ist gespannt, was er ihnen zu berichten hat. Sein Magengefühl verspricht nichts Gutes.

Während des gesamten nächtlichen Kurzbesuches Jérômes versucht Leopold, seinen Gedankengängen zu folgen, ist neugierig, was in Jérômes Innerem passiert. Toll, seine vier Wirbelohren funktionieren, sein Gehör kann ins Innere menschlicher Wesen eindringen, so dass er ihre Gedankengänge »hört«. Und sein »Schneckenhirn« speichert sie und er entscheidet dann, was damit geschieht. Seine Intelligenz beeindruckt ihn. Leider werden die Gedanken immer leiser, je weiter sich sein ehemaliger Geschäftspartner vom Atelier entfernt. Das Gehör funktioniert also wie früher? Je weiter weg vom Klangzentrum, desto schwächer der Klang. Oder befindet sich das neue Hörorgan noch in einem pränatalen Entwicklungsstadium? Begrenzungen erlebte Leopold früher oft als persönliche Einengung, Beschneidung seiner Möglichkeiten, was bei ihm ungute Gefühle auslöste. Diese melden sich nun auch bei der Feststellung, dass seiner Hörfähigkeit offensichtlich doch Grenzen gesetzt sind. Warum reagiert er so stark darauf?

Seine Augen überwanden diese Distanzabhängigkeit, sein Sehen wurde erweitert. Er wünscht sich von Herzen – wo befindet sich das eigentlich? –, dass sich seine neuen Hörfähigkeiten auch entsprechend weiterentwickeln.

Sein Gedankenfluss wird von einem wohlduftenden Windhauch abgelenkt. Die liebreizende Brise beglückt ihn mit einem nächtlichen Besuch. Flüsternd überbringt sie ihm die fehlenden Gedankengänge Jérômes. Er ist gerührt über die Wertschätzung und die Dankbarkeit gegenüber seiner Person. Ja, auch er schätzte seinen Compagnon, hatte immer eine besonders gut Verbindung zu Jérôme. Auch weil er ein ebenso guter Cellist ist, wie er es war.

Sein momentanes Hoch hat aber auch mit der charmanten Botin zu tun. Ihre Präsenz lässt sein Herz höher schlagen. Also doch, sein Herz lebt, wo auch immer. Warum dieses Hinterfragen, kommt Zeit, kommt Rat. Genieße den Moment, sagt er sich. So lässt er seinen Gefühlen freien Lauf, kehrt sein Inneres nach außen, gibt mit seinen F-Löcheraugen Signale von Verliebtheit. Sein erster Flirt als lebender Toter zeugt mehr von Leben als vom Tod. Er ist in Bewegung. Und sein weibliches Gegenüber nimmt seine Avancen mit Wohlwollen auf und haucht ihm sanfte, zärtliche Botschaften in seine vier Wirbelohren, was auf seinen Trommelfellen ein prickelndes Kitzeln auslöst.

7. Essen, die Verdauungsorgane sind gefordert, Überlegungen in der Nacht, 18. Floréal 1795, immer noch im Atelier Renaudins

So schnell, wie sie gekommen ist, so schnell verschwindet die liebreizende Brise wieder und lässt Leopold über alle vier Ohren verliebt und weiter an seinem Instrument werkelnd. Hirn und Sinnesorgane sind an ihrem Platz. Also beschäftige er sich mit den verbleibenden Organen, den Geschlechts- und Verdauungsorganen. Er versucht zuerst die Aufgaben dieser Organe zu verstehen. Was verdaut das menschliche Organ? Aufgenommene Nahrung. Was passiert mit dieser Nahrung während der Verdauung? Nahrungsaufnahme, die eigentliche Verdauung im Magen und Darm, dann Ausscheidung. Die Funktion von Magen und Darm interessieren ihn am meisten. Sie trennen die Nahrung in auszuscheidende Stoffe und Lebensenergie. So weit, so gut.

Seit Stunden hat er nichts getrunken und verspürt keinen Hunger. Aber über Energie verfügt er. Sein Denken und Fühlen funktioniert tadellos. Irgendwie wird er mit Energie versorgt, aber von wo? Ist seine Energiequelle organisch zu orten? Er weiß es nicht. Er weiß aber, Speisen waren für ihn meistens ein Ritual. Als Alleinstehender bekochte er sich öfter selber, schon am frühen Morgen kaufte er auf dem Marché les Halles ein. Frisches Saisongemüse, Fleisch, Fisch und bei der schönen Michelle aus Albi Südfrüchte. Südliches Temperament funkelte in ihren großen, dunklen Augen. Mit natürlichem Charme bediente sie, sicher auch heute wieder, die treue Kundschaft. Den prall gefüllten Einkaufskorb verstaute er in der Küche seiner Wohnung über dem Geschäft. Besonders genoss er ein gutes Mahl, begleitet von einem edlen Tropfen im Kreise seiner Freunde. Sehr gern tafelte er mit Gérard Ferrari, dem Weizenhändler. Als Unternehmer brachten sie ihre hartverdienten Batzen gelegentlich gemeinsam für einen kulinarischen Hochgenuss in den Geldumlauf. Es war eine angenehme Gewohnheit, dass sie monatlich zusammen essen gingen. Einmal beglückte sie die Küche in Marcs Bistro, dann war das Café du Commerce südlich der Seine an der Reihe. Marcs Küche ist konventionell, bodenständig und butterstark. So wie es die nördlichen Revolutionäre mögen. Die Küche des Café du Commerce bietet eine raffinierte Mischung aus dem typischen Pariser Großstadtangebot Cuisine du Marché und der olivenöl-freudigen Küche des Midi.

Ihr letzter Besuch im Café du Commerce erfreut heute noch seinen zungenbestückten Gaumen. Der Steg und seine hölzerne Umgebung vermelden Interesse an seinen kulinarischen Erinnerungen. Sein Schneckenhirn ist bereits über feinstoffliche Stränge mit dem Sinnesorgan Steg verbunden, ohne sein Zutun, großartig.

8. Die Sinnesorgane haben überlebt, Ode an die kulinarischen Freuden am Abend des 6. Floréal 1795 im Café du Commerce, eine Rückschau, 1. Teil

Kurz vor seiner Festnahme traben die vier vorgespannten Pferde, Gérards Luxuskutsche ziehend, an der Rue St.-Honoré 364 vor. Mit quietschenden Bremsen bringt der Kutscher die Nobelkarosse zum Stehen. In bester Feierabendstimmung schwingt sich Gérard aus dem Gefährt, kommt auf Leopold zu, freundschaftlich küssend begrüßt er ihn, öffnet mit einem höflichen Knicks die Kutschentür und weist ihm charmant lächelnd den besten Platz zu. »Na, wie war dein Tag heute, mein Lieber?«

»So lala, aber jetzt freue ich mich auf einen guten Abend mit dir.« Er bemerkt, dass Jérôme und Luc durch das Glas der Eingangstür schielen, beeindruckt und auch etwas neidisch. Auf der gegenüberliegenden Straßenseite herrscht bei Marc reger Apéro-Betrieb. Der kühle Weiße fließt in Strömen. Schon ist er in der Kutsche.

Gérard befiehlt dem Kutscher: »Abfahrt.«

Der Kutscher kennt den Weg und die Kutsche nimmt Fahrt auf, südwärts. Durch das abendliche Verkehrsgewimmel rollen sie im Kutschenstrom an der Seine entlang, überqueren den Place de Grève und biegen dann nach rechts auf die Pont Notre-Dame. Vorbei an der Kathedrale erreichen sie auf dem Hauptboulevard das Universitätsquartier. Einige hundert Meter nach der Sorbonne lenkt der Kutscher die Pferde links in die Konterallee. Sie halten vor der Eingangstür des Cafés du Commerce.

Ein schwarz gekleideter Pfortensteher öffnet ihnen ehrerbietig die Kutschentür, begrüßt sie wohlwollend und führt sie höflich flötend, »Seien Sie willkommen«, zu ihrem reservierten Tisch. Man kennt sie hier als wohlbetuchte und großzügige Gäste. Der Chef de Service selber bemüht sich sofort. »Darf es zur Begrüßung wie üblich eine Glas Champagner sein, natürlich auf Rechnung des Hauses, wenn Sie gestatten, sehr geehrte Herren?«

Mit standesbewusstem Lächeln gestatten sie es ihm. Innerlich schmunzelt Leopold über das Theater, das hier gespielt wird. Jeder beherrscht seine Rolle in Perfektion. Einmal im Monat macht ihm das Spaß, auch im Wissen um die köstlichen Speisen, die einem in diesem Gourmettempel aufgetischt werden. Da sich Gérard mehrmals in der Woche kulinarischen Genüssen hingibt, sieht man das an seiner, na, sagen wir es mal freundlich, stattlichen Figur. Aber er ist ja auch zehn Jahre älter als Leopold.

Mit weißen Handschuhen bringt Marius, ihr Kellner, auf einem silbernen Tablett den prickelnden Champagner. Er tänzelt durch den von Kerzen beleuchtenden Raum. Die freie Hand streckt er ihnen entgegen. Diese Geste vermittelt: Seht nur, ich bin nur für euch da, lasst euch verwöhnen. Eine schöne Haltung. Ebenso elegant nimmt er auch das Trinkgeld entgegen. Je größer das Trinkgeld, je tiefer die Verbeugung.

Heute nimmt sich Leopold vor, Marius zu verwöhnen. Mit einem stattlichen Trinkgeld will er seine Körpergeschmeidigkeit prüfen.

»Sehr zum Wohle, gnädige Herren«, zirpt ihr Garçon und stellt achtsam die beiden Kristallgläser auf ihren nobel gedeckten Tisch.

Gérard hebt feierlich sein Glas, schaut Leopold tief in die Augen und wünscht ihm für seine Zukunft alles Gute.

Vor drei Wochen hatte Gérard als einziges Nichtmitglied der Instrumentenbauer Frankreichs an deren Sitzung teilgenommen. Luc hatte das Treffen mit dem Ziel präsidiert, alles zu tun, dass Leopold aus dem Gefängnis entlassen und vom Gerichtshof des Konventes freigesprochen würde. Überraschenderweise wurde er tags darauf tatsächlich aus dem Gefängnis entlassen mit der Auflage, sich jeden Abend um Punkt 18:00 Uhr auf dem Posten der Revolutionsgarde an der Rue St.-Honoré 155 zu melden. Überwacht wurde er auch, aber darüber nicht informiert. Mittlerweile weiß er, als rechtserfahrener Gefangener, wie der Hase läuft, wie man Inhaftierte kontrolliert.

Gérard hatte wichtige Beiträge zum laufenden achtfach unterzeichneten Gnadengesuch und dem Gesuch auf Gefängnisentlassung auf Bewährung geliefert. Auch hatte er finanzielle Hilfe in Aussicht gestellt, wenn solche benötigt würde.

Fast alle Tische des Speiselokals sind in der Zwischenzeit besetzt. Ganz Paris ist anwesend. Da sitzen Professoren der Sorbonne, hohe Offiziere der Volksarmee mit ihren Frauen – oder sind es doch eher Edelkurtisanen? –, Studenten mit ihren Familienangehörigen, die mit ihnen auf eine bestandene Abschlussprüfung anstoßen, Politiker, Künstler und Schriftsteller. Allen scheint es blendend zu gehen. Gleichzeitig sterben Nacht für Nacht Dutzende von Menschen auf den Straßen von Paris. Die Versorgungslage ist besser als vor einem Jahr, aber die Preise der Grundnahrungsmittel steigen wieder. Ein großer Teil der Stadtbevölkerung hat den harten Winter 94/95 nur unter größten Entbehrungen überlebt.

Als Mitglieder des Wohlfahrtsauschusses, das für die inneren Angelegenheiten zuständig war und heute noch ist, bekämpften die Jakobiner diese unwürdigen Zustände vehement. Leider, wie man heute sieht, nicht mit durchschlagendem Erfolg. Die Gäste des Café du Commerce gehören zu den wenigen Einheimischen, die hier nicht von existenziellen Sorgen bedroht sind. Eine Oase der Glückseligkeit. Bevor ihn ungute Bauchgefühle befallen, verdrängt Leopold diese Gedanken mit dem letzten Schluck Champagner. Da steht auch schon der Chef de Service und übergibt ihnen die kunstvoll gestalteten Menükarten. Er lässt ihnen Zeit, diese zu studieren.

Leopold beobachtet, wie sein Gegenüber sich intensiv dem Angebot widmet. Er isst bereits beim Lesen. Mit zunehmender Dauer glänzen seine kleinen Äugelein immer lustvoller. Seine Hände streicheln unbewusst seinen prallen Bauch, als wolle er ihm sagen: Wir beide stehen kurz vor einem außergewöhnlichen Erlebnis. Verklärt wendet sich Gérard schließlich dem Chef de Service zu. »Sehr schön, Ihr Plat du jour, wirklich. Was empfehlen Sie uns? Das Tagesmenü oder eher à la carte?«

Der Chef de Service nimmt kerzengerade Haltung an, unterwirft sich dem Diktat der Hierarchie, der Gast ist König, und somit bleibt dem lieben Charles nur die Rolle des Sous-Chefs. Diese spielt er aber perfekt – und berechnend unterwürfig. Gérard wird vom Personal als reicher Stammgast wahrgenommen. Auch Leopold wird Respekt gezollt. Aber die prächtige Kutsche gehört Gérard, er frequentiert das Lokal öfter. Sein Freund wird zuerst begrüßt, gefragt, bedient und verabschiedet, obwohl sie freundschaftlich den Rechnungsbetrag teilen.

Charles spricht konzentriert und Gérard zugewandt mit moderater Stimme und empfiehlt das Plat du Jour. Gewissenhaft repetiert er das Geschriebene. Gérard freut sich, die Esspartitur vorgebetet zu bekommen. Der Küchenchef empfiehlt, heute mit atlantischen Austern zu beginnen, danach ein Frischgemüsesüppchen mit Safran und Crème fraîche gestreckt, als erste Hauptspeise eine in Olivenöl geschmorte Dorade mit Thymian-Kartoffeln. Er hält kurz inne und fragt sie dann stolz und feierlich: »Wie klingt das für Sie, verehrte Gäste?«

»Fürs Erste interessant«, antwortet Gérard mit lauter Stimme. Er erlaubt sich als König unter Königen ein stimmliches Klangvolumen, das noch im hintersten Winkel des Speisesaales wahrgenommen wird. Diese machtdemonstrative Antwort schüttelt Charles innerlich durch. Sein feinfühliges Wesen verträgt das fast nicht. Was denken die anderen Gäste? Er versteckt die Erschütterung hinter seinem rollengeübten Gesicht, sucht unbewusst nach Hilfe in seiner Notlage. Er wendet sich Leopold zu.

Verständnisvoll nickend stimmt dieser dem königlichen Kommentar zu. Wenn er mit seinen kräftigen, der Situation sicher nicht angemessene Jurorenstimme antworten würde, wäre der liebe Charles bestimmt dem Zusammenbruch nahe.

Sich nun wieder seiner Rolle sicher, fährt Charles monoton mit dem Menüvortrag fort. »Dann können Sie wählen, ob Sie als zweiten Hauptgang Coq au Vin bestellen, übrigens heute besonders zu empfehlen, oder direkt zum Dessert wechseln. Mit Mousse au Chocolat und Apfelkuchenstücken können Sie Ihr Abendmahl ausklingen lassen. Natürlich können Sie auch à la carte speisen. Sie kennen ja unsere Hausspezialitäten.«

Sie entschließen sich für das Tagesmenü. »Das ganze Programm«, antwortet Leopold und wartet auf die Reaktion Gérards. An seinem verdutzten Ausdruck erkennt er, dass er ihn mit seinem Vorpreschen überrascht hatte.

Gérard bekundet sein Einverständnis nicht mit diskretem Kopfnicken, sondern vermeldet mit gewichtigem Ton: »Genau so sehe ich das auch.« Dann sichert er sich mit der Bemerkung: »Aber heute bezahle ich«, notabene, ohne Leopolds Einverständnis einzuholen, den ihm seiner Überzeugung nach zustehenden Führungsanspruch.

Heute lässt Leopold ihn gewähren, weil er es vordergründig gut meint. Gérard hat seine mühsamen Seiten wie die meisten Menschen. Zu zweit in gewohnter Umgebung harmonieren sie bestens. Sobald sie sich in einer Gesellschaft oder wie heute in einem Restaurant aufhalten, übermannt Gérard sein Geltungsbedürfnis. Dann zeigt er allen, was für eine wichtige Persönlichkeit er ist. Er markiert sein Revier als Platzhirsch, manchmal mit einer peniblen Penetranz.

»Welchen Wein darf ich Ihnen servieren, meine Herren?« Natürlich erwartet Charles eine Antwort von Gérard. Es geht ja um eine wichtige Entscheidung.

»Was empfehlen Sie, mein lieber Charles?«, fragt Gérard.

Et bien, Charles wird geliebt. Er respektiert die Hackordnung. Leopold wünscht Charles, dass er jenseits seiner Arbeit wirkliche Liebe empfangen darf.

»Zu den Austern passt ein Chablis von Villemain. Wir servieren ihn gekühlt, damit die Spritzigkeit besser zur Geltung kommt. Der 89er-Jahrgang bekam weniger Sonne, somit ist er im Geschmack trockener als der fruchtige 90er. Zu Meeresfrüchten empfehle ich eher den trockenen Wein. Auch zum Fischgang passt er bestens. Zum Coq au Vin könnte ich mir einen leichten Roten aus der Touraine oder dem Burgund vorstellen.«

»Wie ich dich kenne, mein Freund, mundet dir der trockene Weiße und dann der leichte Rote aus der Touraine am besten«, donnert Gérard.

Lächelnd nickt Leopold.

Gewissenhaft notiert Charles die Bestellung und verschwindet lautlos.

Marius stellt im Vorbeigehen ein hübsches Porzellantellerchen gefüllt mit ölig glänzenden Oliven, etwas Brot und eine Karaffe Wasser auf ihren Tisch.

Im Lokal herrscht eine ausgelassene Stimmung. Korkenzapfen knallen, Bestellungen werden aufgenommen, am Offizierstisch wird gelacht. Zwei Kurtisanen sind sich dort in die Haare geraten. Ihr Gekreische übertönt für Momente den normalen Geräuschpegel.

Gérard genehmigt sich eine Olive. Schon steht der Chef de Service wieder vor ihnen. In der einen Hand balanciert er geschickt zwei Weinschwenker, in der anderen trägt er anscheinend schwerelos die Flasche Weißwein. Elegant und mit einem geübten Griff langt er in die rechte Tasche seiner weißen Kellnerjacke und entkorkt mit dem Korkenzieher die Flasche. Dabei berührt Gérard das Glas der Flasche und schaut Charles in die Augen. »Scheint mir wenig gekühlt, mein Lieber. Aber vielleicht täusche ich mich. Lassen wir doch meinen Tischpartner probieren.«

Leopold winkt ab. Charles schenkt ein wenig Wein ins Glas, schwenkt ihn sanft, prüft im Kerzenlicht seine Klarheit und übergibt mit einem kleinen Knicks das Glas dem Degustanten. Mit ruhiger Hand führt Gérard dieses unter die Nase, prüft den Geruch und nimmt einen Schluck. Langsam und mit leicht schlürfendem Ton lässt er den Wein durch seinen Gaumen fließen. Gespannt wartet der Sous-Chef auf die Beurteilung. »Wunderbarer Tropfen«, meldet die königliche Stimme schließlich. »Aber der Inhalt der Flasche ist nicht kühl genug.«

»Ah ja, mein Herr«, antwortet Charles enttäuscht. »Kein Problem.« Kurze Zeit später taucht Charles mit einer neuen Flasche auf, begleitet vom Patron Monsieur Guy Dupont.

»Guten Abend«, jovial begrüßt er Gérard und Leopold mit einem angenehmen Händedruck und entschuldigt sich. »Diese Flasche wird Sie überzeugen, meine Herren.« Charles öffnet die Flasche. Der Patron füllt selber gekonnt das Weinglas und übergibt dieses Gérard.

Er versucht sich zum zweiten Mal. Nach einer Kunstpause nickt er zustimmend. Begleitet von einem kräftigen »C'est bon« gibt der König endlich sein Einverständnis.

»Kann ich sonst noch etwas für Sie tun, Herr Ferrari? Bei Charles sind Sie ja wie üblich gut aufgehoben. Nein? Gut.« Damit rauscht er zur nächsten Feuersbrunst. Lachend mischt er sich unter die Militaristen und löscht mit seinem Humor in Kürze das ausgebrochene Feuer zwischen den zwei sich prügelnden Kurtisanen.

Würdevoll betreten nun Marius und seine Kollegen die Bühne. Sie schwärmen aus, verteilen sich in alle Richtungen des festlich erleuchteten Speisesaales. Die Chefs de Service überwachen ihren Auftritt aus der Distanz. Der Patron dirigiert seine Brigade. Mit besten Manieren werden die Entrées der honorigen Gästeschar aufgetischt. Ein feiner Meeresgeruch verbreitet sich im Speisesaal. Die meisten Gäste haben sich für das Tagesmenü entschieden, beginnen also mit den Austern. Gläser klingen, dann herrscht plötzlich Stille. Gérard schmatzt ungehemmt. »Na, Duponts Belons sind wieder mal spitze«, schwärmt er.

Da hat Leopold keine Mühe, sich seiner Meinung anzuschließen. Er genießt das zarte Innere der Muschel, beim Kauen erlebt sein Gaumen einen Meeresgeschmack erster Güte. Er glaubt sich in der Bretagne.

9. Der Mensch lebt nicht vom Brot allein, ein Requiem für Johann Sebastian Bach, der verzauberte Rodolphe empfängt illustre Gäste am 10. Thermidor 1790

In der Gegenwart befindet sich Leopold aber nicht in der Bretagne, sondern im Inneren seines Cellos in der Rue St.-Honoré 364. Nach diesem gedanklichen Ausflug in seine menschliche Vergangenheit holt ihn die neue Realität wieder ein. Wo war er stehen geblieben? Ja, bei den Verdauungsorganen, der Nahrungsaufnahme, darum der Exkurs in seine kulinarische Vergangenheit.

Er lebt momentan ohne Speis und Trank. Sein Schicksal beschert ihm nicht hartes, sondern gar kein Brot. Aber sein intaktes Erinnerungsvermögen lässt ihn am kulinarischen Genuss weiterhin teilhaben, wenigstens gedanklich. Sein gewagter Versuch, sich selber eine neue Körperlichkeit zu erschaffen, befindet sich noch im Anfangsstadium. Mit seinem jetzigen Wissensstand geht er davon aus, dass die Sinnesorgane funktionieren. Eine Speise wird normalerweise beschnuppert, gekaut, geschmacklich beurteilt und aufgegessen. Und dann? Wo sind seine Verdauungsorgane? Was geschieht nach der Nahrungsaufnahme? Fällt das Unverdaute in ein Loch? Aber: Der Mensch lebt nicht vom Brot allein. Genau! Was ernährt den Menschen neben Brot? Musik! Musik, leidenschaftlich komponiert und interpretiert, ist Nahrung für Körper, Geist und Seele. Sein leidenschaftliches Musizieren auf Erden beschränkte sich auf die Interpretation von Werken. Manchmal hätte er sich mehr Zeit gewünscht, um sich auch im Komponieren zu versuchen, wie es Rodolphe Kreutzer tat.

Was im Kopf eines Musizierenden abläuft und was den Unterschied zwischen einem schönen und verzaubernden Vortrag ausmacht, darüber versucht er sich heute Klarheit zu verschaffen. Sein menschliches Hirn verstand Noten. Blitzschnell verarbeitete es seine Vorstellungen und Empfindungen, leitete die Impulse an seine geübten Hände weiter und steuerte die gesamte Motorik seines Körpers. Eine schlichtweg phänomenale Leistung. Feinfühlig tasteten sich seine Finger, der Melodie folgend, über das Griffbrett, berührten das Instrument intensiv und vibrierend im direkten Körperkontakt. Mensch und Instrument befanden sich in einer natürlichen Verbindung. Seine zweite Hand führte den Bogen achtsam. Mit feinen Druckunterschieden auf den Bogen, den Wogen der Melodie folgend, streichelte er die Saiten, mal zärtlich, mal kräftig. Sein Strich ließ das Cello vibrieren. Er entlockte ihm meistens schöne Klänge

Musik kann verzaubern. Sein neues Hirn erinnert sich gerne daran. Aber wie entsteht aus wunderschönen Tönen eine wundersame, zauberhafte Klangwelt? Er vermutet, dass es mit Schwingungen zu tun hat. Wenn Cello und Musiker im Gleichklang schwingen, eng umschlungen, beim Cellieren ist das so, entsteht möglicherweise eine solche Nähe, dass die beiden Körper eins werden, miteinander verschmelzen.

Professor Rodolphe Kreutzer bewunderte sein Cellospiel, er, als hochdekorierter Berufsmusiker. Zweimal pro Woche traf sich ihr Trio im Konservatorium zum Musizieren. Manchmal hielt Monsieur le Professeur de Musique plötzlich inne, befahl dem Pianisten Pascal Lemaire und Leopold, ihren Vortrag zu unterbrechen. Dann bat er Leopold, eine soeben beendete Passage nochmals solo zu spielen. Wenn das der Fall war, wusste er, dass sein Spiel ihn beeindruckt hatte. Von seinem Wunsch geehrt, gab er sich dann erneut dem Musizieren hin. Ehrfürchtig lauschend folgten seine achtsamen Zuhörer der Melodie bis zu den Schlussklängen, bis diese, immer leiser werdend, sich in der Unendlichkeit verloren. Nach der solo beendeten Passage herrschte meistens eine gute Weile einfach Stille. Lob bekam er auch von Pascal.

Stark berührt war er, als sie Kammermusik spielend Rodolphes vierzigsten Geburtstag feierten, der übrigens mit dem Todestage Johann Sebastian Bachs am 28. Juli 1750, alter Kalender, zusammenfiel. Er sagte zu Rodolphe: »Ich beschenke dich heute nicht mit großen Worten, sondern versuche es mit Musik, so kann ich meine Gefühle besser ausdrücken.«

»Ich bin gespannt, lieber Leopold«, antwortete das Geburtstagskind in freudiger Erwartung.

Leopold fand es bemerkenswert, dass der Geburtstag Rodolphes mit dem Todestag Bachs zusammenfiel. Geburt und Tod sind für ihn eine Form der Transformation. Bei der Geburt treten die Menschen in die irdische

Realität, die sie mit ihrem Tod wieder verlassen. Tod und Geburt gehören zusammen.

Er hatte mit Akribie an den Details der 5. Solo-Suite des Musiktitans gearbeitet. Zehn Tage, oder besser gesagt Nächte, hatte er sich bemüht, sein Spiel zu perfektionieren. Dies war neben seinen intensiven geschäftlichen und politischen Aktivitäten geschehen.

Nach dem Schlussakkord folgte die übliche Stille. Und dann? Glücksgefühle umarmten ihn und seine Freunde. Zuerst nur fein spürbar, dann empfanden sie diese immer intensiver, bis ihre Körper erschauerten. Das Glänzen in den Augen seiner Freunde vermittelte ihm, dass sie Gleiches fühlten. Nach diesem kurzen, aber unvergesslichen Moment erhob sich Rodolphe von seinem Stuhl, im Vorbeigehen schlug er Pascal freundschaftlich auf die Schulter, danach umarmte er Leopold. »Danke«, sagte er, »du bist ein Genius, zwar nicht immer, aber du hast mit deinem heutigen Spiel bewiesen, dass ein begnadeter Musiker seine Zuhörerschaft verzaubern, ja, glücklich machen kann. Du hast mich reich beschenkt. Dein Vortrag war auch eine Ode ans Leben und gleichzeitig ein Requiem für Johann Sebastian Bach.«

10. Zurück im Café du Commerce, weitere kulinarische Höhepunkte und ein Sorbet Citron mit Geheimnissen, dunkle Gestalten, ein Fluchtplan entsteht am späteren Abend des 6. Floréal 1795, eine Rückschau, 2. Teil

Nach so viel musikalischer Nahrung erinnert er sich erneut an den Abend des 6. Floréal 1795 bei Guy Dupont. Hier steht wenigstens am Anfang weiterhin das Kulinarische im Vordergrund – Nahrungsaufnahme gastronomischer Spitzenklasse.

Nachdem Gérard und er mit einem frischen knusperigen Brot – oh, ist Brot doch eine herrliche Speise – und einem kräftigen Schluck aus der Wasserkanne ihre Kehlen gereinigt haben, geht's zum ersten Hauptgang. Im Hintergrund hat sich eine Musikkapelle aufgestellt. Der Patron gibt das Zeichen zum Beginn. Bevor er seinen Kellnern den Eintritt in die heiligen Hallen seines Gourmettempels erlaubt, gibt er stets den Einsatz an den Kapellmeister. Drei feierliche Tuschs, dann dreht er sich um und dirigiert seine startbereite Kellner-Brigade zu den Gästen. Wieder schwärmen sie aus, beladen mit silbernen Platten, wie Bienen, die sich um ihre Wabentische kümmern. Diskret summt die Kapelle. Gekonnt wird serviert. Nahtlos reihen die Chefs de Service sich in den Torso und kümmern sich um den Weinausschank.

Das Stochern von Bestecken begleitet das sanfte Klirren der Gläser. Das Augenmerk gilt dem Genuss des ersten Hauptganges. Man parliert angepasst und diskret. Die Kapelle spielt Hintergrundmusik. Gérard und Leopold sprechen kaum. Gérard teilt seinen Wohlgenuss schmatzend, nein, singend mit. Immer wieder gibt er krächzende Laute von sich, gurgelt ungehemmt und dem Wein ergeben, sendet Leopold geheime Botschaften, augenzwinkernd, deren Entschlüsselung nur unter den Freunden möglich ist.

Eine ihrer Tischnachbarinnen widert ihr Verhalten an. Leopolds gute Ohren erlauben ihm im Stimmengewirr zu hören, wie die Entsetzte zu ihrer Tischnachbarin sagt: »Unglaublich, diese Manieren, zu Zeiten Louis XVI. wäre uns ein solches Gesindel nicht zu Gesicht gekommen.«

Es ist nicht mehr wie früher. Während der Regentschaft der Jakobiner hätte sich diese Dame niemals erlaubt, auch mit gedämpfter Stimme nicht, so etwas öffentlich kundzutun. Ja, die Zeiten ändern sich. Das letzte Stücklein Fisch ist mit dem wunderbaren Schluck Chablis hinuntergespült.

Leopold unterbricht die laute Stille. Er müsse mal austreten, informiert er seinen Kumpel, steht auf und begibt sich zu den Toiletten. Sobald die Toilettentür hinter ihm ins Schloss gefallen ist, beginnt er leise zu pfeifen. Eine Angewohnheit aus seiner Kindheit. Er öffnet seine Hose und pisst guten Mutes. Entlastet dreht er sich um – und hat plötzlich ein ungutes Gefühl. Das Pissoire ist großzügig angelegt. Bis zu einem Dutzend Männer können da mal gleichzeitig. Beim sorglosen Eintreten verließ ein Mann das Örtchen. Leopold pfiff etwas lauter, weil er sich allein fühlte. Jetzt sind plötzlich drei Gestalten anwesend. Haben die alle gleichzeitig ihr dickes Geschäft in den vier angegliederten Häuschen erledigt? Der eine steht unmittelbar vor dem geöffneten Außenfenster, der Zweite lehnt gelassen an einer Seitentür. Der Dritte nähert sich Leopold. Auch sein Gesicht kann er nicht wirklich erkennen. Ohne seine Hände am Waschtrog zu säubern, verlässt er fluchtartig die Toilette.

Gérard hat sich ein Supplement Fisch bestellt. Gierig knappert er an seiner zweiten goldbraun gebratenen Dorade. Hat er vergessen, dass sie einen zweiten Hauptgang geordert hatten? Er wendet sich Leopold genüsslich zu. »Köstliche Dorade! Willst du …?«

Leopold unterbricht ihn: »Nein, danke …«

Marius schenkt Weißwein nach.

Gérard prostet seinem Freund zu, stutzt und fragt: »Was ist? Du bist ja kreidebleich.«

Im Flüsterton erzählt ihm Leopold von seinem Toilettenerlebnis.

Gérards Augen verdunkeln sich ängstlich. »Wir wissen, dass du überwacht wirst, aber mit einem solchen Aufgebot.«

Sie überlegen, was zu tun ist. Sofort abhauen, sich nichts anmerken lassen, ruhig weiteressen und schauen, wie sich alles entwickelt? Sie entscheiden sich für Letzteres.

Gérard versucht seine Betroffenheit zu überspielen. Er beordert Charles zu ihnen an den Tisch. »Bevor wir mit dem zweiten Hauptgang beginnen, will ich eure Weinkarte mit den Spezialitäten durchgehen. Der empfohlene Rote aus der Touraine mag von guter Qualität sein. Heute kommt aber nur der beste Tropfen auf den Tisch. Wir zwei«, Gérard wirft Leopold einen bedeutungsschwangeren Blick zu, Leopold nickt, »haben soeben ein vielversprechendes neues Geschäftsfeld ermittelt. Darauf muss angestoßen werden.«

»Ja, darauf muss angestoßen werden«, repetiert der Chef de Service beeindruckt. Marius kann seinen Gästen die Wünsche von den Lippen ablesen und stellt fest: Ah, der vollleibige Weizenhändler vom anderen Ufer der Seine hat sich mit seiner zweiten Dorade übernommen.

Marius macht sauberen Tisch für die weiteren Köstlichkeiten. Monsieur Dupont kommt mit den Weinkarten persönlich anmarschiert. Was heißt da Karte, nein, ein richtiges Messbuch aus feinem Leder und mit goldenem Seitenbund ist das. Freundlicher als freundlich beglückwünscht er uns zum neuen Geschäft. »Verstehe, das muss richtig gefeiert werden. Nehmen Sie sich Zeit, werte Herren, mit Ihrer Wahl. Die Küche ist mit den Presshühnern sowieso zeitlich ein wenig im Verzug.«

Der Chef de Service am Nebentisch öffnet eine Flasche Roten aus der Touraine. Die beiden Alten schielen komisch berührt herüber. Die eine tuschelt zur anderen: »Typisch neureiches Gehabe.« Sie kennt die exorbitanten Preise im Messbuch.

Leopold spricht leise mit Gérard. »Ich glaube, die wollen mich heute wieder verhaften. Die schönen Tage von Aranjuez sind wohl vorüber. Wenn dem so ist, ist das heutige Dinner mein Henkersmahl. Wenn sie mich zehn Tage vor dem offiziellen Richtdatum erneut einkerkern, kann ich kaum mehr auf Gnade hoffen.«

Gérards Schweigen zeigt seine Betroffenheit.

Dupont schlägt eine Bresche in die Kellnerschar und kämpft sich an ihren Tisch vor. »Na, meine Herren, bitte etwas fröhlicher, ihre zündende Geschäftsidee verdient das doch.« Sie zeigen Dupont sofort ein breites Lächeln, was ihn beruhigt. Er zieht seinen Bestellblock hervor.

»Mit Monsieur Courtefique, dem Zollinspektor mit dem singenden Accent des Midi, habe ich hier letzte Woche einen 85er Bordeaux getrunken, oder war es der 84er-Jahrgang?«, bemerkt Gérard.

»Ein 84er, der ist vollmundiger und hat, wie Ihnen sicher noch in guter Erinnerung ist, einen einmaligen Abgang, himbeerfruchtig mit einem raffinierten Schuss Tannin, der von langjähriger Lagerung in edlen Bariquefässern stammt.«

Das Angebot des Patrons überzeugt. »Auch wenn ein Bordeaux schwerer ist als ein Roter aus der Touraine, diese Qualität passt zu vielen Speisen«, sagt Gérard. Die Bestellung wird erteilt.

Kaum ist der Patron weg, nähert sich der Kutscher Gérards vorsichtig, tief beeindruckt von der königlich anmutenden Atmosphäre ihres Tisches. Er ist hier nicht erwünscht, das weiß er, trotzdem bricht er ein Tabu. Mit gesenktem Blick überreicht er seinem Patron ein Couvert. »Eine wichtige vertrauliche Botschaft für Sie beide«, flüstert er und verneigt sich verlegen, bevor er seinen Weg zurück antritt. So leise, wie er gekommen ist, so leise ist er wieder entschwunden.

Gérard öffnet vorsichtig das Couvert, atmet tief durch und schiebt Leopold das Geschriebene über den Tisch zu. Da steht in der zittrigen Handschrift des Kutschers: Seit einer halben Stunde ist das ganze Lokal von grün gekleideten Gardesoldaten umstellt, auch unter die Zivilisten haben sich Sicherheitsleute gemischt. Ich habe gelauscht. Es scheint, dass sie beauftragt sind, Leopold Renaudin zu verhaften.

Es fällt ihnen schwer, aber irgendwie schaffen sie es, mit einem breiten Lächeln ihre gespielte Freude echt erscheinen zu lassen. Der Patron verkauft nicht jeden Tag einen solchen Spitzenwein. Guy Dupont müsste acht Gourmetmenüs an die Gäste bringen, um den gleichen Erlös zu erzielen wie mit einer Flasche 84er Bordeaux.

Der Patron selbst öffnet die teure Flasche und das bekannte Ritual nimmt seinen Lauf. Der allseits als exzellent beurteilte Wein fließt behutsam in eine kristallene, mit filigranem Goldmuster versehene Karaffe. An den Rändern des Gefäßhalses bilden sich feine tiefrot glänzende Schichten, die sich mit dem letzten Tropfen im Inneren der Karaffe verlieren. Dies soll einen qualitativ großen Wein auszeichnen. Der Priester des Rituals empfiehlt ihnen, den Tropfen noch mindesten zwanzig Minuten ruhen zu lassen. »Um die Zeit zu überbrücken, spendiere ich ein schönes Entremet«, fügt Monsieur Dupont dann noch hinzu. »Was halten Sie von einem erfrischenden Sorbet Citron?«

Das nehmen sie gerne an.

Sie nutzen die Esspause und unterhalten sich mit gedämpften Stimmen über die missliche Lage. Flucht scheint fast aussichtslos. »Soll ich mich diskret ergeben?«, fragt Leopold.

Gérard denkt, Ausschau nach Verbündeten zu halten, könnte aussichtsreich sein. Wer eignet sich, um sich mit ihnen zu verbünden?

Gérard denkt laut im Flüsterton: »Wir stiften Krawall, legen uns mit dem Militär an, du schreist eine der Kurtisanen an, bezeichnest sie als Schlampe, die dich betrügt. Du zerrst sie vom Tisch weg und versuchst sie zum Ausgang zu schleifen. Ich werde dir behilflich sein. Im schlecht beleuchteten Ausgang verschwinden wir in einer dunklen Ecke. Ich werde ihr zwei große Goldduka-ten anbieten, dafür wechselt ihr eure Kleider. Und du verlässt das Lokal durch den Haupteingang, als Frau unerkannt. Was meinst du?«

Leopold überlegt kurz. »Nicht schlecht, aber gehen wir die kritischen Punkte noch einmal genau durch. Wir befinden uns zurzeit im Krieg mit den Königshäusern Europas, die tafelnden Offiziere sind kampftauglich. Die jungen Kurtisanen haben ihre Prügelfähigkeiten vor wenigen Minuten unter Beweis gestellt. Ich fühle mich stark. Aber, mein lieber Freund und Kupferstecher, glaubst du wirklich, dass du, zwar mit erheblichen Erfahrungen an der Fressfront versehen, jedoch kriegsfrontunerfahren, den Kampf mit gestählten, muskulösen Kriegern siegreich gestalten kannst? Du würdest sofort überwältigt und ich stürbe, allein kämpfend, vorzeitig einen Heldentod.«

»Aber vielleicht können wir die Offiziere mit einer List übertölpeln und die Kurtisanen mit einem schönen Batzen für unser Anliegen gewinnen? Wollen wir unsere Strategie diesem neuen Aspekten anpassen«, kontert sein fetter Freund.

»Strategie, ja, das braucht es natürlich, um erfolgreich Geschäfte zu machen«, wirft Monsieur Dupont verständnisvoll ein. Plötzlich steht er wieder am Tisch.

Halb ertappt, wechseln die zwei rasch das Thema und wenden sich dem originell dekorierten Sorbet zu.

»Speziell für Sie, Herr Ferrari, und natürlich auch für unseren lieben Herrn Renaudin dekoriert! Würdigen Sie die Dekoration, bevor Sie das Sorbet verschlingen«, schließt er seine kleine Ansprache und mustert dabei schmunzelnd Gérard. »Unser Patissier ist ein Künstler, aber kein abgehobener. Seine süßen Kreationen erfreuen nicht nur den Gaumen, sondern können auch mit den Augen genossen werden, und beinhalten«, er hält kurz inne und sieht seinen beiden Gästen listig in die Augen, »manchmal auch Geheimnisvolles, das es zu entziffern gilt.« Er bekräftigt die Wichtigkeit seiner verschlüsselten Botschaft mit einem ordentlichen Nicken des Kopfes und wendet sich dann anderen Gästen zu.

Die Freunde erwidern leicht verwundert sein Kopfnicken. »Meinst du, er weiß, wie es um mich steht?«, fragt Leopold leise.

»Ich glaube, ja«, antwortet Gérard.

Die beiden Alten am Nachbartisch haben krampfhaft versucht, wenigstens Bruchteile der Konversation mitzubekommen. Ihre missmutigen Gesichtsausdrücke vermitteln, dass das nicht erfolgreich war.

Kleine grüne Minzblätter zieren die gelbe Glace-Kugel kreisförmig. Ein Blatt fehlt, damit der Kreis ganz geschlossen wäre, und das bei beiden Sorbets. In der Kugelmitte stecken je zwei saisonfrische Erdbeeren auf Zahnstochern, sie erkennen beide die formlich wie farbliche Ähnlichkeit zu Jakobinerhüten. Außerhalb des grünen Dekorationskreises, dort, wo der Kreis nicht geschlossen ist, ist eine aus Zuckerguss aufgeklebte Brücke an der Kugel befestigt. Was soll ihnen dieses Dekorationsbild mitteilen? Ihre Hirne arbeiten. Wenn sie weiter so intensiv denken, schmilzt das Sorbet allein durch ihre Denkwärme in Kürze. Vorausblickend schlägt Leopold Gérard vor, weil beide Sorbet-Dekorationen identisch sind, dass sie eines der Bilder von der Kugel heben und es in der gleichen Form auf einen der bereitstehenden weißen Porzellanteller kleben. Wie ausgebreitete Tarotkarten liegt nun das Geheimnis, das es zu entlüften gilt, vor ihnen. Sie versuchen es zu verstehen, fürs Erste ohne Erfolg. Leopold hält inne und fragt Gérard: »Was meinst du? Ich bin verwirrt, sollen wir unsere Militärstrategie weiterverfolgen oder uns dem Rätsel Duponts widmen?«

»Für einen neuen anderen Ansatz fehlt uns die Zeit.«

Lustlos stochert Leopold im Zitronensorbet.

Gérard scheint überfordert. Schließlich raunt er: »Für schwirige Situationen wie diese habe ich immer einen Notgroschen in meinen Jacken.« Vorsichtig dreht er eine der verschlossenen Innentaschen kurz nach außen, öffnet mit einem Messer ansatzweise, und durch eine Serviette gut getarnt, ein wenig die Naht. Mehrere Louis d'or glänzen dort.

»Geld ermöglicht viel, aber nicht alles«, bemerkt Leopold. Intuitiv widmet er sich wieder dem dekorierten Porzellanteller. Gérard sitzt gedankenversunken vor seinem leeren Glas Sorbet. Auch wenn Ferrari sich politisch nie festgelegt hat, teilte er überwiegend Leopolds politische Ansichten. »Ich habe verschiedenste Kunden, dies erlaubt mir nicht, mich politisch einzugrenzen, sonst läuft mir ein Teil der Kundschaft weg«, pflegte er zu sagen. »Das kann ich mir nicht leisten.« Aber dem Jakobinergedankengut nahe, vermutet man Dupont in seinem Bekanntenkreis.

Die zwei roten Erdbeeren sind Gérard und Leopold. Aber was bedeuten die kreisförmig angelegten grünen Blätter? Wer erwähnte noch die Farbe Grün? Leopolds Gedanke kreisen, ja, Gérards Kutscher erwähnte, dass ganze Lokal sei von grünen Gardisten umstellt. »Wir sind im grünen Kreis gefangen«, murmelt Leopold. Ein Blatt fehlt, jawohl, ein Blatt fehlt. Sein Freund erwacht aus seiner Agonie. Er nimmt ihn auf die Wanderung seiner Gedankengänge mit. »Was sagt die Brücke, wohin führt sie? Was repräsentiert sie? Macht sie den Kreis durchlässig? Führt sie aus der Umzingelung heraus?«

Der Dicke wischt sich mit seiner Serviette den Schweiß aus dem Gesicht. Leopold blickt beiläufig auf seine Serviette – das braun eingestickte Signet Duponts Gourmettempels ist eine Brücke. Auch auf seiner Serviette ist dasselbe Signet. Es fällt ihm wie Schuppen von den Augen. Die Brücke ist Monsieur Dupont, der Patron des Hauses. Dupont zeigt ihnen, dass er den Ernst ihrer Lage kennt. Über seine Person können sie eine Brücke nach außen schlagen. Vielleicht ist er bereits ihr Verbündeter?

Fast lässig nähert sich Dupont erneut. »Na, wie geht es den Geschäftsherren?«

»Vielleicht geschäften wir bald zusammen«, antwortet Leopold. »Die Karte auf dem Porzellanteller geben uns deutliche Hinweise für eine mögliche Zusammenarbeit.« Er platziert die beiden aufgespießten roten Erdbeeren gegenüber der Zuckerbrücke, eine nach der anderen, mit der Bemerkung: »Außerhalb des grünen Minzringes herrscht Freiheit.«

Dupont schmunzelt. Er wendet sich kurz ab, bemächtigt sich eines Stuhles und eines Weinschwenkers vom angrenzenden nicht besetzten Tisch und fragt: »Darf ich mich kurz zu Ihnen setzen, liebe zukünftige Geschäftspartner?« Natürlich darf er. »Ich freue mich auf die Zusammenarbeit. Mein Beitrag wird Ihnen sicher weiterhelfen«, fährt Dupont fort. Er nimmt sich die Weinkaraffe und füllt uns dreien achtsam die Gläser. Dann sagt er laut: »Auf gute Geschäfte!«

Am angrenzenden Tisch spitzen die zwei alten Weiber erneut die Ohren, saugen jeden hörbaren Gesprächsfetzen gierig auf und glauben, bei der Abwicklung eines wichtigen Geschäftes dabei zu sein. Nun haben die beiden endlich etwas mitbekommen, was sie in den nächsten Tagen ihrer Umgebung erzählen können. Ihrer Neugier befriedigt, geben sich die horchgesättigten Damen der Hintergrundmusik und den freudigen Erwartungen des zweiten Hauptganges hin.

Guy Dupont hebt seinen Schwenker: »Erlauben Sie, als Ältester unter uns biete ich Ihnen das Du an.« Und mit gedämpfter Stimme fährt er fort: »Es geht ja jetzt um Geschäftsgeheimnisse. Alle Eingänge sind von Gardisten umstellt, sogar die Toiletten sind bewacht.«

Leopold nickt wissend.

»Es gibt allerdings eine Fluchtmöglichkeit, die deine Verfolger, lieber Leopold, mit Sicherheit nicht kennen. Serge, le Suisse, mein Patissier und Vertrauensmann, wird euch zu diesem Ausgang führen. Leider wird diese wunderbare Flasche nicht vollständig geleert sein, auch auf das Verspeisen des Perlhuhns müsst ihr verzichten.« Er genehmigt sich einen kräftigen Schluck, Leopold und Gérard trinken mit. »Den Fluchtplan habe ich mit Serge besprochen. In zwei, drei Minuten wird die Musikkapelle mit einem zweimaligen Tusch den Service des zweiten Hauptganges ankündigen. Wie ihr seht, sind schon Kellner am Auslöschen der Öltischlampen. Nach dem Tusch trägt die Kellner-Brigade die mit Kerzen bestückten Platten in den Speisesaal und verteilt sie feierlich an den Tischen der Gäste. Da wir annehmen müssen, dass sich auch Spitzel unter den Gästen befinden, müsst ihr rasch handeln. Sobald der Tusch erklingt, begebt ihr euch so unauffällig wie möglich zur Eingangstür der Küche, wo euch Serge empfängt. Bei ihm seid ihr in guten Händen. Bonne Chance!« Und weg ist er.

Verdutzt sehen sich die zwei Freunde an. War das die Rettung? Gérard bemerkt trocken: »Guy ist nicht nur ein guter Gastronom, sondern auch ein listiger Stratege.«

Was machen sie nun? In kürzester Zeit wird der angekündigte Tusch gespielt. Zeitlich haben sie gar keine andere Wahl, als Guys Hilfe anzunehmen. Ihre eigenen Fluchtpläne stecken noch in den Kinderschuhen.

»Eigentlich sollten wir Guy mehr als dankbar sein«, sagt Gérard.

Leopold zögert noch. »Du kennst Guy länger als ich, können wir ihm vertrauen? Wenn wir sein großzügiges Angebot annehmen, begeben wir uns vollkommen in seine Hände.«

»Ja, das ist mir auch klar, mein Freund«, seufzt schwer atmend der Dicke.

11. Flucht durch die Hintertür oder die Lust über eine List, Kutschenfahrt durch Paris, südlich der Seine bei einfallender Dunkelheit am 6. Floréal 1795

Die letzten Öllampen werden ausgelöscht. Das Klima im Speisesaal wird heißer. Alles wartet gespannt auf das Eintreffen der Kellner-Brigade. Die beiden Verschwörer haben sich für Guys Fluchtplan entschieden und warten auf den Tusch der Kapelle. Kräftig erklingt er. Auf leisen Sohlen schleichen sie zur Küche. Serge winkt. Sofort verschließt er die Tür. Sie folgen ihm. Le Suisse öffnet die Tür zur Vorratskammer. Er weist sie wortlos an, einen weißen Schrank zur Seite zu stoßen. Zu dritt schaffen sie das problemlos. Da zeigt sich eine hölzerne Tür im Boden. Ihr Fluchthelfer ergreift den Eisenring, der an der Tür als Klinke befestigt ist, und zieht den Holzladen nach oben. Mit einer Öllampe bewaffnet steigen sie über eine Treppe in ein finsteres Kellergeschoss. Nach einigen Metern hält Serge an. Sie befinden sich in einer wahren Rumpelkammer. Er stellt die Lampe auf einen kleinen, staubigen, runden Tisch. Das unruhig flackernde Licht lässt ihre Schatten an den Kellerwänden riesig erscheinen. Der Patissier zieht einen Plan aus seiner Hosentasche. »Laufen Sie hier entlang.« Er weist mit seiner rechten Hand die Richtung. »Nach gut hundert Metern endet dieser Raum. Dort finden Sie eine weitere geöffnete Tür. Hinter der Tür befindet sich ein enger Gang, der Sie direkt in die Kanalisation von Paris führt. Sie marschieren geradeaus, wie hier auf dem Plan eingezeichnet. Nach zirka 300 Metern finden Sie linkerhand ein Eisentor.« Aus der Hosentasche zieht er einen Schlüssel, ein beeindruckendes Exemplar. »Mit diesem Schlüssel öffnen Sie das Tor. So kommen Sie direkt auf eine Rampe. Auf dieser Rampe entsorgen wir unsere Abfälle. Ein gutes Dutzend von Abfallsäcken brachten, vor kurzem, unsere Commis dorthin. Zweimal am Tage entsorgt Pierre diese Säcke. Unser Patron achtet darauf, dass auch diese Arbeit gründlich und pünktlich erledigt wird. Pierre fährt abends immer um 21:30 Uhr mit seiner Müllabfuhr-Kutsche vorbei. Hier habe ich eine Notiz unseres Patrons an Pierre. Er kennt die Handschrift. Wie Sie sehen«, er hält uns die Zeilen hin, »soll Pierre Sie schnellstens zur Seine bringen. Vis-à-vis der Kathedrale legen die Flussschiffe an. Die Notiz zeigt ihren Ankerplatz. Hier ist ein Kreuz. Da liegt die Suzette, der Besitzer ist übrigens auch ein Schweizer, er heißt Jean Pillier. Bei ihm melden Sie sich. Er hat Übung im Befreien von Revolutionsopfern. Sie können sich auf mich und Dupont beziehen und Ihre Lage unverblümt schildern. Er wird Ihnen weiterhelfen.« Stolz zieht er seine silberne Taschenuhr aus der Weste. »Es ist genau 21:15 Uhr. Die Zeit sollte also reichen. Haben Sie noch Fragen?«

Leopold und Gérard schütteln nur die Köpfe. Mit dem Schlüssel und den nützlichen Papieren versehen, verabschieden sie sich dankend von Serge. Eilig entfernt er sich. Die Falltür schließt sich hinter ihm.

Sie marschieren los. Leopold hält die Öllampe und die Skizze in den Händen. Gérard trottet hinter ihm her. Alles klappt. Auch die Eisentür öffnet sich nach einigen Versuchen. Sie treten an die frische Luft. Entlang den Abwasserkanälen ist der Gestank schrecklich. Ihre feinen Nasen halten das fast nicht aus. Der Dicke atmet tief durch, rülpst und kotzt mindestens die Hälfte seiner ehemals so wunderschön goldbraun gebratenen, herrlich duftenden Dorade auf die Rampe. Nun gallegelbe Suppe, schwappt sie über den rechten Schuh Gérards. Auch seine Hosenbeine haben einige Spritzer abbekommen. Leopold stützt ihn. »Wie geht's, mein Freund? Beschissen oder eher zum Kotzen?«

Mit einem Taschentuch entfernen sie das Gröbste. Die größte Gefahr einer Verhaftung und der Gestank der kollektiven Pariser Scheiße liegen hinter, Gérards Kotze leider immer noch neben ihnen. Jetzt kann es nur noch besser werden. Leopold muss noch das Eisentor abschließen. Es klappt beim ersten Versuch, ein gutes Omen.

Seine Augen gewöhnen sich an die Dunkelheit der einfallenden Nacht. Die Öllampe haben sie mit dem frommen Wunsch, sie möge die Fäkalien von ganz Paris erleuchten, schwimmend ihrem edlen Schicksal überlassen. Leopold sucht nun Blickkontakt zu seinem Freund. Kaum beleuchtet, passt sich seine graue Hautfarbe den dunklen Farbtönen der späten Abendstimmung an, tarnt ihn fast vor dem Zugriff ihrer Verfolger. Sie warten auf Pierre. Ihr

Ausstiegsort grenzt an den Jardin du Luxembourg. Die Nebenstraße ist ruhig. Es sind kaum Menschen unterwegs. Weit und breit ist kein Grüner zu sehen, bis jetzt wenigstens.

Da! Das Geräusch einer sich nähernden Kutsche. Gespannt spähen sie in die Nacht. Es ist Pierre. Pünktlich wie angekündigt bringt er seine Ziehgäule vor der Rampe zum Stehen. Leopold tritt aus der Dunkelheit. »Guten Abend, Pierre, ich bin Leopold und das ist mein Freund Gérard. Guy Dupont hat uns gebeten, Ihnen diesen Zettel zu überreichen.« Er streckt ihm das Papier unter seine imponierende Nase.

Die Lichtverhältnisse sind so schlecht, dass der Müllentsorger Mühe hat, etwas zu entziffern, die Schrift Guys kann er schon gar nicht zuordnen. Unwirsch meckert er. Sie stören ihn offensichtlich bei seiner Arbeit. Er beginnt mit dem Aufladen der Abfallsäcke, während er mit ihnen redet. »Was habt ihr denn verbrochen? Warum habt ihr nicht wie alle normalen Gäste das Restaurant durch den Hauptausgang verlassen?«

Gérard springt ein. Er zündet erst ein Streichholz an, dann ein zweites und zeigt dem Mann noch einmal das Schriftstück, das nun gut lesbar ist. Als vorausblickender Geschäftsmann und Zigarrenraucher hat er neben einigen Louis d'or auch immer Streichhölzer bei sich.

Endlich nimmt sich Pierre Zeit für die Zeilen Guys. »Na, das Seineufer liegt nicht gerade auf meinem Heimweg«, murrt er missmutig und bemüht sich um die letzten Säcke. »Meine Herren, ich empfehle Ihnen, nehmen Sie die Füße in die Hand. In einer knappen Stunde schaffen Sie es leicht bis zum Fluss.« Er schubst gelangweilt die Säcke auf seinem Vehikel hin und her.

Sie überlegen, ob sie Pierres Rat folgen und auf eigene Faust zu Jean Pillier gehen sollen. Sie dürfen keine unnötige Zeit vergeuden. Vielleicht ist im Speisesaal bereits der Teufel los, wenn ihre Verfolger entdeckt haben, dass sie sich englisch verabschiedet haben.

Entschlossen stellt der Dicke sich vor Pierre auf. Er zeigt ihm vielversprechend das dicke Innenfutter seiner Jacke, öffnet ein klein wenig die Naht, gerade so, dass er das goldige Strahlen der Louis d'or sehen kann. »Ein Louis d'or gehört dir, wenn du uns endlich aufsteigen lässt.«

Das bewegt Pierre schnell zu einem Sinneswandel. »Natürlich fahre ich Sie gerne nach unten, meine sehr verehrten Herren.« Er lächelt dienstbeflissen, seine zuvor gelangweilten Augen wirken nun interessiert und wach. Sie steigen auf und fahren los. Bevor sie in die Konterallee des Universitätsboulevards einbiegen, schaut Leopold kurz zurück. Verschwommen meint er zwei, drei Gestalten zu erkennen, die auf der Rampe hin und her gehen. Als er Gérard darauf aufmerksam machen will, trotten die Pferde aber schon über die Chaussee der Konterallee.

Pierre hockt oben auf dem Kutschersitz und steuert das Gefährt. Unten hat es einen verdeckten Sitz, dort hocken die beiden Flüchtigen. Hinten ist die Ladebrücke gefüllt mit Abfallsäcken. So geht es auf dem Boulevard der Seine entgegen. Sie atmen durch. Eine Brise von Freiheit weht ihnen entgegen. Ihre Blicke treffen sich, erleichtert. Die ersten Hürden haben sie genommen. Jeder genießt den Augenblick auf seine Weise. Das Grau hat sich aus Gérards Gesicht verabschiedet. Er kramt in seiner Jacke, sucht nach Streichhölzern. Hat er schon wieder vergessen, wo er diese nach dem Intermezzo mit Pierre hingesteckt hat? Er ist in den letzten Monaten wirklich gealtert.

Leopold gibt sich dem Moment hin und versucht sich von seiner Anspannung zu lösen. Er ist froh nochmals davongekommen zu sein. Links und rechts flackern die Öllampen und Fackeln der Geschäfte, Restaurants und Straßencafés, die Gehsteige sind mit Menschen überfüllt. Die Kutschen rollen zielsicher ihren Bestimmungsorten entgegen. Kutscher befehlen, Pferde wiehern, das Stimmengewirr tausender Stadtbewohner umgarnt und durchdringt Paris. Leopold lauscht. Wie Glühwürmchen pendeln die Signallampen an den Fahrzeugen. Der Floréal beschenkt Paris mit einer angenehmen Abendmilde. Der Duft blühender Bäume und Sträucher verzaubert die Stadt. Ganz Paris flaniert. Das blaue Licht der blauen Stunde ist erloschen. Jetzt kommt das fahle Gaslicht dutzender Straßenlampen zur Geltung. Es sorgt für messerscharfe Schattenkonturen auf der Straße. Die Vorübergehenden wandeln im Dunkeln, laufen hastig durch ein Lichtfeld, wo ihre Gestalten kurz beleuchtet sind und vage Schatten werfen, dann verlieren sie sich wieder schattenlos in der Finsternis. Von Weitem hört er ein Schiffshorn. Neben ihm pafft Gérard seine Zigarre.

12. Allgemeine Verunsicherung bei den Luthiers de France, Überlegungen am 18. Floréal 1795 im Atelier Renaudin

Nur mit Mühe unterbricht Leopold den Fluss der intensiven Bilder seiner menschlichen Vergangenheit vom Frühlingsabend am 6. Floréal 1795. Jetzt befindet er sich in seinem Atelier, es ist die Nacht vom 18. Floréal 1795. Der Umbau seines Cellos ruft nach Fortsetzung. Na dann, zurück an die Arbeit.

Der Wunsch, seine neue Existenzform möge auch feste Nahrung über menschenähnliche Verdauungsorgane aufnehmen, erkennt er als das, was er ist: ein Wunsch, der nicht zu erfüllen ist. Er weiß nun, dass der kulinarische Genuss mit dem physischen Tod ein für alle Mal gestorben ist. In seinem Hirn bleibt jedoch die Erinnerung wach. Seine neuen Hirnwindungen in der Schnecke des Cellos bekräftigen ihm das.

Als Nächstes gilt es Überlegungen anzustellen, inwieweit das Cello in die Lage versetzt werden kann, sich fortzupflanzen. Gibt es Orte, Teile am Instrumentenkörper, die sich als Geschlechtsorgan eignen? Das Cello ist auf jeden Fall männlich. Seine tiefe Stimme lässt keinen anderen Schluss zu. Der Stachel, der die Verbindung zwischen dem Boden und dem Instrument sicherstellt, wird nach dem Spiel wieder zurückgefahren. Aber den Vergleich dieses spitzen dolchähnlichen Metallspießes mit einem männlichen Penis findet er völlig deplatziert. Sein erotisches Erleben gehörte zum Wertvollsten seines vergangenen Männerdaseins. Feinfühligkeit, Hinhören und zupackende Männerkraft gilt es mit seiner Geliebten zu teilen. Nein, der Stachel ist für das Cello nützlich, aber als Ort neuer Geschlechtlichkeit untauglich.

Was stellen die Geschlechtsorgane sicher? Die Fortpflanzung der Spezies und, nicht unwesentlich, sie ermöglichen Empfindungserlebnisse orgastischer

Güte. Kinder sind die konkreten Resultate der körperlichen Liebe. Ein Gedankenblitz erschreckt ihn. Wenn er revolutionär dem Cellowesen Geschlechtsorgane verpasst, schafft er die Basis für viele kleine Cellokinderlein. Seine ehemaligen Arbeitskollegen wären entrüstet. Ihre Arbeitsplätze wären in Gefahr. Er sieht schon die Luthiers de France wild gestikulierend, fahnenschwingend und Protestplakate tragend durch Paris marschieren. Alle skandieren: »Tod den lebendigen Cellos en enfer Renaudin.« Das kann er seinen ehemaligen Kollegen nicht antun. Die körperliche Geschlechtlichkeit gehört den lebenden Menschen. Basta!

Sein Liebesleben war intensiv gewesen, gerade weil er nie verheiratet war. Er machte einige Frauen und sie machten ihn glücklich. Gott schenke jeder von ihnen den wohlverdienten ewigen Frieden, wenn sie das Zeitliche segnen. Außer seiner süßen Brise. Eine neue Liebe, ja, eine neue Liebeserfahrung bahnt sich da an. Er und platonische Liebe? Zu seinen Lebenszeiten war das unvorstellbar. Doch jetzt – seine neuen Sinne reagieren, seine Wirbel wirbeln, wenn er an die Süße denke. Wobei er auch früher schon neben der erotischen Anziehungskraft der Frauenwelt Orte, Momente und Stimmungen ebenfalls erotisierend empfand.

13. Erotisierende Abendstimmung am 6. Floréal 1795 auf den Boulevards von Paris

Triebhaft zieht es ihn wieder in vergangene Tage, um genau zu sein: erneut zum 6. Floréal in die Innenstadt des nächtlichen Paris. Der Ort, der Moment, die Stimmung ist für viele junge Menschen und jung gebliebenen Menschen in diesem Universitätsquartier aufreizend, soweit sie nicht von Hunger geplagt sind. Er stellt fest, Mann und Frau bewegen sich wieder frei.

Das Dreiergespann, Gérard, Pierre und Leopold, immer noch unterwegs zur Seine. Die Flaniermeile und die Frühlingsnacht sind erotisierend, aber Leopolds Stimmung ist bedrückt. Sein qualmendes Gegenüber verbreitet Zigarrenduftwolken. Sie vermischen sich mit der säuerlichen Körperausdünstung zu einem abstoßenden Gestank.

Gérard befiehlt Pierre, beim nächsten Hufschmied oder Brunnen anzuhalten. Gut mit Louis d'or eingedeckt, gehorcht Pierre unterwürfig. Die Pferde kommen so zu einer Tränke und Gérard zu einer Mundspülung. Leopold steigt vom Gefährt, vertritt sich die Beine, ist mitten unter freien Menschen, atmet den wohlriechenden Frühlingsduft. Oh, da hat er ja noch den Eisengitterschlüssel in Hosentasche. Wie abgemacht, übergibt er ihn Pierre. Dann konsultiert er mit seinem Freund Serges Plan im Lichte einer Straßenlampe. In einer viertel Stunde werden sie das Seineufer erreichen.

Ihre Kutsche nimmt wieder Fahrt auf. Leopold lässt sich von der lieblichen Abendstimmung erotisieren. Bilder einer seiner schönsten Liebesgeschichten kommen hoch.

14. Eine süße Versuchung lockt, Liebesgeschichten erfreuen einen Suchenden in den Nachstunden des 18. Floréal an der Rue St.-Honoré 364

Und so sieht er la Duchesse Beatrice de Fontainebleau et Valmy vor sich. Ihre Liebschaft begann vor gut zwölf Jahren. Vor der Revolution trugen die Damen Perücken, Schirm und Barockkleider. Um ihre Taille schnürten sie Mieder. Das Entblättern war mühsam und strapazierte die Geduld der Beteiligten.

Beatrice war Rodolphes Schülerin. Sie spielte ihr Instrument leidlich. In ihrer Domaine in Fontainebleau pflegte sie Kammermusik mit befreundeten Adeligen. Unregelmäßig kam sie zu Übungsstunden in die Stadt. Sie war eine interessante, humorvolle und attraktive Frau, verkehrte nur in den besten Kreisen und trug ihre Nase recht hoch. Sie wusste um ihre Wirkung auf die Männer und genoss deren anerkennende Blicke. Erste neckische Fältchen umrahmten ihre offenen blauen Augen. Sie war sehr charmant und ihre erotische Ausstrahlung setzte sie spielerisch ein. Besonders junge Männer waren von ihrer weiblichen Reife angetan.

Als Leopold Beatrice kennenlernte, war er kein Jüngling mehr, aber er gefiel ihr vom ersten Moment an. Rodolphe lud vereinzelt Gäste zu den Trio-Abenden ein, so auch Beatrice. Manchmal begleitete sie ihr Ehemann. Ihre Bediensteten, zwei Zofen, ein Buttler und der Kutschenfahrer, kümmerten sich permanent um ihr Wohl. Nach einem stark beklatschten Vortrag kam sie ihm strahlend entgegen. »Sie haben mich mit Ihrem Spiel verzaubert, lieber Leopold. Ihr Cellospiel bewundere ich schon lange. Ich gratuliere Ihnen.« Dann schaute sie ihm tief in die Augen. »Wie kann ich Ihnen danken? Wer weiß, vielleicht gelingt es auch mir, Sie eines Tages zu verzaubern? Ich wünsche mir, dass dieser Tag nicht in allzu ferner Zukunft liegt.«

Ihre Direktheit irritierte und freute ihn zugleich. »Begleiten Sie mich doch nach draußen.« Er bot ihr seinen Arm an. Sie hakte sich ein. Der Schirmrock schützte die beiden nicht vollends vor einem kurzen, aber hoch elektrisierenden Kontakt ihrer straffen Schenkel. Alle seine erogenen Zonen erschauerten. Beatrice weckte in ihm ein Begehren, wie er es bis anhin nicht gekannt hatte. Mit einem höflichen Knicks verabschiedete er sich standesgemäß. Bevor sie die Kutschentür schloss, blickte sie nochmals zurück, winkte kurz, et à bientôt.

Beatrice hatte ihn in ihren Bann gezogen. Er musste sie als Geliebte gewinnen, wollte alles wissen über sie, alles.

Als er sein Cello einpackte, bemerkte Rodolphe trocken: »Die Duchesse bewundert nicht nur dein Musizieren.«

»Was meinst du damit?«, fragte er zurück.

»Ihr beide seid ein wenig verliebt, wir mir scheint. Diskretion meinerseits ist gewährt.«

»Es ist ja noch nichts zwischen uns gelaufen«, antworte Leopold.

»Aber es wird.« Die schlagfertige Antwort kam postwendend.

Gut gelaunt verabschiedeten sie sich.

Beim der Heimfahrt gesteht sich Kreutzer ein, dass er auf Leopolds Wirkung beim weiblichen Geschlecht auch etwas eifersüchtig ist. Im täglichen Umgang geht er gewandt mit Frauen um. Aber er lässt sie nur bis zu einer gewissen Nähe an sich heran.

15. Erinnerungen an Flussschiffskapitäne und Fluchthelfer, vor Mitternacht am 6. Floréal 1795 in der Innenstadt von Paris

Mit dieser Erinnerung hat sich seine Laune gebessert. Außerdem fahren Gérard und er nun der Freiheit entgegen. Wieder ertönt ein Schiffshorn, nun unmittelbar vor ihnen. Pierre hält an. »Viel Glück«, wünscht er beim Abschied. Sie überqueren den Gehsteig. Wie im Plan markiert, führt rechts von der Pont Notre-Dame eine steile Steintreppe zum Kai. Sie sehen schon den Ankerplatz mit den vertäuten Lastkähnen. Ein Kind kommt ihnen entgegen, spricht sie in einer fremden Sprache an und deutet nach oben. Es wiederholt seine unverständliche Botschaft. Sie können damit nichts anfangen. »Wahrscheinlich ein Bettelkind«, bemerkt Gérard.

Rechts von ihnen die großen Stützmauern, die vor Hochwasser schützen sollen, links fließt die Seine gemächlich meerwärts. Hinter ihnen die Pont Notre-Dame und vor ihnen irgendwo die Suzette. Auf dem sechs Meter breiten Kai marschieren sie ihrem Ziel entgegen. Dunkelheit umgibt sie. Etwa alle 50 Meter treten sie für fünf Meter in einen fahlen Lichtkegel der Straßenbeleuchtung. Die Kühle der Nacht verbindet sich mit der Feuchtigkeit des Flusswassers zu einem feinen Nebel, der eine klare Sicht in die Ferne verhindert. Die frühlingshafte Abendmilde hat sie verlassen. Es fröstelt ihnen.

Neben der Pont Notre-Dame betteln zwei Clochards. Seither sind sie keiner Menschenseele begegnet. In einem der vor ihnen liegenden Lichtkegel glaubt Leopold Gestalten zu erkennen, die ihnen entgegenkommen. Gérard hat sie auch bemerkt. Paris ist eine Großstadt. Da sind rund um die Uhr Leute unterwegs. Trotzdem verlangsamen sie ihre Schritte, sind aufmerksam. Wer kommt ihnen da entgegen? Jetzt durchschreiten sie, es sind sechs Männer, den letzten Lichtkegel, bevor sich ihre Wege kreuzen. Leopold schaut sich rasch um. Auch hinter ihnen sieht er einige Gestalten, sie folgen ihnen. Gérard ist immer noch etwas benebelt, sieht die Gestalten kaum. Ungute Gefühle verunsichern Leopold. Auf diesem Kaiabschnitt haben sie nur eine Fluchtmöglichkeit: die Seine. Wenn es wirklich Grüne sind, die sie verhaften wollen, haben sie den perfekten Ort gewählt.

Schon stehen sie vor ihnen, Männer in normalen Straßenkleidern. »Guten Abend, Ihr Herren«, grüßen sie höflich. Hinter sich hören sie dieselben Grußworte. Sie sind umzingelt. Eine Flucht mit einem Sprung ins kühle Nass ist nicht mehr möglich. »Kommen wir zur Sache, gnädige Herren. Hier mein Ausweis. Ich bin Alain Bergeron, Chef der Sicherheit des Universitätsquartiers, und die übrigen Männer sind Sicherheitsbeamte.«

Leopold ist wachsam, denn in den meisten Quartieren von Paris herrscht seit dem Ende des Ancien Régimes nackte Anarchie. Die alte Polizeistruktur ist zerschlagen. In gewissen Teilen der Innenstadt haben jedoch die alten Corps überlebt, sie werden von den Revolutionsgarden geduldet.

»Können Sie sich ausweisen?«, fragt Bergeron.

»Ich habe meine Papiere nicht bei mir«, antwortet Leopold.

Gérard kramt unruhig in seinen Jackettaschen. »Hier ein Papier, das Sie interessieren könnte. Es ist eine staatliche Bewilligung, Geschäfte im Weizenhandel zu tätigen«, sagt er schließlich mit einem Zettel in der Hand.

Bergeron winkt einem Gehilfen zu. Der entzündet eine Kerzenlampe und beleuchtet das Schreiben. »Sie sind also Gérard Ferrari?«

»Ja, der bin ich.«

»Dann kennen Sie sicher auch den Papierlosen.«

»Was soll das Ganze? Wir sind auf dem Weg zu einer wichtigen geschäftlichen Verabredung«, bemerkt Leopold und macht Anstalten, weiterzumarschieren.

Bergeron packt ihn unfreundlich am Arm und hält ihn auf. »Solange ich nicht weiß, wen ich vor mir habe, kann ich Sie nicht gehen lassen.«

»Warum müssen Sie das wissen?«, hakt Leopold nach.

»Ich habe mich ausgewiesen, ich bin staatlicher Beamter und Ihnen keine Rechenschaft schuldig. Sicherheitskontrollen gehören zu unserer Arbeit. Na los, raus mit Ihrem Namen, sonst werden wir unfreundlich.«

Leopold zögert, sucht Hilfe bei Gérard, der wirkt niedergeschlagen. Vielleicht handelt es sich wirklich nur um eine Routinekontrolle.«Leopold Renaudin ist mein Name«, sagt er schließlich.

»Haben Sie wirklich keine Papiere bei sich?«

»So ist es.«

Bergeron winkt zwei Männer zu sich. Gérard und Leopold müssen sich an die Schutzmauer stellen, Hände nach oben, und werden von Kopf bis Fuß durchsucht. Die Beamten finden außer Gérards Louis d'Ors nichts Interessantes. Danach befiehlt Bergeron zwei anderen Gehilfen, ihre Formalien aufzunehmen.

Von Weitem erahnt Leopold Gestalten, die neben ihren Booten stehen. Er glaubt die Umrisse eines großen Manns zu sehen, ein Kind schmiegt sich an seine Beine.

Bergeron und seine Mannschaft stehen gelangweilt herum. Die Beamten nehmen es sehr genau. Einer der Schiffer nähert sich. Er kennt anscheinend Bergeron und begrüßt ihn. »Ist gut zu wissen, dass Sie uns auch nachts bewachen. Das gibt uns Sicherheit in so unsicheren Zeiten«, sagt er, zieht eine Flasche Schnaps aus seiner Westentasche und hält sie Bergeron entgegen. »Einen Schluck haben Sie redlich verdient.«

»Nein, danke, wir alle sind im Dienst«, antwortet der Beamte. Lachend wendet sich Monsieur le Capitaine dann an die Aufgegriffenen. »Aber Sie sind ja nicht im Dienst und haben Ihre Hände frei. Somit beurteile ich Sie als schnapsfähig. Hier, genehmigen Sie sich einen tüchtigen Schluck. Er soll Ihnen guttun.«

Leopold und Gérard entsprechen seiner großzügigen Aufforderung und sind ihm dankbar. Bergeron lässt es gelassen geschehen.

Leopolds ungute Gefühle verringern sich mit dem wohligen Schnapsgefühl im Bauch. Wollen die uns wirklich verhaften oder lassen sie uns laufen, fragt er sich im Stillen. Der Vorfall lässt ihn hoffen. Gérard scheint ihm betroffen, aber nicht mehr niedergeschlagen.

Die Formalien sind aufgenommen. Der Schnapskapitän hat das Feld geräumt. Bergeron kommt auf sie zu. »Renaudin, Sie haben sich morgen in meiner Präfektur mit Ihren Ausweispapieren zu melden. Verstanden?« Leopold quittiert aus vollem Herzen und mit klarer Aussprache. Dann bietet Bergeron ihm und dem Dicken lächelnd aus einer edlen Dose Schnupftabak an. Spontan will Leopold sofort aus der Umzingelung weg, aber da schnupft

Gérard schon. Also bleibt auch er noch ein Schnupflänge bei ihren neuen Freunden. Ein Schnupflänge zu viel, wie sich herausstellen sollte.

Lärm auf dem Kai zu dieser späten Stunde. Der schnapsofferierende Kapitän lamentiert mit einigen Gestalten, die sich um die Flussschiffe scharen. Zwei, drei weitere Schiffer gesellen sich dazu. Eine grelle Frauenstimme mischt sich lautstark ein. Bergeron beobachtet das Ganze genau wie alle anderen aus der Distanz. »Gehen wir in geschlossener Formation zum Ankerplatz«, befiehlt er seinen Männern.

Da macht sich Leopold bemerkbar. »Ich melde mich morgen, wie abgemacht, bei Ihnen auf dem Revier.«

Gerade wollen sie sich nach hinten absetzten, da ruft Bergeron: »Halt! Halt, meine Herren, Sie werden uns noch zum Ankerplatz begleiten. Dann werden wir sehen, ob wir Sie schon entlassen können.«

Merde! Leopold kann es nicht anders ausdrücken. Sie marschieren also alle los. Und was sieht Leopold da? Mit jedem Schritt, den sie sich den vertäuten Schiffen nähern, werden die Gestalten besser sichtbar. Es ist eine Gruppe von fünf bis sechs Männern, uniformiert. Er will es nicht glauben, es sind grüne Uniformen. Encore une Fois. Merde!

Der Offizier der Revolutionsgardisten beschimpft einen der Schiffer und befiehlt seinem Gardisten, dessen Schiff zu inspizieren. Die Schifferfrau wehrt sich. »Meine vier Kinder schlafen schon. Es kommt nicht in Frage, dass Sie die Kleinen stören. Überhaupt, was wollen Sie hier? Wir sind ehrliche Leute.«

Barsch antwortet der Gardeoffizier: »Wenn Sie uns nicht einlassen, werden wir Sie und Ihren Gatten sofort verhaften. Und dann gibt es wirklich ein böses Erwachen für Ihre Kinder. Lassen Sie mich durch.« Er stößt sie beiseite und betritt mit seinen Leuten das Boot.

Ihr Mann, der verdattert dasteht, sieht Bergeron und seine Truppe näher kommen. »Guten Abend, Monsieur le Commandant Bergeron, Sie können doch sicher den Gardisten bestätigen, dass wir redliche Leute sind.«

Überrascht wenden sich die Schiffsenterer zu der Sicherheitsmannschaft um. Bergeron springt elegant aufs Boot und begrüßt den Gardeoffizier. Man muss wissen, dass die Revolutionsgardisten in der Zeit der Schreckensherrschaft immer äußerst brutal gegenüber Verfolgten vorgingen. Auch heute noch fürchtet sie das Volk. Bergeron ist langjähriger Quartierpolizist und kennt sich in seinem Revier aus. Der blutjunge Gardeoffizier kommt von irgendwoher. Er ist von den zuständigen Revolutionären bevollmächtigt, in der gesamten Region Paris zu handeln, nicht nur in politischen Belangen. So ergeben sich immer wieder Reibereien zwischen den Ordnungskräften. Bergeron weiß, dass er im Zweifelsfall gegenüber den Gardisten den Kürzeren zieht. Entsprechend distanziert nimmt der Gardist den Gruß seines Kollegen entgegen: »Wie war doch gleich Ihr Name? Bergeron?«

»Und wer sind Sie?«, fragt Bergeron.

»Ich bin aus Chartres und hier der Gruppenchef, mein Name ist Lalive, Jean Pierre Lalive.«

»Ich bin seit einigen Jahren Kommandant der Präfektur unseres Universitätsquartieres«, bemerkt Bergeron. Sachlich fährt er fort: »Wir überwachen den Kai südlich der Seine zwei-, dreimal die Woche. Führen Personenkontrollen durch und zeigen Präsenz. Das hat sich in den letzten Jahren als wirksam erwiesen. Morde und Überfälle sind seitdem zurückgegangen.«

Der grüne Jüngling vom Lande ist beeindruckt, versucht das aber nicht zu zeigen.

»Und mit den Schiffern stehen wir in ständigem und gutem Kontakt«, fährt Bergeron fort. Diese Bemerkung wird von der in der Zwischenzeit fast vollständig anwesenden Schiffsgemeinde mit Wohlwollen aufgenommen.

»Unsere Mission ist streng geheim und von höchster Wichtigkeit«, stellt der grüne Chef nun klar. »Wir müssen sämtliche Boote durchsuchen.«

»Wen oder was suchen Sie denn genau?«, fragt einer der Kapitäne.

»Ich kann Ihnen nur so viel sagen, dass wir zwei geflüchtete Männer im Alter zwischen 40 und 50 Jahren, einen Schlanken und einen Dicken, suchen.«

Gérard zieht sofort seinen Ranzen ein und sieht Leopold verstohlen an.

»Vielleicht können wir Ihnen, werter Gardeoffizier Lalive, bei Ihrer Suche behilflich sein«, bietet sich Bergeron nun an.

Lalive winkt ab. »Nein, nein, führen Sie Ihre Routinekontrolle zu Ende durch. Wir konzentrieren uns auf unser Geschäft.« Damit verabschiedet er sich und begibt sich mit seinen Grünen ins Schiffsinnere.

Die Quartierpolizei verlässt den Ankerplatz in Richtung Osten, Leopold und Gérard mittendrin. Unter den Sicherheitsbeamten ist eine gewisse Spannung auszumachen. Nicht nur Bergeron, auch alle seine Kollegen haben begriffen, dass die Grünen wahrscheinlich ihre zwei neuen Freunde jagen. Schließlich befiehlt Bergeron, anzuhalten. »Schnupfpause für alle«, kommandiert er. Dann nimmt er die beiden zur Seite und beordert seinen Adjutanten mit Protokollblock und Öllampe zu sich. Dabei sorgt er für eine ausreichend große Distanz zu seinen übrigen Mitarbeitern. »Was haben Sie verbrochen, meine Herren, nun mal ehrlich, Geschäftliches hin oder her?«

Leopold und Gérard sehen sich verblüfft an.

»Ich werde Sie nun verhören. Grégory, schreibe bitte das Protokoll.«

Der junge Mann nickt, kerzengerade steht er da und wartet pflichtbewusst auf die Worte seines Vorgesetzten.

»Das musst du nicht notieren«, sagt Bergeron nun knapp mit einem Blick zu seinem Adjutanten. »Meine Sympathien haben die Revolutionsgardisten nicht, seit sie vor einigen Monaten einen meiner besten Männer aufgrund vager Anschuldigungen verhafteten und zum Scharfrichter führten. Jetzt liegt er kopflos unter der Erde auf dem Picpus.« Bergerons und Grégorys Blicke treffen sich. »Und wie die Grünen hier wieder dilettantisch vorgehen – eine in Zivil auftretende Männergruppe gibt sich als Sicherheitspolizei aus. Wir hätten auch eine gut getarnte Verbrecherbande auf Raubzug sein können. Der grüne Jüngling vom Lande hat nicht einmal nach meinen Ausweispapieren gefragt. Unglaublich!« Er hält kurz inne und mustert die zwei mit schmalen Augen. »Möglicherweise war das aber gut für Sie beide, Herr Ferrari und Monsieur Renaudin.« Er holt tief Luft. »Warum erzähle ich Ihnen das? Gregory!«

»Ja, Chef«

»Nun beginnen wir mit dem Protokoll.«

»Ich bin bereit.«

»Ich bitte um eine Adresse, die Art der anstehenden geschäftlichen Sitzung sowie die Namen der beteiligten Personen.«

Die zwei Freunde antworten nicht sofort.

»Lassen Sie sich Zeit, wichtig sind für mich Vollständigkeit und Richtigkeit Ihrer Aussagen. Nehmen Sie zur Kenntnis, dass alles, was Sie aussagen, für oder gegen Sie bei einer möglichen Gerichtsverhandlung verwendet werden kann. Ist das klar?«

Sie schütteln bestätigend ihre Häupter.

»Was nun?«

Wieder Schweigen. Gérard versucht sich als Erster. »Leopold und ich arbeiten seit Jahren zusammen. Ich kaufe Getreide bei Großbauern oder anderen Getreidehändlern ein und Leopold unterstützt mich dabei. Er ist zwar Instrumentenbauer, aber ein gewiefter Ein- und Verkäufer. Heute Abend sind wir auf dem Weg zu einem Geschäftspartner in Vincennes. Wir haben unsere Geschäftsstrategie bei einem guten Nachtessen besprochen und wollten uns vor unserer Abfahrt die Beine vertreten, unsere Lungen durchlüften und auch unserer Verdauung etwas Gutes tun.« Dabei furzt er kräftig.

»Renaudin, können Sie dies bestätigen?«, fragt Bergeron.

»Ja, kann ich«, antwortet Leopold knapp. Er hat ein ungutes Gefühl, aber er spielt mit. Da Gérard und er beide kreative Geister sind, hofft er auf eine zündende Idee.

»Wie kommen Sie heute Abend nach Vincennes?«, fragt Bergeron weiter.

Leopold fährt fort: »Unseren Kutscher haben wir nach Hause geschickt, damit die Pferde noch etwas zu fressen bekommen. Unser Geschäftsessen hat länger gedauerte als vorgesehen. Deshalb wollten wir mit einer Taxi-Kutsche nach Vincennes fahren.«

Gérard nickt und zieht aus einer seiner Jackettaschen ein kleines Büchlein hervor. »Sehen Sie, Bergeron, hier sind meine wichtigsten Geschäftskontakte notiert und ein Sitzungsplan. Unser Treffen mit Charles Descart-Lavigny in Vincennes ist vermerkt.«

Leopold stutzt, hört aber genau hin.

Bergeron blättert in der Agenda. Beim Studium der Namensliste nickt er beeindruckt. Dann überfliegt er nochmals die Agenda. Verärgert stellt er fest, dass ihr Termin erst für Mittag, den 8. Floréal, vermerkt ist. »Können Sie mir erklären, warum Sie unbedingt heute Nacht nach Vincennes wollen, wenn das Treffen erst für Übermorgen geplant ist?«

Jetzt ist der Bluff vorbei, denkt Leopold. Aber Gérard wäre nicht Gérard, wenn er sich jetzt nicht richtig ereifern würde. Er spielt seine Rolle perfekt weiter. Verschmitzt lächelnd, erklärt er einem interessierten Chefbeamten, wie sein Commerce so läuft. »Wissen Sie, Bergeron, die Geschäfte sind heute nicht mehr so einfach zu tätigen wie noch vor einigen Jahren. Sie wissen, die Versorgung der Region ist ein großes Problem. Der dritte Stand wird nicht mehr ausgenommen, aber die wesentlichen Leute im Getreidehandel, nur für den kann ich sprechen, sind nach wie vor aktiv. Sie versuchen die Verunsicherung zu ihren Gunsten zu nutzen. Es besteht, und das ist wirklich eine vertrauliche Information, eine Absprache zwischen den wichtigsten Produzenten und den Großhändlern. Mit der Verknappung der Getreidemenge, die auf den Verbrauchermarkt kommt, können wir unsere Preise hochhalten. Weitere technische Details erspare ich Ihnen, Monsieur le Commandant.«

Der Commandant scheint beeindruckt, aber auch angewidert. »Schön und gut«, bemerkt er, »aber warum der nächtliche Aufbruch nach Vincennes schon einen guten Tag vor Ihrem Termin?«

Die Geschichte Gérards fasziniert Leopold immer mehr. Er ist gespannt, was jetzt kommt.

»Den Kopf des gesamten Getreidehandels kennen nur Insider. Er trifft schlussendlich die Entscheidung, wie sich die Geschäfte entwickeln. Sein Name ist für Sie unwichtig.«

»Ist das ist nicht Charles Descart-Lavigny?«

»Ich möchte den Namen nicht preisgeben, denn hier wird ja protokolliert.«

Bergeron gibt nickend sein Einverständnis.

»Aufgrund meiner langjährigen Erfahrung kenne ich die meisten meiner Mitkonkurrenten persönlich, auch den Kopf. Im Commerce kennen sich alle Marktteilnehmer gut aus. Was den Unterschied ausmacht, sind Kenntnisse über die Stärken und Schwächen der anderen. Besonders Letzteres ist mir wichtig.«

Leopold staunt über die blühende Fantasie seines Geschäftspartners. Dafür liebt er seinen Freund.

Dieser fährt fort: »Der Kopf lässt sich nicht in die Karten blicken. Für viele ist er nicht fassbar. Niemand kennt ihn wirklich. Er zeigt sich nur im geschäftlichen Kontext. Da ist er sehr erfolgreich. Dieses Bild pflegt er bewusst. Er inszeniert sich als überlegener, harter Geschäftsmann. Man nimmt es ihm ab. Ich brauchte Geduld, bis sich mir eines Tages durch einen Zufall eine Möglichkeit bot, hinter die Fassade des Kopfs zu sehen. Einer meiner Geschäftspartner, der genau wie der Kopf im Osten von Paris arbeitet, lud mich nach einem Nachtessen in ein Bordell, das Moulin Bleu, zu einem kleinen erotischen Amüsement ein. Wir bestellten Champagner und zwei Kurtisanen begannen uns zu befummeln. Da fiel mein Blick am Nebentisch auf einen breiten Rücken, dazu gehörte ein haarloser Hinterkopf. ›Diesen Mann kenne ich‹, teilte ich meinem Partner mit. Er schaute genauer hin, lachte laut und stieß den Nachbarn in den Rücken. Der drehte sich um – es war der Kopf. Er schien schon recht betrunken und wurde von einer blutjungen Hure betreut.

›Setzt euch zu mir‹, bot er an. Wir vier wechselten also den Tisch. ›Eine Flasche Champagner für uns Getreidehändler‹, rief der Kopf. Das erste Mal erlebte ich ihn ohne Maske. Auf weitere Details gehe ich nicht ein. Jedenfalls zeigte er eine Schwäche für die kleine Hure. Sie war sehr gesprächig und erzählte, dass der Kopf nur mit ihr ficken wolle. Sie war stolz darauf. Nach der zweiten ebenfalls spendierten Flasche Champagner neigte der Kopf seinen Kopf in den Schoß der Angebeteten und lallte irgendein unverständliches Zeug.

Die kleine Nutte erzählte uns, dass er sie regemäßig besuche und es dabei recht selten zur Sache ging. Sie sei etwas zwischen Zuhörerin und Trösterin für ihn geworden, dabei ginge es um seine geschäftlichen und sonstigen Probleme. Er sei ihr fast ans Herz gewachsen, ihr großer Lou-Lou, so sagte sie und streichelte dabei sanft sein schütteres Haar.

Da fiel es mir wie Schuppen von den Augen. Endlich hatte ich den Schlüssel, der mir die Tür zur menschlichen Schwäche des Kopfes öffnet. Es war und ist heute noch die kleine Hure.«

Leopold staunt und bekräftigt gegenüber Bergeron die Aussagen des Dicken.

»Und was hat das mit eurem heutigen Nachtaufbruch zu tun?«, fragt dieser nun ungeduldig.

»Das erzählfreudige Hürchen wollen wir heute Abend im Moulin Bleu besuchen. Gerne begleitet sie uns zwei zu einem flotten Dreier in ihr Zimmer, denn das Geld stimmt. So protzt sie jedenfalls nach erledigter Arbeit bei ihren Mitstreiterinnen. Wir nutzen diese Schäferstunde, um locker mit ihr über ihren besonderen Freund zu diskutieren, und erteilen ihr gezielt Aufträge, was sie über ihn in Erfahrung bringen soll. Sie ist der perfekte Spitzel und ihr Geld wert.«

Bergeron unterbricht ihn: »Aber was treiben Sie dann den ganzen folgenden Tag? Gemäß ihrer Agenda treffen Sie Descart-Lavigny erst übermorgen.«

»In der Zwischenzeit werten wir unsere neuen Informationen aus und bereiten das anstehende Gespräch vor. Es geht um eine heikle Dreiecksangelegenheit zwischen mir, dem Kopf und Descart-Lavigny. Mehr kann ich dazu nicht sagen«, erklärt Gérard, lehnt sich zufrieden gegen die nächste Straßenlaterne und wartet auf die Reaktion.

»Adjutant, haben Sie alles notiert?«

»Jawohl, Chef«

»Und, Renaudin, haben Sie noch etwas zu ergänzen?«

»Nein, habe ich nicht.«

»Ihre Rolle, Renaudin, worin besteht diese nun wirklich?«

»Monsieur Ferrari hat sie meiner Ansicht nach schon gut beschrieben. Ich assistiere ihm, höre den Gesprächen zu, die Ferrari führt, und ergänze Fehlendes. Vier Ohren hören mehr als zwei.«

»Gregory, protokollieren Sie: Gérard Ferrari, Weizenhändler, wird sofort auf freien Fuß gesetzt, damit er das geschilderte Geschäft rechtzeitig erledigen kann. Ferrari tätigt diesmal seine Geschäfte ohne Assistenz, als erfahrener Unternehmer hört er gut zu und es werden ihm keine Fehler unterlaufen. Hingegen Leopold Renaudin, angeblich Instrumentenbauer, ohne Papiere, wird vorläufig auf unserem Revier in Untersuchungshaft genommen.« Bergeron ruft nach einem Gehilfen. »Legen Sie Renaudin die Handfesseln an.«

Leopold schaut Gérard betroffen an. Der versucht zu intervenieren: »Non, non, Monsieur le Commandant, bitte lassen Sie meinen Compagnon ebenfalls seine Arbeit tun. Ich kann unmöglich auf seine Dienste verzichten. Neben den erwähnten Fähigkeiten verfügt er über etwas, was nur wenigen gegeben ist. Er kann Menschen lesen und somit ihre Beweggründe verstehen.«

Bergeron antwortet überlegt: »Mein lieber Herr Ferrari, das kann ich auch. Deshalb bleibt es dabei. Sie sind ein freier Mann und Renaudin werden wir in der Untersuchungshaft genauer unter die Lupe nehmen.«

Gérard gibt nicht auf. Er tritt dicht an Bergeron heran, dieser lässt das nur widerwillig zu, und flüstert ihm etwas zu, was für uns andere unverständlich bleibt. Daraufhin brüllt Bergeron: »Jetzt reicht es aber!« Er stößt den Weizenhändler von sich. »Dass Sie versuchen, Geschäftsmethoden aus dem tiefen Italien hier einzusetzen, ist schlicht eine Schweinerei. Bestechen kann man den Kommandanten Bergeron nicht. Sie haben ein verdammtes Glück, dass Gregory das Protokoll schon beendet hat, sonst hätte ich Sie auch noch eingebuchtet. Verschwinden Sie sofort aus meinem Blickfeld, sonst ändere ich noch meine Meinung. Fort mit Ihnen!« Mit fester Stimme und klarer Geste weist er Gérard von sich.

Die beiden Freunde können sich nicht verabschieden. Ihre Blicke treffen sich nur kurz. Gérard versteht, dass Leopold den verlorenen Kampf um seinen Hals geschätzt hat. Sie haben die Schlacht verloren und Leopold wahrscheinlich den gesamten Krieg. Ungute Gefühle kommen auf, Leopold friert es am ganzen Körper.

Eine viertel Stunde später befindet er sich zwischen einer stinkenden und einer parfümierten Wolke auf einer harten Pritsche im Quartiersknast. Die Zellentür fällt knallend ins Schloss. Alte, verbrauchte Clochard- und nicht mehr ganz junge Kurtisanenaugen starren ihn an. Was für ein Empfang!

16. La Duchesse Beatrice de Fontainebleau et Valmy zeigt offenherzig ihre Vorzüge im Wonnemonat des Jahres 1783, noch zur Zeit des Ancien Régimes

Wie rückschauend in der Nacht vom 6. auf den 7. Floréal 1795 in Bergerons Knast erfreuen ihn auch heute am 18. Floréal 1795 nachts seine in der Zwischenzeit feinstofflichen Erinnerungen an die von ihm verehrte Duchesse, verwöhnen ihn mit einem wohligen Gefühl, umarmen sein ganzes Sein. Sein neues Inneres blüht förmlich auf. Er kann immer noch Glück empfinden. Gerne lässt er seine belastenden Erinnerungen vom 6. Floréal los und ersetzt diese durch eine seiner schönsten Liebesgeschichten seines irdischen Daseins.

Seine vier Wirbel wirbeln dabei unentwegt. Der Steg erahnt den edlen Geruch seiner Beatrice. Er hat über die Jahre nichts von seiner geheimnisvollen Anziehungskraft für die Männerwelt verloren. Seine F-Löcher sehen nur Beatrice, verlieren sich in ihren Augen und trinken die Schönheit ihres weiblichen Körpers. Er will nur eines: sie umarmen und lieben.

Die Prophezeiung Rodolphes erfüllte sich kurze Zeit nach dem vielversprechenden Angebot der schönen Duchesse. Anders gesagt: Ihre Sehnsucht war so stark, dass es nicht mehr anders ging, als dieses unwiderstehliche Gefühl in einen Liebesakt umzusetzen. Die fünf Tage vor ihrer Erlösung waren für Beatrice und Leopold eine Qual. Nachts erwachte er öfter und fand sich in der warmen Feuchte seines Samenergusses wieder. Er träumte Tag und nach von ihr.

Jérôme spürte am besten, was mit ihm los war. Als sie einen Tag vor der ersehnten Begegnung mit Beatrice zu zweit zum Mittag ihren Imbiss verzehrten, bemerkte er leicht spöttisch: »Ich glaube, es wäre am besten für dich, wenn du, lieber Leopold, dich von einer willigen Dame heilen lassen würdest. Ich glaube zu ahnen, was dich quält. Marianne, meine Frau, ist meine holde Heilerin und verfügt über alles, um mich nicht leiden zu lassen. Seit über fünf Jahren tut sie das nun schon erfolgreich. Sie ist meine beste Ärztin.«

Auch Beatrice gestand ihm später, dass sie vor ihrem ersten Mal vergleichbare Qualen durchgestanden hätte. Sie ließ sich mehrmals durch die Rue de Saint-Honoré kutschieren, aber sie hatte nie den Mut auszusteigen und ihn im Atelier aufzusuchen. Ihr sexuelles Verlangen sei umso stärker gewesen, je näher sie dem Atelier kam. Einmal befahl sie dem Kutscher, gegenüber seiner Arbeitsstätte anzuhalten. Durch einen kleinen Spalt der mit Vorhängen verdeckten Kutschenfenster hatte sie den Eindruck, ihn zu erspähen. Das habe sie so in Wallungen gebracht, dass sie sich auf der Stelle selbst beglückte mit der Vorstellung, nicht ihre geschickten Finger, sondern sein steifer Turm würde ihr zur ersehnten Entspannung verhelfen. Die körperliche Befreiung war so eruptiv, dass sie sich mit ihrem Lustschrei nicht zurückhalten konnte. Der Kutscher habe sofort nachgefragt, ob bei ihr alles in Ordnung sei. Ja, habe sie ihm nach oben gehaucht.

Endlich kam der ersehnte Tag! Beatrice absolvierte ihre Geigenstunde. Danach trafen sie sich gegen Abend vor dem Konservatorium. Um alles geheim zu halten, verzichtete sie auf ihren Hofkutscher. Sie beschenkte ihn mit einem freien Tag und bestellte sich einen privaten Chauffeur für diesen Tag. Dieser kutschierte sie dann in ihrem gewohnten Luxusgefährt durch den Abend. Die übrigen Bediensteten wurden für diesen Abend beurlaubt und ihr Ehemann pflegte irgendwo am Hofe Louis XVI. royalistische Kontakte.

Beatrice war als gewandte Adelige den gelegentlichen Umgang mit schönen, jungen Männern gewohnt. Trotzdem hatte Leopold den Eindruck, dass sie diesmal verliebt war, und zwar tatsächlich in ihn, deshalb schwebte er schon seit Tagen auf Wolken. Er sieht sie noch immer, wie sie ihre Kutsche verlässt. Der Kutscher hilft ihr ehrerbietig und überlässt sie dem Gehsteig der Rue du Conservatoire. Mit einer selbstbewussten Kopfbewegung mustert sie die Umgebung. Auch auf die Distanz sieht sie blendend aus. Verschiedene Passanten drehen die Köpfe und verneigen sich im Vorbeigehen. Sie ist nicht nur eine Duchesse, nein, eine Königin, seine Königin, so denkt er. Er sieht noch jede Einzelheit ihrer Kleidung vor sich, ihre blonde Perücke mit den wallenden kleinen Locken. Am Hinterkopf sind die Haare mit schmucken Perlmuttnadeln nach oben zu einem Knoten gesteckt. Ihr hellblaues Kleid umschließt eng ihre Wespentaille, so dass ihr wohlgeformtes Becken unter dem modischen

Unterteil nur erahnt werden kann. Die weißbestickte Seidenbluse gibt durch einen großzügigen Ausschnitt ihre straffen, wohlgeformten Brüste zur allgemeinen Betrachtung frei. Sie scheut sich ihrer Weiblichkeit nicht. Elegante braune, bis zum Knöchel reichende Lederstiefel, auf die Farbe des Kleides abgestimmt, verdecken die durchsichtigen Beinstrümpfe, die sie darunter trägt. Diese sind immer nur kurz für das geübte Augen sichtbar. Doch auch so lassen die feingliederigen Knöchel auf ebenso ästhetische Beine schließen und Leopolds Männerfantasien sprießen. Seine Männlichkeit reagiert spontan darauf. Wie verehrt und wie begehrt er diese Frau!

Um ihren langen Hals trägt Beatrice goldenen Schmuck mit Diamanten. Auch an ihren kleinen Ohrläppchen funkeln zwei besonders schöne Exemplare dieser edlen Steine. Aber ihre leidenschaftlich funkelnden Augen übertreffen alles. Als sie ihn sieht, schenkt sie ihm einen dieser leidenschaftlichen Blicke.

Er geht zu ihr. Sie umarmen sich intensiv, spüren ihre Körper, verweilen einen Moment und erschauern glücklich. Alles in ihnen drängt nach mehr. Beatrice kümmert sich nicht mehr um Diskretion. Sie öffnet ihre Lippen und sie küssen sich ungehemmt in aller Öffentlichkeit vor dem Conservatoire de Paris, an diesem schönen Frühlingsnachmittag.

Obwohl es für sie nicht der erste Kuss war, betrachtet Leopold den Platz noch heute als ebenjenen Ort, wo er sich in den liebevollen Augen der schönen Beatrice gespiegelt sah und glaubte, sich dort als Mensch erkannt zu haben. Paris ist und bleibt seine Heimat, auch wegen dieser unvergesslichen Begegnung.

Sie wandeln schwebend Hand in Hand zurück zur Kutsche. Der private Chauffeur öffnet ihnen die Tür. Bevor Beatrice sie schließt und die Fenstervorhänge sorgfältig zuzieht, befiehlt sie dem Kutscher: »Fahren Sie uns zum Park nach Boulogne!« Die Frau weiß, was sie will. »Ich habe mich so auf dich gefreut«, haucht sie Leopold dann in seine verliebten Ohren. »Die gut zwei Stunden Fahrzeit bis Boulogne werden wir bestimmt gebührend nutzen«, neckt sie ihn mit einem petit Clin d'oeil.

Die Kutsche ähnelt einem Wohnzimmer mit zwei großzügigen olivengrünen Sofas hinten und vorne, beide sind brokatbezogen. Verschiedene farblich fein abgestimmte Kissen garantieren einen hohen Sitzkomfort. Die zweite Eingangstür wird kaum benutzt. Dort steht ein kleiner, gut befestigter, runder Tisch, festlich dekoriert. Oberhalb der Sofas sind verschließbare Schränke eingelassen. Auf dem Boden liegt ein bordeauxroter Teppich, der seitlich mit goldenen Stäben befestigt ist.

»In diesem Gefährt lässt es sich gut leben. Mach es dir gemütlich, mein Liebster, und zieh doch deine Schuhe aus. Unter den Sofasitzen sind die Schuhfächer.« Sie beugt ihren geschmeidigen Körper nach unten und ermöglicht Leopold, der ihr gegenübersitzt, die Beine gespreizt, beim Herausziehen ihrer Schuhfaches einen tiefen Einblick in die aufregende Welt ihrer Oberweite, ein kleines erotisches Signal, en passant. »Wir haben am letzten Montag die Federung der Kutsche erneuert. Jetzt rüttelt sie nicht einmal mehr auf Pflastersteinen. Schließ die Augen, lieber Leopold. Spürst du das angenehme Vibrieren?«

»Wirklich angenehm, ja, belebend«, bemerkt er.

Sie steht auf, dreht sich gegen die Schrankwand, massiert sich mit ihren schönen Finger den Nacken, zupft an ihren blonden Perückenhaaren. Mit einem kaum hörbaren Stöhnen zeigt sie ihm eine Facette ihrer Lust. Die weiße Haut ihrer oberen Rückenpartie schimmert verlockend. Ihre Hände sind wieder frei. Sie öffnet den Schrank und holt zwei Champagnergläser hervor. In ihrem Schuhfach befinden sich nicht nur Schuhe, sondern auch Trinkbares. »Heute gibt es nur das Beste vom Besten, Cheri. Bitte öffne mir die Flasche.« Damit greift sie nochmals in den Schrank und bemächtigt sich eines Schminkkastens. Geübt öffnet sie diesen, entnimmt ihm einen ovalen, an den Rändern vergoldeten Spiegel, ein freches rotes Rouge à lèvre und ein kleines Fläschchen Parfum.

Die Flasche Champagner ist schnell offen und die Kristallgläser sind mäßig gefüllt, damit der edle Tropfen sich nicht während der Fahrt auf den Boden ergießt. Im Rundtisch sind verschiedene Löcher vorhanden, die das Umfallen der Gläser verhindern.

Sie rattern innerlich wie äußerlich bewegt ihrem Glück entgegen. Brüskes Anhalten unterbricht sie. Der Kutscher lässt sie wissen, dass er austreten muss. Auch die zwei nehmen die Gelegenheit wahr, ihre Blasen zu entleeren. Beatrice will, dass Leopold sie dabei beschützt. Sie trägt heute einen leichten, mit biegsamen Ringen bestückten Barockrock unter ihrem hellbauen, perfekt sitzenden Kleid.

Nachdem sich Leopold durch strammes Pissen wenigstens ein wenig entspannt hat, stellt er Beatrice seine Dienste als Bewacher zur Verfügung. Sie hebt ihren Rock an, gerade so, dass er nicht mehr als ihre Unterschenkel und einen kleinen Teil ihres nackten Pos sehen kann. Ein kleines durchsichtiges Seidenhöschen hält sie beim Wasserlassen in der Hand. Die heruntergezogenen Strümpfe bedecken die Lederstiefel. Sie sucht dabei Blickkontakt mit ihm und freut sich über die Geilheit in seinen Augen. Dann trocknet sie reibend mit einem Schminktüchlein das Äußere ihrer Vagina. Dabei spreizt sie ein klein wenig ihre Oberschenkel und offenbart ihm für den Bruchteil einer Sekunde ihre intimste Weiblichkeit. Dieser Sekundenbruchteil genügt und seine Männlichkeit steht, und wie. Keck steckt sie nach vollbrachter Tat ihr Seidenhöschen in das Revers seines Jacketts. »Dieses Foulard passt zu dir, mon Cheri!«

Er fasst sie fest am Arm und führt sie erwartungsvoll in ihr Boudoir, selbstbewusst und mit aufrechtem Gang. Sie lehnt ihren Kopf an seine Seite. Ihre Blicke gleiten über seinen straffen Bauch, sie bemerkt seine männliche Ausbuchtung unterhalb seines Hosenlatzes und beglückwünscht sich zu ihren erfolgreichen Verführungskünsten.

Amüsiert beobachtet der Kutscher von seinem Hochsitz die Szene. Beim Einsteigen erweist er der Duchesse und Leopold mit einem anerkennenden Kopfnicken seine Reverenz.

Leopold schließt die Tür hinter sich. Da spürt er kurz eine Hand von Beatrice an seinem Hosenlatz. Ihre Berührung ist wie eine leicht hingehauchte Brise im Hochsommer. Sein bestes Stück jubiliert. In seinem Innern bildet sich ein Hitzewolkenstau. Ein Sturmhoch zieht auf.

Er schenkt neuen Champagner ein. Sie sitzen eng aneinandergelehnt auf dem Sofa in Fahrtrichtung. Sie schlürft den prickenden Schaumwein genussvoll, steckt von Zeit zu Zeit ihre Zunge züngelnd in den Wein, wobei sie ihn nicht aus ihrem sehnsüchtigen Blick verliert.

Runter mit dem Glase Champagner und zum Genießen füllt sich Leopold ein zweites. Er streichelt zärtlich ihr Gesicht, ihre Perücke, dann gleiten seine Hände sachte tiefer über den feinen Stoff ihres Kleides, umfassen die darunterliegenden Brüste. Beatrice küsst ihn leidenschaftlich. Ihre Zungen erkunden die Innenräume ihrer Münder, benetzen die Lippen. Sie nestelt an ihrem Vorderkleid, führt eine seiner Hände zwischen das Kleid an ihre prallen Brüste. Kreisend berühren sie gemeinsam ihre süßen Nippel. Bevor sie das weitere Wirken ihm überlässt, küsst sie ihn, diesmal mit geschlossenen Augen. Seine Hände umfassen ihre Brüste stärker. Beatrice atmet intensiv und hörbar. Einem Moment lang legt er sein Haupt zwischen ihre Busen. Haut an Haut erlebt er, wie sich ihre wohlgeformten Berge heben und senken, spürt ihr Herz schlagen, taucht ein in ihren Atem. Ihre fleißigen Hände ertasten tieferliegende Zonen. Sorgsam befreit sie sein pralles Glied aus seinem Hosenlatzgefängnis und erkundet mit ihren Fingerspitzen dessen Anatomie. Dann greift sie kräftig zu. Jetzt spielen fünf geübte Finger Musik! Mal lento, mal fortissimo. Seine geliebte Duchesse verhilft ihm zu wahrer Größe.

Alle Sinne sind wach, aber sie ihrer nicht mehr mächtig. Vom Trieb getrieben überlassen sie sich diesem, leben ihre Bestimmung. Ihre Augen verschlingen und bewundern die männlichste aller Statuen. Auch er will musizieren, spürt, dass jetzt die Zeit reif ist, den weiblichsten aller Orte von Beatrice zu erkunden. Nur mit ihrem Barockrock ist das gar nicht so einfach. Die Ringe sind zwar nicht spröde, aber doch eine unmögliche Erfindung der heutigen Modewelt. Ungeduldig versucht Leopold einen Weg unter den Rock zu finden. Sie versteht sein Unvermögen, küsst, umarmt ihn und setzt sich auf das Sofa gegenüber. Nach einer wohligen Eigenmassage ihrer aus dem Kleiderzwang befreiten Brüste nestelt sie an ihrem Rock. Nach mehrmaligen Versuchen schafft sie es, sich von diesem alleine zu entledigen.

Sie sitzt nun ihm gegenüber, spreizt sachte ihre Schenkel und offenbart ihm freudig ihre Muschi. Er ist fasziniert von deren Schönheit. Beatrice atmet tief. Seine Reaktion erfreut ihr bebendes Frauenherz. Mit ihren Augen bedeutet sie ihm, dass er sich ihr nähern solle. Sie verharrt in der gleichen Stellung.

Leopold verlässt das Sofa und bekniet die Madonna. Ihre Lotusblüte ist geöffnet. Durch die äußeren roten Blütenblätter pulsiert Leben. Sie heißen ihn willkommen, geben den Zutritt zum geheimnisvollen Inneren frei. Morgentau lässt die Blume glitzern. Vereinzelt hat sich der Tau zu winzigen Kügelchen verdichtet. Sie glänzen edel wie Diamanten. Beatrices feine Hände berühren ihre Blume. Dies scheint dieser wohl zu bekommen. Es bilden sich neue, größere Wasserdiamanten, die Blume wird heute keinen Durst erleiden. Magisch ist Leopold vom Inneren der Blume angezogen. Er erlaubt sich, die Blume zu berühren. Sie reagiert sofort und heftig, fordert ihn geradezu auf einzutreten. Wie die Brüste der lieben Beatrice sich atmend heben und senken, atmet nun auch die Lotusblume ein und aus. Sein Atem verbindet sich mit ihr und lässt seinen ganzen Körper erschauern. Seine Finger treten über die Schwelle und erkunden das Blumeninnere. Warm, willkommen, schleimig, sich in Unendlichkeit verlierend, ein Raum mit und ohne Grenzen, offenbart sich ihm. Er berührt die Innenwände und bewegt sich zurück zur Schwelle, verlässt das Haus. Aber nur für einen kurzen Moment. Da sind die zitternden Hände seiner Geliebten. Sie kennt die Türsteher bestens. Diese haben verstanden, dass heute das Eingangstor nicht verschlossen werden darf.

Beatrice steht auf und streckt Leopold, bestgelaunt, mit einem ihrer umwerfenden Clin d'oeil, ihr nacktes, pralles Hinterteil entgegen. Alles ist schön an dieser Frau, von Kopf bis Fuß ist sie ein Gesamtkunstwerk. Neckisch dreht sie ihren edlen Kopf seitlich nach hinten und genießt die Lust in Leopolds Augen. Kurz macht sie sich an den Schnüren ihrer Oberkleidung zu schaffen, lässt davon aber ab, als er mit beiden Händen ihre knackigen, birnenförmigen Pobacken kräftig auseinanderdrückt. Mit aufreizender Langsamkeit biegt sie ihren Oberkörper nach vorne und stützt sich mit leicht gespreizten Beinen an der Sofalehne ab. Freizügig funkelt ihre diamantene Lotusblume. Er ist so erregt, kann sich kaum mehr zurückhalten. Beatrice sind ja die Hände gebunden. Auch sie will nur das eine. Er gibt ihr, was sie sich sehnlichst wünscht, und dringt kraftvoll von hinten in sie ein. Bei jedem Stoß stöhnt sie ungehemmt. Sein Glied und ihre Joni harmonieren. Ihre straffen Schamlippen liebkosen reibend sein steifes Glied, senden feuchte Vorboten eines baldigen Höhepunktes. Das Vögeln mit ihr ist phantastisch! Wenn er einen kurzen Moment in der Tiefe ihres Schoßes verweilt, beglückt sie ihn mit kräftig spürbaren Muskelzuckungen. Aktiv wiegt sie ihr Becken hin und her. Sie musizieren höchst konzertant. Das Blut in seinem Penis pulsiert intensiver. Alle seine Sinne sind hellwach. Beatrices verwöhnte Lotusblume ist durstig wie nie. Die stöhnende und intensiv atmende Geliebte versucht an ihrem oberen Blumenrand eine besonders sensible Stelle mit ihren Fingern zu massieren. Dank ihrer Beweglichkeit gelingt ihr das. Sie atmet schneller, beginnt schwerer zu atmen. Unbewusst übernimmt Leopold ihre Kadenz. Seine Stöße werden stärker und schneller. Sein Atem übertönt jetzt den seiner Geliebten. Sie spürt, dass sie in Kürze von seiner Liebesflüssigkeit begossen wird. Sie hält sich etwas zurück, horcht auf ihn. Da packen seine Männerhände ihre Lenden und nach zwei weiteren kräftigen Stößen erlebt er einen wunderbaren Orgasmus. Beinahe gleichzeitig erreicht Beatrice ihren Höhepunkt. Ihre durstige Joni wird endlich kräftig gegossen. Ihre Liebesflüssigkeit entlässt sie mit einem befreiten Stöhnen. Dann tauchen sie großzügig beschenkt in einen entspannten, tranceartigen Zustand.

Sie drehen sich, immer noch eins, um und finden sich eng umschlungen auf dem Sofa wieder. Vereint bleiben sie jeder für sich und doch zusammen. Dann beschenken sie sich wieder mit Liebkosungen. Das Funkeln in Beatrices wunderschönen Augen hat eine neue Qualität. Das pfiffig-kecke Funkeln hat sich in ein helles Strahlen verändert, das aus der Urtiefe ihres weiblichen Wesens kommt. Sie sind beide glücklich. Fast eine Stunde lang spüren sie ohne Worte, eng umschlungen und im Wissen um die Einmaligkeit des Geschehens diesem Gefühl nach. Dann meldet sich der Chauffeur. Wir sind in Boulogne.

La Duchesse ändert die Tonlage ihrer Stimme. Im Befehlston kommandiert sie: »Fahren Sie ohne Halt wieder zurück nach Paris.«
»Verstanden«, quittiert der Kutscher.
Und auf geht's im Inneren wie im Äußeren des fahrenden Boudoirs. Wie viele Male sie sich auf der Rückfahrt geliebt haben, bleibt ihr Geheimnis. Jedenfalls bis kurz vor ihrer Ankunft in der Rue du Conservatoire genießen sie ihre Schäferstunden. Nachdem sie beim ersten Liebesakt urgetrieben ihre Bestimmung als Mann und Frau kraftvoll ausgelebt hatten, entdecken sie auf der Rückfahrt gemeinsam weitere wundervolle Facetten der Liebe. Der direkte Hautkontakt ihrer nackten Körper erfreut ihre Herzen, auf deren Pochen sie lauschen. So erkunden sie neben den hochsensiblen erogenen Zonen den gesamten Körper. Von Kopf bis Fuß, mit Haut und Haaren, von den Perücken befreit, lieben sie sich. Sie mögen ihre Körpergerüche, nehmen Unterschiede in deren Intensität wahr.

Der Trieb ist stark, aber nicht allein bestimmend. Sie spüren ihre Gefühle und handeln danach, hauchen sich intimste Wünsche in die lauschenden Ohren und erfüllen sich diese gegenseitig liebevoll. Jeder vertraut sich und vertraut sich dem andern an, bedingungslos.

Diese Reise zurück bringt Leopold vorwärts, lässt ihn bereicherndes Neuland betreten. Während dieses sinnlichen Musizierens mit Beatrice versucht er seine Geliebte mit seiner ganz eigenen Interpretation der Partitur zu erfreuen. Beatrice horcht und ergänzt die Noten ihrer Stimmlage entsprechend. Zusammen komponieren sie Musik und spielen Duette auf ihren schwingenden Instrumentenkörpern. Ihre musikgeübten Ohren frohlocken. Es ist unendlich schön, Beatrice zu bewohnen. Sie hat die Gabe, sich ganz zu öffnen. Er dringt in ihr tiefstes Menschsein ein. Sie öffnet ihre Tore zu einem ihm bisher unbekannten magischen Landschaftsraum. Ein Ebenbild der bekannten Welt, der Natur, aber farbenprächtiger, eine reine Landschaft breitet sich vor Leopolds inneren Augen aus. Ein goldgelbes Ährenfeld, mit roten Mohnblumen bekleckst, wird durch sanfte Windstöße modelliert. Feine Wasseradern schlängeln sich durch das Feld. Tiefgrün leuchtet im Hintergrund die Fülle eines Blätterwaldes, unterbrochen von kräftigen, tief verwurzelten Stämmen. In den Baumkronen windet sich wild und lebendig das Geäst. Alles ist von einem geheimnisvoll leuchtenden Licht überflutet. Das Innere von Beatrice ist nicht gefangen, es atmet Freiheit und vermittelt Weite. Es strotzt vor Gesundheit. Er fällt in eine Trance. Das Bild wird dabei, wie sich später zeigen soll, unauslöschlich in seinem Wesen verankert bleiben.

Bei ihrem letzten Liebesakt auf der Heimreise erscheint ihm dieses Bild erneut. Diesmal verändert sich jedoch die Sommerlandschaft in eine winterliche. Eine weite weiße Schneelandschaft führt am Horizont zu einer bleichrot beschienenen und verschneiten Bergkette. In der Mitte der Szene steht ein altes Holzhaus. Der Kamin entlässt gräulichen Rauch. Das Haus bietet seinen Bewohnern Schutz vor der eisigen Kälte.

Die Winterlandschaft verblasst. Vier Farben prägen das neue Bild, von oben nach unten: Stahlblau, Goldgelb, Lichtgrün und verschiedene Rottöne. Schräg einfallendes Sonnenlicht vergoldet Lärchen, deren Schatten auf lichtgrüne Bergwiesen fallen. Ein Wasserfall entleert sich talwärts. Im Vordergrund stehen Obstbäume mit prallen roten Früchten. Über all dem thront ein wolkenloser stahlblauer Himmel.

Nach der Herbstlandschaft zeigt sich auch noch der Frühling. Eine sich in die Unendlichkeit verlierende Wiese, übersät von weißen, gelben und hellroten Primeln und feinen weißen Maiglöckchen mit knallgrünen Blättern, wird von einem sich durch diese Zauberlandschaft schlängelnden Fluss bewässert. Eine große Trauerweide verneigt sich so tief vor der Blumenvielfalt, dass viele ihrer feinen Äste den Fluss berühren. Ihr frisches Hellgrün zeigt sich noch schamhaft. Daneben leuchtet das Gelb blühender Forsythien, aber immer noch unterbrochen von sprießenden Knospen.

Was sieht er hier? Was sagen ihm diese inneren Landschaften seiner Geliebten? Ist das Realität oder Fantasie?

Auf der ganzen Rückfahrt haben sie keinen Schluck Champagner mehr getrunken. Er lässt seine Gedanken wandern, seine Gefühle schweben. Da überkommt ihn eine Form von Gewissheit. Jeder Mensch, ob Mann oder Frau, hat ein lebendiges Inneres. Innere Bilder helfen, das Wesen, ja, das menschliche Sein besser zu verstehen. Beatrice scheint ihm ihr innerstes Wesen offenbart zu haben. Die vier Jahreszeiten entsprechen möglicherweise ihren vier Lebensphasen als Frau: die junge, blühende Frau im besten Alter, die reife Frau und die alte weise Frau. Obwohl sie selbst im mittleren Alter ist, blüht ihr Inneres immer noch, und weise erscheint sie ihm auch.

Alles Gute hat ein Ende. Die Hufe der Kutschenpferde klappern etwas lauter. Die Pflasterseine der Boulevards lassen ihr fahrendes Boudoir stärker vibrieren. Sie haben Paris erreicht und stürzen sich wieder in ihre Kleider. Ein letztes Glas Champagner soll ihren bevorstehenden Abschied erleichtern. Die Duchesse befiehlt dem Kutscher, über die Rue St.-Honoré zu fahren. Kritisch begutachtet sie sich im goldumrahmten Spiegel, stülpt ihre Perücke über, kämmt sich sorgfältig, pudert ihr Gesicht, besonders die Augenpartien, und legt etwas Rouge à lèvre auf die vollmundigen Lippen. Dann sprüht sie aus einem kleinen Flacon Parfum auf ihren eleganten Hals und in ihren Ausschnitt. Verschmitzt lächelnd lässt sie ihn am Parfum riechen. »Kennst du den Geruch, Cheri?«

Leopold überlegt laut: »Ich kenne ihn, habe mich während des ganzen Nachmittags daran ergötzt, kann diesen aber nicht einordnen. ... Aber natürlich, jetzt erinnere ich mich. Es ist der erfrischende Duft von Maiglöckchen.«

»Oui, le muguet«, haucht seine Geliebte. »Ein Parfum für junge oder jung gebliebene Frauen.« Dabei strahlt sie über beide Wangen wie ein unschuldiges Mädchen. Fast hätte Leopold dem Kutscher befohlen, erneut Kurs auf Boulogne zu nehmen.

Die Kutsche hält. Sie küssen und umarmen sich innig. Pflichtbewusst öffnet ihnen der Kutscher die Tür und montiert die Öllampen, denn das Dunkel der Nacht bricht herein. Sie lösen sich ungern aus ihrer Umarmung. Sachte lässt Leopold Beatrices feine Hände weggleiten. Sie schenkt ihm einen letzten verliebten Blick aus ihren von süßen Fältchen umrahmten Augen. »À bientôt, mon Cheri ...«

Seine verzauberten Augen bestätigen ihr, dass sie ihr Versprechen eingelöst hat. Die Kutsche verliert sich im Meer der vielen anderen beleuchteten Gefährte im späten Abendverkehr.

17. Tiefe Nacht am 18. Floréal 1795 an der Rue St.-Honoré, geheimnisumwobenes Werken des lebendigen toten Instrumentenbauers

Die Wohlklänge des konzertanten Musizierens mit der geliebten Duchesse haben Zeiten überwunden. Die Musik erklingt, mehr als zehn Jahre nach dem Spiel im fahrenden Konzertsaal, bis zum heutigen Abend, erfreut sein Herz, verleiht ihm Mut und Kraft. Vergangenes wird gegenwärtig. Es war vermutlich am 1. Floréal, kurz vor seiner definitiven Einkerkerung, da vermachte er nicht sein größtes, aber sein schönstes Stück, sein Cellojuwel, dem lieben Jérôme, vorahnend, dass es mit ihm bald zu Ende gehen würde. Spontan umarmten sie sich innerlich, das Juwel zwischen ihnen. Leopold ahnt nun, dass bei diesem innig-freundschaftlichen Akt eine geheimnisvolle Verbindung zwischen ihnen dreien geknüpft wurde.

Ein anderes aktuelleres Bild vom 17. Floréal folgt. Das unbelebte Cello liegt auf der bordeauxroten Chaiselongue, weil Jérôme austreten muss. Leopolds neues Ich verfolgt das aus dem Celloinneren heraus. Zu dritt bilden sie eine Lebensgemeinschaft. Zurzeit lebt Jérôme sein irdisches Dasein im Menschenkörper, das Instrumentenjuwel in seinem perfekten schwangeren Cellokörper – und er, Leopold, er ist der Fötus, er wächst gerade heran. Als was für ein Kind er geboren wird, steht immer noch in den Sternen.

Sein uneingeschränktes Männerbewusstsein macht Unmögliches möglich – ein Fötus wächst in einem männlichen Körper heran.

Das Instrumentenwesen beginnt zu leben, wenn es bespielt wird. Allein ist das Cello möglicherweise ein ansehnliches Objekt, ein Ding, ein Gegenstand, aber nicht lebendig. Der Musiker belebt es mit seinem Spiel. Damit er Melodien erzeugen kann, braucht der Cellist sein Cello. Der Musiker braucht ein Instrument, das Instrument seinen Musiker, damit Musik lebendig wird. Der Cellist atmet und beatmet das Cello. Was aber macht Leopold, der Dritte im Bunde? Schwierige Frage! Er könnte als neugeborenes, feinstoffliches Wesen dazu beitragen, dass Jérôme nicht eingleisig das Instrument beatmet. Er könnte das geliebte Cellojuwel in die Lage versetzen, dass es den musizierenden Jérôme ebenfalls beatmen, beleben kann. Dieser Gedanke entspringt wohl dem Auferstehungswunsch des lebendigen Toten Leopold Renaudin.

Sauerstoff ist lebenswichtig für Jérôme. Er bezieht diesen aus der Luft, also von außerhalb seines Körpers. Leopold aber ist aus menschlicher Sicht körperlos. Vielleicht wächst sein feinstoffliches Sein jedoch gerade zu etwas Neuem heran. Dazu kann er möglicherweise nach der Vollendung seines pränatalen Wachstums mehr sagen. Was sich aber bereits in seinem Schneckenhirn abgespeichert hat: Menschen können ihn nicht wahrnehmen.

Was hält ihn lebendig? Von wo bezieht er seine Luft zum Atmen? Was ist sein Sauerstoff? Seine Schneckenwindungen arbeiten. Da dämmert ihm etwas. Ein weiteres Bild aus der unmittelbaren Erlebniswelt meldet sich: Mit furchterregender Geschwindigkeit braust er am frühen Nachmittag des 17. Floréal zurück zur Erde, furchtlos. Dabei gelingt es ihm mirakulös, die Wand der Himmelsautobahn etwas zu öffnen. Und dann nutzt er die Gelegenheit, einen Apfel der Erkenntnis zu klauen. Er stiehlt ihn mit viel Liebe in sich, zum Leben und den Dingen ganz allgemein, deshalb hofft er, dass ihm das Paradies diesen kleinen Mundraub verzeiht. Er ist so paradiesisch überwältigt, dass er nicht bemerkt hat, wie die Paradiesbewohner lachend feine Fläschchen mit Lebensodem für Feinstoffliche hervorkramen. Es folgt ein lautloser Dialog: »Dieser Frechdachs tut der Welt gut.«

»Was meint ihr, liebe Paradiesvögel, für wie viele Jahre soll er die menschlichen Erdenbewohner begeistern?«

Sie einigten sich auf gut 200 Jahre. Pffff – und die Fläschchen sind mit Lebensodem und Sauerstoff für die festgelegte Spanne gefüllt. Nun stehen sie also im Paradies, sind beschrieben mit Leopold Renaudin und einem genauen Ablaufdatum in 200 Jahren.

Er staunt im Nachhinein. Also ist er ein feinstoffliches Wesen, das mit Lebensodem und Sauerstoff für 200 Jahre versorgt wurde, das steht paradiesisch beglaubigt fest. Das ist also seine neue Wirklichkeit. Er ist neu geboren worden. Inwieweit er dem himmlischen Wunsch, der Welt Gutes zu tun, nachkommen kann, wird die Zukunft zeigen. Die Erwartungen an ihn scheinen ihm eher teuflisch als himmlisch. Interessant! Auch er bezieht seine Lebensenergie von außerhalb seiner Existenz. Die Menschen atmen Luft, beziehen ihren Sauerstoff aus der irdischen Atmosphäre. Sein feinstofflicher Körper bezieht den Lebensodem außeratmosphärisch aus paradiesischen Gefilden. Somit ist er ein Lebewesen zwischen Himmel und Erde.

Die liebreizende Brise ist vom Friedhof Picpus im Anflug auf das Atelier. Sie bewegt sich pfeilschnell, wird angetrieben von Leopolds starker Erinnerung an das unvergessliche Liebeserlebnis mit der offenherzigen Duchesse Beatrice de Fontainebleau et Valmy. Von Eifersucht geplagt, landet sie ohne weiteren Glasfensterschaden punktgenau vor dem schlafenden Cello.

Schläft Leopold schon? Träumt er von seiner früheren Geliebten?

Er gibt sich schlafend.

Sie begibt sich auf leisen Sohlen ins Innere des Cellos.

Er verbreitet Schwingungen, die er früher als Schnarchen bezeichnet hätte. Die scheinen die Brise nicht zu vertreiben. Sie kuschelt sich an seinen Körper und schwingt mit. Die Art zu kuscheln ist anders, weniger handfest, mehr vereint schwebend, aber auch sehr schön. Seine Geliebte flüstert: »Ich schätze alles an deinem Geistköper.«

Erst jetzt stellt er freudig fest, dass er in seiner neuen Wirklichkeit angekommen ist. Er ist ein ausgewachsenes, lebendes, feinstoffliches Wesen und auch in dieser neuen Existenzform liebesfähig. Das lässt sein Herz frohlocken. Offensichtlich lebt es, irgendwo.

Beim Erwachen muss er zuerst die Eifersucht der Brise entkräften. Dann unterhalten sie sich verständlich. Sie haben eine gemeinsame Sprache, verfügen über ein gutes Hirn, können denken und fühlen. Hunger kennen sie nicht. Ihre Energie ist unerschöpflich für eine gewisse Zeit auf Erden. »Ist das so?«, fragt Leopold die erfahrene Brise.

»In etwa«, antwortet sie und fährt fort: »Lass dir Zeit, dein neues Leben selbst zu entdecken. Es hat viele Vorteile, aber auch Schattenseiten. Jedes Leben hat eine Eigendynamik, die unabhängig vom Aggregatzustand ist.«

»Was heißt Aggregatzustand?«, fragt er verwirrt.

»Pardon! Ich setze zu viel voraus. Sagen wir es anders, das Leben lebt mit und ohne Menschen. Es besetzt verschiedene Träger mit Leben. Das Leben an sich ist eine große unabhängige Kraft. Übrigens, du hast soeben mit einem über 220-jährigen weiblichen Feinkörperwesen geschlafen, das sich in die Frische eines Neugeborenen verliebt hat. Auch wir verfügen nur über eine begrenzte Lebensdauer, aber wir altern nicht, auch wenn wir Generationen von Menschen überleben.«

Nach so viel Tiefschürfendem erzählt er der Brise von seinem ersten Erleben als feinstoffliches Wesen und von der seltsamen Abfüllung von Lebensodem und Sauerstoff in Fläschchen.

Mit erfahrenem Blick sondiert die Brise die Situation und schaut in die Ferne, dorthin, wo die Fläschchen hinter der Barriere zum Paradies stehen. Dann lacht sie laut auf und hebt auf magische Art kurz den Vorhang in der Ferne und zeigt auf den Schriftzug auf Leopolds Fläschchen. »Guck genau hin, was dort geschrieben steht. Ja, eben nicht Sauerstoff, nein, Süßstoff!«

Ihr Lachen kennt keine Grenzen.

»Einen besseren Start in dein neues Leben hättest du dir nicht ausdenken können. Sicher ein gutes Omen für die gut 200 Jahre, die noch vor dir liegen«, prustet die süße Brise.

18. Die letzten Tage Leopold Renaudins im Zentralgefängnis auf der Île de la Cité, im Herzen von Paris, Abschied unter Freunden am 12. Floréal 1795

Am Morgen des 7. Floréal holt Bergeron Leopold aus seiner Zelle im Quartierknast und führt ihn in sein Arbeitszimmer. »Sie sehen nicht gerade ausgeschlafen aus«, bemerkt er.

»Kunststück, die Pritsche und die Mitgefangenen entsprechen nicht gerade, meinem Niveau«, brummt Leopold.

Bergeron bietet ihm einen Kaffee und eine Prise Schnupftabak an. Eigentlich schnupfe Leopold selten, aber heute willigt er dankend ein.

Nach einem gemeinsamen Hatschi, Hatschi, blickt Bergeron ihm vielsagend in die Augen. »Herr Juror des Jakobiner-Revolutionsgerichts, erfolgreicher Instrumentenbauer, wohnhaft an der Rue St.-Honoré 364 und provisorisch aus dem Zentralgefängnis Entlassener, machen wir uns nichts vor.« Ja, in der Zwischenzeit hat er alles über Leopold in Erfahrung gebracht, auch ohne Papiere. »Wir haben einen regen Austausch mit unseren Kollegen nördlich der Seine«, fährt Bergeron fort. »Sie haben gestern mit der Übertretung ihres Rayons gegen die verbindliche Vereinbarung verstoßen. Somit ist die provisorische Haftentlassung nicht mehr in Kraft. Ich habe mich mit meinen Kollegen auf der anderen Seite der Seine abgesprochen. Sie werden heute in das Zentralgefängnis an der Île de la Cité überführt. Hier brauche ich noch Ihre Unterschrift, damit bestätigen Sie die Einsicht ins gestrige Protokoll.«

Leopold resigniert und starrt auf das Papier.

Bergeron spricht weiter: »Renaudin, Sie haben einen guten Freund. Der Weizenhändler Ferrari hat sich bereits heute Morgen früh für Sie starkgemacht. Er hat alles versucht, Sie rauszuholen. Schließlich musste er erfolglos abziehen.

Betrachten Sie die Sachlage realistisch, Renaudin«, so Bergeron, »auch wenn Ihr Gnadengesuch noch läuft, die Chance, dass Sie Ihren Kopf retten können, ist mehr als gering.« Dann verändert sich seine Stimme, er klingt freundlicher. »Am Anfang legte ich große Hoffnung in euch Jakobiner. Euer Programm hat dem dritten Stand gedient. Dann habt ihr aber mit eurem zu großen Misstrauen gegenüber allem, was irgendwie mit dem Ancien Régime zu tun hatte, übertrieben. Wie schon gesagt, auch einer meiner besten Männer büßte mit seinem Leben. Ein redlicher, ausgezeichneter Korpsangehöriger. Die Anklagepunkte der Juroren waren lächerlich, hatten mit ihm nichts zu tun. Als sein Vorgesetzter und Zeuge hatte ich Einsichtnahme in das Gerichtsurteil. Ich muss mich sehr täuschen, wenn Sie das fahrlässig begründete Todesurteil nicht auch mitunterzeichnet haben.« Damit ruft er unfreundlich einen Gehilfen herbei. »Legen Sie diesen Kerl in Handfesseln.« Er übergibt dem Polizisten ein Couvert mit Leopolds Akten und befiehlt weiter: »Und überführen Sie ihn ins Zentralgefängnis.«

Auf der Fahrt in der verriegelten Gefängniskutsche plagen Leopold ungute Gefühle. Er verursachte viel Leid, versündigte sich an einer Vielzahl von Menschen. Er fühlt sich schlecht.

Seit zwei Tagen sitzt er wieder im Zentralgefängnis. Er teilt die Zelle mit Antoine Quentin Fouquier Tinville und zwei anderen Mitstreitern. Stroh liegt auf dem Boden, ein kleines vergittertes Fenster lässt etwas Tageslicht ein, sonst leben sie hier in einem dunklen Loch. Doch es passiert immer etwas, denn die große Tür des Zelleneingangs ist vom Haupteingang des Gefängnisses durch Gitterstäbe getrennt. Sämtliche Neuankömmlinge wie Austretende kommen durch diesen Gang und an ihrer Zelle vorbei. Die meisten, die das Gefängnis verlassen, tun dies angekettet und mit geschorenen Haaren, damit der Schlächter das Fallbeil sauber justieren kann.

Antoine kackt in der Scheißecke. Immerhin steht da ein Wasserkrug, damit die Exkremente aus dem Knastinneren nach außen gespült werden können. Dies ist aber der einzige Luxus.

Im Gang halten sich immer einige Wärter auf, sie überwachen den Menschenfluss. Sie tragen grüne Uniformen oder wenigstens eine grüne Kappe auf dem Kopf. Noch vor einem Jahr, als die Jakobiner an der Macht waren, herrschte hier die Farbe Rot.

Leopolds Gedanken schweifen zum unvollendeten Festmahl vom 6. Floréal zurück. Mit etwas Glück wäre er ein freier Mann gewesen. Aber das Schicksal wollte es anders. Seit seiner erneuten Festnahme beschäftigt ihn die Rolle des Patrons Dupont. Hatte er ehrlich gespielt oder sie gezielt an ihre Feinde verraten? Er wird nicht schlau aus der Aktion dieses Abends. Jedenfalls steht Guy so oder so als Gewinner da. Möglicherweise hat er ihn an die Grünen verkauft. Hätte der nicht zum Zuge gekommene Schiffer Jean Pillier sie wirklich in die Freiheit geschifft? Er weiß es nicht. Guy Dupont hat ihnen geholfen, seinen Fresstempel ungesehen zu verlassen. Der Abend war somit für die restlichen Gäste ungestört geblieben. Die grünen Spitzel hatten sie nicht im Lokal fassen können. Duponts Gäste waren nicht von Antirevolutionären unterwandert. Gegenüber den Mächtigen hat er eine weiße Weste. Diese Gruppe bewirtet er schon und sie wird für das zukünftige Geschäft immer wichtiger werden. Vor ihm und Gérard profilierte er sich als Fluchthelfer. Ferrari wird ihm als solventer Gast erhalten bleiben. War er das notwendige Bauernopfer, das es für den Erfolg seiner Strategie brauchte? Zweifel an der Aufrichtigkeit des duzfreudigen Patrons des Cafés du Commerce bleiben bestehen.

Gegen Abend wird es auch im Knast ruhiger. Nach dem mickrigen Mahl wechseln die Bewacher. Die meisten der Zellen sind nicht beleuchtet. Da sie am Anfang des Hauptganges eingekerkert sind, kommen sie in den Lichtgenuss der Öllampen der Eingangswache. Selten wird das Haupttor geöffnet. Wenn dem aber so ist, sehen und hören sie, was da so läuft. Und heute Abend läuft es positiv für sie. Als gute Nachbarn unterhalten sie sich von Zeit zu Zeit mit den Gardisten. Mit Einzelnen hat sich über die Wochen eine freundschaftliche Beziehung entwickelt, vor allem mit den wenig beschäftigten Nachtwärtern. Manchmal wird sogar gelacht. Aber es gibt auch die anderen, mit denen nicht zu spaßen ist. Besonders gefürchtet ist Rocco, der Sarde, ein brutaler und foltererfahrener Hüne. Wenn er für die Nachtwache zuständig ist, herrscht nacktes Grauen. Kaum hat die Nachtwache das Eingangstor verschlossen, klopft es draußen. Die Nachtwächter fluchen über die Störung, öffnen aber schließlich mit Musketen bewaffnet das Tor. Nach einem unverständlichen Wortwechsel tritt eine Gestalt ein. Sie trägt zwei größere Säcke, aus denen sich Wohlgerüche verbreiten. Die inhaftierten Jakobiner wittern Essbares. Was sie vor einer halben Stunde in ihre Mägen gewürgt hatten, kann nicht als essbar bezeichnet werden.

Die Wärter sind gutgelaunt. Sie entnehmen den Säcken höchst Genießbares. Sogar Besteck und Geschirr wird auf den Eingangstisch gelegt. Die unbekannte Gestalt hilft mit. Die fünf Nachtwärter tafeln. Dabei schenkt die Gestalt emsig Wein in deren Becher. Die Düfte kitzeln die hungernden Mägen der Gefangenen. Sie melden Interesse an. »Eure Nahrung ist Wasser und Brot«, frotzelt einer der Wächter. Doch nachdem sich ihre Wächterfreunde die Bäuche so richtig vollgeschlagen haben, ist auch für sie, die Randgestalten, noch etwas übrig. Die Gestalt wendet sich ihnen zu und beschenkt sie mit einer Karaffe Rotwein. Dabei können sie ihr Gesicht erkennen. Es ist Marc, der Gastronom des Bistros an der Rue St.-Honoré.

Zwei Tage später bekommt Leopold Besuch von Rodolphe Kreutzer. Er habe mehrmals versucht zu ihm durchzukommen, aber er sei immer wieder abgewiesen worden, erklärt Rodolphe. Heute sei nun seine Hartnäckigkeit belohnt worden. Vertrauliche Gespräche sind in dieser Umgebung nicht möglich. Antoine versteht, dass sich Leopold gerne ungestört mit Rodolphe unterhalten möchte. Er zückt Spielkarten, die sie ihren Nachtwächterfreunden verdanken, und verwickelt die beiden Mitgefangenen in ein Spiel in der entferntesten Ecke der Zelle.

Zunächst spricht Rodolphe seinem Geschäftspartner Mut zu. »Mein lieber Leopold, bis jetzt haben wir noch keine Absage, was dein Begnadigungsgesuch betrifft. So können wir immer noch auf eine gute Wende hoffen.«

»Die Hoffnung stirbt zuletzt«, bemerkt Leopold mit sarkastischem Unterton. »Gut, dass ich mich mit dir über meine Nachfolgeregelung des Geschäftes unterhalten darf. Es ist mir ein Anliegen, alle offenen Punkte heute noch zu klären.«

Rodolphe nickt verständnisvoll.

Er fährt fort: »Du hast meine Vollmacht als Nachlassvollstrecker. Testamentarisch sind neben dir meine beiden Geschäftspartner Luc Delpierre und Jérôme Lepraître aufgeführt. Meine Verwandten in Mirecourt werden nichts erben. Nach unserem letzten Gespräch ist mir klargeworden, dass ich das Geschäft nicht an beide Partner weitergeben kann. Einer muss bestimmt werden, der das Geschäft führt. Ich will, dass mein Atelier auch nach meinem Ableben weiter existiert. Meine Wahl ist auf Luc Delpierre gefallen. Er kennt die Kunden am besten und hat mich auch in administrativen Belangen immer gut unterstützt. Als Präsident der Luthier de France hat er Führungsstärke gezeigt.«

»Ja, das sehe ich ebenso«, unterstützt ihn Rodolphe. »Jérôme ist ein Künstler, ein Vollblutmusiker, der nach Perfektion strebt, auch im Instrumentenbau. Ein Mensch mit einer weit überdurchschnittlichen Musikalität.«

»Für deine Bereitschaft, das Geschäft finanziell in eine erste Nach-Leopold-Phase zu führen, bin ich dir sehr dankbar, lieber Freund. Ich übertrage dir somit das ganze Geschäft mit dem Inventar und allen Betriebsmitteln. Ich vertraue dir, dass du meinem Willen entsprichst und Luc in absehbarer Zeit in die Lage versetzt, dass er das Geschäft erwerben kann. Wir beide wissen ja, dass seine heutige Finanzkraft dazu nicht ausreicht.« Leopold atmet aus, dann spricht er schweren Herzens weiter: »Was meinen stolzen, über die Jahre auf die Seite gelegten Sparbatzen betrifft, wünsche ich mir die folgende Verwendung.«

Rodolphe notiert gewissenhaft.

»Immerhin hat sich über Jahre mit Erbschaften und durch mein eigenes Geschäft einiges angesammelt. Ohne weiteres könnte ich mindestens zwei stattliche Quartierwohnungen damit kaufen. Du bist im Besitz der Tresorschlüssel, die Tresore stehen in meiner Wohnung. Dort hast du Zugriff auf meine Papiere der Handelsbank der Getreidehändler, die Buchhaltung und einige Louis d'or. Zuerst zu Luc. Ein Drittel der Anteilscheine gehören schon heute dir als stiller Teilhaber, mein lieber Rodolphe. Das ist dein Geld, über das du allein entscheidest. Ich übertrage dir ein weiteres Drittel. Ab heute verfügst du über die Mehrheit des Ateliers Renaudin. Ein Drittel übergebe ich Luc, ebenso meine möblierte Wohnung im ersten Stock. Da seine Ehe vermutlich auch zukünftig kinderlos bleiben wird und seiner Frau Marie meine Wohnung schon immer gefallen hat, werden sich die beiden darüber freuen.

Nun zu Jérôme. Er ist stolzer Besitzer meines besten Instrumentes. »Meine Vorahnung sagt mir, dass dieses einzigartige Instrument in der Zukunft Furore machen wird. Auf welche Weise, werde ich leider nicht mehr erleben.«

Beklemmende Stille macht sich breit. Rodolphe klopft Leopold liebevoll auf die Schulter, so dass sich dieser zusammenreißt und fortfährt: »Nun zum Geld. Jérôme bekommt die Hälfte meines Sparbatzens. Dies soll seine Enttäuschung mindern, dass ich ihn nicht am Atelier beteilige. Ich weiß, dass Wünsche nicht in Testamente gehören, da sollen Fakten geregelt werden. Es würde mich aber im Jenseits freuen, wenn mein inniger Wunsch Wirklichkeit würde. Jérôme soll Cellist werden. Das Instrument für einen erfolgreichen Berufsmusiker besitzt er schon. Ab heute ist er auch finanziell dazu in der Lage. Über Jérômes außergewöhnliches Talent müssen wir nicht weiter diskutieren.«

»Ja«, bestätigt Rodolphe, »er ist noch begabter als du. Ein bis zwei Jahre Ausbildung am Konservatorium und unser Wunderkind wird als Solocellist die Konzertsäle Europas erobern, so behaupte ich.« Rodolphe lacht so laut, dass sich die drei Spieler in der Zelle ebenso erstaunt umwenden wie die diensttuenden Wärter. »Wie du dich für eine Idee begeistern kannst, ist und bleibt typisch und einmalig. Deine Wünsche verbunden mit den hohen Erwartungen an deinen Ersatzsohn blenden aber die Tatsache aus, dass dieser ein erwachsener Mann, Ehepartner und Familienvater ist.«

Leopold ist enttäuscht, aber Rodolphe hat natürlich recht. Seine erste Begeisterung ist durch die sachliche Argumentation geschrumpft. »Aber es gibt nichts Schöneres, als ein Talent erkannt und gefördert zu werden«, beharrt er.

Doch auch zu dieser Ansicht erhebt Rodolphe Einwände. »Das ist deine Sicht der Dinge, sie muss nicht mit den Vorstellungen des Talentes übereinstimmen«, erklärt er.

»Ich bestimme, dass die Hälfte der Hälfte des Ersparten als Legat an das Konservatorium von Paris geht, Verwendungszweck: Begabtenförderung junger Talente aus ärmlichen Verhältnissen«, beschließt Leopold nun. »Dein Honorar als Nachlassverwalter und die notarielle Unterstützung wird durch die zweite Hälfte der Hälfte abgegolten. Der kleine verbleibende Rest soll dir, mein Freund, dein hoffentlich langes Leben versüßen. Ich weiß, das ist Wasser in die Seine getragen, aber verdient hast du das allemal. Mehr gibt es nicht zu verteilen. Bitte vergiss meinen letzten Wunsch nicht, Jérôme für eine Musikerlaufbahn zu begeistern.«

Zur Verabschiedung umarmen sich Leopold und Rodolphe innig. Sie können ihre Tränen nicht verbergen.

Rodolphe verlässt das Gefängnis und begibt sich betrübt auf den Heimweg. Er marschiert gedankenverloren über den Boulevard. Da findet er in seiner Jackentasche ein verschlossenes Briefcouvert. Nein, das ist unmöglich, er hatte Leopold diesen für ihn bestimmten Brief heute übergeben wollen und es einfach vergessen. Er erschrickt über seine Unterlassungssünde. Der Umschlag ist schon etwas vergilbt. Vor zwölf Jahren hatte ihm die Duchesse de Fontainebleau et Valmy diesen nach einer der letzten Geigenstunden anvertraut.

Rodolphe ahnt, was drin steht. Beatrice sagte nur: »Geschätzter Herr Professor, dieser Brief enthält eine Frohbotschaft und eine Katastrophe für den Empfänger, für Leopold. Ich bin verzweifelt und voller Angst, dass der Duc auf irgendeine Weise den vollständigen Inhalt erfahren könnte. Würde das eintreffen, gnad mir Gott! Neben der totalen Überwachung, käme mit Bestimmtheit noch körperliche Folterung dazu. Ich übergebe ihnen den Brief. Er ist für Leopold bestimmt.« Beatrice war im Sommer 1783 öfter traurig gestimmt gewesen und hatte über Auseinandersetzungen mit ihrem Gatten geklagt. Leopolds Verhältnis mit Beatrice war ihm trotz ausgefeilter Tarnkünste nicht verborgen geblieben. Das war der Grund dafür, dass die Duchesse ihre Musikausbildung bei Rodolphe nicht mehr weiterführen durfte. Der Duc überwachte sie und verbot ihr, sich außerhalb von Fontainebleau aufzuhalten.

Obwohl beide wussten, dass es bei einer Affäre bleiben würde, taten sich Leopold und Beatrice schwer damit. Sie hatten sich offensichtlich heftig ineinander verliebt. Kurz schafften sie es noch, sich zu treffen und ihre Liebe zu zelebrieren. Aber auch der Standesunterschied und die Mutterrolle der Duchesse verhinderten die Weiterführung der Beziehung. Von da an ging es bergab mit der schönen Duchesse und dem eifersüchtigen Duc. Nach dem Sturm auf die Bastille verließ die ganze Familie mit Hofstaat die Region Paris. Der ängstliche Duc wollte nach Österreich auswandern und überließ sein Schloss in Fontainebleau einem königlichen Verwalter. In der Bourgogne machten sie Zwischenhalt, weil die Duchesse erkrankte. Die Krankheit war kurz und heftig, wie bei Geschlechtskrankheiten üblich. Im Frühjahr 1791 verstarb sie, umgeben von ihrem Ehemann, zwei blonden Töchtern und ihrem Sohn, dem dunkelhaarigen Alexandre. Der Siebenjährige soll bitterlich geweint haben. Rodolphe weiß davon dank einer Bediensteten, die bis zum schlimmen Ende der Adeligen de Fontainebleaus für diese als Zofe gearbeitet hatte und danach wieder nach Paris zurückkehrte. Sie ist die Schwester der Ehefrau seines Nachbarn.

In den Provinzen wüteten die Revolutionäre ebenfalls grausam. Der Duc und seine Kinder wurden mit anderen Anhängern des Ancien Régimes im Sommer 1792 in der Rhone ertränkt. Auch das erfuhr Rodolphe von der Zofe, ebenso dass dem kleinen pfiffigen Alexandre gemeinsam mit einem anderen adeligen Knaben die Flucht gelang.

Kurz entschlossen kehrt Rodolphe um und schreitet erneut zum Zentralgefängnis, in der Hoffnung, dass er sich nochmals Eintritt verschaffen kann, um den Brief seinem Empfänger zu überbringen.

19. Rodolphes Wünsche, die Flussreise eines verschlossenen Briefes, Jean Pillier traut seinen Augen nicht, all das am 12. Floréal 1795

Er erreicht das Gefängnis. Nur das Haupttor steht nun noch zwischen ihm und dem gefangenen Briefadressaten. Dies ist geöffnet, eine größere Anzahl angeketteter Gefangener wird aus dem Knast gezerrt. Eine ganze Schar von Gardisten versucht diese vorwärtszutreiben. Sie weigern sich, Flüche werden ausgestoßen, Schläge verteilt, ein Schuss löst sich aus einer Muskete. Zwei Angekettete stürzen blutüberströmt zu Boden. Die Mitgefangenen toben, einer pisst auf den nächsten Wächter, der tritt ihm in die Eier. Der Getroffene brüllt. Es herrscht großes Chaos. Da kommt ein Gardeoffizier angerannt und nimmt die Sache in die Hand. Er befiehlt der Wachtmannschaft, sich gegenüber der Außenwand aufzustellen, und lässt die Eingangstür verriegeln. Die Angeketteten wollen und können sich nicht bewegen, stehen zwischen den Gardisten und der Außenwand. Die Gaffer, darunter Rodolphe, werden vertrieben. Der Offizier schreit: »Gewehre laden, euer Ziel sind die Angeketteten.« Dann wendet er sich kurz an die Todeskandidaten: »Ihr Hurensöhne habt nichts anderes verdient!« Es folgt das schrille Kommando: »Feuer frei!« Und die Revolution ist um ein Dutzend Tote reicher.

Die Leichen werden auf eine Karre geworfen und in der nahen Seine entsorgt. Es ist ein furchtbares, entwürdigendes Spektakel. Unverrichteter Dinge verlässt Rodolphe fluchtartig den Ort des Grauens. Mit ihm das vergilbte Couvert. Er hastet das rechte Seineufer entlang, greift in seine Tasche. Da ist das Couvert. Nervös zieht er es hervor, wirft einen Blick auf die Anschrift. Plötzlich entreißt ihm ein Windstoß das Couvert. Verzweifelt versucht er es zu fassen, erfolglos. Von unguten Gefühlen übermannt steigt er Stufe für Stufe, hechelnd und mit seinen Kräften am Ende vom Seineufer zum Universitätsboulevard hoch.

Dann hält er eine Taxi-Kutsche an, die ihn nach Hause bringt. Beim Einsteigen ertönt das Horn eines vorbeigleitenden Bootes.

Jean Pillier segelt mit einer Ladung Baumaterialien Richtung Deauville. Die letzten zwei Tage und Nächte hat er mit der ganzen Familie hart gearbeitet. Das Einladen von Mörtelsäcken, Holzbalken und Sandsteinen war anstrengend. Seine Frau Berthe steuert. Jean gönnt sich eine Pause. Er hält sich an der Reling fest, schiebt seine Kapitänsmütze aus dem Gesicht und steckt sich zufrieden eine Pfeife in den Mund. Sein Blick wandert zur gegenüberliegenden Flussseite. Dort treiben tote Menschen im Fluss. Seit dem Beginn der Revolution kommt das häufig vor. Es ekelt ihn immer wieder, wenn Abgeschlachtete den Fluss blutrot färben, verloren dahintreiben. Aber er kann nicht anders, als hinzuschauen, seit ihm Jean-Pierre, ein Schifferkollege, erzählt hatte, dass er einmal unter den Toten einen Schwerverletzten erspähte und diesem das Leben retten konnte.

Vor zwei Jahren ersetzte er selbst seine Kapitänsmütze gegen eine rote Jakobinermütze, war stolzer Sympathisant der damaligen Revolutionäre. Endlich waren Männer an der Macht, die etwas bewegten. Un vrai changement pour la France. Aber am Schluss missbrauchten sie ihre Macht und terrorisierten das gesamte Volk. Deshalb hatte er die rote Mütze in der Seine ertränkt und trägt nun wieder seine Kapitänsmütze. Mit dem politischen Programm der Rothüte kann er sich heute noch identifizieren. Sein Boot dient öfter als geheimes Fluchtschiff für Verfolgte. Ohne großen Lärm segeln die blinden Passagiere lebend und den Krallen ihrer Verfolger entzogen flussabwärts. So ist sein Lastschiff mehr, als es scheint, nämlich auch ein gut getarntes Rettungsschiff. Er hofft, dass die zwei vor einigen Tagen angemeldeten, aber nicht eingetroffenen Verfolgten nicht tot im Wasser der Seine flussabwärts treiben.

»Berthe«, ruft Jean nun, »etwas gegensteuern, damit wir näher ans Flussufer kommen. Dort schwimmen mindestens ein Dutzend Tote.« Zwischen den Toten und dem Schiff erkennt Jean einen schwimmenden Gegenstand, ein Couvert. Es schwimmt wie ein Papierschiffchen im Fluss. Jean fischt das Couvert mit einem Feumer aus den Fluten. Es ist nass, leicht blutbefleckt, aber noch in einem guten Zustand, ungeöffnet.

Berthe schimpft: »Was soll das? Wirst du nun noch zum Abfallentsorger?«
Jean beachtet sie nicht. Die Empfängeradresse ist nicht mehr lesbar. Er öffnet das Couvert sorgsam und entnimmt ihm einen Brief. Die feine, recht gut lesbare Handschrift lässt auf eine Verfasserin schließen. Dem ist auch so. Das Schreiben ist unterschrieben mit Beatrice, oh, Duchesse de Fontainebleau et Valmy. Jean pafft intensiv seine Pfeife und beginnt interessiert zu lesen.

Château de Fontainebleau, le 30. Septembre 1783

Liebster Leopold!

Ich liebe Dich! Seit unserem allerletzten Treffen sind schon bald zwei Monate ins Land gezogen. Dabei ist kein Tag vergangen, ohne dass ich nicht an Dich gedacht habe, mein Leopold. Mein Leben, oder viel mehr Überleben in Fontainebleau, ist kaum auszuhalten. Der Duc demütigt mich. Eifersüchtig überwacht er alle meine Schritte. Die Kutschausfahrten hat er mir gestrichen. Er hält mich im Schloss gefangen. Es ist die pure Hölle. Ich habe mir mehrmals überlegt, aus dem Leben zu scheiden. Nur meine beiden Mädchen halten mich davon ab und ein in mir wachsendes Geheimnis. Geliebter Leopold, ich habe die Gewissheit, dass ich seit vier Monaten in anderen Umständen bin. Mein Hausarzt hat mir dies vor einem Monat bestätigt. Ich weiß es schon bedeutend länger. Das Kind ist die Frucht unserer Liebe. Als wir uns im Mai das erste Mal leidenschaftlich geliebt haben, wusste ich, dass wir ein Kind gezeugt haben. Du wirst Vater werden, denn ich werde das Kind austragen. Meine innere Stimme sagt mir, dass es ein Knabe wird, mit Taufnamen Alexandre Duc de Fontainebleau et Valmy. Ich hoffe, dass er in eine Zeit hineingeboren wird, welche keine Standesunterschiede mehr kennt, so dass er die Frau seines Herzens heiraten kann, wer auch immer sie ist.

Ich danke Dir von ganzem Herzen, dass ich durch Dich erfahren durfte, was wahre Liebe ist. Doch ich bin unendlich traurig, dass ich Dich nie mehr umarmen kann. Es wird mir leichtfallen, Deinen Sohn mit Mutterliebe sorgsam aufzuziehen. Er wird mich mein Leben lang an Dich erinnern. Du hast mich reich beschenkt. Ich möchte das auf meine Art auch tun. Du hast durchblicken lassen, dass es um Deine Finanzen besser stehen könnte. Da kann ich

Dir helfen. Auf der Hinterseite des Briefes findest Du einen Plan von unserer Schlossgärtnerei. Sie liegt unmittelbar neben dem Park und ist Tag und Nacht unverschlossen. Abends nach 18:00 Uhr haben die Gärtner Feierabend. Also von 20:00 Uhr bis morgens 05:00 Uhr ist die Gärtnerei sicher verwaist. Die rote Markierung zeigt Dir, wo ich für Dich einen kleinen Tresor vergraben habe. Darin findest Du meine Perlencolliers und meine Ohrringe, die ich immer zu unseren geheimen Treffen getragen habe, daneben einige goldene Münzen. Dieser Schatz gehört Dir, mein geliebter Leopold. Grabe danach.
Ich werde Dich lieben bis zu meinem letzten Atemzuge.

Adieu, mon Trésor, Beatrice

Jean traut seinen Augen nicht. Er liest den Brief immer wieder. Wunderschön, dass eine Frau ihre Gefühle so ausdrücken kann. Er stellt sich vor, dass er der wahrhafte Empfänger des Briefes ist, und beginnt zu träumen. Doch nur kurz, schnell steckt er Beatrices Abschiedsbrief in seine Westentasche.

Die Leichen treiben immer noch im Wasser. Er beobachtet alle aufmerksam. Keine bewegt sich, keine verdreht ihren Kopf, um nach Luft zu schnappen. Da gibt's nichts mehr zu retten. Er wendet sich Berthe zu und befiehlt: »Steuerbord voraus, alle Segel in den Wind.«
Die drei Kinder helfen kräftig mit. Sie lassen die Toten hinter sich. Jean begibt sich nach oben und küsst seine Frau zärtlich. Warum auch in die Ferne schweifen, wenn das Gute liegt so nah? Dann übernimmt er das Steuer. Berthe ruft den Kindern zu, dass sie ihr in der Küche helfen sollen.
Der Fluss fließt träge dahin, es gibt kaum ein mildes Lüftchen, die Bäume am Ufer präsentieren ihr erstes Frühlingsgrün, die Sonne scheint. Jean steuert sein Schiff. Von der Küche her wehen verführerische Essensdüfte zu ihm hinüber, das alles und seine Pfeife beruhigen ihn heute aber nur teilweise. Er zieht den Brief nochmals aus der Jackentasche und liest ihn Wort für Wort erneut durch. Der Tresor lockt. Wie groß ist der vergrabene Schatz wohl? Eingepackt im Couvert hat der Brief ganze zwölf Jahre überlebt. Warum treibt er gerade heute zwischen Leichen in der Seine? Leben Beatrice und Leopold noch? War Leopold, oder eher wahrscheinlich dieser Kreutzer unter den Wasserleichen? Ist der Tresor noch an seinem Ort? Wer ist Leopold? Soll er Berthe von dem

Brief erzählen? Das Schicksal hat ihn zum Empfänger gemacht, obwohl er nicht an ihn adressiert ist. Irgendwie stört ihn diese schicksalhafte Gelegenheit eher, als dass sie ihn freut. Er steckt den Brief wieder weg.

Er lebt im Heute und das ist stimmig für ihn. Eigentlich kann er auf den Schatz verzichten. Er fühlt sich glücklich auf seinem Schiff, mit seiner Berthe und den drei Kindern. Und er ist dankbar, dass die Wirren der Revolution sie bisher nicht getroffen haben. Die Seine mit den Wasserleichen kennt da eine andere Wirklichkeit.

20. Herzensarbeit, Leopolds Aktionsradius vergrößert sich nachts am 18. Floréal 1795

In den Nachstunden war Leopold schon immer am aktivsten. Das ist auch in seinem neuen Sein in der Nacht vom 18. Floréal 1795 nicht anders. Wach und auf Empfang befindet er sich im Innenraum des Cellos.

Im seinem Innersten pocht es. Intuitiv weiß er, das kommt aus seinem Herzen. Er kann es nicht anders benennen. Dieses Zentrum ist der Kern, der Ort, welcher sein aktuelles Wesen zusammenhält. Aus diesem Zentrum kommen wesentliche Impulse für seine neue Art zu leben. Er spürt dem Rhythmus des Pochens nach und fühlt ein starkes Gefühl, es wird für ihn zur Gewissheit. Dieses Gefühl muss Liebe sein. Er ist glücklich.

Seine neue Form von Körperlichkeit scheint nun für sein langes feinstoffliches Leben gerüstet.

Er verlässt für einen Moment die sicherheitsvermittelnde Nähe des Cellos und erkundet, wie weit er sich bereits vom momentanen Gravitationszentrum entfernen kann. Er fühlt sich wie ein Kleinkind, das verbotenerweise von zu Hause wegläuft. Zunächst befindet er sich im Atelier, entfernt sich dann schwebend von der Rue St.-Honoré 364, überfliegt die Straße und dringt in das geschlossene Bistro Marcs ein. Kein Mensch belebt nachts um 04:00 Uhr das Lokal. Die Stühle sind hochstellt, der Boden gebohnert und die Gläser glänzen vor Sauberkeit. Alles steht bereit für die Eröffnung am Morgen des 18. Floréal.

Weiter traut er sich noch nicht. Er fliegt zurück, Wände überwindend.

21. Die letzte Nacht Leopold Renaudins im Zentralgefängnis Île de la Cité in Paris am 16. Floréal 1795

Wieder der durchdringende Schrei eines Mitgefangenen. Die Nächte hier im Knast sind grausam. Kaum Licht, keine Chance zu entkommen, Hoffnungslosigkeit. Die Todesangst ist förmlich greifbar. Leopold geht es mies. Gestern ist einer völlig durchgedreht. Da er vis-à-vis von ihnen eingelocht war, haben die vier mitbekommen, wie er sich brüllend seinen Kopf am Gefängnisgitter blutig schlug. Die Wächter haben ihn zum Schweigen gebracht, Blut floss aus seinem Mund, weil sie ihn mit Fußtritten halb tottraten. Röchelnd lag er schließlich da. Mit letzter Kraft begann er erneut zu stöhnen und zu schreien. Da packte der oberste Wärter, der Sarde Rocco, den Schreienden an den Schultern und knallte ihn gegen die vergitterte Zellentür. »Dich haben wir zum Schweigen gebracht, du verdammter Hurensohn«, knurrte er zufrieden. Als er und seine Gehilfen sich umdrehten, um zu gehen, wollten zwei Mitgefangene dem Schwerverletzten helfen. Da fuhren die Männer noch einmal herum. »Weg mit euch, ihr Bastarde, hier gibt es nichts mehr zu helfen«, brüllte der Sarde. Der eine Gefangene ließ sich einschüchtern, der andere ignorierte den Befehl des Hünen. Dieser trat erneut zu, der Getroffene schrie auf. Die Nachtwächter zerrten den Helfenden wie auch den Schwerverletzten aus der Zelle und durch das Eingangstor, Rocco bemächtigte sich einer Muskete. Draußen fielen zwei Schüsse. Nach getaner Arbeit nahmen die Wächter wieder ihre Plätze ein. Der Hüne brüllte. »Nachtruhe, ihr Schurken wisst nun, was mit euch geschieht, wenn ihr meine Befehle missachtet.« Dann ließ er die Korken knallen. »Darauf muss angestoßen werden«, entschied er und prostete seinen Leuten zu. Dann wandte er sich mit grüßendem Glas Wein Leopold und seinen Freunden zu. Die Öllampe am Eingangstisch erhellte ihre Zelle schwach, aber genügend, um das hämische Grinsen in seiner zahnlosen Fratze zu sehen. »Auf euch, ihr Todgeweihten. Ja, glotzt nur, heute Mittag überbrachte einer der Juroren mir persönlich, was für eine Ehre, euer verbindliches Todesurteil.«

Obwohl Leopold nie richtig an seine Begnadigung geglaubt hatte, hat ihm die Unterstützung seiner Instrumentenbauerfreunde geholfen, sie hat ihn aufgebaut, ihm einfach gutgetan. Danke! Doch nun sieht er schlagartig schwarz, seine Gefühle sind im freien Fall. Die schlechte Ernährung und die permanente Übermüdung tragen auch zum Stimmungstief bei. Es ist schwierig, die Todesangst zu verdrängen. Er hat Angst und ist verzweifelt. Zitterschübe überwältigen ihn. Sein Magen verkrampft sich. Er will kotzen, kann aber nicht, weil er nichts mehr im Magen hat. Es würgt ihn. Immer wieder wird er von Schwindelanfällen gepackt. Er legt sich aufs Stroh. Seinen Mitgefangenen geht es nicht besser. Jeder leidet für sich. Das gemeinsame Schicksal hat ihnen besonders in den letzten Tagen Rückhalt gegeben. Sogar Antoine stieg von seinem stolzen Ross und ließ sich trösten. Aber in der letzten Nacht vor ihrer Hinrichtung haben erhabene Gefühle wie menschliche Zuwendung keinen Patz mehr. Alle sind von Angst gepeinigt, hasserfüllt wegen des Verlustes ihrer Freiheit. Der Freiheit, für die sie ein Leben lang gekämpft haben. Aber nicht nur die Freiheit, sondern all ihre Werte – Liberté, Égalité, Fraternité – werden mit den Füßen getreten. Sie sind alles andere als gleich. Sie haben ihre Rechte verloren, Roccos »brüderliches« Verhalten foltert, quält und demütigt sie. Und sie sind eingekerkert. Das ist ihre schaurige Wirklichkeit. Leopold ist nicht mehr fähig, seine immense Wut zuzulassen, wimmert in sich hinein. Seine Gedanken und Gefühle fallen in eine grenzenlose Tiefe. Während der rasenden Talfahrt blitzt kurz sein Intellekt auf und macht ihm hämisch klar, dass auch sein Denken morgen zu einem schrecklichen Ende kommt. Er mag nicht mehr, tritt innerlich neben sich. Er ist am Ende.

22. Ausflug eines Ausgewachsenen bei Morgendämmerung am 18. Floréal 1795 von der Rue Saint-Honoré 364

Leopold freut sich über die wiedergewonnene Mobilität. Ohne Zwischenfall, flugsicher und punktgenau gelandet, befindet er sich wieder gesichert in seinem Schutzraum, im Inneren des Cellos. Er kann navigieren, toll. Er fliegt selbst, wird nicht fremdgesteuert. Das ist leopoldgerecht! Langsam freut er sich über die neue Lebensart. Bei seinem ersten Ausflug hatte er zwar nicht das Herz in den Hosen, aber doch einen gewissen Respekt. Aha! Sein Herz ist also mitgeflogen. Warum sucht er nach einem Platz für sein Herz im Instrumentenkörper? Dann müsste er ja das Organ vor jedem Abflug abmontieren. Das macht keinen Sinn. Die liebreizende Brise hatte ihm außerdem klar gezeigt, dass sie ihr Herz immer in sich trägt. Und das tut er auch.

Aber wie steht es um seine Seele? Achtung Leopold, verzettele deine Gedanken nicht. Er ist erst bei der Zweisamkeit zwischen ihm und dem Cello. Aber da ist ja noch ein Dritter im Bunde: Jérôme. Jérôme ist ein herzensguter Mensch und er spielt Cello, wie Leopold es liebt: leidenschaftlich. Sein Brustkasten berührt beim Musizieren das Instrument. Beim Fortissimo wird der schöne Körper des Juwels kräftig geherzt. Auch hier ist die notwendige Nähe gegeben. Somit sind ihre drei Körper dreieinig vereint während des Spiels. Nach dem Musizieren trennen sie sich wieder. Jeder geht, fliegt fort oder schläft. Jérôme bestimmt den Rhythmus ihres gemeinsamen Wirkens. Wenn er sie in den Kasten stellt, bedeutet das Feierabend für das Instrument, für Leopold nicht mehr, seit er feinstofflich ausgewachsen ist. Da geht noch was. Was da so geht, gilt es noch zu entdecken. Darauf ist er gespannt. Er steht ja noch am Anfang seines feinstofflichen Lebens.

Zweiter Teil:

Das Cello überlebt in unruhigen Zeiten der Französischen Revolution seinen Meisterbauer, der 1795 durch das Fallbeil seinen wachen Kopf verliert, aber durch eine List der Menschheit erhalten bleibt

1. Anmarsch, beziehungsweise Anfahrt zur Testamentseröffnung am frühen Nachmittag des 18. Floréal 1795

Jérôme steigt die Treppen hinunter, familienabgeküsst und mit den besten Wünschen für den Tag versorgt. Im Parterre hinter dem Concièrge-Häuschen beobachtet Madame Blanc interessiert das Geschehen. Mit ihren gut 70 Jahren auf dem Buckel freut sie sich nach wie vor über den Anblick schöner Menschen. Sie nickt freundlich. Jérôme lächelt charmant zurück und wünscht auch ihr einen »Bon jour«. Die imposante hölzerne Eingangstür fällt hörbar ins Schloss. Jérôme lässt sich im Menschenfluss über die Rue St.-Honoré treiben. Das Parfum der Stadt hat sich verändert, so scheint es dem Instrumentenbauer. Das nächtliche Gewitter hat allen Schmutz fortgespült. Die Luft ist klar, der Himmel blau. Der Gestank der rauchenden Schlote ist seit einem Monat verschwunden. Ein klares Zeichen, dass die Winterzeit endgültig vorbei ist. Angenehme Frühlingsdüfte liegen in der Luft. Sprießende Knospen der Baumalleen und lustwandelnde junge Frauen setzten ihre Duftmarken im jahreszeitlosen Geruch stinkender Pferdebollen.

Ein verkrüppelter Bettler sitzt am Boden und reckt eine Hand den vorbeiziehenden Menschen entgegen. »Un petit Sou pour moi, s'il vous plaît, un petit Sous«, fleht er mit gebrochener Stimme. Heute fasst Jérôme sich ein Herz und gibt dem Bettler ein Kleingeld. Der Arme zieht sofort seine Hand ein, beurteilt flink tastend die Größe der Gabe, denn er ist blind. »Merci, merci, der Herrgott sei mit euch!«, raunt er.

Jetzt flaniert Jérôme über die Rue St.-Honoré. Am Nachmittag ist die Stimmung eine andere als am frühen Morgen oder am Feierabend, wenn das Volk, die Arbeit im Kopf, den Boulevard entlangeilt. Jérôme hat noch Zeit, lässt sich vom Frühlingserwachen verzaubern, schwebt mit Hunderten, meist Frauen, durch die Straßen und genießt die Frühlingsstimmung mitten im pulsierenden Paris. Der Puls des Grande Terreur hat die Stadt scheinbar verlassen. Das Herz von Paris darf wieder liebend pulsieren, ist nicht mehr von Hasstiraden besetzt. Befreit beschenkt es seine Bewohner mit diesem einmaligen Frühlingstag. Für diejenigen, welche die Wirklichkeit gerne schriftlich bestätigt hätten: »La Grande Terreur ist vorbei, die letzten Jakobiner sind enthauptet«, schreit ein Traktatenverkäufer laut, dass Jérôme ihn gut versteht, obwohl dieser papierschwenkend auf dem gegenüberliegenden Gehsteig unterwegs ist.

Der begnadete Freizeitcellist beschenkt nicht nur, sondern nimmt auch gerne entgegen. Kurz vor dem ehemaligen Jakobinervereinslokal empfängt ihn ein immer stärker werdender Meeresduft. Die zweite Tagesladung frischer Meeresfrüchte aus Deauville ist soeben bei Alain Petitpois, Fruit de Mer, Père et Fils, eingetroffen. Die Familie ist gerade dabei, die Ware auf die Auslagen zu verteilen. Alain ist seit Jahren Jérômes Hoflieferant, wenn es um Meeresfrüchte geht. Sein Werbeslogan in Kursivschrift unter seinem Geschäftsschild verspricht nicht zu viel: immer frisch, immer gut. So ist es. Melanie, seine Frau und Mutter von fünf Kindern, gibt Anweisungen an ihre beiden ältesten Söhne, wie die Auslage am besten zu bestücken sei. Krabben, Fische, Muscheln und anderes Seegetier werden kunstvoll ausgebreitet. Seetang, Zitronen und natürlich viel Eis gehören dazu. Die neugierige Kundschaft begutachtet bereits die frische Meerespracht. Alain hat soeben zwei Langusten gekauft. Jetzt feilscht er mit dem Lieferanten um den Preis.

»Bonjour, Alain«, begrüßt ihn Jérôme. Der Händler wendet sich ihm zu und winkt. »Bitte lege mir ein Pfund dieser knackigen grauen Crevetten beiseite. Ich werde sie nach getaner Arbeit abholen«, bittet ihn Jérôme.

»Geht in Ordnung, Jérôme, und grüß mir deine Frau«, ruft ihm der Händler zu. Und seine älteste Tochter, 17 Jahre jung, schenkt ihm ihr jugendliches Bon-jour-Lächeln.

Guten Mutes schreitet Jérôme dem Jakobinerkloster entgegen. Es steht leer und wird seit dem Sturz der Rothüte von den Grünen bewacht. Sie fürchten, dass Reaktionäre, die sich in den Untergrund abgesetzt haben – Leopold wird sich im Grab umdrehen –, diesen geschichtsträchtigen Ort erneut für ihre Zwecke nutzen könnten.

Das bevorstehende Treffen mit Rodolphe und Luc hatte ihm gestern mehr

Bauchweh bereitet. Heute ist er zuversichtlicher, glaubt kaum, dass der selige Leopold mit seinem letzten Wunsch ungerecht gehandelt hat. So kommt er beim Atelier an. Gerade hält dort Rodolphes Kutsche. Der Notar, Maître Leblanc, klein, brillentragend, kugelrund, stolpert aus der Kutsche. Rodolphe reicht ihn weiter an Luc, der die Tür geöffnet hält. Die Männer begrüßen sich.

Leopold erwacht aus seinem Nachmittagsschlummer. Ah, da tut sich etwas. Er entflieht dem Celloinneren und setzt sich unbemerkt mit an den Ateliertisch. Um gut auf alles Kommende vorbereitet zu sein, bedient er sich seiner neuen Fähigkeiten. Er interessiert sich für die Anfahrtswege der eintretenden Beteiligten und was in ihren Köpfen vorgegangen ist. Zuerst kommen Bilder zu Luc: Seine Frau Marie umsorgt ihren Gatten. Sie stellt ihm die sauber geputzten Stiefel bereit, hilft ihm ins gebürstete Jackett, zupft an den Schultern, damit der Ausschnitt genau in die Mitte kommt. »Jetzt siehst du gut aus. Ich drücke alle Daumen, dass es für uns klappt«, bemerkt sie.

Luc wendet sich kurz angebunden ab und knurrt: »Wir werden sehen.« Er tritt auf die Straße und verlässt sein einfaches Hause. Marie winkt mit einem Lumpen aus dem ersten Stock herab. Das Quartier westlich von Paris gehört nicht zu den besten Adressen der Stadt.

Dreißig Minuten zu Fuß braucht Luc im Schnitt bis zum Arbeitsplatz an der Rue St.-Honoré 364. Er kennt den Weg. Heute beeilt er sich, will pünktlich zum Treffen erscheinen. Zügig marschiert er vorwärts. Vereinzelt wird er von herumlungernden Kreaturen angepöbelt. »Schönes Männchen bist du heute! Hast Großes vor, willst wieder mal eine Nutte bumsen?« Ein Köter kläfft ihn an. Die ersten und beim Rückweg die letzten zehn Minuten seines Weges sind mühsam. Verschiedene Bettler buhlen um die Gunst des Wohlgekleideten. Er stößt sie unwirsch zur Seite. Erleichtert biegt er in die Rue St.-Honoré ein. Alles gerade aus, wie jeden Tag. Er trifft als Erster am Arbeitsplatz ein. Trotzdem wirkt er angespannt.

Nun die Bilder zu Jérôme: Dieser geht sein Leben entspannter an. Von der Concierge Madame Blanc über den jahreszeitlosen Gestank der Rossbollen, dem Meeresduft bei den Petitpois bis hin zu seinen Gedankengängen beim Jakobinerkloster – Leopold sieht das ganze Programm. Auch Jérômes Anmarsch hat sein Schneckengehirn gespeichert, phänomenal.

Beide Partner sind ausgezeichnete Instrumentenbauer und zuverlässige

Partner. Leopold hofft, dass Luc wie Jérôme durch seinen Nachlass Freude erfahren werden und kein Zwist entsteht.

Und was hat Rodolphe während seines Kommens erlebt? Er ist nicht marschiert, nein, er ließ sich kutschieren. Seinem Status angemessen ist er seit einigen Jahren stolzer Besitzer einer Karosse der oberen Klasse. Die Bilder zu Rodolphe erscheinen vor Leopolds feinstofflichen Augen: Er steht vor seinem Spiegel im Eingangskorridor seiner großzügigen Sechszimmerwohnung im gutsituierten Quartier der Pariser Oper und kontrolliert sein Haar. Emilie, seine Bedienstete, hält ihm seinen Überwurf bereit. »Eine gute Farbkombination haben Sie heute ausgewählt«, schmeichelt sie ihm. Mit ihren 60 Jahren hegt Emilie mütterliche Gefühle für ihren Herrn Rodolphe. Dieser weiß, dass er nach dem Tode seiner Eltern eine gute Wahl der Bediensteten getroffen hat. Emilie lebt außerhalb, verfügt aber über ein großes Arbeitszimmer, wo sie die Wäsche bügelt, Hausarbeiten erledigt und sich zu einem altersgerechten Schläfchen zurückziehen kann. Wenn bei Monsieur le Professeur eine Réception oder ein Trio-Abend im Salon ansteht, bewirtet sie alle gerne und gut. Gäste und Freunde schätzen ihre freundliche und zurückhaltende Art. Besonders beliebt ist sie bei Jérôme. Er begrüßt sie immer besonders respektvoll. Wenn er sie, jede Menge Charme versprühend, als Juwel bezeichnet, schlottern bei ihr auch schon manchmal die Knie.

Unten hört man den Klang des Kutschenhorns. George ist pünktlich wie immer. Rodolphe verabschiedet sich bei Emilie und eilt die Treppe hinunter. Die Eingangspforte steht offen. Die Portugiesen bohnern das Treppenhaus. Seit Jahren arbeitet das Ehepaar als Concièrge.

»Herr Professor, steigen Sie bitte ein.« George öffnet die Kutschentür und Rodolphe steigt ein. Der Kutscher macht einen Zwischenhalt im Quartier Les Halles, um Maître Leblanc abzuholen. Rodolphe geht gedanklich das mit dem Notar bereits abgestimmte Vorgehen der Sitzung durch. Wichtig ist, dass die beiden Geschäftspartner Vertrauen zu ihm und Leblanc haben und sich durch Leopolds Testament fair behandelt fühlen.

Gut gedacht, mein lieber Nachlassvollstrecker, bemerkt Leopold lautlos und zufrieden.

Rodolphe denkt weiter. Der letzte Wille Renaudins betreffend Jérômes beruflicher Zukunft soll ebenfalls Erwähnung finden.

Leopold ist erneut zufrieden: Gut so, Rodolphe, ich bin froh, dass ich mich auf ihn verlassen kann.

Rodolphe: Leblanc und ich müssen Luc davon überzeugen, dass er das Geschäft später vollumfänglich übernehmen kann, dabei wollen wir ihm nicht unter die Nase reiben, dass ich den Zeitpunkt der Übernahme bestimme und noch andere Kaufinteressenten prüfen werde wie zum Beispiel Nicolas Lupot. Er gilt unter den Instrumentenbauern als sehr erfolgreich, sucht gelegentlich in Paris eine passende Lokation und soll über das notwendige Kleingeld verfügen.

Leopold: Wie bitte? Seine Wirbelohren wirbeln. Das hätte er Rodolphe nicht zugetraut, aus finanziellem Eigeninteresse den guten Luc auszutricksen. Das kann er nur auf Englisch ausdrücken: Shame on you! Er will keine weiteren Rodolphe-Bilder abrufen. Leopold ist maßlos enttäuscht. Früher hätte er auf den Tisch gehauen, aber dazu bräuchte er seine Menschenfäuste. Wie er sich in seinem jetzigen Zustand bei den Menschen sicht- und hörbar machen kann, will er noch herausfinden, falls ihm das überhaupt als feinstoffliches Wesen möglich ist. Mit der liebreizenden Brise kennt er diese Probleme nicht, sie harmonieren auch im sprachlichen Austausch. Ist das seine natürliche Begabung, mit fraulichen Wesen besonders gut zu kommunizieren? Außer mit der liebreizenden Brise ist er bis jetzt nicht in Kontakt mit anderen Feinstofflichen gekommen. Auch hier gilt es sicher einiges Interessantes zu entdecken.

2. Testamentseröffnung pünktlich um 14:00 Uhr am runden Ateliertisch an der Rue Saint-Honoré, 18. Floréal 1795

Maître Leblanc, Rodolphe, Luc und Jérôme sowie Leopolds unsichtbare Wenigkeit sitzen an dem Ateliertisch. Jérôme erinnert sich, wie vor einiger Zeit an diesem Tisch Weltpolitik gemacht wurde. Leopold Renaudin, Antoine Quentin Fouquier-Tinville und Maximilien de Robespierre, die Köpfe der Revolution, kreuzten hier rhetorisch ihre geschliffenen Klingen und er durfte dabei sein, ein echtes Privileg.

Durch die geschliffene Klinge der Guillotine hingerichtet, ist dieses Dreigespann nun entfernt. Das fünfköpfige Direktorium bestimmt zurzeit über das Schicksal Frankreichs. Ein anderer, in der Zwischenzeit bedeutender Franzose, der auch am Ateliertisch die Rue St.-Honoré öfter debattierte, hat trotz seines früheren Engagements für die jakobinische Sache seinen Kopf behalten. Sein kühler Kopf bewahrte ihn vor der Guillotine. Vom korsischen Napoleone Buonaparte wurde er zum französischen Napoleon Bonaparte, machte eine militärische Blitzkarriere, wurde Brigadegeneral und berät nun die regierenden Machthaber in Paris, vor allem Paul de Barras, in militärischen Angelegenheiten. Heute werden hier kleinere, aber für alle Beteiligten wichtige Brötchen gebacken. Rodolphe eröffnet die Sitzung. Leopold ist gespannt.

»Meine Herren, wir sind heute versammelt, um den Nachlass unseres geliebten Leopold Renaudin zu regeln. Dazu begrüße ich euch alle. Ich habe die Ehre, euch mit rechtlicher Unterstützung von Maître Leblanc, der auch das Protokoll führt, über den Inhalt des Testaments zu informieren.«

Leblanc, sich unsicher am Kopf mit nur wenigen verbliebenen Haaren kratzend, nickt Rodolphe dienstfertig zu.

»Bei meinem letzten Gespräch mit Leopold betonte er, dass er sich lange Zeit mit dem Thema seiner Nachlassregelung auseinandergesetzt habe und im Zentrum seiner Überlegungen immer die Weiterführung seines Geschäftes stand. Er hoffte, dass er eine für alle Beteiligten akzeptable Lösung gefunden hat. Bitte, Monsieur le Maître, verlesen Sie nun das Testament von Leopold Renaudin, Luthier, wohnhaft gewesen an der Rue St.-Honoré 364 in Paris, verstorben am 17. Floréal 1795.«

Leopold ist nun mehr als gespannt und seine Wirbelohren sind auf Empfang. Wie nehmen seine Erben sein Testament auf? Er darf dabei sein als lebendiger Toter. Wer hätte das gedacht? Er nicht.

Monsieur le Maître liest laut vor, was Leopold verfasst hat:

»Paris, Zentralgefängnis, 15. Floréal 1795

TESTAMENT

Folgende Einzelpersonen werden zu den Erben meines Nachlasses:

Luc Delpierre, Luthier

Jérôme Lepraître, Luthier

Rodolphe Kreutzer, Professeur de Musique

alle wohnhaft in Paris.

Folgende Institution wird durch ein Legat beschenkt:

Conservatoire de Paris

Meine verbliebenen Angehörigen in Mirecourt werden von meinem Erbe ausgeschlossen.«

Leopold lauscht, was konkret und innerlich bei den Beteiligten abläuft, in Erwartung ihrer Reaktionen: Luc freut sich, dass die Angehörigen nicht berücksichtigt werden. So bleibt mehr für ihn. Jérôme denkt an seinen geliebten Renaudin und den Cello spielenden Onkel Jean in Mirecourt. Der hätte sich sicher über einen Batzen gefreut. Rodolphe bemerkt, wie wichtig er ist als Nachlassverwalter, Erbe und Vermittler eines beachtlichen Legates für sein Konservatorium.

So weit die innere Situation der Herren am Tisch. Doch jetzt geht es zur Sache. Monoton und mit nasaler Stimme verliest Leblanc die weiteren Fakten:

»Der Erbe Rodolphe Kreutzer übernimmt das gesamte Geschäft an der Rue St.-Honoré 364, Werkstatt, Inventar und Betriebsmittel. Die bisherige Beteiligung wird durch ein Drittel meiner Beteiligung auf zwei Drittel aufgestockt. Ein Drittel entspricht Livres 5.000, dieses Geld wird wie bis anhin in der Bank des Getreidehandels deponiert. Somit ist Rodolphe Kreutzer ab heutigem Datum Hauptgesellschafter.«

Leopold beobachtet und belauscht seine Pappenheimer: Rodolphe weiß um die Fakten, beobachtet dabei Luc. Jérôme ist nicht überrascht, obwohl er sich im Geheimen eine Beteiligung erhofft hatte, aber es gilt ja noch einen Drittel zu verteilen. Luc ist unruhig. Merde! Er ist enttäuscht darüber, dass er das Geschäft nicht eigenhändig weiterführen kann, wie Rodolphe es ihm zuvor in Aussicht gestellt hatte.

Leopold konstatiert: Rodolphe zieht sein Ding durch. Er wird in Zukunft den Ton im Geschäft angeben, er genießt seine Machtposition sichtlich.

Leblanc fährt fort: »Um die anfallenden Aufwendungen als Nachlassverwalter und die notarielle Unterstützung zu entgelten, wird Rodolphe Kreutzer ein einmaliger Betrag von Livres 5.000 ausbezahlt.«

Der lesende Notar freut sich über den stolzen Betrag, weil er sich davon auch eine schöne Scheibe verspricht. Rodolphe gratuliert sich zu seinen solventen Freundschaftsbeziehungen. Und Leopold fragt sich, warum er Rodolphe vertraut hat. Wird er wirklich Luc austricksen? Jérôme ist von der Höhe der verteilten Beträge beeindruckt. Luc ist gespannt, wie das Erbe für ihn aussieht.

Maître Leblanc kommt zum Erben Luc Delpierre: »Luc Delpierre übernimmt das letzte Drittel der Geschäftspapiere, deponiert in der Bank des Getreidehandels im Wert von Livres 5.000. Er übernimmt ab sofort die Geschäftsführung des Ateliers, ist für die operative Leitung aller Geschäfte verantwortlich und informiert den Mehrheitsbeteiligten in regelmäßigen Abständen über den Geschäftsverlauf. Weiter wird die Wohnung im ersten Stock der Rue St.-Honoré 364 an Luc Delpierre überschrieben.«

Jérôme verschlägt es die Sprache. Bis anhin arbeiteten Luc und er, zwar ohne finanzielle Beteiligung, aber partnerschaftlich zusammen. Nun wird Luc sein Chef. Enttäuscht blickt Jérôme zu seinem Arbeitskollegen hinüber. Dieser erwidert den Blick, aber nicht mehr auf Augenhöhe. Er lässt Jérôme ahnen, dass sich ihr Verhältnis verändert hat. Merde! Jérômes ungute Gefühle über die intensiveren Kontakte zwischen Rodolphe und Luc, die auch seiner Frau Marianne aufgefallen waren, sind bestätigt.

Rodolphe beobachtet distanziert, aber genau, was zwischen Jérôme und Luc abläuft.

Leopold versteht Jérôme, aber die erfolgreiche Weiterführung des Geschäftes ermöglichte ihm keine andere Nachfolgelösung.

Leblanc fährt fort: »Der Erbe Jérôme Lepraître hat das beste Instrument, das Juwel, als Erbstück vorbezogen. Da Jérôme finanziell nicht am Geschäft beteiligt ist, kommt er in den Genuss von Livres 10.000.«

Jérômes Gesichtsausdruck entspannt sich.

»Das Conservatoire de Paris bekommt ein Legat von Livres 5.000. Verwendungszweck: Förderung begabter Kinder aus finanziell minderbemittelten Familien. Unterzeichnet: Leopold Renaudin.«

Es herrscht Schweigen in der Runde. Nach einer Kunstpause räuspert sich Rodolphe. Mit klaren Worten dankt er Maître Leblanc für das Verlesen des Testamentes. Dann öffnet er ein verschlossenes Couvert. »Leopold hat mir dieses anvertraut. Er wollte, dass ich den Brief nach der Bekanntgabe des Testamentes den Erben vorlese.«

Punkt für Rodolphe, Leopold war sich mittlerweile nicht mehr so sicher, ob Monsieur le Professeur den Brief verlesen wird.

Rodolphe liest: »Meine lieben Freunde, wenn Rodolphe meine letzten, schriftlich formulierten Worte verlesen wird, werde ich nicht mehr unter Euch weilen …«

Tja, erstens kommt es anders und zweitens als man denkt. Wenn Leopolds anwesende Menschenfreunde wüssten, wo er ist und was er weiß …

»Mein Erbe habe ich sorgfältig und mit bestem Wissen und Gewissen verteilt«, liest Rodolphe. »Ich machte es mir nicht leicht. Das Ziel war klar, eine Nachfolgeregelung zu finden, welche die bestmögliche Weiterführung des Ateliers garantiert. Mit meinem Mitgesellschafter und Freund Rodolphe rang ich Stunden um eine gute Lösung für Euch alle. Luc scheint als mein ehemaliger Stellvertreter und Präsident der Luthier de France geeignet, das Geschäft zu leiten. Mein Wunsch ist es, dass Luc in angemessener Zeit das Geschäft mehrheitlich übernehmen kann. Ein Fachmann soll zukünftig der Gesellschaft vorstehen. Rodolphe wird deshalb nach zwei bis vier Jahren mindestens ein Drittel seiner Beteiligung an Luc abgeben.«

Hast du gehört, Rodolphe? Ich, Leopold Feinstoff, habe dies nicht als Wunsch, sondern als meinen letzten Willen deklariert …

»Jérôme wird mit einer stolzen Summe abgegolten, da er nicht finanziell am Geschäft beteiligt wird. Lieber Jérôme, Du bist ein sehr guter Instrumentenbauer, genau wie Luc. Aber außerdem ein hochbegabter Cellist, der über ein solotaugliches Instrument erster Güte verfügt. Ich wünsche mir, dass Du den Mut hast, den Weg vom Instrumentenbauer zum Cellomusiker zu wagen. Rodolphe wird Dich bei Deiner Konzertausbildung am Conservatoire in den ersten ein bis zwei Jahren begleiten. Wir beide sind überzeugt, dass Du das Talent für eine Karriere als Solocellist hast. Dies kann nicht mein Wille sein, aber es ist mein innerster Wunsch. Natürlich bist Du frei, was Du mit Deinem Erbe anstellst. Lieber Leopold, lieber Luc, lieber Jérôme, ich umarme Euch. Leopold Renaudin.« Damit endet Rodolphe.

Die letzten verlesenen Worte, der letzte Wille und die innersten Wünsche des Verstorbenen hallen nach. Jeder schweigt. Es herrscht eine eigenartige Stimmung. Auch bei Leopold, dem lebendigen Toten.

3. Jérôme, das Cello und Leopold Feinstoff sind eins, der Beginn einer gemeinsamen Geschichte im Atelier von Leopold Renaudins Erben

Leopold würde gern die beklemmende Stimmung brechen. Kann er das? Kann er die Anwesenden beeinflussen? Sein Wunsch ist es, dass Jérôme Cello spielt.

Rodolphe bricht das Schweigen, steht auf, holt das Cellojuwel aus dem Schrank, hält Instrument und Bogen Jérôme entgegen. »Spiel für uns und unseren hingerichteten Leopold ein passendes Stück.«

Leopold traut seinen Ohren nicht. Sein Wunsch wurde erhört und wurde zum Willen eines Menschen. Er ist berührt.

Nach einem kurzen Zögern nimmt Jérôme das Cello entgegen. Er umarmt das Juwel zärtlich. Leopold verlässt seinen Sitz am Tisch und begibt sich ins Innere des Cellos. Die Nähe zwischen Jérôme, dem Cello und ihm ist vollkommen.

Jérôme entscheidet sich wieder einmal für Boccherini. Wie bei seinem Erstbesuch vor vielen Jahren. Er liebt die italienische Celloliteratur. Die Trauer soll durch die fröhlichen, lebendigen Klänge des ersten Satzes des Cellokonzertes in B-Dur von Luigi Boccherini gemildert werden und die Eigenart der Stimmung geläutert.

Sie legen los, Jérôme, das Cello und Leopold. Luc und Rodolphe trifft ihr Musizieren mitten ins Herz. Beide sind tief berührt, empfinden Trauer und Freude gleichzeitig, so verbindet sich ihre Gefühlswelt mit dem Klang des Spiels, sie lassen sich tragen und trösten durch den Wohlklang der Musik. Maître Leblanc kratzt sich wieder am Kopf zwischen seinen verbliebenen Haaren, wirkt gehemmt und verunsichert. Er liebt das Erbsenzählen mehr als Musik. Fakten bestimmen sein Leben. Gefühle verunsichern ihn. Er fühlt sich unwohl. Jetzt ist Leopold Feinstoff gefragt. Er sucht in Gedanken die Nähe zu Leblancs Herz. Nähe herstellen ist hier schwierig. Versteinert steckt es in ihm, ist wie eingemeißelt in seinen Körper, gegen jedes Eindringen geschützt, sicher verschlossen wie ein Tresor. Leopold möchte sein Herz öffnen, ihn aus seinem inneren Gefängnis befreien, ihm Zugang zur Schönheit der Musikwelt verschaffen. Wie soll er vorgehen? Er verlässt das Celloinnere und schwebt zu Leblanc. Dort klopft er sachte an die steinerne Eingangstür des Herzens – ohne Erfolg. Dann pocht er kräftiger – erfolglos. Was nun? Er streichelt zärtlich das Herz. Da spürt er, wie sich an der Außenwand etwas verändert. Erneut massiert er das Herz liebevoll, seine feinstofflichen Hände wärmen das kalte Herz. Jetzt spürt er, wie sich die Kälte gegen die Wärme wehrt. Er akzeptiert dieses Abwehrsignal, mischt sich fürs Erste nicht mehr in Leblancs Angelegenheiten und verabschiedet sich in Richtung Cello. Im Inneren verbindet er sich wieder mit der Klangwelt und lebt sein neues Leben in vollen Zügen.

4. Was kann ein stolzes Erbe auslösen? Hier die Antworten der Erben des hingerichteten Leopold Renaudin am Abend des 18. Floréal 1795

Leblancs Klatschen stört die respektvolle Stille nach Beendigung Jéromes Vortrag. Rodolphe nervt das unpassende Verhalten Leblancs. Aber er wird ihm verzeihen, denn er ist hier nicht als Freund des Verstorbenen, sondern als Notar. Jérôme hat Mühe, sein Juwel in den Cellokasten zu legen. Es kommt ihm wie eine Trennung vor. Luc klopft Jérôme auf die Schulter. »Wundervoll hast du gespielt.«

Rodolphe nickt bestätigend. Leblanc verneigt sich verlegen.

Die Stimmung hat sich gelockert. Alle möchten weg. Rodolphe empfiehlt, die Sitzung zu beenden. Niemand widerspricht. Rodolphe besteigt seine Kutsche mit Leblanc, Luc entfernt sich west- und Jérôme ostwärts. Jérôme trägt den Cellokasten auf seinem Rücken. Heute kann er auch abends nicht auf sein Juwel verzichten. Er macht Zwischenhalt bei Alain Petitpois, Fruit de Mer, Père et Fils, um seine grauen Crevetten abzuholen. Rodolphe macht Zwischenhalt, um Leblanc loszuwerden. Luc macht Zwischenhalt, um seiner Frau Marie einen Strauß Blumen zu kaufen. Es muss Jahre her sein, seit er für Marie Blumen erstanden hat. Luc ist mit seinem Erbe zufrieden bis auf die zeitlich begrenzte Abhängigkeit von Rodolphe, was die Mehrheitsbeteiligung betrifft. Aber dass er zusätzlich Leopolds schöne Wohnung an der guten Adresse erben würde, hatte er sich nicht erträumt. Marie hatte ihn öfter wissen lassen, dass sie gerne in ein besseres Quartier ziehen würde. Schüchterne Versuche, dies zu ändern, scheiterten an den begrenzten Finanzen der Delpierres. Nun werden sie Besitzer einer Wohnung mit bester Adresse in Paris. Wunderbar! Auch die Möblierung ist stilvoller als in ihrer bisherigen Absteige. Langsam beginnt sich Luc wirklich zu freuen und ertappt sich dabei, wie er pfeifend und locker nach Hause unterwegs ist. Die Misere im Quartier stört ihn nicht mehr. Heute ist für ihn ein Glückstag. In aufgeräumter Stimmung öffnet er die Tür seiner Wohnung. Marie nähert sich ihm, immer noch mit dem obligaten Kopftuch auf den Haaren. Die Blumen hält er versteckt hinter dem Rücken. »Und? Wie war dein Treffen?«, fragt sie erwartungsvoll.

»Nicht so schlecht, denke ich«, antwortet er knapp, um sie auf die Folter zu spannen.

»Was heißt denn das?«

»Bevor ich dir die Details erkläre, das Wichtigste zuerst.« Er übergibt ihr den Blumenstrauß. »Danke, liebe Marie, für alle Fürsorge und Unterstützung, die du mir entgegenbringst.« Er küsst sie auf die Lippen und sieht in ihren Augen ein Leuchten wie bei ihrem ersten Kuss vor zwanzig Jahren. Dabei erschrickt er, denn er bemerkt, wie lange er Marie keine ehrliche Zuwendung geschenkt hat.

Marie nimmt ihn bei der Hand, führt ihn in den einfachen Salon. Der Tisch ist festlich gedeckt. Eine Flasche Rotwein steht bereit. Liebevoll schenkt sie Luc ein Glas ein. »Setz dich, Luc. Ich werde den Blumenstrauß in eine Vase stellen und muss noch einiges in der Küche erledigen.«

Das Erledigen dauert etwas länger. Luc schenkt sich ein zweites Glas ein und entspannt auf seiner Chaiselongue. In der Zwischenzeit steht Marie nicht in der Küche, sondern vor ihrem Schminktisch, seit langer Zeit ohne Kopftuch. Ihre Haare hat sie aufgesteckt. Sie pudert ihr Gesicht sorgfältig und legt etwas Rouge à lèvres auf. Prüfend steht sie nur mit einem Negligé bekleidet vor dem Spiegel und begutachtet eine durchaus begehrenswerte Frau. Ein, zwei Spritzer Parfum und Luc wird ihr nicht widerstehen können.

Leopold ist auch dabei, Leopold le Voyeur. Er hat die Absicht, Marie bei ihren Verführungskünsten zu unterstützen, er, der Gutmensch. Auch versucht er, Kontakt zu seiner liebreizenden Brise aufzunehmen, damit diese ihren umwerfenden weiblichen Charme der guten Marie leihen kann. Aber alles unnötig, Marie braucht ihre Hilfe nicht.

Schmunzelnd erscheint die liebreizende Brise und flüstert: »Richtig, weder Luc noch Marie brauchen unsere Hilfe. Wenn echte Liebe im Spiel ist, geht alles ganz von selbst.«

Und so nimmt die Brise Leopold an den feinstofflichen Händen und führt ihn fort. Sie gleiten lautlos aus dem Schlafzimmer. Die Brise fliegt ihren Liebling direkt ins Celloinnere. Jerôme trägt heute besonders schwer. Nicht nur das Cello und der Cellokasten belasten ihn auf ihm auf dem Heimweg vom Atelier. Der Vollständigkeit halber darf erwähnt sein, dass noch vor dem Essen die Fetzen fliegen. Nach dem Essen flüsterte Luc seiner Marie eng umschlungen auf der Chaiselongue zu, was sie gemeinsam von Leopold Renaudin geerbt haben. Kerzenlichtbeleuchtet entwickelte sich der Abend ganz natürlich, begleitet von Zärtlichem.

Rodolphe war erleichtert, als er Leblanc ausgeladen hatte. Der Notar hatte während der gesamten Fahrt gequatscht, es ging um einen Streit, den er mit einem insolventen Kunden hatte, um von diesem sein Geld zu bekommen. Jetzt ist er mit sich allein. Er ist müde und froh, dass die Erbschaftsangelegenheit Renaudin hinter ihm liegt. Das gleichmäßige Knirschen der Kutschenräder hat etwas Beruhigendes. Sein Blick schweift durch die Kutschenfenster nach draußen. Es herrscht lebendiges Treiben auf den Boulevards, Menschenströme bewegen sich. Jerômes wundervolles Cellospiel klingt ihm immer noch in den Ohren. Neidisch will er auf Jerôme nicht sein, nicht technisch, aber musikalisch ist er ihm ganz klar überlegen. Jerôme ist ein großes Talent. Leopold, als ebenfalls ausgezeichneter Musikus, hatte das richtig erkannt.

Er lässt sich ins Konservatorium chauffieren, denn er muss noch eine Geigenstunde geben. Ausnahmsweise hat er einen jungen Anfänger wegen der Krankheit eines Kollegen übernommen, alles andere als ein großes Talent, aber aus gutem Hause. Die Familie ist einflussreich. Der Vater ist Operndirektor und wird bei der Besetzung des Direktorenpostens des Konservatoriums ein gewichtiges Wort mitreden. Bis Anfang 1795 war es eine Ansammlung von verschiedenen Musikprofessoren mit ein paar Übungsräumen. Seit Beginn dieses Jahres ist das Konservatorium klar strukturiert und nach verschiedenen Fachbereichen aufgeteilt wie Violine, Orgel, Blasinstrumente etc. Rodolphe hat sich für die Direktorenstelle beworben. Deshalb pflegt er den Kontakt zum Vater des unbegabten Schülers. Er sei gut im Rennen, flüstern viele seiner Kollegen.

Nach der Geigenstunde geht er mit Monsieur le Directeur bei Dupont im famosen Café du Commerce zum Abendessen. Er freut sich bereits auf die kulinarischen Leckerbissen.

Alain Petitpois sieht Jérôme kommen. Schon von Weitem begrüßt er ihn lautstark. »Wie geht es dir, mein lieber Jérôme?« Er schwenkt den Sack mit den Crevettes Grises und mustert ihn, als er vor ihm steht. »Du hast einen Gesichtsausdruck wie die Crevetten, ganz grau«, bemerkt er.

Daraufhin errötet Jérôme – immerhin, nimmt die Ware an sich und verabschiedet sich lächelnd, allerdings nicht, ohne einen scheuen, sehnsüchtigen Blick auf die süße Tochter des Händlers mitzunehmen.

Alain hat ihm soeben klargemacht, dass er seine unguten Gefühle wegen der getroffenen Nachfolgeregelung nicht verbergen kann. Eigentlich ist er ein reicher Mann und sollte zufrieden sein. Aber seine neue Rolle als Geselle unter Luc behagt ihm gar nicht. Mariannes Vorahnung ist wahr geworden. Wie soll er ihr das am besten beibringen? Alles nervt ihn. Marianne ist gerne auf der sicheren Seite des Lebens und wird kaum auf Leopolds Wunsch eingehen, mit ihm zusammen das Risiko eines Berufswechsels einzugehen. Ohne familiäre Verpflichtung würde er den Weg zum Cellisten wagen. Der Cellokasten und die Stimmung lasten auf Jérôme.

Reflexartig schießt Leopold aus dem Innern des Cellos und befindet sich jetzt außerhalb des Kastens. Er will Jérôme von seinem Gewicht entlasten. Noch sind seine Reflexe von menschlicher Natur. Er leidet mit dem Freund. Aber die Entscheidung zugunsten Lucs ist richtig. Er wird versuchen, Marianne in eine gute Stimmung zu versetzen. So ist er sicher im Einklang mit den Wünschen der Lebensodem vermittelnden Paradiesvögel, gemäß deren Botschaft er ja den Erdenbürgern Gutes tun soll.

Also los, schon ist er kurz vor der Tür der Lepraîtres, da bremst ihn die liebreizende Brise. Sie wendet neckisch ihren feinstofflichen Kopf und stoppt ihn charmant. »Mein lieber Leopold, bitte nichts überstürzen. Wir können den Menschen Hilfestellungen anbieten, ihre wohlwollenden Handlungen unterstützen, sie ermutigen, sie vor der zerstörenden Wirkung unserer dunklen Artgenossen schützen mit dem Ziel, dass die Menschen ein bewusstes und sinnreiches Dasein führen. Wir helfen, sie von ihren Ängsten zu befreien, damit sie ihr Poteztial zur eigenverantwortlichen Lebensgestaltung nutzen können. Als freie Wesen sind sie dann in der Lage, partnerschaftlich am Dom der Weisheit mitzubauen«, erklärt sie.

»Das ist aber eine geballte Ladung an Neuem«, stellt Leopold fest. »Aber wie gehen wir nun konkret im Falle meines bereits schon die Haustreppe heraufstampfenden Freundes Jérôme vor, mein freischwebender Schatz?«

»Merke dir weiter«, fährt die Brise fort. »Wir respektieren die Menschen mit ihren Freuden, Sorgen und Nöten. Es ist ihr Leben. Wir intervenieren auf keinen Fall, wenn echte Gefühle im Spiel sind. Wenn Menschen falsche Gefühle vortäuschen, um anderen Menschen zu schaden, dann können wir handeln, wenn Handeln empfohlen ist. Und nun Gelassenheit, mein liebster Leopold. Wir lassen die Lepraîtres den Abend ihren Abend sein und beobachten einfach, wie Menschen im Hier und Jetzt, also nach ihrem Kalender am 18. Floréal, in Paris leben. Hier dürfen wir Voyeure sein. Wir Feinstofflichen verfügen ja über eine bedeutend stärkere Wahrnehmung als die Menschen. Wir sehen, wie sie handeln, verstehen ihre wahren Beweggründe, können ihr Inneres durchleuchten. Nun aber Ende der Schulstunde«, scherzt die liebreizende Brise.

François und Claire bestürmen ihren Vater. Sich des Cellokastens entledigt und vom Mantel befreit, wendet sich Jérôme seiner Familie zu. Die Kinder klammern sich an seine Beine. »Was trägst du da für ein Päckchen unter dem Arm?«, fragen sie.

Jérôme beruhigt die zwei Energiebündel. Mit Schwung nimmt er die beiden in seine Arme, küsst sie liebevoll auf ihre rosaroten Wangen. »Guten Abend, du Lausemaus und du Lausebengel.«

Alle lachen, auch Marianne, die ihren Ehegatten erwartungsvoll anblickt und dann ihre ganze Familie zärtlich umarmt. Dann öffnet Jérôme das geheimnisvolle Päckchen und lässt seine Lieben den Meeresduft der Crevettes Grises schnuppern. »Herrlich, die passen bestens als Entrée zum Pot-au-feu heute Abend«, sagt Marianne.

François rümpft die Nase, während Claire schon in kulinarischen Träumen schwelgt. Sie liebt alles, was das nahe Meer hergibt.

Jérôme befreit sich aus der Umklammerung seiner Familie und legt sich auf die olivgrüne Chaiselongue im Salon, streckt alle viere von sich und gähnt entspannt.

»Ein Gläschen Weißwein als Apéro gefällig?«, fragt Marianne.

»Gerne, aber nur mit dir, mein Liebling«, antwortet Jérôme.

Bevor Marianne mit zwei Gläsern und dem Wein anschwebt, prüft sie kritisch ihr Äußeres im Spiegel des Hausflures. Sie ist mit sich und der Welt zufrieden. Die Kinder spielen auf dem Teppich des Salons. Es klopft an der Tür. Die vergessliche Nachbarin hat wieder einmal nicht genug scharfen Senf eingekauft. Marianne hilft ihr aus. Ein Ritual, das der alleinstehenden Anastasia einen kleinen Schwatz erlaubt. »Heute bin ich etwas eng mit meiner Zeit, sonst hätte ich dich gerne zu einer Tasse Kaffee eingeladen, et alors bonsoir«, bemerkt Marianne rasch. Die Tür fällt ins Schloss. Marianne kredenzt den Wein und kuschelt sich an ihren Ehemann. »Was gibt es zu berichten, Liebster?«

»Es gibt eine gute und eine schlechte Nachricht. Welche möchtest du zuerst hören?«

»Natürlich die gute.«

»Wir sind reiche Leute, mein Schatz. Das Vermögen Leopolds ist bedeutend größer, als ich es mir vorgestellt hatte. Dabei bleibt auch etwas für uns liegen.«

»Ein Gramm, ein Pfund, ein Kilo oder mehr Vermögen?«, neckt ihn Marianne.

Schlagfertig kommt die Gegenfrage: »Willst du das Erbe in Steinen, Instrumentenbögen oder Gold ausbezahlt?«

»Na, sind wir nicht unbescheiden? Natürlich in Gold«, verlangt Marianne und streckt Jérôme eine voluminöse Blumenvase, die neben der Chaiselongue als Dekorationsstück platziert ist, fordernd entgegen. »Hier hinein mit den Golddukaten, da ist genügend Platz. Bitte eine milde Gabe für deine notleidende Frau. Dann kann ich endlich meine Garderobe à jour halten.«

Beide lachen und genießen einen Schluck Wein. Jérôme spielt mit und tauscht die große Vase gegen sein leeres Weinglas. Die Vase hält er mit einem Arm eng umschlungen. Marianne hält das Glas und schaut verdutzt abwechselnd aufs leere Glas und in die schalkhaften Augen ihres Mannes. Dieser nimmt nun elegant mit der freien Hand die Weinflasche und schenkt wohlwollend ein paar Tropfen Wein in das überreichte Glas. »Ladies first«, sagt er lächelnd. Dann kippt er den großen Rest der Weinflasche zügig in die Vase. »Wie du siehst, mein Schatz, vermittle ich dir gerade, wie ich die Verteilung des Erbes sehe. Klarheit muss sein!«

»Deine Logik ist grenzenlos. Aber dein geniales Zusammenwürfeln unpassender Symbole überzeugt mich nicht.«

»Was wäre, wenn der Inhalt weder Wein noch Most, sondern Pisse ist?«

»Siehst du, dann antworte ich dir ebenso zärtlich: Men first«, kontert Marianne.

Beide lachen so ansteckend, dass die spielenden Kinder, und Anastasia mit dem Ohr an der Wand, ja, sogar zwei Feinstoffliche nicht anders können, als mitzulachen.

»Spaß beiseite, wie groß ist das Erbe?«, fragt Marianne, fährt dann aber selbst gleich fort: »Die Anfangszeiten der geschäftlichen Zusammenarbeit mit Leopold waren nicht berauschend. Erinnerst du dich, mein Lieber, dass Leopold den Lohn nicht immer regelmäßig bezahlen konnte, was uns Probleme bereitete? Glücklicherweise konnte ich damals mit Aushilfestunden einen kleinen, aber hilfreichen Beitrag zur Verbesserung unserer ungesicherten Einkommenssituation leisten. Bald änderte sich das zum Besseren. In den letzten Jahren hatte sich dein Meister immer großzügig gezeigt. Jahresendgratifikationen, Erhöhung der Wochenbezüge und spontane Gaben aux enfants waren für uns als Familie sehr erfreulich.«

Leopold sonnt sich im Lob. »Siehst du, meine Brise. Als Mensch war ich großzügig und motivierend. Als Feinstofflicher möchte ich daran nichts ändern«, flüstert er.

»Wirklich imponierend, was dir dazu einfällt, brav, mein über alles geliebter Leopold, brav.«

»Wenn du so weitermachst, beginne ich gleich zu bellen«, knurrt der Verspottete.

»Ich helfe dir, mein Liebling«, wirft Jérôme ein. »Wir werden keine Materialien erben, ausschließlich Geld.«

»Ein dreistelliger Betrag an Livres?«, fragt Marianne nach.

»Weißt du, was eine stattliche Wohnung in guter Lage in Paris heute wert ist?« Jérôme blickt sie fragend an.

Marianne überlegt. »So um die 2.500 Livres, glaube ich.«

»Dafür bekommst du heute höchstens eine durchschnittliche Vierzimmerwohnung. Eine stattliche Sechszimmerwohnung in einem guten Quartier kostet gut und gerne 4.000 Livres.«

»Wer kann sich so etwas in den heutigen schweren Zeiten leisten?«, grübelt Marianne.

Jérôme steht auf und stellt sich in Pose. »Wir«, brüllt er.

Seine Frau und die Kinder schauen ihn verdutzt an. »Wirklich? Hat Leopold uns 4.000 Livres vermacht?« Marianne kann es nicht glauben.

»Mit dem vererbten Geld können wir uns zwei Sechszimmerwohnungen kaufen und diese standesgemäß möblieren.«

»Wie bitte?« Marianne kommt aus dem Staunen nicht mehr heraus.

»Ja, meine Liebe, wir haben stolze 10.000 Livres bekommen. Sie ruhen zurzeit unangetastet auf der Bank des Getreidehandels.«

Marianne schüttelt ungläubig ihren schönen Kopf und seufzt. »Das ist nicht möglich.«

»Mein lieber Schatz, das ist Fakt und notariell mit heutigem Datum beglaubigt.« Marianne bleibt die Spucke weg. Jérôme genießt den Moment. Dann erhebt er sich, holt in der Küche eine neue Flasche vom Weißen mit den Worten: »Ich brauche dringend ein Glas, um den Mut aufzubringen, dir das Schlechte zu offenbaren.«

»Das Gute ist so überwältigend, dass ich mir kaum vorstellen kann, was das Schlechte sein könnte«, bemerkt Marianne.

Jérôme schenkt ein, prostet seiner Ehefrau zu und nimmt einen großen Schluck. Dann atmet er tief durch und beginnt zu sprechen: »Rodolphe wird Hauptgesellschafter, Luc Geschäftsführer mit finanzieller Beteiligung und ich deren Geselle ohne jegliche finanzielle Beteiligung. Ich werde dafür mit den 10.000 Livres entschädigt.«

Marianne schweigt. Jérômes Gesichtsfarbe wird erneut grau. Es herrscht Stille. Die Kinder wenden sich verängstigt den Eltern zu. Der kleine François klammert sich an die Beine seiner Mutter und Claire fragt: »Was ist denn los?«

»Auf eine direkte Frage verdienst du eine klare Antwort, mein Kind«, seufzt Marianne und erklärt Claire den Sachverhalt.

Mit ihren acht Jahren versteht sie das alles schon sehr gut. »Das ist aber gemein von Onkel Leopold«, kommentiert Claire.

Nun ist in der Welt der Sterblichen die Katze aus dem Sack. Leopold sucht die Nähe zu seiner Brise.

Jérôme Lepraître schmiegt sich an seine Marianne. Die Stille beginnt zu lasten, breitet sich in der ganzen Wohnung aus. François hockt auf dem Boden und versteht die Welt nicht mehr. Die momentanen Gefühlsschwankungen der Eltern irritieren den Jungen. Claire weint. Jérôme schwankt zwischen Wut und Trauer. Marianne ist innerlich empört.

Jérôme bricht schließlich das Schweigen. »Onkel Leopold hat mir in einem Abschiedsbrief erklärt, warum er so entschieden hat. Er ist überzeugt, dass ich vom Instrumentenbauer zum Cellisten wechseln sollte. Er meint, ich wäre ein noch besserer Cellist als Instrumentenbauer. Onkel Rodolphe, der Musikprofessor, teilt seine Meinung. Deshalb hat er mir mehr Geld vermacht als allen anderen Erben, verbunden mit dem letzten Wunsch, diesen Veränderungsschritt zu wagen. So könnte ich ohne Einkünfte zwei Jahre lang das Conservatoire besuchen und danach als Cellist mein Geld verdienen. Auch nach Abschluss der Ausbildung wäre noch genügend Geld vorhanden, um über Jahre ein Leben ohne finanzielle Sorge zu bestreiten. Das stimmt natürlich, liebe Familienmitglieder.«

»Dann ist Onkel Leopold doch nicht gemein. Es stimmt, du bist der Beste«, wirft Claire mit kindlicher Euphorie und Überzeugung nun ein.

Marianne schweigt weiter. François saugt jedes Wort auf. Schließlich klatscht Marianne in die Hände und befiehlt den Kindern, den Tisch zu decken. Sie küsst Jérôme. »Da gibt es unter uns nach dem Essen sicher noch einiges zu besprechen, mein Schatz«, sagt sie leise.

»Was ist dir alles aufgefallen während dieser Familienszene?«, fragt die Brise.

Leopolds Schneckenhirn arbeitet. »Es war sehr lebendig, Gedanken wurden ausgetauscht, Gefühle gezeigt. Ich habe auch eine starke Präsenz aller vier Herzen gespürt, ja, das unterschiedliche Pulsieren wahrgenommen. Die Herzmuskeln pumpten in gleich schlagendem Rhythmus das Blut durch die vier Menschenkörper. Ich sah ihre roten Blutbahnen bis zu deren feinsten Verästelungen, ein wunderschönes Bild.«

»Unsere Herzen pulsieren auch, versorgen ebenfalls unseren sich quallenartig verändernden feinstofflichen Körper, durchbluten diesen bis in die letzte Falte«, ergänzt die Brise. »Die meisten Menschen sind Früchte der Liebe. Ohne Liebe würde kein Herz schlagen. Das Herz ist das Organ der Liebe. Jedes menschliche wie jedes feinstoffliche Wesen verfügt über ein individuelles Liebesorgan. Der Lebenssaft Blut wird durch den Lebensodem Sauerstoff beim Menschen aus der Atmosphäre angereichert. Unser irdisches ungebundenes Blut wird, wie du, mein lieber Lehrling Leopold, schon weißt, durch überirdischen Sauerstoff angereichert. Außer bei dir, du Ausnahmeerscheinung auf allen Ebenen, bei dir ist es Süßstoff. Die Ausnahme bestätigt die Regel.« Die Brise ist nicht mehr zu halten. Sie fährt schwungvoll mit ihren Ausführungen fort. Leopolds Wirbelohren wirbeln. »Konzentriere dich nochmals auf das Bild der Familie Lepraître mit all deinen erweiterten Wahrnehmungsfähigkeiten. Wir Feinstofflichen können auch Vergangenes authentisch in die Gegenwart zurückholen. Was spürst, beobachtest und siehst du, Leopold?«

»Ich spüre Wärme in meinem Herzen, beobachte die Familie durch mein Herz, bin in einer alchemistisch anmutenden Verbindung mit den vier pulsierenden Menschenherzen. Ich sehe ein geheimnisvolles, klares Strahlen, das jedes einzelne Herz umgibt und durchdringt. Ich möchte mich mit diesem Strahlen verbinden, es zieht mich magisch an.«

»Du bist schon in Verbindung. Dein feinstoffliches Liebesorgan strahlt, mein Schatz.«

»Nun sehe ich zusätzlich, wie das Strahlen die vierköpfige Familie umarmt. Jedes Familienherz strahlt, gleichzeitig sehe ich etwas wie eine schützende Aura um die Lepraîtres.«

»Wie geht es dir, mein Lieber?«, forscht die liebreizende Brise.

»Unglaublich gut fühle ich mich, ich bin von Kopf bis Fuß auf Liebe eingestellt.«

»Besser kann man als Feinstofflicher diesen Zustand nicht beschreiben«, Leopolds Geliebte klingt anerkennend. »Wir Feinstofflichen können entlang der Zeitachse Geschehenes wie Zukünftiges wahrnehmen. Hier eine Erklärung für dein soeben Erlebtes. Das Strahlen ist die Seele, ein körperunabhängiger, nicht an Zeit und Raum gebundener Teil der Wesen. Die Seele ist kein Organ, sondern eine Form der Liebesmanifestation außerhalb von Zeit und Raum. Sie braucht weder Lebenssaft noch Lebensodem. Sie ist das Leben selbst und ihr Zentrum ist Liebe.« Die liebreizende Brise macht eine kurze Pause. »Bevor wir uns für heute verabschieden«, fährt sie dann fort, »lass das Familienbild nochmals zu. Schau auf die Außenränder der Auren. Jerômes, Mariannes, Claires und François' Strahlen sind gut sichtbar. Aber da ist noch eine kleine eiförmige Partie dicht am Herzen von Marianne. Siehst du in der Mitte das ferne Leuchten wie von einem Stern im Universum? Da sucht sich eine Seele ihren Platz auf Erden. Sie hat die Familie Lepraître ausgewählt. Eine gute Wahl, wie ich finde. Da ist also eine Seele, die hier einen menschlichen Körper aufsucht und diesen bis zu seinem Ableben begleiten möchte. Aber auch Familien und andere Formen von Gemeinschaften werden von seelischer Energie umgeben. Einen schönen Abend nun«, haucht die Brise schließlich und lässt Leopold mit den tiefgründigen Aussagen allein.

Die Windungen in seinem Schneckengehirn vibrieren förmlich, um das Neue zu verarbeiten. Ja, das fordert ihn. Er zieht sich spontan in sein eigenes Herz zurück und versucht auch durch sein Herz zu verstehen.

Marianne bringt derweil die Kinder ins Bett. Jérôme öffnet den Cellokasten, nimmt das Instrument heraus und begibt sich ins Schlafzimmer der Kinder »Papa, spiel uns ein Gutenachtlied. Faits dodo, Cola, mon petit Frère, faits dodo, François, mon petit Frère«, Claire lacht über ihren Witz. »Encore une fois, Papa!« Und bevor der Vater ein letztes Mal die Saiten erklingen lässt, bemerkt seine Tochter trocken: »Onkel Leopold hat recht, du musst Cellist werden. Jetzt ist er nur noch halbgemein.«

5. Risiken eingehen, Wünsche erfüllen versus Risiken vermeiden, auf der sicheren Seite sein. Jérôme und Marianne hinterfragen ihren Lebensweg bis in tief in die Nacht des 19. Floréal 1795

Marianne löscht die meisten Öllampen im Salon und stellt den geliebten siebenteiligen Kerzenständer auf den Salontisch. Er ist ein Erbstück der verstorbenen Lieblingstante Christiane, die jüdischen Glaubens war. Sie bestückt ihn achtsam mit neuen Kerzen. Mit Tante Christiane hat sich Marianne als Kind besonders gern unterhalten. Sie hat ihr öfter aus Büchern vorgelesen und ihr die große, weite Welt erklärt.

Jérôme betritt den Salon und flüstert, dass die Kinder schlafen würden. Marianne zündet feierlich die Kerzen an, das Zeremoniell beruhigt das aufgewühlte Innere der Eltern. »Ich lade heute Tante Christiane ein, mit der Bitte, dass sie uns beim Gespräch hilft herauszufinden, wie wir mit den neuen Herausforderungen umgehen sollen«, erklärt Marianne.

»Helfen kann sie uns gern, aber die Entscheidung kann sie uns nicht abnehmen«, stellt Jérôme klar. Dann erzählt er seiner Frau, wie es ihm mit der Erbschaft geht: »Ich kann die Freude über das große Geld und die Enttäuschung über die neue berufliche Situation nicht zusammenbringen. Leopolds Wunsch belastet mich mehr, als dass er mich ehrt. Warum beteiligte er mich nicht wenigstens teilweise am Geschäft? Dies hätte meine eigene Entscheidung, den Schritt in Richtung Berufsmusiker zu gehen, erleichtert. Hätte mir bei Misserfolg eine große Tür für einen Wiedereinstieg offen gelassen. Jetzt bin ich von Luc und Rodolphe völlig abhängig und in einer misslichen Lage, was meine weitere Laufbahn als Instrumentenbauer betrifft. Das zweite Drittel Rodolphes wäre mein Anteil gewesen. So hätten wir drei partnerschaftlich zusammenarbeiten können. Eine zukünftige Übernahme der Mehrheit, weil Luc als Geschäftsleiter mehr Verantwortung trägt, wäre für mich kein Problem gewesen. Jetzt hat Rodolphe als stiller Beteiligter alle Trümpfe in der Hand. Wie still sein Wirken im Hintergrund sein wird, steht in den Sternen. Zurzeit ist das für Luc noch belastender als für mich. Er trägt die Gesamtverantwortung als Minderheitsbeteiligter.«

»Warum tust du dich nicht mit Luc zusammen? Und ihr beide versucht Rodolphe zu überzeugen, die Mehrheit abzutreten. Du könntest ja die Hälfte des Erbes dafür einsetzen. Wir sind reiche Leute, Herr Lepraître«, empfiehlt Marianne. »Das Ganze ist einfach nicht partnerschaftlich abgelaufen und trägt für mich nicht hundertprozentig Leopolds Handschrift. Du hattest mit Leopold, meiner Meinung nach, fachlich wie musikalisch das Heu auf der gleichen Bühne. Aber du hast mir selten erzählt, dass ihr euch auch über Geldangelegenheiten unterhalten habt. Ich vermute, dass das eher Themen waren, die Leopold mit Luc besprach? Liege ich falsch, lieber Jérôme?«

»Nein, das ist richtig. Wenn ich ehrlich bin, war ich froh, wenn sich andere um den administrativen Kram gekümmert haben.«

»Als Geselle bist du nun diesen Ballast definitiv los«, bemerkt Marianne spöttisch.

»Ja, aber zu bestimmen, dass ich gar keine Anteile bekomme ...«, jammert ihr Ehemann.

Marianne holt einen Krug Wasser aus der Küche, stellt ihn auf den Salontisch und füllt zwei Gläser. »Wir beide brauchen einen klaren Kopf, kein Alkohol mehr heute Abend. Spül deine Frustration mit diesem Glas Wasser fort.« Sie reicht ihm ein Glas.

Leopold freut sich über Mariannes Klugheit. Jérôme ist mit der richtigen Frau den Ehebund eingegangen. Schon während seiner Zeit auf Erden schätzte er Marianne. Sie ist ebenso intelligent wie weiblich. Eine tolle Frau.

Jérôme wirkt leidend. Seine Gedanken kreisen. Marianne beobachtet ihren Jérôme liebevoll. Nicht nur alte Frauen wie die Concierge Madame Blanc oder die Bedienstete Rodolphes halten Jérôme für ein Prachtstück lebendiger Männlichkeit. Sein athletischer Körper, seine edlen Gesichtszüge, seine prallen, sinnlichen Lippen und tiefbraunen leuchtenden Augen – Frauenherz, was willst du mehr? Sie freut sich über die spontane Reaktion ihrer intimsten Weiblichkeit und hält sich nur mit Mühe zurück, ihren Jérôme nicht auf der Stelle zu verführen.

Jérôme ist ein sinnlicher Mann. Er spürt die erotischen Signale seiner Frau sofort und reagiert spontan darauf. Mariannes weibliches Begehren lässt sein Herz höher schlagen. Mit spielerischer Leichtigkeit steht er auf und stolziert wie ein Gockel im Salon herum. In aufrechter Haltung, mit sicheren Schritten, breiter Brust und permanentem Augenkontakt zu seiner Frau deklariert er: »Jammern nützt nichts, wir werden das Beste daraus machen.«

Leopolds feinstofflich erweiterten Sinne sind wach. Er möchte das Gegenwärtige voll erfassen. Seine neugierige Steg-Nase riecht die Körpergerüche von Marianne und Jérôme. Er wittert die an Jérôme gerichtete Duftmarke seiner Frau. Diese transportiert die Botschaft: Meine Gefühle sind bei dir, mein Lieber, ich begehre dich und möchte mit dir schlafen. Die anregenden Düfte verbreiten sich aus ihrer innersten befeuchteten Weiblichkeit. Schweiß, Intimfeuchtigkeit, Urin und Samenflüssigkeit, alle diese Lebenssäfte haben ihren spezifischen Geruch und offenbaren innere Zustände von Mensch und Tier.

Jérôme setzt sich vis-à-vis von Marianne an den Salontisch. Das flackernde Kerzenlicht spiegelt sich in seinen dunklen Augen. In einem Zug trinkt er das volle Glas Wasser aus. »Gut runtergespült, mein Schatz«, konstatiert Marianne. Auch sie braucht Feuchtigkeitsersatz. »Was machen wir mit dem vielen Geld?«

»Leopold sei gedankt«, der Erbe begibt sich in Denkerpose.

Der Dank ist Balsam für Leopolds gebeutelte Seele. Entlastet grüßt er aus dem Jenseits.

Nach einer Denkpause gibt Jérôme seine Wünsche preis: »Ehrlich gesagt, finde ich immer mehr Gefallen an den Wünschen meines seligen Meisters. Allein heute bekam ich von verschiedenen Seiten ermutigende Signale, den Schritt in Richtung Musikerlaufbahn zu tun. Sogar mein begleitendes Spiel zum Gesang der Gutenachtlieder unserer Kinder gefiel der süßen Claire so, dass sie mir spontan und stolz mitteilte, ich solle Berufscellist werden. Wie siehst du das, meine geschätzte Gattin?«

»Ich kann den Reiz nachvollziehen. Aber bist du dir bewusst, dass die notwendige Ausbildung am Konservatorium kaum neben dem Beruf absolviert werden kann? Dadurch wären über viele Monate keine regelmäßigen Einkünfte für unseren Lebensunterhalt garantiert. Das macht mir Sorgen. Was passiert mit uns allen, sollten deine Bemühungen nicht den erhofften Erfolg zeitigen? Ein großer Teil des Erbes wäre dann fort und eine Wiederaufnahme einer Gesellentätigkeit als Instrumentenbauer mehr als unsicher. Wir kommen als Familie nun in eine Phase, die uns finanziell Mehrkosten verursachen wird. Denke nur an die höhere Schulbildung, die wir unseren Kindern schulden. Möglicherweise vergrößert sich unsere Familie noch. Da gilt es nicht nur den Familientisch mit einem weiteren Teller zu decken. Auch wir beide schätzen ein gewisses Lebensniveau. Sich gelegentlich einen spontanen Einkauf zu gönnen, gehört auch dazu. Und wenn es nur ein Paket Crevettes Grises ist wie heute Abend.«

»Ich kann deine Argumente verstehen. Aber siehst du die Sache nicht doch sehr pessimistisch? 10.000 Livres sind viel Geld …«

»Und schnell ausgegeben«, fällt ihm Marianne ins Wort.

»Übrigens kann man Geld nicht nur ausgeben, sondern auch gewinnbringend anlegen. Aber auch das beinhaltet Risiken, meine Liebe«, kontert Jérôme.

Die beiden diskutieren nun über eine ganz neue Option. Ohne das Bargeld aus dem Erbe wäre dies für sie nie ein Thema geworden. Aber sie müssen heute nicht beschließen, was sie mit dem Geldsegen anfangen. Nun braucht Jérôme neben dem Wasser doch dringend noch ein Glas Rotwein. Marianne kuschelt sich auf die Chaiselongue. Jérôme kümmert sich um die Fortsetzung des Abends.

Die Familie schläft. Alle schlummern den Schlaf der Gerechten. Nur Jérôme scheint seinen nächtlichen Frieden noch nicht gefunden zu haben. Er wälzt sich im Bett immer wieder hin und her. Unkontrolliert bekommt Marianne eine Watschen. Reflexartig stößt sie ihren Gatten von sich. Mit schlafabwesender Stimme wünscht sie ihm und sich: »Bitte lass das.«

Leopold, der Feinstoffliche, schwebt über den Lepraîtres. Jedes Familienmitglied nimmt er einzeln wahr: ihre geschlossenen Augen, ihre ruhig pulsierenden, strahlenden Herzen und ihre Ährenfelder im fahlen Mondlicht. Auch wenn die Eltern durch die Zimmer von ihren Kindern getrennt sind, umgibt alle gemeinsam ein familienumfassendes Feld. Die innere Schönheit seiner schlafenden Menschenfreunde lässt ihn staunen.

6. Die Transformation eines Revolutionärs, ein mitternächtliches Résumé, gedacht im Innern eines Cellos in der Nacht vom 18. auf den 19. Floréal 1795

Obwohl Leopold über sein feinstoffliches Schlafverhalten noch wenig weiß, spürt er, dass es auch für ihn Zeit wird, sich hinzulegen, seine Augen zu schließen oder einfach seinen Herzschlag dem Rhythmus der Nacht anzupassen. Er zieht sich ins Celloinnere zurück. Für ihn ist dies ein Ort der Sicherheit. Bevor er es mit Schlafen versucht, verspürt er den Wunsch, über die ereignisreichen letzten Tage nachzudenken, ein erstes Fazit zu seinem neuen Leben als Leopold Feinstoff zu ziehen. Um einen Gesamtüberblick zu bekommen, erscheint es ihm sinnvoll, auch die letzten Tage des Menschen Leopold Renaudin anzuschauen. Eigentlich ist er kaum müde, obwohl sich die Ereignisse in den letzten Tagen und Nächten überstürzt haben.

Vor dem letzten kulinarischen Höhepunkt in seinem Leben auf Erden, den er zusammen mit seinem geschäftstüchtigen Unternehmerfreund Gérard Ferrari genoss, bestand immer noch eine kleine Hoffnung auf Begnadigung. Nachdem Bergeron ihn verhaftet hatte und einen Tag später ins Zentralgefängnis überführen ließ, war ihm klar, dass die Stunden seines Lebens gezählt waren. Diese letzten Tage und Nächte im Gefängnis bei Brot und Wasser waren schrecklich. Den engagierten Besuch Rodolphes schätzte er besonders. Er schaffte es, ihm mit dem Verfassen eines präzisen Testamentes Erleichterung zu verschaffen. Sein Nachlass und die Nachfolgeregelung des Geschäftes wurden so klar geregelt und er konnte sich geordnet aus dieser Welt verabschieden. Rodolphes Mitgefühl und sein Beistand entlasteten ihn. Dafür ist er ihm über sein Menschenleben hinaus dankbar.

Die Nacht vor seiner Hinrichtung zeigte ihm, dass jeder Mensch alleine mit seinem Ableben umgehen muss. Die Todesängste quälten ihn auf eine Art und Weise, die er nicht benennen kann. Es war die Hölle. Der letzte Gang zum Schafott war entwürdigend und ein Spießrutenlaufen im Bade hasserfüllter Menschen, kurz: ein schlimmes Ende. Ein Ende, wie er es Hunderten von Revolutionsverrätern selbst einst verordnet hatte. Er war überzeugt gewesen, im Namen der Gerechtigkeit zu handeln. Im gleichen Namen rollte sein Kopf in den geflochtenen Korb. Es ist so eine Sache mit der Gerechtigkeit.

Die Erinnerung an die schwer einzuordnenden Qualen, die sein aufgespießter Kopf erlitt, wird er auch in seiner feinstofflichen Realität höchstens verdrängen, aber niemals vergessen können. Er hofft inniglich, dass er nicht ein 200-jähriger Schmerzpatient werde. Im Moment ist er schmerzfrei. Die schnelle Ablösung von seinem irdischen Menschsein hat ihn überrascht und überwältigt – die Erweiterung seiner Sinne, die Klarheit des Bewusstseins, das Gefühl von Geborgenheit, die Wärmeumarmung, und das alles in einer Intensität, die er als menschliches Wesen bei Weitem nicht gekannt hat. Eine ferne Erinnerung an seine Geburt erklingt in ihm: Er bewegt sich aus einem wärmenden Tunnel dem Erdenlicht entgegen und fällt in die liebevollen Arme seiner glücklichen Mutter. Sie gibt ihm Geborgenheit.

Damit kehrt er gedanklich zurück zu seinem letzten Weg. Auf halbem Weg aus dem überirdischen Tunnel wurde er gebremst und auf eine Nebenstraße geschickt. Wer ihn geschickt hat, bleibt ihm ein Rätsel. Er wollte ins magische Licht, das ihn anzog. Die folgende Reise empfand er als eine Reise zurück zur Erde. Je mehr Erdennähe er empfand, desto mehr verspürte er den Wunsch nach Körperlichkeit. Mit diesem Wunsch öffnete sich ihm eine bizarre, unwirkliche Welt von geteilten Kreaturen und fliegenden Körperteilen. Lustgetrieben bewegten sie ihre Geschlechtsorgane, viele davon mit weiblicher wie männlicher Ausprägung gleichzeitig. Eine irre, aber Fröhlichkeit vermittelnde Welt, faszinierend wie abstoßend zugleich. Diese Welt verschwand, wie sie gekommen war, und seine Reise ging weiter – bis zu dem Moment seines Apfeldiebstahls und der Vereinigung mit dem Cellojuwel. Womit er beim Thema ist. Sein Drang, Instrumente zu bauen, lässt ihn scheinbar auch nach dem Tode nicht los. Und so hat er sich häuslich im Inneren des Cellos eingerichtet. Das Äußere wie das Innere seines Lieblingsinstrumentes tragen nun sein Zeichen. Auf der praktischen Ebene funktioniert alles bestens, nur der feinstoffliche Feinschliff fehlt natürlich noch. Er freut sich auf weitere Entdeckungen.

Damit springen seine Gedanken zurück zum Leben seiner Menschenfreunde nach seiner Hinrichtung. Wie verschieden Menschen auf Geschenke, hier auf sein Erbe, reagieren, fasziniert ihn. Menschen verändern sich, aber viele können besonders in Extremsituationen einfach nicht aus ihrer Haut, zu denen gehört wohl auch er selbst. Sein Freund Rodolphe war immer auf Geld und Status bedacht und konnte auch gut damit umgehen. Er füllte seine Ämter mit natürlicher Autorität aus und wusste sein Vermögen sorgfältig zu verwalten. Dass da ein gewisser Egoismus mitschwingt, ist kaum verwerflich. Aber dass er dem Geld größere Wichtigkeit als der unterstützenden Freundschaft zu Luc beimisst, kommt bei Leopold schlecht an. Er hatte diese Seite nicht wirklich beachtet. Negativ, positiv … Merde! … Er war sein Freund.

Die Bilder der Lepraîtres und der Delpierres bewahrt er in seinem Kopf und in seinem Herzen. Ist er nun müde?

Da fällt ihm noch etwas Wichtiges ein: Mit seinem nächtlichen Herumtüfteln bei der Organplatzierung im Cello hat er eine Steigerung der Klangqualität des Instrumentes erreicht. Der geheimnisvolle dreieinige Bund hat sich vertieft. Seine Fähigkeit, Menschen für Musik zu begeistern, ist allerdings noch verbesserungswürdig. Genug des Resümierens. Damit versucht er nun einzuschlafen. Das gelingt ihm auch in kurzer Zeit. Sein Körper ruht derweil wärterbewacht und eingesargt schon die zweite Nacht unter der Erde des Friedhofs Picpus. Seine feinstoffliche Ausgabe hingegen beginnt zu schnarchen, ein untrügliches Lebenszeichen.

7. Erster Arbeitstag im Atelier von Leopold Renaudins Erben am 19. Floréal 1795

Wie immer weckt Marianne ihren Morgenmuffel gegen 06:00 Uhr. Sie steht auf und geht in den Waschraum. Jérôme dreht sich im Bett um und versucht langsam aufzuwachen. Dieser Zustand am Morgen zwischen Traum und Wirklichkeit braucht eine gewisse Zeit. Jérôme nimmt sich diese Zeit. Er fließt in den neuen Tag hinein. Marianne ruft: »Das Bad ist frei!« Er muss sich überwinden, die Wärme des Ehebettes zu verlassen. Seine Frau bereitet in der Küche das Frühstück vor.

Jérôme steht vor dem Spiegel. Er wäscht sich mit beiden Händen das Gesicht mit kaltem Wasser. Dann prüft er sein Äußeres kritisch. Eigentlich gefallen ihm sein frisch gewaschenes Gesicht, seine vollen Haare, seine dunklen Augen. Erste Augenfältchen geben ihm einen männlichen Anstrich. Mit den vereinzelten grauen Haaren hat er eher Mühe. Die männliche Kraft, die seine Löwenmähne demonstriert, könnte damit in Frage gestellt werden. In die Augen blicken kann er sich auch. Nein, ein Schweinehund ist er nicht und wird sich auch durch schwierige Umstände nicht zu einem solchen machen lassen. Der morgenfrische Kaffeeduft verführt ihn. Er lässt sich gerne verführen, setzt sich an den Frühstückstisch und genießt das Frühstück zusammen mit seiner geliebten Frau.

»Du warst recht unruhig diese Nacht«, bemerkt Marianne.

»Jetzt fühle mich wohl und ausgeschlafen.«

»Wie geht es dir wirklich, mein lieber Geselle? Bist du jetzt eigentlich ein Jung- oder Altgeselle?«

»Das habe ich mich auch gefragt, als ich gerade vor dem Spiegel stand. Ich habe schon ein wenig Angst vor meinem ersten Gesellenarbeitstag. Aber es liegt an mir, wie ich mit dieser neuen Situation umgehe und was ich daraus mache. Ich habe keine Lust, alt auszusehen. Ich gehe wie jeden Tag zur Arbeit und versuche gelassen zu bleiben.«

»Gut so, aber schau genau hin, was zwischen dir und Luc passiert.«

»Das werde ich«, bestätigt Jérôme. Dann weckt er die Kinder. Marianne schenkt ihm noch einen Kaffee ein und klopft ihm freundschaftlich auf die Schultern. Kaum gewaschen, bestürmen ihn zwei Energiebündel. Claire und François wollen noch ihren Vater spüren, bevor er zur Arbeit geht. Familienabgeküsst und mit einem Casse-croûte bestückt, verlässt er an diesem 19. Floréal das Haus. Um 08:30 Uhr wird er wie üblich am Arbeitsplatz sein. Trotzdem ist ihm bewusst, dass heute eine neue berufliche Phase beginnt. Er beobachtet im Vorbeigehen die Morgengesichter der zur Arbeit strömenden Menschen. Menschen wie er. Viele haben Sorgenfalten auf der Stirn. Wird auch er bald zu den Sorgenbeladenen gehören oder ist er es gar schon? Möglicherweise stehen nach fetten sieben Jahren nun sieben magere an.

Auch Leopold ist schon wach und unterwegs, hat wieder ein Auge auf seine Erben und deshalb alles mitbekommen, zuerst im Cello eingekringelt und nun als Jérômes stiller Begleiter auf dem Arbeitsweg. Das Cellojuwel steht in der Wohnung der Lepraîtres. Leopold schaut auf den Freund herab – da ich dich, lieber Jérôme, irgendwann in der Zukunft überleben werde, so denkt er, wirst du mich nimmer los. Er seufzt. Seine lieben Paradiesfreunde hatten ihm schalkhaft süßen Odem eingehaucht. Vieles ist noch neu in seinem Leben als Leopold Feinstoff, aber er weiß bereits, dass dieser witzige Fehlgriff ein Glücksgriff für ihn war. Von diesem Glück soll auch Jérôme etwas abbekommen. Bitte nimm es an, wenn es zu dir kommt, fleht er stumm in Richtung des Freundes, so ermöglichst du mir, meine menschlichen Schandtaten abzutragen. Da gibt es für mich noch viel zu tun. Er seufzt erneut.

Jérôme eilt also seinem Arbeitsplatz entgegen, in sich gekehrt, lautlos und unsichtbar von Leopold begleitet. Alain Petitpois stößt seine Frau an und deutet auf Jérôme. »Der ist heute nicht besonders gut drauf«, stellt er fest.

»Ja, das Wetter hat sich auch verschlechtert, das schlägt vielen auf die Stimmung«, sagt seine Frau.

Leopold verabreicht Jérôme gezielte eine Dosis Süßstoff. Spontan löst sich seine Verspannung. Seine Haltung lockert sich. Die Augen flackern wieder wie in besten Zeiten. Und er sieht direkt in die funkelnden Augen der süßen Tochter Alains. Ein winziger Moment und schon ist er von seiner schlechten Stimmung befreit. Leopold jubiliert. Sein Süßstoff wirkt

Luc sitzt schon an seinem Arbeitsplatz, als sein Geselle rechtzeitig eintrifft. »Guten Morgen, mein lieber Jérôme«, grüßt der neue Vorgesetzte jovial.

»Na, das ist ja eine neue Begrüßungsformel. Das ›lieber‹ kannst du gern weglassen, mein lieber Luc.«

Luc lacht und klopft Jérôme auf die Schulter. Dann setzen sich die beiden Männer an die Werktische und arbeiten wie früher. Es fallen kaum Worte. Gegen 12:00 Uhr begeben sie sich an den Ateliertisch und verzehren ihre Mittagsmahlzeit. Sie sprechen über ihren verstorbenen Patron, über das Wetter, die politische Lage, aber kein Wort über sich selbst.

Am Nachmittag folgt die übliche Routine. Fehlt ihnen ohne Leopold die Leidenschaft? Bevor sie das Atelier verlassen, erwähnt Luc, dass er morgen mit Rodolphe vermutlich den ganzen Tag bei der Bank des Getreidehandels verbringen wird, um das Geschäftliche voranzutreiben. Er gehe davon aus, dass Jérôme das Atelier hüten werde. Weiter empfiehlt er ihm, wegen der Erbanteile direkt mit Notar Leblanc in Kontakt zu treten.

Jérôme nickt nur, jetzt weiß er, was er zu tun hat.

Leopold sitzt den ganzen Tag in seinem ehemaligen Büro, natürlich ohne einen Finger zu rühren. Sein Nachfolger Luc ist in seine Fußspuren getreten. Er wünscht ihm, dass er bald über die notwendige Schuhgröße verfügt, um das Geschäft weiterhin erfolgreich auf Kurs zu halten.

8. Versailles, ein Ausflug am letzten Wochenende des Floréal 1795, 1. Teil

Gut zehn Tage sind vergangen, seit Leopold hingerichtet wurde. Das Erbe ist verteilt. Die Arbeit im umfirmierten Atelier läuft im üblichen Trott. Das neue Schild am Eingang ist angebracht. Luc möchte bis Ende Floréal an der Rue St.-Honoré 364 eingezogen sein. Rodolphe hat die Stelle als Rektor des Konservatoriums von Paris bekommen. Die Familie Lepraître hat noch keine Entscheidung gefällt. Deshalb braucht sie Anregungen und holt Hilfe ein. Nicht nur bei der verstorbenen Lieblingstante Christiane, sondern auch beim lebenden Onkel Charles. Er lebt und arbeitet mit seiner Familie seit zehn Jahren als Schlossverwalter in Versailles. Als einer der wenigen hat er dem König wie auch den Revolutionären gedient. Er überlebte die Wirren, weil er gut vernetzt und eine außergewöhnliche Persönlichkeit ist. Während des Ancien Régimes war er auch für die Sicherheit der geladenen Gäste bei Staatsempfängen verantwortlich und befehligte temporär die königstreue Schweizergarde. Louis XVI. und Marie Antoinette vertrauten ihm in allen Belangen, obwohl er dem dritten Stand angehörte. Er besuchte sie mehrmals, als die Hoheiten in Paris inhaftiert waren.

Bei einem dieser Besuche lernte er Danton, den damaligen Revolutionsführer und Vorgänger von Robespierre, kennen. Charles kam mit Danton ins Gespräch. Er versuchte Dantons radikale Ablehnung, ja, Verachtung der beiden ersten Ständen zu mildern. Beide hatten sich auf Anhieb verstanden. Daraus war eine Männerfreundschaft geworden, die bis zum Tode des Spitzenrevolutionärs Bestand hatte. Sie ähnelten sich, die zwei imposanten Charakterköpfe, in ihrer außergewöhnlichen Rhetorik. Einer der letzten Besucher, die Danton im Zentralgefängnis vor seiner Hinrichtung am 16. Germinal 1794 besuchen durften, war Onkel Charles. Dessen Charakterkopf überlebte selbst unter dem nun zu Ende gehenden Grande Terreur der Jakobiner und er lebt heute besser denn je. Tant mieux!

Seit dem Oktober 1789, nachdem die Königsfamilie und ihr Gefolge aus dem Schloss Versailles verjagt worden waren, lebten diese fortan im Tuilerien-Palast in Paris. Im Messidor 1791 gelang den Königlichen die Flucht aus der Pariser Residenz, obwohl diese von Nationalgardisten bewacht war. Auf dem Weg in die Freiheit wurden sie jedoch von Revolutionären gestellt. Die missglückte Flucht war der Anfang vom Ende von Louis XVI. und Marie Antoinette. Der König und seine Gattin wurden wegen Hochverrates zum Tode verurteilt. Am 2. Pluviôse 1793 verlor Louis und am 27. Vendémiaire im gleichen Jahre Marie Antoinette den Kopf.

Die Familie Lepraître genießt gut gelaunt die Kutschenfahrt nach Versailles. Drei- bis viermal im Jahr treffen sich die Familienangehörigen. Charles ist Mariannes Pate. Meistens trifft man sich in Versailles. Vereinzelt kommen die Versailler auch nach Paris, besonders wenn in der Oper eine interessante Vorstellung gegeben wird.

Charles und Cécile Mazet leben im Schlosspark, im hinteren Teil der Parkanlage, in einem imposanten schlossähnlichen Gebäude, dem Châteauneuf Trianon. Es ist eines der Bediensteten-Häuser, wie es in der weitläufigen Anlage mehrere gibt. Drei Wohnungen sind bewohnt. Eine große Scheune und Pferdestallungen gehören ebenso zum Komplex wie von Steinmauern eingegrenzte Gärten. In unmittelbarer Umgebung befinden sich das Grand Trianon und eine größere Gärtnerei. Zu Charles' Aufgaben gehört auch die Gartenarbeit. Ein Heer von Gärtnergesellen, eine Hundertschaft, arbeitete während der Regentschaft Louis XVI. im Park. Seit den revolutionären Wirren sind hier nur noch zwei Dutzend beschäftigt, des Öfteren auch ohne Bezahlung. Die verbleibenden Gesellen hatte Charles mit Musketen bewaffnet. Diese beschützen primär die verbliebenen Bewohner vor dem Gesindel. Bäume, Sträucher und Blumen wuchern seit Jahren wild. Früher wurde strikt nach verbindlichen, altgedienten Anbauplänen und Jahreszeiten gepflanzt. Der gesamte Park war architektonisch durchkomponiert mit den Schlössern, den Nebengebäuden, den Garten- und Wasseranlagen. Jeder Baum, jede Pflanze hatte ihren festen Platz in diesem Gesamtkunstwerk. Der Sonnenkönig, Louis XIV., wollte mit dem Bau Versailles der ganzen Welt die Größe und Macht

Frankreichs demonstrieren. Dies gelang ihm. Und auch die Natur wurde nach seinen Vorstellungen gestaltet. Dabei verschuldete er sich allerdings maßlos. Folgegenerationen litten deshalb unter hohen Zinslasten. L'État c'est moi – so war sein Staatsverständnis. Er regierte absolutistisch.

Wenn Jérôme und seine Familie nach Versailles fahren, stellt ihnen Charles seine Geschäftskalesche zur Verfügung. Sandor, ein ungarischer Einwanderer, ist dann ihr Kutscher, Gärtner und Schützenmeister in einem. Multitalente sind in schwierigen Zeiten besonders gefragt. Fast alle Eigner von Gefährten rüsten ihre Kutscher mit Musketen aus. Bedrohungen und Überfälle gehören leider zur Tagesordnung, Sicherheit gibt es kaum mehr. Deshalb sitzt Jérôme oben neben Sandor, die Pistole griffbereit und entsichert. Seine Familie lässt sich in der gut verschlossenen Kutsche transportieren. Eine schöne Frühsommerwärme umgibt sie. Sie kommen flott voran. Bald erreichen sie Sèvres, dort überqueren sie die Seine. Marianne öffnet eines der Fenster. Eine wärmende Brise strömt ins Kutscheninnere. Sie späht nach oben und sucht Jérômes Blick. »Jérôme, die Kinder möchten die Flussschiffe auf der Seine sehen. Können wir auf der Brücke kurz anhalten?«

Sandor antwortet an seiner Stelle: »Anhalten ist dort nicht empfehlenswert, aber ich werde die Gäule etwas enger an der Leine führen, so verlangsamen wir unser Tempo.«

Sie nähern sich der Pont. Vor der Brücke streiten sich die Brückenwärter mit zwei Kutschern wegen des Brückenzolls. Es herrscht dicke Luft. Sie halten an und müssen ebenfalls den Zoll bezahlen. Sandor beachtet die Streithähne nicht. »Wie viel Zoll bin ich Ihnen schuldig?« Seine kraftvolle Stimme übertönt alles.

»Sehen Sie nicht, dass wir zuerst noch diese zwei Kutschen abfertigen müssen? Geduld bitte«, ruft der Oberzöllner.

Ohne mit der Wimper zu zucken, bleibt Sandor dran. »Letztes Mal habe ich fünf Sous bezahlt«, fährt er fort und übergibt den Betrag. »Unsere Angelegenheiten pressieren.«

Der Oberzöllner winkt sie durch. Kaum sind sie 100 Meter vom Gekreische entfernt, fallen Schüsse. Sandor gibt den Pferden die Zügel. Diese traben im Eiltempo über die Brücke. Die Kinder versuchen wenigstens etwas von der Schifffahrt mitzubekommen. Sie hören sogar Schiffshörner. Die Seine zwischen Deauville und Paris ist heutzutage einer der wichtigsten Transportwege Frankreichs. Die Flussschiffahrt kann sich nicht komplett den revolutionären Wirren entziehen, trotzdem ist sie eine der sichersten Arten zu reisen.

Das weiß auch Jean Pillier, der soeben, erschreckt durch die Schüsse, beim Vorbeigleiten an der Pont Sèvres zusammenzuckt. Er vergewissert sich, dass sein Schiff und die Besatzung nichts abbekommen haben. Alles scheint in Ordnung. Da fallen noch zwei Schüsse.

Vor seiner Rückreise aus Deauville war Jean förmlich von Reisenden, die in Richtung Paris unterwegs waren, bestürmt worden, obwohl er einen Transportkahn segelt. Viele wollen unbedingt auf einem Schiff nach Paris reisen, eben aus Sicherheitsgründen. Der Westen von Paris ist leider bekannt für das emsige Treiben berüchtigter Räuberbanden. Jean hat ein weiches Herz. Zurzeit sind deshalb neben seiner Familie noch ein halbes Dutzend Passagiere an Bord der Suzette. Vor zwei Wochen hatte er, mit Baumaterialien vollbeladen, das verwirrte Paris verlassen. Die Ladung wurde erfolgreich gelöscht. In Deauville lud er dann Meeresfrüchte, Holz und Salz. Da er noch freie Kapazitäten hatte, entschied sich der Flusskapitän, Passagiere zu befördern. Es sind drei Nonnen und ein Priester des Zisterzienserordens sowie ein englisches Ehepaar. Alle sind unterwegs, die Franzosen von ihrem Revolutionswahn zu befreien. Die vier in ihrem Glauben Verbündeten kommen aus Flandern und werden in Fontainebleau von den überlebenden Glaubensbrüdern und -schwestern erwartet, deren Kloster Barbeau vor zwei Jahren von den Jakobinern in Feuer und Schutt gelegt wurde. Sie sollen helfen, das Kloster wieder aufzubauen und den Gedemütigten Trost zu spenden.

Der Sturz der Jakobiner lässt das gesamte royalistische Europa hoffen, dass der revolutionäre Spuk in Frankreich nun zu einem Ende kommt, sich wieder geordnete Zustände wie zu Zeiten des Ancien Régimes einstellen werden.

Die Engländer sind Professoren, die englische Geschichte und Politikwissenschaften an der Sorbonne dozieren werden. Zur Zeit der Jakobiner hätten sie keine Lehrbewilligung bekommen. Jetzt wollen sie den Continental People, insbesondere den revolutionsgeschädigten französischen Barbaren, Kultur beibringen.

Einer der zwei Schüsse trifft Jean Pillier in der Bauchgegend. Stöhnend sinkt er auf den Schiffsboden. Berthe ruft ihrem Sohn zu: »Julien, übernimm du das Steuer.« Dann stürzt sie aufs untere Deck, wo sich ihr Mann blutüberströmt vor Schmerzen windet. Die Passgiere haben mitbekommen, was vorgefallen ist. Alle laufen zu Jean. Vier schwarz-weiße Ordenskleider flattern im Wind. Die Engländer halten krampfhaft ihre schönen Kopfbedeckungen fest, trotzdem macht sich der edle zylinderartige Kastorhut des Engländers für einen Moment selbständig. Während des Laufens gelingt es dem Mann aber, diesen wieder einzufangen.

Julien konzentriert sich auf das Steuer. Tag, tag, tag tönen die Stiefelabsätze der Helfertruppe beim Heruntereilen der Schiffstreppe. Berthe hält Jean weinend in ihren Armen. Eine der Nonnen hat medizinische Kenntnisse. Kurz entschlossen zerreißt sie ihr schwarzes Gewand in mehrere Teile, sie verfügt ja noch über ein schützendes Unterkleid, und beginnt mit Hilfe von Berthe die blutende Wunde mit dem Leinentuch abzutupfen. »Monsieur Jean, es wird alles wieder gut.« Sie schaut sich die Wunde an und sieht das Einschussloch auf der Bauchseite. Mit vereinten Kräften drehen sie Jeans Körper. Er stöhnt. »Eine gute Nachricht, die Kugel hat auch die Rückenpartie durchstoßen. Somit befindet sich das Projektil nicht mehr in Ihrem Körper«, stellt die flandrische Helferin fest. Sie faltet ein Stoffteil zu einem Ballen und legt diesen auf die Bauchwunde. »Jetzt bekommen Sie einen Pressverband, lieber Jean, so können wir den Blutverlust stoppen.«

Auch die Rückenverletzung wird ebenso professionell behandelt. Gemeinsam tragen sie den Verletzten sorgsam ins Schiffsinnere. Die Helferin ist kriegserfahren. Sie hat vor einem guten Jahr in der Schlacht um Hondschoote verwundete Soldaten und Offiziere auf dem Schlachtfeld medizinisch versorgt.

Julien hält Kurs auf Paris. Die zwei jüngeren Brüder helfen, die Segel neu zu positionieren. Mit ihren 12 und 14 Jahren sind sie schon richtige Matrosen. Die Suzette gleitet ruhig und gut im Wind ihrem Ziel entgegen.

Die Schießerei hat auch auf dem Land Schaden an Mensch und Material angerichtet. Jérôme und seine Familie bekamen nur von Weitem die Schüsse mit. Claire und François erspähten bei der Überquerung der Pont de Sèvres zwei, drei Flussschiffe. Die Schiffe ließen die Kinder träumen. Marianne wird nun von den beiden bestürmt, dazu eine Geschichte zu erfinden. Natürlich ist es eine Geschichte über Schiffe, Matrosen auf Flüssen und auf dem weiten Meer. In der nächsten halben Stunde ist Ruhe im Gefährt. Die Kinder hängen an den Lippen ihrer erzählenden Mutter, saugen jedes Wort auf. Die Geschichte fasziniert sie.

Leopold faulenzt im Celloinnern. Jérôme hat das Instrument eingeladen, um mit der Nachbarin der Mazes, einer Pianistin, zu musizieren. In der vergangenen Zeit war Leopold öfter müde. Seine schnellen Wachstumsschübe fordern vermutlich ihren Tribut. Jetzt freut er sich auf Versailles, auf das Neue und auf zukünftige Erinnerungen an das Zurückgebliebene.

So nähert sich die Kutsche mit ihren menschlichen und feinstofflichen Fahrgästen Versailles. Auf der großzügig angelegten Avenue de Paris traben die Pferde dem Hauptschloss entgegen. Es herrscht reger Verkehr. Die gewaltige Schlossfassade glänzt im Sonnenlicht und wirkt dadurch noch prachtvoller. Jetzt sind die einzelnen Gitterstäbe der Eingangsportale sichtbar. Auf dem Vorplatz herrscht Marktbetrieb. Aus dieser Distanz sehen sie, dass die Hauptfassade des Schlosses doch recht beschädigt ist. Fehlende Fenster sind behelfsmäßig mit Holzläden abgedeckt. Der Putz bröckelt an verschiedenen Stellen ab. Sie biegen rechts ab in den Boulevard du Roi. Seit einigen Monaten trägt die Straße wieder ihren alten Namen. Schon stehen sie vor dem Nebenportal Nord. Was heißt da Nebenportal, die kunstvollen, schmiedeeisernen Portale wirken wie riesige Hauptportale. Sie sind unbeschädigt und geöffnet. Sie fahren in die Parkanlage.

Noch brauchen sie zehn Minuten bis zum Châteauneuf Trianon. Die Pflastersteine sind zum Teil fort, Unkraut wütet sogar auf den Wegen. Während des Ancien Régimes waren die Straßen und Wege permanent gepflegt, die Sträucher und Bäume regelmäßig zurückgeschnitten, die Blumenbeete sauber hergerichtet worden. Der König mit oder ohne Gefolge konnte jederzeit auftauchen. Louis XVI. duldete wie seine Vorgänger keinen Schmutz in der Schlossanlage.

Sandor flucht, denn die Kutsche schaukelt über das unebene Terrain. Gut situierte Bürger wie armes Gesindel schlendern ihnen entgegen, Kinder spielen auf dem ehemals gepflegten Rasen englischer Qualität. Heute gleichen die Rasenflächen Sumpflandschaften und Kartoffeläckern.

Jérôme schmunzelt innerlich, denn jetzt ist Sandors Fünfminutenärger dran. Und da schimpft er auch schon: »Verdammte Schweinerei, diese verlotterten Straßen, kein Schwein kümmert sich darum. Es wird immer schlimmer. Noch vor gut fünf Jahren sah es hier ganz anders aus. Die alte Herrschaft sah nach dem Rechten. Obwohl der Park auch öffentlich war, wurden Abfallsünder und Wüteriche sofort bestraft, zum Teil auf der Stelle ausgepeitscht. Da herrschte noch Ordnung. Heute macht jeder, was er will, ein Skandal! Die neuen Herren regieren in Paris und kümmern sich einen Dreck um Versailles. Es schreit zum Himmel. Louis XIII. ist zur Hölle gefahren. Da unten sind ihm die Hände gebunden und er leidet höllisch beim Anblick dieser Verlotterung, wie auch seine Vorgänger. Das Schreien Louis XIV. übertönt ganz sicher alles, auch den Chor der wehleidigen Bourbonen. Hölle hin oder her, unter den Bourbonen genossen wir hier himmlische Zustände. So, das musste wieder mal gesagt werden«, so der Ungar.

Und Jérôme erwidert wie jedes Mal: »Wer aber bezahlte dieses irdische Paradies? Wer war Teil des Bourbonen-Himmels auf Erden? Wie du weißt, Sandor, der König und sein Gefolge, der Adel und der Klerus. Geblutet hat das Volk.«

»Darüber wird nicht diskutiert. Jeder hat seine Position und dabei bleibt es!«, brummt der Kutscher.

Endlich haben sie es geschafft und biegen durch das Eingangsportal in den Innenhof des Châteauneufs. Hundegekläffe empfängt sie. Die Doggen Larry und Harry begrüßen die einfahrende Kutsche auf ihre Art. Eindrücklich, wie sie zähnefletschend ihr Revier markieren.

Der Park von Versailles beherbergt mittlerweile die größte Doggen-Population außerhalb des englischen Königreiches. In jedem bewohnten Haus und auch in den unbewohnten und noch nicht geplünderten Schlossteilen sind Doggen anzutreffen. Wehe dem, welcher ihnen zu nahe tritt. Charles kämpft darum, dass noch vorhandene Schätze nicht auch gestohlen werden. Der Mob hatte das Hauptschloss nach der Flucht der Königsfamilie weitgehend geplündert. Im Nationalkonvent versuchten Abgeordnete verschiedenster politischer Couleur mehrmals, das Schloss schleifen zu lassen. Bis heute ohne Erfolg, auch wegen der zu hohen Kosten der Abbrucharbeiten.

Marianne schützt die Kinder vor den Wachhunden und hält sie zurück. Da öffnet sich das Küchenfenster und Charles lugt heraus. Zwei scharfe Pfiffe und Larry wie Harry beenden sofort das Gekläffe. Winselnd legen sie sich in ihre Körbe.

»Bonjour, seid willkommen, liebe Lepraîtres«, Cécile, elegant gekleidet, öffnet die Haustür. Die Kinder stürzen sich in ihre offenen Arme.

»Bonjour mes Choux«, Küsschen links, Küsschen rechts.

Marianne hakt sich bei Jérôme ein, gemeinsam schreiten sie königlichen Schrittes dem Schlosseingang entgegen. Die Königin und der König heißen sie persönlich willkommen.

Der Kutscher halftert die Pferde ab und bringt sie in den Stall. Die Karosse steht unter dem Vordach. »Bringen Sie mir noch eine Kiste mit frischen Salaten und etwas Gemüse aus dem Garten, lieber Sandro, wenn die Pferde gefüttert sind«, befiehlt die Schlossherrin in liebevollem Ton.

»Erste Artischocken sind schon reif«, informiert das in Kürze vom Kutscher zum Gärtner verwandelte Multitalent.

»Kommen Sie einfach herein, wenn Sie anschließend mit uns einen Apéro trinken möchten.«

Lucy, die 14-jährige Prinzessin, kümmert sich um Claire und François. Lucy hat zwei Brüder: Damien und Christoph. Damien ist 18 und studiert Recht an der Sorbonne. Christoph ist 19, dient in der Volksarmee und steht kurz vor dem Abschluss seiner Offiziersausbildung. Die Prinzen leben nicht mehr zu Hause.

Cécile bringt die Gäste zum grünen Gästezimmer im zweiten Stock und König Charles kümmert sich revolutionsgeläutert um das Gepäck. Die Möblierung der Zimmer hat alle revolutionären Zerstörungsgelüste bestens überstanden. Der Aufenthalt bei den Mazets ist und bleibt ein Ereignis. Die Kinder schlafen im Zimmer von Lucy einen Stock tiefer.

»Nehmt euch Zeit zum Ankommen. Badetücher liegen neben dem Waschbottich bereit«, erklärt die Frau des Hauses. »Ich gehe in der Zwischenzeit in die Küche und bereite das Mittagessen vor.«

Die Kinder erzählen Lucy die Matrosengeschichte ihrer Mutter.

Neben den Mazets lebt die Pianistin und Klavierlehrerin Barbara Mueller allein in einem Wohnkomplex mit acht Zimmern. Ihre Eltern sind verstorben. Ihr Vater war der Vorgänger von Charles, er zog von Lothringen nach Versailles. Ihm blieb der Sturz seines Arbeitgebers erspart.

Im hinteren Teil des Anwesens residieren Marcel Colpi und seine Sippe. Als Rittmeister unter Louis XVI. war er ein hochangesehener Mann, Chef des royalen Pferdeheeres. Über 1000 Kutschen galt es zu ziehen. Die meisten Gäule waren in königlichen Ställen untergebracht. Heute kümmert er sich um ein paar Dutzend Pferde. Hunderte Tiere überlebten die ersten Tage der Revolution nicht.

Sandor bewohnt bei den Colpis eine einfache Dachkammer. Sein Nachbar ist Stallgehilfe. Colpi selber pflegt immer noch einen königlichen Lebensstil. Für ihn ist die Zeit im Jahre 1789 stehen geblieben. Als Reitlehrer und Protegé der königlichen Familie nutzte er die Nähe zur Krone, um sich schamlos zu bereichern. Ganze Adelsstände beneideten ihn.

Der Südflügel hat als prunkvolle schlossähnliche Wohnanlage überlebt. Marcel hatte nie geheiratet, aber er umgab sich stets mit jungen Reitern und Reiterinnen, die in der bekannten königlichen Reitschule in Versailles, die er heute noch leitet, ihre Ausbildung absolvierten. Die attraktivsten unter den Absolventen und Absolventinnen lässt er bei sich wohnen. Die Betreuung soll allumfassend sein. Dass er diese auch weiterhin ausüben darf, hat er Charles zu verdanken. Mehrmals wollten ihm die Revolutionäre an den Kragen, dank Intervention des Schlossverwalters ohne Erfolg.

Die Sonne scheint, die Mädchen und François spielen im Hof Seilspringen, Larry und Harry dösen, Cécile wirkt in der Küche, Charles deckt den Gartentisch und stellt den Apéro bereit, das Ehepaar Lepraître tritt erfrischt in den fliederduftenden Garten. »Eine Idylle ist das bei euch, lieber Pate«, schwärmt Marianne. »Diese Farbenpracht, die weißen und roten Oleander, die Tulpenbeete, die lilafarbenen Fliederblüten, die Orangenbäume, das Grün des Rasens ...« Sie lässt entzückt den Blick schweifen bis zu der hohen Gartenmauer, hinter der die Bäume der Parkanlage in den blauen Himmel ragen.

»Ja, das sehe ich auch so. Seit einigen Monaten ist hier scheinbar wieder Frieden eingekehrt, endlich. Cécile und ich hoffen, dass die gelöste Stimmung des Volkes auch hier in Versailles anhält. Setzt euch.« Aufmerksam hält er Marianne den Stuhl bereit. »Was möchtet ihr trinken? Ein Glas Weißwein oder einen trockenen Sherry?«

Jérôme zögert nicht lange. »Für mich wie üblich.«

»Also einen Sherry«, bestätigt Charles.

Unter den Männern herrscht Einigkeit, auch Sandor hat sich für dieses Getränk entschieden. Er stolpert gerade über die Schwelle der Außentür und kommt kurz vor dem Tisch zum Stehen. »Die Grünfutterkiste habe ich zum guten Glück schon vor der Eingangstür deponiert, sonst wäre aus eurem englischen noch ein Gemüsegarten geworden«, brummt er.

Die Kinder und Cécile gesellen sich auch zur fröhlichen Runde. Die Frauen trinken Weißwein. Die Kinder bekommen süßen Cidres aus der Normandie. Alle sind vereint. Der geschützte Gartenplatz lässt kein Lüftchen zu. Frühsommerwärme beschenkt die Versammelten mit einem wohligen Gefühl auf der Haut. Im Innern wärmen die Getränke. Es wird parliert und gelacht.

Leopold verlässt seinen Instrumentenkörper, sucht die Nähe der Menschen, genießt den Moment, schwebt über der Gartengesellschaft. Die Menschen, Bäume, Sträucher und Blumen duften allesamt herrlich. Sich wohlig räkelnd, sonnensonnendurchstrahlt torkelt er leicht angetrunken als Teil der fröhlichen Stimmung schwerelos in der Gartenluft herum. Er ist perplex. Alkoholdüfte erreichen ihn. Ja, sie interagieren mit seinem feinstofflichen Körper, er spürt tatsächlich einen angenehmen Schwips. Bevor er in einen Rauschzustand kommt, begibt er sich fliegend auf Entdeckungsreise in der Schlossanlage. Er entfernt sich, gewinnt ohne Aufwand an Höhe, positioniert sich etwa 500 Meter über dem Croix, dem Mittelpunkt der dominierenden Wasseranlage, dem Grand Canal. Von hier aus überblickt er die ganze Domaine de Versailles. Der Grand Canal ist als großes Kreuz angelegt, das sich nach Westen, Osten, Norden und Süden erstreckt. In der östlichen Verlängerung der Kanalachse steht der mächtige Schlosskomplex. Rechts davon liegt die Orangerie. Dieser Garten war einst mit Hunderten von Orangenbäumen und Palmen bepflanzt, die in den Wintermonaten in der vorderen Schlossgärtnerei eingelagert wurden. Vor sechs Jahren stahl die wütende Bevölkerung sämtliche Topfpflanzen. Das zersplitterte Glas der Gärtnerei ist immer noch nicht ganz beseitigt. Weit und breit sind weder Orangenbäume noch Palmen zu erspähen. Ende Floréal wäre ihr Platz eigentlich hier draußen.

Er geht auf eine Höhe von etwa 800 Metern und überblickt die umliegenden Stadtteile von Versailles. Die Dichte schöner Palmen- und Orangenbäume in Töpfen in den Privatgärten ist beachtlich. Die bessere Gesellschaft hatte beim Umsturz kräftig mitgeklaut. Die Besitzer von Karossen waren schnell mit ihren Transportgefährten vor Ort gewesen. Pflanzen, edles Mobiliar, Bilder, Kleider, Besteck, alles, was nicht niet- und nagelfest war, war gestohlen worden. Das einfachere Volk war mit Säcken unterwegs gewesen, umgeben von seinem kreischenden Kindern. Jede Hand wurde benötigt. Monate nach dem Umsturz zogen immer noch Räuberbanden durch die verlassenen, verwüsteten königlichen Gemächer, suchten hinter den beschädigten Wänden nach versteckten Schätzen. Königliche Pferde irrten ängstlich wiehernd und reiterlos umher. Überall war Gezänke, alle wollten Beute machen. Geklautes wurde erneut geklaut oder mit brutaler Gewalt beansprucht, Dolche wurden gezückt. Wut, Neid, Hass, Gier und Brutalität kumulierten zu einem grausigen Gemisch.

Hungernde stürzten sich auf verletzte Gäule, stachen halbtote Tiere nieder und schnitten sich Fleischstücke ab. Dazwischen streunten Hunde herum, die sich mit den Menschen um das Fleisch zankten. Ein unwürdiges Schauspiel wütete während der ersten Tage und Nächte der Revolution rund um das Schloss Versailles. Dieser Raubzug war die Antwort des dritten Standes auf die desaströsen gesellschaftlichen Zustände gewesen. Die Schere zwischen Arm und Reich war Ende 1789 zu groß geworden. Die Auflösung der alten Ordnung hatte Unordnung erzeugt, ja, das nackte Chaos hervorgerufen. Der König verjagt, der Adel in alle Windrichtungen flüchtend, der Klerus verstummt, die Schweizergarde vertrieben, schutzlos lagen unvorstellbare Schätze im Schloss und warteten auf neue Besitzer. Das Volk verstand sofort und bediente sich skrupellos. Und dabei zeigte sich bereits eine neue Hackordnung: die wenigen gut Lebenden, die Kutschenbesitzer, die vielen knapp Überlebenden, die vielhändigen, sacktragenden Familien und die große Menge hungernder Pferdefleischfresser. Es war immer so gewesen, wenn es etwas zu verteilen gibt, sind die wohlhabenden und gebildeten Kreise schneller zur Stelle als das gemeine Volk. Dies muss sich mit dem Rest begnügen. Im besten Falle reicht dieser zum Überleben.

Diese Hackordnung galt es zu durchbrechen, die Missstände zu beseitigen. Diese Zustände hatten Leopold zum Politiker gemacht und auch radikalisiert in den letzten sechs Jahren seines irdischen Lebens. Sie hatten die Gesellschaft verändert zum Wohle einer Mehrheit der französischen Bevölkerung. Wie weit der Prozess noch gehen wird, ist heute offen, aber ein Zurück zur alten Ordnung ist nicht mehr möglich. Sie hatten das Volk informiert und gebildet. Es lässt sich nicht mehr für dumm verkaufen. Die inhaltliche Richtung des zukünftigen Weges ist vorgegeben: Liberté, Égalité, Fraternité. Die Franzosen werden diesen Weg gehen, unbeirrt. Davon ist Leopold fest überzeugt. In der Zwischenzeit ist der sinngestaltende Weg nicht nur in den Köpfen, sondern auch in den Herzen angekommen. Alle schreiten gemeinsam voran und wissen um den Sinn dieser Reise. Ein Volk, eine Seele.

Als Leopold Feinstoff etwa 800 Meter über dem Schlosspark schwebt, überkommt ihn ein Gefühl von tiefer Befriedigung. Er durfte dabei sein, hatte konkret mitgestaltet. Damit kehrt er gedanklich ins Hier und Jetzt zurück.

Zwischen dem östlichen Kanalende und dem Schloss liegen symmetrisch angeordnet nördlich wie südlich verschiedene Plätze, viele brunnenbestückt, als Waldlichtungen eingebettet oder mit Hecken eingezäunt, Freilichträume, die besonders in den Sommermonaten das Hofleben außerhalb des Schlosses ermöglichten. Bälle wurden draußen abgehalten, Theaterstücke aufgeführt, Konzerte gegeben und Feuerwerke gezündet. Die Wäldchen mit ihren vielen kleinen Nischen und verschlungenen Pfaden eigneten sich bestens für amouröse Scherze. Und in lauen Sommernächten soll oft zünftig geschertzt worden sein. Die Bourbonen hatten sich durch eine lustbetonte, prahlerische Lebensweise ausgezeichnet. Exzesse, Skandale und Völlereien waren an der Tagesordnung gewesen, während ein großer Teil des Volkes hungerte.

Zwischen dem Schloss und den Lustgärten liegen ornamentale Rasenflächen, dort stehen nur vereinzelt Bäume. Das ermöglicht eine vom Schloss her eindrückliche Fernsicht auf die große Allee und den weiter hinten liegenden Grand Canal. Die Rasenflächen vermischen sich mit Unkraut, überwuchern Wege, lassen heute noch die streng geometrisch angelegten Formen erahnen, welche für die barocke Gartenarchitektur typisch sind. Überall liegt moderndes Geäst und Unrat.

Im Norden sieht er die eleganten Paläste Grand und Petit Trianon. Der Großteil der Fenster ist gegen Einbrecher geschützt. Sträucher, Bäume und Blumen treiben Wildwuchs. Südlich dominiert der Wald. Auf der Längsachse zum Schloss Grand Canal verliert sich eine große Waldfläche westwärts, unterbrochen von einzelnen Lichtungen, die bestückt sind mit Gutshöfen und kleineren Jagd- und Lustschlösschen. Das bekannteste darunter ist das Hameau de la Reine. Louis XVI. ließ dieses romantische Gebäude mit Wassermühle und Karpfenteich für seine Gattin Marie Antoinette bauen. Hier konnte sie dem Rummel, dem höfischen Glamour entfliehen und zwischendurch das einfache, ländliche Dasein genießen, ganz im Sinne Jean-Jacques Rousseaus. Die letzte Zeit als Königin verbrachte sie öfter in dieser Idylle, umgeben von Hofdamen, Freundinnen und Liebhabern. Sidonie hatte sich eine Weile in dieser der Romantik verfallenen Hofgemeinschaft getummelt.

In unmittelbarer Nachbarschaft sieht er das Châteauneuf Trianon. Er konzentriert sich auf dieses Gebäude. Da sitzt eine vergnügte Gesellschaft beim Dessert in einem gepflegten Garten. Irgendwie kommt sie ihm bekannt vor.

Aber die Rundreise ist noch nicht beendet. In der Region der Lustschlösschen wirkt die Umgebung sauberer, ja, gepflegt. Dieser Bereich ist bewohnt und wird unterhalten. Er überlebte die Revolutionswirren weitgehend unbeschädigt.

Weiter westlich und vom Schloss am weitesten entfernt verliert sich ein großer Wald, das einstige Jagdrevier der Könige. Früher war er dicht mit Wild, Fasanen und Vögeln bevölkert. Heute ist er leer geschossen. Neben den Tieren bedient sich das Volk auch am Baumbestand.

Als Mensch besuchte Leopold Versailles öfter. Liebschaften, Geschäftliches oder einfach ein Besuch, um in den öffentlich zugänglichen Parkanlagen mit Tausenden anderen dem Leben der Königlichen zuzuschauen. Allein die Vorfahrt der Kutschen vor dem Schloss mit all den Adeligen und Hofangehörigen war immer ein großes Spektakel.

Er positioniert sich nun auf tausend Meter über dem Erdboden. So kann er die ganze Stadt überblicken. Er sieht das Geschäft seines Holzlieferanten Jean-Jacques Prévot mit Wohnung und ist beeindruckt von der Länge der Avenue de Paris, die sich in der Verlängerung der Achse Grand Canal und Schloss in Richtung Paris verliert. Er kann es nicht lassen und braust kurz bei Jean-Jacques vorbei. Der ist in seiner Wohnung, liegt schnarchend auf dem Sofa beim Mittagsschlaf. Leopold möchte ihm die Nase kitzeln. Das schafft er aber nicht. Sein feinstofflicher Körper ist nicht in der Lage, Menschenkörper zu berühren. Umherschwebend macht er sich Gedanken, wie er diese Grenze überschreiten könnte. Es reizt ihn sehr, Jean-Jacques zu kitzeln.

Da erscheint lächelnd die liebreizende Brise. »Es gibt eine Möglichkeit, Menschen im Schlaf zu beeinflussen«, erklärt sie. »Wir erfahrenen Feinstofflichen nehmen über Träume Verbindung mit Menschen auf. Mit Hilfe von Träumen können wir auf ihr Innenleben Einfluss nehmen. Und das geht so: Ich verbinde mich mit der Traumwelt und bitte diese, mir behilflich zu sein. Es ist wichtig, bei der Kontaktaufnahme mit dieser immens großen magischen Welt höflich zu sein.«

Leopold lauscht ehrfürchtig den weisen Worten der guten Brise. Es herrscht ein Moment Stille. Dann taucht Leopold mit der Brise in die große Traumwelt ein. Plötzlich sind sie im Innern von Jean Jacques. Er sieht das Ährenfeld seines Holzhändlers.

»Im Wahrnehmen menschlicher Ährenfelder bist du ja geübt. Du hast aber deinem menschlichen Wesen entsprechend nie ein Ährenfeld von innen gesehen. Nun kannst du es von innen erleben, Jean-Jacques' Ährenfeld betreten, die Ähren berühren, anstatt sie nur von außen zu beobachten«, erklärt die Brise.

Leopold streicht sanft über einige der Ähren.

»Ja, sanftes, achtsames Tasten ermöglicht eine Kontaktaufnahme mit dem Innenleben unserer Menschenfreunde. Träume sind Teile des menschlichen Innenlebens. Von außen nicht sichtbar, aber innen spürbar. Spürst du, wie es hier überall träumt? Alle inneren Landschaften haben nicht nur Felder, sondern auch Wasser.«

»Das habe ich als Mensch auch schon so gesehen«, bestätigt Leopold ehrfürchtig.

»Was spürst du, wenn du von den Ähren lässt und dich auf den Fluss da vorne konzentrierst?«

»Ich habe den Wunsch, in den Fluss zu steigen und mich vom Wasser tragen zu lassen.«

»Ich komme mit dir, Leopold.«

Und so durchfließen sie die innere Zauberlandschaft Jean-Jacques', lassen sich treiben, umspült von einem vertraueneinflößenden Nass. Sie gleiten getragen dahin. Der Fluss mündet in einem See. Das Innenlicht, das sie auf ihrer Reise begleitet hat, wird schwächer. Der See wird von einer mächtigen Grotte geschützt. Sie treiben auf die Mitte des Sees zu. Im Zentrum verharren sie, vom Wasser getragen. Leopold weiß um die große Tiefe des Sees.

Seine liebreizende Brise nimmt ihn nun bei seinen feinstofflichen Händen. Zusammen tauchen sie, magisch angezogen, in die Tiefe. Sie atmen das Wasser und fühlen sich besser, je tiefer sie sinken. Ein Gefühl von Sicherheit und Bewusstsein durchströmt sie. Unendliches umgibt sie.

Sie tauchen wieder auf, verlassen die beindruckende Grotte, steigen aus den Fluten. Das Ährenfeld nimmt sie wieder auf. Betroffen wandelt Leopold an der Seite seiner geliebten Brise durch die Innenlandschaft Jean-Jacques'.

»Als feinfühliger Erdenbürger hast du deine menschlichen Sinne nicht nur in der Wahrnehmung äußerer Landschaften geübt, sondern ebenso in der Sicht der inneren menschlichen Landschaften. Als Instrumentenbauer hast du sichtbare Klangkörper erschaffen. Als Leopold Feinstoff führtest du einen Kampf, deinem Lieblingsinstrument eine Innenlandschaft, ein Ährenfeld zu verpassen, ohne jemals eine solches betreten zu haben. Die Gemeinschaft der Feinstofflichen verhöhnt dich nicht für den hoffnungslosen Versuch, sondern beglückwünscht dich zu deinem frechen Mut. Ich liebe dich!«, sagt die Brise schließlich leise zu Leopold.

Er revanchiert sich mit einem stark mit Süßstoff angereicherten Kuss.

Die liebreizende Brise lässt sich aber nicht lange ablenken. »Jetzt hast du mit mir das innere Ährenfeld deines ehemaligen Holzlieferanten nicht nur betreten, sondern auch erkundet. Gemeinsam sind wir in die Urtiefen seiner Persönlichkeit eingetaucht, bis zum Innersten seines Inneren vorgedrungen. Wir waren dort, wo sich der individuelle Kern jedes menschlichen Wesens auflöst. Aufgelöst fließt er ins Unbewusste, bis er sich ins kollektive Unbewusste ergießt. Träume sind Botschaften, die aus dem Unterbewusstsein auftauchen, Innensichten, die nach außen drängen. Manchmal scheinen sie konfus und unverständlich, manchmal warnen sie uns vor Übel, ängstigen uns oder beschenken uns mit Wissen aus anderen Welten.«

Leopold staunt. Was der schelmische Wunsch, die Nase eines Kollegen zu kitzeln, so alles auslösen kann!

Feinstofflich vereint hauchen sie aus dem Inneren Jean-Jacques' einen Wunsch in den Traum, eine Mücke möge im Salon Prévots erscheinen und das geschätzte Versuchskaninchen in seinem seligen Schlafe überfallen. Gehorsam bitten sie die Traumwelt um ihr Einverständnis. Und siehe da, Prévot beginnt sich zu regen, schlägt wild um sich, will offensichtlich etwas aus seinem Gesicht entfernen. Die zwei Feinstofflichen beobachten ihr Experiment nun wieder von außen und aus respektvoller Entfernung. Schnell und unkompliziert waren sie Jean-Jacques wieder entglitten. Leopold stellt fest, dass sie sich als Feinstoffliche scheinbar auf allen Ebenen bewegen, materielle und körperliche Hürden überwinden können.

Jean-Jacques erwacht aus dem Mittagsschlaf. Verwirrt sucht er nach der Mücke, die ihn drangsaliert hat – erfolglos. Leopold entschwindet west-, die Brise ostwärts.

Punktgenau landet Leopold wieder im Garten des Châteauneuf Trianon. Der Tisch ist verlassen. Eine Katze schleckt genüsslich die Reste der süßen Nachspeisen auf. Die Gesellschaft sitzt jetzt im Salon um den Flügel des Hauses und lauscht der Musik Barbaras, die sich in der Zwischenzeit eingefunden hat. Sie spielt ein Prélude von einem der Bachsöhne. Jérômes Juwel steht nackt und unangetastet in der Salonecke. Leopold leistet ihm freudig Gesellschaft.

Jetzt ist die Reihe an Lucy. Sie spielt eine Etüde von Lully. Auch Claire und François sitzen mucksmäuschenstill, eng umschlungen und lauschen fasziniert, dem Musikvortrag. Alle klatschen, nachdem Lucy den Schlussakkord gespielt hat. Claire interveniert: »Papa, maintenant c'est à toi.«

Jérôme schaut sich hilfesuchend um, dann besinnt er sich auf das, was er besonders gut kann, das Cellospielen, befreit das Instrument von seiner Außenseiterrolle und begibt sich mit ihm neben den Flügel. Er stimmt das Instrument. Die lange Anfahrt von Paris hat ihren Tribut gefordert. Er braucht länger als üblich, bis es gestimmt ist. »Heute spiele ich euch mein Lieblingsstück«, verkündet er dann.

Marianne sagt an: »Erster Satz aus dem D-Dur Konzert von Luigi Boccherini.« Jérôme legt sich ins Zeug. Alle Sorgen sind vergessen. Er will den Anwesenden Freude bereiten.

Leopold freut sich mit. Schwebt nicht über dem Geschehen, sondern ist aktiver Part im Celloinnern. Wiederum torkelt er, aber nun ohne Alkohol. Musikbeschwipst stellt er den Kontakt zwischen Jérôme, dem Instrument, ihm selbst und den Zuhörern her. Es gelingt ihm mühelos. Ihr Dreigespann musiziert. Boccherinis Klangschönheit trifft direkt die Herzen der Zuhörer. Bewegt sieht Leopold die offenen Kinderherzen, sie saugen die Musik auf wie Muttermilch, aber durch ihren Vater erzeugt. Echte Männer braucht die Welt!

Einmal mehr verzaubert Jérôme sein Publikum. Nach dem spontanen Schlussapplaus gibt sich Charles enthusiastisch: »Phänomenal, dein Spiel, geschätzter Jérôme.« Er kramt nach seiner Violine und einem zusätzlichen Notenständer. »Hast du die erwähnten Notenblätter der neuen Sonate von Rodolphe Kreutzer für Violine und Cello in Griffweite?«, fragt der Hausherr. Jérôme reicht sie ihm.

Das Stück hat nicht die kompositorische Macht wie eines von Johann Sebastian Bach. Aber schön klingt die Sonate dennoch.

Cécile versorgt die Konzertgäste mit feinen Süßigkeiten. Marianne muss die Kleinen stoppen, damit sie nicht zu viel davon genießen. Charles empfiehlt einen Verdauungsspaziergang im Schlosspark. Außer der Pianistin stimmen alle zu. Die Lepraîtres und die Mazes mit Larry und Harry wandeln durch die Parkanlage in der näheren Umgebung. Charles führt seine Gäste zum Hameau de la Reine, das ist sein Lieblingsort. In den ersten Tagen nach der erzwungenen Flucht des Königshofes versuchte pöbelndes Volk auch dieses historische Kleinod zu beschädigen, ja, zu zerstören. Es liegt idyllisch in eine Senke eingebettet. Der Häuserkomplex hat nichts Protziges. Er wurde bodenständig mit Steinen aus der Gegend gebaut. Balkone und Terrassen fügen sich filigran in das Gesamtbild. Kein Hausteil dominiert, die Gebäude, die gut überblickbare Umgebung und der Teich verschmelzen zu einem Gesamtkunstwerk. Ein Vorbote der Romantik, umgeben von praller Fülle barocker Bau- und Gartenkunst. Eine Oase, die sich von den strikten Vorschriften barocker Dogmatik gelöst hatte. Bäume, Pflanzen und Blumen wucherten hier schon zurzeit Marie Antoinettes wild. »Ihr Freiwuchs zeigt den Betrachtern, dass ein Leben in Freiheit für Natur und Mensch möglich ist. Das Hameau ist so gesehen auch ein aktuelles Manifest unserer Revolution«, doziert Charles. »Mit allen mir zur Verfügung stehenden Mitteln habe ich für das Überleben dieses Ortes gekämpft. In den ersten Stunden und Tagen auch mit Waffen. Mit meinen Untergebenen führte ich zu Pferd Krieg gegen den Mob. Es floss Blut. Marcel Colpi war einer meiner wichtigsten Stützen. Kavallerieerfahren führte er die königlichen Schönreiter mit eiserner Hand. Ich koordinierte die Kampfhandlungen und befehligte die Gärtnerinfanterie. Mit Spaten und Gabel wurde unerbittlich gefochten. Einige unter uns erlitten Verletzungen, aber Tote fand man ausschließlich beim Pöbel. Das Hameau überlebte, wie ihr seht, bis heute. Darauf bin ich stolz. Der erfolgreiche Kriegszug war auch ein starkes Signal an alle Beutegierigen. Unser Parkbereich ist der einzige Bereich, der heute als weitgehend sicher gilt, ein Reduit im revolutionären Chaos.«

So genießt die flanierende Gruppe den Spätnachmittag an der frischen Luft. Auch Familien ohne Hunde lustwandeln angstfrei auf den gut unterhaltenen Kieswegen. Es herrscht eine friedliche Stimmung.

Nach dem Abendessen verabschieden sich die Jüngeren. Lucy erzählt den Kleinkindern eine Gutenachtgeschichte. Charles legt Holz ins Cheminée des Salons. Jérôme hilft ihm dabei. Die Frauen leisten den Männern Gesellschaft. Alle vier sitzen schweigend vor dem flackernden Feuer.

Das Cheminée misst gut zwei mal zwei Meter. Sie haben ein königliches Feuer entfacht. Im hinteren Bereich des großzügigen Salons brennen sieben Kerzen in Tante Christianes Armleuchter. Eines der Erbstücke hat es auch nach Versailles verschlagen. Die Selige scheint in der Familie omnipräsent. Im Stillen heißt Jérôme auch sie in der Runde willkommen.

Alle sind fasziniert von der Kraft und der Wärme des Feuers. Ihre Gestalten werfen lange Schatten an die weißen Salonwände. Sie riechen den Duft, der vom verbrennenden Eichenholz verbreitet wird, lauschen dem Knistern, der

Sprache des Feuers, beobachten die schlängelnden Bewegungen der tanzenden Feuerarme, ohne dass sie vom Licht geblendet wären. Ihre leicht geneigten Körper werden wärmend angestrahlt. Der Wärmunterschied zwischen vorne und hinten ist frappant.

Leopold setzt sich auch dazu und ist gespannt, was sich die Schattenwerfer mit den kalten Rücken zu erzählen haben. Er wirft keine Schatten und die intensive Wärme durchdringt seinen ganzen feinstofflichen Körper. Ähnlich war es, als er, der beschwipste Überflieger, heute Nachmittag vom Sonnenlicht durchflutet wurde, eine angenehme Erfahrung. Irgendwo im Raume spürt er noch eine weitere schattenlose Präsenz. Eine wärmende Energie kommt aus der Richtung des siebenteiligen Kerzenständers.

Céline bricht das Schweigen. »Claire und François haben wieder Fortschritte gemacht.«

»Findest du?«, fragt Marianne zurück.

»Ihr könnt euch mit Lucy auch nicht beklagen«, nimmt Jérôme den Gesprächsfaden auf. »Sie beginnt sachte zu erblühen. Wartet noch ein Jahr und alle Jungen in Versailles werden euch die Schlosstür einrennen.«

Charles hört das gerne. Er nickt zufrieden und bemerkt dann: »Es war aber nicht euer Wunsch, über unseren Nachwuchs zu sprechen. Wir bedanken uns für das Vertrauen, das ihr, liebe Marianne und lieber Jérôme, uns Versaillern entgegenbringt, so dass ihr eure heiklen Familienfragen mit uns besprecht.«

Céline ergänzt: »Ein wenig mehr Lebenserfahrung haben wir zwar, aber das ist fast alles, was wir euch als ein Mehr anbieten können.«

»Liebe Gattin, da hast du aber noch ein kleines ›Mehr‹ unterschlagen. Unser Cheminée, unser geliebter Feuerplatz hat eine bald zweihundertjährige Tradition. Schaut auf das Datum, das in den Cheminée-Sims eingemeißelt ist: 1623. Louis XIII. ließ diesen Feuerplatz – er ist der größte im gesamten Gebäudekomplex – an dieser Stelle einbauen. Er nutzte das Châteauneuf neben andern weiteren Gebäuden als Jagdschloss. Geschichte besteht ja aus Geschichten. Unser Anwesen ist geschichtsträchtig und der Feuerplatz ein Ort, an dem ebenso Geschichten erzählt, wie Geschichte geschrieben wurden. Was heute interessiert, meine lieben Freunde, ist die Frage, wie ihr eure Familiengeschichte weiterschreiben wollt«, bringt es Charles auf den Punkt.

9. Schicksalsschlag einer Flussschifffahrtsfamilie Ende Floréal 1795

Jean liegt stöhnend auf dem Rücken in seinem Bett. Die Schmerzen sind kaum auszuhalten. Berthe und die barmherzigen Nonnen kümmern sich um den Verletzten. Die Engländer und der Priester finden ihren Platz als konkret Helfende nicht. Sie stehen, selber leidend, unsicher in einiger Entfernung vom Geschehen. Vertreten sich die Füße und wissen nicht, was sie tun sollen.

Die kriegserfahrene Nonne weiß, was zu tun ist. Sie packt an. Sie verlangt von Berthe saubere Leintücher und Honig, heißes Wasser und eine Kanne mit Kräutertee sowie den stärksten Schnaps, der an Bord zu haben ist. Liebevoll wischt sie den Angstschweiß aus Jeans schmerzverzerrtem Gesicht. Sie kontrolliert den Pressverband, den sie erst behelfsmäßig angebracht hat. Der Blutverlust hält sich in Grenzen. Ein gutes Zeichen, denkt sie.

Eine der Nonnen versucht sich auf ihre Art einzubringen. Sie beginnt singend den Herrgott anzuflehen, dass er dem leidenden Jean sein Leben erhalten möge. Jean reagiert gereizt, als das Solostimmchen durch den schrecklichen Singsang der unmusikalischen Engländerin zum frommen Duett ergänzt wird. »Tot bin ich noch lange nicht. Einen Kapitän treibt man nicht so schnell von Bord«, krächzt das Schussopfer.

Ein gutes Zeichen, lieber Jean, denkt die handelnde Nonne und bittet alle nicht direkt Betroffenen, die Koje zu verlassen. »Wir brauchen hier Ruhe und Raum, um Jean zu pflegen. Ein stilles Gebet an unseren geliebten Herrn, damit der Kapitän und Familienvater bald genesen wird, kann aber sicher nicht schaden.«

Als Berthe mit dem gewünschten Material zurückkehrt, ist die helfende

Nonne mit Jean alleine in der Koje. »Sie sind mir eine große Hilfe, geschätzte Gottesfrau«, bedankt sich Berthe.

»Sagen Sie einfach Schwester Johanna zu mir«, entgegnet die Nonne schlicht, während sie achtsam den Wundverband entfernt. An den Einschussstellen ist das Leinengewebe verklebt. »Ich werde gleich zweimal stechende Schmerzen verursachen, es geht leider nicht anders. Verzeihen Sie mir, lieber Jean«, erklärt sie dann und zerrt zuerst rasch und ruckartig am verklebten Wundverband auf dem Baucheinschuss. Das Leintuch ist weg und Jean beginnt stark zu bluten. Berthe nimmt eines der sauberen Leinenstücke und will das austretende Blut sofort stoppen. Johanna hält sie auf. Sie öffnet in Windeseile die Schnapsflasche – jeder Barmann würde sie um ihrer Gewandtheit beneiden – und beträufelt die gefalteten Leinentüchlein kräftig mit Schnaps. Dann desinfiziert sie die Wunde mit dem Alkohol. Der tapfere Jean schreit auf. Berthe nimmt seinen Kopf in ihre Hände. Johanna arbeitet konzentriert weiter. Mehrmals wird die Wunde mit Alkohol ausgewaschen. Erst danach wird ein sauberer Druckverband angelegt. Gleiches erleidet der Patient an der Austrittsstelle am Rücken. Von Kissen abgestützt wird Jean so gelagert, dass er mit seiner Wunde nicht direkt auf dem Bett liegt.

Johanna bittet um eine große Schüssel. Mittelgroße Leinentücher werden in heißes, honiggetränktes Wasser getaucht. Jeans Körper, insbesondere die verletzten Stellen, wird mit Wickeln behandelt. Kaum ist die Hitze eines Tuches fort, kommt der nächste dampfende Wickel zur Anwendung. Beim Auflegen der Tücher verspürt der Patient die große Hitze fast schmerzhaft, dann wohlig warm. »Die Tücher dürfen auf keinen Fall erkalten«, erklärt die pflegesichere Nonne.

Neben den Schmerzen beginnt Jean eine Art Wohlbefinden zu verspüren. Er fühlt sich bei den zwei tüchtigen Frauen in guten Händen.

Johannas singfreudige Kollegin streckt vorsichtig ihren Kopf in den Raum. »Wie geht es unserem Patienten?«

»Du kommst gerade recht, meine Schwester, um Berthe abzulösen. Sie muss auf dem Schiff nach dem Rechten sehen«, ruft ihr Johanna zu.

Berthe küsst ihren geliebten Ehemann und verabschiedet sich mit den Worten: »Wir können uns beim Herrgott bedanken, dass er uns Johanna geschickt hat. Sie ist ein großer Schatz.«

Johanna lacht. »Jetzt fehlt mir nur noch die Heiligsprechung. Übrigens verwirren Sie meine Sinne, liebe Berthe, indem Sie mich Schatz nennen. Mein Schatz ist mein Herrgott und sonst niemand. Und jetzt stoßen wir auf die Genesung unseres Patienten an, denn gebetet wird in den umliegenden Kojen ja schon genug. Ein Gläschen in Ehren kann uns niemand verwehren.« Schelmisch belächelt Johanna die empörten Blicke ihrer Glaubensschwester.

Jean möchte gerade auflachen, doch ein stechender Bauchschmerz hindert ihn daran. Berthe bleibt stehen, schmunzelt und schenkt Johanna und sich ein Gläschen Schnaps ein.

»Lieber Jean, heute müssen wir leider ohne Sie, aber umso mehr für Sie anstoßen. Merke, meine werte Ordensschwester, der liebe Gott hat uns mit verschiedenen Formen der Fürbitte beschenkt«, bemerkt Johanna und bevor sie sich zusammen mit Berthe einen kräftigen Schluck genehmigt, prostet sie fröhlich und fromm himmelwärts blickend ihrem Schatz zu.

Jean ist durstig. Er verlangt nach einem Getränk. Johanna träufelt immer wieder Tee in seinen Mund. »Wenn Sie Harndrang verspüren, sage Sie es mir. Es ist wichtig festzustellen, ob ihr Harn blutig ist.«

Die andere Nonne ist mit dem Wickeln beschäftigt. Sie scheint leicht überfordert. Einen fast nackten Männerkörper zu berühren, ist für sie eine neue Erfahrung, ekelig und anziehend zugleich.

Jean meldet Harndrang. Johanna geht nach oben und beschafft sich eine flaschenähnliche Vase. Ihre Helferin arbeitet willig, aber mit wenig Gespür. »Du wickelst unseren Patienten zu wenig kräftig ein. Die einzelnen Wickel sind nicht straff genug«, korrigiert Johanna und schiebt die rechte Hand zwischen Leinenstoff und Männerkörper. »Siehst du, der nächste Wickel muss besser sitzen.« Sie macht es ihr nochmals vor. »Geh etwas beiseite«, befiehlt sie ihrer Kollegin, umfasst pflegegekonnt das Glied von Jean und führt es in die flaschenähnliche Vase. »So, jetzt können Sie Wasser lassen, Herr Kapitän.«

Der singenden Ordensschwester verschlägt es die Sprache.

Johanna prüft die Urinflasche. »Gute Nachricht für Sie, Jean: Es ist kein Blut im Urin! Es scheint, dass Sie keine größeren inneren Blutungen haben.«

Die verstummte Ordensschwester kämpft um Worte. »Ich bin von Ihren Kenntnissen beeindruckt, Johanna«, stammelt sie.

»Wenn dich der Herrgott in die Hölle eines Schlachtfeldes schickt, um Sterbenden und Schwerstverletzten helfend beizustehen, und du selber überlebst, kann dich kaum noch etwas erschrecken. Es ist unfassbar und unverständlich, in welchen Ausmaß Menschen grausam sein können. Für uns Ordensangehörige muss gelten, dass die Barmherzigkeit nicht außerhalb unserer Klostermauern aufhört. Unsere Aufgaben liegen dort, wo unsere Mitmenschen in Not sind, wo das Schicksal grausam zuschlägt.«

10. Versailles, ein Ausflug am letzten Wochenende im Floréal 1795, 2. Teil

Jérôme hatte sich bei seiner Arbeit im Atelier in den vergangenen zwei Wochen weniger geärgert, als er vermutet hätte. Der große Batzen, der nun auf seinem Konto ruht, hatte sicher das Seine dazu beigetragen. »Dein neuer, schön plissierter Rock, Marianne, die eleganten Schuhe und die schönen Kleider eurer Kinder sind mir schon aufgefallen«, vermeldet Cécile, Charles tief in die blauen Augen blickend. »Nimm dir ein Vorbild an Jérôme, Liebling, auch du könntest wieder mal einige Louis d'or für deine arme Ehegattin lockermachen.«

»Und wie war das zum Beispiel am letzten Samstag mit der Kleiderbestellung bei deinem bevorzugten Schneider in unserer schönen Stadt Versailles?«, erinnert der Schlossherr seine Herzensdame und fährt dann fort: »Herz hast du, meine Dame. Aber leider sind deine Einkaufsbedürfnisse unermesslich groß, sie gleichen einem Fass ohne Boden. Zum guten Glück haben sich die Schneidereien mehr als halbiert seit dem Auszug der Königlichen. Das beschränkt die unendlich langen Jagdausflüge auf ein männererträgliches Maß.« Damit kehrt Charles zum eigentlichen Thema zurück. »Als wir euren Brief öffneten und erfuhren, dass ihr eine gute Erbschaft gemacht habt und euch dadurch Probleme erwachsen könnten, haben wir zuerst kräftig gelacht. Also, liebe Freunde, wenn ihr mit der Erbschaft keine Probleme wünscht, Cécile und ich kümmern uns gerne darum. Was meinst du, mein Liebling? Nein, Spaß beiseite. Wir verstehen deine Enttäuschung, dass dich Leopold bei seiner Nachfolgeregelung übergangen hat. So hast du es doch aufgefasst, oder?«

Jérôme nickt. »Ja, darüber bin ich immer noch enttäuscht. Luc ist mir gegenüber offen, auch er als Minderheitsbeteiligter ist mit der Regelung nicht glücklich. Er trägt die ganze Verantwortung für das Atelier, aber Rodolphe als

Hauptgesellschafter hat das Sagen. Wir beide sind im Moment nicht besonders motiviert. Wenn unsere schlechte Arbeitsmoral anhält, dann gnade Gott dem Geschäft. Denn der eigentliche Erbe des Ateliers Leopold Renaudin ist nur einer: Rodolphe Kreutzer. Rodolphe hat sich nach der Testamentseröffnung nicht mehr blicken lassen. Vielleicht weil er das Instrumentenhandwerk kaum versteht oder wegen seiner zusätzlichen Belastung, die er neuerdings als Direktor des Konservatoriums trägt. Neben der Leitung unterrichtet er immer noch die Geiger der Solistenklasse, ausgewählte Schüler und Schülerinnen. Komponiert wird nachts. Wie soll er neben all den Verpflichtungen noch Zeit finden, sich um sein neues Geschäft zu kümmern? Der denkt wahrscheinlich, das läuft ja sowieso ohne sein Zutun, und freut sich auf die anstehenden Gewinnausschüttungen. Vielleicht fährt er aber auch einen Verlust ein. Privat ist Luc in einem Hoch. Seine Frau Marie freut sich wie ein kleines Kind auf den Einzug in die gediegene Wohnung Leopolds. Die beiden scheinen sich auch persönlich wieder nähergekommen zu sein. Zurzeit hat Marie ihre Kratzbürste in den lumpenbestückten Besenschrank gesperrt. Ich sehe sie nun öfter. Sie grüßt höflich und scherzt auch mal.« Jérôme seufzt. »Was Marianne und mich natürlich auch beschäftigt, ist eine unheilige Allianz zwischen dem lebenden Rodolphe und meinem verstorbenen Patron. Beide sehen mich schon als Solocellisten auf dem internationalen Parkett. Wie ihr wisst, spiele ich leidenschaftlich gerne Cello, aber ich habe doch gewisse Vorbehalte, inwieweit ich den dazu notwendigen Berufswechsel schaffen kann. Wenn ich mir gegenüber ehrlich bin, reizt mich der Weg eines Berufsmusikers jedoch gewaltig. Marianne weiß darum, sieht darin aber mehr Risiken als Chancen.« Jérôme wendet sich Marianne zu. »Mein Liebling, schilderst du nun deine Sicht? Doch bevor du beginnst, noch eine Frage an Charles.« Der legt gerade einige Holzscheite nach, das Feuer wärmt angenehm von außen nach innen. »Wie wäre es mit ein wenig Wärme von innen nach außen?«, fragt Jérôme.

Charles lächelt. »Kein Problem, aber zuerst muss der Stoff von draußen nach drinnen gebracht werden.«

»Perfekt, mein weiser Freund, du scheinst verstanden zu haben, was ich meine. Wenn ich noch einen Wunsch betreffend des Stoffes äußern darf?«

»Bitte äußere, was du äußern musst«, erwidert Charles.

»Die Intensität der Stoffwärme soll spürbar sein, aber nicht von solcher Stärke, dass meine Magenwände durchbohrt werden.«

»Ich habe verstanden«, nickt der Schlossherr. »Was sagen die Damen? Ein Weiberschnäpschen gefällig?«

Marianne antwortet, bevor Jérôme eine Bestellung aufgeben kann: »Bitte keine Unterstellungen, dass wir Frauen nichts vertragen können. Ich will einen Schnaps.«

Céline klatscht und beglückwünscht ihre Geschlechtsgenossin zur klaren Haltung.

»Also, ihr Lieben, euer Wunsch sei mir Befehl. Vier Schnäpse sind verlangt«, fasst Charles zusammen und zwinkert Jérôme zu. »Begleite doch bitte den Schlossherrn in seinen Schlosskeller.«

Natürlich fügt sich Jérôme gerne. Und der kleine Ausflug in die Unterwelt der Schlossanlage lohnt sich. Ein enger Gang mit Steinfliesen führt in einen geräumigen, unterirdischen Kellerraum. Unter Steinbögen eingelagert und vom fahlen Licht der Lampe des Hausherrn beleuchtet, glitzert vielversprechend eine gute Hundertschaft an Weinflaschen edelster Sorten. Daneben ist ein Gestell gefüllt mit Schnäpsen aller Art. Alte, ja, uralte Jahrgänge Cognac und Armagnac sind hier schon seit Jahren eingelagert. Ein Eldorado für Wein- und Schnapsgenießer. »Als wir vor sechs Jahren die Plünderer verjagten, kämpfte ich auch um das Überleben dieses Kellers. Unvorstellbar, dass irgendwelche Barbaren, die nicht in der Lage gewesen wären, Essig von Wein zu unterscheiden, sich an diesen edlen Tropfen vergriffen hätten«, stellt der Kellermeister klar. »Als wir vor gut zehn Jahren hier einzogen, habe ich mit dem Aufbau des Weinkellers begonnen. Mit meinem Nachbarn Marcel verbindet mich außer der Leidenschaft für Qualitätsweine nicht viel. Aber eine der Nebenaufgaben Marcels während des Ancien Régimes war der Einkauf edler Weine aus der Gironde. Seine Familie stammt aus dieser Region. Er verfügt über sehr gute Verbindungen zu den besten Weinbauern der Gegend. Deshalb lagern hier einige großartige Flaschen Bordeaux. Burgunder schätze ich auch, ebenso Pommard, Nuit-Saint-Georges, was die Rotweine betrifft. Unter den Weißweinen, den süßen wie trockenen, bevorzuge ich die Elsässer. Was deinen Wunsch nach einem guten Digestif erfüllen dürfte, ist ein schöner Armagnac. Wann bist du geboren, mein lieber Jérôme?«

»1763«, vermeldet Jérôme.

Also zaubert Charles eine 63er-Flasche aus seinem Kellerparadies. In freudiger Erwartung steigen die Männer die steile Treppe hinauf.

»Guten Abend, mein Liebster. Mit deinem durchwärmten feinstofflichen Körper bist du noch attraktiver als sonst«, haucht die liebreizende Brise Leopold unerwartet zu.

»Sei gegrüßt, meine Holde«, haucht er in ihre Öhrchen zurück. Sie kuscheln ungeniert vor dem flackernden Feuer. Ihre Intimität lässt Marianne und Céline gleichgültig. Nach dem ersten ungehemmten Liebesfeuerwerk fühlen sie sich dennoch beobachtet. Sie halten inne, vom siebenarmigen Kronleuchter her strömt ihnen eine schattenlose Energie entgegen. Die Brise entschwindet Leopold für einen Moment. Dann kommt sie zurück. »Ich habe die Sache erledigt«, meldet sie. Leopold spürt die ihm geheimnisvoll erscheinende Energie nicht mehr. »Deine umwerfende Männlichkeit ist eines, das andere sind Charles und Jérôme in den Tiefen des Weinkellers, sie haben mich veranlasst, dir einen kurzen Besuch abzustatten. Denn den himmlischen Düften, die der 32-jährige Armagnac verbreiten wird, wirst auch du, mein lieber Schnapsgenießer, nicht widerstehen können. Es war ja eine Freude, dich heute Nachmittag in luftigen Höhen leichtbeschwipst über den Gartentisch torkeln zu sehen. Aber momentan ist Torkeln keine gute Idee, wir brauchen höchste Aufmerksamkeit und Klarsicht. Folge mir!«

Leopold folgt ihr gerne. Aber es nervt ihn, dass sie ihn beobachtet, ohne sein Einverständnis einzuholen.

Sie schweben über Cécile und Marianne. Von diesem Beobachtungsposten aus spähen sie auf die zwei weiblichen Menschenwesen herab. Auch aus der Sicht von oben zeigen sich da zwei Grazien erster Güte! »Erlegen wollen wir sie nicht, aber erforschen«, frotzelt die Brise.

»Aber einmal genau hinschauen lohnt sich bestimmt!«

»Typischer Männereinwand, aber für einmal gebe ich dir Recht. Die Reise ins Innere deines ehemaligen Holzhändlers hast du abgespeichert?«, hakt sein Schatz nach. Er nickt. »Dann setze nun deine Klarsichtgläser auf. Wir beobachten gemeinsam die beiden Frauen. Welche Schönheit ihrer inneren Landschaften eröffnet sich unseren klarsichtigen Augen?«

Leopold rapportiert das Gesehene. Er hat gelernt: »Ich bin nicht nur interessierter Beobachter, sondern auch verständnisvoller Befühler, ja, Wanderer im Inneren menschlicher Wesen. Dürfen wir sie denn bewandern?«, fragt er dann verunsichert.

»Gute Frage«, bemerkt die Brise. »Wir Weisen der feinstofflichen Art sind schrittweise durch vielschichtige Prozesse, auch durch große Leiden gegangen, unser Bewusstseinskompass ist liebesgesteuert, unser Ziel ist die Liebe selbst. Dies legitimiert uns, das Innere der Menschen zu betreten. Die Antwort ist somit: ja. Wir dürfen, mein Goldschatz.«

Er spürt, wie ihn ein gewaltiger Liebesschauer durchströmt. Er ist tief gerührt. Er, Leopold, ist angekommen in der Welt der Weisen der feinstofflichen Art. Mit dem Legitimationspass für feinstoffliche Wesen der weisen Art auf Lebenszeit, also etwa 200 Jahre menschlicher Zeitrechnung, versehen, freut er sich, legal die Innenwelten von Cécile und Marianne zu betreten.

Bevor sie die äußere Welt verlassen, werfen sie noch einen klarsichtigen Blick auf die verschiedenen Ährenfelder der beiden Frauen. In Céciles Innenwelt herrscht Erntezeit. Die prallen Ährenfelder wollen geschnitten und als Nahrung für den bevorstehenden Winter eingebracht werden. Das Herbstlicht verzaubert goldgleißend die Lärchenwälder und treibt die letzte Süße in die Reben. In der Ebene stehen stolze Bäume mit starken Stämmen und tiefen Wurzeln. Reife Früchte warten auf Pflücker. Ruhig fließt ein breiter Strom durch Céciles Inneres. Der Boden, der all diese Nahrung hervorbringt, muss von guter Substanz sein.

Jetzt konzentrieren sie sich auf Mariannes innere Landschaft. Es herrscht Sommer. Die Luft flimmert in der Hitze. Dieses Flimmern lässt sie die Sommerwärme erahnen. Das intensiv Grüne einer sich in der Unendlichkeit verlierenden Ebene ist mit unzähligen farbigen Blumen gesprenkelt. Kultivierte Beete mit roten Rosen wechseln im bunten Spiel mit lachsfarbenen Gladiolen und üppig ausladenden tiefrot blühenden Oleandersträuchern sowie anderen roten Gewächsen. Ordnung und Wildwuchs vermischen sich. Erste geerntete Ährenfelder lassen Stoppelfelder zurück. Leere Äcker versprechen, dass der gute Boden mit Bestimmtheit im kommenden Herbst eine zweite Ernte hergibt. Einzelne Bäume von imposanter Größe spenden Schatten vor der glühenden Hitze. In einem steinigen Flussbett fließt Wasser durch die durstige Landschaft.

Leopold dankt seiner Klarsichtigkeit. Seine erloschenen Menschenaugen hatten schon Überdurchschnittliches geleistet, ihn staunen lassen über die Ährenfelder seiner Artgenossen. In das menschliche Staunen vermischte sich aber öfter auch Unsicherheit, Verwirrung, ja Angst. Er spürte, dass er sich in menschlichen Grenzregionen bewegt, wusste nicht, was mit ihm geschah. Sein neues Sein ermöglicht ihm nun eine vertiefte Sicht der Dinge. Es werden ihm Augen und Räume geöffnet, Zusammenhänge gezeigt, sein Bewusstsein erweitert sich.

Obwohl sie beide legitimiert sind, die Grenzen zum Inneren der Menschen zu passieren, hält seine geliebte Reiseführerin an der höflichen Bitte um Einlass in die Welt der Träume fest. Sie sei damit über Jahrhunderte gut gefahren, bemerkt sie lakonisch. Sie halten kurz vor der Außengrenze, die sie von Célines Innenwelt trennt. Eine stille Bitte und schon wandern sie im gleißenden Licht unter goldenen Lärchen bergwärts. Die klare Sicht, die gute Luft, die eindrückliche Landschaft – sie fühlen sich prächtig und wandern nach einer Steigung in die Niederungen des Tales und am ruhig fließenden Strom entlang.

Wieder ruft sie das Wasser, diesmal der mächtige Strom Céciles. Wieder treiben sie, diesmal meerwärts. Das Meer nimmt sie auf. Auch hier befinden sie sich plötzlich im fahlen Lichte einer Grotte, hier ist es eine Meeresgrotte. Der nächste Grenzübertritt erfolgt. Vom Element Luft wechseln sie ins Element Wasser. Sie tauchen hinab, atmen das salzige Meereswasser. Für Leopold als Süßstoffatmenden ist das recht gewöhnungsbedürftig. Der Meerestauchgang dauert und dauert, tiefer und immer tiefer sinken sie in Céciles Urtiefen, ihr Wohlbefinden steigert sich ekstatisch. Ein urknallartiger Kugelblitz durchzuckt ihre feinstofflichen Körper. Sie werden geradezu auseinandergesprengt. Leopold spürt Unendlichkeit und wird darin aufgenommen. Durch einen Trichter aus Wasser scheint er, oder auch nur Teile von ihm, rasch und magisch in eine glänzende Finsternis hineingesaugt zu werden. Da spürt er die feinstoffliche Hand seiner geliebten Brise. Gemeinsam entfernen sie sich von der geheimnisvoll glänzenden Finsternis. Leopold hat den Eindruck, dass sich ihre schmerzlos zerfetzten feinstofflichen Körper mit zunehmender Distanz von der glänzenden Finsternis wie ein Puzzle wieder zu einem Ganzen zusammensetzen. Sie sind offensichtlich auf dem Rückweg. Mit der Gewissheit, wieder ein vollwertiges Ego zu sein, durchbricht Leopold autonom offensichtlich erneut eine Form von Grenze. Mutig lässt er sich urknalldonnernd zurück in die ihm schon bekannte Meerestiefe katapultieren. Meerwasseratmend steigen sie Hand in Hand wie ein altes Ehepaar Meter um Meter auf bis zur Meeresoberfläche. In der Meeresgrotte empfängt sie das bekannte fahle Licht.

Zurück auf dem Festland, frische Luft atmend, betreten sie Céciles tragfähigen Boden. Menschliche Freundlichkeit und träumerische Schwingungen begleiten sie auf ihrem Rückweg aus dem Inneren dieser reifen und starken Frau.

»La base de l'éducation c'est la répétition.« Dasselbe durchlebt Leopold nochmals ähnlich im Innern von Marianne. Auch da begleitet und leitet ihn seine liebreizende Brise. Marianne ist im blühenden Frauenalter, ein Sommerkind mit viel innerer Glut. Die Reise in die Untiefen ihrer Innenwelt verläuft wie bei Cécile. Zuerst überwinden sie die Grenze vom Äußeren ins Innere, dann verlassen sie die innere Landschaft, überschreiten die nächste Grenze, durchstoßen die Wasseroberfläche, tauchen wasseratmend in eine sicht- und spürbare, aber nicht fassbare Welt. Die dritte Grenzüberschreitung ist die eindrücklichste. Mit dem urknallartigen Kugelblitz werden die individuellen Wahrnehmungen weggesprengt. Dann eine Art von Einfließen in etwas Mächtiges, Unfassbares, aber unendlich Berührendes.

Charles präsentiert stolz die leicht staubige Flasche Armagnac, Jahrgang 1763. Das innere Feuer Mariannes ist in ihren funkelnden Augen sichtbar. »Das ist das Geburtsjahr von Jérôme«, stellt die Feurige fest und umarmt ihren Gatten leidenschaftlich. »Der Inhalt ist uralt. Wie fühlst du dich altersmäßig, Liebster?« Das Funkeln in ihren schönen Augen gehört diesmal nur dem Angebeteten im besten und strammen Alter. Eng aneinandergeschmiegt und mit geschlossenen Augen küssen sie sich kaminfeuerbeleuchtet.

Wie idyllisch, wie romantisch. Charles gerät ins Schwärmen. Der Schlossherr geht stolz zu seinem Gläserschrank und bringt vier edle Kristallschwenker mit, die er auf das kleine Tischchen vor dem Feuerplatz stellt. »Genießt den uralten Armagnac aus edlem Kristall. Diese Schwenker stammen aus dem direkten Nachlass Louis XVI. Ich konnte sie aus den Händen von Barbaren retten. Gott sei gedankt.« Behutsam füllt er die Gläser.

Jérôme windet sich aus der ehelichen Umklammerung und sieht erwartungsvoll in die Runde. Céline sitzt völlig entspannt in ihrem Sessel, die Worte Charles' scheinen für sie weit weg. Sie wirkt schläfrig. Ihr Gatte streicht zärtlich über ihr mit erstem Grau durchsetztes Haar. »Das ist typisch für Céline, vor dem Feuerplatz entschwindet sie öfter in ihre Welt«, sagt er mit einem milden Lächeln.

Zu dritt lassen sie die Gläser klingen. Da meldet sich Céline zurück. Nun vervollständigt der reife Klang ihres Glases das konzertante Musizieren. Das Quartett ist wieder vollständig.

»Bevor ich meine Sicht zum Berufswechsel meines holden Angetrauten darstelle, noch eine Frage an Céline«, beginnt Marianne. »Charles sprach soeben dein Entschwinden an. Ich habe das unmittelbar neben dir auch gespürt. Du warst weg.«

»Ja, weißt du, ein Schläfchen, eine Kurzentspannung bekommt einer alten Frau noch besser als ein Schluck vom uralten Armagnac. Wenn du mein Alter hast, wirst du mich verstehen.«

»Ich möchte aber jetzt verstehen. Ich bin ungeduldig und neugierig.«

»Eindrücklich, deine Selbsterkenntnis, holde Marianne«, stellt Jérôme nun fest.

»Eure Themen sind heute Abend wichtig, nicht die einer alten Frau«, erklärt Céline.

»Sie verhält sich auch mir gegenüber verschlossen, wenn es um dieses magisch-entrückte Abtauchen geht«, ergänzt Charles.

»Du kannst mich auch direkt ansprechen«, stichelt Céline. »Damit ihr Lieben Ruhe gebt, hier ein paar ein Worten dazu: Ich reise in mein Inneres, begleitet von der Wärme und der Energie des Kaminfeuers. Dann entschwand ich, wie in eine andere Zeit, war unter Menschen, die wie wir vier heute Abend um unser Cheminée saßen und sich unterhielten. Es waren Menschen aus einer früheren düsteren Zeit, ein Menschenschlag aus einer entbehrungsreichen Epoche. Diese vergangene Zeit duftete eigenartig nach herb-säuerlichem Schweiß, ein erdiger, lastender Geruch. Danach verloren sich die Gestalten, blieben in ihrer Zeit zurück. Die charakteristische epochale Ausdünstung verflüchtigte sich, wie sie sich zuvor bei der Hinreise die Epoche ankündigte. Zurück in der Gegenwart und vor dem von meinem lieben Charles kunstvoll angefachten Feuer, unserem Platz der Freundschaft, spürte ich die starke Präsenz von euch. Wir sind aber heute nicht nur unter uns, weitere drei diskrete Präsenzen bevölkern nicht sichtbar unseren Salon. Wer das ist, kann ich nicht sagen. Ich sehe sie ja nicht, aber ich spüre ihre Anwesenheit. Da ich keine unguten Gefühle ihnen gegenüber empfinde, heiße ich sie unter uns willkommen.«

Die erste Reaktion auf Célines Offenbarung kommt von den Feinstofflichen. Leopold ist beeindruckt.

»Siehst du, Liebster, auch Menschen können in Bereiche reisen, die mit Menschenaugen üblicherweise nicht erschlossen werden können«, bemerkt die

Brise. »Es sind oft sehr alte oder mit übersinnlichen Fähigkeiten beschenkte Menschen. Nur so viel im Moment.«

Charles lacht über die sprießende Fantasie seiner Gattin. Jérôme und Marianne hingegen sind fasziniert von der Reise ihrer Freundin in die Vergangenheit.

»Nun aber endlich zum Thema unseres lieben Jérôme«, haucht die elegante Schlossdame charmant und wirft Jérôme einen langen Blick zu. Schnell erteilt dieser seiner von einem Hauch Eifersucht geplagten Gattin das Wort.

»Mein über alles geliebter Jérôme, dass du ein begnadeter Cellist bist, davon hast du mich schon lange überzeugt. Aber als Musiker ein regelmäßiges Einkommen zu generieren, ist nicht einfach. Ich fürchte auch um unsere Beziehung. Eine internationale Karriere bringt viele Reisen mit sich. Das kann interessant sein, aber auf Dauer auch ermüdend. Zusammen mit den Kindern werde ich dich kaum dabei begleiten können. Unser Familienleben würde aus meiner Sicht arg leiden. Auf deine funkelnden Augen tagelang oder noch länger zu verzichten, nein, das möchte ich nicht.«

Jérôme verpasst seinem Schatz über die Distanz einen gehauchten Kuss.

»Eifersucht würde mich sicher plagen. Das Musizieren in immer wieder wechselnden Musikformationen, das gemeinsame Spiel auch mit Musikerinnen während und nach den öffentlichen Auftritten. Währenddessen wäre ich alleine mit den Kindern zu Hause. Das stimmt so nicht für mich.«

»Ich finde die klaren Worte sehr gut«, unterbricht Charles. »Aber weißt du, wir Männer haben nun mal etwas Geniales. Dieses Genie muss gelebt werden.«

Céline schmunzelt und wirft sarkastisch ein: »Ich bin gespannt auf deinen nächsten genialen Akt! Aber Jérôme scheint mit Genialität mehr gesegnet zu sein als du, mein lieber Schatz. Warum nicht den Versuch wagen? Zuerst die zweijährige Ausbildung am Konservatorium, dann mit den Beziehungen von Rodolphe eine Festanstellung in einem Orchester anstreben. Daneben Musikunterricht erteilen. Vereinzelte Konzertreisen, das sollte auch für dich verkraftbar sein, meine verständlicherweise eifersüchtige Freundin. Und vielleicht entwickelt sich daraus schrittweise eine Laufbahn als Solist. Dann könntest du, Marianne, deinen Jérôme auf Konzertreisen begleiten. Die Kinder wären dann auch schon älter und selbstständiger.«

Charles unterbricht sie energisch. »Du kannst ein Genie nicht einbinden. Es braucht Freiraum, Unabhängigkeit, sonst verkommt es zu Mittelmaß. Viele Genies fühlen sich missverstanden. Wie fühlst du dich, lieber Freund?«

»Ich fühle mich ernst genommen. Inwieweit ich als spätberufenes und fremdernanntes Genie mich neu erfinden soll, ist mir immer noch nicht hundertprozentig klar. Aber für die Anregungen bin ich euch allen dankbar.« Damit wendet er sich seiner geliebten Gattin zu: »Deine Verlustängste haben mich berührt. Auch ich bin nicht vor Eifersucht gefeit. Dich in anderen Armen glücklich zu sehen, würde mich sicher rasend machen.«

Céline erhebt ihr Glas: »Auf eure Zukunft, liebe Freunde. Ich muss gestehen, als Zeitreisende habe ich gegenwärtig das Gefühl, dass wir uns in einer zukünftigen, freiduftenden Epoche befinden, wir vier Kaminfeuerverschworenen.«

Der Sonntag verläuft friedlich und ohne nennenswerte Vorkommnisse. Céline versorgt die Lepraîtres mit einem Imbiss für die Rückfahrt, Charles überprüft die Funktionsfähigkeit der kutscheneigenen Muskete. Sandor zäumt die Pferde auf, Marianne kontrolliert, ob die Kinder alle Siebensachen eingepackt haben, Lucy wartete geduldig im Hofe mit Larry und Harry, bis der Wochenendbesuch zur Abfahrt bereit ist. Jérôme trägt achtsam seinen Cellokasten ins Innere der Kalesche. Er und seine Familie verabschieden sich dankend von den Schlossbewohnern mit der obligaten Kussorgie.

Auch Leopold Feinstoff kehrt schweren Herzens wieder nach Paris zurück. Mit neuem Bewusstsein bestückt, kringelt er sich ins Celloinnere. Seine geliebte Brise hat sich verflüchtigt.

Sandor bringt seine Fahrgäste heil gegen sechs Uhr nach Hause. Madame Blanc öffnet das Eingangstor und lässt die Familie eintreten. Claire und François stürmen in das Kinderzimmer. Die Wohnungstür fällt hinter ihnen ins Schloss. Jérôme stellt seinen Cellokasten in die Ecke. Da krümmt sich Marianne und rennt auf die Toilette. »Was ist los, Schatz?«, fragt Jérôme besorgt.

Marianne übergibt sich. Er bringt ihr ein Glas Wasser.

Leopold schwebt über der selig schlafenden Familie Lepraître. Alle Familienmitglieder waren froh, nach einer kurzen Mahlzeit – Marianne verzichtete darauf – schlafen zu gehen. Es war ein ereignisreiches Wochenende.

Seine geschärfte Wahrnehmung ist bewusst eingeschaltet. Er versucht sich einen Überblick und gleichzeitig einen Einblick in die inneren Tiefen der Schlummernden zu verschaffen. Seine klarsichtigen Augen sehen in weite Ferne, es ist wie bei einem Fernrohr. Gleichzeitig kann er wie durch eine starke Lupe auch bisher Verborgenes in den inneren Landschaften erkennen. Sein Blick reicht bis in die kleinsten Körperstrukturen hinein, er erkennt alle Details der inneren Landschaften. Überall Zellenverbände, Zellen verschiedenster Art, die geheimnisvoll miteinander verwoben sind, lebendig einem festen Rhythmus folgen und harmonisch vibrieren. Dieses Vibrieren bringt sein ganzes feinstoffliches Wesen zum Mitschwingen. Er ist nicht nur beobachtendes Subjekt, er ist auf eine magische Art Teil dieser anderen Lebendigkeit. Die Schwingungen entführen ihn in unendliche Weiten und in tiefste Tiefen, verbinden und erlösen ihn, lassen ihn leben und sterben, jetzt.

Im Moment dieser starken Verbindung mit dem Leben erfasst er die gesamte schlafende Familie. Eine Einheit in Frieden, körperlich entspannt, fahles Mondlicht bescheint ihre inneren Landschaften, lässt die kräuselnden Oberflächen ihrer Wasseradern, Meere und Seen wellenbewegt glitzern. Die Grotten haben etwas Heiliges. Unter den Oberflächen ist es aber alles andere als ruhig. Je tiefer, desto aktiver wirkt dort das Unterbewusstsein, drängt aus den Urtiefen an die Oberfläche. Er will endlich diesen menschlichen Wesen den Weg zu neuen Erkenntnissen weisen.

Im Jahre 1795 nach menschlicher Zeitrechnung fällt den Menschen der Zugang zu ihrem Unterbewusstsein noch nicht leicht. Einerseits ist das Unterbewusstsein als solches noch nicht benannt. Andererseits gibt es oft große Ängste, die den Weg hinab blockieren. Die Träume bahnen immerhin in Ansätzen eine Verbindung zu den schlafenden Menschen an. Ihr Vokabular ist für viele allerdings noch unverständlich.

Er hat nicht bemerkt, dass sich die liebreizende Brise in seinen Gedankenfluss eingeschaltet hat. »Du nimmst auf, denkst über das Festgestellte nach, versuchst Verbindungen herzustellen, damit klarzukommen, zu erspüren und zu verstehen. Gratulation, mein immer bewusster und wacher Leopold Feinstoff. Aber was fühlst du?«

»Ich bin irgendwie in Erwartung.«

»Schön, dass du das Leben spüren lässt. Nur so viel: Ich versuche es in Worten zu sagen, die für dich verständlich sind: Genieße es, das erste Mal auf das größte Wunder des Lebens zu blicken: die Entstehung von Leben.«

Die mitternächtliche Stille erfasst Paris. Kaum Geräusche sind zu vernehmen. Es ist fast schon eine ländliche Stille. Frieden in den vier Wänden der Lepraîtres. Leopold ist freudig und erwartungsvoll gestimmt, taucht in die saubere Atmosphäre ein. Lässt sich einfach tragen, ist schwerelos geborgen. Wie vor nicht allzu langer Zeit, als ihm eine unsichtbare Hand nach seiner Hinrichtung Orientierung und Richtung gab, fühlt er sich vom Wesen Mariannes angezogen. In diesem Moment gibt es nur diese Blickrichtung. Er öffnet seine Augen, sein Herz, sein ganzes Wesen. Das ist keine Traumwelt, das ist Realität:

Zuerst vernimmt er kaum hörbar eine hingehauchte klangähnliche Schwingung, zärtlich leise, aber klar erkennbar. Ihre Tonalität ist von absoluter Reinheit. Sein absolutes Musikgehör jubiliert. Sein Herz öffnet sich wie eine Blume zum Licht. Vor seinen staunenden Augen und seinem ergriffenen Herzen offenbart sich ein werdender Mensch in unvorstellbarer Schönheit. Die Umrisse seiner menschlichen Form sind noch winzig klein. Aus seinem sich formenden Körper strahlt ein Licht, das Leopold an das Licht erinnert, das ihn bei seiner Reise ins Unvorstellbare magisch angezogen hatte. Der ganze kleine Körper ist von diesem Licht durchdrungen. Die durchsichtige Haut ist ungetrübt. Tausende tiefrot durchstrahlte Äderchen verästeln sich kunstvoll. Im Zentrum pulsiert lebensspendend das Herz mit absoluter Präzision, schon auf menschliche Zeit eingestellt. Körper und innere Landschaft wachsen gleichermaßen. Wie aus dem Nichts erkennt er Fragmente nicht organischer Qualität im Körperinneren, Grundstrukturen wie die ihm bekannten Ährenfelder, innere Landschaftsteile erahnt er. Unsichtbares lässt ihn zwei Monate überspringen. Er sieht die im fünften Monat schwangere Marianne und ihr Kind. Die Kindsgestalt ist sichtlich größer. Es wird ein starker Kerl, ohne Zweifel. Der Körper ist nicht mehr komplett durchsichtig. Die innere Natur ist zwar noch im pränatalen Zustand, aber schon sichtbar. Es geht ihm wie vor zwei Monaten: Er ist überwältigt. Die Samen sind im Boden, die Topographie bereitgestellt, das Wasser quellbereit. Die ersten Boten greifen der erlösenden Geburt vor, offenbaren vorzeitig ihre Pracht. Auf einem noch kargen, im Werden begriffenen Nährboden, zärtlich gestreichelt von einem kaum wahrnehmbaren Windhauch, lauscht Leopold mit der wachen Aufmerksamkeit seiner vier Wirbelohren dem kapriziös sphärischen Wohlklang tausender im Einklang tänzelnder Schneeglöckchen. Dieses ganze Weben und Werden nimmt menschliche Gestalt an. Das feinpochende, strahlende, seelenumwobene Fötusherz zeigt Eigenständigkeit trotz der Nabelschnur zur Mutter. Noch ernährt Marianne die Frucht ihrer Liebe.

Leopold spürt sein eigenes Herz pochen mit feinstofflicher Zeitjustierung, nimmt wahr, was war, ist und kommt. Er war Leopold Renaudin, ist heute Leopold Feinstoff, ein kleiner, aber wichtiger Teil in diesem großen und faszinierenden Kommen und Gehen. Eine Weile, die ihm ewig erscheint, lässt er sich tragen, ist mit Mutter Marianne, ihrem werdenden Sohn und dem kosmischen Kommen und Gehen vereint. Tief bewegt und dankbar überlässt er sich dem Schlaf und seinen Träumen.

11. Vergangenes, schriftlich verbrieft, beeinflusst die schwierige Gegenwart eines Flusskapitäns. Johanna hilft ihm dabei gegen Ende Prairial 1795

Jean wird gut gepflegt. »Liebe Johanna, Sie sind wirklich ein Engel. Was ist mit mir eigentlich geschehen? Plötzlich und völlig unerwartet traf mich eine Gewehrkugel.«

»Das Geschoss wurde von der Brücke in Sèvres abgefeuert«, erklärt die Nonne.

»So ein Zufall. Eine Kugel trifft mich aus so großer Distanz. Ich bin Familienvater und Kapitän. Eine Auszeit kann ich mir nicht leisten. Bis jetzt bin ich von den Wirren der Revolution weitgehend verschont geblieben. In der Region Paris fischte ich von meinem Boot aus nach überlebenden Opfern, die hoffnungslos im Wasser trieben. Doch alle waren leblos.« Der Angeschossene hält inne. »Aber dann, liebe Schwester Johanna, habe ich einen Briefumschlag vor dem Ertrinken aus der Seine gerettet, einen Brief, zufällig flussabwärts treibend.«

»So ein Zufall«, bemerkt Johanna.

»Ich versuchte zu helfen, Leben zu retten, und stieß dabei auf diesen Brief mit eigenartigem Inhalt.«

»Wir gehören beide zur Sippe der Helfenden, mein Lieber. Ich sehe mein Nonnenleben so. Für mich steht die Hilfe am Mitmenschen, die Barmherzigkeit, im Vordergrund.«

»Für mich auch, geschätzte Schwester, aber ich muss zusätzlich sicherstellen, dass fünf Münder gestopft werden. Das ist in dieser unsicheren Zeit nicht immer einfach.« Jean stöhnt.

Johanna wechselt einen Wickel, die ihr assistierende Ordensschwester hilft ihr dabei. Danach verabschiedet sich diese für einen Moment. Johanna und Jean sind allein. Er deutet auf die blutbefleckte Jacke, die neben dem Bett liegt. »In meiner linken Tasche ist der Brief. Lesen Sie ihn. Vielleicht verstehen Sie besser als ich, was dieser Brief, der mich auf eine so eigenartige Weise erreicht hat, bedeutet. Er ist in den letzten zwei Woche etwas in Vergessenheit geraten. Ich habe ihn nicht einmal Berthe gezeigt.«

»Danke für das Vertrauen und die Ehre. Ich bin auf das Geschriebene gespannt«, erwidert Johanna. Sie kramt nach dem leicht blutverschmierten Couvert, findet es rasch und öffnet es neugierig. Jean mustert ihre Gesichtszüge. Gespannt liest sie, dann runzelt sie die Stirn, es folgt ein ungläubiges Kopfschütteln. »Unglaublich, so unglaublich, dass ich nicht an einen Zufall glauben kann.«

Jean le Capitain ist nun doch sehr neugierig. Johanna verschlägt es offensichtlich die Sprache. Sie hält inne und schüttelt immer wieder ihr Haupt. »Die Wege Gottes sind für uns einfache Menschen oft nicht ergründbar«, stellt sie betroffen fest.

Wie recht sie hat, die gläubige Johanna, denkt sich Jean und sagt laut: »Mein Schicksalsschlag gehört auch in diese Kategorie.«

Da stört die singfreudige Nonne erneut, platzt in den Raum und meldet, dass es ihr nicht mehr möglich sei, ihre Ordensschwester für die nächste halbe Stunde zu unterstützen. Die tägliche Beichte riefe. »Unser verehrter Beichtvater hat sich dafür in seine Koje begeben. Nach mir ist die Reihe an Ihnen, Schwester Johanna. Bitte nicht vergessen!«

Johanna dankt ihrem Schöpfer, dass die Kojentür hörbar ins Schloss fällt. Dann atmet sie tief durch. »Ist es richtig, dass außer mir niemand von diesem Brief weiß?«, fragt sie.

»So ist es«, bestätigt Jean.

»Belassen wir das im Moment so. Das scheint mir das Gescheiteste«, empfiehlt die Nonne daraufhin. »Sie haben mein Staunen gesehen, Jean. Das hat triftige Gründe. Ich komme bald darauf zurück. Aber heute sind wir mit Ihren Verletzungen beschäftigt. Ich werde mit Berthe besprechen, wie wir Ihre Pflege in den nächsten Tagen organisieren.«

Jean möchte neu gelagert werden. Er hat grausame Schmerzen. Johanna verabreicht ihm eine erste volle Tasse Tee. Die singende Ordensschwester legt die Beichte ab, aber nicht mehr lange. »Sie müssen leider noch dürsten, bevor wir nicht mit Sicherheit wissen, dass Ihre inneren Organe nicht verletzt sind. Zwei Tassen Tee pro Tag sind aber möglich. Trinken Sie die Flüssigkeit schluckweise. Wenn Sie weiter Durst verspüren, können Sie sich den Mund und die Zunge mit Flüssigkeit tropfenweise befeuchten.«

»Johanna, nehmen Sie bitte den Brief an sich. Bei Ihnen ist er am besten aufbewahrt«, murmelt Jean.

Die Nonne verstaut ihn in ihrer Kutte. »Nun muss ich aber zur Beichte. Versuchen Sie etwas zu schlafen, Herr Kapitän, ein Nickerchen wird Ihnen guttun.«

»An Bord bestimme immer noch ich, was zu tun ist«, schmunzelt Jean mit schmerzverzerrtem Gesicht. »Übrigens, liebe Schwester Johanna, was gibt es schon für Sie zu beichten, der Herrgott sollte vor Ihnen den Hut ziehen.«

»Erstens trägt der Herrgott keinen Hut und zweitens bleibt der Inhalt meiner heutigen Beichte nur zwischen meinem gottbestimmten Beichtvater und mir.«

Sie muss immer das letzte Wort haben, die gute Johanna, denkt Jean.

Nach der Beichte und in Absprache mit dem Priester empfiehlt Johanna Berthe, Jean bei Ankunft in Paris von Bord zu nehmen und ihm mindestens zehn Tage Spitalpflege zu gönnen. Berthe lacht. »Sie glauben wohl auch noch an den Storch, keusche Ordensschwester! Versuchen Sie mal, meinen Mann ohne sein Zutun von Bord zu bringen. Das geht nur mit den Füßen voran in einer Holzkiste.«

»Eben, und damit das nicht eintrifft, muss in Paris gehandelt werden«, beharrt Johanna. Dabei führt sie gedanklich ein heiteres Selbstgespräch: Keuschheit im Kloster ist eine Selbstverständlichkeit, aber wenn man nicht sein ganzes Leben hinter geschützten Klostermauern verbracht hat, was dann?

12. Ein festlicher Empfang für Musikfreunde in der Nobelwohnung von Rodolphe Kreutzer gegen Ende Prairial 1795, 1. Teil

Endlich hat sich Rodolphe gemeldet. Gestern hat er Jérôme und Luc in der Werkstatt besucht. In aufgeräumter Stimmung fragte er nach dem Geschäftsgang und wie es um sie stehe, nach einem guten Monat ohne den verstorbenen Meister Leopold. Er blieb sehr allgemein und suchte nicht wirklich das Gespräch. Schließlich überreichte er den beiden Männern eine Einladung zu seinem nächsten Hauskonzert. »Über die Anwesenheit eurer Ehegattinnen würde ich mich besonders freuen.« Und an Jérôme gewandt fügte er hinzu: »Auch die Kinder sind herzlich eingeladen.« Dann lud er sie zum Mittagessen bei Marc ein mit den Worten: »Den besten zwei Instrumentenbauern gehört endlich mal wieder etwas Rechtes zwischen die Zähne, euer Casse-croûte kann bis zur Vesper warten.«

Marc empfing sie freundlich wie immer und wies ihnen einen der besten gedeckten Tische auf der Boulevard-Terrasse zu. »Ein Gläschen kühlen Weißwein oder doch lieber einen trockenen Sherry, was darf es sein?«, fragte er.

»Das Letztere«, bestimmte Rodolphe, Jérôme und Luc unterwarfen sich gerne seinem Diktat. Dann tafelten die Herren ausgiebig. Rodolphe erwähnte, der Grund der Einladung sei seine Beförderung zum Direktor des Konservatoriums. »Viele illustre Gäste sind geladen. Als Höhepunkt des Abends ist eine Erstaufführung vorgesehen. Bréval hat eine neue Sonate für zwei Celli komponiert und würde eine davon gerne zusammen mit einem exzellenten Cellisten uraufführen. Ich habe über dich verfügt, lieber Jérôme. Einmal mehr, denke ich. Hier sind deine Notenblätter. Du hast noch drei Tage Zeit zum Üben.«

Jérôme bedankte sich für die Ehre und versicherte sein Interesse.

Rodolphe fuhr fort: »Auch die Komponisten Jean-Baptiste Bréval und Gervais François Couperin werden anwesend sein, möglicherweise auch Giovanni Battista Viotti, wenn er es zeitlich schafft, von London anzureisen.«

Als Jérôme gestern Marianne die Einladung überbrachte, freute sie sich besonders darüber, dass Rodolphe auch Claire und François eingeladen hatte.

Jérôme atmete aus, seine Kinder werden in einem halben Jahr ein Brüder- oder Schwesterlein bekommen. Seine Gattin ist zum dritten Mal schwanger. Sie sind alle sehr glücklich. Heute kauft Marianne gemeinsam mit Cécile eine neue Abendgarderobe. Charles und Cécile werden sie zum Hauskonzert begleiten. Rodolphe kennt Charles seit seiner Zeit als blutjunger erster Geiger der königlichen Kapelle am Hofe von Versailles. Er schätzt auch seine kultivierte Gattin. Er lädt die beiden öfter zu seinen Hauskonzerten ein. Wenn sie zu Besuch in Paris sind, nächtigen sie bei Jérômes Nachbarin Anastasia. Sie ist alleinstehend und freut sie sich immer über den Besuch aus Versailles.

Gerade übt sich Charles im Großvatersein. Er ist mit Jérômes Kindern im Jardin des Tuileries unterwegs, Rutschbahn, Karussell und das Kasperletheater – Charles macht jede Unterhaltung mit.

Luc hatte Jérôme heute Mittag von der Arbeit freigestellt mit den Worten: »Nimm dir Zeit, die Bréval-Sonate einzuüben. Ehre die wahren Nachfolger der Rue St.-Honoré 364. Wir sehen uns morgen Abend beim Mehrheitsbeteiligten.«

Also ist Jérôme allein zu Hause. Allein und ungestört, nur Anastasias große Ohren in der Nachbarwohnung lauschen seinem Tun. So entdeckt Jérôme die neu komponierte, taufrische Sonate. Er übt und findet Freude an der Komposition. Morgen gegen 10:00 Uhr kommt für zwei Stunden Bréval vorbei, damit das Duett auch ein Duett wird. Er hat ihn bis anhin nur flüchtig kennengelernt und weiß, dass sich Bréval einen guten Namen als Komponist, aber auch als Cellist und Lehrer gemacht hat. Jérôme ist gespannt, ihn näher kennenzulernen.

Die Frauen haben sich dem Anlass entsprechend herausgeputzt. Marianne in Rot und Cécile in Türkisblau. Ihre Sommerröcke aus Musselin bedecken ihre edlen Gestalten, lassen aber ihre wohlgeformten Körper erahnen. Die aufgesteckten Haare ergänzen die freien Haare, die über die Schultern fallen. Der raffiniert-einfache Schnitt der Ausgangsroben, unifarben, lässt die beiden wie edle Griechinnen der Antike erscheinen. Beim Laufen müssen sie die Röcke leicht anheben. Alles muss perfekt aufeinander abgestimmt sein. Auch ihr neues Schuhwerk, Sommerstiefel mit Lederriemchen, passt. Leicht geschminkt, dezente Parfumdüfte verbreitend, wollen sie von den Herren ausgeführt werden.

Die Herren der Schöpfung hingegen leiden an heißen Sommertagen wie diesem. Ihre bis unter die Knie reichenden engen Lederstiefel und die Bundhosen lassen wenig Luft zirkulieren. Ihre Gehröcke mit modischen hohen Kragen unterscheiden kaum zwischen Sommer und Winter.

Céline kümmert sich um den korrekten Sitz der buntfarbigen Kokarden an den Revers der Gehröcke. Marianne kämmt zerzauste Kinderhaare. Sandor vertritt sich ungeduldig die Füße. Er wartet schon länger darauf, dass endlich abgefahren werden kann. Rechtzeitig hat er die Karosse vor dem Wohnungseingang abgestellt. Sie ist unbewacht. Die Concièrge Madame Blanc hat zwar ein Auge darauf, aber das beruhigt Sandor nur teilweise.

Jérôme schultert seinen Cellokasten, seine Notenblätter hat er in der einen und die quirlige Claire an der anderen Hand. Die restliche Gesellschaft folgt ihm. Madame Blanc entlässt sie. »Geht es zum Musizieren, Herr Lepraître? Viel Vergnügen und einen schönen Abend«, vermeldet sie höflich. Sandor kann endlich losfahren. Vor Rodolphes Adresse herrscht Kutschenstau. Jérôme hat den Eindruck, dass sie von der gesamten Nachbarschaft beäugt werden. Das erinnert ihn an die königlichen Empfänge in Versailles. Rodolphes Großstadtwohnung hat auch durchaus etwas Palastähnliches.

»Schon das großzügige Treppenhaus beeindruckt«, konstatiert Charles.

Die Damen schreiten endlich eleganten Schrittes und kokett ihre Röcke anhebend Stufe um Stufe der Wohnung im vierten Stock entgegen. Schon vom zweiten Stock an ist die lebendige Konversation der Gäste im vierten Stock zu hören. Emilie, im dunklen Kleid, hat eine weiße, bestickte Schürze umgehängt. Sie wirkt als Empfangsdame höflich. Ihr Zimmer dient heute Abend als Gästegarderobe. Die Umhänge behalten die ankommenden Gäste, denn nach dem Hauskonzert ist die Festgesellschaft zum Souper bei Marc eingeladen. Emilie wird von zwei Kellnern Marcs bei der Betreuung der illustren Gesellschaft unterstützt. Hinter ihnen spricht man englisch mit italienischem Akzent. Das muss Viotti sein, denkt sich Jérôme. Er hat es also geschafft, den Kanal rechtzeitig zu überqueren.

Charles wendet sich um und begrüßt den Maestro freudig. »Bald fünf Jahre sind es her, dass wir uns das letzte Mal in Versailles gesehen haben. Wie geht es Ihnen?«

»Danke, mir geht es gut. Was den Zustand Frankreichs betrifft, scheint sich einiges zu bessern. Natürlich hört man viel über euch Franzosen in England. Den heutigen Machthabern gegenüber ist man vorsichtig optimistisch eingestellt. Ganz anders stand es, als die Jakobiner unter Robespierre den Takt der Revolution bestimmten. Das erschien der englischen Oberschicht fürchterlich und barbarisch.«

Charles nickt gelassen. »Wie haben Sie den Tod Ihrer ehemaligen Geigenschülerin Marie Antoinette verarbeitet?«, fragt er dann.

»Als Sie mit Ihrem Mann in Paris eingekerkert war, habe auch ich versucht, ihr mit Mittelsmännern zur Flucht zu verhelfen, was auch gelang. Aber das traurige Ende dieser Geschichte kennen Sie ja. Danach musste ich um mein Leben fürchten und verließ Frankreich fluchtartig. Rodolphe mit seinen engen Beziehungen zu den heutigen Machthabern klärte deshalb vor diesem Besuch sorgfältig ab, ob für mich noch Verhaftungsgefahr besteht. Die Antwort war: definitiv keine Gefahr mehr. Deshalb freue ich mich, heute hier zu sein. Trotzdem ist mir mulmig.«

»Das versteht sich, geschätzter Maestro.« Charles zeigt Verständnis. Dann stellt er Jérôme Viotti vor. »Gestatten, der beste Cellist und beste Familienvater Frankreichs.«

»Oh, welche Ehre.« Viotti verbeugt sich tief. »Es ist mir aufgefallen, dass Sie Ihren Cellokasten an der Garderobe deponiert haben. Somit gehe ich davon aus, dass sich darin keine Muskete versteckt, sondern ein Instrument.«

»Sehe ich wie ein besessener Revolutionär aus?«, fragt Jérôme schmunzelnd.

»Entschuldigen Sie, junger Mann, aber ich bin noch leicht geschockt von den Vorkommnissen. Aber ich gehe davon aus, dass Sie heute zu Ehren Rodolphe Kreutzers musizieren.«

Jérôme nickt.

»Übrigens sind gerade Menschen in der Musikwelt für revolutionäre Ideen besonders empfänglich. Da könnte ich Ihnen Dutzende von Beispielen aufzählen«, erklärt der Maestro mit dem sympathischen italienischen Akzent.

Die sympathische Stimme erreicht auch Leopold Feinstoff, er nickt bestätigend und für seine lieben Menschenfreunde nicht sichtbar.

Die Männer schlendern zu dritt in den Salon. Ein Lakai erfreut sie mit einem Glas Champagner und übergibt ihnen das Musikprogramm mit der Gästeliste. Die beiden Frauen scherzen mit Marie Delpierre und Jérômes Vorgesetzten. Die Kinder werden von älteren Damen umsorgt. Rodolphe kämpft sich händeschüttelnd durch die Gästeschar. Die großen Glastüren des geschmackvoll im Stile Louis XV. möblierten Salons sind geöffnet. Eine angenehme sommerliche Abendbrise weht sanft um die schönen und weniger schönen Gestalten. Maître Leblanc steht alleine champagnerschlürfend in einer Salonecke, nervös an seinem Kopf kratzend. So sind seine Hände voll beschäftigt. Sein momentanes Jucken am Hintern muss er erleiden.

Jérôme gesteht seinem englisch-italienischen Gesprächspartner nun: »Ich bewundere Ihre Kompositionen, auch Ihre Cellokonzerte. Besonders das Konzert in C-Dur hat es mir angetan, Maestro Viotti. Vom Anfang bis zur letzten Note beeindruckt mich der Fluss, immer wieder überraschen die melodiösen Soloparts, die eingebunden sind in das Orchestrale, das ist ganz wunderbar!«

»Danke, Monsieur Lepraître! Die Anerkennung eines echten Musikkenners, und der spricht aus Ihnen, freut mich besonders.«

Jean-Baptiste kommt vorbei und klopft Jérôme freundschaftlich auf die Schultern. »Geht es dir gut, Jérôme? In einer Stunde wird es ernst.« Kopfnickend begrüßt er kurz Charles und Viotti und steuert dann auf Rodolphe zu mit den Worten: »Ich muss noch etwas Organisatorisches mit dem Herrn des Hauses besprechen.«

»Das war doch Bréval«, stellt Viotti fest.

Jérôme bestätigt das. »Richtig, mit ihm werde ich heute Abend seine zwei neuen Cello-Duette spielen.«

»Ich bin sehr gespannt«, äußert sich der Maestro. »Und was für ein Instrument spielen Sie, lieber Musikus?«

»Ein französisches, kein italienisches«, antwortet Jérôme, »also kein Cello von Stradivari oder Guarnieri. Auch wir, übrigens ebenfalls noch unter Schock stehende, Franzosen verfügen über gute Instrumentenbauer.«

Mit der sanft wärmenden Abendbrise hat sich auch Leopolds liebreizende Brise eingeschlichen. Sie genießen gemeinsam die Gesellschaft von oben, schwebend und mit einer Leichtigkeit des Seins, die dem armen Menschen Leblanc völlig abgeht. Wie möchte er kratzen und getraut sich nicht. Es juckt und juckt. »Wollen wir ihn etwas enthemmen? Was meinst du, mein Liebling«, fragt die hilfsbereite Brise.

»Im Moment sicher nicht«, antwortet Leopold zerstreut. Seine Aufmerksamkeit gilt ganz dem Dreiergespräch Jérôme, Viotti und Mazet. Sie sprechen über bekannte Instrumentenbauer – sein Thema.
»Ich liebe mein französisches Cello über alles. Es ist ein Geschenk seines Erbauers, Leopold Renaudin.«
»Renaudin? Den Namen hab ich schon gehört. Ja, ich erinnere mich. Rodolphe hat mir geschrieben, dass er versucht hat, Leopold Renaudin, Instrumentenbauer und Erzjakobiner, vor der Hinrichtung zu bewahren, sogar die Luthiers de France hätten sich gegen dessen Todesurteil starkgemacht.« Damit gleitet sein Blick davon. Die auffällig geschminkte Madame Trichet, Gattin des Direktors der Pariser Oper, tritt näher. Mit den Worten: »Auf Ihren Auftritt und Ihr Cello bin ich sehr gespannt«, wendet er sich der Dame zu. Hofgerecht verbeugt er sich, küsst ihre Hand und entschwindet mit ihr zum bereitgestellten Buffet.
Sein Name als Instrumentenbauer scheint bei den Italienern in England nicht besonders bekannt, muss Leopold ernüchtert zur Kenntnis nehmen. »Dem Viotti werden wir es zeigen«, erklärt er.
»Mach dich nicht zu Jérômes Verkäufer, um dein Produkt zu Ruhm zu bringen. Natürlich seid ihr ein tolles Dreigespann, aber heute Abend steht Jérômes Auftritt im Mittelpunkt. Vergiss das in deinem Eifer nicht«, ermahnt ihn seine liebreizende Brise.
Zwei junge, wache Männer betreten nun selbstbewusst den Salon. Céline entzieht dem parlierenden Luc ihre Aufmerksamkeit und wendet sich ihren beiden Söhnen zu. »Schön, dass ihr es geschafft habt vorbeizukommen. Rodolphe wird das freuen.« Sie umarmt Christophe und Damien mütterlich. Sofort bemüht sich ein Lakai um die Junggesellen. »Ein Glas Champagner für den Herrn Adjutanten und seinen Begleiter?«
»Wenn es unbedingt sein muss, aber ein volles Glas bitte«, scherzt der perfekt Uniformierte. Die beiden Brüder studieren interessiert das kunstvoll gedruckte Abendprogramm.

***

Kammermusikabend Rodolphe Kreutzer,
Directeur du Conservatoire de Paris,

26. Praiial 1795

Abendprogramm: Empfang, Musikvorträge,
Transport zu Marcs Restaurant
Souper riche

Musikprogramm

Sonate in A-Dur Nummer 6 für zwei Violinen und Cello von R. Kreutzer, interpretiert von Giovanni B. Viotti, R. Kreutzer, Violine, und Jean-B. Bréval, Violoncello.

Uraufführung, Duett in C-Moll Nummer zwei für zwei Violoncelli von Jean-B. Bréval, interpretiert vom Komponisten und Jérôme Lepraître.

Solopart aus dem Schlusssatz des Violinkonzertes in E-Moll, in London komponiert von Giovanni B. Viotti, alternierend gespielt vom geschätzten italienischen Meister und dem heutigen Gastgeber, dem freudig gestimmten, neuen Direktor des Pariser Konservatoriums in guter Hoffnung, dass seine neu erworbene Stradivarius nicht verstimmt erklingen möge. Ein großer Dank gilt Giovanni B. Viotti, ohne sein Zutun wäre ein solcher Kauf nicht möglich geworden.

Und nun viel Vergnügen, liebe hochgeschätzte Damen und Herren!

***

»Das ist ein interessantes Musikprogramm, ich bin gespannt, wie sich Onkel Jérôme unter den Spitzenmusikern schlägt«, bemerkt Damien Mazet. »Was meinst du zum Souper riche nach dem Hauskonzert, Christophe?«

»Schauen wir mal, ob auch schöne Damen anwesend sind, die uns zum Souper begleiten könnten.«

»Wenn Kreutzer riche bei seinem Souper erwähnt, kannst du sicher sein, dass wir nicht hungrig das Speiselokal chez Marc verlassen werden.«

Bevor die beiden jungen Jäger in Rodolphes Revier sich auf die Pirsch machen, studieren sie die Gästeliste. Sie stellen ernüchtert fest, dass die Mehrheit der aufgeführten Damen verheiratet ist und kaum viel junges Wild das Revier bevölkert. Hier die aufgeführten Namen:

***

Jean Trichet mit Frau, Direktor der Oper Paris, Giovanni B. Viotti, Geiger und Komponist von London, Jean-Baptiste Bréval, Komponist und Musikprofessor für Solocellisten mit Bruder Stanislas-Laurant, Geiger und Pädagoge, Charles Mazet und Frau, Verwaltungsdirektor Schloss Versailles mit Söhnen Christophe und Damien, Gérard Ferrari mit weiblicher Begleitung, Getreidehändler, Marcel Dupont mit Frau, Gastronom, Maître Leblanc, Jurist und Notar, François Louis Pique, selbständiger Instrumentenbauer mit Frau, Nicolas Lupot, Instrumentenbauer mit Frau, Gervais-François Couperin mit Töchtern Marie-Louise und Henriette, Organist an der Notre-Dame de Paris bis 1793, Komponist und Musikpädagoge, Paul Barras mit weiblicher Begleitung, Ex-Präsident des Nationalkonvents und einflussreicher Stratege der neuen Ordnung, Luc Delpierre mit Frau, selbständiger Instrumentenbauer und Präsident der Luthier de France, Jérôme Lepraître mit Frau und Kindern Claire und François, Cellist und Instrumentenbauer, Maria Delarosa mit Begleitung, Opernsängerin. Pascal Lemaire mit Begleitung, Musikprofessor und Pianist

***

Claire und François spielen mit dem schwarzen Zwergpudel der alternden, auf jung geschminkten Operndiva Maria Delarosa. Bréval lässt sein Glas klingen. Rodolphe setzt sich in Pose. Bevor er zu sprechen beginnt, packt Emilie den kläffenden Pudel und bringt ihn in die Garderobe, wo ihn der kleinwüchsige Partner der Diva entgegennimmt. Seine edle Aufgabe für diesen Abend ist die Pudelunterhaltung. Der beachtliche Lärmpegel sinkt. Rodolphe wendet sich an die Eingeladenen: »Hochgeschätzte Damen und Herren, liebe Freunde, liebe Kinder. Es freut mich, dass ausnahmslos alle Geladenen heute Abend anwesend sind. Ich begrüße Sie und heiße Sie zum Hauskonzert willkommen. Die meisten unter Ihnen kennen meinen Salon. Aus schüchternen Trioabenden ist in der Zwischenzeit ein Treffpunkt der Pariser Musikszene geworden. Es ist mir ein Anliegen, auch Gäste außerhalb unseres Musiklebens anzusprechen. Deshalb verzeiht mir, liebe Musikerfreunde, wenn ich euch nicht einzeln begrüße. Ein wichtiger Mann aus der neuen politischen Führung, Paul Barras, ist heute unter uns. Seit kurzer Zeit verspüren wir wieder so etwas wie Sicherheit, das sehen Sie, liebe Anwesende, sicher auch so. Hochgeschätzter Paul Barras, über Ihr Kommen freue ich mich besonders. Ich danke Ihnen für Ihre wichtige Arbeit und hoffe mit Ihnen, dass Frankreich seinen eigenen Weg zukünftig ohne viel Blutzoll beschreiten wird.«

Alle applaudieren Barras zu. Barras und Viotti sehen sich an.
»Nun genug der Worte, Giovanni, Jean-Baptiste, lassen wir unsere Stradivaris erklingen.«
Erneuter Applaus erfüllt den festlichen Salon. Claire und François sitzen mit gespreizten Beinen vor der ersten Sitzreihe. Claire macht eine Fratze, stupst ihren Bruder an und zeigt auf ihr lustig verzerrtes Spiegelbild im gegenüberliegenden golden eingefassten und vom Boden bis zu Decke reichenden Salonspiegel. Beide lachen. Sofort legt das Mädchen den ausgestreckten Mittelfinger auf ihre Lippen. »Psssst«, zischt sie. Jetzt haben die Kinder nur noch Augen für die Musiker und Ohren für die Musik.
Der Applaus wird von einer gespannten Stille abgelöst. Die Musiker setzen sich. Schon beim Stimmen hört der gewiefte Kenner den wundersamen vollen Klang der italienischen Meisterinstrumente. Dann legen die Herren los, und wie!
Leopold schwebt seit mehr als einem Monat durch sein feinstoffliches Leben. Aber jetzt schwebt er tatsächlich auf Wolken. Die drei Musiker sind Meister ihres Faches und spielen auf wahren Meisterinstrumenten. Er lässt sich durch die Klangwolken treiben. Auch die liebreizende Brise torkelt musikbeschwipst und rhythmisch durch die nahezu überirdischen Wohlklänge.
Auf Erden tut sich Ähnliches. Die Menschen hören konzentriert zu, einige haben den Kopf nach vorne geneigt, den Musizierenden zugewandt, damit sie

noch näher an der Musik sind. Andere sitzen versunken auf ihren Sitzen da, die Augen geschlossen, nur auf die Musik konzentriert. Dem Musikzauber am nächsten sind die Kinder.

Doch keine Regel ohne Ausnahme. Der gute Leblanc rutscht störend unruhig auf seinem Sessel hin und her und die Partnerin des Getreidehändlers Ferrari gähnt ungehemmt. Zwei Menschenseelen ohne Musikzugang. Leopold Feinstoff ist gefragt. Er lässt sich gerne treiben. Aber jetzt, wo er die beiden armen Seelen ohne jeglichen Zugang zur Musik von oben sieht, muss er handeln. Siehe da, der gute Gérard hat sich das la-Blue-Hürchen angelacht. Dabei gilt für sie nur die materielle Schlussabrechnung, ein hoffnungsloser Fall. Dem von Juckreiz Geplagten gibt er nochmals eine Gelegenheit, sein verriegeltes und versteinertes Herz zu öffnen.

»Das Entjucken übernehme ich«, schaltet sich seine feinstoffliche Helferin lachend ein. »Eine erfolgreiche Intervention braucht Kenntnisse, über die du, mein unsäglich geliebter Frischling, noch nicht verfügst.«

Das Resultat zeigt sich sofort. Er sitzt endlich ruhig. Jetzt ist Leopolds Zeit gekommen. Er schwebt ins Innere des Notars. Vor ihm pocht wieder das riesige Steinherz. Er versucht es zuerst erneut mit mehrmaligem Pochen, ohne Erfolg. Mit seinen feinstofflichen Händen massiert er dann das verschlossene Organ. Seine Hände kleben fast an der eiskalten Oberfläche fest. Diese Kälte ist stärker als seine Wärme. Er steht wieder am gleichen Punkt wie bei seiner letzten Herzbehandlung. Sein Herzpatient scheint behandlungsresistent. »Bin ich überfordert oder liegt es an einer ungenügenden Ausbildung seitens meiner scheinbar allwissenden Brise?«, fragt er seine Begleiterin.

»Das kannst du mir nicht unterstellen«, entgegnet sie aufgebracht. »Lerne durch Fehler. Überlege und spüre, was hier erforderlich ist.«

»Wer lässt mich spüren?«, fragt Leopold brav.

»Deine Intuition«, antwortet seine Begleiterin.«

»Wer steuert, dass ich intuitiv richtig handle?«

»Gute Frage, auf die ich später zurückkommen werde. Was weißt du, was spürst du, jetzt?«

»Ich weiß nach zwei erfolglosen Versuchen, dass ich mit Massage und mit Anpochen Leblancs Herzen nicht öffnen kann.«

»Du bist auf das Innere fixiert, du Entdecker innerer Landschaften. Versuche Leblanc in seiner Gesamtheit zu erfassen«, rät sie ihm.

Er schwebt über den lauschenden Zuhörern, alle seine Sinne sind eingeschaltet. Er sieht die Körperhaltungen, kreist um die Gesellschaft, schaut in die Menschengesichter, von hinten, von vorne. Mit offenen, klaren, unschuldigen Kinderaugen saugen Claire und François die Musik förmlich auf, lauschen fasziniert. Leblanc hockt immer noch still da. Sein Augenausdruck ist dumpf, unlebendig, ja, krank. Neben ihm sitzt Céline, ihre innere Landschaft durch Zuhören nährend. Sie lässt die Wohlklänge in ihr Inneres strömen, mit geschlossenen Augen wie die meisten Gäste.

»Ah, Lärm hört man, Musik lauscht man, eine Erkenntnis«, haucht die Brise, sie will auf keinen Fall das heilige Lauschen stören.

Leopold denkt: Ich habe das Herz von Leblanc umfasst, auf die gleiche Weise kann ich auch seine Augen schließen. Genau das tut er jetzt sanft und bewusst. Nach kurzer Zeit sieht er Tränen in Leblancs Augenwinkeln. In seinem Inneren öffnet sich das versteinerte Herz einen Spalt. Kaum ist die Öffnung da, füllt sich sein Herz mit stradivarischem Wohlklang. Leblanc atmet tief durch. Sein Herz öffnet sich ganz. Er wirkt befreit und glücklich. Céline reicht ihm ein Taschentuch und schenkt ihm einen Blick aus ihren tiefgründigen Augen. Ein heiliger Schauer überkommt Leopold.

Nach einer Kunstpause, die Stradivarianer setzen zum Schlussakkord an, bemerkt die Brise: »Wichtige Aufgaben für uns Feinstofflichen der weisen Art sind: den Menschen die Augen zu öffnen, damit sie sehen, sehend werden, aber auch ihnen die Augen zu schließen, damit sie hören, lauschend werden.«

13. Wie geht es mit dem arg geprüften Flussschiffer weiter? Gegen Ende Prairial 1795

Berthe steht steuernd auf der Brücke. Johanna gesellt sich zu ihr. Es ist Abend. Am Vormittag war Jean von einem Unbekannten angeschossen worden. Er liegt schlafend und fürs Erste bestens versorgt in seiner Koje.

Die letzte der Ordensschwestern tut Buße. Der Priester hat seine Beichtverpflichtung für diesen Tag erledigt. Er ist mit seinem Latein am Ende, was die Anhörung und Aufdeckung von Schuld betrifft. Seine frommen Schwestern suchten höflich nach schuldigem Tun in ihrem Leben. Aber auch gemeinsam war da nichts zu orten. Was nun? Leider sind wir Menschen alle schuldig, sind von Geburt an sündig. Warum eigentlich, fragt sich der Priester kühn. Gehorsam verbietet er sich diesen ungehorsamen Gedanken, hoffend, der Herrgott möge ihm verzeihen. Mit drei Rosenkränzen erteilte er seinen Glaubensschwestern Absolution. Er selbst betet neunmal den Rosenkranz. Dreimal für jede der ihm ans Herz gewachsenen Schwestern, weil ihm während der Beichte unkeusche, aber natürliche männliche Reaktionen anflogen. Oh Sünde! Und das bei allen drei Nonnen, genauer bei zwei Ordensschwestern und einer Novizin.

Julien bereitet in Abstimmung mit Berthe gekonnt das Anlegemanöver vor. Juliens jüngere Brüder kümmern sich um das Einziehen der Segel. Auch ohne Jean auf der Brücke gelingt das perfekt, ein eingespieltes Team ist an der Arbeit.

Sie legen im Heimathafen in Paris-Mitte an. Julien wirft einem Schiffer auf dem Kai die Befestigungsleine zu. In Kürze ist das Schiff vertäut. Berthe betätigt das Begrüßungshorn. Die Besatzung geht von Bord, außer Jean, herzlich abgeküsst von seiner Schifferfamilie. Die Engländer bedanken sich bei Berthe für die gute Betreuung und wünschen ihr und den Söhnen alles Gute sowie Jean eine baldige Genesung. Sie laufen über den Seine-Kai. Im ruhigen Wasser spiegelt sich die Kathedrale Notre-Dame. Gepäckbeladen erklimmen sie die steile Treppe. Unter der Brücke grüßen alkoholisiert zwei Clochards. Schnaufend erreichen sie den Universitätsboulevard. Erleichtert atmen sie universitäre Luft. Herr und Frau Professor steigen in die nächste Taxi-Kutsche und lassen sich zu ihrer neuen Wohnadresse bringen, überzeugt, dass sie von diesem Ort aus die französische Elite vor ihrer Verrohung retten werden.

Die Zisterzienser bleiben den Pilliers vorläufig erhalten. Noch ist nicht sicher, ob die nächste Reise die Seine auf- oder abwärts geht. Zuerst muss das Boot gelöscht werden. Nach Absprache mit dem Hafenverantwortlichen fällt die Entscheidung morgen. Heute Abend gilt die Sorge vor allem Jean. Unter den Schiffsleuten verbreitet sich die schlechte Nachricht in Windeseile. Viele wollen der Familie Pillier beistehen. Berthe muss sich geradezu vor Hilfsangeboten schützen. Schwester Johanna pflegt das Familienoberhaupt. Sie lässt keine Besucher zu. Jean klagt über starke Schmerzen in der unteren Brustgegend. Er wird neu gelagert und in heiße Wickel verpackt. Johanna prüft seinen Puls, legt ihre Hand auf seine Schläfen, um seine Temperatur zu ermitteln. »Sie haben leicht erhöhte Temperatur, lieber Jean«, bemerkt sie.

»Ich weiß, und meine Schmerzen haben zugenommen«, meldet der verunsicherte Patient.

Johanna nickt mit ernstem Gesicht. »Es wäre besser, wenn wir Sie so schnell als möglich in ein Krankenhaus bringen. Alles andere wäre fahrlässig. Ich habe getan, was in meinen Kräften stand. Jetzt brauchen Sie ärztliche Hilfe. Ich werde mich darum bemühen. Das größte Pariser Spital liegt in der unmittelbaren Umgebung. Ich hoffe, dass Doktor Raymond Crivet wieder im Hôtel-Dieu als Chirurg tätig ist. Auch dank seiner Kompetenz konnten wir hunderten von Soldaten und Offizieren in der Schlacht von Hondschoote das Leben retten.« Die schrecklichen Bilder, die ihr wieder in den Sinn kommen, die schreienden Todgeweihten, das Brüllen Verletzter beim Amputieren von Beinen und Armen, der Gestank von Fäkalien, Angstschweiß und Blut behält sie für sich.

Jean wirkt müde. Sie berührt mit ihren Händen seine Verletzungen, sein Körper strahlt Hitze aus. Ihr schwant Böses. Der stolze Kapitän der Suzette schläft schließlich wieder ein. Sie versucht über seine Hände seinen überhitzten Körper zu kühlen und betet inständig zum Herrgott, dass sich sein Zustand verbessern möge.

Berthe und Julien klopfen schüchtern an die Kojentür. »Kommt herein, ihr Lieben«, begrüßt Johanna die beiden Leidgeprüften. Sie sehen sofort, dass Stille nötig ist. Johannas Blick schweift von Berthe zu Julien. Sie bemerkt, dass sie den Ernst der Lage begriffen haben. Sie nickt. »Ich lasse euch nun allein und warte auf dem Deck auf euch.«

Nach geraumer Zeit folgen sie ihr aufs Deck, beide mit Tränen in den Augen. Johanna erzählt ihnen von Doktor Crivet, hoffend, dass er nach seiner segensreichen Tätigkeit wieder ins Hôtel-Dieu zurückgekehrt ist.

Berthe willigt sofort ein, ihren Jean ins Spital zu bringen. Johanna klopft an die Tür von Priester Christian. »Ihre Manneskraft ist gefordert«, teilt sie ihm mit. Berthe bringt eine Bahre. Julien und Christian heben den schlafenden Kapitän darauf. Johanna freut sich, wie behutsam sie es anpacken. Da sie den Weg kennt, geht sie voraus.

Sie schreiten an der Seine entlang, zwei alkoholisierte Clochards lallen ihnen Unwesentliches zu. Sie tragen Jean die steile Treppe hoch. Johanna packt mit an, so gut sie kann. Oben angekommen, verschnaufen sie einen Moment. Alle drei spüren, dass es auf jede Minute ankommt, Jean braucht schnell ärztliche Hilfe. Johanna winkt energisch vorbeifahrenden Taxi-Kutschen zu. Endlich hält eine. Fünf Minuten später stehen sie vor dem Eingangsportal des Krankenhauses. Jean ist erwacht und stöhnt. Ein kurzes Gespräch mit dem Eingangsportier. Johanna fragt nach Dr. Raymond Crivet. »Der Docteur ist heute nicht im Dienst. Morgen ist er wieder im Spital. Heute ist in der Chirurgie Herr Professor Doktor Salamon Stein für die Notfalleinlieferungen zuständig«, erklärt ihr ein Helfer. Er wendet sich an einen Kollegen mit der Aufforderung: »Bringen Sie den Patienten und seine hochverehrte Geistlichkeit mit Begleitung zu Professor Stein.«

»So viel Wertschätzung uns Bekennenden gegenüber überrascht mich im heutigen revolutionären Paris«, bemerkt Christian.

Berthe erledigt derweil Geschäftliches mit dem Hafenverantwortlichen. Die Söhne werden beim Entladen von mehreren Schifferkollegen unterstützt. Die verbleibenden Ordensschwestern machen sich in der Küche nützlich und bereiten das Abendmahl vor. Die Suzette ruht vertäut im Hafen. Die Glocken von

Notre-Dame schlagen sechs Uhr. Es herrscht eine bedrückte Stimmung unter den Schiffern. Berthe und der Chef du Port entscheiden, dass vorläufig keine Ware auf die Suzette geladen wird. Berthe begibt sich in die Küche, erteilt den Schwestern kurz Anweisungen, streicht sich ein Schweinefettbrot und begibt sich rasch in Richtung Hôtel-Dieu.

14. Ein festlicher Empfang für Musikfreunde in der Nobelwohnung von Rodolphe Kreutzer gegen Ende Prairial 1795, 2. Teil

Der Schlussakkord der Kreutzer-A-Dur-Sonate Nummer 6 erklingt und verklingt. Es herrscht einen Moment Ruhe. Dann tosender Applaus. Die Musik hat offensichtlich gefallen, ja, begeistert. Viotti, Bréval und Rodolphe verneigen sich. Leblanc klatscht zur rechten Zeit innig berührt. Er reibt sich seine feuchten Augen. Die Kinder rufen: »Bravo, Bravo!« Die Diva schlürft fleißig Champagner, hat Mühe, gleichzeitig zu trinken und Applaus zu spenden, und schüttet prompt Wein auf die Hosen von Monsieur le Directeur Trichet. Madame le Directeur empört sich hörbar. Charles schreitet sofort ein und beruhigt die beiden Streithühner.

Die letzten zwei Notenblätter der Sonate spielt das Trio Stradivarius als Zugabe. Der Hausherr verkündet: »Eine viertel Stunde Pause, bevor Sie in den Genuss einer beachtlichen Uraufführung kommen.«

Der Kleinwüchsige hört, dass nicht mehr musiziert wird. Er erlaubt sich und dem unruhigen schwarzen Pudel, das Garderobengefängnis zu verlassen. Der Hund wetzt freigelassen in den menschenüberfüllten Salon. Der Geräuschpegel ist beachtlich. Die Anwesenden haben sich etwas zu sagen. Der Pudel kümmert sich um niemanden. Er umkreist die Festgesellschaft, zieht seine Kreise unbemerkt, kümmert sich weder um seine Herrin, den Kleinwüchsigen noch um die beiden Kinder. Er bleibt eine gute Weile völlig unbemerkt. Er tänzelt seltsam, so gar nicht pudelartig. Marianne ist die Erste, die sich an seinem eigenartigen Tun stört. Sie geht ihm entgegen. Er tänzelt weiter. Sie will ihn anfassen. Das gelingt ihr nicht. Er entwischt. Sie kommt ihm aber sehr nahe. Der Kleinwüchsige äfft den schwarzen Pudel nach. Seine Herrin steht gelangweilt in einer Salonecke und schlürft Champagner. Marianne wird schlecht vom üblen Gestank, der vom Pudel ausgeht. Dieser nähert sich ihren beiden Kindern, die Anstalten machen, mit ihm zu spielen. Marianne weiß nicht, was mit ihr geschieht. Sie weiß nur eins: Mit diesem Tier ist etwas nicht in Ordnung. Schützend stellt sie sich zwischen den eigenartig tänzelnden schwarzen Pudel und Claire und François. Mit einer Vehemenz, die sie selbst und ihre Umgebung völlig überrascht, schickt sie das Tier fort. Der Kleinwüchsige und die Diva grinsen. Charles und Céline gesellen sich dazu. Claire und François haben die Freude am Spiel mit dem Pudel verloren. Sie sind verängstigt, klammern sich an den Beinen ihrer Mutter fest. Diese weist den Störenfried erneut energisch in seine Schranken. Da nähert sich die Diva leicht schwankend auf ihren hohen Stöckelstiefeln und lacht Marianne aus. »Lassen Sie doch die Kinder mit meinem schwarzen Liebling spielen.«

Claire und dem kleinen François wird aber ebenfalls übel in der Nähe des Schwarzen. Sie wenden sich ab. Nur ein kleiner Teil der Gäste hat diese Szene bemerkt. Rodolphe gehört dazu. Als Gastgeber ist er gar nicht erfreut darüber, dass ein Haustier die Feier stört. Er befiehlt der Diva leise, aber bestimmt, den Hund in die Garderobe oder nach Hause zu bringen.

Die Diva ruft den schwarzen Pudel und den Kleinwüchsigen mit den Worten: »Wau-Wau mit Gigi Gassi-Gassi gehen«, zu sich. Nur noch Charles, Céline und Rodolphe bekommen den Abschied mit. Die übrigen Gäste parlieren angeregt. Jérôme und Bréval üben im Musikzimmer. Man muss gut hinhören, um vom Einspielen etwas mitzubekommen.

Die Diva mit ihrem brokatüberladenen Festkleid bückt sich, unsicher kniend, nach unten, um auf Augenhöhe mit dem buntgewandeten Zwergmenschen und dem sie anspringenden Zwergpudel zu sein. Dann verlangt sie von den beiden, geküsst zu werden. Mit offenem Mund, als wenn sie auf der Opernbühne Fortissimo singen würde, lässt sie die geile, im Verhältnis zu seiner Körpergröße übergroße Zunge ihres männlichen Begleiters in ihren Mund eindringen. Die beiden rötlichen Zungen umschlingen sich gierig schmatzend und schlangenartig. Dazu kläfft der Pudel und leckt geifernd die beiden menschlichen Kreaturen. Angeekelt wenden sich die Umstehenden ab. Hinter ihnen kreischt die Diva erneut: »Wau-Wau mit Gigi Gassi-Gassi gehen.« Erleichterung, als die Eingangstür ins Schloss fällt.

Marianne verlangt von Rodolphe ein Glas Wasser. »Es wäre besser, den Salon vor dem nächsten Auftritt gut durchzulüften. Der Hundegestank ist unerträglich.« Rodolphe ist er weniger aufgefallen. Das Glas Wasser trinkt Marianne in einem Zug aus. Rodolphe ist beeindruckt.

Rodolphe klatscht in die Hände. Die Hauskonzertbesucher nehmen wieder ihre Plätze ein. Marie schließt die großen Fenster des Salons. Claire und François sitzen wieder vorne. Beide sind quirlig vor Erwartung. Bréval und Jérôme betreten mit ihren Instrumenten und unter Applaus den Salon.

Auch Leopold Feinstoff fühlt sich wie die Kinder des Vaters, quirlig und aufgeregt, ist voller Erwartung. Er ist ja ein feinstoffliches Kind und gleichzeitig der Vater des Instrumentes von Jérôme. Während seines Lebens als Mensch wurde er öfter verspottet, ein Kindskopf zu sein. Seinen fleischlichen Kopf hat er verloren, aber ein Teil seines Wesens hat überlebt. Über diese kindskopfartigen Wesenszüge freut er sich heute. Die Brise ist verduftet. Sie hat auf den Gestank des schwarzen Pudels noch stärker reagiert als Marianne. Sie hat heute in ihm den wahren Teufel erkannt. So bleibt Leopold von weiteren Lernstunden verschont. Jetzt wird nicht gelernt, sondern gehandelt, selbständig, eigenverantwortlich und nach seinem Gusto. Quirlig, kindskopfartig, vorfreudig hockt er unruhig im Celloinneren und wartet auf die ersten Klänge. Und dann ab in sein Aktionsfeld, zwischen die versammelten Musikfreunde de chez Rodolphe.

Rodolphe sorgt für eine kurze Einleitung zum Cello-Duett seines Freundes Bréval und ergänzt fast lakonisch: »Als Jean-Baptiste mich fragte, ob ich ihm einen exzellenten Cellisten für die bevorstehende Uraufführung empfehlen könne, fiel mir die Wahl nicht schwer. Hier ist Jérôme Lepraître. Aber genug der Worte. Genießen wir nun alle den musikhistorisch einmaligen Moment einer Uraufführung dieses Cello-Duettes eines großartigen zeitgenössischen Komponisten, interpretiert von meinen geschätzten Musikerfreunden Jean-Baptiste und Jérôme.«

Kurzer Augenkontakt zwischen Jérôme und Jean-Baptiste und das freie Spiel ohne Notenblätter beginnt mit einem schwungvollen Zweifachakkord. Jérôme schließt die Augen und spielt das technisch anspruchsvolle Stück fingerfertig, verbindet sich innig mit seinem Juwel, musiziert freudvoll. Die klangerzeugenden Schwingungen durchweben seinen und den Instrumentenkörper und verbreiten sich im Publikum. Jean-Baptiste und Jérôme ergänzen sich prächtig. Ohne sich anzusehen, aber sich lauschend, folgen sie dem Rhythmus der Sonate, mal fein unterstützend im Spiel, dann stark und kraftvoll in den Soloparts. Das Duett ist für zwei Celli komponiert und nicht für ein erstes und zweites Cello. Beide Interpreten finden darin ihren Platz, können mit schnellen Läufen brillieren, um dann wieder den begleitenden Part zu übernehmen. Das Stück hätte für Jérôme geschrieben sein können. Noch möchte er keine Solosuite vor diesem anspruchsvollen Publikum spielen. Er fühlt sich in Form und die feinabgestimmte Interpretation, eingeübt mit seinem Partner, scheint beim Publikum anzukommen. Sie sind gemeinsam die Musik.

Die beiden Cellisten haben wirklich verstanden, was Musik ist. Vor lauter Staunen über das Dargebotene vergisst Leopold, im Celloinnern schwebend, auf den wohlklingenden Wellen treibend, dass auch er zum Gelingen beitragen darf. Eigentlich braucht es sein Dazutun nicht. Was nun? Das Musizieren allein ist Zauberkraft. Einer Eingebung folgend, verschafft er sich außerhalb des Juwels einen Überblick. Jérôme und Bréval musizieren nicht nur zum eigenen Spaß. Nein, sie wollen auch ihr Publikum erfreuen. Gut sechzig Ohren hören ihnen gebannt zu und reagieren recht verschieden. Der große Teil der Zuhörer ist begeistert, ein kleiner Teil lässt sich sogar verzaubern. Nicht so die alternde Diva, die zurückgekehrt ist. Sie kann nicht nur mit ihrem äußeren Verfall schlecht umgehen. Ihre ehemals hohe Musikalität ist ihr ebenfalls abhandengekommen. Die Beziehung zu ihrem Schoßhündchen, dem schwarzen Pudel, zerstörte das Band der Liebe, die Fähigkeit, sich vom Zauber bewohnen zu lassen und andere durch ihren Gesang zu verzaubern. Noch vor wenigen Jahren stand sie auf dem Höhepunkt ihrer Laufbahn, verzauberte mit ihrer Stimme ein großes Publikum. Süchtig nach diesem Erfolg und getrieben von panischer Angst vor dem Altern suchte sie nach einem Verbündeten. Einsam und von den meisten Beifall klatschenden Menschen verlassen, bestimmte sie ein Tier zu ihrem Verbündeten. Oder anders gesagt: Sie wurde vom Schwarzen zu diesem unheiligen Bund verführt und hat ihm Beziehungsexklusivität geschworen. Dafür war ihr die ewige Jugend versprochen worden. Dass der Schwarze seine Versprechen nicht einhält, ist ihr heute Abend bewusst geworden. Das Schoßhündchen, ihr Meister, hat sie fest im Griff. Ihr Herz ist versteinert, wird immer mehr von Hass besetzt, ihre Ohren schmerzen bei Wohlklang. Sie hält sich beide Ohren zu. Sie kann nicht anders. Der Teufel ist mächtiger als sie.

Nun wendet er sich den Menschen zu, die noch empfindsam sind, deren

Herz sich weiter öffnen lässt und die ihm Einlass gewähren. Es freut ihn, dass auch Leblanc ihn eintreten lässt. Er verbindet sich mit dem großzügig verschenkten Musikzauber und reibt das restliche Schmalz aus den Ohrenschalen der Betroffenen, der bis anhin die kleine, aber unsäglich wichtige Differenz ausmachte, ob sie verzauberte Botschaften wahrnehmen können oder nicht. Mit geschlossenen Augen geht das noch besser, dann sind auch die inneren Ohren eingeschaltet. Gérard schließt er konsequent die Augen: Lieber gefräßiger Menschenfreund, es wird Zeit, dass du deinen Horizont erweiterst. Du kennst zwar das Wort »Zauber«, aber nutzt es etwas einseitig, nämlich nur im kulinarischen Bereich. Du sprichst vom zauberhaften Geschmack einer gerösteten Ente, schwärmst vom zauberhaften Duft eines Limettensorbets. Alles gut und recht, aber Musik und Zauber hast du bis jetzt nicht wirklich gekannt. Wechsle deine einseitige Ernährung, erweitere sie durch verzauberte Musik. Als Nebenprodukt wird sich dein Bauch verkleinern. Und als bauchmuskelstraffer Adonis wirst du dann die Frauenwelt verzaubern. Gibt es ein Argument dagegen? Das scheint nicht der Fall zu sein. Die Augenklappen schließen sich sofort. So Leopolds stumme Ansprache an seinen Freund.

Und dann sind da noch die beiden süßen Kleinen. Auch sie hören, so scheint es ihm, mit offenen Ohren, aber vor allem mit offenen Augen und Herzen zu. Sie erleben, was sich da vor ihren Augen abspielt, als märchenhaft. Ihr großer, starker Vater erscheint ihnen königlich und sie selbst als Prinzessin und Prinz erleben zusammen in diesem schlossartigen Palastzimmer mit den riesigen Wandspiegeln diese wundervolle Musik. Sie sind ganz in ihrer Zauberwelt. Ein belastetes Inneres kennen Claire und François nicht, dank ihren umsichtigen Eltern. Die verzogenen Gesichter in den Spiegeln werden zu Zwergen und Riesen, vermischen sich mit den Klangwolken. Ihre Fantasie lässt die Spiegelwelt zur königlichen Musik tanzen. Leopold ist beeindruckt, was bei Kindern Musik auslösen kann. Er freut sich über ihre klaren Augen, ihre ungetrübten Seelenfenster, die unschuldig ihr ganzes Wesen offenbaren. Neugierige Augen, die alles sehen möchten, was ihnen diese Welt Neues bietet, und das ist in ihrem Alter unendlich viel.

Einzelnes ist erledigt. Er braucht erneut Überblick. Wie liebt er sie, diese neue Fähigkeit, über einer Menschenschar oder auch Landschaft schwebend zu verweilen. Diese Perspektive ermöglicht es ihm, einen Überblick zu bekommen über das, was wirklich ist. Der Klang der Musik vereint die Gästeschar, die äußerst angenehm duftet. Der penetrante Gestank des Pudels hat sich verflüchtigt. Er bestaunt ihre im Rhythmus der Musik wogenden Ährenfelder. Ihre Wasseradern sind gefüllt. Die Landschaften müssen nicht dürsten. Die Böden sind fruchtbar. Die Bäume wiegen sich im Musikwind. Ihre werdenden und schon reifen Früchte sind Ergebnis gesunder Ernährung. Gleichzeitig werden die geöffneten Herzen liebevoll von den einzelnen Menschenseelen umwoben. Diese freuen sich über die gute Elternwahl, die sie vor ihrer Ankunft auf Erden gewählt haben, und momentan über den Wohlklang der Musik. Sie fühlen sich in der Welt verankert und gleichzeitig außerhalb von Raum und Zeit, im großen Ganzen zeitüberschreitend aufgehoben. Alle hier zusammengeführten Seelen bilden über die geöffneten Herzen einen geheimnisvollen Bund. Mit einer Ausnahme: der alternden Diva.

Ohne Leopolds Erlaubnis, er tadelt sie dafür, schaltet sich die liebreizende Brise in seinen Gedankenfluss ein. »Gut geflossen«, beglückwünscht sie ihn. »Deine Aktionen und deine Schlüsse zeigen, dass du immer besser verstehst und langsam spürst, was das feinstoffliche Leben auszeichnet. Überblick haben heißt für uns Feinstoffliche auch Zugriff haben entlang der Zeitachse des Lebens. Du hast dir schon als Mensch einen Zugang zum Innern der Menschen geschaffen. Diese Arbeit kommt dir nun zugute, um zu verstehen, was sich im Innern der Menschen abspielt. Heute hast du Wesentliches erkannt. Du kennst nun das Erhabene der menschlichen Grundstruktur. Dein Prozess des Erkennens wird durch Erkenntnisse aus zukünftigen Jahrhunderten unterstützt. Merke, wir Feinstofflichen unterscheiden uns von feinfühligen Menschen insbesondere dadurch, dass wir auch Zugang zu menschlichem Wissen haben, das erst für zukünftige Generationen bestimmt ist. Dennoch können wir es für das Hier und Jetzt einsetzen. Beispielhaft dafür ist die Entdeckung des Unterbewusstseins. Diese Entdeckung einer neuen Wissenschaft wird für das Leben der zukünftigen Erdenbürger wichtig sein. Uns nützt sie jetzt schon. Wir können uns glücklich schätzen, dass wir einen gewissen Zugang zum unendlich großen Weltenwissen herstellen können.«

Jérôme wendet derweil das letzte Notenblatt des Stückes, natürlich innerlich. Sie spielen ja auswendig. Alles Gute hat ein Ende, aber wird das Ende auch gut? Die Angst, doch noch eine falsche Note zu spielen oder dass ihm eine Saite reißen könnte, befällt ihn höchstens für eine Millisekunde. Er bleibt im Fluss des Musizierens. Das ist gut so. Ein kurzer Blickkontakt zwischen ihm und Jean-Baptiste – den Schluss hatten sie besonders geübt, der letzte Ton soll stetig leiser werden, sich in der Unendlichkeit verlieren. Danach eine endliche Stille, kaum drei Sekunden lang, Jérôme scheinen diese unendlich lang zu sein. Seine Zweifel werden durch den Applaus der Zuhörer erlöst. Eine Welle von Freude und Anerkennung überflutet die Musiker förmlich. Jean-Baptiste und Jérôme wechseln freudige Blicke, sind glücklich. Komposition und Interpretation sind beim Publikum angekommen. Die beiden verneigen sich mehrmals. Jérôme entdeckt in den Augen der Anwesenden ein Glänzen, ausnahmslos. Wer nicht selber solche Momente erlebt hat, kann sich kaum vorstellen, was diese auslösen. Er will mehr davon. Er hat sich entschieden. Jérôme will Musiker werden.

Wenn Wunsch und Wirklichkeit zusammenfallen, entsteht Freude! Wie ist Leopold Feinstoff in diesem Moment erfreut über Jérômes Entscheidung, Musiker zu werden. »Du hast es dir damit nicht leicht gemacht. Es ist ganz alleine deine Entscheidung gewesen. Dass es auch mein innigster Wunsch war, dass es dazu kommen möge, ist besonders schön«, murmelt er wohl wissend, dass Jérôme ihn nicht hört. Geteilte Freude ist mindestens doppelte Freude. Das weiß auch seine liebreizende Brise und umarmt ihn kräftig.

»Zugabe, Zugabe«, verlangt das Publikum. Claire und François klatschen frenetisch: »Bravo, Papa, Bravo, Papa!«

Jean-Baptiste versucht nach mehreren Verneigungen, die Gemüter etwas zu beruhigen, hebt seine Arme und es wird weniger applaudiert. Er bedankt sich für die freundliche Aufnahme seiner Komposition und wendet sich Jérôme zu mit den Worten: »Es war mir eine große Freude, mit dir zu musizieren, lieber Jérôme. Es gibt viele Solocellisten, die nicht in der Lage sind, ein Duett auf Augenhöhe zu spielen. Du kannst das und vieles mehr.« Damit wendet er sich erneut ans Publikum und entschuldigt sich mit den Worten: »Dass ich mich entschieden habe über den Kopf meines Mitmusikers hinweg, auf eine zweisame Zugabe zu verzichten, werdet ihr mir sicher verzeihen. Deshalb, hochgeschätztes Publikum, kündige ich an, dass Jérôme die Zugabe alleine bestreiten wird.« Er lächelt Jérôme zu. »Als Musiker kenne ich ihn erst kurz. Während der Vorbereitung dieses Konzertabends haben wir uns über unsere bevorzugten Kompositionen der Celloliteratur unterhalten. Spontan spielte er mir den ersten Satz des Cellokonzertes in D-Dur von Luigi Boccherini vor, und wie! Hören Sie selbst.« Er klopft Jérôme auf die Schulter. Der ist völlig überrascht von der Wendung. Eigentlich sieht er sich noch nicht als Solocellist.

Da meldet sich keck Claire: »Ich möchte eine andere Zugabe, Colas, mon petit frère.«

Alle lachen. Jérôme setzt sich wieder, stimmt kurz sein Instrument. Alle erwarten Boccherini. Er spielt Colas, mon petit frère. Die Kinder singen kräftig mit. Als Rodolphe die singenden Kinder zum Trio ergänzt, stimmt die gesamte Gästeschar ein. Sein Spiel wird leiser. Die Kinder scheinen zufrieden. Rodolphe vom Dirigentenpult aus stoppt die Sänger und gibt Jérôme den Einsatz. Er legt los. Es ist Boccherini. Es herrscht aufmerksame Stille während des Vortrages. Der Schlussakkord sitzt. Die Leute sind begeistert. Jérôme ist glücklich. Was für ein Abend! Das Leben meint es gut mit ihm. Nach überlangem Applaus dirigiert Rodolphe seine Gäste in die zweite Pause.

Marianne umarmt Jérôme. Die Kinder zerren an seinen Beinen, überall wird er gelobt. Auch Viotti gratuliert ihm: »Ihr französisches Cello hat einen sehr schönen Klang und ist für die Größe dieses Raumes ideal. Aber genügt seine Klangstärke auch für einen Konzertsaal? Da bin ich mir nicht so sicher.«

Jérôme antwortet spontan: »Ich schon«, überrumpelt er den kultivierten italienischen Adeligen.

Der lächelt nun: »Cello hin oder her, Ihre Interpretation Boccherinis hat mich überzeugt, Gratulation!«

Der Kleinwüchsige, der schwarze Pudel und die alkoholisierte Diva gehen wieder Gassi. Ein infernales Trio. Ihnen schmerzen die Ohren von so viel Wohlklang. Die applaussüchtige Diva ist von Eifersucht auf Jérôme befallen. Sie atmet den Gestank des Schwarzen genüsslich ein.

Rodolphe und Viotti spielen anschließend noch Auszüge aus Viottis E-Moll-Violinkonzert. »Miteinander, gegeneinander und füreinander und dies alles für Sie, mein hochverehrtes Publikum«, so Rodolphe. Kein Zirkusdirektor hätte die einführenden Worte besser wählen können. Die Darbietung ist ein ebenso großer musikalischer Genuss wie Spaß. Besonders im Gegeneinander spielen die Geigenvirtuosen genial. Immer wieder hallt Gelächter durch den Salon.

Danach pilgern die meisten Gäste zum Festessen. Marianne bringt die Kinder nach Hause sowie Christophe und Damien in die Innenstadt. Die eingeladenen Jungfrauen vermochten die Jungstelze nicht zu begeistern. Deshalb verabschiedeten sie sich von der Festgesellschaft. Marianne übergibt die Kinder Anastasia und schließt sich dann wieder der Gesellschaft an.

Marc überzeugte als Koch und Gastgeber, die Stimmung blieb fröhlich bis zum Schluss. Jérôme konnte gute Kontakte zu Viotti und Trichet knüpfen. Jean-Baptiste verbrachte den Abend am Tisch von Marianne, Cécile, Charles und Jérôme. Sie unterhielten sich glänzend.

Beim Abküssen hatte Rodolphe Tränen in den Augen. Er nahm Jérôme zur Seite. »Hast du dich jetzt für eine Musikerlaufbahn entschieden?«, fragte er erwartungsvoll.

»Ja, das habe ich, aber die Entscheidung ist noch nicht offiziell. Ich werde Musiker, aber bitte behalte das noch für dich.«

»Natürlich, Geheimhaltung unter Freunden. Heute hast du auf eindrückliche Weise gezeigt, dass du schon ein Musiker bist.« Dann umarmten sie sich.

15. Überfüllte Spitäler, zu wenig Pflegepersonal und Ärzte, Langzeitwirkungen des Grande Terreur in Paris, Ende Prairial, Anfang Messidor 1795

Der Spital-Concièrge, der Johanna, den Kranken und die Rettungstruppe begleitet, fragt einen Pfleger nach Professor Stein. »Er operiert gerade. Sie können hier in diesem Bediensteten-Zimmer warten. Ich werde ihn informieren. Wen darf ich melden?«, fragt der Pfleger zurück.

»Eine Bekannte von Docteur Crivet«, antwortet Johanna.

»Sie meinen sicher Herrn Professor Crivet, chère Madame.« Der Pfleger nickt und geht.

Zu dritt sitzen sie mit besorgter Miene um den leidenden Kapitän. Pater Christian ist stolz auf Ordensschwester Johanna. Sie hat keine Berührungsängste, nein, dafür hat sie heilende Hände und lindert damit die Schmerzen der Patienten. Sie hat begriffen. Gerade umfasst sie das schmerzverzerrte Gesicht des Fiebernden, lässt ihre Hände darauf ruhen. Das Stöhnen bleibt aus und seine Gesichtszüge entspannen sich. Nur noch von weit entfernt sind Schreie Leidender durch die geschlossene Zimmertür zu hören.

Die berechtigte Sorge um Jean zieht sich zurück. Raum entsteht für neue Hoffnung. Es klopft an der Tür. Ist das Stein? Nein, Berthe hat den Weg ins Spital gefunden. Sie schließt die Tür sofort wieder hinter sich. »Das war ja ein Spießrutenlauf, überall bettlägerige Kreaturen, wild verteilt. Der erste Eindruck lässt mich zweifeln, ob das der Ort sein wird, wo mein geliebter Jean wieder Gesundheit erlangt«, verkündet sie zweifelnd.

Da geht die Tür erneut auf. »Guten Abend, Stein ist mein Name. Sie haben nach mir gefragt?« Der Arzt ist endlich gekommen.

Pater Christian erklärt die Sachlage und Johanna ihren Bezug zu Professor

Crivet. Stein ist eine imposante Erscheinung – groß gewachsen, volle, leicht graue Haarmähne, ein Gesicht wie von einem großen Meister in Stein gehauen. Er spricht deutlich und mit tiefer, ja Furcht erregender, männlicher Stimme. »Crivet ruht sich heute aus. Ganze zwei Wochen hat er durchgearbeitet. Es ist höchste Zeit, dass er eine Pause bekommt, sonst kippt er uns noch von der Stange.« Stein schüttelt mit einer ruckartigen Bewegung eine Haarsträhne aus dem Gesicht. Entledigt sich seiner blutigen Darmhandschuhe und wendet sich dem Patienten zu.

Jean ist kaum ansprechbar. Er öffnet ihm die Augendeckel, beobachtet die Augenpupillen und den Puls, prüft die Körpertemperatur. »Ist er schon lange fiebrig?«

»Seit zwei, drei Stunden«, antwortet Johanna.

»Die Herztätigkeit lässt zu wünschen übrig. Sie sagen, dass sich weder in seinem Urin noch im Mund bisher Blutspuren gezeigt haben?«

»Richtig, Herr Professor.«

»Sie sind als Krankenschwester erfahren. Die übrigen Anwesenden sind hier überflüssig, verlassen Sie den Raum.«

Als alle außer Johanna draußen sind, wendet sich Stein an Jean. »Herr Pillier, ich muss genau wissen, wo es ihnen schmerzt, wenn ich mit meinen Händen auf verschiedene Körperstellen drücke.« Der Arzt fasst sofort kräftig zu. Der Patient leidet offensichtlich. Johanna versucht sich einzubringen. Sie findet Steins Untersuchung geradezu brutal. Als Stein spürt, dass sich Johanna unwohl fühlt, weist er sie barsch mit den Worten zurück, »Hier habe ich das Sagen, wenn Sie damit nicht einverstanden sind, verzichte ich gerne auf Ihre Hilfe.«

Jean ist tapfer. Er stöhnt kaum, aber sobald Steins Hände in der Magen- und Nierengegend wirken, beginnt er zu wimmern.

»Die Einschuss- und die Austrittsstelle sind in der Lungengegend. Die schlimmsten Schussverletzungen kommen von angeschliffener Munition. Manchmal trennen sich auch kleine Munitionspartikel und verletzen den Angeschossenen zusätzlich«, doziert Stein. »Sie kennen das sicher aus Ihrem Kriegseinsatz. Leider herrscht trotz ersichtlicher Verbesserung der revolutionären Zustände immer wieder Kleinkrieg hier im gebeutelten Paris. Schussverletzte gehören nach wie vor zu unserer Stammkundschaft.« Stein drückt nochmals auf die Schmerzstellen, diesmal noch kräftiger. Jean schreit auf.

»Jetzt drangsaliere ich Sie nicht mehr«, sagt Stein. Jean öffnet den Mund und Blut rinnt heraus.

Johanna und Stein sehen sich betroffen an. »Jean wurde doch innerlich beachtlich verletzt. Ich muss ihn sofort operieren, sonst überlebt er die Nacht nicht«, beschließt Stein sofort. »Momentan operiere ich mit meinem einzigen verbliebenen Kollegen in vier Operationszimmern. Amputationen oder kleinere Operationen werden durch Schwestern oder Pfleger unter unserer Anleitung durchgeführt. Glücklicherweise gibt es unter ihnen einige bis jetzt unerkannte Genies. Würden Sie mir bei Jeans Operation behilflich sein, Johanna?«

»Wo sich Not zeigt, ist der Platz für uns Zisterzienserinnen«, antwortet die Nonne sofort, kann aber ein ungutes Gefühl in der Magengegend nicht verdrängen.

»Gut so, Schwester.«

Ein Pfleger mit einer blutverschmierten Schürze streckt jetzt den Kopf in den Raum. »Der gebärenden Mutter von Zwillingen geht es schlecht«, informiert er.

Stein verlangt sogleich, dass Jean in ein soeben frei gewordenes Operationszimmer gebracht wird. »Besprechen Sie die Sache mit den Angehörigen, Johanna. Ich erwarte Sie dann zur Operation.«

Johanna bespricht sich mit Berthe, Julien und Christian im Gang. »Jean muss operiert werden. Stein ist ein erfahrener Chirurg. Er wird ihn operieren. Ich bleibe bis auf weiteres hier, um Stein bei der Operation zu assistieren.«

Berthe weint, Julien hält seine Mutter tröstend in den Armen. Christian fragt, ob er mit den beiden Nonnen auf dem Boot sprechen soll, damit diese ebenfalls Barmherzigkeitsdienste leisten können. »Lassen wir erst die Nacht vorbeigehen, dann sehen wir weiter«, entscheidet Johanna. Damit kehren sie alle an Jeans Lager zurück.

Zwei hünenhafte Pfleger treten kurz darauf mit einer Spitalbahre ins Zimmer. »Hier scheint es nur großes Personal zu geben«, stellt Julien fest.

Berthe legt die Hände zärtlich auf Jeans schweißgebadete Stirn und erklärt ihm: »Johanna bleibt bei dir für die Nacht, und Professor Stein hat versprochen, dich persönlich zu betreuen.«

Julien küsst seinen Vater, der Pater verneigt sich vor dem Leidenden. »Der Herr sei mit dir!«

Der Familienvater wird weggetragen. Johanna verabschiedet sich und die restlichen Schiffer verlassen besorgt das Hôtel-Dieu.

Zu Fuß geht es zurück zum Ankerplatz. Welch ein Gegensatz zur belastenden Stimmung im Krankenhaus. In der Pariser Innenstadt herrscht lockere Sommerabendstimmung. Die eleganten Damen flanieren mit Sonnenschirmen und gewagten blumenbestückten Strohhüten über die Boulevards. Die Herren balzen mit steifen, riesigen Gehrockkragen um die Gunst der Frauenwelt. Verkehrslärm mischt sich mit Hundegekläffe, Pferdewiehern und angenehmen Temperaturen. Paris lebt. Die Rückkehrer überqueren die Seine-Brücke südwärts, biegen links ab und erreichen die von den Clochards überwachte Steiltreppe zu den Seine-Kais. Von Weitem sehen sie die vertäuten Wohn- und Lastschiffe friedlich ankern. Die Kinder der Schiffsfahrenden genießen das schöne Wetter und spielen auf dem Kai. Von den Decks der Boote beäugen die Eltern ihren Nachwuchs und das schlendernde Volk, die meisten bei einem guten Glase Wein. Der Rosé de Provence, gut gekühlt, ist an diesen lauen Abenden besonders beliebt.

Kaum beim Ankerplatz angelangt, wollen alle wissen, wie es um Kapitän Pillier steht. »Leider nicht gut«, gibt Berthe bekannt. Hilfsangebote kommen von allen Seiten. Berthe lehnt dankend ab.

An Bord haben die beiden Ordensschwestern ganze Arbeit geleistet und zusammen mit den Knaben ein kräftespendendes Mahl zubereitet. Der Esstisch auf dem Deck ist sorgfältig gedeckt. Berthe sitzt am Platz des Familienvaters. Julien und Christan freuen sich auf ein kühles Glas Rosé. Trotz der Sorgen entsteht so etwas wie Frieden, wenigstens für einen Augenblick.

Bis zur späten Abendstunde sitzt die Schicksalsgemeinschaft zusammen und diskutiert, wie ein solches Unglück passieren konnte. Zufall, einfach ein unerklärlicher Zufall, dass ein Schütze aus so großer Distanz Jean trifft. Eine christlich fundierte Erklärung kann auch Priester Christian, immerhin Doktor der Theologie, nicht geben, schon gar nicht etwas Sinnhaftes erkennen. Es ist einfach schrecklich, unverständlich.

Die blaue Abendstimmung kündigt unwiderruflich die kommende Dunkelheit an. Die ersten Straßenlampen werden angezündet. Ihr kaltes Gaslicht spendet Licht in der Dunkelheit, mit sehr begrenztem Erfolg.

Bergeron stolziert mit seiner Sicherheitstruppe den Kai entlang. Berthe denkt an eine Anzeige. Aber sie ist gedanklich schon wieder bei ihrem geliebten Gatten. Pater Christian versucht sich in Konversation mit seinen Glaubensschwestern. Die drei in ihrem Glauben Geprüften sind betroffen. Die Söhne haben den Tisch schon verlassen und besprechen sich an Land mit ihren Spielgefährten. Julien gibt als Ältester breitwillig allen ihn umlagernden Erwachsenen Auskunft.

An Bord hat sich Stille eingestellt. Diese unterbricht Berthe nun: »Ich muss unbedingt zu Jean«, sagt sie entschieden.

»Aber nicht alleine. Es ist ja bereits Nacht«, bemerkt Christian. »Ich werde Sie begleiten, wenn Sie einverstanden sind.«

Berthe dankt ihm bescheiden nickend. Sie gehen gemeinsam von Bord. Eine viertel Stunde später sind sie im Hôtel-Dieu. Jean wird gerade operiert. Christian und Berthe sind gezwungen, draußen im Gang zu warten. Sie stürzen sich auf den ersten Pfleger, der den OP verlässt. »Wie steht es um meinen Mann?«, bestürmt ihn die leidensgeprüfte Gattin.

»Ich kann Ihnen keine Auskunft geben. Professor Stein und sein assistierender Chirurg operieren wieder einmal alternierend an drei Leibern.«

»Mein Mann hat eine Schussverletzung.«

»An dem sind wir schon volle zwei Stunden dran. Mehr kann ich dazu nicht sagen.«

Als er ihnen sichtlich entspannt aus der Toilette entgegenkommt, insistiert Christian und bittet, dass er Schwester Johanna informieren solle, dass sie im Gang warten würden.

Murrend schlägt der Pfleger die OP-Tür hinter sich zu. Nach geraumer Zeit erscheint Johanna. Sie begrüßt die beiden mit den Worten: »Schön, dass Sie gekommen sind. Professor Stein versteht sein Metier. Leider ist Jeans eine Niere durchschossen. Wir versuchen sie zu entfernen und die zweite zu retten. Eine schwierige und komplizierte Operation. Jean hat viel Blut verloren. Wir kämpfen um sein Leben, aber es gibt Hoffnung.«

»Was können wir für ihn tun, Johanna?«, fragt Berthe mit zitternder Stimme.

»Im Moment nichts. Und wann die Operation beendet sein wird, kann ich nicht beurteilen.«

Ein durchdringender Schrei unterbricht ihr Gespräch. Christian und Berthe halten sich die Ohren zu. Johanna erklärt: »Dem Patienten von Tisch eins wird soeben der linke Arm amputiert. Er ist mit Schnaps vollgepumpt. Sie haben ihm offensichtlich nicht rechtzeitig das Antischreiholz zwischen die

Zähne gepresst. Die Ärzte sind kompetent, einige der diensttuenden Pfleger leider weniger.«

»Das entspricht aber nicht Steins Wahrnehmung«, bemerkt der aufmerksame Priester.

»Es sind verschiedene zusammengewürfelte Arbeitsgruppen, die da wirken. Was ich mit einigem Unbehagen festgestellt habe, dass viele unter ihnen den Dienst ausschließlich aus materiellen Überlegungen leisten, von Barmherzigkeit keine Spur. Und da gibt es auch noch eine Gruppe finsterer Gestalten. Ich nenne sie ›den schwarzen Block‹. Sie können von menschlichem Leid nicht genug bekommen. Sie machen die sogenannte Drecksarbeit in der Terminologie der Ärzte. Sie amputieren Glieder, sind überall präsent, wo den Patienten Schmerzen zugefügt werden. Sie tun das nicht, um Leben zu retten, sondern um Macht auszuüben. Manche unter ihnen sind eindeutig gewalttätig. Mir graust es vor ihnen. Deshalb habe ich mich entschieden – und Stein ist ja über jede zusätzliche Arbeitskraft erfreut, Jean solange im Spital zu pflegen, wie er sich hier aufhalten muss.« Berthe umarmt Johanna. »Wie bin ich dankbar für Ihre Unterstützung.«

Tagsüber herrscht in den Gängen reges Treiben, nachts wird es stiller. Nur vereinzeltes Stöhnen ist zu vernehmen. Obwohl sich Christian, Berthe und Johanna leise unterhalten, hallen ihre Worte von den hohen, weiß gekalkten Wänden wider. Von weither sind Schritte vernehmbar. Dazu gesellt sich ein rhythmisches Klopfen wie von einem Stock. Jetzt sehen sie die Gestalt besser. Es ist ein Blinder, der sich mit Hilfe des Blindenstocks seinen Weg durch den Gang sucht. Er macht das sehr gewandt. Es scheint, dass er mit der Umgebung bestens vertraut ist. Er setzt sich ihnen gegenüber auf die Bank, bemerkt sie und grüßt höflich: »Guten Abend!«

Alle grüßen zurück. Dann fahren sie fort mit ihrem leisen Gespräch. Christian begrüßt Johannas Entscheidung. »Nun, ihr Lieben«, sagt Johanna, »ich muss wieder an die Arbeit.«

Als sich Berthe und Pater Christian verabschieden wollen, wird die Tür des OPs aufgerissen. Ein Hüne in Pflegermontur stürmt heraus, baut sich vor dem Blinden auf und schreit ihn an: »Du Mistkerl, du Parasit, heute bekommst du nichts zu fressen. Dein Schutzpatron Crivet macht mal Pause. Hau ab, du blinde Sau!« Als der Hüne den Blinden anfassen will, stellt sich Christian dazwischen. Der Hüne lässt fluchend von dem Mann ab. Bevor er die OP-Tür zuschmettert, schaut er kurz zu Johanna. »Welch eine Arbeitsmoral. Kaum mit der Arbeit begonnen, macht man schon mal ausgiebig Pause.« Damit ist er wieder fort.

»Das war dann wohl einer vom schwarzen Block«, bemerkt Berthe.

»Ja, so ist es«, bestätigt Johanna angewidert.

Der Blinde dankt Christian, der ihn vor der Gewalt des Hünen verschont hatte, für dessen Mut. Die beiden Besucher verlassen sorgenbeladen das Hospiz.

Johanna setzt sich neben den Blinden. Er trägt eine schwarze Brille und hat eine schöne Gestalt, wirkt trotz seiner Behinderung gesund und mit sich in Frieden.

Spontan fühlt sich Johanna in seiner Gegenwart wohl. »Sie kennen Professor Crivet?«, fragt Johanna.

»Ja, sehr gut. Wir haben zusammen hier in Paris vor gut zwanzig Jahren Medizin studiert. Nach unseren Abschlüssen erwarben wir in diesem Hause als Assistenzärzte erste praktische Erfahrungen. Dann hat uns das Vaterland gerufen. Als junge Ärzte wurden wir nach Amerika verschifft und haben unter Generalleutnant Rochambeau an der Seite von George Washington als Armeeärzte gedient. Nach der siegreichen Schlacht im Herbst 1781 bei Yorktown, wo ich mein Augenlicht verlor, kehrten wir wieder in unsere Heimat zurück. Das Leben als Blinder ist schwierig. Ich schlage mich durch, bin aber für jede Unterstützung dankbar. Mein Freund Raymond Crivet hilft mir. Hier darf ich mir jeden Abend eine Gamelle mit Speisen abholen. Er kümmert sich immer selber darum und manchmal philosophieren wir über Gott und die Welt. Und wer sind Sie?«

»Johanna ist mein Name. Ich habe mit Raymond während der Schlacht von Hondschoote Soldaten und Offiziere medizinisch versorgt. Heute arbeite ich als freiwillige Helferin. Man kann mich als kriegserfahrene Nonne bezeichnen.«

»Da können wir uns ja die Hand reichen, werte Johanna.« Der Erblindete streckt Johanna die Hand entgegen. Sie erfasst sie. Eine umfassende Wärme überträgt sich von Hand zu Hand. Der Blinde öffnet sein Inneres, sein ganzes Wesen. Johanna verspürt eine tiefe Selenverwandtschaft. »Ich sorge dafür, dass Sie Ihre Gamelle bekommen. Auf bald, mein lieber …, ach, wie ist denn Ihr Name?«

»Michael, vielen Dank.«

Ein halbe Stunde später verlässt Michael gesättigt das Spital. Drei finstere Kreaturen sitzen mit blutbespritzen Schürzen auf den Bänken vor den Operationsräumen. Es wird immer wieder hämisch gelacht und sie klopfen sich gegenseitig auf die Schultern. Stein operiert Jean, assistiert von Johanna. Die Schifferfamilie und ihre Passagiere schlafen. Die Glocken von Notre-Dame verkünden Mitternacht.

16. Die heilige Johanna und der sehende Blinde, Leopold Feinstoff mit ersten Kontakten zu den schwarzen Artgenossen in einer Nacht im Hospiz Hôtel-Dieu, Anfang Messidor 1795

Ohne die einzigartige, geheime Blutstillmethode der Professoren Crivet und Stein hätte Jean Pillier den schwerwiegenden Eingriff kaum überlebt. Er kommt in eine abgeschiedene Ecke des südlichen Männersaales, schläft alkoholisiert und mit Schlafmohntropfen versorgt. Familienangehörige der Patienten, vereinzelt sind es ganze Sippen, bevölkern den großen Raum. Obwohl die meisten Außenfenster geöffnet sind, ist der Geruch gewöhnungsbedürftig. Hier wird auch nachts geröchelt, gehechelt, gestöhnt, gefurzt und geschnarcht. Ein bis zwei Nachtwärter drehen regelmäßig ihre Runden. Es vergeht kaum eine Nacht, ohne dass gestorben wird. Dann fährt ein Totenkarren vor, gezogen von zwei Ordensschwestern, genannt die Todesengel, bei schweren Körpern erledigen männliche Pfleger die Aufgabe, genannt die Todesteufel. Priester sieht man selten. Die letzte Ölung scheint nicht mehr zeitgemäß. Die Leichen karrt man ins Kellergeschoss. Kühl gelagert wartet dort auf Gutbetuchte die Einsargung, die anderen werden in weiße Leinensäcke gesteckt. Das soll für das gemeine Volk reichen. Die Fortschritte der Revolution haben das Kellergeschoss des Spitals noch nicht erreicht.

Bei Tagesanbruch steigt der Lärmpegel im Krankensaal deutlich an. Es herrschten Stimmengewirr und chaotisches Treiben. Die Kranken, die Verletzten, die bettlägerigen Greise, die während des Nachtschlafes wenigstens teilweise ohne Schmerzen blieben, stöhnen nun lauter. Ärzte und Personal müssen sich manchmal mit kräftiger Stimme gegen unleidige Patienten wehren. Kinder von Angehörigen kreischen und Frischoperierte schreien.

Johanna ist trotz Übermüdung nachts zweimal aufgestanden, um Jeans Zustand zu überprüfen. Jetzt verabreicht sie ihm weitere Mohntropfen. Er ist ansprechbar, aber sehr schwach. Da legt ein Mann hinter ihr liebevoll den Arm um ihre Schulter. Sie dreht den Kopf und blickt in die klaren Augen eines Mannes, der ihr schon einmal den Kopf verdreht hat. Ihr Herz schlägt höher, sie errötet und ist glücklich.Raymond Crivet steht vor ihr.

»Wie freue ich mich, liebe Johanna, dich wiederzusehen«, sagt er. Sie umarmen sich herzlich. »Ich habe von Stein gehört, dass du dich aufopferungsvoll um den angeschossenen Kapitän Jean Pillier kümmerst. Du kannst es nicht lassen. Gut für den Ruf unseres Krankenhauses und natürlich für Herrn Jean. Ich beginne meine Morgenvisite mit ihm und bin über den Operationsverlauf informiert. Schauen wir uns den Kapitän mal genau an.« Crivet spricht sanft mit dem Operierten, zu der Klarheit seiner Augen gesellt sich die Klarheit seiner Sprache. Er schaut dem Patienten tief in die leidenden Augen. »Ich bin Professor Crivet und werde Sie nun untersuchen. Gratulation, Herr Jean, zu Ihrer Tapferkeit. Sie haben die Operation überstanden.«

Jean wimmert bestätigend.

Crivet überprüft die Herztätigkeit, kontrolliert die Pupillen und lässt sich die Wunde zeigen. Johanna öffnet den Verband. Jean stöhnt. Crivet nimmt die Hände des Verwundeten in die seinen, versucht dessen Aufregung, Angst und Schmerzen zu vermindern. Die Wunden sind freigelegt. Der Arzt nimmt Alkohol aus seinem Köfferchen und reinigt die Wundstellen. Bei jedem Abtupfen schreit der arme Jean fürchterlich. Unbeirrt wird Jean gründlich verarztet. »Die Wunde ist perfekt zugenäht«, informiert er Raymond und streicht sanft über das schweißgebadete Gesicht des Patienten.

Johanna legt einen neuen Verband an. »Wir beide arbeiten immer noch gut zusammen, verstehen uns ohne Worte«, schmunzelt der Chirurg charmant und stupst freundschaftlich die Nasenspitze der Nonne. Jetzt glühen auch noch Johannas Ohrläppchen rot.

Die Schifferfamilie ist im Anmarsch. Crivet begrüßt sie und erklärt ihnen den Zustand des Familienoberhauptes. Alle hören betroffen zu. Nun wissen sie, dass Jeans Leben an einem seidenen Faden hängt, aber immer noch Hoffnung besteht. Der Herr Professor verabschiedet sich und begibt sich zum nächsten Patientenbett.

Johanna entfernt sich, damit die Familie ein wenig Zeit mit Jean verbringen kann. Berthe hatte ihr einen Speisekorb überreicht: »Es soll Ihnen guttun.« Und nicht nur an Speisen hat sie freundlicherweise gedacht, nein, auch an Trank.

Die Familie Pillier ist wieder zurück auf ihrem Boot. Christian bespricht mit den zwei Schwestern, wie es für sie weitergeht. Jean kämpft und leidet. Johanna sitzt in der Nachmittagshitze alleine in der kühlen Spitalkapelle und verspeist kaum hörbar Delikatessen aus dem Geschenkkorb. »Der Herr möge mir verzeihen.« Sinnigerweise befindet sich die Kapelle unmittelbar neben dem Leichenaufbahrungszimmer. Sie hat eine Kerze für den lieben Jean angezündet und betet innig für seine Genesung, hoffend, dass ihre Gebete erhört werden. Müdigkeit überkommt sie. Als sie liegend auf der harten Kapellenbank erwacht, ertönt durch das geöffnete Kapellenfenster Glockengeläut. Sie traut ihren Ohren nicht. Es ist bereits sechs Uhr abends. Der Korb mit Essen ist während ihres Mittagsschläfchens verschwunden. »Lieber Herrgott, näher als in einer Kapelle kann ich kaum bei dir sein und du lässt es zu, dass ich beklaut werde? Ich glaube zu verstehen. Das war sicher ein hungernder Mensch. Von diesen gibt es leider im heutigen Paris immer noch zu viele«, murmelt sie verärgert.

Dann begibt sie sich wieder in den Krankensaal. Jeans Bett ist leer. Panisch rennt sie zum Operationsbereich. Crivet operiert wieder simultan. Er deutet auf den gegenüberliegenden Tisch. Stein verabreicht dem stöhnenden Kapitän ein Opiatelixier. Er träufelt ihm die Flüssigkeit in den geöffneten Mund. Gleichzeitig verabreicht er sich selbst eine Portion dieser Droge. Johanna ist perplex. Stein schaut ihr in die Augen. »Ohne diesen Stoff kann ich diese Belastung nicht mehr ertragen«, erklärt er knapp. »Jean hat wieder Blut gespuckt, für mich ein hoffnungsloser Fall. Crivet will aber die minimale Chance nutzen, diesen mitten im Leben stehenden Familienvater zu retten. Mit einer kurzfristigen Notoperation hofft er, die innere Blutung zu stoppen.«

Johanna hat ein mulmiges Gefühl. »Wo kann ich anpacken?«, fragt sie Stein.
»Gehen Sie an die frische Luft. Ich brauche Sie für Jeans Nachtwache, sollte er die Operation überleben.«
Johanna geht. Bewusst atmet sie die frische Abendluft ein. Sie läuft um die Île de la Cité und setzt sich auf eine Bank südlich der Notre-Dame. Hier hat

sie freie Sicht auf den Anlegeplatz Paris-Mitte. Neben der Suzette verlässt ein beladenes Lastschiff den Ankerplatz. Sie kann die Besatzung, Christian und ihre Ordensschwestern erkennen. Sie sitzen gemeinsam auf dem Deck beim Abendmahl. Sie ist kein Priester, aber sie segnet sie trotzdem. Da spricht sie jemand an: »Pardon, darf ich mich zu Ihnen setzen?«

Sie wendet den Kopf und erblickt ein eindrückliches Gesicht. Es ist Michael. Er tastet nach ihren Händen und begrüßt sie kraftvoll mit seinem warmen Händedruck. Sie sprechen nicht. Sie verstehen sich blind.

Die Lepraîtres sind beschäftigt, in den Familienalltag eingebunden. Der Rummel vor, während und nach dem Hauskonzert bei Rodolphe ist vorbei. Rodolphes Gäste haben sich in alle vier Winde verstreut. Céline und Charles residieren in Versailles, Lucy übt mit Madame Mueller neue Etüden von Lully, Damien schwänzt eine Vorlesung, um im Jardin du Luxembourg zu flanieren, Christophe löst schwitzend anspruchsvolle Prüfungsaufgaben in Ballistik, Viotti unterrichtet Sologeiger in London, Luc und Jérôme werkeln in der Werkstatt, Marianne spielt mit den Kindern in den Tuilerien, Marie putzt den Boden, Rodolphe wartet in seinem stilvoll eingerichteten Direktionsbüro auf Monsieur Nicolas Lupot, Instrumentenbauer, den er zu einem privaten Gespräch eingeladen hat, Jean-Baptiste Bréval komponiert eine weitere Cellosonate, Leblanc zählt Erbsen, Trichet entlässt den zum Alkoholiker gewordenen Solocellisten der Oper, die Diva kuschelt mit dem schwarzen Pudel, Gérard Ferrari hat sich über Mittag den Bauch vollgeschlagen und schnarcht, seinen Mittagsschlaf verlängernd, wohlig auf seiner Chaiselongue im Nebenzimmer seines Büros, Marcel Dupont kauft auf dem Marché des Halles Frisches ein, Paul Barras, der neue starke Mann des Nationalkonvents, lässt sich vom jungen, 26-jährigen Brigadegeneral der Artillerie Napoleon Bonaparte militärisch beraten, Pascal Lemaire spielt Bach.

Und Leopold Feinstoff? Der hockt untätig im Celloinneren. Der Cellokasten steht in seiner Ecke im Salon der Lepraîtres. Jérôme brauchte nach seinem Erfolg am Musikabend bei Rodolphe eine Cellopause, und die dauert bereits eine gute Woche, das Instrument und Leopold werden langsam ungeduldig. Auf Soloausflüge hat Leopold kein Verlangen. Natürlich taucht gerade jetzt die Brise auf. Will sie ihn belehren, bekuscheln oder bemuttern? Auch auf all das hat er gerade auch keine Lust.

»Du bist heute nicht gut gelaunt, mein Lieber«, bemerkt sie.

Er murrt und kringelt sich zusammen. Er braucht seine Ruhe, will nicht gestört werden.

»Vorher hast du dich gelangweilt und nun willst du deine Ruhe. Das passt doch nicht zusammen.«

»Siehst du, auch das geht mir auf den Wecker. Du lehrst mich, achtsam bittend innere Landschaften zu betreten. Du aber bespitzelst mich und trittst ungefragt in mein Celloheim. Das passt nicht zusammen, du allwissendes Schreckgespenst.«

Jetzt schmunzelt die Brise.

»Du nimmst mich nicht ernst, verschwinde«, faucht Leopold.

Gelassen schwebt die Brise aus dem Cello, dreht sich elegant um und klopft höflich an die Cellodecke. »Ist der Herr zu Hause? Ist es gestattet, einzutreten?«

»Nein«, antwortet Leopold bestimmt.

»À un de ces jours«, haucht sie und entschwindet.

Johanna zieht es auf die Suzette. Sie verabschiedet sich von Michael im Wissen, dass die Begegnung mit ihm für ihr weiteres Sein von großer Bedeutung sein wird. Auf dem Deck angekommen, wird sie mit Fragen überhäuft. Berthe ist erleichtert, dass Johanna nicht als Überbringerin einer Todesnachricht gekommen ist. »Möchten Sie noch etwas essen?«, fragt sie.

»Gerne, die Ratatouille sieht verlockend aus.«

Christian schenkt ihr kühlen Rosé ein. Sie erzählt ihnen gut überlegt, wie es um Jean steht. Die zweite Operation erwähnt sie nicht. »Zwei anerkannte Chirurgen betreuen nun euren Vater«, wendet sie sich an die Jungen. »Der Zustand eures Vaters ist kritisch. Wie letzte Nacht werde ich auch diese Nacht die Wache übernehmen.«

Berthe dankt ihr erneut dafür. »Sie können jederzeit nach mir rufen, sollte es mit meinem Mann zu Ende gehen«, fügt sie dann noch zögernd hinzu.

»Im Moment wirken die Opiate stark. Deshalb wird er für ein, zwei Tage kaum ansprechbar sein«, entgegnet Johanna.

Pater Christian informiert sie, dass er morgen ein Schiff für die Weiterfahrt gebucht hätte. Die drei werden bis Melun mit dem Boot und anschließend per Kutsche zum Kloster fahren. »Schwester Johanna, Sie bleiben so lange bei der

Familie Pillier, wie Gott Sie hier braucht«, erlaubt er großzügig. »Erholen Sie sich noch etwas in der Koje, bevor Sie den Nachtdienst antreten. Die heutige Beichte erspare ich Ihnen.«

Johanna nimmt das Angebot an und begibt sich zur Koje.

Crivet operiert Jean erneut. Er arbeitet wie immer sehr konzentriert und achtsam. Die neue Schicht der Pfleger hat ihren Dienst angetreten. Sie arbeiten nachts. Stein hat sich bis Mitternacht abgemeldet. Er wird dann Crivet als Chirurg ablösen. Der Eingriff verläuft normal. »Dieser Patient verfügt über eine starkes Herz«, vermeldet der Operateur seinem assistierenden Gehilfen. Da öffnet sich die OP-Tür. Ein Pfleger meldet, dass Michael im Gang auf seine Gamelle warte. Crivet kann das Operieren aber nicht unterbrechen. Also lässt er den Pflegeältesten ausrichten: »Teile Michael mit, dass ich ihn morgen auswärts zum Nachtessen einladen werde.«

Mit feinen Stichen näht Crivet die Wunde zu. Die Pfleger kümmern sich um den Verband. Als Jean aus dem OP getragen wird, taucht Johanna auf. »Guten Abend, wie steht es?«

»So weit, so gut«, antwortet der diensttuende Arzt. Raymond zieht seinen Mundschutz ab und küsst die Ordensschwester herzlich auf die Wangen. »Er hat ein starkes Herz. Es ist gut, dass ich Steins Zweifel nicht geteilt habe. Jedenfalls konnte ich die innere Blutung stillen und er hat überlebt. Ob er definitiv über dem Berg ist, werden die kommenden Tage zeigen. Wichtig ist, dass wir ihn lebend durch diese Nacht bringen. Deine Pflegefähigkeiten sind gefordert, Johanna.«

Da keine weiteren Operationen vorgenommen werden müssen, was selten vorkommt, wird der OP bis auf eine Öllampe abgedunkelt. Die letzten Pfleger und Pflegerinnen haben nun kurz vor Mitternacht ihre Schicht angetreten. Im ganzen Spital herrscht weitgehend Stille. Wenige Helfer wachen in den Sälen. Die anderen hocken in den Gängen. Kaum beleuchtet, sind ihre Gestalten gerade mal zu erahnen. Dennoch fällt auf, dass alle hünenhaft sind. Oder liegt es am schlechten Licht und den Schatten, trügt der Schein? Den Weg vom OP durch den Gang in den Männersaal empfindet Johanna wie einen Spießrutenlauf. Sie fühlt sich unwohl und hat den Eindruck, dass die Helfer hygienisch nicht auf der Höhe sind. Das letzte Gesicht vor dem Verlassen des Ganges erschreckt sie. Ist das nicht der Mann, der Michael schlagen wollte? Er scheint hämisch zu grinsen. Sie ist froh, sich unter die vielen Schlafenden mischen zu können. Nachdem sie sich vergewissert hat, dass Jean atmet, legt sie sich auf ihre Pritsche und schläft sofort ein.

Im Sommer bleiben die Fenster nachts geöffnet, außer bei starkem Regen. Die Nachtwächter sind sich uneinig, ob sie die Fenster schließen sollen, denn ein Gewitter weiß nicht so recht, in welche Richtung es treiben soll. Es scheint Paris zu umkreisen. Einmal donnert es von Süden, dann wieder von Osten. Der Donner bleibt auf Distanz, mehr oder weniger gleich lärmend. Das nahe Wetterleuchten und die fernen Blitze beleuchten die Häuserfassaden, erhellen wild zuckend den nachtschwarzen Himmel. Chaotische Lichteffekte tanzen zur Musik der Donnerschläge. Der erlösende Regen bleibt aus.

Johanna wälzt sich auf der Pritsche, von schrecklichen Träumen geplagt. Sie ist wieder in der Schlacht von Hondschoote. Da, ein greller Blitz ist in unmittelbarer Spitalnähe eingeschlagen. Fast gleichzeitig donnert es gewaltig. Die in der Zwischenzeit vorsichtshalber geschlossenen Fenster zittern beängstigend. Im Weibertrakt klirren Fenster, Glassplitter schießen in den Innenraum. Es ist ein Wunder, dass keine Patientin getroffen wurde.

Jean röchelt, nicht von einer Artilleriegranate getroffen, aber von einer vor zwei Tagen hinterhältig abgefeuerten Kugel durchbohrt. Er kämpft heldenhaft gegen den Tod. Wenn er ihn verlieren sollte, werden seine Kinder Waisen und Berthe wird Witwe. Das kann und will der Flussschiffer nicht zulassen. Mit eisernem Willen und begleitet von wundersam aufgetauchten Helfern und Helferinnen hat er auch seine zweite Operation überlebt. Er weiß um seinen großen Blutverlust und den ermüdenden Kampf. Er röchelt erneut.

Johanna erwacht aus ihren Träumen. Sie sieht sich kurz noch in Hondschoote, findet aber schnell in die Realität zurück. Sie wendet sich Jean zu und spricht liebevoll mit ihm. »Es wird schon gut, Jean. Wir lassen dich nicht alleine.« Einen Moment lang hat sie den Eindruck, Stein habe soeben den Saal verlassen. Sie wischt ihm den Schweiß von der Stirn, träufelt ihm Tee in den trockenen Mund. Ein schwaches Lächeln zeigt Johanna, wie dankbar er ist.

Er beginnt zu fabulieren. Johanna versucht zu verstehen, was er sagen möchte. Sie lauscht, wendet sich ihm mit all ihrer Aufmerksamkeit zu. Sie kann ihn nicht verstehen. Mütterlich legt sie sanft ihre Hände auf die schmerzende Wunde und betet: »Herr, lass Jean überleben und nimm ihm seine unsäglichen Schmerzen.« Stille breitet sich wieder aus, das Schlachtengeschehen am Himmel hat sich definitiv nach Osten verlagert. Kein Donner mehr, die Lichtkraft der Blitze hat abgenommen.

Johanna sucht nach Professor Stein. Er liegt auf einem der OP-Tische und schnarcht. Sie weckt ihn und bittet ihn, er möge Jean begutachten. Beide stehen in der Dunkelheit vor dem Krankenbett. Stein ist kurzen Schlaf gewohnt. Aber was ist mit ihm? Er scheint unbeteiligt. Ist er übermüdet oder eventuell selber krank? Nachdem er Jeans Puls überprüft hat, bemerkt er lakonisch: »Das Kerzenlicht unseres Patienten ist sehr schwach, um nicht zu sagen am verlöschen.«

Johanna ist genervt von Stein. »Und nun? Was können wir machen?«

Er hält ihr die Öllampe vor das Gesicht. Ihre Blicke treffen sich. Das attraktive Chirurgengesicht scheint verändert, aschfahl. Johanna fürchtet sich plötzlich vor seinen stechenden Augen. Dann wendet er sich mürrisch mit den Worten ab: »Jean ist ein Todgeweihter. Schon nach der ersten Operation mit großem Blutverlust war sein Zustand hoffnungslos. Aber Crivet gehört zu den Wunderheilern. Ich bleibe mit den Füßen auf dem Boden, die Engelsflügel überlasse ich ihm – und Ihnen! Gute Nacht, Schwester.«

Johanna ist froh, dass Stein weg ist. Sie fühlt sich geschafft und todmüde, legt sich erneut auf ihrer einfachen Schlafstelle nieder in der fatalen Gewissheit, dass mit diesem Stein etwas nicht in Ordnung sein muss.

Kaum ist sie eingeschlafen, tritt eine schwarze Gestalt auf leisen Sohlen in den Schlafsaal, nähert sich Johanna und träufelt ihr eine Flüssigkeit in den Mund, dann öffnet sie ein zweites Fläschchen mit Opium und verabreicht Jean davon eine tödliche Dosis. Mit hasserfüllten, leise in die Dunkelheit gehauchten, kaum hörbaren Worten »Tiefer Schlaf für Johanna für eine Nacht und tiefer Schlaf für die Ewigkeit für Jean«, verlässt sie den Raum.

Als Johanna wieder erwacht, kümmert sie sich erneut um Jean, spricht mit ihm, fleht ihn an durchzuhalten, bis Crivet wieder Dienst hat. »Bitte verlassen Sie uns nicht«, flüstert sie. Johanna sitzt auf der Bettkante und hat Jeans Kopf in ihrem Schoß. Er hat Mühe, seine Augen zu öffnen. Jetzt schaut er sie direkt an. Seinem tiefen Blick entnimmt sie, dass er unendlich müde ist. Aus seinem Inneren schickt er ihr ein wunderschönes Bild, eine kraftvolle Sehnsucht, die sie direkt ins Herz trifft. Es ist eine Lebendigkeit zwischen ihnen, die sie bisher nicht kannte. Sein Atem scheint sich zu verlangsamen. Nach einer scheinbar unendlichen langen Weile, wahrscheinlich waren es aber nur wenige Sekunden, verlassen ihn seine Kräfte endgültig. Das Licht in seinen Augen verlöscht. Leblos liegt sein Körper auf dem Bett, der Kopf auf ihrem Schoß. Weinend schließt sie sanft seine Augen. Von der nahen Kathedrale meldet das Glockengeläut fünf Uhr. Erste Morgenstrahlen umarmen die Schlafenden wie den toten Kapitän. Johanna stellt sich vor, wie er nun im Morgenlicht einem neuen Horizont entgegen segelt. Sie wünscht ihm von Herzen eine gute Reise.

Leopold Feinstoff, der Süßatmende, ist immer noch sauer auf das liebreizende Schreckensgespenst. Trotzdem fehlt es ihm. Seit Beginn seines feinstofflichen Seins ist er abgesehen von dem Kontakt zur Brise allein. Wo sind andere Leidensgenossen? Wo ist das Heim seiner liebreizenden Brise? Er kennt sein Heim. Er hat es weitgehend selber erbaut. Oder ist es doch ihr gemeinsames Haus? Ja, ihr Haus. Jérôme und Leopold bewohnen es gemeinsam. Und die liebreizende Brise?

Es klopft an der Cellotürendecke. »Ja? Wer ist da?«
»Ein Gespenst des Schreckens!«
»Na, dann erschreck mich mal, wenn dir das gelingt, und nun komm herein in die warme Stube.«
»Fragen über Fragen stellst du. Gut so, neugieriger Frischling. Du bist neu in unserer feinstofflichen Welt. Wir sind Millionen auf dem Planeten Erde, Junge wie du und Ältere wie ich. Da wir mit ewiger, wobei auch das relativ ist, Jugend beschenkt werden, ist die Wahrnehmung dieses Altersunterschiedes für feinstoffliche Teenager wie dich nicht so leicht. Dein Haus gefällt mir. Ich fühle mich wohl darin. Es ist nicht mehr im Rohbau, aber das Innere muss noch vollendet werden. Dein Wunsch nach Körperlichkeit wurzelt auch darin, dass du das erste Mal mit einem feinstofflichen Körper beschenkt worden bist. Diese Sehnsucht haben nicht nur Feinstoffliche mit einem Berufshintergrund wie Instrumentenbauer. Alle haben ihn am Anfang ihres doch langen Lebens. Wir lebten, bevor wir feinstofflich wiedergeboren wurden, alle in menschlichen Körpern. Der triebhafte Wunsch nach menschenähnlicher Körperlichkeit nimmt mit zunehmender feinstofflicher Lebenserfahrung ab. Was uns bleibt, ist die Sehnsucht nach Nähe zu den lebenden Menschen. Die Gestaltung dieser Nähe ist immer wieder eine Herausforderung für uns und sie wirkt direkt auf unsere Menschenfreunde. Wir Feinstofflichen der weisen Art achten die Erdenbürger, engagieren uns, damit sie weitgehend ein körperlich gesundes, geistig lebendiges und seelisch glückliches Leben führen können.«

»Dann sind wir ja so richtig ehrenwerte Bürger«, bemerkt Leopold und lächelt seinem weiblichen Guru zu.

»Ich bin keine Guru, sondern lieber dein ami spirituel«, bemerkt die liebreizende Brise mit freundlichem Unterton.

Die Brise mit gutem spirituellem Zugang schweigt einen Moment. Sie denkt, unter anderem nach über die aufstrebenden Fähigkeiten ihres jungen Liebhabers, die ihm helfen, sich auch direkt in ihre Gedankengänge einzuschalten. Und sie trifft eine Entscheidung. Sie will ihm einen blinden Fleck auf die Stirn drücken. Danach wird sie ihn in eine aktuelle Familiengeschichte, die Geschichte der Familie des Flussschifffahrtskapitäns Jean Pillier, einweihen. Der weiße Fleck löscht aber alle Erinnerungen im Zusammenhang mit dem verschollenen, in der Nonnenkutte Johannas noch existierenden, Brief an Leopold Renaudin von seiner Geliebten, Beatrice Duchesse de Fontainebleau et Valmy. Die Liste der mehrheitlich zufälligen Adressaten von Rodolphe Kreutzer über Jean Pillier bis zur Schwester Johanna bleibt dem eigentlichen Adressaten somit verborgen. Damit kann die nächste Reise beginnen. Intuitiv weiß sie, dass der Moment zur Sohn-Offenbarung für Leopold eben noch nicht gekommen ist.

»Du bist abwesend, mein Schatz«, stellt Leopold fest.

»Ich war nur kurz in Gedanken versunken. Aber jetzt bin ich wieder voll da. Darf ich dich aus deinem Haus entführen? Du brauchst etwas frische Luft, mein Lieber.«

»So gefällt es mir. Jetzt bittest du mich sogar darum, das Haus zu verlassen. Du hast soeben einen wichtigen Schritt gemacht und etwas wie Höflichkeit entwickelt. Bist du dir dessen bewusst, altersweise Brise?«

»Unzweifelhaft. Jetzt fehlt nur noch, dass du mich als alte Schachtel bezeichnest.« Die beiden küssen sich und schmunzeln.

»Entführe mich, wohin du willst«, haucht Leopold.

Die Brise erwidert vielsagend: »Das Wohin, der Ort, die Zeit und die Handlungen, die wir gemeinsam erleben werden, liegen nach menschlicher Zeitrechnung nicht im gegenwärtigem Messidor, sondern Ende Prairieal 1795. Aber sobald wir vor Ort an der Île de la Cité sind, tauchen wir in das Geschehen vor zwei Wochen ein. Wir befinden uns am Ende des letzten Monats, in einer Wirklichkeit, die nicht von Genuss, Freude oder sinnlicher Lust geprägt ist. Zieh dich warm an, mein Lieber, auch wenn draußen Sommerwärme herrscht.«

Die Todesteufel karren den toten Kapitän in die Unterwelt des Hôtel-Dieu. Johanna hat den Hünen befohlen, achtsam mit der Leiche umzugehen. Murrend tun sie, was zu tun ist. Im Untergeschoss wollen sie den Toten in einen Leinensack verpacken. Johanna interveniert. Sie sucht einen passenden Sarg. Dieser wird nach ihrem Wunsch mit Leinen ausgelegt. Die Todesteufel wollen den Sarg im Kühlhaus deponieren. Mindestens fünf gefüllte Leinensäcke liegen da lieblos auf den kalten Fliesen des Kellerbodens. Johanna verlangt, dass der eingesargte Tote in die Kapelle gekarrt wird. »Das gehört nicht mehr in unseren Aufgabenbereich«, knurrt der Oberhüne genervt. »Jetzt reicht es mit der Gratisarbeit. 10 Livres für jeden von uns, sofort ausbezahlt, sonst können Sie uns mal.«

»Ich bin Nonne und kann Ihnen das nicht zahlen. Ich bitte Sie, den Transport jetzt auszuführen.«

»Sie können sich ja die 40 Livres verdienen, indem Sie mich mal als Erster bedienen.« Er öffnet seinen Hosenlatz und beginnt zu onanieren. Johanna tritt ihm ins Geschlecht und rennt, was das Zeug hält, einen Stock höher. Verstört begibt sie sich in den OP und informiert Stein.

Der grinst: »Wieder eine typische Helferinnenfantasie. Nehmen Sie das gelassen. Hier sind Sie sicher. Und sollten Sie einmal wirklich Lust auf einen echten Mann verspüren, ich werde Sie sicher nicht enttäuschen.«

Johanna ekelt sich vor all diesen Männern. Sie spricht zwei Pfleger an und die helfen ihr. Wortlos karren sie den Sarg in die Kapelle vor den Opfertisch. Die Todesteufel sind verschwunden, glücklicherweise.

Johanna entzündet eine Kerze für Jean und braucht eine Weile, bis sie sich wieder beruhigt. Die Todesteufel werden sich nicht trauen, die Kapelle zu entweihen. Der Teufel scheut ja das Weihwasser, so hofft sie zumindest. Plötzlich löst sich ihre Spannung. Sie schluchzt hemmungslos. Alle ihre Anstrengungen, Jean durch die Nacht zu bringen, waren gescheitert. Tot liegt er vor ihr. Was wird nun aus seiner Familie? »Gott, warum lässt du das zu? Wenn ein geliebter Mensch im Alter stirbt, ist es traurig. Und in einem gewissen Sinne ist es gerecht oder einfach Lebensrealität. Wenn du aber zulässt, dass Familienväter, junge Mütter und Kinder sterben, finden wir das ungerecht. Warum dieser Tod von Jean? Ich habe dir diese Frage schon dutzende Mal gestellt, in Hondschoote. Ich denke an Jules, an Maxime, an Hubert und an alle anderen, die in diesem Kriege abgeschlachtet wurden und in meinen Armen unendliche Schmerzen erlitten, unbedingt leben wollten, und ohne jede Chance, entschuldige meinen Ausdruck, verreckt sind. Du hast ihnen nicht die kleinste Chance gegeben zu überleben. Was bist du für ein Gott, der das zulässt? Ich bin wütend. Ja, ich bin einfach nur wütend. Ich solidarisiere mich mit dem verstorbenen Familienvater und brauche Distanz zu dir, mein Gott.« Sie setzt sich zwischen dem opfertischartigen Altar und den aufgebarten Kapitän. »Vielleicht siehst du mich lieber als Opfergabe, deiner gnadenlosen Todessense ausgesetzt, hilflos ausgestreckt auf dem Opfertisch? Heute hast du mich noch nicht im Todesgriff. Ich will kein Opfer sein. Es reicht, wenn du Jean von uns genommen hast.« Erschöpft legt sie ihren Kopf auf Jeans leblosen Körper, nutzlos liebend gepflegt, alles für nichts, das geht ihr durch den Kopf und schmerzt sie. Sie fällt über den Sarg gebeugt in einen tiefen Schlaf.

Die weise Brise und Leopold sind im Anflug vom Norden in Paris südwärts. Leopold ist guten Mutes und mittlerweile schon etwas flugerfahren. Im Gepäck hat er viele freudige Erinnerungen wie Jérômes Entscheidung, Solocellist zu werden, einen bunten Strauß schönster Melodien, lebendige Menschen, die aus dem Vollen schöpfen können, sinnliche Beziehungen zwischen Mann und Frau, freie, gebildete Menschen, achtsame Eltern, charmante Damen, verehrte Männer, ja, sogar ein neuer, vom Rasoir National befreiter Geist umgibt die beiden auch auf der Sonnenseite des Lebens Angesiedelten.

Je näher sie der Île de la Cité kommen, desto mehr spüren sie Gegenwind. Es gibt Turbulenzen. Das kraftlose, freie Dahingleiten funktioniert nicht mehr. Die Leichtigkeit des feinstofflichen Seins liegt hinter ihnen. Was liegt vor ihnen? Jetzt beginnt es noch zu regnen. Es regnet durch sie hindurch. Aber was sollen ihnen schon ein paar Regentropfen antun? Es prasselt immer stärker. Die Winde kommen von unten, von oben, von allen Seiten. Nicht ein Vogel ist mehr auszumachen. Die haben sich alle an schützende Orte verzogen. Im wahrsten Sinne durchnässt schweben sie immer wieder wechselnd in, über und durch die vorbeiziehenden Regenwolken. Bei normalem Flugwetter hätten sie ihr Flugziel schon lange erreicht. Aber Leopold gefällt es. Endlich läuft wieder etwas. Die wache Brise hat etwas äußerst Präsentes.

Jetzt verdunkelt sich das Firmament. Sie sind an der nördlichen Grenze der Seine angelangt. Die Brise lässt anhalten. Sie weist auf das südliche Seineufer, eine schwarze kompakte Wolkenwand türmt sich dort auf. Ein richtiger Schutzwall. »Das ist die Frontlinie der Feinstofflichen der schwarzen Art«, erklärt die Brise.

Leopold ist beeindruckt und will hineinfliegen, um zu wissen, wie es so ist unter schwarzen Brüdern. Die weiße weise Brise hält ihn zurück. »Du bist noch zu unerfahren, dich ungeschützt in das schwarze Territorium zu begeben.«

Bis zur Insel schweben sie. Dann halten sie in den Lüften an – über dem Hôtel-Dieu auf der Île de la Cité. Dieser Ort hat etwas Neutrales, wie Leopold bemerkt.

Die Weise schüttelt bejahend ihr Haupt. Innerhalb des Spitals tobt ein blutiger Kampf zwischen lebenserhaltenden Menschen und lebensvernichtenden Kreaturen mit menschlichem Antlitz. Mit einem kraftvollen Kuss lässt die Brise die Geschichte, die letzten Tage der Schifffahrtsfamilie Pillier, in Leopolds Bewusstsein einfließen.

Sie fliegen nicht mehr, sondern verharren in der gleichen Position, die ihnen eine gute Übersicht auf das aktuelle Geschehen im Spitalinneren ermöglicht. Ihr Flug hat sie geographisch aus der Wohnung Lepraîtres nach Paris-Mitte geführt und zeitlich vom Hitzemonat Messidor in den etwas kühleren ersten Sommermonat Prairieal im Jahre 1795. Libellenartig beäugen sie aus verschiedenen Flughöhen, was im Inneren der Beteiligten und um sie herum passiert. Leopold ist mit seinem ganzen Wesen in die Familiengeschichte eingetaucht. Er ist vom Geschehen betroffen.

Johanna, über den Sarg Jeans gebückt, ist seit einer halben Stunde in einen Traum versunken. Die Morgensonne hat sich verzogen und einem starken Regen Platz gemacht. In der Unterwelt hinter dem Leichenraum, in einem gewölbten, fensterlosen Keller, würfeln vier Pfleger vom schwarzen Block. Nur von einer großen Kerze beleuchtet, sind ihre Fratzen kaum erkennbar. Im Leichenraum, der zwischen dem Spielzimmer und der angrenzenden Spitalkapelle liegt, karren zwei Hünen eine kaum bekleidete junge Tote in den Leichenraum. Ein Stockwerk höher macht Stein die Morgenvisite im Weibersaal, von seinen Assistenten umgeben. Das Pflegepersonal wäscht die Patienten im Männersaal. Im OP wird einem soeben eingelieferten verletzten Soldaten der Volksarmee oberhalb seines weggeschossenen Unterarmes der Arm amputiert.

Zwei Genies von Steins Gnaden wirken gnadenlos. Berthe bereitet sich vor, ihren Gatten im Hospiz zu besuchen. Stein beendet seine Visite und begibt sich in den OP. Professor Crivet ist im Anmarsch zur Arbeit. Er wird Professor Stein ablösen. Die Glocken der Notre-Dame schlagen sechs Uhr morgens.

Johanna erwacht aus ihrem Tiefschlaf. Sie befreit sich aus der unbequemen Schlaflage, streicht Jean zärtlich über die Stirn und erschrickt über die verlorene Wärme seines leblosen Körpers. Sie setzt sich auf die naheliegende Kirchenbank und sieht verloren in das flackernde Kerzenlicht. Der Innenraum der Kellerkapelle ist dunkler als noch vor einer Stunde. Regentropfen klopfen an die Scheiben der doch eher kleinen Kellerkapellenfenster. »Sogar der Himmel weint«, bemerkt die Totenwächterin. Das ist die traurige Realität, doch nun kommen Traumbilder in ihr hoch. Diese werden stärker, verschaffen sich Platz und lassen Johanna mit geschlossenen Augen sehen. Sie sieht ein wiegendes Ährenfeld, ein angenehmer Sommerwind streicht über die feinen Halme. Bäume verschiedenster Art und Größe umschließen das riesige, leicht ansteigende Feld. Die Blätter der ausladenden Kronen mächtiger Bäume rauschen beruhigend im Wind. Die Obstbäume unter ihnen zeigen ihre opulenten Früchte. Dieses Jahr steht im nahen Herbst eine gute Ernte an. Verschiedenfarbige Sommerblumen bereichern die umliegenden Wiesen. In der Ferne grüßen Berge und Wälder. Sonnenlicht und Hitze lassen den azurnen Himmel flimmern. In der Mitte schlängelt sich ein Fluss durch die Landschaft. Das klare Wasser lädt zum Bade ein. Weit von den Bergen herunter nähert sich eine Gestalt. Sie erreicht den Rand des Ährenfeldes und bewegt sich nun tastend in Richtung des ruhig dahingleitenden Flusses. Sie sucht sicher eine Erfrischung. Die Gestalt setzt sich auf einen größeren Stein etwas oberhalb des Flusslaufes. Johanna nähert sich ihr. Die Gestalt will nicht gestört werden. Die Träumende respektiert dies und geht auf Distanz. Die Gestalt nimmt Gestalt an. Sie legt ihre dunkle Brille beiseite. Jetzt entledigt sich die unbekannte Erscheinung ihres Wanderstockes. Sie kommt sicher von einer Bergtour zurück. Wegen der Haltung und der kräftigen Muskulatur denkt Johanna an einen Mann. Als sie dem Unbekannten dann in die Augen schaut, ist sie überrascht. Es ist der erblindete Michael. Er wähnt sich alleine. Aus seinen leeren Augen rinnen Tränen. Mit jeder Träne, die in den Fluss tropft, schwillt der Wasserpegel sichtbar an. Er weint ungehemmt und tieftraurig. Die Wassermassen treten über das übliche Flussbett. Der Fluss wird zum Strom. Das Traumbild löst sich auf und Johanna schwebt wieder in die Realität zurück. Jetzt weint sie ungehemmt und tieftraurig.

Die beiden libellenartig über dem Hôtel-Dieu positionierten Feinstofflichen schweben derweil im Regen. Sie schluchzen wegen dem Geschehen auf Erden und werden dabei vom prasselnden Regen beweint.

Ein großer Krach hallt nun durch den Hauptgang des Spitals. Da streiten sich zwei Wort- und Stimmgewaltige. »Du Schweinehund, Teufelsgehilfe, in die Hölle mit dir.«

»Idealist, Wunderheiler, du realitätsfremder Phantast, abgehobener Humanist und weltfremdes Arschloch!« Crivet will Stein an die Gurgel. Es gelingt ihm nur in Ansätzen.

Zwei, drei Wächter umstellen die Streithähne. In Kürze versammelt sich die halbe Belegschaft und versucht zu schlichten. Crivet steuert wutentbrannt in den OP. Er flucht vor sich hin. »Diesmal entwischt mir dieser Saukerl nicht.« Er ergreift eines der größten Operationsmesser und ist fest entschlossen, Stein zu erstechen. Dieser ist in der Zwischenzeit spurlos verschwunden. »Der kommt mir nicht mehr lebendig vor die Augen«, schwört der grenzenlos aufgebrachte Chefchirurg. Dann ersticht er mit einem verachtenden Blick sämtliche anwesenden Pfleger des schwarzen Blocks. Stein sind sie hörig. Bei Crivet sind sie machtlos.

Der Empörte muss raus an die frische Luft. Er führt Selbstgespräche. Stein hatte um Mitternacht und drei Uhr Jean mit einer Überdosis Opium in den Tod geträufelt. Johanna hat er zuvor betäubt. Johanna und Crivet hatten für das Leben des Familienvaters gekämpft. Während der zweiten Operation erlitt er einen geringeren Blutverlust als befürchtet. Die Chance zu überleben bestand. Und dieser drogensüchtige Todesengel vernichtete einmal mehr bewusst Leben, zynisch bemerkend, dass er nur das Beste für den so oder so todgeweihten armen Kapitän getan habe und ihn von seinen Schmerzen befreit hätte.

Im Kellergeschoss ist eine andere Sucht stärker als die des Würfelspiels. Die vier schwarzen männlichen Hünen begeben sich an einen neuen Spielplatz. Sie stellen eine Öllampe auf einen Steinsims im Leichenzimmer vor dem halbnackten toten Frauenkörper. Das fahle Licht fällt auf die Fratze des ersten Täters. Dieser hat beim letzten Würfelspiel gesiegt. In Siegerpose öffnet er seinen Latz, entfernt das schützende Tuch der Toten und treibt stöhnend Leichenschändung vor den lüsternen Blicken seiner Verbündeten. Leopold Feinstoff übergibt sich mental 50 Meter über dem Richtplatz. Von welcher Nahrung seine Kotze kommt, bleibt ihm wie der angeekelten Brise unerklärlich. Er blickt dem vögelnden Leichenschänder ins Gesicht und erschauert. Diesen menschenverachtenden, lüsternen Blick kennt er, das sind die Augen seines Henkers.

Stein rennt, was das Zeug hält. Er rennt um sein Leben, wissend, dass Crivet diesmal ernst macht mit der schon mehrfach ausgesprochenen Drohung, ihn nicht mit einer Überdosis sanft ins Jenseits zu schicken, sondern ihm mit einem Skalpell die Gurgel aufzuschlitzen, wohl wissend um die Härte seines steinernen Herzens. Erleichtert und atemlos erreicht er die andere Seite der Seine, taucht ein in die dunkle Wolkenschicht. Sein pochendes Herz schreit nach Vernichtung, streut Hass und Leid, will Besitz und Macht über Menschen, die Natur und den Kosmos. Dieser mächtige, düstere, paukenartige Herzschlag lockt dunkle Gestalten aus den feuchten Kellergeschossen der verregneten, wolkenverhangenen Gassen des südlichen Paris an diesem schickalhaften Frühmorgen.

Als Berthe das Krankenhaus betritt, hat sich das morgendliche Sturmtief mit Donner und Blitz südwärts verzogen. Die dunkle Wand hat sich aufgelöst. Es herrscht wieder Sonnenschein in Paris. Die Glocken der Kathedrale läuten, als wollten sie ganz Paris verzaubern. Aber das Sturmtief hat schlimm gewütet und beachtliche Schäden angerichtet, sogar Todesopfer sind zu beklagen.

Das Sonnenlicht und der Aufbruch in den neuen Tag gefallen Leopold und seiner liebreizenden Brise mehr als die Nässe. Doch trotz dieses abrupten Wetterwechsels schauen sie bedrückt in die unmittelbare Zukunft.

Der Schmerz Berthes ist unermesslich, als sie erfährt, dass ihr geliebter Jean in der Nacht verstorben ist. Sie kann ihre starken Gefühle nicht kontrollieren. Sie schreit und weint, dass die hohen Wände der Spitalgänge nur so hallen. Das Personal kümmert sich um die Witwe. Crivet kämpft schon wieder mit dem Skalpell um das Leben einer Schwerverletzten. Berthe fragt nach Johanna. »Sie ist in der Kapelle und hält Totenwache«, bekommt sie als Antwort.

Dort angekommen, empfängt sie die Schwester. Johanna umarmt Berthe, lässt nicht los, bis sich die ersten mächtigen Trauerwellen etwas gelegt haben. Kraftlos senkt die trauernde Witwe ihren Kopf auf Johannas Schulter. Johanna hält sie eng umschlungen. Die Herzen der Frauen trauern im gleichen Takt.

Und auch ein drittes Herz ist weit geöffnet und teilt die immense Trauer. Michael ist still und ehrfürchtig eingetreten und sitzt unbemerkt, aber unmittelbar hinter den beiden Frauen auf einer Kirchenbank.

Leopold blickt direkt in die leeren Menschenaugen Michaels. Aus Leere wird Fülle. Michael würdigt ihn mit einem wundersamen, entgrenzten Blick, der aus den Urtiefen seines Innersten kommt und Leopold Feinstoff offenbart, dass Michael mehr als ein normaler Mensch ist. Blitzartig erkennt der lebendige Tote, dass er als Feinstofflicher direkt mit einem menschlichen, lebenden Wesen in Kontakt ist. Ein Glücksgefühl übermannt ihn.

17. Jérôme im Glück, Schifffahrtsfamilie im Leid, wie das Leben so spielt zwischen Anfang und Mitte Messidor 1795 im sommerlichen Paris

Mit gutem Flugwetter geht es in die Wohnung Lepraîtres zurück. Leopold hat die Vergangenheit hinter sich gelassen. In der Realität der Gegenwart fühlt er sich wieder gut. Bevor sie sich im Cello zum Ausruhen einkringeln, waschen sie sich ausgiebig. »Wir dürfen kein einziges Partikel des dunklen Regenwassers in unseren Energiekörpern lassen«, bemerkt die liebreizende Brise. Also wird alles radikal weggewaschen und verschwindet im Abflussrohr. »So verschwinden die Leidverursacher in die Unterwelt der Stadt. Was sie in der mächtigen Kanalisation so treiben, gehört nicht mehr in unsere Verantwortung.«

Sauber, mit weißer Weste und wieder unbelastet schweben sie in den Cellokasten.

Jérôme stürmt mit einem Blumenstrauß in die Wohnung. Marianne verlässt die Küche und trocknet sich die Hände an ihrer Hausschürze ab. Jérôme sprudelt los: »Ich habe die Stelle als erster Cellist im Opernorchester bekommen, ohne Wenn und Aber. Rodolphe hat Trichet gesagt, dass ich über kein Konzertdiplom verfüge. Trichet hat nur bemerkt, dass sich Giorgew über Konzertdiplome der Konservatorien Moskau und Paris ausweisen könnte, was ihn nicht abgehalten habe, mehrmals stockbetrunken zu Aufführungen zu erscheinen. Er habe die hochstehende Qualität meines Spiels bei der letzten Réception bei Rodolphe freudig erlebt. Seine jahrelange Erfahrung mit der Rekrutierung von Musikern für das Opernorchester ließe deshalb keine anderen Schlüsse zu, als mich als Nachfolger Giorgews einzustellen. Dieser Lepraître sei ein Glücksfall für das Orchester, das hat er gesagt.«

Marianne fällt ihrem Ehemann um den Hals. Beide küssen sich innig. Claire und François schauen neugierig durch die geöffnete Kinderzimmertür in den Flur. »Du bist auch ein Glücksfall für unsere Familie«, stellt Marianne klar.

Wenig später sitzen alle vier vereint auf der Chaiselongue des Salons und genießen das gemeinsame Glücksgefühl. Geteilte Freude ist doppelte Freude. »Übrigens verdiene ich fast das Doppelte wie bisher als Instrumentenbauer«, bemerkt Jérôme.

Marianne seufzt. »Und wir haben uns so um unsere Zukunft gesorgt, mein Lieber.«

»Wir haben uns einfach mit unserer Situation auseinandergesetzt und versucht, das Sinnvollste für uns zu finden. Dass alles so gut laufen würde, konnten wir nicht voraussehen.«

»Möchtet ihr, François und Claire, meine zwei lieben Schätze, euren Vater, erster Cellist in der weltweit bekannten Pariser Oper, spielen hören?«, fragt Marianne.

Sofort erklingt ein »Ouiiiiiiiiiiii, ouiiiiiiiiiiii« aus vollen Kinderkehlen.

Jérôme kann nicht anders und spielt Boccherini. Dann beendet er den ersten Satz. Es wird geklatscht, ein echtes Heimspiel. »Wir jubilieren heute«, sagt Jérôme nun bedächtig. »Rodolphe und Leopold haben Wesentliches dazu beigetragen, dass dieser Jubel heute möglich ist. Auch ihnen widme ich mein Spiel.« Und weil Jubel und Trauer so nahe beieinanderliegen, gedenkt die Familie beim nächsten Stück dem verstorbenen Onkel Leopold, der vor zwei Monaten zu Grabe getragen wurde. Die letzte, kurz vor seinem Tode entstandene Cello-Solosuite Bachs erklingt. Diese sphärische Musik lässt sie trauern und spendet gleichzeitig Trost. Auch die Kinder werden von diesem Stimmungswechsel berührt. Sie lassen sich in ihr Inneres sinken. Nach dem Stück herrscht Stille.

Nach dem Abwasch zwar wieder trocken, benötigen Leopold und die liebreizende Brise nun meterweise Frottiertücher, um ihre Tränen zu trocknen. »Zu viel der Ehre«, skandiert Leopold. Sein Liebling tut kund, dass sie in ihrem ganzen langen feinstofflichen Leben noch nie einen so emotionalen Höhepunkt erlebt hätte.

Wie das Leben so spielt – hier in der Familie Lepraître herrscht großes Glück und nur fünf Kilometer weiter südlich unsagbares Leid durch den Tod des Familienoberhauptes Jean Pillier. Was wäre geschehen, wenn Sandor, der Kutscher, mit der Familie Lepraître auf der Fahrt über die Pont de Sèvres nach

Versailles vor der Brücke anständig angehalten hätte? Die todbringende Kugel hätte ebenso gut Jérôme statt Jean treffen können. Nun trauern die Pilliers und die Lepraîtres jubilieren. Die Geschenke des Lebens sind verschiedenartig, was für die Menschheit oft unverständlich ist, besonders wenn das Leben Leid, Tod und Not verschenkt. Oder gibt es nichts zu verschenken? Gibt es keinen Schenkenden? Ist einfach alles Zufall, Schicksal?

Seit zwei Tagen ist Professor Stein spurlos verschwunden. Auch die Hünen des Schwarzen Blocks meldeten sich nicht mehr zum Dienst. Die Spielhölle in der Unterwelt des Spitals ist unbespielt und verlassen. Sechs Leichensäcke warten auf den Abtransport, Crivet vermisst Johanna. Der Sarg von Jean ist auf Deck der Suzette noch für diese eine Nacht aufgebahrt. Dutzende haben sich heute Nachmittag vom Kapitän verabschiedet. Die Glocken von Notre-Dame schlagen Mitternacht.

Berthe schläft unruhig und allein im Ehebett. Von den Zisterziensern ist nur noch Johanna an Bord. Julien hält Totenwache. Der geheimnisumwobene Brief der Duchesse hat erneut seinen Besitzer gewechselt. Der ehemalige falsche Adressat ist tot. Der Brief hat überlebt, sorgfältig aufbewahrt in Johannas Kofferfach. Wird er ihr Heil oder Unheil bringen?

Bergeron und Teile seiner Sicherheitsmannschaft sind entlang des südlichen Kais am Seineufer auf Kontrollgang. Seit einigen Tagen häufen sich die Delikte. Es handelt sich meistens um Morde. Die Taten werden überwiegend nachts verübt. Die Leichen sind grauenvoll zugerichtet und wurden immer auf die gleiche Art getötet, ihr Kopf wurde abgetrennt, was darauf schließen lässt, dass es sich um die immer gleichen Täter handelt. Von denen fehlt jedoch jede Spur. Nur die abgetrennten Köpfe sind Zeichen der Tat. Die übrigen Körperteile fehlen, sind verschwunden wie ihre Schlächter. Bis heute weiß man, dass sie es besonders auf Obdachlose abgesehen haben, und bis vor zwei Tagen wurde regelmäßig in jeder zweiten Nacht südlich entlang der Seine eine Tat verübt. Jetzt wird jede Nacht jemand hingerichtet.

Bergeron und seine Sicherheitsmannschaft sind neben der Suzette stehen geblieben und informieren Julien über die Vorkommnisse. »Das ist beängstigend«, schließt Bergeron. »Deshalb sollten Sie nicht über Nacht auf dem Deck Totenwache halten. Meine Männer werden Ihnen gern behilflich sein und den Sarg mit Jean in das Schiffsinnere tragen. Verschließen Sie alle Türen gut. Wir haben unsere Präsenz verstärkt und neben den Kontrollgängen auch an gut getarnten Orten Beobachtungsposten eingerichtet. Auch der Ankerplatz wird von uns bewacht. Sie können somit ruhig schlafen, wenn Sie dazu kommen, armer Julien.« Er streckt ihm die Hand entgegen und kondoliert von ganzem Herzen.

Stein hockt versteinert in einem Kellergeschoss unweit des Jardin du Luxembourg. Die Auseinandersetzung mit und seine Ohnmacht gegenüber der Macht Crivets gehen ihm an die Substanz. Er trachtet nach Rache. Seine Gehilfen wagen sich nicht mehr auf die Seine-Insel, schon gar nicht an das nördliche Ufer der Seine. Seine Strategie, von der Insel aus mit gezielten Attacken die Nördlichen zu verunsichern und sie dann mit seinen Gefolgsleuten zu unterwandern, scheint gescheitert. Jetzt wüten seine Leute wahllos in unmittelbarer Umgebung. Besonders wütend macht Stein, dass sie auch Straßenmädchen nicht verschonen. Die Dummköpfe wissen nicht, was sie tun. Die Huren sind nämlich in seiner Obhut. Er erleichtert ihnen mit seinen selbstentwickelten und im Spital erprobten Narkosemitteln ihr Sklavendasein. Ihre Abhängigkeit ist total. Ein Genuss für jeden der schwarzen Art. Die Leichenschänder, Todesteufel und arbeitslosen Scharfrichter, die während des Grande Terreur staatlich anerkannt das Rasoir National betätigten, arbeiten nun für ihn, nicht mehr als Helden der Revolution, sondern als drogensüchtige Gehilfen, ihm hoffnungslos ergeben. Er kann sie jederzeit manipulieren. Damit verhilft er ihnen nur zu ihrer wahren Bestimmung, wie er es nennt, und die heißt: lustvolles Morden, Vergewaltigen sowie Hass und Missgunst unter den Menschen zu verbreiten.

Die Brise ist verduftet. Der Moment ist günstig. Seine Neugier treibt ihn aus der Harmonie. Er wird immer unabhängiger. Er lernt enorm viel von seiner weisen Brise und ist ihr dankbar dafür, auch weil sie das Wissen auf ihre eigene liebreizende Art vermittelt. Aber er will vermehrt eigene Erfahrungen machen. Er kennt sich als Feinstofflicher und sein Sein immer besser. Er zieht sich warm an, umhüllt sich mit einer flugsicheren, schwarzabstoßenden Hülle und fliegt erneut südwärts, diesmal ohne Begleitung. Er kreist über der Notre-Dame. Nachts nur umrissweise erkennbar, fasziniert ihn dennoch ihre großzügige Architektur. Im Innern entdeckt er Gervais-François Couperin an der Orgel. Sein kerzenbeleuchtetes Gesicht hat etwas Edles. Er wiederholt Passagen immer wieder und verändert sie dabei. Dann hält er inne und beschreibt Notenblätter. Er komponiert, schafft eigene, noch nie erklungene Musik. Niemand kann ihn stören. Sein konzentriertes Schaffen hat etwas Mächtiges und passt zur mächtigen Kathedrale. Nicht einmal die zwölf mitternächtlichen Glockenschläge vermindern seine Konzentration. Diese Konzentration spürt Leopold deutlich. Seine im Entstehen begriffene Eigenkomposition ist kein Auftragswerk, sondern ein Werk, das aus Couperins Innerstem kommend. Ein freier Komponist wirkt da unabhängig. Diese hohe Energie, resultierend aus der totalen Hingabe an sein musikalisches Schaffen, lässt keinen Platz für Ablenkungen. Couperin ist ganz bei sich. Und weil er ganz bei sich ist, ist er ein Teil des Ganzen.

Die Energien von Couperins Wirken geben Leopold Aufwind. Und wie! Er entschwebt zeitüberschreitend und rasch an Höhe gewinnend und ist plötzlich Teil des Ganzen. Ihm wird ein Überblick geschenkt. Aus dieser überirdischen Perspektive zeigt sich ihm die Welt in heimtückischen Fesseln gefangen, einem Sklavenkörper ähnlich, das Böse in einer Hand und das Gute in der anderen, unheilig verbunden und in eiserne Ketten gelegt. Sein irdisch-revolutionäres Bewusstsein rebelliert. Wie fühlt er sich frei in einer Welt jenseits von Gut und Böse.

So schnell er im Ganzen war, so schnell ist er in seine feinstoffliche, weltverbundene Realität zurückgekehrt. Die Kraft, die ihn zurückbringt, empfindet er genau wie jene, die ihn ins Ganze katapultiert hat. Couperin arbeitet immer noch hart an der Komposition, kompromisslos seine Musikalität einbringend, sein Herz eingeschaltet, lässt er Note für Note sein Werk entstehen. Seine kreative Energie schafft Raum und Platz für Freiheit auf Erden. Das imponiert Leopold.

Er kreist also über Notre-Dame, schwebt nachtwolkenähnlich zum Ankerplatz am südlichen Seineufer. Die Schiffe sind vertäut. Die Schiffer schlafen, nur die junge Witwe Berthe nicht. Die Trauer übermannt sie, sie weint bittere Tränen in ihre Kissen. Sie hadert mit ihrem Schicksal und hat Angst vor der Zukunft.

Johanna hingegen schläft und träumt erneut vom Blinden. In diesem Traum sieht sie sich zusammen mit Michael im Kampf gegen Ungerechtigkeit, Leid und Not. Die Traumbilder werden stärker und stärker. Sind diese nun Traum oder Wirklichkeit? Und auch die Jungen schlafen den gerechten Schlaf der Unschuldigen. Jeans sterbliche Überresten ruhen im Sarg. Sie verbringen eine letzte Nacht an Bord. Morgen wird der Sarg verschlossen und auf den Friedhof Picpus überführt. Bergerons Leute bewachen den Ankerplatz und patrouillieren entlang des südlichen Seineufers. Das Ganze grüßt mit einem klaren Sternenhimmel.

18. Landschaften erkunden, sehen und feinschleifen im südlichen wie nördlichen Paris, Ende Messidor 1795

Plötzlich ein Auflauf, Bergerons Patrouillen sammeln sich unter der Pont Notre-Dame. Kopfschüttelnd steht der Chef inmitten seiner Mannschaft. »Wie konnte das geschehen? Wo waren eure Augen?«

Zwei blutüberströmte Männerköpfe liegen vor ihnen auf den Pflastersteinen. Ihr wilder Haarwuchs verrät ihre Herkunft. Es sind die Köpfe der zwei seit Langem unter der Pont Notre-Dame hausenden Clochards. Für die ortsansässige Bevölkerung waren sie zu einer Institution geworden. Immer freundlich grüßend, mal schräg, mal flach in der Landschaft liegend, taten sie keiner Fliege etwas zuleide. Unabhängig, ungewaschen und meistens alkoholisiert vertrödelten sie ihren Alltag.

Bergeron hat Mühe, seine Emotionen zurückzuhalten. Die zwei waren auch ihm ans Herz gewachsen. Und nun das. Einen solchen Abgang hatten sie nicht verdient! Er erinnert sich blitzartig an letzte Weihnachten. Es schneite stark. Ein kalter Wind blies unter der Brücke. Die ruhig dahinfließende Seine dampfte und erwärmte ihre unmittelbare Umgebung. Die beiden frierenden Clochards hatten sich eingerichtet. Ihre Rücken lehnten an der Kaiwand, ihre leicht geröteten Blicke waren auf ein kleines, mit vereinzelten roten Kerzen beleuchtetes Weihnachtsbäumchen vor ihnen gerichtet, improvisiert, wie alles in ihrem Leben, in eine geköpfte Weinflasche gestellt. Links und rechts waren windschützende Wände aus Holzkisten und Abfallbrettern aufgebaut. Die beiden hatten Bergeron, der allein unterwegs war, freundlich gegrüßt und ihm einen Schluck aus ihrer Weihnachtsrotweinflasche angeboten. Er war im Dienst, machte aber damals eine Ausnahme. Und so streckte ihm einer der zwei die Flasche entgegen. Er stutzte, ein Bordeaux, Jahrgang 84, einer der besten Weine. »Was Weine anbelangt, kann man euch scheinbar nichts vormachen«, scherzte er beeindruckt.

»Für Weihnachten ist nur das Beste gut genug. Wir haben unsere Quellen«, antwortete der Kultivierte mit einem Lächeln. »Der Herr gibt es den Seinen im Schlafe. Kurz vor der Weihnachtsfeier machten wir unser Vorweihnachtsschläfchen wie immer. Das gehört für uns zum Lichtfest, alle Jahre wieder. Und regelmäßig steht danach, wie Sie, geschätzter Schutzpatron es schon gut erkannt haben, eine Flasche vom Besten auf unserem Kistentisch. Beeindruckend, nicht wahr?«

»Ob ich mich beeindrucken lasse, das müsst ihr mir schon selbst überlassen. Was ich euch beiden jedoch versprechen kann, ist, dass ich wegen dieser Bagatelle keine Untersuchung einleiten werde. Dies soll mein Beitrag für euch Stadtoriginale zum Fest der Liebe sein.«

»Großzügig, aber ungerecht, lieber Bergeron. In diesem Fall sind wir keine Einbrecher, sondern einfache Beschenkte. Wahr ist sicher, dass nicht der liebe Gott der Schenkende ist. Er bedient sich vermutlich eines Engels, um die rote frohe Botschaft zu überbringen. Es ist Jean Pillier, der Kapitän der Suzette. Auch nächstes Jahr wird er uns mit dem besten Rotwein seines Weinkellers im Rumpf des Schiffes verwöhnen. Das ist so sicher wie das Amen in der Kirche.«

Die brutale Realität hat diese Sicherheit wie das Amen in der Kirche zerstört. Der tatkräftige Weihnachtsbotschafter Jean und die untätigen Stadtoriginale feiern das nächste Weihnachten anderswo. Bergeron seufzt, er hat drei liebenswerte Menschen verloren und das macht ihn sehr traurig.

Die Mannschaft kennt ihren Chef. Alle staunen über die lange Pause zwischen seiner ersten Schelte und dem, was nun kommen muss. Normalerweise erteilt er in solchen Situationen sofort klare Befehle. Die Geführten warten auf seine Anweisungen. Bevor Bergeron spricht, schluckt er ein-, zweimal mit Tränen in den Augen. Dann lässt er die Köpfe wegschaffen und die verschmutzten Pflastersteine vom Menschenblut säubern. Nach erledigter Arbeit entlässt er seine Untergebenen für diese Nacht. »Ich sehe Sie morgen wieder!«

Während der nächsten Stunden bleiben die südlichen Kais der Seine unbewacht.

Leopold Feinstoff ist fürs Erste gewarnt. Sein energetisch gestrickt und gewobener Anzug wärmt ihn. Sorgfältig überprüft er die Schwarzundurchlässigkeit desselben. Und los geht's ins schwarze Territorium. Er hat den Süden von Paris während seiner Zeit auf Erden geliebt – Duponts Café du Commerce, die Sorbonne, der großzügige, belebte großstädtische Universitätsboulevard. Aber in dieser Nacht beleben ihn nur wenig Menschen, vereinzelte Nachtschwärmer ausgeschlossen. Die Schwarzen sind hier eingefallen und haben sich dieser freiheitsatmenden, lebensbejahenden Gegend bemächtigt, um ihr Unwesen zu treiben. Er fühlt sich ihnen in jeder Beziehung überlegen. Unsichtbar und mit bedeutend mehr Bewusstsein ausgestattet, setzt er sich in seinem wirbelnden Gehirn das Ziel, die Clochard-Mörder zu finden und diese Schweinehunde an Bergeron auszuliefern. Er ist guten Mutes und zieht seine Kreise mit der ihm mittlerweile vertrauten Leichtigkeit des Seins über dem Universitätsquartier. Da plötzlich attackieren ihn schwarze Wolkenfetzen. Sicher ein Dutzend umkreisen ihn, wollen ihn durchstoßen wie heute Morgen der saure Regen durch ihn hindurchgeregnet ist. Seine Gewissheit, dass er unsichtbar für alles und jeden ist, erweist sich als fahrlässiger Trugschluss. Das sind keine menschlichen Scheusale, nein, das sind offensichtlich die feinstofflichen Ausführungen der schwarzen Art. Er kontert die Attacke und versucht den feindseligen Schwarm zu vertreiben. Es beginnt ein wahrer Luftkampf. Von allen Seiten versuchen sie ihn einzukreisen. Seine Gegner scheinen auch über eine Form von Bewusstsein zu verfügen, denn sie verfolgen eine klare Strategie, ihn nordwärts abzudrängen. Als Solokämpfer ist er chancenlos. Mit einer Form von Energie vertreiben sie ihn aus ihrem Territorium. Seinem Inneren konnten sie nichts antun, so hofft er zumindest. Der schwarzundurchlässige Anzug hat sich bewährt. Aber seine Ehre als Kämpfer der weisen Art ist in Frage gestellt. Das lässt er sich nicht bieten. Nochmals! Er nimmt allen Mut zusammen und betritt diesmal besonders leise das schwarze Territorium, schleicht sich durch Hinterhöfe und über Häuserdächer durch das Quartier, spähend nach schwarzen Kreaturen, menschlichen wie feinstofflichen. Seiner Intuition und seiner Spürnase folgend, steht er plötzlich vor einem großen schwarzen Schlot. Obwohl im Sommer nicht benutzt, entströmt ihm eine höllische Wärme. Er stutzt, ist wachsam und sieht genau hin. Dort ist Stein im Kellergeschoss. Er liegt auf einer komfortablen Liege mit vergoldeten Lehnen, bordeauxrot, samtbezogen und bequem gepolstert. Wohlig ausgestreckt liegt er da. Er schnarcht, dass die dicken Kellerwände beben. Um ihn herum liegen, in einem drogentiefen Schlaf versunkenen, drei Huren in Ausbildung. Das züngelnde Licht weniger schwarzer Kerzen beleuchtet sprunghaft die vier Körper. Noch geht kein übler Gestank von ihnen aus, im Gegenteil. Für Leopold äußerst verführerisch, vermischt sich ein anziehendes Parfüm mit der ausströmenden Schlotwärme. Er muss alle seine Kräfte aufbringen, nicht von diesem Wohlgeruch ins fensterlose Kellergeschoss gesogen zu werden, besonders wenn er die wunderschönen Frauenkörper auf seine männlichen Sinne wirken lässt. Dennoch erlaubt er sich kurz diesen Anblick, sieht aber auch, dass neben der Lustwiese ein großer schwarzer Flacon mit Parfum steht. Stein reinigt seine Lusthöhle bewusst, wenn er ausbildet. Er ist zweifellos ein genialer Verführer an Körper, Geist und Seele menschlicher Wesen.

Leopolds männliche Triebe verflüchtigen sich langsam, eigentlich schade. Er schaltet seine schneckenförmigen Gehirnwindungen ein. Er kann nicht anders, als sich ein Bild von der inneren Landschaft Steins zu machen. Nein, er will keine Außensicht. Er bricht auf zur Entdeckungsreise ins Innere Steins. Dafür braucht er all seinen Mut. Unbewusst weiß er, dass ihn die kommenden Schritte auch ins Verderben führen können. Träumt Stein wie er? Hat er überhaupt Träume? Soll er die Traumwelt um Eintritt ins Innere Steins bitten? Wacht er dann aus seinem Tiefschlaf auf? Und die Traumwelt informiert ihn über seine, Leopolds, Absichten – Gott bewahre. Er muss diesen Schritt alleine gehen, auch wenn ihm die Weisheit seiner geliebten Brise nützlich sein könnte. Also folgt er seiner Intuition. Er entschließt sich, die Traumwelt um Einlass zu bitten, und bittet gleichzeitig, sie möge ihn auf dieser Entdeckungsreise beschützen. Er will Stein weder Schlechtes noch Gutes tun, sondern ihn verstehen in seiner Gesamtheit als Wesen. Auf geht's!

Er sieht seine innere Landschaft und durchwandert diese bis in die Urtiefen seines Unbewusstseins. Das Gleiten durch das Wasser, das Tauchen und selbst das Atmen sind sehr herausfordernd. Seine Wanderung durch das Innere Steins ist nicht fließend wie bei seinen bisherigen Erfahrungen, sondern sehr mühsam. Hindernisse blockieren immer wieder seinen Weg. Atemnot überkommt ihn. Die Landschaft ist karg, sie gleicht einer Mondlandschaft. Er kann sich nicht vorstellen, dass die Böden reich an Wasser und Nahrung sind. Ein mächtiger Fluss, fahl beleuchtet, schlängelt sich durch die Tristess. Es friert ihn. Wo sind die Ährenfelder? Es gibt sie. Sie sind gerupft und vom Überlebenskampf gezeichnet. Ihnen fehlen Licht, Nahrung und sauberes Wasser, damit sie gedeihen können.

Er steigt in das finstere Tal, um den Fluss zu erreichen. Je näher er der Talsohle kommt, desto unangenehmer wird der Geruch, der in seine Stegnase dringt. Nähert er sich einer offenen Kanalisation oder einem Fluss? Er hat Mühe, sich diesen eigenartig klebrigen Wassermassen anzuvertrauen. Er lässt sich schlussendlich auf die hohe See treiben und bis zu einer Insel, wo ihn eine immens große Kathedralengrotte empfängt. Befindet er sich im Innern einer Toteninsel? Wo ist hier Leben? Jetzt gilt es, in Steins Unterbewusstsein einzutauchen. Er bekommt keine Tiefe, wird immer wieder an die Wasseroberfläche gespült. Er schafft es nicht über die Grenze. Das will er nicht akzeptieren und versucht es hartnäckig an anderen Stellen. Seine Ausdauer wird belohnt. Er taucht ein, wird von der Wasserdichte fast erdrückt. Eine riesige Deponie mit Steins Erfahrungsmüll zeigt sich ihm. Verletzungen, Gewalt, Hoffnungslosigkeit und Verzweiflung dümpeln unerlöst in dieser Unterbewusstseinsdeponie. Es braucht einige Zeit, bis Leopold diese belastenden Wassermassen in Richtung Tiefsee überwunden hat, und er ist froh, dass er unverwundet dieses Hindernis durchbrochen hat. Die Urtiefen von Steins Unbewusstseins melden ihm, dass die letzte Grenzüberschreitung ansteht. Auch hier wird er blockiert. Was bedeutet das? Das bedeutet, Stein hat keinen Zugang zum Kollektivbewusstsein zum großen Ganzen. Er ist in seinem Ego gefangen. Das muss die Erklärung sein.

Leopold taucht wieder auf und hat einige Schwierigkeiten, wieder an die Wasseroberfläche zu kommen. Beim Zurückwandern befällt ihn wieder Atemnot. Die Luft scheint bitter, für ihn als Süßstoffatmenden ist das besonders unangenehm. Das fahle Licht spiegelt sich in den beachtlichen Wassermassen des ruhig dahinfließenden Flusses. Er ist froh, Steins innerer Landschaft entkommen zu sein.

Wenig später schwebt er wieder in der neutralen Zone der Île de la Cité, fühlt sich wieder frei und muss sich eingestehen, dass sein Lerndefizit als Feinstofflicher der weisen Art noch beachtlich ist. Da kurvt die weise Brise unaufgefordert in die neutrale Zone. »Selbsterkenntnis ist der erste Weg zur Weisheit, du Halbwüchsiger. Warum, glaubst du wohl, habe ich dich bis heute nicht mit unseren weisen Artgenossen in Verbindung gebracht? Weil du noch nicht vollständig ausgewachsen bist. Naiv und dich überschätzend, bist du direkt mit unseren Antipoden, den Feinstofflichen der schwarzen Art, in Kontakt getreten. Typisch Leopold, immer wieder unerlaubt Grenzen überschreiten und dabei tüchtig auf die Nase fallen«, rügt sie ihn.

»Immer dieses zielgerichtete Ausbildungskonzept, diese kopflastige Stoffvermittlung, die mir Häppchen für Häppchen Wissen vermittelt und Grenzen setzt. Ich will auch spontan mein feinstoffliches Leben erfahren und erlaube mir, auch mal auf die Nase zu fallen«, entgegnet Leopold. Manchmal empfindet er seine Brise nur teilweise als weise.

Johanna erwacht frühmorgens in ihrer Koje und spürt, dass es Berthe schlecht geht. Sie sucht die junge Witwe in der übergroß gewordenen Elternkoje auf. Sachte klopft sie an und fragt: »Darf ich reinkommen?«

Sie darf, setzt sich auf den Bettrand und streicht Berthe über die schwitzende Stirne. Dann legt sie eine Hand auf ihre Herzgegend und trägt schweigend ihre Trauer mit. Ein gute Weile sind sie so zusammen, im Schmerz über Jeans Verlust vereint. Plötzlich sieht Johanna wieder eine Landschaft wie in ihren Träumen mit Michael und doch anders: Das Licht und die Luft sind gleich. Sie sieht eine hügelige Sommerlandschaft mit Bäumen, Wäldern, Wiesen und ein großes Ährenfeld, das unbewegt daliegt. Das gleißende Sommerlicht ist erbarmungslos. Die Böden sind trocken, einzelne Sträucher und Bäume sind schon fast verdorrt, es herrscht Wassernot. Ein kleines Rinnsal schlängelt sich durch die Trockenheit.
Was ist das für ein Bild, das da in ihr hochkommt? Urplötzlich begreift sie seine Bedeutung: Das ist die innere Landschaft von Berthe. Sie offenbart sich Johanna mit diesem tiefen Einblick in ihr Wesen, zeigt der Schwester ihren inneren Seelenzustand. Johanna ist berührt.
Das innere Bild Berthes spricht zu ihr, jedenfalls weiß sie sofort und eindeutig, wie sie das unsägliche Leid der jungen Witwe vermindern kann. Sie kühlt ihre Stirn und bringt ihr den größten Krug mit ihrem Lieblingstee. »Trink, so viel du kannst«, flüstert sie.
Gierig nimmt Berthe die Flüssigkeit auf, trinkt und trinkt, bis der Krug leer ist.
Leopold Feinstoff schwebt nun über der Suzette und beobachtet Schwester Johanna. Er hat ihre Gedankengänge und Bilder miterlebt. Er fragt die weise Brise, wer unter den Menschen heute eigentlich über die Fähigkeiten verfügt, innere Bilder zu sehen. »Noch nicht allzu viele. Sicher du, als Leopold Renaudin, Cécile, die Ehefrau Charles' und auch Schwester Johanna, aber Johanna ist mehr als nur ein menschliches Wesen«, antwortet die Brise.

Die Glocken von Notre-Dame schlagen fünf Uhr morgens. Der Tag erwacht. Schwaches Licht verdrängt das Dunkel der Nacht. Sie meiden das Tageslicht und sind in die Unterwelt abgetaucht. Die letzten Gaslichter verlöschen, die Stille wird durch erstes geschäftiges Treiben verdrängt. Leben beginnt sich überall zu regen. Paris s'éveille. Jetzt fallen die ersten kräftigen Sonnenstrahlen über die Stadt. Sie kündigen einen weiteren Hitzetag an. Die Kellner in den Bistros putzen die Böden und stellen Stühle und Tische auf die Terrassen und Boulevards. Der Geruch von frischen Baguettes, Ficelles und Croissants verbreitet sich und verführt erste Frühaufsteher. Die Straßenverkäufer deponieren zusammengebundene Papierbündel an strategischen Orten. Seine-Fischer bieten am Fischmarkt frischen Fisch zum Verkauf an. In denLes Halles wird um Esswaren heftig gefeilscht. Schuhputzer machen sich bereit, warten auf erste Kunden. Damien Mazet, Student der Rechte, gerade dem Elternhaus in Versailles entflohen, rollt sich aus dem Bett und öffnet im Adamskostüm die Fensterläden seiner Studentenbude am Universitätsboulevard. Er streckt sich, lässt die Morgenwärme eintreten. Julie, seine Freundin, wäscht sich Gesicht, Ober- und Unterkörper und verlässt rundum frisch den Badebottich.

Die liebreizende Brise und Leopold schweben durch die wärmenden Sonnenstrahlen in Richtung Norden, Leid und Schrecken hinter sich lassend. Bei Petitpois wird die erste Tageslieferung Meeresfrüchte angeliefert. Leopold zieht es an seine menschliche Wirkungsstätte. Er will den fehlenden Feinschliff an seinem Juwel vollziehen. Gäbe es dafür einen besseren Ort als sein Atelier an der Rue Saint-Honoré 364?

Das erste Mal seit langer Zeit befindet er sich wieder an seiner ehemaligen Arbeitsstätte. Jérôme hat sein Cello heute ins Atelier mitgebracht, weil er am späteren Abend noch bei Jean-Baptiste Meisterunterricht genießen darf. Er arbeitet nur noch hin und wieder als Instrumentenbauer und bringt Angefangenes noch zu Ende. Das Atelier scheint an diesem Arbeitstag verwaist. Das wäre unter seiner Ägide nie passiert. Die gesamte Belegschaft sitzt zusammen mit Rodolphe gemütlich auf Marcs Terrasse beim Kaffee. Jetzt stoßen noch zwei Männer dazu. Es sind Nicolas Lupot, selbständiger Instrumentenbauer, und sein Geselle François Louis Pique. Leopold erinnert sich, beide während des letzten Hauskonzertes beim frischgebackenen Konservatoriumsdirektor gesichtet zu haben. Rodolphe hat ja nicht nur Jérôme als Arbeitskraft zu ersetzen, sondern auch seine Wenigkeit. Luc wird zusammen mit Nicolas und

François Louis in der Zukunft für das Atelier Leopold Renaudins tätig sein. Heute wird die Art und Weise der Zusammenarbeit festgelegt. Jérôme genießt seinen neuen Status als mittelfristig Unbeteiligter, schlürft seinen Kaffee und lässt seinen geübten Blick über die vorbeistolzierenden, wohlgeformten Frauen schweifen.

Leopold denkt sich, die werden sicher noch einige Zeit beschäftigt sein. So kann er sich ungestört dem Juwel widmen. Also sitzt er auf dem altbekannten Chefstuhl in seinem ehemaligen Büro, die Tür geschlossen, und arbeitet mental am Feinschliff. Was gibt es noch zu schleifen? Das Cello hat er hier über Monate gebaut. Es ist sein bestes geworden. Als Mensch erfüllte ihn das Resultat in hohem Maße mit Freude und Stolz.

Die Passion, perfekte Instrumente zu bauen, überlebte seinen Tod. Er hat sein bestes Stück mit einem feinstofflichen Innenausbau veredelt. Was entstand dabei? Er hat den Klangkörper gestärkt und den Klang verbessert, das Cello weiter perfektioniert. Die Erfolge im internationalen Vergleich, sogar mit Stradivaris, bestätigen seine subjektive Wahrnehmung. Den weltlichen Cellokörper hat er mit einem feinstofflichen verstärkt. Er hat dem Instrument ein Gehirn verpasst und Sinnesorgane zugeordnet. Heute haucht er ihm Sinnlichkeit ein. Er legt seine Hände auf die Cellodecke, lässt seine Sinnlichkeit bewusst ins Cello einfließen mit dem Wunsch, dass diese Qualität auf Musiker wie Zuhörer überspringen möge. Der Feinschliff ist appliziert. Es ist vollbracht!

Dritter Teil:

Das Cello, meisterhaft bespielt, verzaubert durch seine Wohlklänge charmante Frauen wie edle Herrschaften sowie das gemeine Volk in ganz Europa Anfang des 19. Jahrhunderts, in einer turbulenten Zeit zwischen Krieg und Frieden

1. Leopold Feinstoff stellt sich eine Grundsatzfrage an seiner ehemaligen Arbeitsstätte, konspiratives Treffen zweier Ungleichgesinnter auf einer Bank neben dem Spital Hôtel-Dieu, immer noch Ende Messidor 1795

Ja, der Feinschliff ist getan. Es ist vollbracht! Und was nun? Leopold ist an seiner alten Arbeitsstätte und hat ein Cello gebaut.

Gerne würde er seine Freude über die gelungene Instrumentenveredelung mit Artgenossen teilen, leider ist er bis jetzt noch keinem von ihnen begegnet, ganz im Gegensatz zu den Feinstofflichen der schwarzen Art. Natürlich kennt er diese erst in Ansätzen, aber immerhin.

Er fühlt sich heute feinstofflich ausgewachsen, aber definitiv nicht der weisen Art zugehörig. Die weise Brise attestiert ihm allerdings, dass er dazugehört. Während seiner Ausbildungszeit erlaubte er sich nicht zu widersprechen oder die weise Art als solche anzuzweifeln. Nun will er so schnell wie möglich feinstoffliche Wesen der weisen Art kennenlernen, damit er sich von ihnen endlich ein Bild machen kann. Aber nochmals zurück zu seiner Frage: Was nun?

Er hat das Instrument weiter perfektioniert. Dies erfolgte überwiegend an seiner ehemaligen Wirkungsstätte. Ist er ein Wiederholungstäter oder einfach zu circa 200 Jahren instrumentenbauender Routine verdammt? Gott bewahre ihn davor! Repetiert er sein Leben einfach unter anderen Lebensbedingungen? Für ihn scheint klar, dass die Mittel der Vergangenheit allein nicht ausreichen, seine Zukunft zu gestalten. Was sich in der Vergangenheit bewährt hat, garantiert in der Zukunft noch lange weder Befriedigung noch Erfolg, so sagt sein Intellekt.

Konkret, was nun? Er fragt sich, nicht seine liebreizende Brise, die hat sowieso sofort eine Antwort. Wie fühlt er sich in seinem nicht mehr ganz neuen

Leben? Gut, aber ... er wünscht sich neue Lebensinhalte. Sein Wachstum ist abgeschlossen. Wo geht die Reise nun hin? Was macht Sinn? Als Mensch verfügte er über einen guten inneren Kompass. Sachliche Überlegungen und gutes Gespür, was für ihn jeweils stimmig war, gaben ihm Sicherheit auf seinem Weg. Momentan ist er verunsichert. Er lässt das zu und akzeptiert die Unsicherheit. Kommt Zeit, kommt Rat. Er gesteht sich eine halbe Stunde Zeit zu, versucht seinen Gedankenfluss abzuschalten. Das ist gar nicht so einfach für ihn. Aus dem teilweise geglückten Abschalten überkommt ihn erneut sein Gedankenfluss. Manchmal sollte er sich nur auf den nächsten Schritt im Leben konzentrieren, denn weitergelebt wird so oder so, auch ohne ihn.

Es zieht ihn aus dem Atelier. Wer zieht ihn eigentlich? Das hat er sich schon mal gefragt. Ist er es selbst mit seiner unschlagbaren Intuition, der den Impuls zur Aktion setzt und das Ziel bestimmt, oder ist er fremdbewegt? Ist er Akteur seines Lebens oder ist alles vorbestimmt?

Die neutrale Zone ist sein Bestimmungsort, da wird angehalten. Über der Bank, auf der Johanna in ihrer schwarz-weißen Ordenskluft ungehorsam die leidgeprüfte Schifffahrtsfamilie gesegnet hatte, positioniert er sich. Ein Mönch in einer schwarzen Kutte nähert sich und setzt sich auf die Bank. Nach kurzer Zeit erscheint eine stattliche Gestalt. Sie bewegt sich tastend vorwärts. Es ist der blinde Michael. Er setzt sich auf die gleiche Bank. Jetzt lugt ein Kopf aus der Kutte hervor. Es ist Stein. Leopold ist perplex.

Er erwartet, dass der verkleidete Stein ein Skalpell zückt und jeden Moment Michael ersticht. Dem ist nicht so.

Seine neue wundersame Fähigkeit, sofort die Lebensgeschichte der Menschen zu sehen, ja, zu durchleben, setzt er bei Stein ein. Als Mensch verfügte er in einer unbewussten Art und Weise schon über diese Fähigkeit. Seine nähere Umgebung attestierte ihm immer wieder, dass er die Menschen lesen könne. Aber als Feinstofflicher kann er das nun bewusster tun. Dank an seine Brise, dass sie ihm dafür die Augen geöffnet hat.

Er taucht in Steins Leben ein. Er sieht ein Kleinkind, niedlich, gesund. Ein dreijähriges Kerlchen voller Lebensenergie. Seine Mutter hat ihn gestillt, hat ihm mütterliche Liebe und Zuwendung geschenkt. Sein Vater ist stolz auf seinen Sohn. Da stirbt seine Mutter an der Pest. Der Vater ist verzweifelt, der Sohn kann das Geschehene zuerst nur teilweise begreifen. Er leidet stark unter Liebesentzug. Er hat keine weiteren Geschwister, als Einzelkind wird er von einer jungen Kindfrau betreut. Diese ist unerfahren und überfordert mit ihrer Rolle. Sie schlägt den kleinen Stein immer wieder, wenn dieser gute Kopf nicht so will, wie sie will. Der Vater kommt meistens spät am Abend von der Arbeit zurück. So sieht Klein-Stein seinen geliebten Vater kaum. Er ist den Gewaltausbrüchen seiner Betreuerin ausgeliefert. Es dauert ganze zwei Jahre, bis sein Vater eine Frau kennenlernt. Sie wird Steins Stiefmutter. Das Ehepaar möchte zusammen ein Kind. Das klappt über Jahre nicht. Die Gattin ist auf ihren Stiefsohn eifersüchtig, ja, sie lehnt ihn ab und schlägt ihn, wenn sein Vater bei der Arbeit ist. Er wird bei Padres eingeschult. Diese führen ein strenges Regime. Obwohl er ein guter Schüler ist, wird er öfter von Lehrern, die immer wieder von heiligem Zorn befallen sind, bestraft, wenn er nicht funktioniert, wie sie wollen. Leopold sieht, wie Gewalt gegenüber dem heranwachsenden Jüngling ausgeübt wird. Die Knabenschule liegt an der östlichen Peripherie von Paris. Sie grenzt an ein Stoppelfeld. Die Weizenernte ist eingebracht im Spätsommer 1762. Die Breite des Feldes misst gute hundert Meter. Jung-Stein erlaubt es sich, sein Pausenbrot im Schulzimmer zu essen. Sein Lehrer ertappt ihn dabei. Er wird wütend, brüllt Jung-Stein an. Er zerrt den Knaben an den Ohren aus dem Schulzimmer. Die ganze Klasse schaut aus dem ersten Stock des Schulgebäudes zu. Stein muss seine Schuhe ausziehen. Der Erzieher befiehlt ihm, barfuß über das Stoppelfeld zu laufen. Grausame Schmerzen erleidend, versucht er zu entfliehen. Aber der Zucht ausübende Pädagoge lässt nicht von seinem Ohr. Nach der Strafausführung zerrt er den ungehorsamen, wimmernden Schüler mit blutigen Füßen wieder an seinen Platz. Da er in der Zwischenzeit im Internat lebt, erfahren seine Angehörigen nichts davon. Mit zunehmendem Alter versucht er sich zu wehren. Er schafft es nicht, verdrängt die Erinnerungen an die Gewalt, löscht sie aus seinem Gedächtnis. In der Pubertät beginnt er zu realisieren, dass er über beachtliche Muskelkraft verfügt. Es dämmert ihm, dass auch er Gewalt auszuüben kann. Das tut er listig, wo er kann. Liebesentzug, Gewalt und Verletzungen haben aus ihm einen wahren Luzifer gemacht.

Die Bilder von seiner Reise durch das Innere Steins verbindet Leopold mit seiner Biographie. Sein Fazit: Das Leben hat ihn zu dem gemacht, was er ist. Es ist ihm nicht gelungen, der Gewalt zu entsagen. Die sich unheilvoll wiederholenden Verletzungen sind so mächtig geworden, dass Stein durch die Erinnerung an sie irrewerden könnte. Deshalb hat er sie aus seinem bewussten

Gedächtnis ins Unterbewusstsein verschoben. Von dort drängen diese aber immer wieder an die Oberfläche, wollen das Dunkel des Unterbewusstseins verlassen.

»Heute bin ich bereit, mich auf das Wagnis einzulassen«, bemerkt Stein auf der Bank.

Michael erwidert: »Ich bin gespannt, wie du darauf reagierst.«

Die beiden vertrauen sich. Dass man Michael vertrauen kann, ist Leopold schon lange klar, aber dass Michael Stein vertraut, überrascht ihn. Ihre Beziehungsgeschichte kurz zusammengefasst: Die starke Männerfreundschaft zwischen Crivet und Michael erklärt sich schnell und überzeugend. Ein täglicher Kontakt über das tägliche Essen ebenso. Stein hat aber über die Jahre mitbekommen, dass Michael und Crivet intensiv über philosophische Themen diskutierten. Nur Bruchstücke hat Stein davon verstanden, aber sein Interesse war geweckt. Eines Tages sprach er Michael im Spitalgang an und lud ihn zu einem Spaziergang ein. Michael willigte überraschend sofort ein. Seither sind sie öfter gemeinsam debattierend unterwegs. Trotz vieler Unterschiede zwischen ihnen entstand Vertrautheit.

»Ich habe dir einen symbolischen Flacon mit Mohnsaft mitgebracht und übergebe dir diesen mit heutigem Datum. In den letzten Tagen habe ich meinen Drogenkonsum stark eingeschränkt und will endlich von diesem Gift loskommen.«

»Gut so, Stein. Ich werde das Gift dem Spital zukommen lassen, ohne Crivet darüber zu informieren, dass du dahintersteckst, sonst lässt er nicht locker, dich aufzuspüren, um dir deine Gurgel aufzuschlitzen. Übrigens, dein Tarnanzug steht dir perfekt, mein Lieber.«

»Den weißen Arztkittel gegen die schwarze Kutte einzutauschen, war für mich nicht einfach.«

»In deiner Spitalzeit warst du schon getarnt«, stellt Michael fest. »Heute geht es ja nicht um die äußere Tarnung. Wir fahren fort, dein Innerstes zu enttarnen und zu erforschen.«

Mit einem »Auf geht's« und einem tiefen Seufzer gibt Stein sein Einverständnis.

Einzelne Morgenspaziergänger flanieren durch den erwachenden Park. Mit Sonnenschirmen und ausladenden Basthüten bestückte Damen der guten Gesellschaft führen ihre Hunde spazieren. Traktatenverkäufer rufen die druckfrischen Schlagzeilen in die Sommermorgenluft – Paul Barras bringt sich in Stellung für die Präsidentschaft des Nationalkonvents. Abgeordnete lassen sich ihre Lederstiefel putzen. Das Kutschengequietsche nimmt zu. Michael und der Mönch sind in ein Gespräch vertieft. Ein Clochard hat die Nacht überlebt und schläft auf einer nahegelegenen Bank. Couperin verlässt mit übernächtigten Augen und einem guten Dutzend beschriebener Notenblätter Notre-Dame. Ein Schiffshorn erklingt. Eine alternde Diva betritt mit einem eigenartig tänzelnden schwarzen Pudel den Park. Im nahen Spital werden die Patientensäle gelüftet. Und Leopold Feinstoff schwebt über all dem. Schweben ist gut, aber manchmal überkommt ihn der Wunsch, wieder mit menschlichen Füßen den Boden zu spüren und beim Spaziergang über Parkwege unter den Schuhsohlen das Knirschen der Kieselsteine zu vernehmen.

»Lieber Stein, möchtest du dich an unsere erste Sitzung auf dieser Bank erinnern? Die ersten Frühlingsknospen begannen zu sprießen, Schneeglöckchen lugten neugierig aus dem kargen Winterboden. Seit Wochen sind wir auf der Suche nach deinem Wesen. Komische Gefühle, Schlafstörungen waren am Anfang die Themen. Mit einer Selbstdiagnose am Ende hast du mich, Michael auserwählt, als nicht mehr praktizierender Arzt dir zu helfen. Du hast mich wieder zum Arzt gemacht, zum Seelenarzt. Durch dich habe ich meine Lebensbestimmung gefunden. Heute versuche ich nochmals dein Erinnerungsvermögen zu schärfen, Kindheitserinnerungen wachzurütteln, denn deine Leiden sind primär innerer Natur. Die letzte Sitzung hat gezeigt, dass du dich bis zu deinem letzten Jahr deiner Internatszeit erinnern kannst, aber nicht weiter zurück. Heute höre in deinem Inneren Gras wachsen. Ein gutes Zeichen und eine gute Entwicklung, die hilft, schreckliche Bilder aus deiner früheren Jugendzeit hochkommen zu lassen.« Auf diese Ansprache folgt eine geraume Zeit Ruhe.

Stein schnäuzt sich, einmal, zweimal, sein Taschentuch färbt sich rot. Ein starkes Nasenbluten überfällt ihn. Michael hilft ihm mit seinem Nasentuch aus, denn das Bluten will nicht aufhören. Tränen rollen aus den tieftraurigen Augen Steins und vermischen sich mit dem Blut aus der Nase. Es kommt eine Bildfolge hoch. Hellwach nimmt Stein wahr. Er sieht sich als Jung-Stein, sein Lehrer züchtigt ihn, bis seine Füße durch die scharfen Stoppeln des abgemähten Ährenfeldes bluten. Er ist dem pädagogischen Scheusal hoffnungslos ausgeliefert. Seine Mitschüler lachen hämisch vom ersten Stock aus. Er erzählt Michael von dem Bild.

»Grausam und eindrücklich«, kommentiert Michael und fragt: »Was möchtest du jetzt tun?«
»Den kleinen Jungen umarmen.«
»Mach das gedanklich«, ermutigt ihn Michael.
Stein weint nun ungehemmt. Die Zeit scheint stillzustehen.
Gerührt schaut Leopold aus seiner feinstofflichen Perspektive dem Geschehen zu. Er ist fasziniert, was im Inneren Steins abläuft. Aus dem kargen Boden seiner inneren Landschaft bricht blutartige Feuchtigkeit hervor. Sie überschwemmt das dürre Ährenfeld, nährt die dürstenden Ährenhalme. Das dämmrige Licht wird heller und spendet Wärme. Die Landschaft erstrahlt in neuen Farben. Goldgelb wiegen sich die Ährenhalme im Wind. Das Blut ergießt sich in den mächtig dahinziehenden Fluss und zieht in Richtung Mündung. Jetzt erreichen die ersten Wassermassen mit dem Blut den See, dort verbreiten sie sich gleich einem gutmütigen Algenteppich auf dessen Oberfläche. Der bläulich glänzende See ist nun mit roten Blutflächen bedeckt. Dort werden sie zu Geysiren und versprühen kräftige Fontänen, mit denen sie die zähflüssige und bis jetzt undurchdringliche Seeoberfläche durchbrechen. So öffnen sie Stein einen Zugang zu seinem Unterbewusstsein.

Andächtig verinnerlicht er dieses Schauspiel, es ist wahrer Balsam für seine Seele. Da schwirrt die Brise gutgelaunt durch die Luft herbei, kurvt mit beeindruckender Flugfähigkeit um ihn herum, stoppt und küsst ihn schnippisch. Er hat keine Lust auf ihre Berührung. Er ist mit seinem Berührtsein beschäftigt.
»Hast du keine Lust auf einen kleinen Flirt mit deiner alten Dame?«, neckt sie ihn mit einem verführerischen Augenaufschlag.
»Du störst im Moment. Ich will allein sein«, brummt er.
Sie lacht ihn aus. »Dann werde ich mir eben einen anderen attraktiven Artgenossen unserer Zunft der humanoiden Geistgestalten anlachen. Eine letzte Chance gebe ich dir noch. Ich setze mich auf eine Bank im nördlichen Bereich des Parks, sehnsüchtig wartend, bis mich mein geliebter Leopold abholt, mich entführt, wohin auch immer, und dann meine erotischen Bedürfnisse befriedigt.«
Ist ja gut, wenn Frauen ihre erotischen Wünsche anmelden können. An der körperlichen Liebe schätzt Leopold die Zweisamkeit. An ihrem Ton hat er allerdings erkannt, dass sie eine männliche Energie zu ihrer Befriedigung braucht. Wo ist er da? Wo ist da sein Platz? Befriedige doch deine Geistgestalt selbst, empfiehlt er ihr gedanklich.

Sie setzt sich auf eine weiße Bank. Alle Bänke sind aus Holz und haben gusseiserne Beine. Interessant, erst jetzt fällt Leopold auf, dass im Norden alle Bänke weißgestrichen sind, im Süden jedoch schwarz. In den westlichen und östlichen Bereichen dominiert die Bankfarbe Grau.

Die Brise ist fort und er taucht nochmals in das eindrückliche Geschehen zwischen Michael und Stein ein.

Nach einiger Zeit überwindet sich Leopold und verlässt betroffen die beiden, schwebt in den Norden des Parks und setzt sich neben die wartende, weise Brise. »Was gibt es zu berichten?«, fragt sie mit morgenschläfriger Stimme. »Du scheinst ja tief bewegt.« »Ich will nichts mitteilen, aber dich um deine Meinung bitten. Wie stehst du persönlich zu den Feinstofflichen der schwarzen Art?«

»Ich verachte sie, weil sie Leben zerstören, destruktive Gewalt ausüben, Neid und Missgunst unter den Menschen streuen.«

»Und wie siehst du unsere weisen Artgenossen?«

»Wir sind das Gegenteil.«

»Und was ist für dich Crivet und was ist Stein?«

Die Antwort kommt postwendend: »Sie sind menschlich das Gute und das Böse.« Leopold geht in sich und lässt die weise Brise außen vor. Sie versteht, dass er allein sein will, und entschwindet.

Leopold ist überzeugt, dass der Mensch Michael weiser ist als seine weise Brise. Wie kann das sein? Michael muss mehr als ein normales menschliches Wesen sein, ja über mehr an Wissen verfügen als wir Feinstofflichen der weisen Art.

Er setzt sich auf die in der Zwischenzeit verwaiste Bank und atmet die freie Luft jenseits von Gut und Böse. Couperins Komponieren in der Notre-Dame scheint einen Luftkorridor zwischen dem Jenseitigen, dem großen Ganzen und der Seine-Insel mitten in Paris geöffnet zu haben. Ein Ort der Freiheit auf Erden ist erschaffen. Er wird hierher zurückkommen, wenn ihm die Welt zu eng wird.

Michael hat seinen Lebensinhalt gefunden als Seelenarzt, auch durch Stein, der oberflächlich gesehen als Repräsentant des Bösen gelten kann. Er hat aber Michael Wissen und Verständnis ermöglicht und dem Blinden eine Lebensoptionen eröffnet. Das kann nicht böse sein. Böses kann somit situativ auch Gutes auslösen.

Stein kam auf Michael zu, suchte den Kontakt zu einem Andersartigen. Das muss für Stein nicht einfach gewesen sein. Michael zeigte sich für Debatten offen, vorbehaltlos, ohne Stein in die Schublade des Bösen einzuordnen. Er interessiert sich einfach für den Menschen Stein. Er erkannte auch die hässliche Fratze Steins. Diese verängstigte ihn aber nicht. Er wollte hinter die Maske schauen. Seit ihrer ersten Debatte kennt er das Düstere, das Ausgedörrte in Steins innerer Landschaft. Und seit heute kennt er auch die Gründe, die Stein zu einem Lebenshasser und Gewalttätigen gemacht haben. Stein trug natürlich selber auch dazu bei, dass er zu einem menschlichen Scheusal wurde. Hasserfüllt pflegte er geradezu alles Destruktive und steigerte sich dabei in einen wahren Rausch von Gewalt, ein unheiliger Teufelskreis. Heute scheint er einen wichtigen Schritt gemacht zu haben, diesen Teufelskreis zu durchbrechen, sich von der teuflischen Besessenheit zu befreien.

Eigenartig, wie sein Leben als Feinstofflicher so spielt. Leopold fragt sich, wie seine Reise weitergeht, und erfährt, dass es anderen Wesen ebenso geht wie ihm. Als Sahnehäubchen wird ihm zum Dessert noch ein Beispiel geliefert, wie aus persönlicher Erkenntnis neuer Lebensinhalt gemacht werden kann. Ist er ein Glückspilz? Und ist Stein ein Pechvogel?

Leopold Feinstoff ist zuversichtlich, dass er auch für sein neues Leben Orientierung finden wird. Verfügt er wieder über einen neuen inneren Kompass? So oder so, er wird sich bei seinem Tun vermehrt die Sinnfrage stellen. Weiterhin wird er sein Bewusstsein schärfen, Menschen zu Musikliebhabern machen, mit seiner liebreizenden Brise kuscheln, die Vorteile des feinstofflichen Lebens genießen und den wundersamen Bund zwischen Jérôme, ihm und dem Cello pflegen. Dabei versucht er neugierig und wach zu bleiben, um die Sprache des Lebens zu hören. Ein schöner Inhaltskatalog. Gespannt sieht er der Zukunft entgegen.

2. Trappistenpeitsche und Teufelsaustreibung, eine wegweisende Verfassung entsteht, Taufe des 1. Cellisten mit Christoph Willibald Glucks Iphigenie auf Tauris, 1. und 2. Akt, begleitet von purzelnden Feinstofflichen im Großraum Paris von Thermidor bis Vendémiaire 1795

Die Suzette bewegt sich stromaufwärts, stromabwärts im Strom der Zeit, Deauville, Sèvre, Paris-Mitte, Melun, im Herbst im Jahre 1795. Beladen mit Baumaterial, Salz, Weinfässern, Getreidesäcken und Passagieren erfüllt sie ihre Bestimmung. Berthe hat gezwungenermaßen das Kommando übernommen. Jean grüßt von Weitem vom Friedhof Picpus. Jedes Mal, wenn die Witwe im Osten von Paris nahe der Bestattungsstätte vorbeikommt, bedient sie dreimal das Signalhorn, ein Gruß an ihren verstorbenen Gatten. Dieser letzte Gruß wird nie vergessen, er hat etwas Ewiges.

Die Beerdigung war ein Großanlass. Johanna organisierte ihn in Übereinstimmung mit der Trauerfamilie. Der Priester der Seine-Schifffahrer führte die Verabschiedung feierlich durch. Die ganze Seine-Schifffahrtsfamilie, Bergeron mit seiner Mannschaft, Crivet, Michael und Teile der Hospizbelegschaft sowie Freunde und Bekannte begleiteten Jean auf seinem letzten Gang. Zwei Trauergäste fehlten. Die Köpfe der beiden ermordeten Clochards waren tags zuvor neben Jeans Grab beigesetzt worden. Ihre übrigen Körperteile wurden noch nicht gefunden. Mit oder ohne Rumpf bleiben die drei ewig nachbarschaftlich verbunden.

Johanna ging zwei Tage nach der Beerdigung von Bord. Mit der Familie Pillier wird sie ein Leben lang freundschaftlich verbunden sein. Es war ein tränenreicher Abschied. Der vermachte Liebesbrief der Duchesse Beatrice de Fontainebleau et Valmy verließ mit Johanna, von Berthe ungelesen, das Schiff.

Johanna wird begeistert im Schoße ihrer Glaubensfamilie empfangen. Die Zisterzienser schuften am Wiederaufbau ihres Klosters in Barbeau. Zwei Dutzend Mönche und Nonnen arbeiten rund um die Uhr, leisten Schwerstarbeit. Sie werden von freiwilligen Helfern aus Barbeau unterstützt. Eine kirchenfeindliche Stimmung ist nicht auszumachen. Im Gegenteil, es herrscht geradezu Aufbruchsstimmung. Wo sind die revolutionären Brandstifter geblieben? Einige der Jakobiner sollen auf dem Place de Grève ihre heißblütigen Köpfe durch die scharfen Klingen des Rasoir National verloren haben.

Nach der Säuberung der Jakobiner wurde im Thermidor eine neue Verfassung durch den Nationalkonvent verabschiedet mit dem Ziel, die Macht besser zu verteilen, um den revolutionären Zielen Freiheit, Gleichheit und Brüderlichkeit zum Durchbruch zu verhelfen. Es wird erstmals ein Parlament mit zwei Kammern geschaffen, der Rat der 500 und der Rat der Alten mit 250 Mitgliedern. Die Exekutive wird in der Hand eines fünfköpfigen Direktoriums liegen. Die Wahlen sind zurzeit im Gange. Alles befindet sich wieder einmal in einer Phase des Umbruchs und somit der politischen Instabilität. Die antirevolutionären Kräfte versuchen die Gunst der Stunde zu nutzen, unterstützt von den umliegenden Königshäusern. Die nächsten Monate sind für die politische Entwicklung des gesamten europäischen Raumes entscheidend.

Paul Barras ist in dieser Übergansphase für das Innere zuständig, auch für die Sicherheit und das Militär. Es braut sich ein reaktionäres Gewitter zusammen. Paris wird von konterrevolutionären Royalisten infiltriert. Barras' Leute spüren in ganz Paris nach ihnen. Sie sollen mit Waffen und Munition bestens ausgerüstet sein. Die Einfallsachsen werden von den grünen Revolutionsgardisten kontrolliert. Alle verfügbaren Sicherheitskräfte sind informiert. Auch Bergeron und seine Leute überwachen ihr Quartier nur noch bewaffnet. Wieder einmal scheint sich die eingekehrte Ruhe zu verflüchtigen. Die Spannung in der Bevölkerung steigt. Erneut geht die Angst um.

Auch einige Kilometer südöstlich von Paris, im ländlichen Barbeau, ist das konterrevolutionäre Treiben angekommen. Gestern verpflegten sich hundert bewaffnete Revolutionsgegner in der Dorftaverne. Der Wirt kann auf die Unterstützung der Bewohner zählen. Die meisten empfinden sich hier als Opfer der Revolution. Die Zerstörung des Klosters im Ort hat sie hart getroffen. Deshalb waren sie den Kämpfern wohlgesonnen. Viele der Konterrevolutionäre sprachen deutsch. Offensichtlich gehörten sie zur besseren Gesellschaft und waren altmodisch gekleidet, sogar Perücken trugen sie noch. Gegen Abend verließen sie das Dorf in Richtung Seineufer.

Johanna hatte von Bruder Christian gehört, dass sie zwei Lastschiffe in Richtung Paris bestiegen haben. Die Schiffsdecks waren mit Baumaterial beladen gewesen. Die Passagiere verschwanden also gut getarnt im Unterdeck. Sie haben sicher nachts die Stadt Paris erreicht.

Es fühlt sich für Johanna gut an, handwerklich so hart zu arbeiten. So kann sie die schwierige Zeit auf der Suzette verarbeiten. Mit jedem Stein, den sie auf die Mauer pflastert, legt sie einen Teil ihrer Trauer ab. Vor lauter Schufterei sind ihre Hände geschwollen. Sie hat sich vom Küchendienst zur Maurerin emporgearbeitet. Bei ihren Kollegen ist sie voll akzeptiert.

Alle sind bei Dorfbewohnern untergebracht. Johanna und die Novizin leben bei der Bauernfamilie Blanchet. Leo und Jeannes Hof ist einer der größten in der Gegend. Sie pflanzen Weizen und halten Tiere. Leos Stolz sind seine Tiere. 40 Milchkühe, zwei Dutzend Schweine, mehrere Ackergäule, Ziegen und zwei Esel wollen gefüttert werden, ebenso die hungrigen Mäuler der Großfamilie. Es sind derer 14: der Hofherr, seine Gattin, sechs Kinder, Tante Germaine, zwei Knechte, eine Magd und Leos Eltern. Alle Hände werden benötigt, um die viele Arbeit zu bewältigen. Johanna und die Novizin sind in Germaines Kammer einquartiert. Sie ist eine liebenswürdige ältere Frau mit Humor. Die Damen lachen viel, bevor sie einschlafen.

Johanna steht in der Schlafkammer vor einem leicht beschädigten, ovalen Spiegel, im Unterrock, frisch gebadet und vom Schmutz der Tagesarbeit befreit. Sie kämmt sich. Die Holzwände sind hellhörig. Die Novizin im Badeeimer kichert. Germaine bearbeitet sie kräftig mit einer großen Bürste im Nebenraum. Da bleibt kein Schmutzpartikel haften.

Obwohl Johanna in ihrem Nonnenleben der inneren Schönheit mehr Gewicht zugesteht, kann sie es nicht lassen, sauber geduscht und körperlich achtsam gepflegt, unauffällig, aber wirksam gepudert, der Herr möge ihr verzeihen, zu sein. Sie mag es, sich so herzurichten, dass die Außenwelt sie als angenehm wahrnimmt, zumindest das, was man von ihr sieht.

Heute Abend sind die Zisterzienser von der Landbevölkerung zum wöchentlichen Nachtessen im Saal der Dorftaverne eingeladen. Monsieur le Maire kümmert sich persönlich darum. Eine schöne Dankesgeste der Einheimischen. Vorher geht sie noch zur Beichte bei Christian. Er hat wieder einmal seine schlechten Tage. Bei der letzten Beichte blieb der Schleier des Beichtstuhles überwiegend geöffnet und er hatte sie bei gedämpftem Licht immer wieder mit großen und alles andere als keuschen Augen angeschaut. Hatte sie sich für ihn gepudert? Ist sie eine verführerische Hexe?

Die frischgewaschene Novizin tritt quirlig ins Schlafgemach. Sie ist in den letzten Tagen richtig aufgeblüht. Johanna verabschiedet sich und geht zur Beichte mit den Worten: »Bis später in der Taverne.«

Sie ist zu früh. Christian ist bei Monsieur le Maire einquartiert. Das Bürgerhaus ist großzügig gebaut und hat einen parkähnlichen Garten. Es passt nicht so recht in die ländliche Umgebung. Früher wurde es von den adeligen Herren von Fontainebleau als Jagdschlösschen genutzt. Christian bewohnt eine kleine Suite im Parterre: Schlafgemach, Wohnraum mit Bibliothek und ein Badezimmer. Neuerdings ziert auch ein alter Beichtstuhl die ehrwürdige Bibliothek. Der Priester residiert gediegen und standesgemäß. Die Zeit scheint hier stehen geblieben zu sein, ganz im Gegensatz zum zerstörten Kloster.

Johanna wandelt im kunstvoll angelegten Garten. Die vielen Astern und erste gelbrot eingefärbte Blätter der Bäume erinnern sie daran, dass es mit dem Sommer 1795 zu Ende geht. Sie setzt sich auf eine der Gartenbänke und genießt die spätsommerlichen wärmenden Sonnenstrahlen. Geräusche unterbrechen die friedliche Stimmung. Sie horcht. Sind das menschliche oder tierische Laute? Sie kommen aus Pater Christians Wohnung. Auf leisen Füßen nähert sie sich dem Gestöhne. Dann hört sie herzzerreißende Schreie. Monsieur le Maire und seine Entourage scheinen nicht im Hause zu sein. Wahrscheinlich bereiten sie den abendlichen Anlass vor. Das Fenster zum Schlafzimmer Christians steht halb offen. Sie starrt ins Innere. Christian dreht ihr den Rücken zu. Sein Oberkörper ist nackt. Er peitscht sich gnadenlos mit unbändiger Kraft den Rücken. Die mit metallenen Widerhaken bestückte Peitsche hinterlässt schauerliche Spuren. Sein gesamter Rücken ist von diesen gezeichnet. Dann hält er plötzlich inne, lässt von seinem selbstzerstörerischen Tun ab, sinkt auf die Knie, nimmt eine betende Haltung ein, wendet das Haupt unterwürfig und fromm himmelwärts und schreit verzweifelt: »Oh Herr, verzeih mir meine Sünden, verzeih mir meine Sünden, mir, Christian, dem unwürdigsten deiner Diener. Ich will nur eines: deine Gebote befolgen und deine Botschaft unter die sündigen Menschen bringen, damit sie erlöst werden. Auch ich bin nur ein Mensch. Wie schmerzt mich das, dass ich nicht von sündigen Gedanken lassen kann und ich mich sogar an einer jungen Glaubensschwester vergangen habe, ich, Unwürdigster unter deinen Dienern.« Abrupt beendet er sein Klagelied und konstatiert die Standuhr. Gewandt tupft er seine Wunden und wirft sich seine Kutte über in Erwartung seiner geschätzten Ordensschwester Johanna.

Da klopft es an der Salontüre. Rasch lässt er seine Peitsche verschwinden und begrüßt Johanna.

Der Schlusschor Christoph Willibald Glucks Iphigenie auf Tauris erklingt. Eine harmonische, Frieden verkündende Klangwelle überflutet bei der Hauptprobe den mit einzelnen Zuhörern gefüllten Saal der Pariser Oper. Jérôme sitzt am ersten Pult der Celli. Antonio Salieri, einer der besten Freunde Glucks, dirigiert. Marianne schwelgt mit ihren Kindern in der vordersten Reihe. Sie dürfen bei der Hauptprobe dieser Opernaufführung ihres Papas dabei sein. Hinter ihnen sitzen Rodolphe und Trichet. Nach dem Finale stampfen die wenigen musikbegeisterten Zuhörer vor Begeisterung. Salieri verneigt sich vor dem Orchester. »Gratulation, jetzt entspricht die Interpretation meinem hohen Anspruch! Sie hätte sicher auch unserem verstorbenen Willibald gefallen, Gott lasse ihn in Frieden ruhen«, erklärt der Maestro schmunzelnd und fährt fort: »Oder eben nicht. Exakt auf diese Art geben wir das wieder. Ich freue mich auf heute Abend. Für den Moment sind Sie entlassen.«

Trichet und Rodolphe wenden sich dem Meister zu. Salieri beglückwünscht Trichet zu seinem tollen Orchester. »Wie ich mich freue, wieder in Paris zu musizieren. Die letzten Monate habe ich mich hauptsächlich mit meinen Kompositionen beschäftigt. Da macht es mir besondere Freude, wieder einmal den Taktstock zu schwingen.«

Trichet stellt Salieri die erste Maskenbildnerin der Oper vor. Madame Rosset verneigt sich kurz. Der Maestro entgegnet seinerseits mit einem höflichen Knicks und einem Handkuss. Trichet bemerkt augenzwinkernd: »Ich überlasse euch beide nun eurem Schicksal. Lieber Antonio, mein Kutscher wartet nach deiner Verwandlung in Willibald Gluck vor der Oper. Ich freue mich, einen Abend lang dem Tod ein Schnippchen zu schlagen und mit dem wiederauferstandenen Willibald Gluck ein Dinner zu genießen. Rodolphes Haus-Fee Emilie wird uns vor der Aufführung mit ihren Kochkünsten verwöhnen.«

Madame Rosset kennt ihr Metier und verpasst Antonio für die Abendvorstellung eine Maske, die dem Gesicht Glucks sehr nahekommt. Dann wird Salieri noch eine Perücke und ein Gehrock im Stile wie vor zehn Jahren verpasst. Nun ist alles vorbereitet, um wenigstens einen kleinen Teil des Publikums, insbesondere die Nichtkundigen, zu täuschen. Jedenfalls ist ganz Paris gespannt auf die Iphigenie auf Tauris unter Antonio Salieri. Die fünf Abendvorstellungen waren im Nu ausverkauft. Es ist zurzeit die meistgespielte Oper in ganz Europa und Willibald Gluck der bekannteste Vertreter unter den Opernkomponisten. Als ehemaliger Gesangslehrer Marie Antoinettes und beauftragter Komponist des französischen Königshauses ist Glucks erneute Aufführung in Paris nicht selbstverständlich. Doch seit die Jakobiner die Macht verloren haben, hat sich vieles verändert. Deshalb erklingt die Iphigenie auf Tauris wieder. Mit Gertrud Elisabeth Mara als Iphigenie und Antonio Salieri am Dirigentenpult ist das der Höhepunkt des Musikherbstes 1795.

Alle Musiker haben die Bühne verlassen. Sandro kutschiert die Musikerfamilie nach Hause, wo die Versailler ein leichtes Dinner vorbereitet haben. Anastasia ist auch dabei. Sie wird heute Abend die Kinder hüten. Jérôme hütet sein Cello. Er hat es nicht wie viele seiner Kollegen einfach im Bühnenvorzimmer der Oper deponiert. Das ist ihm zu gefährlich. Er weiß um den Wert seines Juwels. In vier Stunden steht er in Konzertkleidung wieder auf der Bühne vor einem erwartungsvollen Publikum, unter diesem seine Familie und viele seiner Freunde.

Rodolphe, der wiederauferstandene Gluck und Trichet werden von Emilie in der Wohnung des Konservatoriumdirektors kulinarisch verwöhnt, bevor sie sich zur Aufführung begeben.

Leopold Feinstoff und die liebreizende Brise schweben dankbar auf einer Wolke höchsten Glücks.

Vier Stunden später. Die Oper ist gefüllt mit über tausend erwartungsvollen Opernbesuchern. Das Parkett, die Logen, der Flohboden füllen sich. Alle haben sich herausgeputzt. Man will bei diesem Spitzenanlass dabei sein. Die Musik interessiert, aber auch dabei zu sein, seine Roben auszuführen, Kontakte zu interessanten Leuten zu knüpfen gehört zu diesem Spektakel. Es herrschen eine erwartungsvolle Stimmung und ein beträchtlicher Lärmpegel. Die großen Gaskronleuchter erhellen den zum Platzen gefüllten Zuschauerraum. In den Logen wird ungehemmt geflirtet. Hinter dem großen bordeauxroten Vorhang wartet die Bühne auf ihren großen Moment.

Das Orchester hat sich auf der unteren Vorbühne aufgestellt. Die Instrumente werden gestimmt. Hinter der Bühne bereiten sich Sänger und Chor vor. Letzte Korrekturen werden an den geschminkten Gesichtern der Akteure vorgenommen. Gertrud Elisabeth Marat fehlt, neben Gluck am Dirigentenpult, Star dieser Vorstellung. Die weltberühmte Mezzosopranistin singt sich auf den Frauentoiletten ein. Als Iphigenie wird sie im ersten Akt die Oper im Wechselspiel mit dem Chor der Priesterinnen eröffnen. Da muss der erste Ton sitzen. Sie ist eine Perfektionistin. Seit sie vor dreißig Jahren als Wunderkind entdeckt wurde, kämpft sie gegen Lampenfieber, auch heute noch. Der aufgeregte Intendant klopft an die Toilettentür. »Es geht los, geschätzte Mara.«

Konzentriert, aber mit dem üblichen Bammel folgt sie dem Intendanten.

Die Anhängerschaft Jérômes ist auf zwei der besten Logen verteilt. Marianne mustert ihren Schatz durch das Binokular. Jérôme unterhält sich mit der zweiten Cellistin. Marianne schaut genau hin. Eine schöne Frau sitzt da in nächster Nähe ihres Angetrauten.

Cécile bemerkt ihre Unruhe. »Du bist auch aufgeregt. Es ist Zeit, dass es losgeht«, bemerkt sie.

Da verdunkeln sich die Gaskronleuchter. Das Publikum verstummt.

Der Intendant tritt mit Gluck unter tosendem Beifall vor den verschlossenen Vorhang. Die beiden verneigen sich mehrmals. Dann begibt sich Gluck ans Dirigentenpult. Er gibt den Einsatz zur feierlichen Ouvertüre. Dann fällt der Vorhang. Gertrud Elisabeth Marat trifft den ersten Ton beim präzisen Einsatz des Chef d'Orchestre. Die Aufführung ist lanciert.

Die liebreizende Brise ist in Hochform. Sie fordert Leopold zum Tanz auf. Obwohl Iphigenie auf Tauris kein Ballett ist, schwebt er mit seiner Geliebten auf die Tanzbühne. Für Feinstoffliche ist die Bühne zum Tanzraum erweitert. Der gesamte Raum der voluminösen Oper steht ihnen für ihr tanzähnliches Treiben zur Verfügung. Und wie sie es treiben! Inmitten des Zuschauerraumes in luftiger Höhe verbrüdern sie sich mit den Klangwolken, purzeln rhythmisch auf deren weichen Schwingungen dahin. Mal eng beieinander, mal frei tanzend. Ihr freischwebendes Treiben vollziehen sie lustvoll, graziös und sehr gekonnt. »Ich hätte kaum gedacht, dass mein gutaussehender Liebling über solche Purzeltanzbegabung verfügt«, haucht die Brise während einer länger andauernden engeren Phase. Je mehr sie sich den Sängerinnen und Sängern und dem musizierenden Orchester nähern, desto intensiver durchdringen sie die Musikwellen. Sie vibrieren förmlich. Besonders stark reagieren sie auf die tragende Bassstimme des weltberühmten angelsächsischen Sängers Thimothy Leary. Seine Stimmgewalt fährt tüchtig in sie hinein. Sie brauchen Distanz, lassen sich einfach unbewegt auf den Klangwolken durch den imposanten Zuschauerraum tragen, schwerelos. Dann sind wieder leisere Töne dran und sie genießen einfach die Musik aus der Distanz.

Leopold spürt den Wohlklang der heranschwebenden Klangwolken, wunderbar, er gibt sich dem Genuss dieser euphorisierenden Massage hin. Er lässt es einfach geschehen. Doch plötzlich stören verführerische Wohlgerüche seinen Ohrenschmaus. Zuerst nimmt er nur Duftwölkchen wahr. Diese umwerben ihn charmant. Dass ihm dies nicht gleichgültig sein kann, ist sicher verständlich. Seine Konzentration auf die Klangwolken lässt nach. Die Verführungskünste der Duftwölkchen zeigen Erfolg.

Beunruhigt bemerkt die Brise das schrittweise Wegtreten ihres Geliebten. Was geht nur in ihm vor? Da taucht Leopold wie eine Wespe im Sturzflug unters Publikum im Parkett. Er hat es wieder mal auf die Frauen abgesehen. Er umkreist jede einzelne einigermaßen passabel aussehende weibliche Kreatur, beschnuppert sie und badet in ihren Parfumdüften, lässt keine Stuhlreihe aus. Wie im Delirium schwebt er dahin. Er durchschnüffelt sämtliche Logen, nur den Flohboden lässt er aus. Bei Marianne und Cécile verweilt er länger.

Als bewusster Feinstofflicher weiß er natürlich, dass Parfums oberflächlich verführerisch sind und dass sie den üblen wahren Duft einer Frau kaschieren können. Dies trifft weder bei Cécile noch Marianne zu. Sie duften förmlich von innen nach außen. Und ihre wohlausgewählten Parfums verstärken nur diesen Wohlgeruch. Er, der Getriebene, lässt sich gerne von beiden verführen. Leider fehlt ihm momentan die Handfestigkeit eines menschlichen Körpers, um für die lebendigen Prachtgeschöpfe als Mann in Frage zu kommen.

Das feinstoffliche Kuscheln ist wunderschön und unbelastet. Für den Nachwuchs sind ja andere zuständig. Wehmütig denkt er an seine Liebesbeziehung zu Beatrice la Duchesse zurück. Sein viel zu kurzes Menschenleben hat ihn mit Schwierigem beschenkt, aber auch mit Wundervollem verzaubert.

Die Brise schaltet sich ein. »Eigentlich sind wir heute Abend hier, um uns durch die Opernmusik Glucks verzaubern zu lassen, mit speziellem Augenmerk auf Jérômes Cellospiel mit seinem Juwel. Aber ein parfumgeschwängertes Wolkendüftchen weiblicher Ausprägung genügt und dein Verstand verflüchtigt sich. Ich erinnere dich an deine feinstofflichen Aufgaben.«

Er widerspricht. »Du hast bis vor kurzem ohne Einschaltung der Ratio selbst völlig ausgelassen mit mir im Klangraum der Oper purzelgetanzt, freudig und frei. Ist es deine Aufgabe, mich an meinen Verstand zu erinnern, mich in eine Realität zu zwingen, die eigentlich deine ist? Du unterstellst mir, meinen Verstand ausgeschaltet zu haben. Dass ich denken kann, hast du, Liebling, hoffentlich ein für alle Mal verstanden, aber wann ich meinen guten Kopf einsetze, bestimme ich alleine. Ich bin Leopold, der Selbstgesteuerte.« Damit springt er aus der Loge in den Hauptinnenraum der Pariser Oper. Viele lebensmüde Menschen sind dabei schon zu Tode gekommen. Die physikalische Schwerkraft gilt für ihn lebensfreudigen Feinstofflichen jedoch nicht. Eine Pirouette drehend, von seiner Brise aus der Loge heraus bewundert, gibt er in der zweiten Runde noch einen drauf. Mit ein, zwei Dreifachsaltos und Pirouetten übertrifft er sich selbst. Sein Balzgehabe scheint der Brise gut zu gefallen. Sie klatscht begeistert. Doch welch ein Teufel hat sich zwischen die beiden Feinstofflichen und das Opernpublikum geschlichen? Das Klatschen der Brise wird durch seine Intensität für menschliche Ohren hörbar. Im Umfeld der Angehörigen Jérômes ist man genervt von dem lästigen Störenfried. Die faszinierte Brise bemerkt eine ganze Weile nichts, beklatscht Leopold freudig weiter. Zwei Opernpförtner suchen vergeblich nach der Lärmquelle. Mit dem Schlussvorhang des zweiten Aktes verschwindet das unangebrachte Klatschen im Applaus des Publikums.

Johanna betritt Christians Wohnung. »Wie geht es Ihnen heute mit Ihrem Priesterleben?«, fragt sie gespannt.

Christian zerrt seine Kutte zurecht und lächelt gequält. »Mir geht es schrecklich gut.« Er fordert sie auf, die Zeit zu nutzen und sich in den Beichtstuhl zu setzen. Das übliche Wortritual der Beichte beginnt. Seit der letzten Beichte fällt ihr außer ihrem gepuderten Gesicht nichts Sündiges ein. Weil sie keine Lust hat, Pater Christian ihre fraulichen Eigenheiten zu beichten, besinnt sie sich auf die Erbsünde der Menschen. Mit der allgemeinen Anerkennung, eine sündige menschliche Kreatur zu sein, lässt sie es für heute gut sein. Christian erteilt ihr Absolution und die üblichen drei Rosenkranzgebete.

Beim Abschied kann sie es nicht lassen, ihn mit der Tatsache zu konfrontieren, dass sie rein zufällig seine Selbstauspeitschung mitbekommen hat. Er reagiert gereizt. »Ich schätze es gar nicht, wenn Sie so herumschnüffeln. Haben Sie auch die Worte meines aus tiefem Herzen kommenden Stoßgebetes verstanden?«

Notlügend verneint sie. Seine sonst friedfertigen Augen haben plötzlich etwas Angsteinflößendes. Er fordert sie auf, noch einen Moment mit ihm im Salon zu verbringen. Sie setzt sich nur ungern. Er offeriert ihr eine Tasse Tee. Sie sitzen sich am Salontisch gegenüber. Er nimmt Haltung an, mustert sie mit stechenden Augen und verkniffenen Lippen und spricht mit messerscharfer, lauter Stimme: »Züchtigung, liebe Schwester, ist die wirksamste Art, sich von Sünden zu befreien. Züchtigung durch Selbstauspeitschung ist ein Dienst an unserem geliebten Herrn, sie treibt das Teuflische in uns aus. Oh, wie haben wir Menschen uns doch an Christus versündigt.« Christian eifert sich, steigert sich in einen Wahn, seine Stimme überschlägt sich. Es schreit aus ihm heraus: »Züchtigung durch Selbstauspeitschung muss schmerzhaft sein, Blut muss fließen. Dies ist die höchste Form des Flehens um Vergebung für die größte der Sünden, die Erbsünde. Gedankt sei meinem Herrn und meinem seligen Priestervater Hieronymus, der mich die Selbstauspeitschung lehrte.«

Johanna hatte von Trappistenpeitschen gehört, aber nie gedacht, dass Christian diese gewalttätige Züchtigungsmethode gutheißt oder gar anwendet. Der grundsolide, warmherzige Glaubensbruder lebt offensichtlich eine verdeckte Spiritualität, vor der es die grundsolide, warmherzige und gewaltfreie Glaubensschwester Johanna graust. Das Innere der Menschen ist schwierig zu ergründen.

Christian fährt fort: »Den Teufel aus dem eignen Leib zu vertreiben, ihn wegzupeitschen, befreit uns Gläubige von den Krallen des absolut Bösen. Die zehn Gebote, unsere kirchlichen Glaubensgrundsätze und die verbindlichen Regeln der Glaubensgemeinschaft gilt es in jedem Fall einzuhalten. Dies verlange ich von mir wie auch von Ihnen, Johanna.«

Johanna ist betroffen und lässt ihr Herz sprechen. »Lieber Pater Christian, ich wünsche Ihnen, dass Sie vor lauter Regeln und Teufelsangst die Barmherzigkeit unseres Herrn nicht vergessen. Es überzeugt mich nicht, dass Sie sich mit zorniger Gewalt selbst geißeln und dabei glauben, gottgefällig zu handeln. Sünde und Vergebung, Schuld und Sühne, das absolut Böse und das absolut Gute sind für mich einfache Nonne abstrakte Begriffe. Ich orientiere mich am

Handfesten, an Barmherzigkeit und Nächstenliebe. Wo Hilfe gebraucht wird, bin ich zur Stelle. Dass Menschen Gewalt anwenden, gegen sich selbst, wie Sie, Christian, oder gegen andere, hat mir mein Leben mehrmals offenbart. Sie wissen von meinen Kriegseinsätze in Flandern. Und jetzt genug der Worte. Lieber leidbesessener Glaubensbruder, begleiten Sie mich in Ihr Schlafzimmer.«

Christian folgt ihr ohne Gegenrede. »Legen Sie sich auf Ihr Bett und entblößen Sie Ihren arg misshandelten Rücken«, befiehlt Johanna im Zimmer angekommen und behandelt dann die Verletzungen, vermittelt Heilung über ihre wissenden Hände, liebevoll, einfach, von Mensch zu Mensch. Die Sünde fühlt sich überlistet und flüchtet.

In den nächsten Tagen wirkt Christian auf der Baustelle anpackender. Irgendwie hat ihm die Entlarvung durch Johanna gutgetan. Er fühlt sich freier, setzt seine ganze Manneskraft in den Wiederaufbau der zerstörten Kirche.

»Ich muss Ihnen ein Kompliment machen, lieber Bruder Christian. Sie verfügen über ungeahnte Fähigkeiten, Stein auf Stein zu setzen. Und wie rasch die Mauer wächst. Da muss ich mich gewaltig sputen, dass ich Ihnen folgen kann«, bemerkt Johanna.

Christian mit einer Karre voller Ziegelsteinen in den Händen, die Kuttenärmel aufgekrempelt, schwitzend, wendet sich lächelnd Johanna zu: »Liebe Schwester, mein männlicher Stolz ist verletzt, ich habe mich von einer, ich muss es gestehen, handwerklich außerordentlich begabten Nonne einfach so überholen lassen. Übrigens, kommen Sie bitte heute Abend nicht geduscht in Handwerkskutte zur Beichte. Für einmal werden wir mehr Zeit benötigen als üblich.«

Johanna erscheint pünktlich zur Beichte. Christian hat Holz beschafft, Nägel und Sägen liegen bereit. Er werkelt im Garten von Monsieur le Maire. »Guten Abend, Schwester. Bevor wir zur Beichte kommen, müssen wir noch hämmern und sägen.«

»Was zum Kuckuck, lieber Bruder, haben Sie vor?« Johanna wundert sich.

»Ich erweitere den ehrwürdigen Beichtstuhl. Darf ich auf Ihre Mithilfe hoffen? Alleine schaffe ich das nicht«, erklärt Christian, ohne innezuhalten.

»Was soll das Ganze?«, hakt Johanna erneut nach.

»Lassen Sie sich überraschen. Den Holzkasten habe ich schon gebaut. Ich stemme ihn jetzt hoch.« Er ächzt kurz. Und dann steht er da, der Kasten, mit Astern umkränzt.

»Sie hätten etwas mehr auf die armen Blumen achten können«, bemerkt Johanna.

»Nun, es ist gar nicht so einfach, in diesem mit Astern übersäten Herbstgarten einen blumenfreien Platz zu finden«, verteidigt sich der Pater. »Jetzt befestigen wir noch die Sitzbank«, befiehlt er dann. Genau abgemessen, passt das Holzbrett bestens in den Kasten. »Können Sie, Johanna, das Brett bitte festhalten, damit ich es festnageln kann?«

Johanna hilft Christian nur zu gerne. Der Priester ist ganz bei seiner Arbeit, weiß, was er tut. »Haben Sie darauf geachtet, liebe Johanna, wie stark und breit der Sitzladen ist?« Er lässt die Frage im Raum stehen und fährt fort: »Alle meine Schäfchen sollen darauf Platz haben, auch übergewichtige.«

Sie tragen den Sitzkasten in die Wohnung. Der ehrwürdige Beichtstuhl, das Holz tränenpatiniert, bekommt einen neuen Schliff. Bisher diente er zweiräumig dem Priester und dem Sünder. Heute wird sein Horizont erweitert. Er wird zum Dreiteiler. Der Priesterraum bleibt wie bisher. Aber die Sündigen können sich ab sofort für einen rechten oder linken Holzkasten entscheiden.

Christian hämmert den letzten Nagel in den alten Kasten. Damit das Werk ästhetisch passt, lasiert er den neuen Kasten farblich abgestimmt.

»Es ist vollbracht«, applaudiert Johanna.

»Nein, das ist es noch nicht ganz. Die Sünderräume sind ab heute angeschrieben. Über dem linken soll gut sichtbar stehen: für Sündengeplagte. Über dem rechten: für Lebensgeprüfte. Je nach Auffassung der Person, welche Kategorie für sie stimmiger ist, wählt sie den Raum. Sie steht mündig im Mittelpunkt und wird nicht von uns vornherein zum Sünder abgestempelt«, erklärt Christian.

»Eine revolutionäre Neuerung, beeindruckend und zeitgemäß«, stellt Johanna anerkennend fest.

»Es ist schön, dem Geistigen Form und Gestalt zu geben«, erwidert Christian. »Darf ich Ihnen eine Tasse Tee oder ein Glas Wein anbieten?«

Sie begeben sich zum Salontisch. Teetrinkend freuen sie sich über das Neuerschaffene. Johanna bemerkt, dass in der Mitte des Tisches ein gut lesbares Schild steht mit der Zeile: Raum für Begegnung. Und darunter steht: Gast, sei willkommen, von wo auch immer du kommst und wohin auch immer du gehst. »Was bezwecken Sie damit, Christian?«, fragt sie.

»Ich möchte Menschen, die mich aufsuchen, die Wahl lassen. Einen Raum für die Sündenbefreiung, einen Raum, um sich mit Lebensprüfungen auseinanderzusetzen. Und einen Raum, der ein unbelastetes Gespräch zwischen Menschen ermöglicht.«

Sie unterhalten sich angeregt, bis die Teetassen leer sind. Johanna bestätigt Christian, dass man sich an seinem Ort der Begegnung wohl und willkommen fühlt.

Christian bedankt sich beim Abschied mit den Worten: »Sie waren mir mehr als eine Hilfe, Schwester Johanna. Meine Trappistenpeitsche ist übrigens entsorgt.« Über Johannas Gesicht huscht ein gütiges Lächeln. Dieses lässt die verärgerte Sünde erschauern.

3. Christoph Willibald Glucks Iphigenie auf Tauris, 3. Akt, Leutnant Christophe Mazets Feuertaufe, Suche nach Spuren eines verirrten Briefes im Großraum Paris zwischen Thermidor und Vendémiaire 1795

Nach dem passenden und unpassenden Pausenapplaus begibt sich ein großer Teil des Publikums in die Gänge. Die Anhängerschaft des ersten Cellisten bleibt zusammen, parlierend, sich eine Flûte Champagner gönnend. Marianne und Cécile bewegen sich elegant in ihren langen, griechisch beeinflussten Abendroben. Sie wirken wie Inkarnationen griechischer Edeldamen. Stimmiger könnten sie an diesem Abend nicht gekleidet sein. Jérôme nähert sich unbemerkt seiner Gattin. Er hat sich für einen Moment von seinen Orchesterkollegen entfernt. Obwohl Marianne schwanger ist, oder eben deshalb, findet Jérôme seinen Schatz umwerfend attraktiv. Er hält inne, schaut auf sein Weib, lässt einfach seine Gefühle wirken. Es ist sein Moment. Sein ganzes Wesen jubiliert. Er kehrt unbemerkt zu seinen Musikerkollegen zurück, reich beschenkt.

Le Chef d'Orchestre gibt den Einsatz zum dritten Akt. Iphigenie und die Priesterinnen beschließen, einen der Gefangenen freizulassen. Gertrud Elisabeth Mara teilt singend ihre Entscheidung mit ihrer wunderbaren klaren Stimme mit. Die Sprache hat wieder ihren Platz in der Oper. Die vorwiegend in der Antike angesiedelten Texte gehören ebenso dazu wie die Musik. Jérôme und sein Juwel stimmen in den Wohlklang dirigentengeführt ein. Der glücklich verheiratete Cellist fühlt sich in seinem Element. Früher musizierte er im kleinen Rahmen. Heute führt er die Celli des Orchesters an. Er schwelgt auf Wogen, kennt jede Passage, er und Jean-Baptiste haben sie Dutzende Male bearbeitet. Die letzten Wochen hat er geübt, geübt und wieder geübt. Bréval ist ihm als Freund ans Herz gewachsen. Als Musikpädagoge fordert er viel, ist pedantisch und streng. Genau das, was Jérôme braucht. Die Kraft des gemeinsamen Musizierens in einem großen Orchester beflügelt Jérôme. Beim Pausenanblick seiner Marianne jubilierte er solo, jetzt jubiliert er als Teil des Orchesters. Sein Leben trägt ihn, verankert in der Gegenwart. Er vertraut dem Lebensfluss.

Auch der Dritte im Bunde ist euphorisiert: Leopold Feinstoff. Er lässt sich von der Musik beglücken. Jérôme, das Cello und er schwingen gemeinsam. »Hörst du den wunderbaren Klang des Juwels aus der Vielzahl der anderen Instrumente heraus?«, fragt er die liebreizende Brise.

»Da fehlt mir möglicherweise das professionelle Musikgehör«, gesteht sie. »Aber die Aufführung ist wundervoll.« Sie beobachtet ihren Schatz, wie er zum Rhythmus der Musik hin und her schwebt. Beim Einsatz des Basses, was hat Timothy Leary doch für eine männliche Stimme, scheint er förmlich aufzublühen. Und nun, unglaublich, da schwebt er ihr einfach davon. Bitte nicht noch einmal eine Zirkusvorstellung mit Artisteneinlagen wie im zweiten Akt, fleht sie stumm.

Nach einer undefinierbaren Zeitspanne rücklings auf euphorisierenden Wolken schlummernd und inmitten des großzügigen Raumes erwacht Leopold vor Ende des dritten Aktes. Seiner guten Intuition folgend, dreht er sich auf seinen feinstofflichen Bauch. Erhaben überblickt er das versammelte Publikum im Parkett. Die Köpfe, die Körper wippen im Takt, bis auf wenige Taktlose. Ob Glatzkopf oder Löwenmähne, nackte oder bedeckte Schulterpartien, kein Inneres der Anwesenden bleibt seinem Blick von oben verborgen.

Die Musikklänge kennen keine Grenze zwischen Äußerem und Innerem der Menschenschar. Die Musikböen wehen rhythmisch über Ährenfelder, entblättern herbstliche Bäume, erwärmen Schneefelder und ganz hinten im Saal streicheln sie achtsam ein zerbrechlich wirkendes Feld von Schneeglöckchen. Beim Aufbrausen der Bassstimme wird die Windstärke beachtlich stärker. Da gibt es schon mal Sturmwarnung für junge Besucher. Das einzige Kind, das dank Mutters Musikbegeisterung den Weg in die Abendvorstellung geschafft hat, ist gerade mal fünf Jahre alt. Wenn Timothy Leary fortissimo singt, legt seine Mama instinktiv die Hände schützend auf seine kleinen Ohren.

Leopold ist beeindruckt von der Musikkraft, die dem verehrten Publikum entgegenbläst. Vereinzelt entdeckt er aber auch düstere, ausgetrocknete Landschaften. Manche davon scheinen von Ungeziefer befallen.

Er bewegt sich auf gleicher Flughöhe in Richtung Orchester und Bühne. Alle Musiker sind rhythmisch perfekt aufeinander abgestimmt und erzeugen gemeinsam leidenschaftliche Klangwellen. Fast ausnahmslos sind da gesunde Menschen am Musizieren. Besonders Jérôme strotzt vor Kraft. Ganz hinten fällt ihm dann aber doch noch eine innere Landschaft auf, die zwar nicht von Ungeziefer befallen ist, aber sichtlich verdunkelt und trocken wirkt. Eine kleine, beleibte, brillentragende, beinahe haarlose, männliche Kreatur mit Schorf im Gesicht. Kurz ist sein Inneres beleuchtet. Es ist das zweite Mal von drei Einsätzen während der zweistündigen Aufführung, dass er seine Triangel anschlagen darf.

Das fahle Mondlicht gleist derweil über der träge dahinfließenden Seine. Paris schläft tief. Zwei Lastschiffe gleiten fast lautlos stromabwärts. Sie passieren die Anlegestelle Paris-Mitte und die Pont Notre-Dame und legen am nördlichen Ufer westlich der Tuilerien an. Eine der Hauptkanalisationen entleert sich dort. Die vergitterte Eingangstür ist geöffnet. Eine gute Hundertschaft dunkler Gestalten verlässt die Boote. Auf leisen Sohlen verschwinden sie rasch im Innern der Kanalisation. Es sind kaum fünf Minuten vergangen und die Gittertüre ist wieder verschlossen. Die beiden Schiffe treiben unerkannt Richtung Sèvres. Bergerons Männer auf Nachtpatrouille am südlichen Ufer wundern sich über die nächtliche Schiffsbewegung.

Christophe, vor wenigen Tagen zum Leutnant der Artillerie befördert, hat seine Studien an der Militärakademie mit Auszeichnung abgeschlossen. Er brütet über einer Karte der Tuilerien und deren weiterer Umgebung. Seine ballistischen Berechnungstabellen, Maßstab, Kompass, gespitzter Griffel wie Schreibunterlagen werden intensiv genutzt. Verschiedene Batteriestellungen, um das Ziel westlich der Tuilerien zu beschießen, hat er schon überprüft und berechnet. Der korsische Brigadegeneral hat ihn zum Feuerleitoffizier und Kommandanten der Artillerie für die »Aktion Feuerteufel« bestimmt. Napoleon doziert in Teilzeit Artillerietechnik an der Académie Nationale in Paris. Seit er 1793 General Daumier so erfolgreich im Sturm auf die Stadt Toulon artillerietechnisch wie strategisch beraten hat, weiß die gesamte französische Generalität um das Geniale, was den kleinen energiegeladenen Korsen auszeichnet. Sein Hörsaal ist immer überfüllt, seine Vorlesungen sind spannend, lebendig und inhaltlich von praktischem Wert. Bei den Übungen ist Napoleon Adjutant Mazet als Studierender mit überdurchschnittlichem Potenzial aufgefallen.

Christophe Mazet ist gefordert. Neben ihm schwitzen Gehilfen, die wichtige Strategiebereiche abdecken. George Gallet, Distriktverwaltung Wasser und Kanalisation des Bezirks Paris Nord, sein Studentenspezi Leutnant Jacques-Pierre Puthos, zuständig für Munition und Nachschub, sein älterer Bruder Gilles, Geschäftsleiter und Spezialist der Feuerwerkstechnik, sowie der persönliche Adjutant des Brigadegenerals, Hauptmann Giuseppe Santini. Das Kommando der Aktion Feuerteufel ist Chefsache. Der Aufklärungsoffizier hat mit seiner Mannschaft ganze Arbeit geleistet. Sie wissen jetzt genau, wo sich der Feind aufhält, kennen seine Stärken und seine Bewaffnung – und haben auf Befehl Napoleons ein detailliertes Schwächeprofil erstellt.

Vor einer Stunde hatte der Kommandeur nochmals seine Strategie erklärt. Und bevor er mit der Sitzung begann, hatte er den im Büro weilenden Aufklärungsoffizier Hauptmann Claude Abay in harschem Ton getadelt: »Ihr Arbeitsort ist das Feld, was suchen Sie hier unter Bürohockern? In eineinhalb Stunden erwarte ich Sie zum finalen Rapport, ich will detailliert und aktuell über den Stand unseres Gegners informiert sein.«

»A vous ordre, mon Géneral.«

»Repos«, brüllt der Chef. »Und nun nichts wie raus mit Ihnen!«

Knapp zwei Stunden später, gegen zwei Uhr morgens, erscheint Napoleon mit seinem Aufklärer. Abay öffnet ihm höflich die Eingangstür. Alle springen auf, begrüßen den Kommandanten mit wacher Stimme: »Bonsoir Général«, rufen sie und salutieren.

»Setzen Sie sich, meine Herren. Leutnant Mazet ...«, Napoleon sieht sich um.

»Présent, mon Général.«

»Was ist die Zielsetzung der Aktion Feuerteufel?«

»Vernichtung des Feindes in der alten königlichen Reitschule, Säuberung sämtlicher besetzter Häuser und Anlagen, Gefangennahme überlebender Soldaten und Offiziere.«

»Richtig, Mazet.«

Dann repetiert jeder Einsatzleiter seinen Auftrag. Der Korse scheint zufrieden. Er fährt fort: »Ich will Feuerteufel rasch und konsequent durchgeführt wissen. Mein Gefechtsstand befindet sich bei Mazets Kanonenbatterie, von dort werde ich das Gefecht führen. Wenn Ihnen die berittenen Verbindungsoffiziere das Losungswort ›Korsika‹ überbringen, beginnt die Schlacht um die Alte Reithalle. Haben Sie noch Fragen?« Er wartet kurz, aber nichts rührt sich. »Scheint nicht der Fall zu sein. Dann gute Ruhe. Mazet, Sie sind für die rechtzeitige Tagwache zuständig. 06:00 Uhr und keine Minute später.« Er verlässt den Raum. Alle salutieren und wünschen dem Kommandanten eine gute Nacht. Unter Napoleon wird wenig geschlafen. Das Leben sei zu kurz, um verschlafen zu werden, lautet seine Devise.

Christophe legt sich auf seine Pritsche und lässt vor seinem geistigen Auge den Gefechtsplan ablaufen. Mit den zwölf schweren Kanonen beschießt er den Innenhof der Reitschule über 20 Minuten mit Kugeln und Platzgranaten. Am Eingang wie am Ausgang haben sie parallel zu den Außenwänden bereits getarnte Haubitzen stationiert, die mit ihrem Feuer eine Massenflucht verhindern sollen. Rund um das Gebäude sind Scharfschützen positioniert. Sämtliche umliegenden Straßen sind von ihren Infanteristen besetzt. Gut 2000 kriegserfahrenen Soldaten auf ihrer Seite stehen nach ihren Recherchen 500 bis 600 feindlichen Kämpfer gegenüber, nur mit vier Mörsern und Musketen bewaffnet. Weitere 1500 Kadetten der Militärschule und eine Kavalierkompanie hält der Korse noch als strategische Reserve in der Hinterhand. Ihr Nachrichtendienst weiß um die Fluchtwege durch die Kanalisation. Gallets Männer sind schon in Position mit ihren von dem Feuerwerker hergestellten Rauchfässern. Die ganz Listigen, die versuchen über die Kanalisation zu fliehen, werden ausgeräuchert.

So haben die royalistischen Träumer mit ihren Umsturzwünschen keine Chance. Christophe drückt kein Auge zu, von der Präzision seiner berechneten Flugbahnen hängt morgen für alle sehr viel ab. Zu der Nervosität kommt ein gewisser Stolz. Er, Leutnant der Artillerie, Christophe Mazet, schreibt mit seinem Einsatz in Frankreich Geschichte.

Es ist der 14. Vendémiaire, kurz vor 7:00 Uhr. Christophe ist im Einsatz, zusammen mit seinem Vorgesetzten, alle hoch zu Ross. Die Kanoniere sind einsatzbereit, die Munition ist gestapelt, die Kanonen sind gerichtet. Die berittenen Verbindungsoffiziere zügeln ihre Hengste. Napoleon schaut Christophe tief in die Augen. Ein unbändiger Siegeswille spricht aus seinem Blick. Dann sein Befehl: »Korsika.« Die Hengste preschen zu ihrem Bestimmungsort, die Kanonen feuern aus allen Rohren. Die Schlacht beginnt. Der Korse ist gut in

Form, hilft den Kanonieren immer wieder Granaten nachzuladen und feuert sie an, rascher zu laden. Nach zehn Minuten meldet Christophes Beobachtungsoffizier: »Die Granaten sind am Ziel. Wir müssen die Kanonenrichtung nicht korrigieren.«

Auch die flankierenden Haubitzen feuern, was das Zeug hält. Die Royalisten werden zünftig zusammengeschossen. Napoleon befiehlt Santini und Abay, sich an der Front umzusehen und ihm umgehend zu berichten.

Fürs Erste bleibt Christophe mit dem Kommandanten in der Batteriestellung südlich der Seine. Nördlich ist ein einseitiger Kampf im Gange. Nach einer guten Stunde ist er vorbei. Der Nachrichtenoffizier berichtet Napoleon, dass die Schlacht geschlagen sei, der Feind 60 Tote zu beklagen habe und mindestens 200 Verletzte. Die restlichen Kämpfer seien gefangen.

»Und wie steht es um unsere Leute?«, will der Kommandant wissen.

Die Antwort: »Zwei Tote und ein Dutzend Verletzte.«

»Zwei Tote zu viel«, murrt der Korse.

Die herbeigeeilten Kanoniere jubel: »Victoire! Victoire! Vive Napoleon! Vive la Revolution.«

Hoch zu Ross schlägt Napoleon Christophe freundschaftlich auf die Schulter. »Wir zwei werden sicher noch gewichtigere Schlachten schlagen. Das sagt mir mein Gefühl und auf das kann ich mich verlassen.« Er befiehlt Santini, den Gefechtsstand zu übernehmen, und fordert Christophe auf, mit ihm die Stätte des Sieges aufzusuchen.

Sie reiten gemeinsam zur Front. Die Soldaten applaudieren ihnen zu. Endlich erreichen sie das Kampfgebiet: die königliche Reitschule. Christophes Kanoniere haben ganze Arbeit geleistet. Die Mauern des Gebäudes sind nur teilweise beschädigt, aber der Innenhof gleicht einer Mondlandschaft. Verletzte stöhnen, zwischen ihnen liegen die Toten. Die meisten Überlebenden sind gefesselt und warten verängstigt und mit den Knien schlotternd auf ihren Abtransport. Viele weinen und fluchen auf Deutsch, Englisch oder Holländisch, wenige auf Französisch. Der Pulverdampf ist noch nicht verflogen. In der Reitschule lebten immer noch an die 50 Pferde. Einige unter ihnen hatten den Angriff nicht überlebt. Neben ihnen fällt ein Gnadenschuss. Das verletzte Tier wiehert schauerlich auf und fällt dann auf einen toten Kämpfer. Christophe traut seinen Augen nicht. Es ist ihr Nachbar Marcel Colpi.

Der neue Beichtstuhl stößt nicht bei allen Gläubigen auf Begeisterung. Vielen ist die Neuerung zu modern, sie fühlen sich wohler mit dem Bewährten. Christian antwortet dann, dass er sie gut verstehen könne. Dann weist er sie zum Eingang der geplagten Sünder. Jetzt fühlen sie sich wieder als gute Gläubige. Öfter schütten sie dann aber doch ihr Herz aus und wollen einfach getröstet sein. Deshalb schickt er sie nicht in den Beichtstuhl für Lebensgeprüfte.

Leo Blanchet erfährt von den Neuerungen durch Johanna. Er meldete sich darauf seit Jahren wieder mal zur Beichte. Bei Pater Christian setzt er sich sofort an den Salontisch mit dem Schild »Raum für Begegnung«. »Meine Frau glaubt wirklich, dass ich zur Beichte komme. Schön für sie, für mich und unseren angeschlagenen Hausfrieden. Lassen wir meine Frau im guten Glauben. Darauf darf man hier neuerlich ja anstoßen. Sie sind ein echter Friedensapostel, lieber Pater!« Damit zieht er eine Flasche Schnaps aus seinem Bauernkittel und verlangte nach zwei Gläsern. Christian willigt ungern ein. Leo prostet Christian zu. Sie trinken und schweigen.

»Wir könnten eigentlich geradeso gut in die Dorfkneipe gehen«, bemerkt Christian trocken.

Christian glaubt nach wie vor an seinen reformierten Beichtstuhl. Er teilt das Johanna bei einem weiteren Besuch mit. Sie versteht das Landvolk und kennt auch dessen Bedürfnisse und Ängste gut. »Die Kirche war und ist bei einer Vielzahl der Menschen die moralische Instanz schlechthin. Die Gläubigen verstehen sich als Sünder, ihre Ahnen und Urahnen kannten nichts anderes. Wir beten ihnen das jeden Tag vor. Ich interessiere mich für Ihren Ansatz, gerade weil ich in letzter Zeit Mühe hatte, wirklich Sündiges zu finden, um dafür bei Ihnen um Vergebung zu bitten. Auch bin ich dankbar, dass ich nicht im Stuhl der Leidgeprüften Platz nehmen muss. Da bleibt aber immer noch die Wahl, Kontakt zu Ihnen, lieber Christian, aufzunehmen, nämlich von Mensch zu Mensch. Dieses Angebot nehme ich heute gerne an. Ich trage ein Geheimnis in mir.«

Christian schluckt zweimal. Diese Einleitung kennt er bestens von Frauen, die ungewollt schwanger sind.

»Ich trage es in meiner Nonnenkutte mit mir herum.«

Jetzt ist der Priester aber wirklich hellwach. »Sie spannen mich auf die Folter, liebe Johanna.«

Johanna zieht den geheimnisvollen Brief hervor. Sie erzählt dem überraschten Bruder dessen seltsame Geschichte.

»Jean, der Herr sei ihm gnädig, hat Ihnen da einen speziellen Nachlass vermacht«, konstatiert Christian.

»Ich bin mir nicht sicher, ob ich das Erbe antreten soll oder nicht. Deshalb bin ich dankbar, dies mit Ihnen von Mensch zu Mensch vertraulich zu besprechen. Nicht zwingend begleitet von einem Schnäpschen, aber möglicherweise mit einem feinen Tee.«

»Gerne, liebe Johanna.«

Tee trinkend überrascht die Nonne ihren Gastgeber ein zweites Mal. Nachdem sie den Brief vorgelesen hat, gesteht sie lächelnd: »Ich kenne alle im Brief angesprochenen Menschen persönlich.«

»Unglaublich, das ist nicht möglich. Das ist mehr als ein Zufall, das hat etwas Schicksalhaftes«, fasst es Christian zusammen.

»Vor zwölf Jahren wurde der Brief von der Duchesse Beatrice de Fontainebleau et Valmy an Leopold Renaudin, ihren Liebhaber, verfasst. Renaudin wurde als einer der einflussreichsten Jakobiner diesen Floréal auf dem Place de Grève in Paris zusammen mit der verbliebenen Führung der Rothüte geköpft. Die Duchesse gehört schon seit einigen Jahren nicht mehr zu uns Erdenbürgern. Eine Geschlechtskrankheit soll sie dahingerafft haben. Der Herrgott sei den beiden gnädig. Der Brief hat keine lebendige Absenderin und keinen lebendigen Adressaten mehr, er ist ein historisches Dokument und stellt mich ungewollt als dessen Nachlassverwalterin heute vor eine echte Probe. Er neckt mich aus der Vergangenheit. Kann ich, soll ich vergangenen ungelüfteten Geheimnissen durch mein Handeln Leben einhauchen? Konkret, soll ich den Tresor und den heute elf Jahre alten Duc Alexandre suchen, wenn er überhaupt noch lebt, Freunde, Bekannte von Beatrice und Leopold aufspüren oder der schicksalhaften Verführung widerstehen und den Brief verbrennen?«

»Sie ehren mich, liebe Johanna, mich alten Sünder in Ihr Geheimnis einzuweihen. Eine wahre Lebensprüfung steht da für Sie an. Wollen wir zum Beichtstuhl für Lebensgeprüfte wechseln?«

»Ich bevorzuge zu bleiben, wo wir sind, ein Gespräch zwischen zwei Menschen. Hier können wir uns direkt in die Augen schauen und offen über mein wichtiges Briefthema auf Augenhöhe diskutieren. Ihre Meinung ist mir wichtig.«

»Wie kommt es, Johanna, dass Sie alle im Brief erwähnten Menschen kennen?«

»Vor 13 Jahren trat ich als Novizin unserem geliebten Orden bei. Bruder Cerberus, übrigens der leibliche Bruder Ihres bis vor kurzem hochverehrten Trappistenpriors Hieronymus, wurde vom Duc de Fontainebleau et Valmy mit einem Mandat beauftragt, seine untreue Gattin zu züchtigen und sie von ihrem ehebrecherischen Tun zu befreien. Bruder Klaus und ich begleiteten damals Cerberus bei dieser heiklen Mission. Wir verbrachten ein gutes Jahr in Fontainebleau, logierten wie Könige und hatten alle Zeit, um uns der Sünderin Beatrice anzunehmen. Die beiden Männer waren fürs Grobe zuständig und ich pflegte schon damals Wunden. Der Duc machte sich einen Spaß daraus, getarnt mit der Kutte von Bruder Klaus das Fleisch seines störrischen Weibes zünftig auszupeitschen. Bevor es zur Auspeitschung kam, wurde in der Schlosskapelle gebeichtet. Den Inhalt der Beichte der Duchesse verweigerte der Prior dem Duc, aber die beiden trafen sich öfter unter Männern, Angehörige gehobener Stände, um die Höhe der nächsten Strafe festzulegen. Zwei-, dreimal die Woche pflegte ich den übel zugerichteten Rücken der armen Beatrice. Die übrige Zeit begleitete ich sie zusammen mit ihren Zofen. Der Duc wechselte jeden zweiten Monat die Zofe aus. Er wollte nicht, dass sein Weib eine Beziehung zu ihren Zofen aufbaut. So wurde ich trotz meines jugendlichen Alters zu ihrer Vertrauensperson. Die Duchesse wurde rund um die Uhr bewacht. Klaus handelte sich gegen die Kuttenleihe die Nachtüberwachung ein. Ein verdeckter Spiegel in der Nordwand des Schlafgemachs ermöglichte vom Nebenzimmer einen umfassenden Blick ins Innere des Raumes. Klaus war eine disziplinierter Überwacher. Zu Beginn seiner Nachteinsätze labten sich seine hungrigen Augen an der Schönheit des nackten, schwangeren Frauenkörpers. Dann wartete er die ganze Nacht, um während eines kleinen Momentes einen lustvollen Blick zu erhaschen. Die letzten Monate wartete er vergeblich. Frauensolidarität, ich wusste um die miese Behandlung und schämte mich für meine Ordensbrüder. Ich war zur Vertrauensperson der Duchesse geworden. Viele Male hat sie sich in meinen Armen ausgeweint. Ich kann nur bestätigen, was sie im Brief an ihren geliebten Leopold klagt: Es war die Hölle. Das kann ich Ihnen, vertrauter Christian, bestätigen.«

Christian nickt betroffen. Nicht nur die Beichtstühle unserer geliebten Kirche müssen verändert werden, auch unser zölibatäres Männerleben muss neu überdacht werden, denkt er für sich.

Johanna schweigt einen Moment. »Ich würde gern bei der nächsten Begegnung mit Ihnen Überlegungen anstellen, was ich mit der überlieferten Liebesbotschaft anfangen soll.«

»Geht in Ordnung«, antwortet ihr Beichtvater. Daraufhin lässt Johanna einen nachdenklichen Glaubensbruder zurück.

4. Die weise Brise braucht einen Perspektivwechsel, Johanna nächtigt im Freien, Christoph Willibald Glucks Iphigenie auf Tauris, 4. Akt, im Großraum Paris vom Thermidor bis Vendémiaire 1795

Die weise Brise schwebt über dem Ort der Begegnung. Sie kommt ohne ihren Geliebten. Sie ist auch eine Vertraute von Christian und Johanna. Johanna umgibt eine außergewöhnliche, geheimnisvolle, Respekt einflößende Aura, das spürt sie. Das Leben der beiden während der vergangenen Tage ist für die Brise äußerst präsent und nicht spurlos an ihr vorbeigegangen. Auch sie denkt nach. Sie entscheidet kurzfristig, auf der Zeitachse zweihundert Jahre in die Zukunft zu fliegen. Der Zeitkanal erscheint, sie springt hinein und ab geht es ins Jahr 1995.

Wie jeder Zeitkanal hat auch dieser ein Pult mit Knöpfen und Jahreszahlen. Dort legt sie die Ankunftszeit am Ziel fest und kann sich mit Hilfe der Datums- und Ortsanzeige orientieren, wo sie sich gerade zeitlich und räumlich befindet – »Beim dritten Ton ist es genau 13:00 Uhr und null Sekunden, am 19. Vendémiaire 1812«, sagt eine Stimme. Aha, der Revolutionskalender bestimmt noch die Zeitrechnung der Menschen von 1812.

Kurz darauf beim dritten Ton ist es genau 13:00 Uhr und null Sekunden am 10. Oktober 1912. Aha, der Revolutionskalender ist bei den Menschen von 1912 in Vergessenheit geraten.

Ihr Ziel ist genau um 13:00 Uhr und null Sekunden in Paris-Mitte im Jahr 1995. Das Herbstwetter über Paris bleibt heute den ganzen Tag freundlich bei angenehmen Temperaturen zwischen 18 bis 22 Grad. Sie ist angekommen. Die Kirchen und Kathedralen stehen noch in alter Pracht, auch Notre-Dame. Die Priester leben zölibatär, Christians Beichtstuhlerneuerung hat sich nicht durchgesetzt, die Anzahl der Kirchgänger ist drastisch zurückgegangen. In der Kirche hat sich nichts verändert. Ganz im Gegensatz zum übrigen Paris. Im Großraum Paris leben 1995 sechsmal so viele Menschen wie Ende des 18. Jahrhunderts. Vierrädrige kutschenartige Vehikel – Autos – rasen mit unglaublicher Geschwindigkeit über die Alleen oder stehen einfach still, stehen in Kolonnen und warten. Der typische Rossbollenduft hat einem anderen für sie im Moment nicht definierbaren Geruch Platz gemacht. Ein eigenartiger Nebel liegt über der Stadt. Sie sieht vereinzelt neue große Kirchen wie die Sacré-Cœur. Sie sieht einen Menschen, ein Objekt oder eine Landschaft und kennt sofort den Namen, ist mit ihm, ihr und der jeweiligen Geschichte vertraut. Was ihr zuerst in die Augen springt, ist ein eigenartiger gegen den Himmel strebender Turm. Riesengroß, nicht aus Steinen gemauert – der Eiffelturm. Wenn sie den Blick westwärts wendet, erkennt sie in der Ferne gewaltige Türme – Hochhäuser. Sie überragen bei Weitem die Kirchen.

Wenn sie das erste Mal ein Ziel in der Zukunft oder der Vergangenheit ansteuert, erlaubt sie sich eine Weile, um das Neue ungefiltert auf sich einwirken zu lassen, den Zauber des Neuen mit naiven Kinderaugen zu sehen, den Duft der jeweiligen Zeit zu atmen. Atmen ist Leben und sie ist immer wieder fasziniert, wie unendlich vielfältig das Leben atmet. Dann konzentriert sie sich auf das Hier und Jetzt und sieht sich noch einmal um. Der Eiffelturm – er ist 324 Meter hoch, wurde vom Schweizer Gustav Eiffel zum einhundertjährigen Jubiläum der Französischen Revolution für die Weltausstellung von 1889 gebaut. Das lässt sie, die kurzfristig aus dem Jahre 1795 Angebrauste, aufhorchen. Ihre Ursprungsgegenwart liegt ja im Revolutionsjahr 1795. Also ist der im Jahre 1889 fertiggestellte Eiffelturm für die ganze Menschheit des zu Ende gehenden 19. Jahrhunderts eie Erinnerung an das vergangene Jahrhundert. Die Französische Revolution hat die Menschheit bewegt und bewegt sie heute im Jahre 1995 noch. Mehrere Millionen Menschen aus allen Winkeln der Welt kommen hierher, um die einmalige Aussicht vom Pariser Wahrzeichen, dem Eiffelturm, auf die Stadt Paris zu genießen. Sie staunt.

Obwohl sie als mehrfach Inkarnierte das Leben, das Sterben, das Menschliche wie das Feinstoffliche durchwandert hat, ihr dadurch vieles bewusst wurde, überrascht sie das Leben immer wieder, lässt sie verzweifeln und staunen.

Sie genießt den Tagesausflug bei angenehmen Herbsttemperaturen und flaniert über den Boulevard Saint-Michel, im 18. Jahrhundert Universitätsboulevard genannt, mitten im Menschengewimmel. Ein Passant fragt eine blendend aussehende junge Frau nach einem Batteriegeschäft. Batterien – das Wort kennt sie und hätte auch eine Antwort auf die Frage des jungen Mannes. Aber wie kommuniziert sie als Feinstoffliche aus dem 18. Jahrhundert mit einem jungen Menschen des 20. Jahrhunderts? Sie ist erleichtert. Das schöne weibliche Wesen bietet dem Fragenden charmant an, ihr zu folgen, sie müsse auch Batterien besorgen. Ob es bei dieser Kontaktaufnahme bleiben wird, überlässt die Brise der Dynamik des 20. Jahrhunderts.

Sie überlegt nun, was sie Leopold von ihrem Ausflug ins Jahr 1995 erzählen soll. Er ist im Umgang mit Zeitreisen noch unerfahren. Aber es wird langsam Zeit, dass auch er den Zeitflug erlernt. Und so tritt sie mit veränderter Perspektive und im Bewusstsein, die zukünftigen Zeitreisen ihres Lieblings rekognosziert zu haben, die Heimreise an.

Der Wiederaufbau des Klosters schreitet voran. Die Bevölkerung Barbeaus hilft tatkräftig mit. Es ist eine Freude, wie die mit der momentanen Getreideernte doch stark beschäftigten Bauern sich immer wieder freimachen, mal eine, mal zwei Stunden, und mit Knechten, Mägden, der ganzen Familie auftauchen und helfen. Die Nachricht, dass ein gewisser Brigadegeneral Napoleon den Konterrevolutionären in Paris eine vernichtende Niederlage beigebracht hat, ist in der Zwischenzeit auch in Barbeau angekommen. Man munkelt, dass viele der mit Schiffen unterwegs gewesenen Ausländer gefallen seien. Monsieur le Maire war über die Neuigkeit nicht besonders erfreut.

Johanna und ihr Beichtvater treffen sich nach getaner Schwerstarbeit zu einem weiteren Gespräch, offiziell zur Beichte, inoffiziell besprechen sie, was mit dem entschlüsselten Brief der Duchesse geschehen soll. Christian bietet Schwester Johanna den obligaten Tee an. Es hat sich zwischen den beiden Vertrautheit eingestellt. Der Padre wirkt entspannter. Das Eifernde und Verbissene hat sich gelöst. Seine unterdrückte triebhafte Sexualität übermannt ihn seltener. Er schätzt die Treffen mit Johanna außerordentlich. Es entwickelt sich eine Freundschaft, Neuland für beide, aber besonders für Christian. »Es hat mit den beiden Pferden geklappt«, eröffnet der Beichtvater das Gespräch.

Johanna nickt. »Die Bauernkutten stehen in einem Sack im Gang bereit, die Fackeln auch.« Den Brief mit der Skizze vom versteckten Schatz trägt Johanna bei sich.

»Dann essen wir noch eine Kleinigkeit und warten, bis es dunkel ist«, schlägt Christian vor.

Sie begeben sich in den Garten. Der idyllische Vorplatz ist durch Hecken gut geschützt. Sie decken den Tisch und stellen die Stühle an ihren Platz. »Heute leisten wir uns einen guten Tropfen Roten, was meinst du, liebe Johanna?«

»Ich bin einverstanden, aber nicht zu viele Tropfen, sonst sehe ich mich schon jetzt vom Pferde fallen.«

Sie genießen den Herbstabend, den Frieden dieses schicksalhaften Tages. Von oben ist ihr Sitzplatz gut sichtbar. Zuerst das Tischgebet, dann essen sie und besprechen ihren Nachtausflug. Da, die Stimme von Monsieur le Maire, er beugt sich über das Balkongeländer und wendet sich an sie: »Wenn man euch zwei von oben so sieht, könnte man glauben, dass ihr schon seit Jahren glücklich verheiratet seid, welch ein Idyll!«, ruft er.

»Auch Bruder und Schwester können sich gernhaben und glücklich sein«, antwortet ihm Johanna.

»Schön, aber jetzt will ich eure Intimität nicht weiter stören und wünsche einen gesegneten Abend.«

Die Dunkelheit bricht herein. Sie brechen auf. Zu Fuß begeben sie sich zum Bauernhof von Gilbert Blanchet, dem Bruder von Leo, Johannas Schlummervater. Er ist das pure Gegenteil von Leo, ein gläubiger, aufrichtiger Mann ohne Alkoholprobleme. Christian hatte ihm erzählt, dass sie im Schloss von Fontainebleau eine geheime kirchliche Angelegenheit regeln müssten und deshalb zwei Reitpferde für eine Nacht benötigten. Es sei ihnen wichtig, dass niemand im Dorf davon etwas erfährt. Sie wissen, dass sie ihm vertrauen können.

»Heute fliegen wir aus, mein lieber Leopold«, sagt die Brise.

Er schaut auf. »Du bist gut gelaunt, meine über alles geliebte Brise. Du strotzt geradezu von Energie«, bemerkt er.

»Ich habe meine Batterien aufgeladen«, sagt sie.

»Was hast du aufgeladen?«

»Meine Batterien, und zwar mit Energie aus dem 20. Jahrhundert.«

»Du sprichst in Rätseln«, stellt er fest.

»Dieses Rätsel werden wir bald gemeinsam enträtseln. Heute wenden wir uns der gegenwärtigen Wirklichkeit zu. Wir fliegen gegen Fontainebleau.«

»Du sagst das mit einem eigenartig listigen Unterton, mein Schatz«, bemerkt er. Da berührt sie ihn unerwartet in der Mitte seiner Stirn. »Was zum Teufel tust du da?«

»Ich massiere deinen blinden Fleck. Wieder etwas, das du nicht verstehst, mein über alles Geliebter.«

Er fragt nach dem Grund des Ausflugs. »Es gilt, Neues zu entdecken, Geheimnisse aufzuspüren, eine abenteuerliche Reise, das ist alles sicher ganz nach deinem Gusto. Fliege einfach mit!«

Sie entkringeln sich, verlassen die Celloheimat und nehmen Kurs auf Fontainebleau, noch bei Tageslicht. Bevor sie südostwärts fliegen, umkreisen sie Paris. Noch hat sich im südwestlichen Teil der Pulverdampf nicht ganz verflüchtigt. Er scheint förmlich über Paris zu kleben, als wolle er sagen: Hier ist das Revier der Revolution. Wer gegen uns ist, wird zusammengeschossen.

Sie erkennen das Schlachtfeld: die königliche Reitschule. Deren Mauern sind beschädigt wie auch die umliegenden Häuserfronten, Bäume sind niedergemäht, der Innenhof wurde von Granaten umgepflügt. Die Toten und Verletzten sind weggebracht. Drei Gestalten bewegen sich im Trümmerfeld. Leopold erkennt Céciles Sohn Christophe. Stolz trägt er seine Leutnantsuniform. »Die steht ihm noch besser als seine Adjutantenkluft«, bemerkt die Brise. Daneben erkennen sie Paul Barras. Er unterhält sich mit einem hohen Offizier. Dieser erklärt ihm gestikulierend, wie er letzte Woche die Royalisten besiegt hat. Das muss Napoleon sein. Barras gratuliert ihm zum Sieg, schüttelt ihm anerkennend die Hand mit den Worten: »Sie haben erneut für unsere Sache Großes geleistet. Ich werde für Sie eine weitere Beförderung beantragen.«

Wichtiges tut sich auch weiter südostwärts. Auf den ersten Blick scheint es weniger weltbewegend. Großes muss nicht von Kanonendonner begleitet sein. Es kann auch auf feinen, differenzierten Klangwolken daherschweben.

Sie erreichen Barbeau, sehen, wie sich Christian und Johanna auf zwei Pferde schwingen. Die letzten Sonnenstrahlen kämpfen gegen die anbrechende Dunkelheit. Leopold freut sich, die Nähe von Johanna zu spüren. Sie duftet einfach himmlisch. Die Brise schwelgt ebenfalls.

Christian und Johanna reiten dem Horizont entgegen, im Einklang mit den Tieren, der Natur und mit sich in Frieden. Jetzt erreichen sie eine Hügelkette. Letzte Sonnenstrahlen beleuchten sie. Sie reiten im Abendlicht dahin. Ihre Schatten wirken wie fliegende Scherenschnitte, erinnern daran, dass der

Herbst das Zepter übernommen hat. Die blaue Stunde löst die Abendsonne ab. Ein magisches Blau erblüht und ebnet der Dunkelheit den Weg in die Nacht.

Die Reiter verschwinden in der Dunkelheit. Die Brise und Leopold halten inne, verweilen, spüren nach, werden eins mit dem, was ist, und das ist unendlich groß, still und gewaltlos mächtig.

Christian war mit Gilbert Blanchet den Weg zum Schloss schon einmal während des Tages abgeritten. Er ist recht verschlungen. Mit drei Reitstunden muss gerechnet werden. Bruder und Schwester reiten durch die Nacht flott voran. Ihre Augen haben sich an das Mondlicht gewöhnt. Jede Stunde wird angehalten. Beide sind reiterfahren aus ihrer Jugendzeit als Bauernsohn und -tochter.

Johanna verkündet: »Es wird wieder einmal Zeit für einen Zwischenhalt, Christian. Ich spüre meinen Hintern.«

Der Pater zügelt seinen Gaul. Sie binden ihre Pferde an Baumstämmen fest, setzen sich und essen eine Frucht. Das Mondlicht ist in dieser Nacht besonders hell. Ihre Fackeln bleiben unangetastet. »Noch eine gute Stunde und wir werden das Schloss erreichen«, bemerkt Christian.

»Ich bin gespannt, wie ich den Ort nach so vielen Jahren erleben werde. Gilbert hat erzählt, dass auch Fontainebleau nicht vor Plünderungen verschont geblieben ist«, bemerkt Johanna nachdenklich.

»Ich kann das bestätigen«, Christian nickt. »Du wirst es bald selber begutachten können.«

Sie steigen wieder auf und führen ihren abenteuerlichen Nachtritt fort. Seit einer guten Stunde reiten sie durch den Wald. Der Weg ist zumeist gut. An besonders dicht bewachsenen Stellen müssen sie ihre Pferde immer mal wieder an kurze Zügel nehmen. Christian scheint beunruhigt. Er konsultiert seine Wegskizze. »Nachts ist es nicht so einfach, sich zu orientieren«, murmelt er. »Eigentlich sollten wir bereits das Flüsschen Gerbe überquert haben. Unser Pfad führt über die einzige Holzbrücke weit und breit.«

Sie halten an. Christian prüft das Gelände. »Warte einen Moment. Ich reite einige hundert Meter zurück. Von dort kann ich das Gelände besser überblicken.« Wenig später kommt er zurück. »Liebe Schwester, wir reiten nochmals ein Stück zurück und nehmen dann den ersten Weg südwärts«, verkündet er.

Jetzt sind sie also südwärts unterwegs, aber es ist immer noch keine Brücke in Sicht. Mitternacht ist vorbei. Weder Häuser noch Schlösser zeigen sich. Sie halten an und besprechen, was zu tun ist. Sie wollen nicht während des Tages von der Bevölkerung ertappt werden. Also entschließen sie sich schweren Herzens zurückzukehren. Sie entscheiden bei jeder Wegkreuzung gemeinsam, welche Richtung sie einschlagen. Nach einiger Zeit gestehen sie sich übermüdet ein, dass sie den Tag abwarten müssen. Sie haben sich hoffnungslos verirrt. Sie suchen nach einem Rastplatz, verlassen ihren Irrweg und reiten durch den Wald, suchen nach einem Ort zum Ausruhen. Den Pferden scheint es zu gefallen. Sollen sie sich von den Tieren führen lassen?

Eine Waldlichtung öffnet sich vor ihnen, kreisförmig von stolzen Ahornbäumen, Rottannen und Fichten umgeben. Moosüberwachsene Felsbrocken ragen aus dem mit großen Farnen übersäten Waldboden. Vereinzelte Sträucher verdrehen ihre Äste. Das Mondlicht ist magisch und hell, Schatten tanzen auf dem Moosboden im sanften Rhythmus einer milden Brise. In der Mitte der Lichtung residiert eine mächtige uralte Eiche. Ihr Stamm ist imposant und hat sicher zwei, drei Meter Durchmesser. Aus dem Hauptstamm streben mehrere Nebenstämme gen Himmel. Dicke Äste verlieren sich zahlreich im Mondhimmel.

Ehrfürchtig steigen sie vom hohen Ross. »Christian, wir sind an einem mächtigen Ort. Hier werden wir beschützt nächtigen«, flüstert Johanna ehrfürchtig. Das saubere Wasser eines kleinen Rinnsals labt ihre Kehlen und auch die ihrer treuen Pferde. Christian wickelt sich in eine Decke und legt sich neben die Pferde. Johanna fühlt sich von der alten Eiche angezogen. Sie nähert sich dem Baum leise und respektvoll. Sie legt ihre Hände auf die Baumrinde. Leicht kratzend fühlen sich die Altersfalten an. Sie versucht eine Umarmung. Sie bräuchte um ein Vielfaches längere Arme, um die Eiche wirklich zu umschließen. Sie fühlt sich zwergenhaft, aber naturgeliebt. So setzt sie sich getrost, den Rücken angelehnt an den wärmenden Riesenstamm. Sie ist mit dem Baum verbunden. Müdigkeit überkommt sie. Leise rascheln die Herbstblätter Johanna in den Schlaf.

Leopold Feinstoff und die Brise sind hingegen hellwach. Sie bemühen wieder ihren klaren Blick. Sie brauchen kein Mondlicht, um die Gestalten und die inneren Landschaften der Menschen zu erfassen. Das fahle Mondlicht ähnelt dem Licht, das ihnen aus dem Inneren Johannas entgegenscheint. Auch die inneren Menschenlandschaften kennen einen Tag- und Nachtrhythmus. Johannas inneres Licht hat für die beiden klar erkennbar überirdische Qualität. Eine Qualität von Feinstofflichkeit oder sogar mehr?

Das Bild der schlafenden Johanna, angelehnt an den Stamm der uralten Eiche, vermittelt Frieden. Beide Lebensformen verschmelzen. Die Eiche mit ihren gut 600 Jahresringen wächst auch heute Nacht von innen nach außen in die Breite. Ihre Borke bricht weiter auf, urbaumkräftig, gegenwärtig. Auch das vertikale Wachstum der himmelwärts strebenden Äste wie das der Wurzeln vollzieht sich seit Jahrhunderten stetig.

Gegenwärtig schlafend schreitet Johanna vertrauensvoll mit der alten Eiche einige Stunden gemeinsam voran. Sie teilen ihren Lebensweg. Johanna wächst mit der Eiche, beide sind mit dem Ursprung verbunden und doch im Wachstum begriffen. Dabei beschenkt die Eiche Johanna mit der Urkraft aus ihren Wurzeln und Johanna beschenkt sie mit der Frische des Gegenwärtigen. Die beiden alten Frauen verstehen sich ohne Worte.

Die Brise und Leopold sind gerührt.

Erste Morgenstrahlen fallen auf die Lichtung. Johanna erwacht. Christian schnarcht selig neben den ausgesteckten Pferden. Johanna realisiert erst langsam, wo sie sich befindet und was während der vergangenen Nacht vorgefallen ist.

Wohlig reckt Johanna die Arme gen Himmel und gähnt. Vögel zwitschern, ein Reh äst. Der nächtliche Frieden hält auch dem Tage stand, ein außergewöhnlicher Ort.

Die letzten Früchte werden aufgezehrt, die Pferde zur Weide und Tränke geführt. Johanna sucht nach dem Liebesbrief der Duchesse. Er ist immer noch in ihrer Kuttentasche. Viel Aufwand für nichts, denkt sie.

Christian drängt zum Aufbruch. Also verlassen sie die Waldlichtung in Richtung Barbeau.

Gemeinsam mit der Brise erlebt Leopold staunend den Sonnenaufgang. Auch bei Tagesanbruch überkommt ihn hier der mächtige Frieden. Jetzt vergoldet das Tageslicht die herbstlich bunten Blätter, ehrt krönend die uralte Eiche.

Die Brise nimmt ihn bei der Hand. Ein Gedankenblitz durchzuckt ihn. Diese Hand erinnert ihn an die unsichtbare Hand, die ihn nach seiner Hinrichtung in den Lichtkanal führte und vom Erdendasein erlöste. Warum wird ihm dieses Bild jetzt bewusst? Das Bild verschwindet, wie es gekommen ist, lässt jedoch Erinnerungsspuren zurück.

»Komm, wir machen es uns in der Baumkrone der Eiche gemütlich«, schlägt die Brise vor. »Wie bei Bruder Christian gilt auch hier: Gast, sei willkommen von wo immer du kommst und wohin auch immer du gehst«, haucht ihm die liebreizende Brise ins Ohr.

»Ich lasse mich gern von dir verführen«, haucht er zurück.

Sie verweben sich mit dem Klang der rauschenden Blätter, atmen die reine Waldluft, vernehmen die Morgengrüße zwitschernder Vögel, baden im Lichtmeer der Morgensonne und riechen den erdigen Geruch des moosigen Waldbodens. In dieser Baumkrone lässt es sich gut verweilen. Sie sind willkommen und vertrauensvoll aufgehoben, die starken Äste tragen auch Schwergewichtige. Letzteres betont er gegenüber seinem feinstofflichen Liebling stimmkräftig, damit die uralte Eiche auch weiß, wer sie mit ihrem Besuch beehrt, nämlich zwei Kronen der Schöpfungen. Aus luftigen Höhen grüßen sie die verehrte Eiche. Die drei begegnen sich lachend. Das Lachen schüttelt die Eiche dermaßen, dass sie einige ihrer herbstmüden Blätter verliert. Nun herrscht wieder Ruhe. Sie genießen die Sicht in die weite Ferne. Schwebend auf einem Ast sitzend, spüren sie die wärmende Energie ihrer Gastgeberin, die sie durchströmt. Sie sind mit der Eiche verbunden, auch mit ihrem 600-jährigen Erkenntnisschatz. Der Energieaustausch ist stark. Sie lassen sich mal so richtig durchschütteln. Von erkenntnishemmenden Barrieren befreit, verabschieden sie sich mit einem freundlichen Lachen von der uralten Eiche und bedanken sich bei ihr für die Gastfreundschaft. Sie wurden reich bewirtet. Gestärkt fliegen sie südwärts, die Brise voraus.

Sie erreichen das Flüsschen Gerbe, welches für Johanna und Christian letzte Nacht unauffindbar war. »Siehst du die schöne uralte Steinbrücke? Das ist der einzige Übergang zwischen Barbeau und Fontainebleau weit und breit. Dies ist ein Grenzfluss zwischen den beiden Gemeinden«, erklärt die Brise.

Sie fliegen tiefer, um die Steinkonstruktion näher zu begutachten. Erstaunlich, dass schon vor langer Zeit Menschen in der Lage waren, Steinbrücken zu bauen, die heute noch genutzt werden können.

Zwei Jugendliche reiten im Galopp über die Brücke in Richtung Fonainbleau. Sofort ist die Brise zur Stelle. Wieder ein so unverständlicher Druck gegen Leopolds Stirn. »Was ist eigentlich los?«, fragt er genervt.

»Nichts Wichtiges für den Moment«, antwortet sie. Sie versucht ihn offensichtlich zu beschwichtigen.

»Wenn du mir unaufgefordert gegen die Stirn drückst, darf ich das auch«, sagt er und drückt ihr ebenfalls gegen die Stirn. Nichts geschieht. »Was verheimlichst du mir?«, fragt er weiter.

»Ich kann deine penetrante Neugier nicht immer befriedigen«, stellt sie klar.
»Unter Liebenden darf es keine Geheimnisse geben«, stellt er klar. »Soll ich dir meine Liebe kündigen?« Er mustert sie scharf.
»Verstehe doch, lieber Leopold, man kann auch aus Liebe etwas geheim halten, oder nicht berechtigt sein, das Geheimnis zu lüften.«
»Kannst du mir verraten, wer über dich bestimmt, wem du gehorchst, außer deinem Gewissen?«
»Ich weiß einfach, dass dem so ist.« Sie umarmt ihn und fährt fort: »Bitte schick mich nicht in die Wüste.«
Er resigniert. Frauen sind und bleiben für Männer ein Geheimnis! Er braucht eine Pause, will allein sein und setzt sich an die nördliche Uferböschung der Gerbe neben die Brücke. Seine Gedanken kreisen um das Geschehene. Er spürt nach, was zwischen ihm und der Brise passiert ist, und vergegenwärtigt sich die soeben in die Vergangenheit entlassenen Bilder der zwei jugendlichen Reiter. Sein Intellekt lässt die Wirbelhirnwindungen arbeiten. Die sind jetzt echt gefordert. Seine Sinne lässt er spüren. Sein ganzes Wesen versucht zu verstehen, zu erspüren, warum ihn das vorenthaltene Geheimnis, welches für die Brise keines ist, so betroffen macht. Er lässt vor seinen inneren Augen die beiden jugendlichen Reiter nochmals im Galopp die Brücke überqueren. Er wird von einem Gefühl der Freude und Trauer überwältigt. Ebenso stark wie in der Baumkrone der uralten Eiche wird sein ganzes Wesen völlig durchgeschüttelt. Er weiß nicht, wie ihm geschieht, aber ein tiefes Glücksgefühl überwältigt ihn. Er schaltet seinen Intellekt aus und lässt einfach die Gefühle zu – und versteht, dass er heute reich beschenkt wurde. Das Geschenk kennt er nicht, aber er nimmt durch seine Tränen der Freude wahr, dass es eine großes sein muss.
Auf der anderen Seite der Brücke hat sich die liebreizende Brise niedergelassen. Sie können sich sehen, aber jeder ist in seiner Welt. Auch sie ist tief bewegt. Er ist auf der nördlichen Seite, sie auf der südlichen. Sie hat die Brücke überquert. Er hat sie noch nicht überschritten. Aus den halb geöffneten Augen der Brise rinnen Tränen, leidvolle Tränen. Leid und Freude sind zwei fundamentale Gemütszustände erdengebundener Wesen. Die Brise weiß, dass ihre

erdenzentrierte, inkarnationsgestählte Zeit bald abgelaufen ist. Heute hat sie symbolisch die Brücke überschritten. Sie weiß, dass bald ihre letzte Prüfung kommt, das Überschreiten der siebten und letzten Brücke. Ihre letzte Brücke ist schon gebaut. Der ultimative Winter wird sie einholen. Sie assoziiert das mit Kälte, Einsamkeit und Wehmut. Nicht nach einem Menschenleben, nein, nach sechs Inkarnationen hat sie noch keine letztliche Gewissheit erlangt, was mit ihr nach dem Mehrmals-Menschsein und den feinstofflichen Zwischenleben geschieht. Dem Lebensfluss vertrauend, aus dem Unbewussten mutig auch Überaschendes, Ungereimtes, Hässliches zulassend, uneigennützig kämpfend für das, was Leben lebenswert erscheinen lässt, durchwanderte sie ihre Leben und ihre Zwischenleben im Rahmen der großen, alles überschreitenden Ordnung bis heute. Sie erfüllte ihre Aufgaben pflichtbewusst, diente willig und unkritisch. Dank ihrer pädagogischen Fähigkeiten gilt sie unter Artgenossen als besonders begabt, feinstoffliche Frischlinge ins Leben der Feinstofflichen der weisen Art einzuführen.

Es ist der Fluss, das große Fließen, das sein Leben vom Leben der Brise trennt. Als Gäste dürfen sie Teil dieses Fließens sein, eine gewisse Zeit. Im Moment fließen die liebreizende Brise und er getrennt. Aber sie sind dennoch verbunden. Deshalb teilen sie ihre Freuden und Leiden. Sie beide wissen, was den anderen soeben bewegt.

Er wird an dieser Brücke nicht länger anhalten, diese nicht überschreiten. Seine nächste Brücke muss noch gebaut werden. Oder steht sie schon? Wer baut sie? Er wäre gerne Brückenbauer. Nochmals überkommt ihn ein Glücksgefühl, aber warum?

Die altersweise Brise weiß, dass ihre letzte Brückenüberquerung bald ansteht. Sie hat immerhin schon einen Übungslauf absolviert.

Gilbert erwartet Johanna und Christian vor Anbruch des Tages. Er ist erfreut, dass sie wieder gesund zurück sind. Sie halftern die Gäule ab und erzählen dem Pferdehalter ihr Missgeschick. »Manchmal braucht es mehrere Anläufe, um ein Ziel zu erreichen«, bemerkt der Bauer in den besten Jahren altersklug. Gilbert ist mit ihren Notlügen gegenüber der Bevölkerung von Barbeau einverstanden. Seiner Gattin Maria wird er das noch erklären müssen, damit wirklich nichts nach außen dringt. Zumal sie als Köchin direkt vom Schwindel betroffen ist. Hier der Inhalt der Notlüge: Bruder Christian und Schwester Johanna waren von den kinderlosen Blanchets zum Abendessen eingeladen worden. Leider muss etwas im Essen gewesen sein, was den beiden Gästen nicht gut bekam. Die Übelkeit war so groß, dass die beiden auf dem Hof nächtigten. Monsieur et Madame Blanchet kümmerten sich um die armen Kranken. Heute Morgen scheint es ihnen wieder besser zu gehen.

Bei Christian bemerkt niemand etwas. Bei Johanna muss notgelogen werden.

Bei der nächsten Beichte betritt Johanna wieder einmal den Beichtstuhl für Sündengeplagte. Drei Rosenkranzgebete verschaffen Erleichterung und Sündenerlösung.

Zurück nach Paris in die Oper und zu Christoph Willibald Glucks Iphigenie auf Tauris. Der Maestro am Dirigentenpult wirbelt. Mit Kopf und Händen dirigiert er seine Musiker. Jérôme, das Cello und Leopold, wieder zur Vernunft gekommenen, wirken intensiv. Vereint tragen sie ihren Beitrag zum orchestrierten Wohlklang bei. Auch Jérômes Mähne wirbelt, das Cello vibriert. Leopold tanzt schon wieder. Dabei muss er seine eigenwillige Art dem Orchesterkollektiv unterordnen. Musizieren im Großverband ist für Jérôme und das Cello eine Freude, für Leopold ist es aber noch gewöhnungsbedürftig.

Die Handlung der Oper nimmt immer dramatischere Formen an. Zwei Freunde, Orest und Pylades, griechische Schiffbrüchige, werden von den Skythen gefangen genommen und darben im dunklen Verlies. Der König der Skythen verlangt den Opfertod von Orest. Iphigenie, mit griechischen Wurzeln, und ihre Priesterinnen sollen das Todesritual vollziehen. Pylades hat alles versucht, seinen Freund Orest zu retten, erfolglos. Er will auch den Tod, wenn es zur Vollstreckung des Urteils kommt. Iphigenie versucht mit allen Mitteln zu verhindern, dass das Urteil vollsteckt wird, als sie in Orest ihren leiblichen Bruder erkennt. Pylades handelt. Er befreit sich wundersam aus den Ketten der Gefangenschaft und erschlägt Thoas, den König der Skythen.

Das Ende des dritten Aktes verlangt alles von den Celli. Pylades beschwört die Götter, ihm die Kraft zu vermitteln, seinen Freund zu retten. Die sonore männliche Tenorstimme vermittelt singend die Botschaft an die Allmächtigen. Die Celli in tieferen Stimmlagen geben dem Herzenswunsch den musikalischen Boden, damit er im Olymp Gehör findet. Ein Genuss für Cellisten.

Der vierte Akt und somit das Ende der Oper naht. In der Anhängerloge Jérômes herrscht volle Aufmerksamkeit wie auch beim ersten Cellisten des Orchesters.

Leopold Feinstoff konzentriert sich nun im Inneren des Juwels und ist bemüht, die hohe Klangqualität weiter zu verbessern. Momentan sind weder Sprünge noch Purzelbäume zu empfehlen. Er widmet sich ganz der Musik.

Die Brise schwebt zwischen Céline, Charles, Marianne und Rodolphe in der Loge und freut sich an der fokussierten Arbeit ihres geliebten Springinsfeld. Neben der Opernmusik hört die Brise auch einen feinen Hauch werdender Lebensmusik – tog, tog, tog, der Herzschlag eines in die Welt wachsenden Menschen. Das dritte Kind der Familie Lepraître klopft an die Pforte des Lebens. In gut zwei Monaten wird es das Licht der Welt erblicken.

Orest erkennt Iphigenie als seine Schwester. Die Skythen sind vom Tyrannen Thoas befreit. Pylades und Orest überleben als Freunde. Diana erscheint und vereint die verfeindeten Griechen und Skythen. Der strahlende Schlusschor verkündet jubilierend Frieden für die Menschheit, vereint Griechen und Skythen, angeleitet von den Priesterinnen um Iphigenie. Die Friedensbotschaft der Antike erreicht auch im Jahre 1795 noch die Herzen der Zuhörer dank Glucks Meisterwerk. Der Jubel verklingt, die Botschaft bleibt. Der Schlussvorhang fällt.

Stille, dann rauschender Applaus. Die überwiegend Opera-buffa-gewöhnten Besucher sind vom neuen Opernstil begeistert. Der vermeintliche Gluck, der Intendant Trichet, die Sänger und Orchestermitglieder verneigen sich vor dem Publikum. Der Applaus will nicht enden, Jérôme mittendrin, überglücklich. Trichet fordert das Publikum auf, innezuhalten. Es gelingt ihm nur mit Mühe, aber es gelingt. Er wendet sich den Besuchern zu: »Sehr verehrtes Publikum, danke für den Besuch und den Applaus. Für einmal verzichteten wir heute auf eine Einführung, wie Sie sicher bemerkt haben. Dafür kommen Sie jedoch, verehrte Opernbesucher, in den Genuss einer Ausführung. Wir hatten heute Abend das Glück, dass Gluck freudig zugestimmt hat, den Taktstock zum 16. Jubiläum der Uraufführung seines Meisterwerks selbst zu schwingen. Herzlichen Dank, Maestro.« Trichet verneigt sich tief. Das Publikum applaudiert.

Eine große Gestalt, sensebestückt, schwarz gekleidet, erscheint auf der Bühne und stellt sich neben Gluck. Trichet heißt den Sensenmann herzlich willkommen. »Wir alle hier wissen, dass es für Sie, lieber Tod, mehr als Todesmut brauchte, um Gluck zu diesem Jubiläum von den Toten freizustellen. Sie hatten eingewilligt, weil frühere Aufführungen in Paris zu Glucks Lebzeiten aus gesundheitlichen Gründen abgesagt wurden. Auch können wir heute«, er wendet sich erneut dem Maestro zu, »Ihnen freudig mitteilen, dass die Oper Iphigenie auf Tauris in allen wichtigen Opernhäusern Europas mit großem Erfolg aufgeführt wird. Sie gilt aktuell als die meistaufgeführte Oper. Gratulation dem Meister.« Trichet verneigt sich erneut ehrerbietend. Auch der Tod stimmt in den Applaus ein, das Orchester stampft mit den Füßen, die Streicher tingeln mit den Bögen. »Leider übergeben wir nun den Maestro wieder seinem Tod«, schließt Trichet. Würdig schreiten Gluck und der Tod Seite an Seite durch den Mittelgang des Opernhauses dem Ausgang entgegen.

Vor dem Verlassen dreht sich der Sensenmann noch einmal um und erklärt feierlich: »Für die weiteren geplanten Aufführungen lasse ich euren hochverehrten Maestro erneut zurückkehren, aber immer nur für die eine Aufführung.« Damit verlassen die beiden Phantome winkend den Raum voller Menschen. Das Orchester spielt einen Dreifachtusch und beendet die Vorstellung definitiv.

Rodolphe gehört zu den ersten Gratulanten. Jérôme genießt sein neues Musikerdasein und ist rund um »glucklich«.

5. Napoleon in Versailles und Italien, ein alter Schlossgärtner und ein junger Adliger werden von der Muse geküsst, Leopold erwirbt den Flugschein für Zeitreisen im Frühjahr 1796

Nachlese der Geschehnisse Ende 1795 und Anfang 1796: Marianne hat ihr drittes Kind geboren, ein gesundes Mädchen mit dem Namen Julie. Rodolphe ist Pate geworden. Die Fundamente der neuen Klosterkirche sind gebaut. Johanna und Christian verstehen den Misserfolg ihrer Schatzsuche als Zeichen des Schicksals. Sie warten auf einen Hinweis, um die Suche erneut anzugehen. Napoleon wurde zum Divisionsgeneral befördert. Die Kritiken in den Zeitungen zur Aufführungen der Iphigenie auf Taurus waren weitgehen positiv. Es gab nur einen Verriss im ganzen Blätterwald: Der Schreiberling mit den Initialen PB empörte sich über die ungeheuerliche Frechheit, den im Jahre 1787 in Wien verstorbenen Komponisten Gluck theatralisch für diese Aufführung wiederauferstehen zu lassen. Die Überschrift des Artikels: Gotteslästerung im Operntempel.

Jérôme übt und übt. Er weiß, dass er nicht nachlassen darf. Er lebt den Musikeralltag. Der Applaus muss hart erarbeitet werden. Die Trioabende mit Pascal Lemaire und Rodolphe Kreutzer sowie die musikalische Erziehung von Claire und François ermöglichen ihm spielerische Abwechslung. Der kräftige Schreihals Julie übt sich früh in stimmlicher Klangbildung, manchmal störend, aber immer verheißungsvoll.

Die Trauerarbeit Steins dauert an. Michael scheut sich nicht, den Fürsten der Dunkelheit gnadenlos durch seine innere Hölle zu führen. Michaels blinde Augen blicken in alle Ecken Steins schwarzer Seele. Das versteinerte Herz beginnt aufzubrechen. Es flackert während der gemeinsamen Gespräche öfter beängstigend. Michael schont es nicht. Er weiß, dass Stein in hohem Maße, infarktgefährdet ist. Stein hat so viel Leid und Schmerzen in die Leben anderer Menschen getragen, dass Michael einen Infarkttod seines Patienten in Kauf nimmt. Michael motiviert Stein, nicht den Weg in den Selbsttod zu wählen, sondern sich eigenverantwortlich endlich durch sein verletztes, zerstörerisches Wesen durchzuarbeiten, die höllischen Schmerzen dabei auszuhalten, durch diese Qualen hindurchzugehen und so möglicherweise Läuterung zu erfahren.

Professor Crivet vermisst die tüchtigen Hände Johannas. Die Verletzten der Schlacht um die königliche Reitschule lassen das Spital Hôtel-Dieu überquellen. Überall und in allen Gängen, auch im Untergeschoss, sind die Verletzten untergebracht. Sie müssen sich nicht vor dem schwarzen Block fürchten. Diese Kreaturen sind klammheimlich verschwunden. Es wird wieder geschrien und gestorben wie in alten Zeiten, Hondschoote lässt grüßen.

Die Versailler Charles und Cécile trauern wegen des Auszugs ihrer Tochter Lucy mehr als wegen des Todes ihres gefallenen Nachbarn Marcel Colpi. Dessen verwaiste Nobelwohnung wartet auf neue Bewohner. Lucy hat in der Zwischenzeit ihr Musikstudium am Pariser Konservatorium aufgenommen. Charles Mazet kümmert sich um die Dienstwohnung des gefallenen Antirevolutionärs. Sohnemann Leutnant Christophe ist letzte Woche bei seinen Eltern in Versailles in Begleitung zweier italienisch sprechender Offiziere, Napoleon und Santini, aufgetaucht, alle drei hoch zu Ross. Cécile war hocherfreut, ihren Filius endlich wieder einmal zu sehen. Larry und Harry bemerkten Christophe zuerst nicht und verteidigten ihr Revier bellend. Weder Cécile noch Charles mussten eingreifen. Ein kurzer Befehl Napoleons genügte und die beiden Doggen zogen sich wimmernd in ihre Körbe zurück. Dann stiegen die drei Reiter vom hohen Ross.

Christophe stellt Napoleon und Santini seinen Eltern vor. Jetzt versteht auch seine Mutter, mit wem er unterwegs ist. Nach einer kurzen Wohnungsbesichtigung nehmen die Reisenden gerne ein Glas Wasser gegen den Durst. Das winterliche Versailles hat auch seinen Reiz. »Leider kann ich Ihnen bei dieser Jahreszeit keinen gemütlichen Gartenplatz für ein Glas Champagner offerieren«, bemerkt Charles. »Ich schlage deshalb vor, dass wir vor dem Kamin auf den wichtigen Sieg anstoßen.«

»Sehr gerne, Herr Schlossverwalter und Vater eines äußerst talentierten Artillerieoffiziers«, erwidert Bonaparte.

»Zu viel der Ehre«, versucht Christophe Napoleons Lob zu relativieren.

»Wem Ehre gebührt, bestimme ich«, entgegnet dieser mit scharfem Blick. Dann klopft er ihm lachend auf die Paletten.

An diesem Abend erfährt Christophe das erste Mal Persönliches von seinem Vorgesetzten. Dieser erzählt ausführlich von seiner korsischen Herkunft. Alle unterhalten sich bestens. Cécile hat sich unbemerkt in die Küche abgesetzt. Charles stellt seine Gastgeberqualitäten unter Beweis. Ohne zu fragen, fordert, Cécile nach einiger Zeit die unverhofften Gäste auf, den Salon zu verlassen und sich zu ihr ins Esszimmer zu begeben. »Ich würde mich freuen, nicht allein das Abendbrot einzunehmen.«

»Es duftet so vielversprechend aus der Küche, verehrte Frau Mazet, dass ich nicht wiederstehen kann«, entgegnet Napoleon mit einem Lächeln.

Christophe ist stolz auf seine Mutter, die immer noch mit ihrem Charme die Männerwelt verzaubern kann.

Napoleon vertieft sich an diesem Abend in ein Gespräch mit Charles über die Geschichte des Schlosses Versailles. Marcel Colpi ist auch ein Thema. Napoleon möchte unbedingt die leerstehende Nobelwohnung Colpis besichtigen. Der Korse ist begeistert, will die Wohnung erwerben, sie für seine Zwecke nutzen. Normalerweise wohnt er in Fontainebleau. Bei der Verabschiedung bedankt er sich mit den Worten: »Da ich nicht mit einem Bund von Dutzenden Schlüsseln herumziehen möchte, bitte ich Sie, verehrter Herr Schlossverwalter, wenn der Verkauf abgeschlossen ist, diese bei Ihnen aufzubewahren.«

»Danke, General, für das Vertrauen. Natürlich übernehme ich die Verantwortung und die Schlüssel gerne und werde im Rahmen meiner Aufgaben als Verwalter der Schlossanlagen von Versailles ein spezielles Augenmerk auf Ihre geheimen Räume haben.«

»Das freut mich«, antwortet Napoleon. »Ich werde veranlassen, dass sich diese wesentliche Erweiterung Ihres Aufgabenspektrums für Sie auch auszahlt.« Mit einer Freundlichkeit, die Christophe als einer seiner engsten Offiziere bisher noch nicht kannte, verabschiedet er sich.

Sandro hat unterdessen die Pferde bereitgestellt und erwartet Anweisungen. In militärischem Ton wendet sich der Divisionsgeneral an Christophe: »Leutnant Mazet, Sie sind bis morgen Abend vom Dienst freigestellt zwecks Pflege Ihres Familienlebens!«

Verdutzt salutiert Christophe: »À vos ordres mon général!«

Einige Tage später schickt Napoleon Santini zu Paul Barras, um das Finanzielle des Immobilienkaufes direkt mit dem Innenminister zu regeln. Ab diesem Zeitpunkt wird die Wohnung für geheime Sitzungen der Leute um Barras und Napoleon genutzt. Charles ist sich bewusst, dass er den guten Zugang zum Korsen auch seiner charmanten himmlisch kochenden Gattin zu verdanken hat. Seine in den letzten Jahren unsicher gewordene berufliche Situation ist seit jenem Abend wieder stabil. Dies belebt auch die Beziehung. Cécile und Charles strahlen wieder wie frisch verliebt. Zusammen schaffen sie das immer wieder. Das freut Christophe.

Mit der Volksabstimmung am 5. Brumaire 1795 wird die neue Verfassung in Kraft gesetzt. Am 10. Brumaire wählen die Mitglieder des Konvents fünf Exekutivmitglieder, darunter auch Paul Barras. Dies ist die neue politische Struktur mit einem Direktorium als ausführendes Machtorgan. Das revolutionäre Chaos des Grande Terreur gehört der Vergangenheit an.

Neben der neuen Regierungsform werden auch für die Gesetzgebung neue Ansätze diskutiert. Verschiedene Juristen befassen sich mit dem Code civil. Universitätszirkel und politische Kreise engagieren sich für ein zeitgemäßes Recht. Das Directoire unterstützt diesen Diskurs.

Marcel Colpis Nobelwohnung im alten Zentrum der Macht, Versailles, wird von den Vertrauten der neuen Machthaber um Napoleon und Barras geschätzt. Auch Barras und Napoleon tauchen vereinzelt im Châteauneuf Trianon auf. Der Bestand an ausgewählten Bordeauxweinen des gefallenen Colpi verkleinert sich massiv. Charles und Cécile sind in der Zwischenzeit mehr als nur Schlüsselverwalter. Sie müssen aufpassen, dass sie nicht zum Dienstpersonal der neuen Classe Politique verkommen. Charles hat neulich mit Napoleon diesen Missstand angesprochen. Daraufhin ist wieder Ruhe eingekehrt. Im Kutschenunterstand stehen seit Weihnachten zwei neue Gefährte. Charles' alte Dienstkutsche wurde ersetzt. Die Zugpferde sind pensioniert. Jetzt stehen zwei Nobelkarossen mit jungen Pferden im Stall. Sandro ist stolz auf seine neue perfekt sitzende Dienstuniform. Napoleons Privatkalesche wird von einem Korsen mit dem Namen Giuseppe Rivelli kutschiert. Er logiert wie Sandro bei der Nachbarin, der Pianistin Barbara Mueller. Der korsische Kutscher muss Tag und Nacht für den Herrn General einsatzbereit sein. Er ist aber wenig im Einsatz. Der Divisionsgeneral hat an verschiedenen Standorten in und um Paris Gefährte stationiert. Dieses Transportsystem ermöglicht es ihm, die wertvolle Zeit vor Ort voll zu nutzen, um sein persönliches Netzwerk rasch zu vergrößern.

Als Sieger vom 14. Vendémiaire 1795 ist er in allen Salons von Paris ein gern gesehener Gast. In der Stadt zirkulieren Gerüchte, dass er sich von seiner Lebensgefährtin Désirée Clary getrennt habe und eine neue Flamme an seiner Seite sei.

Napoleon und Joséphine konnten ihr Liebesnest, das Châteauneuf Trianon, bisher geheim halten. Das Schlossverwalterehepaar schweigt. Die frisch Verliebten wissen das zu schätzen. Napoleon hat kurz nach Weihnachten seine Geliebte den Mazets vorgestellt: Joséphine de Beauharnais, Witwe, Salondame der gehobenen Pariser Gesellschaft und ehemalige Geliebte von Paul Barras. »Der Korse scheint die Vorzüge reifer Damen zu schätzen«, bemerkte Charles augenzwinkernd zu seiner Gattin nach der ersten Begegnung mit ihr. »Jetzt ist der General wieder in festen Händen. Die Tage meiner schlaflosen Nächte sind vorbei.« Er küsst Cécile zärtlich auf die Stirn.

Seit der Hochzeit am 22. Ventôse 1796 sind die Gerüchte um die beiden verstummt. Zwei Tage nach der Heirat mit Joséphine verlässt Napoleon mit seinem persönlichen Offizierstross, auch mit Leutnant Mazet, Paris. Noch vor der Hochzeit wurde er zum Oberbefehlshaber der revolutionären Armee Italiens ernannt. Die erfahrene Generalität um Masséna steht anfangs dem jungen Günstling des Direktoriums skeptisch gegenüber. Napoleon überzeugt die Offiziere der Italienarmee aber rasch. Seine Energie und seine rhetorischen Fähigkeiten elektrisieren die 40000 Soldaten, als er ihnen entgegenruft: »Ich will euch in die fruchtbarsten Ebenen der Welt führen. Reiche Provinzen, große Städte werden in eure Hände fallen; dort werdet ihr Ehre, Ruhm und Reichtümer finden.« Mit dem Sieg gegen die Österreicher bei Lodi am 20. Floréal 1796 beginnt der Nimbus um Napoleons Genius. Die um vieles größere Feindesarmee wird dank seiner Kriegsstrategie vernichtend geschlagen. Offiziere, Soldaten und die norditalienische Bevölkerung bejubeln den Korsen frenetisch. Ganz Europa fürchtet sich nun vor Napoleon und der französischen Volksarmee.

In den letzten Herbstferien lernte der 12-jährige Alexandre Duc de Fontainebleau et Valmy den Sohn des neuen Schlossverwalters von Fontainebleau kennen. Die Jünglinge verstanden sich auf Anhieb. Sie verbrachten drei tolle Ferienwochen zusammen. Beide sind Pferdenarren und ausgezeichnete

Reiter. Nach dem bereits bekannten Schicksal von Mutter und Vater gelang dem damals 7-jährigen Alexandre tatsächlich die Flucht. Sein Fluchtgefährte war drei Jahr älter und schon ein kräftiger Bengel. Zu zweit schlugen sie sich die ersten Tage durch. Wie sie unerkannt blieben und überlebten, ist wundersam. Beim Stehlen von Nahrungsmitteln auf einem Markt in der Nähe von Beaune wurden die beiden ertappt und von Marktleuten zünftig verdroschen. Zwei Nonnen auf Einkaufstour hielten das Geschehen auf. Sie brachten die beiden Jünglinge ins nahe Internat für Waisenkinder, Beaune la Jolie, die Barmherzige. Das war Glück im Unglück für die Schicksalsgeplagten. Heute geht Alexandre dort zur Schule. Er gilt als sehr guter Schüler. Der Rektor, ein kultivierter Schöngeist, hat Fächer wie Musik und Zeichnen in den Lehrplan aufgenommen. Alexandre brilliert im Zeichnen. Seine Freunde nennen ihn neckend und bewundernd gleichzeitig den großen Zeichner Alexandre.

In den Frühlingsferien im Jahre 1796 kommt Alexandre erneut nach Fontainebleau. Er freut sich auf seinen Ferienfreund Mosche und seinen Gastgeber Abraham. Er wünscht sich wilde Ausritte und farbige Zeichnungen und Bilder.

Der pensionierte Gärtner ist einer der wenigen, die während der letzten Jahre ihre Stelle behalten konnten. Eigentlich wäre Abraham im Ruhestand. Er freut sich, dass ihm trotz seines fortgeschrittenen Alters Fontainebleau mit seinen Blumen und Gärten erhalten geblieben ist. Er genießt beim neuen Schlossverwalter, Mosches Vater Ibrahim Goldberg, hohes Ansehen, denn er kennt als Einziger die große Ordnung des barocken Schlossgartens und vieles mehr. Seit über 30 Jahren pflegt und hegt er Bäume, Sträucher, Rasen und Blumenbeete des Parks und der dazugehörigen Gärten.

Die gesamte Gebäudeanlage war während der Unruhen arg in Mitleidenschaft gezogen worden. Außer Versailles, dem Prunkstück aller Schlossanlagen, kommen nur wenige der französischen Schlösser in den Genuss von Geldmitteln des Nationalkonvents. Die Auslagen für die Revolutionsarmee Napoleons verschlingen Unsummen und steigen stetig. Nachdem der Feind im Inneren besiegt ist, will das Gedankengut – Liberté, Égalité, Fraternité – in die Welt hinausgetragen werden. Napoleon soll seinen Einfluss persönlich geltend gemacht haben, damit Gelder für Renovierungsarbeiten fließen. Er selbst wohnt, wenn er in Frankreich weilt, meistens in Fontainebleau. Die verlassenen Schlossanlagen sollen nicht weiter verlottern. Er will das Schloss zu seiner

Residenz ausbauen, ahnend, dass er zukünftig das stolze Patrimoine national wieder als Manifest der Größe Frankreichs, seines Frankreichs, nutzen wird.

Alexandre kümmert sich wenig um das verlorene Erbe, das in der Zwischenzeit zum Patrimoine nationale geworden ist. Er interessiert sich umso mehr für die Malkünste des pensionierten Gärtners. Alexandre ist beim malenden Gärtner einquartiert. Dieser hat ein besonderes Auge für die Schönheit der Blumen. Er malt seit Jahren am Abend und auch nachts bei Kerzenlicht. Ein großes Abstellzimmer der Gärtnerei nutzt er als Atelier. Wenige kennen seine Bilder. Er malt, weil es ihm die Stärke, die Vielfalt, der Farbenreichtum und die Lichtkraft der Natur angetan haben. Alexandre lernt hier anders als in der Schule im Zeichenunterricht. Abraham verführt ihn zur Begeisterung. Die Abende mit ihm sind ein großes Fest, eine Ode an Formengestaltung und Farbgebung. Abrahams Leidenschaft überträgt sich auf den enterbten Schlossherrn.

»Was Formgestaltung angeht, kann ich dir, mein lieber Alexandre, bereits nichts mehr beibringen, deshalb widmen wir uns in den kommenden Ferientagen ganz der Farbenpracht.« Abraham schiebt seinem Schützling einen Klappstuhl hin, aber keine Malutensilien. »Geh raus in die Natur. Die Zeit ist günstig. Die Magnolienbäume blühen, die Forsythien sprießen, die Bäume, die Wiesen grünen. Wandle durch die Gärten, die Wiesen und den Park. Wähle Orte aus, die dich farblich und mit ihrer Stimmung besonders ansprechen. Lass dich dort nieder. Sitze, auch wenn das für einen Jungen deines Alters schwierig ist, auf dem Stuhl oder auf dem Boden und schaue dir die Farbenpracht an, labe deine Augen, nimm auf, was dir die Natur schenkt. Du wirst staunen. Komme gegen Mittag zurück oder wenn dein Magen knurrt. Übrigens, morgen bist du bei den Goldbergs eingeladen.«

Nach zwei Stunden ist Alexandre zurück. Seine Augen glänzen. »Ich will weder essen noch sprechen. Ich muss malen.« Alexandre malt sein erstes größeres Bild in Öl, eine Lotusblume. Die Farben gelingen ihm prächtig und sein Erstlingswerk riecht himmlisch nach Firnis. Es folgen mehrere Ausritte mit Mosche und drei weitere wunderschöne Farbgemälde unter kundiger Anleitung von Abraham. All das lässt die Tage im Nu vergehen. Den letzten Abend vor der Rückreise verbringt Alexandre mit seinem geliebten großväterlichen Freund feierlich malend im kerzenbeleuchteten Atelier. Zwei Menschen, die nicht unterschiedlicher sein können, vereint im leidenschaftlichen Schaffensdrang. Über die schicksalsbehaftete Familiengeschichte wurde bisher nicht gesprochen.

Am Ende des Abends erhebt sich Abraham, kramt ein kleines Schmuckkästchen aus seinem Sekretär und öffnet es. Ein Ring mit einem funkelnden Diamanten strahlt in allen Farben. Alexandre ist fasziniert.

»Deine Mutter, zu der ich ein besonderes Verhältnis pflegen durfte, übergab mir diesen Ring vor eurer Flucht mit den Worten: ›Dieser Diamantring ist sehr wertvoll, er repräsentiert meine Liebe, sie funkelt ewig. Ich vermache Ihnen den Ring, verehrter Herr Abraham, weil ich Sie als weisen und gütigen Menschen erleben durfte. Sie waren mir in dieser schwierigen Zeit immer eine große Hilfe. Übergeben Sie ihn im Alter einem jungen Menschen, der Augen hat, die edle Kraft des diamantenen Lichtes zu sehen.‹ Du, mein lieber Alexandre, bist dieser junge Mensch, daran gibt es nichts zu zweifeln.« Mit Tränen in den Augen übergibt Abraham Alexandre den Ring. »Siehst du, er passt genau auf deinen Ringfinger. Trage ihn in Würde und als Andenken an deine Mutter.«

Stille schwebt im Kerzenlicht, nur der Diamant funkelt lautstark.

Nach dem ereignislosen Rückflug durch die revolutionäre Gegenwart und nach einem ereignisreichen Tages- und Nachtausflug im Südosten von Paris sind die beiden Feinstofflichen wieder zurück in ihrem Heim. Hier, im Inneren des Cellos, ruhen sie sich von den Reisestrapazen aus. Die Wohnung der Lepraîtres ist zu ihrem gemeinsamen Rückzugsort geworden.

»Weißt du, lieber Leopold, in meinen ersten Inkarnationen feinstofflicher Art brauchte ich immer eine geographische Heimat, dann habe ich die Heimat in mir entdeckt. Dies war für mich ein weiterer Schritt in die Freiheit. Bisher glaubte ich, dass dieser Schritt endgültig gewesen sei. Doch jetzt, wo ich bald die letzte Brücke überschreiten werde, sehne ich mich nach einem schützenden Heim, einem Ort mit Erdverbundenheit.«

»Du weißt, mein Schatz, dass du in meinem Heim immer willkommen bist«, bemerkt Leopold und fügt hinzu: »Solange das Cello lebt, denn auch ein Edelinstrument hat irgendwann einmal seinen letzten Tag.«

»Ich habe Lust, dir endlich das Fliegen durch die Zeiten beizubringen. Weiter gilt es dich bald, mein lieber Charmeur, auch mit den dunklen Seiten des Charmes zu konfrontieren. Du bist ein toller Hecht, ein charmeversprühender Verführungskünstler und ein Herzensbrecher. Wenn es darum geht, versteinerte Herzen aufzubrechen, verfügst du über beachtliche Fähigkeiten. Jetzt gilt es auch noch Kompetenz im Heilen zerbrochener Herzen zu erlangen. Beides gehört zum Rüstzeug der Feinstofflichen der weisen Art. Die Herzensarbeit vertagen wir. Heute starten wir mit einem Zeitflug in die Zukunft. Was sagst du dazu, mein Liebling?«

»Eigentlich erübrigt sich die Frage an mich, mein Schatz«, antwortet Leopold. »Du kennst mich doch in- und auswendig. Bei mir gilt nicht die Devise, Arbeit kommt vor dem Vergnügen, sondern frei interpretiert: Lust kommt vor Arbeit. Also bekommst du auf deine rhetorische Frage eine lustvolle Antwort: Verlustieren wir uns in der Zukunft, ich lasse mich von dir dazu verführen.«

Die Brise reagiert kurz und mächtig: »Zeitkanal daher!« Schon taucht er gehorsam auf, der Zeittunnel, die Tür ist geöffnet, alles ist startklar. Sie treten ein. Eigenartige Knöpfe sind geheimnisvoll rotleuchtend neben der Eingangstür auf einem Pult angebracht. Jeder Knopf ist mit einer Zahl versehen. Leopold will spielen und versucht einen Knopf zu drücken. Die Brise kann ihn gerade noch daran hindern. »Naiv, mein Lieber, mit der Zukunft so sorglos umzugehen«, weist sie ihn in die Schranken. »Heute gilt es zu lernen, gern auch spielerisch, aber nicht im Sinne von Spielen als Selbstzweck. Du musst auch mal deine feinstofflichen Hirnwindungen einschalten. Das gilt nicht nur beim Start, sondern auch bei der Landung und während unserer begrenzten Zeit in der Zukunft, sonst wirst du irre. Menschengehirne verfügen nicht über die notwendige Kapazität für Zeitsprünge. Wir Feinstofflichen sind da bedeutend fähiger. Trotzdem brauchen wir für die Zeitreisen eine Art Zusatzhirn, ein kollektives Intelligenzzentrum außerhalb unseres feinstofflichen Egos, mit dem wir während der Zeitreisen verbunden bleiben und das unsere Hirnleistung steigert: das Kollektivbewusstsein.«

Leopold versucht zu verstehen. »Zusatzhirn, Intelligenzzentrum, Ego? Kollektivbewusstsein?«

»Frage nicht nach, denn ich will endlich in die Zukunft aufbrechen.«

Leopold seufzt und lässt sich nun führen, er, der Schwerführbare.

»Ich habe die Reise vorbereitet, weil es mir wichtig ist, dich seriös zum Zeitreisenden auszubilden«, informiert ihn die Brise.

Er lässt es geschehen und ist langsam doch recht nervös, als seine Reiseführerin den roten Knopf mit der Zahl 1996 drückt und die Zeitkanal-Tür zischend schließt.

Eine unsichtbare Stimme informiert sie: »Départ de Paris le 17. Floréal 1796, 13:15 Uhr.«

»Von wo spricht sie?«, fragt Leopold erstaunt die Brise.

»Die Stimme kommt aus einem Lautsprecher.«

»Was ist das?«

»Eben eine Stimme, die laut und deutlich spricht.«

»Wo ist die Sprechende? Ich kann sie nicht sehen.«

»Ich auch nicht«.

»Habe ich die Zeitansage richtig gehört? Genau heute vor einem Jahr wurde ich geköpft, auf die Minute genau.«

»Manchmal gibt es Zufälle im Leben«, bemerkt die Brise schmunzelnd.

Vielleicht ist dieser Ausflug mein Todestagsgeschenk, denkt sich Leopold.

Die verborgene Stimme meldet sich erneut. Monoton gib sie bekannt: »Start in einer Minute irdischer Zeitrechnung. Stellen Sie Ihre Chronometer neu. Die Stunden und Minuten bleiben unverändert, aber die Jahreszahl wechselt wie von Ihnen gewünscht ins Jahr 1996. Départ dans 30 Secondes, Zieldestination Paris-Mitte.«

Es geht ab, und wie! Leopold hat ein Geschwindigkeitsgefühl wie exakt vor einem Jahr im Lichtkanal, als er sich rasant von der Erde wegbewegte. Jetzt rast er an einer festgelegten Zeitachse entlang auch ins Ungewisse, in die Zukunft des 20. Jahrhunderts. Aber heute weiß er, wohin es geht. Er wird sein geliebtes Paris erleben – und zwar das Paris in gut 200 Jahren.

Der roten Knöpfe werden immer mehr. Jetzt leuchtet die Jahreszahl 1900, dann 1950. Unpersönlich informiert die laute und monotone Phantomstimme: »Zieldestination Paris-Mitte erreicht. Es ist 13:15 heure locale, 5. Mai 1996. In Paris herrscht sonniges Frühlingswetter bei 20 Grad Celsius. Wir wünschen einen angenehmen Aufenthalt.«

Schwups, der Zeitkanal entschwindet zeit- und geräuschlos.

Sie befinden sich im Menschengewimmel des Großstadtgetriebes auf einem Boulevard. Leopold verschlägt es die Sprache, seine Augen saugen alles Neue auf. Welt- und zeitfluggewandt hakt sich die Brise ein, als sie seine Verunsicherung spürt. Sie führt ihn schlendernd den Großstadt-Boulevard entlang. Sie baden geradezu in der Menschenmasse. Unglaublich, wie viele Menschen sich hier bewegen. Geschlendert wird wie vor zweihundert Jahren, aber dazwischen rennt ein großer Teil der Menschen, den Kopf gesenkt, einem Ziel entgegen. Leopold scheint alles hektischer. Die Luft hat sich merklich verschlechtert. Er verspürt Fluchttendenzen. Überall Lärm. Kutschen gibt es nicht mehr. Auf den Straßen zirkulieren ungezogene Vehikel, stinkende Rauchwolken hinter sich lassend. Die Straßen sind voll von ihnen. Von Zeit zu Zeit halten sie an, dann stottern sie wieder weiter, wie von Geisterhand gesteuert. Jetzt sieht er, dass im Innern dieser Karossen Menschen eingequetscht sind. Da sind die meisten Kutschen des 18. Jahrhunderts bedeutend bequemer. »Dies sind also die Gefährte de 20. Jahrhunderts«, konstatiert er ernüchtert.

Die Brise nickt.

»Was macht denn dieser Blauuniformierte mitten auf der Straße? Er winkt den Karossen zu und keine hält an. Das muss ein Irrer sein.«

»Nein, mein Liebling, das ist ein Flic, der regelt den Autoverkehr.«

»Den Autoverkehr?«

»Die gegenwärtigen Fortbewegungsmittel heißen Autos. Es gibt eine Unmenge verschiedener Arten, wie du siehst. Der Flic ist ein Polizist, der den Verkehr regelt«, erklärt die Brise geduldig.

»Eine hoffnungslose Aufgabe in diesem Gewühl, also doch ein Irrer«, brummt Leopold.

Ein Krankenwagen versucht mit Sirenengeheul durch den Verkehr zu pflügen. Was für ein Krach! Seine sensiblen Feinstoffohren leiden. Die Brise führt ihn in eine Nebenstraße. Hier ist es ruhiger und weniger hektisch. Sie setzen sich schwebend zwischen die Gäste eines Straßencafés und lauschen den Gesprächen. Hier riecht es nach Frauenparfüm und Kaffee. Langsam kommt Leopold an im 20. Jahrhundert. Aber hört er recht? Eine junge Frau in Hosen verabschiedet sich von Freunden: »Heute Abend brauche ich einen Big Mac vor dem Date im DJ-Club Iron Man, unten am Bou Mich.«

Er hört nochmals hin. Schon im Sprachgewimmel auf dem Boulevard erschien ihm das Französisch schwer verständlich. »Hast du verstanden, was die junge Frau gesagt hat? Es klingt Französisch, aber ich habe nichts verstanden«, sage er zur Brise.

Die sprachgewandte, zeitreiseerfahrene, uralte Angehörige der weisen Art versucht ihrem Frischling der weisen Art die jahrhundertüberschreitende

Sprachentwicklung zu erklären.»Die Hosen der jungen Frau sind sogenannte Jeans. Einen Big Mac bekommst du in einem Schnellverpflegungsrestaurant. Es ist ein Stück Fleisch zwischen zwei Brothälften mit einigen Salatblättern. Ein Date ist ein Rendezvous, ein DJ kann Mann oder Frau sein, arbeitet in einem Tanzlokal und legt dort Platten auf. Platten sind dünne Scheiben, auf denen Musik gespeichert ist. Per Plattenspieler, einem Gerät, wird diese wiedergegeben oder abgespielt. Zu dieser Musik tanzt die heutige Jugend. Die Platten ersetzen die Musikkapellen. Ein Club ist ein Tanzlokal, davon gibt es heute viele. Die junge Frau hat sich für heute Abend im Club mit dem Namen Iron Man verabredet. Iron Man ist Englisch und heißt übersetzt: eiserner Mann. Bou Mich ist eine Kurzform für Boulevard Saint-Michel, im 18. Jahrhundert Universitätsboulevard genannt. Hast du alles verstanden, Liebling?«

»Keine Ahnung, ich bin schon mit dem nächsten Thema beschäftigt.« Erschreckt duckte er sich und zeigt himmelwärts. »Ist das ein Komet? Oder ein Himmelsgestirn, das auch am Tage sichtbar ist? Haben sich die Galaxien möglicherweise in den letzten 200 Jahren verschoben?«

Die Brise lacht schallend. »Du Rückständiger, das ist ein Flugzeug. Ein Flugzeug ist eine fliegende Himmelskutsche. Die Menschheit hat sich entwickelt. Nicht nur wir Feinstofflichen können fliegen, nein, die Menschen werden gegenwärtig mit diesen fliegenden Karossen durch die Welt kutschiert.«

»Dann haben auch die Pferde fliegen gelernt?«

»Nein, diese Vehikel, die größeren unter ihnen können über 200 Menschen aufnehmen, werden von Düsenmotoren angetrieben. Du hast schon über die ungezogenen Straßengefährte gestaunt. Auch die Flugzeuge bewegen sich ungezogen hoch am Himmel. Düsen treiben sie an. Diese Motoren sind am Himmelsgefährt selbst befestigt«, erklärt sein Schatz geduldig weiter.

»Und die Schweife, die sie hinterlassen, sind eine Form von Rauch?«

»Ich bin beruhigt, mein lieber Leopold, deine zeitlose Logik funktioniert immer noch.«

»Dann verstehe ich, warum ich Mühe mit dem Atmen habe. Liebe Brise, ich sehne mich nach vergangenen Zeiten.«

Vis-à-vis ist ein Zeitungsstand an einer Wand befestigt. Die ganze Welt verurteilt Frankreich wegen der Atomversuche auf dem Mururoa-Atoll. Da bemerkt die Brise plötzlich, wie ihr Liebling die Augen verdreht. Es droht ein Absturz aus der schwebenden Position. Sie erinnert sich an ihr erstes Flugreiseerlebnis. Sie war ebenfalls überfordert. Das legte sich nach Ankunft in der angepeilten Zeit erst nach einer Weile. Sie hätte an den naiven Fragen bemerken sollen, dass Leopolds Gehirn noch nicht mit dem Kollektivbewusstsein vernetzt ist. Sie legt ihre Hände an seine Stirn – Energie und das kollektive Wissen beginnen zu fließen.

»Präsident Jacques Chirac hat die Weltgemeinschaft mit seinem Großmachtgehabe und den Atomversuchen auf dem Mururoa-Atoll verärgert«, doziert Leopold plötzlich. Mit dem Lesen der Schlagzeile fließt nun das Wissen aus dem Kollektivbewusstsein der Welt in sein Feinstoffhirn, also auch das Wissen über die Weltpolitik, insbesondere die französische Politik bis in die Gegenwart des 20. Jahrhunderts. Er ist gerettet und überrascht und die Brise ist erleichtert.

Er braucht mehr Überblick. Die Brise wirkt als Reiseführerin. Sie kreisen über dem Großraum Paris, ein Häusermeer von Fontainebleau bis Sèvres, ja, fast bis nach Versailles. Ihn beeindruckt, was die Menschen seit dem 18. Jahrhundert alles gebaut haben. Da – das Pantheon, das Grab Napoleons. Sein Gehirn liefert alle Bilder zu seinem Leben und Sterben. Was für ein Leben! Er will seine Berührungspunkte zu Napoleon abrufen.

Die Brise schmunzelt. »Das bleibt uns verwehrt. Unsere eigene Zukunft, unser Sein nach 1796, wird ausgeblendet, ganz im Gegensatz zu unserer Vergangenheit, da liefert uns das Kollektivbewusstsein die ganze Ahnengalerie«, erklärt sie.

Leopold fühlt sich nun tatsächlich im 20. Jahrhundert angekommen. Nur die jüngste Erklärung kratzt an ihm. Er schlägt der Brise vor, dass sie sich vor dem McDonald's unten am Bou Mich so gegen 18:00 Uhr treffen. Die Brise willigt ein.

Er pirscht ins Zentrum, sticht in den Himmel, schlägt fliegend Purzelbäume über Paris-Mitte im Jahre 1996, lebendig wie eh und je, an seinem einjährigen Todestag. Unter ihm die Kathedrale, sauber, frisch vom jahrhundertealten Stadtschmutz befreit, der Anlegeplatz der Flussschiffer wurde flussaufwärts verschoben. Die Pont Notre-Dame hat sich keinen Millimeter bewegt, sie trägt wie früher die Last der Menschen und Transportmittel mit stoischer Ruhe. Die Frühlingsbäume blühen, in keiner Weise jahrhundertermüdet. Die Bänke im Park behaupten ihren angestammten Platz. Im Frühling 1996 sind sie grün gestrichen. Er setzt sich intuitiv auf eine Bank im südlichen Teil des Parks und sieht rechts den Boulevard Saint-Michel und die nördlichen Hausfassaden des Quartier Latin mit den Bücher- und Souvenirläden entlang der in ewiger Gleichmut meerwärts fließenden Seine. Eine Brise frischer Landluft vertreibt den Großstadtgeruch bis auf den typischen U-Bahn-Geruch des 20. Jahrhunderts. Er fühlt sich gut und frei, genießt die Gegenwart unter den sprießenden Frühlingsbäumen, hört die Vögel zwitschern und sieht den Pétanque spielenden Rentnern zu. Er verliert sich ins Zeitlose.

Doch plötzlich sind seine sensiblen Ohren auf Empfang. Vom Parkeingang her hört er Schritte, kieselsteinknirschend nähert sich ein Mensch des 20. Jahrhunderts seiner Sitzbank. Er ist von imposanter Gestalt und verfügt über eine elektrisierende Ausstrahlung. Er ist Brillenträger. Tog, tog, tog, es ist nicht sein Herzschlag, nein, das muss das Geräusch eines Blindenstocks sein. »Darf ich mich zu ihnen setzen?«, fragt der blinde Mann höflich.

Leopold ist völlig überrumpelt. Wie können Menschen mit Feinstofflichen in Kontakt treten? Ist das auch eine Weiterentwicklung der Erdenbürger in den letzten Jahren?

»Mein Name ist Michael und sie sind Leopold Feinstoff«, sagt er nun.

Leopold bleibt die Spucke weg.

Kühn fährt Michael fort: »Sie sind mit ihrer liebreizenden Brise auf Zeitreise und kommen direkt aus dem 18. Jahrhundert. Heute feiern sie den ersten Geburtstag als Feinstofflicher der weisen Art, der gleichzeitig ihr erster Todestag als Mensch Leopold Renaudin ist.« Er schmunzelt tiefgründig. »Herzliche Gratulation! Übrigens eine blendende Idee der Brise, sie zu einer Reise ins Jahr 1996 am Tag ihrer Schwellenübertretung einzuladen.«

Damit setzt sich der Blinde zu Leopold auf die Bank. Jetzt will dieser aber wissen, wer der allwissende Michael ist.

Michael legt den Arm freundschaftlich auf Leopolds feinstoffliche Schulter. Dann streift er ihm mit seiner rechten Hand über die Stirn, den blinden Fleck auflösend. Ein Vorhang fällt und Leopold weiß: Das ist Michael, der Seelenarzt Steins, der Kampfgefährte Crivets, unerschrocken gegen das vordergründig Böse antretend, das vordergründig Gute kritisch hinterfragend, ein Wesen jenseits von Gut und Böse.

»Ich weiß, dass Sie im 18. Jahrhundert mich und mein Sein aus Ihrer feinstofflichen Perspektive beobachtet haben. Ihr Interesse an meinem für Sie fremdartigen Wirken und, was wichtig ist, Ihr konsequentes Hinterfragen, was mein Wirken soll, wo der Sinn liegt, weckte in mir Interesse an Ihnen. Ich habe auch Sie über eine längere Zeit beobachtet. Ich schätze Ihre geistigen Fähigkeiten, Ihre überdurchschnittliche Kreativität, Ihren unbändigen Freiheitswillen sowie ihre überschäumende Lebensfreude. Ich wollte Ihnen meine Glückwünsche, Sie Freidenkender unter den Feinstofflichen der weisen Art, persönlich überbringen. Da die Brise sie kurzfristig mit dieser Zeitreise beschenkt hat, entschloss ich mich spontan, Sie im 20. Jahrhundert zu besuchen. Ich bin nicht überrascht, dich, ich darf sie doch sicher mit du ansprechen, in Paris-Mitte, im Park auf dieser Bank zu finden. Was unsere Verbindung im 18. Jahrhundert betrifft, so ist diese nun geklärt.« »Ich bin perplex, dir Michael, unter solch – auch für Feinstoffliche – ungewöhnlichen Umständen hier erstmals wirklich zu begegnen. Da muss ich zuerst mal feinstofflich durchatmen.« Nach einer Weile fragt Leopold, »Wie schaffst du es, im menschlichen Körper auf Zeitreise zu gehen, dich unter Menschen im 20. Jahrhundert zu bewegen und mit uns Feinstofflichen zu kommunizieren?« »Und ausgerechnet heute mit dir und der Brise, als zwei unter Millionen feinstofflicher Geistwesen«, fährt Michael fort. »Das hat einen guten Grund. Ich bin Erzengel Michael und auf wichtiger Mission unterwegs. Ich suche einzelne außergewöhnliche Menschen, ausgewachsene Feinstoffliche und Wesen mit Potenzial zum Erzengelsein, die mich dabei unterstützen. In der erweiterten Leitungsgruppe brauche ich zwei feinstoffliche Vertreter eurer Zunft. Ich würde mich über das Mitwirken von dir und der weisen Brise freuen. Ich weiß um unsere Seelenverwandtschaft und spüre dein großes Interesse, obwohl wir über den Inhalt der Mission noch nicht gesprochen haben.« Leopolds Interesse ist groß.

Die Glocken von Notre-Dame schlagen sechs Uhr. »Mit dir vergeht die Zeit wie im Fluge. Ich habe mich mit der Brise bei McDonald's verabredet. Wir können uns dort treffen, die Brise wird überrascht sein«, sagt Leopold nun.

»Ich verfüge über einen menschlichen Körper und brauche vernünftige Nahrung«, sagt Michael. »Bei euch ist das anders, ihr ernährt euch geistig und energetisch. Mich bringst du nicht in eine Schnellfressecke. Aber ich komme nach meinem Abendessen gerne bei euch vorbei, d'accord? Jetzt muss ich aber noch schnell Primärbedürfnisse befriedigen, dort hinten im öffentlichen WC vor der Kathedrale, mich von Exkrementen aus dem 18. Jahrhundert entledigend, also bis nachher.«

Leopold schwebt wartend vor dem Restaurant. Viel junges Volk geht ein und aus. Da kommt seine liebreizende Brise angerauscht, sie ist mit Einkaufssäcken beladen. Sie wirkt euphorisch. »War das ein super Shopping, die neuen Klamotten habe ich spielend von den Stangen geblinzelt«, verkündet sie atemlos.

Shopping – einkaufen, das Kollektivbewusstsein liefert blitzschnell alle nötigen Informationen. Die Brise tätigte eine der Lieblingsbeschäftigungen vieler Frauen des 20. Jahrhunderts. Aber jetzt gilt es das schnelle Fressen zu entdecken. Funktional eingerichtet mit sauberen Tischen, kein Silberbesteck, geöffnete Fresspakete. Beim Essen wird Hand angelegt. Unbemerkt mischen sie sich unter die Gäste und schauen verlegen in die Runde.

Vis-à-vis sitzt eine übergewichtige junge Frau mit drei Fresspaketen und zwei Softdrinks alleine an einem Tisch. Sie würgt gerade den ersten der drei Big Macs herunter. Zuvor wurde dieser mit einer der knallroten Saucen übergossen. Die Hungrige schmatzt beim Zubeißen lustvoll. Es läuft ihr dabei die klebrige rote Sauce links und rechts aus den Mundwinkeln.

Das feinstofflich begrenzt nachvollziehbare kulinarische Vergnügen überzeugt die beiden überhaupt nicht. Rasch verlassen sie die Schnellfressecke. Hinter ihnen wirbelt die uniformierte Raumpflegerin und entfernt Fett- und Saucenflecken und was nach einem Handfraß sonst so übrig bleibt. Die erfahrene Brise ist gespannt auf Leopolds neue Bekanntschaft. Sie weiß aber bereits schon um das Außergewöhnliche dieser Begegnung. Michael begrüßt mit der für ihn typischen Herzlichkeit Leopolds Schatz. »Ich freue mich auf einen gemeinsamen einmaligen Tag, den 17. Floréal 1996. Entschuldigung, 5. Mai 1996, die Revolution sollte in den nächsten Stunden der Vergangenheit angehören. Da ich mich schon länger durch verschiedene Zeiträume in unserem geliebten Paris bewege als ihr beiden, geschätzte Kompatrioten, würde ich euch gern die neuen Facetten der französischen Metropole zeigen.«

Sie sind sofort einverstanden und begleiten Michael im Schritttempo zur Pont Notre-Dame, steigen rechts die Treppe hinunter und erreichen das südliche Seineufer. Unter der Brücke legt sich Michael an einer geschützten Stelle auf den Kai, unweit zweier schlafender Clochards. Dann entschlüpft er der Menschenhülle. Er stülpt sich ein feinstoffliches Lebenskostüm über und sagt: »Mein menschlicher Körper schläft bis zu meiner Rückkehr. Somit können wir drei ungehindert und frei fliegen.«

Leopold staunt über diese neue Variante einer feinstofflichen Existenz.

317

Sie umkreisen zweimal den Großraum Paris. Ihm fällt auf, dass im Norden wie im Süden andere Düfte wehen, keine typisch französischen. Im südlichen Gürtel leben mehrheitlich zugezogene Menschen aus Nordafrika und im Norden ebenfalls Afrikaner, mehrheitlich schwarzer Hautfarbe. »Da hat scheinbar eine Völkerwanderung stattgefunden«, bemerkt er.

»Ja, und das ist erst der Anfang«, bestätigt Michael. »Auf das reiche Europa kommt eine gewaltige Einwanderungswelle aus armen Weltregionen zu. Frankreich ist besonders betroffen durch seine Vergangenheit als Kolonialmacht und seine offene Immigrationspolitik. Das Gefälle zwischen armen und reichen Ländern bewegt im 20. Jahrhundert die ganze Welt. Die Botschaft der Französischen Revolution, Liberté, Égalité, Fraternité, hat auch die letzten Ecken unserer Erde erreicht, dank modernen Kommunikationsmitteln und der großen Mobilität der Menschheit. Heute fordern die unterprivilegierten Schichten weltweit ihr Recht ein. Es ist ein Konflikt, der 1996 erst am Anfang steht. Ein weiterer Konflikt Ende des 20. Jahrhunderts ergibt sich aus dem Kampf um Bildung. Seit der Französischen Revolution hat sich das Bildungsniveau der Bevölkerung nicht nur in Frankreich stark verbessert. Und doch blieb es ungleich verteilt. Um frei zu sein, brauchen Gesellschaften ein gutes Bildungsniveau. Die Schere zwischen Ungebildeten und Gebildeten wird aufgrund des starken Wachstums der Weltbevölkerung weiter zunehmen.«

Sie überfliegen das Universitätsquartier. Tausende von Studenten aus der ganzen Welt bevölkern die Vorlesungssäle. Noch im letzten Jahrhundert waren die Grandes Écoles de France erste Bildungssahne. Heute belegen hauptsächlich amerikanische Universtäten Spitzenplätze im internationalen Vergleich.

Die drei Überflieger schweben nun, an Höhe verlierend, in Richtung ihres Lieblingsparks, Paris-Mitte, und genießen die letzten Sonnenstrahlen wohlig ausgestreckt auf dem grünen Rasen, um diese dann in die Nacht zu verabschieden. Michaels vertraute Stimme klingt geheimnisvoll. »Morgen zur gleichen Zeit, am 6. Mai 1996, werden wieder letzte Sonnenstrahlen in die Nacht verabschiedet. Von Menschen des 20. Jahrhunderts wie wir am heutigen Abend des 5. Mai 1996. Diesen Abend teilen wir die Wirklichkeit mit den menschlichen Freunden im 20. Jahrhundert. Morgen Abend, am 18. Floréal 1776, sind wir wieder zurück im 18. Jahrhundert, Kinder der Revolution. Dass dies eine ganz andere Wirklichkeit sein wird, können wir bereits heute Abend nach der Hälfte des Tagesausfluges festhalten. Die Menschheit und ihr Lebensraum haben sich innerhalb von 200 Jahren drastisch verändert, zum Guten wie zum Schlechten. Wie wird wohl die Menschheit im Jahre 2500 leben, falls sie überlebt? Zurzeit betreibt sie Raubbau an den natürlichen Ressourcen der Erde und verschmutzt die Umwelt. Der blaue Planet leidet. Grundsätzliche Veränderungen sind deshalb notwendig. Der Schlüssel zur Zukunft liegt beim Menschen selbst, im Inneren jeden Erdenbürgers. Es braucht ein neues Bewusstsein!« Das alles scheint Michael sehr am Herzen zu liegen. »Ich werde euch beide bald verlassen. Genießt eure Zweisamkeit und den Rest des Aufenthaltes zu Ehren des ersten Tages von Leopolds Schwellenüberschreitung.« Bevor er entschwindet, drückt er Leopold den temporär entwendeten weißen Fleck wieder auf die Stirne, dabei zwinkert er schalkhaft der Brise zu.

»Bevor wir zwei entschwinden, möchte ich dich, mein geliebter Leopold, noch mit einem Geburtstagsgeschenk beglücken.« Mit strahlendem Lächeln überreicht sie ihm einen Flugschein für Zeitreisende. »Auf dessen Rückseite findest du das Ticket für einen Tagesausflug ins 21. Jahrhundert. Mein Geschenk an dich, Thema: Ich und mein Cello im 21. Jahrhundert.« Leopold jubiliert.

Allmächtig aufgehoben, gleiten sie schwerelos und sanft vom Tag in die Nacht. Die letzte blaue Farbschwingung entschwindet. Zeitlos liegen sie auf dem noch sonnenwarmen Rasen inmitten von Paris. Die Sirene eines Krankenwagens schreckt sie auf. Michael hat sie verlassen. Sie sehen von Weitem einen Menschenauflauf unter der Pont Notre-Dame. Sie überqueren die Brücke und erreichen das Quartier Latin. Besorgt steigen sie schwebend die Treppe zur Seine hinunter. Sanitäter diskutieren aufgeregt mit zwei Clochards. Sie belauschen zwei Gaffer. Die unterhalten sich über das Vorgefallene. Die beiden ortsansässigen Clochards bemerkten, dass ein fremder blinder Clochard in ihrem Revier pennt. Da er fest eingeschlafen war, weckten sie ihn nicht auf. Nach geraumer Zeit sprachen sie ihn an. Er rührte sich nicht. Deshalb alarmierten sie die Sanitäter. Bevor diese eintrafen, erwachte der Scheintote, stand auf, grüßte höflich und marschierte strammen Schrittes den Kai entlang davon. Dann geschah Unglaubliches: Seine imposante Gestalt löste sich auf und entschwand.

Erleichtert über das Gehörte, wenden sie sich der Auseinandersetzung der Hauptbeteiligten zu. Der große schwarze Sanitäter unterstützt kopfnickend die Aussage seines kleinen weißen Chefs. Dieser brüllt die Clochards an: »Wollt ihr uns mit eurer Story auf die Schippe nehmen, ihr angetrunkenen Lümmel? Das wird euch teuer zu stehen kommen!«

Schmunzelnd entschwinden sie und schweben ein letztes Mal den hell erleuchteten Boulevard Saint-Michel hinauf und hinunter. Sie haben genug erlebt und entscheiden sich zur Rückreise.

6. Johannas Schatzsuche kommt voran, auf der Suzette weht ein neuer Wind, ein Priester auf Abwegen, Barras am Ende, die Zeit vom Frühjahr 1796 bis zum Ende des 18. Jahrhunderts

In der Zwischenzeit ist die Schatzsuche weiter fortgeschritten und der Brief bei Johanna weiter vergilbt. Nach dem eichenreichen Nachtausflug ruhte die Angelegenheit eine gute Weile. In Absprache mit Christian bemühte sich Johanna um einen Ausflug nach Fontainebleau. Monsieur le Maire besucht dort von Zeit zu Zeit den befreundeten Bürgermeister. So ergab sich eine Mitfahrgelegenheit für die Nonne. Sie war gespannt und erwartungsvoll. Würde sie es schaffen, nach dem Schatz zu graben, ohne große Aufmerksamkeit zu erregen? Lebten noch ehemalige Bedienstete des verstorbenen Ducs vor Ort? Monsieur le Maire organisierte für Johanna eine Schlossführung durch Ibrahim Goldberg persönlich. Dieser war von Johanna sehr angetan, betreute sie den ganzen Tag, lud sie zum Mittagessen ein und konnte nicht genug von den alten Schlossgeschichten bekommen. Sie fand kaum einen Moment, um sich abzusetzen. Abraham, der einzige Repräsentant der alten Zeit vor Ort, hatte bei der Begegnung Tränen in den Augen. Auch Goldberg war bewegt beim Anblick der Verschworenen aus einer vergangenen Zeit. Deshalb reagierte der Schlossverwalter verständnisvoll, als Johanna vor der Abreise wünschte, sich persönlich von Abraham zu verabschieden. Auf dem Weg zur Gärtnerei kramte sie nervös nach dem Schatzplan. Sie hatte ihn nicht vergessen, aber sorgfältig im Unterteil ihrer Kutte versteckt. Ja, da war er, stellte sie erleichtert fest. Ein kleiner Umweg und schon stand sie am Ort des vergrabenen Schatzes. Sie glich mehrmals den Plan mit ihrem Standort ab. Hier musste es sein. Einzelne Regentropfen benetzten die wertvolle Skizze. Rasch verschwand diese wieder in der schützenden Kutte. Erstaunt und ernüchtert stellte die Schatzsucherin dann fest, dass genau an der bezeichneten Stelle ein wunderschöner Lotusblumenstrauch wuchs. Was nun?

Zunächst suchte sie Schutz vor dem aufziehenden Gewitter in der gemütlichen Absteige des alten Schlossgärtners. Dieser war hocherfreut über die persönliche Verabschiedung. Sie fand ihn beim Malen. »Sie sind ja ein wahrer Künstler. Sind die prächtigen Blumenbilder alle von Ihnen?«, fragte sie überrascht.

»Ja, außer die drei dort in der Ecke. Die stammen von meinem Ferienkind«, antwortete der Gärtner.

»Die sind auch sehr schön. Besonders das mittlere, das mit der großen weißen Lotusblume.«

»Ja, das gefällt mir auch besonders gut. Es ist für mich als alter Knabe besonders berührend, einen jungen Menschen mit einer so außergewöhnlichen Begabung malerisch begleiten zu dürfen.«

Einen Moment lang überlegte Johanna, ob sie Abraham in ihr Geheimnis einweihen soll. Draußen regnete es in Strömen, Blitze zuckten und Donner rollte. Abraham bemerkte, dass Johanna über etwas nachdenkt. »Darf ich noch etwas für Sie tun, geschätzte Johanna?«, fragte er vorsichtig.

»Nein, lieber Kunstlehrer, heute ist noch nicht das Wetter, Sträucher zu versetzen.«

»Richtig, geschätzte Ordensschwester, aber dieses Gewitter wäscht allen Schmutz der Erde weg und stillt den Durst der Dürstenden.«

So kehrte Johanna mit einem Teilergebnis nach Barbeau zurück. Sie weiß nun, wo der Schatz vergraben ist.

Die Arbeiten an der Klosterkirche schreiten voran. Es ist eine gewaltige Herausforderung, generationsüberdauernde Stabilität zu erschaffen. Alle Beteiligten leisten Beachtliches. Sie bauen mit Kopf, Herz und Hand.

An den Schloss- und Parkanlagen in Versailles können nach wie vor nur vereinzelt Renovierungen vorgenommen werden. Charles und seine kleine Mannschaft arbeiten hart. Napoleon schlägt permanent Schlachten und wird kaum mehr in Versailles gesehen, im Gegensatz zu den Leuten um Barras. Christophe Mazet lebt den Krieg als einer der vertrauten Offiziere von Napoleon, inzwischen im Range eines Oberstleutnants.

Cécile pflegt den eigenen Wundergarten und sitzt im Winter oft vor dem Kamin im Salon. Lucy arbeitet in Paris als Klavierlehrerin und Damien als Jurist in einer renommierten Anwaltskanzlei.

Im Nachbarhaus der Pianistin ergaben sich unerwartete Veränderungen. Der Privatkutscher Napoleons kommt kaum zu einem Diensteinsatz. Darum unterstützt er freiwillig die Gärtnerequipe unter Sandro, um der Langweile zu entfliehen. Bis vor Kurzem logierte Giuseppe Rivelli im Nachbarzimmer von Sandro in der Wohnung von Barbara Mueller. Heute hat er Zimmer und Bett gewechselt. Er residiert in Barbaras Wohnung und belebt das Nachtleben der Pianistin. Zwei komplett gegensätzliche Menschen haben sich gefunden. Er, der ungeschliffene Bauer aus der Provinz mit Minimalbildung. Sie, die kultivierte Musikerin aus der Region Paris mit akademischer Ausbildung. Beide strahlen seit gut zwei Jahren um die Wette und bald sollen für sie die Hochzeitsglocken läuten.

Die Brise und Leopold nutzen die Zeit zum Arbeiten und Sinnieren. Leopold ist nun öfter auf Auslandsreisen. Der Cello-Jérôme-Leopold-Komplex beackert kulturrevolutionär halb Europa und verführt, musikalisch hochstehend und mit französischem Charme, die Herzen der befreiten Zuhörer und Zuhörerinnen. Letztere sollen bei Aufführungen sogar schon mit verklärten Gesichtern in Ohnmacht gefallen sein.

Leopold hat den Cello-Jérôme-Leopold-Komplex einfachheitshalber JCL getauft. JCL musiziert nach wie vor als erstes Cello im weltberühmten Orchester der Pariser Oper, aber auch Kammermusik gehört zu seinem Repertoire und vermehrt hat sich der JCL auch einen Namen als Solist gemacht. JCL wird immer mehr zu einem starken Botschafter der französischen Musikkultur. Zuerst donnern die Kanonen Napoleons und schießen das Feld frei. Dann kommt JCL und vereinnahmt die Herzen der Besiegten und tröstet deren geknechtete Seelen. Jetzt ist die Zeit reif, um die Botschaft der Revolution – Liberté, Égalité, Fraternité – in die Köpfe der Verlierer einzuhämmern. Politische Strukturen und Recht werden später nachgeliefert. JCL steht im Dienste der Revolution, dient schmiermittelähnlich beschleunigend dem Expansionsprozess.

Seit einiger Zeit sucht Leopold nach neuen Herausforderungen und Lebenssinn als Feinstofflicher. Mit den JCL-Aktivitäten kann er als Verstorbener nach wie vor seine revolutionären Ideale leben und gegenwärtig innerhalb Europas verbreiten und dabei versteinerte Herzen öffnen. Gebrochene Herzen heilen, das muss hinten anstehen, ebenso die Durchführung des ersehnten Ausflugs ins 20. Jahrhundert. Und auch Brückenbauer zu werden, ist ein Projekt für die ferne Zukunft.

Die Brise geht es in ihrem hohen Alter etwas ruhiger an und sinniert öfter über den Tod nach. Die letzte Brückenüberquerung steht an. Bis jetzt vertraute sie der großen Ordnung, wusste, dass sie wiedergeboren wird, Geburt und Tod waren Schwellenübertritte von einem Leben in das andere. Dieses Mal tritt sie aus dem Leben ins Unbekannte. Bisher war sie angstfrei unterwegs. Heute wird sie nicht von Ängsten geplagt, aber eine gewisse Unsicherheit kann sie nicht verleugnen. Sie lebt damit, mal besser und mal schlechter. Von Zeit zu Zeit besucht sie die alte Eiche und geht anschließend schwebenden Schrittes über die uralte Steinbrücke der Gerbe hin und zurück, allein, in sich ruhend und mit der Natur verbunden.

Die Zeit vom Floréal 1796 bis zur Jahrhundertwende war für die Schifferin Berthe bewegend. Ihr ältester Sohn Julien wurde 1997 von der Kriegsmarine als Matrose angeworben. Seine Sehnsucht nach der Ferne, die ihn regelmäßig in Deauville überkam, konnte er so stillen. Stolz verabschiedete er sich in Paradeuniform im Floréal 1798 von seiner Familie und den Flussschifferkumpanen. Mit der französischen Armada landete er am 1. Juli in Ägypten. Drei Dutzend Kriegsschiffe und dreihundert Transportschiffe bildeten im Hafen von Alexandria die Versorgungsbasis für Napoleons Ägyptenarmee. In der Seeschlacht gegen die Engländer unter Admiral Nelson am 1. August bei Abukir wurde Julien getötet. Die Seeschlacht ging für die Franzosen verloren. Napoleon war vom Nachschub abgeschnitten.

Zwei Monate später erfuhr Berthe Pillier von ihrem erneuten Schicksalsschlag. Sie weinte bitterlich. Die französische Schiffsflagge der Suzette wehte monatelang auf Halbmast. Wenn sie heute nördlich von Paris am Friedhof Picpus vorbeikommt, wo ein großes Denkmal mit allen Namen der Gefallenen von Abukir steht, betätigt sie seitdem ihr Horn sechsmal zum Gedenken an die verstorbenen Männer.

Die Geschenke des Lebens können Leid wie Freude bedeuten. Manche Völker, Familien und auch einzelne Menschen werden vom Schicksal arg gefordert. Im Floréal 1799 zeigt sich Berthes Schicksal dann endlich wieder von der freudigen Seite. Seither ist die männliche Schiffsbesatzung wesentlich größer. Bergeron hat den Dienst quittiert. Er kontrolliert nicht mehr das Festland und die Kais der Seine. Nun steuert er die Suzette über die Seine von Melun bis Deauville und zurück. Wer Kapitän ist, stellen weder die verliebte Berthe noch ihre zwei verbliebenen Söhne in Frage.

Wenn Jérôme mal wieder im trauten Heim zu Hause in Paris weilt, genießt JCL alle Vorteile des Familienlebens. Gemütlich im Cellokasten eingepackt, spannt L aus und J lässt sich von Marianne verwöhnen. C genießt die schwingungsfreie Ruhe. Totale Harmonie herrscht dann im nördlichen Teil von Paris. Im Homeland der mehrheitlich weißen Bevölkerung des 18. Jahrhunderts. Die Feinstofflichen der weisen Art haben keine Mühe, sich mit solchen Familienverhältnissen zu solidarisieren. Hier steht die Kirche noch im Quartier, ihre Kirche war bis vor kurzem Saint-Roch.

Barras unterstützt eine Lockerung des Kirchenverbotes. Vereinzelt dürfen Priester wieder mit Genehmigung praktizieren. Er ist nicht abgeneigt, dafür Almosen entgegenzunehmen. Immer mehr Leute in seiner Umgebung stören sich an der korrupten Seite des mächtigsten Mannes in Frankreich, zu dem er in der Zwischenzeit aufgestiegen ist.

Seite 1798 wirkt wieder ein Priester in der Sakristei Saint-Roch. Er hat großen Zulauf. Eine dunkle Gestalt habe Barras unter der Hand eine enorme Summe Geldes zukommen lassen, munkelt man. Seither verfügt der Seelsorger über ein staatlich verbrieftes Eigentumsrecht an der Kirche. Charismatisch predigend, verbannt er die Nichtgläubigen in die Hölle, verkündet den einzig wahren Glauben, verlangt die bedingungslose Einhaltung aller Gebote und Regeln. Wer sich nicht daran hält, wird bestraft. Der Prediger verspricht nach dem Tode Erlösung vom sündigen Jammertal auf Erden. Mit glänzenden Augen verspricht er seinen Kirchgängern nach ihrem Ableben das große Paradies. Er fordert seine Gläubigen auf, im Quartier für die Kirche zu missionieren. Anders- oder Nichtgläubige sollen geächtet und aus dem Quartier geekelt werden. Vereinzelt kommt es bereits zu tätlichen Auseinandersetzungen. Schleichend verbreitet sich erneut ein Klima der Angst, besonders bei Andersgläubigen, auch bei der jüdischen Familie des Meeresfrüchtehändlers Petitpois.

Leopold Feinstoff fühlt sich herausgefordert. Als Jakobiner und Revolutionär der ersten Stunde kann er es nicht verstehen, dass in seiner Zeit, im aufgeklärten und revolutionsbewussten Frankreich, eine solche Stimmungsmache bei der Bevölkerung Gehör findet, und das ausgerechnet in seinem ehemaligen

Wohnquartier mit den vielen liebenswürdigen Menschen, darunter manch kritisch aufgeweckter Geist. Da muss etwas geschehen!

Er mischt sich also öfter unerkannt unter die Kirchgänger und ärgert sich über die einseitige Auslegung des Glaubens. Der Priester hat einen religiösen Tick. Er will nicht nur die Menschheit, sondern auch die Tierwelt retten. Seinen Adepten erlaubt er, ihre Haustiere zur Messe mitzubringen. Manchmal schallt ein mächtiges Gekläffe durch das Kirchenschiff. Dann unterbricht der Zeremonienmeister die Messe und schreit besessen: »Seht, auch unsere Hunde ehren den Herrn.« Wenn nach geraumer Zeit das Kläffen verstummt, gibt der Priester dem Organisten den ultimativen Einsatz zum Schlusstusch. Getuscht wird öfter. Das gibt dem Gottesdienst eine tierische Dynamik. Neben den Hunden sieht man auch verschreckte Katzen, Zwergpapageien hinter Gittern, sogar ein kleiner Affe an der Leine ist dabei. Er sitzt auf den Schultern seines Meisters, kratzt diesen, sucht in den Haaren nach Läusen und wird öfter fündig. Die Sitznachbarin hält Distanz zum Treiben. Sie ehrt die Tierwelt, aber mit Läusen will sie nichts zu tun haben.

Ein farbenprächtiger Papagei, ebenfalls regelmäßiger Kirchgänger, liebt die große Flugfreiheit, die ihm das Kirchenschiff bietet. Er hat die Angewohnheit, ein-, zweimal die Empore aufzusuchen. Von dort aus überblickt er majestätisch die Gemeinde und sieht direkt in die Augen des tiervergötternden Priesters. Dieser wendet sich dann dem erwartungsvollen Papagei zu, senkt seine Stimme, legt den Zeigefinger auf seine verkniffenen Lippen und verordnet der versammelten Gemeinde ein: »Pssssssssssssst.«

Interessanterweise verhält sich die Gemeinde dann auch still. Alle horchen, die Ohren gespitzt, dass sie ja die frohe Botschaft des Papageien nicht verpassen, die da verkündet wird: »Vergelt's Gott!«

Ehrfürchtig schütteln die Gemeindemittglieder sanft ihre Häupter beim Erschallen des obligaten Dreifachtusches der Orgel. Sie sind immer wieder beeindruckt von der großen Weisheit der Papageienbotschaft.

Bei einem erneuten Kirchgang bemerkt Leopold in der ersten Kirchenbankreihe eine alte Bekannte. Da sitzt die alternde Diva, sonntagsgeschminkt, im purpurroten Kleid, mit hohen Stöckelschuhen und einem breiten knallbunten Hut. Da die Kirche wieder zum Bersten voll ist, sitzen die Adepten eng nebeneinander. Der ausladende Hut der Diva kitzelt somit regelmäßig die Ohren und Köpfe ihrer Nachbarn. Links von der unfreiwillig pensionierten

Opernsängerin sitzt eine Greisin, auch sie ist dem Charisma des Pfarrers von Anfang an hoffnungslos verfallen. Ihr vermittelt das regelmäßige Kitzeln lustvolle Momente, die sie sich außerhalb der Kirche nie erlauben würde. Rechts von der Diva sitzt ein älterer Herr mit schütteren Haaren, grauer Sonntagsweste und mit einem tristen Foulard am Stehkragen. Er ärgert sich gewaltig über die unpassende Kleidung und das penetrante Parfüm seiner Nachbarin. Jedes Mal, wenn ihn der Hutrand touchiert, muss er seine Hand zurückhalten. Er hat nicht den Mut, umringt von so vielen Gemeindemitgliedern, der alternden Diva eine gerechte Strafe zu verpassen. Er wirkt lieber im Geheimen. Auch bei Andersgläubigen, die ihn mit ihrem Irrglauben ebenfalls nerven, wirkt er nachts im Verborgenen. Seine letzte Tat als Glaubenskämpfer vollbrachte er am Geschäft der jüdischen Familie Petitpois. Er hatte beobachtet, dass Alain Petitpois neben allen verriegelten Geschäftsfenstern die Eingangstür nur anlehnte, bevor er sein Geschäft schließt. Alain trifft sich dann immer bei Marc zu einem Abendtrunk mit dem täglich aus der Normandie anreisenden Hummerlieferanten. Nach dem Weißwein und dem zur lieben Gewohnheit gewordenen freundschaftlichen Plausch verstauen der Normanne und Alain die frische Ware im Geschäft. So enden alle Arbeitstage im Leben des Meeresfrüchtehändlers.

Der Glaubensbruder aus der ersten Reihe verbündete sich mit einem anderen glühenden Verehrer des neuen Priesters, mit dem gescheiterten Bäcker Charles Brun, ehemals aus Lyon. Die beiden öffneten unbemerkt die ungeschlossene Eingangstür von Alains Geschäft und legten dort ein Feuer. Dann verschwanden sie unerkannt. Glücklicherweise bemerkten Passanten das Feuer schnell. So konnte der Schaden in Grenzen gehalten werden. Für Alain und seine Familie wurde es dennoch teuer. Seither leidet der spontane Umgang der Familie mit der Kundschaft. Obwohl die Sicherheitskräfte ermittelten, konnten die Täter bis heute nicht gefunden werden.

Der Kleinwüchsige begleitet die alternde Diva nicht mehr zu den sonntäglichen Gottesdiensten. Er fühlt sich von ihr missbraucht. Das schwarze Schoßhündchen hat die Diva nun für sich allein. Das behagt ihm. Der Kleinwüchsige fand unter seinesgleichen eine neue Partnerin und lebt nun mit ihr glücklich und zufrieden.

Unter der Sitzbank in der ersten Reihe liegt der wachsame schwarze Pudel. Er freut sich schelmisch über die Tierliebe des Priesters. Auch er gehört zu seinem Besitz. Er hat ihm das Paradies versprochen im Tausch gegen seine Seele. Natürlich wird es das für ihn nicht geben. Und die Zeit ist noch nicht gekommen, den Eiferer mit der Wahrheit zu konfrontieren. Bis dahin dient ihm der Paradiesbesessene bestens, so lässt sich Territorium zurückerobern. Sein Wirken dient bis auf weiteres der ungerechten Sache. Dem Repräsentanten der gerechten Sache, dem frommen Priester, wird zeitlich begrenzt eine Gnadenfrist gewährt. Nicht vom Gerechten, sondern vom Ungerechten. Es ist so eine Sache mit der Gerechtigkeit.

Als Ausdruck unendlicher Menschen- und Tierliebe tanzt der ultraweise Zeremonienmeister vor den Augen seiner Adepten den wesensverbindenden finalen Tanz mit dem schwarzen Pudel. Dann bewegt er sich feierlichen Schrittes und unter Kirchengeläut dem Ausgang entgegen. Draußen verabschiedet er sich bei jedem einzelnen Besucher mit einem kräftigen: »Vergelt's Gott.«

Auf dem Heimflug vom tierischen Gottesdienst in der Kirche Saint-Roch packt Leopold die Neugier. Er kurvt schnell an diesem verregneten Sommersonntag im Jahre 1798 an der Rue St.-Honoré 364 vorbei. Dort prangt ein neues Geschäftsschild, auf diesem stehen nicht mehr Leopold Renaudins Erben, sondern: Delpierre, Lupot und Partner, Luthiers. Somit hat Rodolphe Kreutzer im Hintergrund immer noch die Fäden in den Händen.

An diesem Abend schläft er unruhig. Er ist über die Entwicklung in seinem Quartier besorgt. Zwei Wochen später geht es ihm besser. Der ultraweise und düster-unheimliche Zeremonienmeister hat das Zeitliche gesegnet. Predigend, gerade dem Hundegekläffe verklärt zugewandt, hat ihn sein grausames Schicksal eingeholt. Der schwarze Pudel soll danach ausgelassen vor dem Altar tanzend seine Runden gedreht haben.

In der Zeit vom Frühling 1796 bis Ende 1799 regierte das fünfköpfige Direktorium. Napoleon kämpfte in Oberitalien hauptsächlich gegen die Österreicher, unterbrochen vom weltweit beachteten Ägyptenfeldzug. Paul Barras repräsentierte politisch, Napoleon militärisch Frankreich, das Land der Revolution. Napoleon genoss große Beliebtheit bei seinen Soldaten, Offizieren und bei der Bevölkerung in Frankreich sowie bei vielen Menschen im Ausland. Er sah sich nicht als Eroberer, sondern als Befreier aus veralteten politischen Strukturen. Er kämpfte im Namen von Liberté, Égalité, Fraternité, also für die gerechte Sache der Revolution. Vom kleinen Korsen über Generalswürden zum erfolgreichen Feldherrn durchlief er eine rasante militärische Karriere und wurde überall bewundert und beklatscht.

Paul Barras war in allen sieben Regierungsperioden der Direktorialzeit Mitglied der fünfköpfigen Exekutive, am Anfang als graue Eminenz, dann als Meinungsführer und am Ende als korrupt verschriener Versager, Mitverantwortlicher einer Regierung, welche die ausfernden Staatskosten nicht in den Griff bekam. Der politische Fuchs baute seine Macht bis ins 4. Direktorium mit schlauen Strategien aus. Ab dem 5. Direktorium verlor er an Einfluss, schaffte es aber mit einigen Winkelzügen, bis zum Ende der letzten Regierung der Französischen Revolution in der Exekutive zu bleiben.

Auf dem Höhepunkt der Macht setzte er sich vehement für den enorm teuren Ägyptenfeldzug ein und gewann schließlich die Zustimmung des Rates der 500 sowie des Rates der Alten. Von dieser spektakulären militärischen Gewaltaktion gegen den Staat der Pharaonen versprach sich Barras weitere Bewunderung und ein Exempel der Stärke Frankreichs weltweit. Gleichzeitig stärkte er in Frankreich seine Machposition, während der populäre Feldherr im Nahen Osten, nach der Niederlage von Abukir, weit vom Machtzentrum entfernt erneut erfolgreich Krieg führte. Der Ägyptenfeldzug soll in der Geheimloge des Châteauneuf Trianon bei mehreren guten Flaschen Bordeaux aus dem Keller des gefallenen Colpi ausgeheckt worden sein, so munkelt man.

7. Solocellist begeistert London, lichtstarke Kirchenfenster und Lotusblumen, Leopold löst endlich seinen Reisegutschein ein, all das um die Wende vom 18. ins 19. Jahrhundert

Regen klopft gegen das Fenster der halb geöffneten Balkontür von Jérômes Übungszimmers. Die Glocken der anglikanischen Quartierkirche schlagen 4:00 Uhr. Morgen reist er wieder nach Frankreich zurück. Der Nachmittag gehört ihm und seiner Arbeit. Er übt, auch wenn er mit Freunden und Familie unterwegs ist, wie schon die letzten Wochen. Er hat in dieser kurzen Zeit sein großzügiges Übungszimmer liebgewonnen. Es ist sein Rückzugsraum.

Nach gut zwei Stunden intensiver Saitenturnübungen – seine Finger müssen geschmeidig bleiben – braucht er eine Pause vor dem Nachmittagstee. Bevor er sich auf das Bett legt, schließt er die Balkontür, wirft einen Blick auf die verschwommenen Docklands im Regendunst, die Themse und die Innenstadt. Obwohl sie dem nasskalten London-Klima schon seit Tagen ausgesetzt sind, wird ihm die morgige Abreise nicht leichtfallen. Er hat hier liebe englische Freunde gefunden und der Aufenthalt war auch musikalisch ein Erfolg.

Die Tür klemmt. Er stößt sie nach außen auf und bekommt eine Ladung Regenwasser ab, das sich über der Tür gestaut hatte. »Lovely weather for duks«, flucht er. »Ich bin in England angekommen.«

Nach dem Celloüben übt er sich im Trocknen seines neuen Jacketts aus feinster englischer Seide. Zwischendurch lässt er seinen Blick umherschweifen – überall Bücher. Vom Boden bis an die Decke stapeln sich kunstvoll eingebundene Bücher an allen vier Wänden. Außerdem gibt es einen größeren Sekretär mit Stuhl, ein kleines Tischchen mir drei farblich perfekt abgestimmten Stabellen. Seine Notenblätter liegen neben einem Stapel Bücher. Wie er persönliche Bibliotheken liebt! Damit kann er endlich sein Nickerchen machen. Kulturgeerdet und wohlig überkommt ihn ein Kurzschlaf. Eine viertel Stunde genügt heute. Dann lässt er, noch liegend, seine Gedanken schweifen. Sie wandern zurück an den Anfang seiner Reise.

Da es für die Franzosen in der heutigen Zeit nicht einfach ist, Feindesland unbeschadet zu betreten, brauchte es einiges an Aufwand, damit das möglich wird. Maestro Viotti wollte unbedingt, dass das englische Publikum Jérôme zu hören bekommt, eine große Ehre für ihn. Der Stradivari-Puritaner teilte ihm schon vor einem Jahr brieflich mit, dass er bei den verantwortlichen Regierungsstellen ein entsprechendes Einreisegesuch eingereicht hätte. Ende Ventôse bekam er einen positiven Bescheid aus London. Sie stellten ihm und seiner achtköpfigen Begleitung eine Bewilligung für einen Monat aus, vom 19. April bis 19. Mai 1799. In England gilt immer noch der alte Kalender.

Marianne und die Kinder waren begeistert, denn bisher war er als Musiker alleine zu den Konzerten im Ausland gereist. In Oberitalien war er mehrmals gewesen, auch vereinzelt in den befreiten deutschen Landen. Rodolphe und die Versailler mit Lucy vervollständigen seine illustre Reisegruppe. Alle sind bestens einquartiert und guter Laune. Er und seine Familie logieren bei Sir Richard und Elisabeth Beachcroft. Er ist ein bekannter Verleger und Elisabeth schreibt wundervolle Gedichte. Die Abende bei einer guten Zigarre und einem alten Whisky vor dem beeindruckenden Feuerplatz, Elisabeth trägt ihre Gedichte vor – das bleibt für immer in seinem Herzen. Stumm dankt er seinen liebgewonnenen Freunden. Auch die Reisenden aus der zweiten Kutsche, von Paris waren sie via Rouen nach Dieppe drei Tage auf den Straßen unterwegs gewesen, sind bestens einquartiert, zwei Minuten von ihm und seiner Familie entfernt in der Wohnung der Graves. John und Emmy sind patriotische Royalisten. Über ihrem Feuerplatz stehen neben der englischen Flagge Porträts von König George III. und Admiral Nelson, dem Sieger von Abukir. John wollte bei der Ankunft der Franzosen den Admiral entfernen, war aber ohne jegliche Chance gegen seine holde Angetraute. Mit klarer Stimme verkündetet sie: »Auch liebe Musikerfreunde französischer Nationalität sollen wissen, wer die Weltmeere beherrscht!«

Das Hausporzellan ist mit den royalen Insignien versehen, golden eingerahmt. Sogar das stille Örtchen ist in den Landesfarben gehalten. Gegenüber den Continentals verhalten sich die Graves respektvoll und freundlich. Gestern teilte Rodolphe Jérôme mit einem Schmunzeln mit, dass Elisabeth zum Abschiedsessen vor der Wohnungstür rechts neben der großen Englandfahne eine kleinere französische Flagge gehisst hätte.

»Was Musiker nicht alles bewirken können«, war Jérômes entspannter Kommentar.

Bis zum Kanal waren sie in ihren Nobelkutschen gereist. Rodolphe hatte einsehen müssen, dass ihre Dienstgefährte mehr Komfort und Sicherheit bieten als seine eigenen Kutschen. Sandro und Giuseppe kutschierten sie perfekt. In Dieppe übernachteten sie in einer kleinen sympathischen Familienschenke und genossen ein Abendmahl mit leckeren Meeresfrüchten aller Art. Sogar die kleine Julie beginnt Austern zu lieben.

Das Meer war bei der Kanalüberfahrt ziemlich rau. François und Claire mussten sich übergeben. Das Fährboot trug den Namen Sea George, fuhr mit englischer Besatzung, aber unter schwedischer Flagge kriegsneutral. In Dover warteten zwei Kutschen und ihr Gastgeber Viotti. Julie, die er noch nicht kannte, war für ihn die Attraktion. Jérôme hatte nicht erwartet, dass der vornehme adlige Italiener ein Kindernarr ist. Charles und Cécile belehrten ihn eines Besseren. »So sind alle Italiener, unabhängig von ihrer sozialen Herkunft.«

Alles in allem: Die Reise nach London verlief problemlos.

Die letzten drei Wochen waren reich an neuen Erfahrungen. Neben den Aufführungen fand Jérôme Zeit für seine Familie oder auch, um mal in wechselnden Konstellationen London zu entdecken. Dabei war Lucy als Babysitter eine echte Hilfe. Rodolphe waltete öfter als Übersetzer. Jérôme ist immer wieder von neuem überrascht, was der Kreutzer alles kann. Er ist ein Multitalent.

Die musikalischen Höhepunkte waren die zwei Aufführungen im Royal Opera House Covent Garden unter Merill Turner. Der erste Abend war ganz dem Cello gewidmet, seinem geliebten Boccherini und dem Cellokonzert Nr. 1 in C-Dur von Joseph Haydn, dazwischen Haydns Symphonie mit dem Paukenschlag. Das Publikum tobte, das war der bisher größte Erfolg seiner noch jungen Solokarriere, und das in Feindesland. Am zweiten Abend spielte er am ersten Cellopult mit dem Royal Symphonieorchester London Händels Feuerwerksmusik und die Oper Agrippina. Die königliche Loge blieb wegen grassierender Grippe unbesetzt. Aber bei seinem Soloauftritt gaben sich der Duke of Kent und der amtierende Lord Mayor Harvey Christian Combe die

Ehre. Beide sollen kräftig applaudiert haben. Mit Viotti und Kreutzer trat er mehrmals in Salons der gehobenen Gesellschaft auf.

Jérôme reckt sich. Und nun ist es an der Zeit, eine angenehm englische Tradition zu pflegen, den heiligen Five a'Clock Tea, den letzten vor ihrer Abreise. Morgen fahren sie nach Paris zurück.

Abraham legt seinen Pinsel weg und schaut fasziniert auf die neue Lotusblume, die Alexandre malt. Es hat sich in den letzten Jahren einiges an Kunst angesammelt. Der junge Duc ist in der Zwischenzeit zum jungen Künstler herangereift. Ibrahim Goldberg ist von den prächtigen Blumenbildern ebenso begeistert wie Abraham. In der letzten Woche der Frühlingsferien dieses Jahres 1799 ist eine erste Ausstellung des Malers Alexandre Duc de Fontainebleau et Valmy geplant. Goldberg hat dafür im Westflügel des Schlosses zwei renovierte Räume zur Verfügung gestellt. Die Öffentlichkeit ist informiert. Auf den Einladungsschreiben prangt der Titel: Blumenmalerei unseres geliebten Duc Alexandre, Aquarelle und Ölgemälde.

Neben Abraham hat sich Goldberg ins Atelier geschlichen und bestaunt nun ebenfalls das neue Werk. »Dieses Bild muss den besten Platz in der Ausstellung bekommen. Ich gratuliere dir, lieber Alexandre. Da ist dir ein Wurf gelungen.«

Abraham nickt bedächtig. Alexandre freut sich still über das Lob.

»Übrigens, morgen geht es nach Paris. Wir haben die schriftliche Aufforderung zur Einschreibung an die École des Beaux-Arts. Die Bilder deiner Bewerbungsmappe haben die Jury überzeugt. Herzliche Gratulation!«

Alexandre und die zwei Goldbergs bilden eine verschworene Männerreisegesellschaft. Sie sind früh aufgestanden, um den Tag gut zu nutzen. Zu Pferd geht es bis Melun, dann besteigen sie eines der neuen Passagierboote. Sanft auf der ruhigen Seine dahingleitend, erreichen sie gegen Mittag Paris. Madame Goldberg hatte ihnen einen Casse-croûte mitgegeben. Der wird nach der Ankunft im Park in Paris-Mitte auf einer der Bänke verspeist. Alexandre ist von der Größe der Häuser, den vielen Kutschen und Menschen beeindruckt. Er erlebt die Hauptstadt zum ersten Mal. Diesem ersten Mal wohnt ein Zauber inne. An diesem herrlichen Frühlingstag saugen seine Maleraugen die Schönheit der blühenden Bäume, Sträucher und Blumen im Park förmlich auf. Bevor es zur Einschreibung an der École des Beaux-Arts geht, bleibt noch Zeit, die Kathedrale Notre-Dame de Paris zu besuchen. Ibrahim kennt sich nicht nur mit

Schlössern aus, nein, er ist auch ein Kenner der Geschichte französischer Kirchen. Heute wird er Mosche und Alexandre die berühmten Kirchenfenster der Notre-Dame zeigen. Die Kathedrale ist eine Wucht. Schon beim Eintreten über die steinernen Eingangsfliesen beeindruckt das altehrwürdige Gotteshaus. Es ist eine heilige Grotte, die sich da den Besuchern öffnet. Auch Gebäude verfügen über eine Art Seele. Da thront das gewaltige Klangorgan, die Orgel, über der Empore. Die farbigen Kirchenfenster sind wie Augen, durchlässig und beredt, verleiten, ins eigene Innere zu schauen. Die Kirchenwände lassen sich betasten, wenn auch nur im Geheimen. Sie schützen im Winter vor Kälte und im Sommer vor zu viel Wärme. Der Weihrauchgeruch ist zunächst gewöhnungsbedürftig, aber wirkungsvoll. Der schwarze Pudel verrichtet seine Bedürfnisse nur im nahen Park.

Während der heiligen Messe wird die Hostie verspeist. Organisten vollbringen hier mit ihrem Spiel wahre Wunder, erwecken Scheintote zu neuem Leben, konfessionsüberschreitend.

Ibrahim führt die beiden jungen Männer durch das mächtige Kirchenschiff, erklärt ihnen mit Begeisterung Historisches und Architektur. Die beiden Jungen hören beeindruckt zu. Viele Kirchenbesucher bestaunen das Kircheninnere. Darin auch einige gelungene weibliche Exemplare. Öfter kreuzen sich die Blicke von Alexandre und Mosche mit denen der jungen Frauen. Je länger die Führung dauert, desto mehr staunen sie eher über die Vielzahl wohlgeformter weiblicher Geschöpfe als über die Architektur.

Nun treten sie in den Lichtkegel der mehrheitlich tiefroten Rosette in der südlichen Fassade. Dieses Kirchenfenster hat es in sich. Einer der eintretenden Lichtstrahlen trifft Alexandres Diamantring, lässt ihn wundersam erstrahlen, so dass ein magischer Lichtbogen entsteht. Nicht nur das Männertrio vom Lande ist erstaunt. Ibrahim schlägt vor, dass sie sich gegenüber der Rosette auf den Boden setzen, an die Nordwand gelehnt, damit sie das durch die Rosette einfallende Licht besser auf sich wirken lassen können. Sie sitzen nicht allein auf dem kalten Kirchenboden. Mehrere Menschen staunen über die Schönheit des farbenprächtigen Lichteinfalls. Alexandre ist wie verzaubert.

Von der Empore aus lässt Gervais Couperin die Orgel ertönen. Bachs C-Moll-Toccata braust durch das Kirchenschiff, Edelmächtiges verbreitend. Alexandre hört die Musik des Titanen, ist förmlich von Licht und Farbe durchflutet. Ein kurzer Lichtblitz seines Diamantringes lässt ihn fast erblinden und er weiß plötzlich, dass er Kirchenfenster malen wird.

Die Brise und Leopold hatten die Franzosen diskret auf ihrer Englandreise begleitet. Während Alexandre in der Kathedrale eine Entscheidung trifft, erholen sie sich von den Reisestrapazen. Leopold verspürt heute ein starkes Verlangen nach einem Ausflug in die Innenstadt. Die weise Brise kann ihn für einmal von seinem Vorhaben abhalten. Sie unterhalten sich über die neuen Englischkenntnisse und den Vorteil der Feinstofflichen bei der Aneignung neuer Sprachen. Mit dem ersten Wort von Viottis Kutscher auf englischem Boden, »Shit!«, wurde die ganze Fremdsprache an sie vermittelt, sofort und ohne große Anstrengung. Das Geheimnis dieser Erfolgsmethode sollte unter die Menschen gebracht werden, Millionen Louis d'or an Einnahmen wären garantiert.

Die Einschreibung sowie die Rückreise nach Fontainebleau verlaufen problemlos. Der zukünftige Kirchenfenstermaler, der an christlicher Kunst interessierte Jude und Alexandres bester Freund verschwinden aus Paris-Mitte. Die Luft ist rein. Die Brise ist beruhigt. Leopold zieht es schon wieder in die Innenstadt. Sie weiß, gleich wird er etwas sagen. Und sie wird nicht widersprechen.

»Ich brauche heimatliche Gefühle und will meine Gedanken ordnen«, vermeldet Leopold.

»Du ordnungsliebender Chaot«, kommt es postwendend zurück. »Mach, was du machen musst, aber heute ohne mich. Ich uralte Frau brauche nach einer anstrengenden Englandreise mehr Erholung. Meine ewig strahlende äußere Schönheit überdeckt reinkarnationsbedingt meine innere Müdigkeit.«

Also fliegt er alleine los. Er freut sich darauf, auf seiner Lieblingsbank in Paris-Mitte zu sitzen. Da ist er zu Hause und fühlt sich frei. England war gut, interessant, gerade weil vieles anders war, aber er ist nun einmal Franzose. Der Duft hier belebt ihn eher – charmant, erotisierend, locker und witzig. Diesen Odem lässt er in sich hineinströmen. Das tut seiner Pariser Seele gut. Hier ist er, hier genießt er, er, der Rückkehrer aus der großen weiten Welt, ohne Schirm und Perücke.

Tog, tog, hört er da, und dann noch ein drittes Mal: tog. Er ist wieder da. Michael fragt mit fast englischer Höflichkeit: »Darf ich mich zu dir setzen?« Er wartet nicht auf sein Einverständnis, setzt sich einfach hin. Eben ein typischer Franzose.

Nationalitätsverbunden, übersinnlich vereint, freuen sie sich über ihr gemeinsames Sein. »Wie war London?«, fragt der sehende Blinde.

»Great«, erwidert Leopold kosmopolitisch.

Michael klopft ihm nun auf seine mentalen Schultern und gibt so auch körperlich seiner echten Freude über das Wiedersehen Ausdruck. »Übrigens, mein lieber Freund und unserer Revolution verpflichteter Kompatriot, gerne erinnere ich dich an den Geschenkgutschein, welchen dir die Brise überreichte und den du bis heute noch nicht eingelöst hast. Für eine Reise in die Zukunft stehen die Sterne momentan ausgesprochen günstig. Der Kosmos scheint uns freundlich gesinnt. Ich schlage vor, dass wir die Gunst der Stunde nutzen und uns für einen Tag vom Alltagsgrau verabschieden. Was meinst du dazu, lieber Leopold?«

Der liebe Leopold überlegt kurz – warum nicht? Er nickt.

Michael lächelt und klopft dann energisch auf die Bank. Im gleichen Moment ist sie verschwunden.

8. Vom 18. Jahrhundert in die Zukunft, Michael ist mit Leopold unterwegs, das Schicksal des Cellojuwels im Jahre 1968, Munir und die Menschenwürde, ein dunkles Kapitel in der Geschichte der Menschheit im Jahre 1943

Sie befinden sich im Zeitkanal. Michael, nun feinstofflich unterwegs, hantiert auf dem mit vielen Glühlampen bestückten Sims. Seine Finger tanzen. Leopold schaut sie sich genau an: 1799, 1809, 1845, 1889, 1914, 1929, 1939, 1968, 1989, 1996, 2001 …, so geht es weiter bis 2014. Michael empfiehlt eine Zeitreise ins Jahr 2014. Leopold stimmt zu. Bevor er den roten Knopf mit der Zahl 2014 drückt, erkennt er die letzte Zahl: 2189.

Sie preschen mit eindrücklicher Geschwindigkeit in Richtung All. Zuerst durchstoßen sie die Stratosphäre. Oberhalb der Stratosphäre hält Michael das Gefährt an. Sie haben einen herrlichen Blick auf die Erde. Blau leuchtet sie in der Dunkelheit des Universums. Bei genauem Hinsehen erkennt Leopold einzelne dunkle Flecken an der Oberfläche. »Sind das Ausstoßwolken der ungezogenen Kaleschen, wie sagt man noch, Autos?«

»Gut geraten, lieber Leopold, das ist die Luftverschmutzung. Autos, Fabrikschlote und Heizungen verschmutzen die Umwelt bis in die höhere Atmosphäre. Es gibt immer mehr menschliche Bewohner auf der Erde und somit immer mehr Verschmutzung«, erklärt Michael.

»Muss das sein?«, fragt Leopold besorgt.

»Nein, das muss nicht, aber die Menschheit hat immer noch nicht genug Umweltbewusstsein entwickelt, um diese gefährliche Entwicklung zu stoppen. Generell mangelt es ihr an Bewusstsein. Sie hat in den letzten zwei Jahrhunderten erstaunliches Wissen verschiedenster Art angehäuft, technisch und wissenschaftlich enorme Fortschritte gemacht. Aber nicht alle kommen in den Nutzen dieser Fortschritte und er wird auch nicht immer im Sinne aller eingesetzt. Wenige globale Konzerne und anonyme Geldgeber üben vielmehr Macht mit diesem Fortschritt aus. Die Staaten verlieren an Einfluss. Neue Staatenverbünde sind in Europa und Amerika entstanden. Erneut gibt es Standesunterschiede, aber nicht auf nationaler, sondern globaler Ebene. Die Konflikte und die Schere zwischen Arm und Reich wachsen gefährlich weiter. Eine neue Völkerwanderung hat eingesetzt. Nicht nur Europäer wollen Gleichheit, Brüderlichkeit und Freiheit. Nein, die ganze Welt, mittlerweile Milliarden von Erdenbewohnern, sehnen sich danach. Alle Erdbewohner leben seit jeher auf einer vergleichsweise dünnen Erdkruste, darunter wälzt sich ewig glühend Magma. Heute sind mehrere Nationen technisch in der Lage, große Teile unseres Planeten mit Atombomben zu zerstören, darunter auch Frankreich.«

»Atombomben?«, unterbricht Leopold den Redefluss seines Reiseführers. Dann fällt es ihm wieder ein – natürlich, Präsident Chirac und die umstrittenen Atomversuche auf dem Mururoa-Atoll. Sein Zugang zum Kollektivbewusstsein funktioniert.

Ohne Worte umkreisen sie zweimal die Erde, fest im Griff der irdischen Anziehungskraft. Auch als Feinstoffliche sind sie davon nicht frei. Ihre Flugscheine berechtigen nur zu Flügen im Schwerkraftfeld der Erde. Die unendliche Ruhe, die Schönheit ihres Heimatplaneten berührten sie tief. Ein grenzenloser Friede überkommt sie. Michael entledigt sich des 18. Jahrhunderts und des Zeitkanals.

Feinstofflich vereint, segeln sie nun erdwärts. Sie nähern sich dem Erdboden. Ihr Planet duftet erdig, lässt sie sein energiegeladenes Innenleben erahnen. Vereinzelt verschaffen ihm Vulkanventile Luft. Sie regulieren die mächtige innere Kraft von Mutter Erde. Sie sinken tiefer. Paris erwartet sie mit verführerischem Maiglockenduft, der gegen den Wandel der Zeit resistent zu sein scheint. Kurz verirren sie sich in die Pariser Unterwelt, in den dunklen Hallen und Gängen der Kanalisation. Zwei Kanalisationsarbeiter putzen Wände und befreien den Abwasserkanal von größeren, stauenden Gegenständen. Da findet der eine in einer Nische zwei menschliche Skelette. Er macht seinen Arbeitskollegen darauf aufmerksam. »Die zwei sind schon lange verstorben. Ihre Gebeine sind blitzblank sauber erhalten. Die Ratten haben ganze Arbeit geleistet.«

Da bemerkt der Zweite: »Hast du gesehen, dass die beiden keine Köpfe haben? Eigenartig!«

Beide schütteln ungläubig ihre Köpfe. »Das sind sicher zwei Frauenhelden, die wegen ihrer Angebeteten die Köpfe verloren haben.« Ihr Lachen hallt an den Kanalisationswänden entlang.

Sie verlassen den Fäkaliengestank der Pariser Unterwelt rasch, drehen eine Pirouette über Paris-Mitte, Maiglöckchenduft einatmend, zwar etwas mit Kerosin angereichert, aber immer noch der typische Pariser Duft. Ihre angestammte Landestelle, die Bank im Park, ist besetzt. Ein Liebespärchen küsst sich innig. Er will mehr. Sie hält ihn zurück. Er lässt nicht locker. Sie möchte auch, ziert sich typisch Frau, verlangt noch mehr Augenkontakt, will sein Begehren aus seinen Augen trinken, bevor es zur Sache geht.

Auch im 21. Jahrhundert wird intensiv geliebt, wie Leopold zur Kenntnis nimmt.

Michael freut sich über den liebevollen Empfang im 21. Jahrhundert. Großzügig überlassen sie den Verliebten ihren Platz und ihre Intimität.

»Die Liebe hilft über vieles hinweg«, bemerkt Michael. »Leider besteht das Leben auf Erden im 21. Jahrhundert nicht ausschließlich aus Liebesakten. Heute werde ich dir Neues, aber auch Abgründiges zeigen, mein lieber Stammesgenosse aus dem 18. Jahrhundert. Manches ist für feinfühlige Feinstoffliche kaum auszuhalten. Aber es gilt, der Realität ins Auge zu sehen. Lass dich überraschen und betroffen machen.«

Die Zeit nutzend, umkreisen sie an diesem Hochsommertag am frühen Morgen den Großraum Paris auf 500 Metern über dem Boden. Es ist der 21. Juli 2014, es ist leicht dunstig, die Ozonwerte sind hoch, wie die lokalen Radiostationen melden. Ozonwerte, Radiostationen? Leopolds Gehirnwindungen sind gefordert. Das Kollektivbewusstsein lässt ihn nicht im Stich. Er versteht und ist beunruhigt, dass neben den schönen wärmenden Sonnenstrahlen auch tödliche Strahlung aus dem All auf die Erde dringt. Naiv fragt er Michael: »Ist das ein Resultat der menschlichen Luftverschmutzung?«

»Leider ist dem so«, bestätigt er.

»Die Menschen vernichten also ihren eigenen Lebensraum?«

»Leider ist dem so.«

»Ist diese Entwicklung noch aufzuhalten?«

»Die Hoffnung stirbt zuletzt«, antwortet sein Flugbegleiter in resignativem Tonfall.

Michael und er stechen in die Tiefe. Sie umkreisen im Süden der Stadt ein

Außenquartier, das fast ausschließlich von zugewanderten Menschen aus dem nördlichen Afrika bewohnt ist, zum Teil sind sie schon Franzosen, weil sie seit drei Generationen hier leben. Trotzdem leben sie nicht wie Franzosen und sind auch keine Nordafrikaner mehr. Mehr als die Hälfte der Schulabgänger finden keine Arbeitsstelle, lungern mit Gleichaltrigen ohne Lebensinhalte und Perspektive in den Straßen herum. Ihre Eltern fanden früher Halt im Glauben. Verschiedene Moscheen zeugen davon. Die Jungen finden keinen echten Zugang zu ihren Wurzeln. Wenige haben die Integration in die französische Gesellschaft geschafft. Die Mehrzahl unter ihnen empfindet sich als Verlierer. Ein ersprießliches Umfeld für Gewalt. Ein Pulverfass und ein guter Nährboden für Extremisten aller Schattierungen.

Nur einige Kilometer westwärts eine jüdische Synagoge. Die Juden sind besser und länger in Paris integriert. Trotzdem leben orthodoxe Kreise abgeschottet, bevorzugen den Umgang mit ihresgleichen. Die Katholiken sind in der Mehrzahl, die wichtigsten Gotteshäuser sind in ihrem Besitz. Einige Protestanten, mehrheitlich aus dem Süden Frankreichs stammend, sind auch noch auszumachen. Christen, aufgeklärt und reformiert, mit Priestern, die ein normales Eheleben führen. Und seit dem Indochinakrieg beleben auch Vietnamesen, Asiaten, Buddhisten und Hindus das Straßenbild. Extrem bunt zeigt sich der Norden mit Afrikanern verschiedenster spiritueller Ausrichtungen.

»Paris im 18. Jahrhundert ist katholisch«, doziert Michael in luftigen Höhen, »bis zur Revolution bis auf wenige Ausnahmen. Die Bevölkerung ist weitgehend französischer Nationalität. Ihr Wachstum stagniert. Die Kathedrale steht noch in der Mitte und überragt die umliegenden Gebäude. Aber in dieser Zeit ist das alles Vergangenheit, mein lieber Leopold.«

»Die Welt hat sich extrem verändert«, konstatiere dieser, »ist technisch geradezu explodiert. Auf der Bewusstseinsebene scheint sie mir jedoch nicht im gleichen Tempo fortzuschreiten.«

»Du bringst es auf den Punkt«, stimmt sein Reiseführer zu. »Die bisherigen Wertevermittler, die religiösen Kreise weltweit, sind verunsichert. Lebensorientierung vermittelnd, sinngebend auf die Lebensräume ihrer Gläubigen konzentriert, sind sie mit der Globalisierung und der Durchmischung der Bevölkerung meistens überfordert. Technischer Fortschritt und Konsum sind zu Ersatzreligionen geworden. Aufgeklärte Weltenbürger suchen heute nach ihrem individuellen Lebensweg. Sie sehen es als ihre Lebensaufgabe an, eigenverantwortlich ihrem Leben Impulse und Sinn zu verleihen. Wenn sie in Schwierigkeiten kommen oder von Schicksalsschlägen getroffen werden, meiden viele den Gang zum kirchlichen Seelsorger und gehen eher zu einem Psy.«

»Psy?« Leopold wundert sich mal wieder kurz. Aber: Ah, ja, das ist die Abkürzung für Psychologe oder Psychiater. Seine Hirnwindungen drehen sich – Freud, Adler, Jung, Behavioristen, Kognitivisten.

Jetzt schweben sie über den Straßen der Innenstadt. Hunderte von Psychologen arbeiten hier, goldene Türschilder an Hauseingängen bestätigen das. Hier wird an der Persönlichkeit gearbeitet und kein Glaube gelebt.

Sie brauchen eine Pause und mischen sich unter die Gäste eines Bistros, genehmigen sich mental einen Apéro.

»Abkürzungen sind auch ein Zeichen dieser Zeit«, fährt Michael fort. »Alles muss schnell gehen, darum dieser Fimmel. APS, hast du eine Vorstellung, was das für eine Abkürzung sein könnte?«

»Keine Ahnung«, gesteht Leopold.

»A steht für Ärzte, P für Psychologen und S für Seelsorger. Die APS bekämpfen hauptsächlich Krankheiten, Depressionen und Sinnentleerung. Alle unter ihnen sind opferorientiert, behandeln Unfallopfer, Opfer sexueller Gewalt und Opfer von Schicksalsschlägen. Durch den Beruf sind sie also nur mit Opfern oder solchen, die sich als Opfer sehen, konfrontiert. Das ist oft prägend für die Lebenseinstellung der APS. Unter ihnen gibt es einige, die sich dieser Problematik bewusst sind. Natürlich sind lebensrettende und lebenserhaltende Maßnahmen für den Notfall wichtig, aber es sollte, nach meiner Meinung, vermehrt auch APS geben, die in der Lage sind, ein gesundes Leben zu fördern. Diese neuen APS könnten sich wie folgt verstehen: die Ärzte als Steinherzen-Auswechsler, die Psychologen als perlentauchende Trauma-Entferner und die Theologen als Diamanten-Schleifer.«

Vor Leopolds letztem Schluck des Apéros sagt er zu seinem Reisebegleiter: »Intuitiv möchte ich nun noch einen kurzen Zeitsprung ins Jahr 1968 machen. Kannst du mir das ermöglichen, lieber Michael?«

»Ja, das kann ich für zwei Stunden. Komm rechtzeitig zurück, du Zeiten-Hopper. Und nun weg mit dir für die vereinbarte Zeitdauer, du Erlebnissüchtiger. Wenn du Probleme bekommst, kenne ich da einen Psychologen, der dich sicher von deiner Sucht befreien kann, gegen ein kleines Entgelt, versteht sich. Die kirchlichen Seelsorger kennen ja auch die Topfkollekte. Treffpunkt bei deiner Rückkehr ist unsere Bank, Paris-Mitte.« Der Lichtkanal erhört die Stockschläge Michaels. Dieser stopft den feinstofflichen Frischling in den Lichtkanal und dieser verschwindet lautlos ins Jahr 1968.

Leopold kommt am 21. Juli 1968 um 14:00 Uhr in Paris-Mitte an. Seine erste Zeitreise ohne Unterstützung. Er ist leicht nervös. Er sucht nach seinem Cellojuwel. Hat sein Cello bis ins 20. Jahrhundert überlebt? Wer spielt es? Befindet es sich immer noch in Paris? Seine lange Stegnase kommt ihm zu Hilfe. Er schnüffelt mit der Mehrfachstärke einer Hundenase nach seinem Cello. Dann begibt er sich auf eine Flughöhe von 500 Metern. Dies erlaubt ihm Sichtflug und ist eine passende Distanz für intensives Riechen. Er ist auf der Pirsch im Pariser Stadt-Dschungel. Gegenüber dem Jahr 2014 sind die Gebäudefassaden in der Innenstadt schmutzig von den Abgasen und dem Heizungsausstoß. Die Mode, die Frisuren, die Autos, das Konsumangebot sind anders. Die fliegenden Kisten werden mehrheitlich von Propellermotoren angetrieben. Die ungezogenen Kaleschen stinken stärker als die mehrheitlich mit Katalysatoren ausgerüsteten Gefährte des 21. Jahrhunderts. Ein Lichtblick, eine Wohltat für Mensch und Natur. Da hat sich etwas bis zum Jahr 2014 zum Positiven verändert.

Er lässt sich von seinem inneren Kompass leiten. Dieser führt ihn in die Rue de Rome. Das Quartier mit den meisten Instrumentenbauern im heutigen Paris. Seine Nüstern wittern Instrumentenlack. Er glaubt darin auch seine Eigenmischung aus dem 18. Jahrhundert auszumachen. Mindestens ein Instrument mit dem Namen Leopold Renaudin scheint überlebt zu haben. Hat auch der Duft seines Schweißes Jahrhunderte überlebt? Bei Charles Abé, Luthier Père et Fils sieht er genauer hin. Nostalgische Gefühle überkommen ihn beim Auskundschaften des Ateliers. Das Grundsätzliche an der Arbeit als Luthier hat sich kaum verändert. Handarbeit ist immer noch gefragt. Charles und sein Sohn arbeiten an neuen Instrumenten. Abé an einer Geige und sein Sohn an einer Laute. Im Verkaufsschrank stehen gut zwei Dutzend Celli und Kontrabässe. In der gegenüberliegenden Vitrine glänzen polierte Geigen und Bratschen. Ein Kontrabass, Jahrgang 1788, und eine Geige, Jahrgang 1779, sind von Leopold. Kein Cello ist darunter. Also geht die Suche weiter.

Bei Paul Ernest, Père et Fils schlägt sein feinstoffliches Herz höher. Einerseits, weil es ein lebender Berufskollege geschafft hat, seinen Sohn ins Geschäft einzubinden. Andererseits glaubt er, ein stark nach ihm riechendes Cello im Raum geortet habe. Celli und andere Instrumente sind säuberlich getrennt. Nur kann er in den Vitrinen keines seiner Celli ausmachen. Die Eingangstürklingel klingelt, ein feiner Ton kündigt einen Kunden an. Draußen herrscht Großstadtlärm, Autohupen, hoher Lärmpegel. Gut, dass die Tür ins Schloss fällt. Hört er richtig? Paul begrüßt Paul. Die beiden scheinen freundschaftlich verbunden. »Wie geht es meinem Patienten?«, scherzt der eintretende Paul.

»So weit, so gut. Er liegt geöffnet auf meinem Operationstisch.«

»Also nicht nur eine Schönheitsoperation?«

Die beiden begeben sich zum Operationstisch. Da liegt leidend das Cellojuwel. Leopold leidet mit. Der Luthier Paul zeigt die losgelöste Cellodecke dem Kunden Paul. Er hebt sie gegen das Licht. »Die Operation muss leider umfassend sein. Beim letzten lange zurückliegenden Eingriff war ein Kurpfuscher am Werk. Sieh nur diese Längsspalten. Ich habe sie abgeschliffen, musste mit Lacken und künstlichem Holz arbeiten, eine aufwendige Arbeit.«

»Aber das Resultat lässt sich sehen«, lobt der Kunde Paul.

Künstliches Holz? Das Kollektivbewusstsein liefert Leopold lückenlos die ganze Entwicklung des Instrumentenbaus der letzten zweihundert Jahre, einfach genial. Er liebt seine intellektuellen Optionen als Feinstofflicher.

Jetzt wenden sich die beiden älteren Herren dem geöffneten Cello zu. Der Chirurg Paul erklärt die inneren Verletzungen direkt am Objekt. »Die Zargen habe ich ganz ersetzt.«

»Ihr seid in der Zwischenzeit zu vollwertigen Transplantationschirurgen geworden. Ich hoffe, dass dem Cello dadurch seine einmalige Tonqualität nicht verloren geht. Dieses Renaudin-Cello ist vom Klang her jedem Stradivariinstrument mindestens ebenbürtig!«, stellt der Kunde Paul klar.

Zuerst war Leopold erfreut darüber, dass sein Juwel auch im 21. Jahrhundert lebt. Doch nun ist er erschrocken über seinen schlimmen Zustand. Gleich aber überwiegt die Freude wieder, dass ein echter Kenner der Materie sich so positiv über seine Instrumentenbaukunst äußert und dass sich ein Spitzenchirurg um sein über alles geliebtes Cello kümmert. Ein Wechselbad der Gefühle schüttelt ihn.

»Lieber Herr Tortelier, die Klangstärke seiner besten Zeit können wir nicht zurückoperieren, aber es wird wieder ein Spitzen-Cello für Kammermusikliebhaber oder für einen Cellisten in einem Orchester.«

Auch der Junior hat sich in der Zwischenzeit an den Operationstisch begeben und meldet sich nun zu Worte. »Ich habe die Zargen etwas genauer unter die Lupe genommen, schaut her.« Er wendet den einen Zargenteil gegen das Licht. Feinste Metallsplitter werden sichtbar. »Gleiches habe ich beim Abschleifen des Deckels gefunden. Wie die da hineingekommen sind, wissen die Götter.«

»Das Cello wurde ja schon einmal repariert«, erinnert sich der Senior. »Aufgrund der verwendeten Lacke können wir heute einigermaßen genau feststellen, wann ein Instrument gebaut und repariert wurde. Meine Abklärungen ergaben Folgendes: Die größte Reparatur wurde ungefähr 20 Jahre nach dem Bau des Instrumentes vorgenommen. Der Zettel sagt uns, dass das Instrument 1790 fertiggestellt wurde. Somit erlitt das Cello seine Verletzungen um 1810.«

»Zur Zeit Napoleons«, denkt Paul Tortelier laut nach.

Jetzt nimmt Leopold Feinstoff den Namen des Kunden erst wirklich wahr. Aus dem Kollektivbewusstsein kommen die Daten zu Paul Tortelier: einer der renommiertesten Cellisten zusammen mit Pablo Casals im 20. Jahrhundert, lebt in Paris, weltberühmter Solocellist und Professor am Conservatoire de Paris. Jetzt freut ihn dessen Lob für sein Cello noch mehr.

»Wann kann ich das Cello abholen? Einer meiner Teilnehmer kommt in zwei Wochen in meinen alljährlichen Sommerkurs für drei Wochen. Er ist ein Schweizer Cellist aus Zürich, der das Instrument im letzten Jahr noch im schlechten Zustand bei mir gespielt und sein Potenzial sofort erkannt hat. Er möchte es nach der Reparatur für einen seiner Lieblingsschüler erstehen.«

»Es kommt somit in gute Hände, hoffe ich, oder?«, fragt Paul senior nach.

»Davon bin ich überzeugt. Die Zeit seiner ganz großen Soloauftritte scheint vorbei. Ich bin aber überzeugt, dass seine Klangschönheit ein kleineres, anspruchsvolles Publikum immer noch begeistern kann. Übrigens bestücken Sie das Instrument bitte mit Darmsaiten.«

»Das versteht sich von selbst«, lacht Paul Ernest.

Leopold seufzt lautlos. Der gute alte Julien, sein ehemaliger Saitenlieferant, und natürlich Jérôme hätten es verdient, ebenfalls dieses interessante Gespräch zu belauschen. Leopold Feinstoff ist jedenfalls tief berührt und spürt plötzlich Jérômes und Juliens Präsenz, weiß, dass sein Herzenswunsch beide irgendwo erreicht hat. Liebe bewegt sich außerhalb von Zeit und Raum.

Großstadtlärm und Autohupen überschwemmen erneut Paul Ernests Atelier für einen Moment. Paul Tortelier winkt zum Abschied. Klingelnd fällt die Tür ins Schloss.

Leopold braucht eine Pause, verkriecht sich in einem Hinterhof, legt sich auf eine Bank und gönnt sich einen Kurzschlaf. Dann tritt er auf die Rue de Rome, schwebt planlos an der Straße entlang und versucht Automarken zu erkennen. Von Zeit zu Zeit sieht er einen kleinen Italiener unter den Franzosen, einen herzigen Fiat Cinquecento. Daneben nervöse Mopeds und Vélosolex, die frech an allen Seiten vorbeiflitzen. Vor einer Ladenvitrine versammelt sich eine große Menschenmenge. Was ist da los? Alle sind auf ein Bildgerät konzentriert. Fernsehen? ... Das ist nicht Nahsehen. TV, die Geschichte der Glotze bis ins Jahr 1968 ist sofort in ihm präsent. Er sieht, wie ein Mann in einem speziellen Anzug mit Helm auf einer fragilen Treppe auf einen kahlen Boden tritt. Hinter ihm ist ein eigenartiges Vehikel mit vier Beinen aufgestellt. Er trägt eine amerikanische Flagge in der Hand. Der französische Sprecher übersetzt seine Worte: »Ein kleiner Schritt für mich und ein großer Schritt für die Menschheit«, sagt der erste Mann auf dem Mond.

Hat Leopold richtig gehört? Auf dem Mond ist ein Mensch gelandet? Schon die Autotechnik, die Fortschritte des Fliegens, er ist beeindruckt, wozu die Menschen technisch heute in der Lage sind. Mit dem aktuellen Wissen über die Raumfahrt versehen, versucht er den Inhalt der Worte des Astronauten Neil Armstrong noch besser zu verstehen. Ein großer Schritt für die Menschheit, vielleicht auch für die große Ordnung, der er als Feinstofflicher ja auch angehört. Ihm scheint, dass die Menschheit beginnt, die große Ordnung zu überholen. Größer als den ersten Schritt auf dem fernen Erdtrabanten empfindet er die Überwindung des Schwerkraftfeldes der Erde. Die Menschen können in diesem Punkt mehr als die Feinstofflichen. Das gibt ihm zu denken.

Auf der Armbanduhr eines Glotzers sieht er die aktuelle Zeit. Bald ist es 16:00 Uhr. Er muss sich sputen, dass er rechtzeitig zurück ist. Michael hatte ihm den Ausflug ja für 2 Stunden erlaubt. Aber wie kommt er zurück in die Zukunft? Wie wenn der Lichtkanal seine Gedanken gelesen hätte, steht er neben ihm mit geöffneter Tür. Er drückt den roten Knopf 2014. Zeitgerecht entlässt ihn das geheimnisvolle Transportgerät. Schon sitzt er wieder auf der Bank in Paris-Mitte, es ist 16:00 Uhr am 21. Juli 2014.

Es bleibt noch einige Zeit bis zum vereinbarten Rückreisetermin in ihre Kernzeit Ende des 18. Jahrhunderts. Die blaue Stunde bricht erst gegen 22:00 Uhr an. Und wo treibt sich eigentlich Michael herum? Er taucht nicht auf. So entschließt sich Leopold, alleine seine alten Wirkungsstätten aufzusuchen. Er peilt die Rue St.-Honoré an. Überfliegt das Quartier. Die Markthallen sind gewichen, die Kirche Saint-Roch existiert nicht mehr. In den Tuilerien steht immer noch ein Kasperletheater für Kinder. Mütter, Kinder, kaum Väter und viele ältere Menschen bevölkern den Park wie zu seiner Zeit. Es fällt auf, dass junge wie ältere Erdenbürger nicht mehr mit ihren Nachbarn, sondern in ein kleines flaches Gerät sprechen. Was geht da vor? Er hat Mühe, zwei Menschen zu finden, die miteinander sprechen. Da, zwei Ausnahmen, es sind zwei junge Frauen. Er schwebt dazwischen und horcht.

»Siehst du, wenn du diese grüne App berührst, kommst du direkt in das Verkaufsangebot. Dann drückst du auf ›Tagesspezialitäten heute‹ und schon findest du preislich günstige Einkaufsmöglichkeiten. Ich bestelle jetzt für heute Abend, 19:00 Uhr, zwei Rindersteaks, eine Büchse Gemüsecocktail, ein Zwölferpack Weizenbier, ein Kilo Tomaten, A-Qualität, und ein ofenfrisches Baguette. Wenn du nicht schon Kunde bist, gibst du die Lieferadresse ein und bezahlst mit deiner Kreditkarte. Jetzt quittiere ich mit ›o.k.‹ und schon ist der Einkauf getätigt. Der Lieferant bestätigt nun schriftlich meinen Einkauf und bedankt sich für den Auftrag. In spätestens zwei Stunden wird geliefert. So einfach geht das, meine Liebe. So, und jetzt mache ich noch ein Foto von dir und deinen beiden Schätzchen mit meinem iPhone.«

Mit dem gleichen Minigerät wird fotografiert und es kann noch vieles mehr. Einmal mehr braucht Leopold die Unterstützung des Kollektivbewusstseins, sonst dreht er durch. Jetzt hilft nur noch ein Mental-Apéro. Er schwebt einmal die Rue St.-Honoré hinauf und herunter, nach einem Bistro à la Marc Ausschau haltend. Erste Genugtuung, die Straße hat ihren Namen nicht geändert. Von oben sieht er, dass die meisten Häuser nach wie vor stehen. Terrassen und Hinterhöfe kommen ihm bekannt vor. Er sinkt auf acht Meter über Boden. Links und rechts, überall sind bunte Gemälde an die Fassaden geklebt. Manche blinken wie von Geisterhand bewegt. Sie sehen aus wie Firmenschilder. Die Rue St.-Honoré ist sehr belebt. Ein Geschäft reiht sich ans andere. Große Fenster reichen bis zum Boden, sie ermöglichen einen guten Einblick ins Innere der Geschäfte. Unglaublich, das vielfältige Angebot. Die ersten Läden sind beleuchtet mit einem grellen, kalten Licht. Es flimmert vor seinen Augen, wenn er zu lange hinsieht. Elegantes Volk ist unterwegs. Geschäfte wie Kundschaft gehören offensichtlich zu den besseren Kreisen. Er nähert sich der Nummer 300. Seine Spannung steigt. Wer haust wohl heute, im Sommer 2014, in der Nummer 364? Er muss zweimal hinschauen, um sicherzugehen, dass er vor der richtigen Adresse steht. Ohne Zweifel, das ist die 364, heute 362-64. Ein edles Geschäft, das Schweizer Luxusuhren anbietet. Er schaut sich im Innern um. Überall Uhren, schön in verlockenden Vitrinen präsentiert. Einige Kunden interessieren sich für die Uhren. Kaum ein Wort Französisch ist zu vernehmen. Eine mobile Weltbevölkerung kauft hier ein. Im ersten Stock befinden sich die besonders teuren Uhren, mit Brillanten bestückt, goldglänzend. Auch im ersten Stock macht das Geschäft einen sehr guten Eindruck. Alles ist geputzt, kein Staubkorn ist auszumachen. Man könnte glauben, seine putzlumpenschwingende Erbin Marie Delpierre sei immer noch für die Sauberkeit im ersten Stock zuständig. Möglicherweise würde sie aber heute den hohen Ansprüchen der Schweizer Geschäftsleute nicht mehr genügen.

Er verlässt das Geschäft, leicht wehmütig gestimmt. Marcs Bistro hat wie sein Besitzer das Zeitliche schon lange gesegnet. Auch sein Grab auf dem Friedhof Picpus ist schon seit bald zweihundert Jahren aufgelöst, ebenso das eines gewissen Leopold Renaudin. Der Friedhof der Revolutionszeit ist heute mit Häusern überbaut. Spuren verblichener Menschen überdauern selten lange. Deshalb freut er sich besonders, dass sein Cellojuwel bald wieder von Menschen aus dem 21. Jahrhundert gespielt wird.

Mit dieser Gewissheit sucht er sich einen Platz in einem Bistro, die gibt es immer noch. Sein Name: Chez François. Es wirkt ein wenig wie eines aus seiner Zeit. Er schwebt auf der Terrasse zwischen gestikulierenden Menschenkörpern dahin, verweilt feinstofflich unbemerkt unter den Lebenden und genehmigt sich mental einen kühlen Weißen. Manchmal möchte er auch wieder einen menschlichen Körper bewohnen. Michael scheint ihm da voraus zu sein. Er kann vom Körperlichen ins Feinstoffliche wechseln und umgekehrt. Er versucht sich abzulenken. Er zählt die im Schritttempo vorbeifahrenden Autos. Unglaublich, was da alles nach Hause unterwegs ist. Die französischen Automarken sind nicht mehr allein im Verkehr vertreten. Japaner und Deutsche haben den Markt aufgemischt.

Langsam macht sich die Dunkelheit bemerkbar. Er will Michael nicht warten lassen und bricht auf. Er fliegt zwischen den Häuserblöcken an beleuchteten Büroräumen vorbei. Überall Arbeitsplätze, die mit kleinen flimmernden Kisten versehen sind. Als er ein ebenfalls flimmerndes Firmenschild betrachtet, versucht er den Schriftzug zu entziffern: Computer Service AG. Die Kisten heißen also Computer. Das IT-Wissen überfällt ihn schlagartig. Was für eine technische Revolution. Auch die Menschen können durch das Internet so etwas wie ein Kollektivbewusstsein nutzen. Wenn sich die Menschheit weiterhin technisch so rasant entwickelt, ist es nur eine Frage der Zeit, bis sie auch in diesem Bereich das Wissen der großen Ordnung in den Schatten stellt.

Er trifft Michael bei bester Laune an. »Das feinstoffliche Sein hat auch einiges für sich«, teilt ihm der sehende Blinde mit. »Ich habe das Fliegen wiederentdeckt.«

Seine Freude ist ansteckend. Sie verabschieden sich aus dem Jahre 2014 himmelwärts.

Das Rückwärts im Lichtkanal dauert nicht lange, im Jahre 1943 kommt es zu einem jähen Stopp. Was ist los? Michael macht eine besorgte Miene. »Im Jahre 1943 anzuhalten, der nackten Realität dieser Zeit ins Auge zu schauen, löst bei mir immer große Sorge ums Überleben der Menschheit aus. Wut packt mich dann und Kampfestlust.«

Leopold sieht in Michaels immer blinden Augen ein kraftvoll brennendes Feuer. Sie entsteigen dem Lichtkanal und sitzen erneut auf der Bank in Paris-Mitte, jetzt im November 1943, an einem regnerischen, dunklen Tag. Die Glockenschläge der Notre-Dame erinnern ihn an die Chronometrie der menschlichen Zeit. Es ist drei Uhr nachmittags. Nieselregen fällt. Eiskalter Ostwind bläst ihnen ins Gesicht. Beide frösteln. Paris 1943 ist nicht das Paris, das Leopold kennt und liebt. Michael nickt verständnisvoll. »Wo ist der erotisierende Duft der Stadt geblieben?«, fragt Leopold besorgt. Die bedrückende Stimmung, die auf der gesamten Stadt lastet, verursacht ihm fast schon Schmerzen. Er fühlt sich unfrei an seinem Ort der Freiheit. Die Freiheit kann also nicht gepachtet werden, stellt er fest.

Michael neben ihm schaltet sich in seinen Gedankengang ein und sagt: »Nein, die Freiheit muss immer wieder neu erkämpft werden!« Er sieht sich um im Park. »Es sind kaum Menschen hier bei diesem Hundewetter«, bemerkt er. Lediglich einige Hundehalter führen ihre Tiere Gassi.

Vom Boulevard Saint-Michel her hören sie Marschmusik. »Das sind deutsche Soldaten«, erklärt Leopolds Reiseführer.

Deutschland, 1943, Paris – das Kollektivbewusstsein liefert ihm die gesamte Kriegsgeschichte. Die stramm dahingeschmetterten Lieder kommen näher. Ein ganzes Regiment der deutschen Wehrmacht demonstriert den Franzosen singend, wer hier die Macht ausübt. Jetzt bekommt Leopold sogar Worte des Liedes mit – Dank dem Kollektivbewusstsein, jetzt beherrscht er schon drei Fremdsprachen und versteht den Inhalt des Liedes: Kamerad! Wir marschieren und stürmen, für Deutschland zu sterben bereit … vorwärts, voran … über den Rhein … marschieren wir siegreich nach Frankreich … hinein …

Also sind die Franzosen besiegt. Sein Geschichtsverständnis aus dem 18. Jahrhundert rebelliert. Das kann doch nicht wahr sein!

»Doch, es ist wahr«, entgegnet Michael.

Deutschland und Hitler, die Nazis, die Alliierten, die Zeit von 1933 bis 1943, »Ich will die Militärparade ansehen.«

»Geh nur, ich hab sie einmal miterlebt. Das genügt mir.«

Leopold steht unmittelbar vor der Pont Saint-Michel. Die steinerne Brücke erzittert unter dem Gleichschritt der vorbeimarschierenden Truppe, wie auch vereinzelte Besiegte, die das Geschehen kritisch beäugen.

Er stellt fest, dass die Obdachlosen unter der Brücke fehlen. Neben ihm stehen zwei Rentner, die sich gerade über dieses Thema tuschelnd unterhalten. »Die Besatzer haben sie alle eingesammelt, verschleppt und in Gefängnisse gesteckt«, informiert der eine. »Man munkelt, dass sie dort ermordet werden.«

Der andere nickt. »Heute ist Paris absolut frei von Clochards. Arbeit ausgeführt, mit deutscher Gründlichkeit«, ergänzt er.

Schockiert wendet Leopold sich ab und kehrt zurück. Ein nachdenklicher Michael empfängt ihn. »Es geht mir mies, wenn es mich in die Zeit des Dritten Reiches verschlägt, eine schreckliche Zeit«, erklärt er.

»Du hast halt eine Franzosenseele«, sagt Leopold.

»Oh, nein«, wehrt er ab, »ich bin zwar gerne ein Franzose, aber meine Seele ist frei und steht über jeder Art von Nationalismus!« Er seufzt. »Ich kann es dir nicht ersparen, dich mit einem der dunkelsten Kapitel der Weltgeschichte zu konfrontieren. Wir fliegen heute im November 1943 ostwärts nach Polen.«

»Das ist aber eine weite Reise«, bemerkt Leopold.

Michael nickt. »Aber wir sind schnell. Es geht los! Fliege einfach mit. Ich führe dich.«

Schon ein Stück vor der deutschen Grenze sehen sie überall Verwüstung. Der Frankreichfeldzug im Jahre 1940 hat nicht nur das Leben tausender Soldaten gefordert, sondern hat auch bleibende Schäden an Gebäuden und in der Natur hinterlassen. Eine breite Todesnarbe zieht sich über die Heimaterde. In den Städten wehen Fahnen mit Hakenkreuz.

Sie überqueren den Rhein und fliegen quer über Deutschland dahin. Die himmelwärts gerichteten Rohre der Flakgeschütze bleiben stumm. Dann geht es sehr rasch. Kurz nachdem sie die deutsch-polnische Grenze überflogen haben, beginnt der Sinkflug. Auch in Polen herrscht düsteres Novemberwetter. Die Sicht ist schlecht. Sie kreisen über einem fabrikähnlichen Gebäudeareal, Bahngleise deuten darauf hin, dass hier Menschen und Ware transportiert werden. Es gibt außerdem viele Baracken, eingezäunt mit einem Stacheldrahtzaun, bei Nachteinbruch grell beleuchtet von Lampen aus Wachttürmen. Einzelne Nebelschwaden verdecken immer wieder die Sicht, doch plötzlich sehen sie wieder klar. Hundegekläffe, sonst herrscht eine bedrückende Ruhe. Sind die Insassen nicht anwesend? An der Eingangstür prangt ein großes Schild: Arbeit macht frei! Also doch eine Fabrik, denkt Leopold.

Michael geht es wieder mies. »Ich muss weg von hier. Ich kenne die Geschichte dieses Ortes. Wenn du mit dem, was du hier gleich siehst, alleine nicht klarkommst, rufe mich. Ich werde sofort bei dir sein.« Weg ist er.

Allein schwebt Leopold über einem Ort, dessen Namen ihm Michael nicht genannt hat. Deshalb kann ihm das Kollektivbewusstsein gerade auch nicht helfen. Dann, er weiß nicht, wie ihm geschieht, ist er plötzlich in einer Holzbaracke. Um ihn herum plumpst Scheiße herunter. Es stinkt gewaltig nach menschlicher Kacke. Durch acht Löcher dringt etwas Licht in eine Art Holzkiste, deren Gefangener auch er ist. Es verwirrt ihn, wie er als Feinstofflicher nahezu körperlich erfährt, was hier passiert. Er muss mental kotzen. Tiefer kann ein Mensch nicht fallen als Munir Salah, Strafgefangener mit einer eingebrannten Nummer, wie bei Herdentieren. Er ist zur Strafe zum Plumpsklo-Putzen abkommandiert. Hier wird man also als Nummer, nicht als Mensch mit Namen registriert. Mieser kann es einem nicht gehen. Er will Michael um Hilfe rufen. Da sieht er in das mit Fäkalien bespritzte Gesicht

Munirs. Die Scheiße kann das Edle seines Wesens nicht verdecken, hat keine Chance. In seinen weisen Augen blitzt ein Schalk, der Leopold sofort hilft. Munir pfeift, ist locker drauf und singt vor sich hin. Manchmal wechselt er ein Wort mit der Welt über ihm, mit den Kackenden.

Leopold nimmt sein Inneres wahr und sieht eine innere Sommerlandschaft, gesunde Ährenfelder, wohlduftende Blumen, Herzenswärme, warmes Licht breitet sich aus. Ein großer Strom schlängelt sich durch Munirs Inneres. Er spitzt die Ohren. Was singt der Mann da? »La, la, ihr Nazischergen könnt zwar mein Leben nehmen, la, la, aber nicht meine Würde!« Nazischergen – mit diesem Stichwort fließen Informationen aus dem Kollektivbewusstsein: Mehr als 5,6 Millionen KZ-Häftlinge wurden in Auschwitz und in anderen Lagern bis 1945 ermordet. Munir überlebte und lehrte bis 1996 in Paris und Zürich, wie würdevoll ein menschliches Leben sein kann. Unzählige KZ-Häftlinge überlebten nicht. Sie wurden von den Nazis brutal weggemordet.

Fluchtartig verlässt Leopold den Ort des Grauens. Wieder an Michaels Seite lässt er auch schnellstens die über Paris-Mitte wehenden Hakenkreuzfahnen hinter sich, mit dem Knopfdruck 1799 im Lichtkanal. Erleichtert bringt dieser sie sicher in das endende 18. Jahrhundert zurück.

9. Die Liebe, der wahre Schatz, Napoleon aus Ägypten zurück, neue APS sind gesucht, Leopold ohne blinden Fleck ist überglücklich, vom Ende der Französischen Revolution, 18. Brumaire 1799 bis kurz vor der Schlacht um Wagram im Juli 1809

Johanna möchte die erste Ausstellung im Frühling 1799 des jungen Ducs im Schloss Fontainebleau besuchen. Doch eine hartnäckige Grippe hindert sie daran. Ende August schafft sie es dann, sich von der intensiven Bautätigkeit an der Klosterkirche loszureißen. Gilbert Blanchet leiht ihr erneut ein Reitpferd. Diesmal ohne Auflage, etwas geheim zu halten. Sie kennt den Weg. Sie wagt es, alleine aufzubrechen. Von Monsieur le Maire hat Johanna erfahren, dass der Duc bei den Goldbergs einquartiert ist und ab Mitte September das Studium an der Académie des Beaux-Arts in Paris aufnehmen wird. Sie ist gespannt darauf, dem mutmaßlichen Sohn von Leopold Renaudin und Beatrice Duchesse de Fontainebleau et Valmy zu begegnen.

Ungeduldig wartet der schon fast verblichene Brief in Johannas Kutte darauf, endlich wenigstens dessen Erben zu erreichen. Dann soll auch die Schatzsuche angegangen werden. Monsieur le Maire de Barbeau hat zuvor Ibrahim Goldberg über Monsieur le Maire de Fontainebleau den Besuch der Ordensschwester angekündigt. Der Schlossverwalter soll darüber sehr erbaut gewesen sein. Über den Hintergrund des Besuches ist niemand informiert.

Leopold Feinstoff fühlt seine Intuition an sich ziehen. Alle seine feinstofflichen Fasern, und vor allem sein großes Herz, zieht es Richtung Fontainebleau. Er will ohne die Brise weg. Sie ist ohnehin zu müde, um ihn zu begleiten. Sie schlummert selig im Inneren des Cellojuwels. Ihre Mittagsschläfchen haben sich in letzter Zeit markant verlängert. Ein Zeichen, dass ihr Alterungsprozess voranschreitet.

Er lässt sie schlafen und schwebt fort. Über Paris-Mitte führt ihn der Flug nach Südosten. Das Ziel überlässt er seiner guten Intuition. Selber hat er keine Ahnung, wohin die Reise geht. Er ist in einer eigenartigen Stimmung, schwankt zwischen Hochgefühl und Niedergeschlagenheit. Vor Fontainebleau überfliegt er die Waldlichtung mit der alten Eiche. Auch von oben wirkt sie mächtig. Nun nähert er sich der Steinbrücke über die Gerbe vor Fontainebleau. Da sieht er eine Reiterin mit wehendem Rock über die Brücke galoppieren. Er geht auf Tiefflug, versucht der Frau in die Augen zu schauen. Es ist Johanna.

Obwohl Johanna in den letzten Jahren selten geritten ist, kommt sie nur mit wenig Schmerzen in den Oberschenkeln und am Hintern davon. Die harte Männerarbeit beim Kirchenbau zeitigt Früchte. Zuerst besucht sie Abraham. Sie findet ihn im Atelier. Er ist über Johannas Besuch informiert. Bei der Begrüßung schließt sie ihn in die Arme. Wie fühlt sich das gut an. Er ist die Güte in Person. »Ich freue mich über deinen Besuch«, sagt er und fragt dann nach ihrem Beweggrund, Fontainebleau aufzusuchen.

»Ich möchte dich in einer wichtigen Angelegenheit zu meinem Vertrauten machen«, antwortet sie.

Abraham lächelt. »Bei solchen Anliegen frage ich normalerweise nach, bevor ich mein Einverständnis gebe. Dir, hochgeschätzte Seelenverwandte, sage ich einfach zu. Was kann ich für dich tun?«

Leopold überfliegt derweil die weitläufige, teilweise durch Napoleon erneuerte Schlossanlage und interessiert sich für Johanna und den älteren Herrn. Er geht auf Sichtkontakt. Vor mehr als 15 Jahren hat er als Lebender das letzte Mal Fontainebleau besucht, damals mit Rodolphe Kreutzer und Pascal Lemaire. Die Hausherrin war noch nicht seine Geliebte. Aber ihre Avancen waren offensichtlich. Dass sie ihn begehrte, bereits schon ein Liebesband zwischen ihnen bestand, bestätigte ihm Rodolphe damals schmunzelnd und auch etwas eifersüchtig.

Abraham und Johanna setzen sich auf eine Holzbank vor dem gemütlichen Heim des pensionierten Schlossgärtners. Die Sonne scheint sommerlich warm. Der Tag ist dunstfrei und klar. Auch die Natur unterstützt offensichtlich Johannas Vorhaben, endlich Klarheit zu schaffen. Sie kramt nach dem Brief in der Kutte, findet ihn und beginnt ihn Abraham vorzulesen.

Leopold wird immer neugieriger. Da rauscht im Eiltempo die liebreizende Brise herbei. »Einfach so weggeschlichen hast du dich, ohne mich darüber zu informieren«, murrt sie. Und bevor er reagieren kann, klebt sie ihm einen blinden Fleck auf seine Stirne.

Krampfhaft versucht er Johannas Worte zu verstehen, aber er ist blind und taub für alles, was den Brief anbelangt. »Was ist mit diesem Brief los? Wie ist der Zusammenhang zwischen dem blinden Fleck auf meiner Stirn und dem Schreiben?«, fährt Leopold die Brise nun an.

»Es gibt einen Zusammenhang«, antwortet sie autoritär, »aber die Zeit, in der du darüber informiert wirst, ist noch nicht gekommen.«

Jetzt rastet er aus. »Was nimmst du dir heraus, mich von etwas fernzuhalten, was offensichtlich von großer Wichtigkeit für mich ist? Heute will ich Klarheit haben und nicht morgen!«

»Du wirst noch heute erfahren, was in diesem Brief steht, und vieles mehr, aber nicht im Moment.« Sie legt gütig den Arm um ihn. Er kann nicht anders als ihr vertrauen.

Johanna erzählt von dem langen Weg und all den eigenartigen Zwischenstationen, die der Liebesbrief der Duchesse vom Jahre 1784 bis heute genommen hat. Leicht vergilbt, aber lesbar, liegt er heute vor ihren Augen, ein Schrei aus der Vergangenheit in die Gegenwart. Er war so stark, dass er nach gut 15 Jahren noch hörbar ist. Interessanterweise ist er nun zurückgekehrt an seinen Ursprungsort.

Abraham ist fasziniert.

Dann zeigt ihm Johanna die Schatz-Skizze. »Er muss unter dem wunderschönen Lotusblütenstrauch vergraben sein«, sagt sie.

Abraham schüttelt den Kopf. »Dort ist er nicht mehr, liebe Johanna. Ich war dabei, als er ausgegraben wurde.«

»Was ist mit ihm geschehen?«

»Leider ist das eine traurige Geschichte.«

Napoleon kehrte am 17. Vendémiaire 1799 aus Ägypten zurück. Paul Barras, immer noch Mitglied des Direktoriums, wusste, dass er die politische Schlacht gegen den Korsen, Mitregent der Geheimloge in Versailles, verloren hat. Napoleon genießt in Frankreich bereits Kultstatus. Das 7. Direktorium steht vor dem Ende. Napoleon verfügt über viele Anhänger und Freunde, die in ihm nicht nur den erfolgreichen Feldherrn sehen, sondern den zukünftigen politischen Lenker der französischen Nation. Am 17. Brumaire kommt es zum Staatsstreich. Die tagenden Parlamentarier der Nationalversammlung werden im Schloss Saint-Cloud von Napoleons treuen Soldaten umzingelt. Im Inneren kommt es zu turbulenten Ausschreitungen zwischen den Anhängern Napoleons und den Vertretern der Direktorialmacht. Einen Tag später ist die erste politische Schlacht des mächtigen, kleingewachsenen Korsen geschlagen, erfolgreich. Er beendet damit die Zeit der Revolution, aber dadurch nicht ihre Werte: Liberté, Égalité, Fraternité. Eine neue Verfassung tritt Ende 1799 in Kraft. Napoleon wird als erster Konsul faktisch zum Alleinherrscher. Ab Mitte 1802 ernennt ihn der Senat zum Konsul auf Lebenszeit. Nach der Ernennung zum Konsul auf Lebenszeit soll sich Napoleon in seine Geheimloge in Versailles zurückgezogen haben. Vor dem Cheminée der Mazets stieß er mit Cécile und Charles auf seinen Erfolg an mit den Worten: »Hier fühle ich mich wohl und nicht von Feinden, sondern echten Freunden umgeben.« So munkelt man.

Ende des 18. Jahrhunderts bewegt sich auch in Fontainebleau von der Öffentlichkeit unbemerkt ebenfalls Wesentliches. Abraham erzählt Johanna die traurige Geschichte des vergrabenden Schatzes. »Die leider viel zu früh verstorbene ehemalige Schlossherrin Beatrice Duchesse de Fontainebleau et Valmy, der Herr sei ihr gnädig, vergrub kurz vor ihrer Flucht wirklich am beschriebenen Ort beim heutigen Lotusblumenstrauch eine Holzkiste. Wie in dem mir soeben vorgelesenen Brief an ihren damaligen Geliebten, den Cellisten, Instrumentenbauer und Jakobiner Leopold Renaudin, eine eindrückliche Persönlichkeit voller Vitalität und Leidenschaft, beschrieben. Ich hörte ihn mehrmals mit seinen Triofreunden musizieren. Ich glaube, auch du, Johanna, warst vereinzelt bei den Konzerten anwesend. Die Duchesse lud zu den Hauskonzerten ja immer wieder Bedienstete ein, was dem Duc gar nicht gefiel. Sie tat es trotzdem. Auch einen bekannten, sich offen dazu äußernden Kritiker der royalistischen Gesellschaft in seinen Wänden zu wissen, brachte den konservativen Adeligen an seine Grenzen. Er vermied es, den nicht adligen Gästen bei diesen Anlässen die Hand zu reichen. Auch ich war nur einer der Geduldeten. Weil wir Nichtadeligen aber umso herzlicher von der liebreizenden Duchesse begrüßt und willkommen geheißen wurden, schlug kein Bediensteter jemals eine Einladung aus. Es waren immer außergewöhnliche Abende. Du erinnerst dich sicher auch gerne zurück, Schwester Johanna. Was die Duchesse Beatrice betrifft, kann ich deine Frage bejahen. Deine Beschreibung des Ducs trifft zu. Während dieser Konzerte zeigte er sein Sonntagsgesicht. In Wirklichkeit war er ein bösartiger, gewalttätiger Tyrann.

Die Duchesse, wie du ja sicher als eine der ihr Nahestehenden hier im Schloss wusstest, hatte hartes Brot zu essen. Rund um die Uhr überwacht, gedemütigt und von ihrem eifersüchtigen Mann immer wieder beschimpft und geschlagen, verbrachte sie ein tristes Leben. Als die Affäre mit dem zukünftigen Jakobiner aufflog, ließ der Duc sein untreues Weib dermaßen auspeitschen, dass sie über Wochen kaum mehr aufrecht gehen konnte.«

»Ich erinnere mich, weil ich die Misshandelte damals pflegte. Die ganze Geschichte mit der Mission des Priesters Cerberus und seinem Gehilfen Bruder Klaus löst bei mir heute noch Ekel aus«, bemerkt Johanna.

»Dieser Bruder Klaus überwachte an dem Abend, als Beatrice sich vermeintlich unbeobachtet fühlte, wie sie die Holzkiste mit dem Schatz vergrub. Die unverzügliche Meldung der mysteriösen nächtlichen Tat an den Schlossherrn soll Klaus einen beachtlichen Betrag an Louis d'or eingebracht haben. Zum guten Glück wusste der Duc nicht, warum und für wen Beatrice diesen Schatz vergrub, und er erfuhr das auch nie, obwohl er unter Androhung von Strafe versuchte, es herauszubekommen. Beatrice blieb verschwiegen, so hörte ich. Aber nicht nur Klaus beobachtete an jenem Abend den Grabesakt. Als die Duchesse mir vor ihrer Flucht den Diamantring, den heute ihr mutmaßlicher Sohn Alexandre trägt, übergab, informierte ich sie über mein Mitwissen.« Abraham seufzt schwer und fährt fort: Schon am Morgen nach dem Vergraben des Schatzes seien Cerberus, Klaus und der Duc verbeigekommen und verlangten Schaufel und Pickel. Sie hätten etwas auszugraben, erklärten sie. Die Schatztruhe überlebte nur eine Nacht im Boden. Die Glaubensbrüder gruben und der Schlossherr stand mit finsterer Miene daneben. Dann öffnete der Duc die Kiste und wurde wütend, als er den Inhalt sah. Goldduкаten, Perlenketten, einfach so vergraben. Ein unverschämtes Weib hatte ihm der Herrgott verschrieben, eine Ehebrecherin und im Umgang mit Geld und Wertgegenständen verschwenderisch. Er verstaute Gold und Perlen in seinem Hosensack, öffnete unkultiviert seinen Hosenlatz und löste Wasser über der offenen Schatzstelle mit den Worten: »Pisse über dich, du unverschämtes Weibsbild.« Abraham hält kurz inne, dann fährt er fort: »Beatrice weinte, nachdem ich ihr die Wahrheit über den vergrabenen Schatz mitgeteilt hatte.

Sie sagte mir, dass sie einen Brief an Leopolds Musikerfreund Rodolphe Kreutzer übergeben hätte, mit wichtigem Inhalt, materieller und immaterieller Art, für den Adressaten, ihren geliebten Leopold, für der der Schatz bestimmt war. Mit diesem Brief wird meine Vermutung, dass Alexandre nicht das Kind des Ducs ist, bestätigt«, stellt Abraham abschließend fest. »Das markante Gesicht, die feurigen Augen und die wilden, dunkelbraunen Haare sind klare Hinweise, dass Leopold Renaudin der Vater von Alexandre ist. Die Duchesse bat mich, an diesem für sie heiligen Ort Lotusblumen zu pflanzen, als Zeichen der Liebe zwischen ihr und Leopold. Darum steht heute der Lotusblumenstrauch dort. Er gedeiht gut. Ich pflege ihn mit besonderer Aufmerksamkeit.«

»Eine traurige, aber auch eindrückliche Geschichte, an der wir beide, lieber Abraham, teilhaben durften und dürfen, denn die Geschichte ist noch nicht zu Ende geschrieben«, sagt Johanna nun. »Jetzt würde ich gerne Alexandre kennenlernen.«

Abraham schmunzelt. »Und siehe, da kommt er schon.«

»Da kommt ja unser Sohn im Matrosenschritt daher.« Bergeron streckt Fabien die Hände entgegen. Mit einem kleinen Ausfallschritt, aber immer noch auf seinen beiden Beinen, stürzt er sich freudig lächelnd in die Arme seines Vaters. Berthe ist stolz auf ihre zwei neuen Männer. Die Suzette liegt in ihrem Heimathafen in Paris-Mitte vor Anker. Seit dem Floréal 1800 ist die Familie von Berthe in alter Größe unterwegs. Heute, am 12. Floréal 1801, feiern Alain und Berthe den ersten Geburtstag ihres gemeinsamen Sohnes. Ein schönes Geschenk des Schicksals, denkt Berthe, dass sie in ihrem doch eher hohen Frauenalter noch Nachwuchs bekommen konnte.

Unweit der Suzette sitzt zur gleichen Zeit Michael auf seiner Lieblingsbank. Er ist nicht auf Zeitreise. Auch ist er nicht alleine. Links und rechts von ihm sitzen zwei Männer in den besten Jahren, die Professoren Stein und Crivet. Michaels Arbeit mit Crivet ermöglichte nach mehr als zwei Jahren eine Versöhnung der beiden. Stein leitet heute ein Spital im Osten der Stadt. Die Klinik ist auf die Behandlung von Kriegsopfern spezialisiert. Die meisten unter ihnen sind hochtraumatisiert und schwer behandelbar. Andere Chirurgen stehen am Operationstisch, Stein hat das Skalpell ein für alle Mal begraben. Er kümmert sich nun um die seelischen Verletzungen der Kriegsopfer. In der Zwischenzeit haben Michael und Stein den Heilungsprozess beendet. Anschließend befasste sich Stein intensiv mit der Heilungsmethode, die er von Michael gelernt hatte, heute praktiziert er sie selber. Crivet führt das Spital Hôtel-Dieu eigenverantwortlich. Im Moment unterhalten sie sich drei angeregt über das Perlentauchen. Michael unterscheidet zwischen glänzenden und verschmutzten Perlen. Je nach Fall gilt es nach beiden zu tauchen, sie aus der Tiefe ans Tageslicht zu bringen. Verdreckte Perlen können Traumas sein. Nach dem erfolgreichen Tauchgang gilt es, diese nach Größe, Gewicht und Stärke der Verschmutzung zu beurteilen. Dann kann mit dem Patienten die Reinigungsarbeit begonnen werden. »Wichtig erscheint mir für uns Seelenärzte, wie ich durch Erfahrung lernte, dass jeder Mensch, auch wenn sein Inneres noch so verschmutzt ist, über glänzende Perlen verfügt. Es braucht manchmal nur mehr Tauchgänge, um sie zu finden.« Michael dreht sein Haupt und schaut mit seinen blinden Augen sehend Stein an. Beide haben verstanden. Michael fährt fort: »Ihr beide mir liebgewordenen Freunde, Mitheiler und überzeugte Opferbehandler, vergesst aber auch nicht, dass es viele sogenannt gesunde Erdenbürger gibt. Auf dem Meeresgrund derer innerer Landschaft liegen glänzende Perlen, verborgene Fähigkeiten, die sich nach Befreiung sehnen, die ins Bewusstsein drängen. Ermutigt Menschen mit Hilfe eurer Kenntnisse über das Perlentauchen, ihr Wesen, ihre Bestimmung als Mensch auf diesem Planeten besser zu erkennen. Ich wünsche mir, dass es zukünftig in unserer Zunft der Perlentaucher neben Heilern vermehrt auch Aktivierer menschlicher Potenziale gibt.« Nach einer kurzen Denkpause wechselt Michael überraschend das Thema: »Was meint ihr zum heutigen Mittagessen?«

Crivet spottet: »Bleiben wir doch im salzhaltigen Unterbewussten, deshalb empfehle ich bewusst einen sofortigen Gang zum Bistro de Commerce. Dupont hat am Mittwoch immer eine verführerische Karte mit Meeresfrüchten. Es lohnt sich, nach seinen Belôts zu tauchen, garantiert beste Qualität und aus nicht verschmutztem Wasser.«

Alle drei aktivieren vorfreudig ihre Magensäfte und schreiten zur Tat.

In den ersten Jahren des 19. Jahrhunderts wirkt Frankreich unter dem ersten Konsul Napoleon hauptsächlich auf dem politischen Parkett im In- und Ausland. Europa bewundert den mächtigen Korsen, nimmt ihn wahr als den ersten Botschafter der revolutionär errungenen Werte Liberté, Égalité und Fraternité. Er wird von einem großen Teil der politischen und gesellschaftlichen Elite geradezu messianisch gefeiert. Mit der römisch-katholischen Kirche arrangiert er sich. In den deutschen Landen verehren ihn Größen wie Goethe und Beethoven. Ludwig van Beethoven komponiert zu dieser Zeit seine 3. Symphonie, die Sinfonia Grande, intitolata Bonaparte, dem Befreier Europas gewidmet. Goethe ist hocherfreut, als erfährt, dass Napoleon seine Literatur kennt und schätzt. Napoleon soll die Leiden des jungen Werthers mehrmals gelesen haben.

JCL, das dreieinig vereinte Klangwunder, wirkt nach wie vor im Pariser Opernhaus und vermehrt in deutschen Landen, auch mit deutschstämmigen Orchestern musizierend. Durch Oberst Mazet wird JCL zusammen mit seinem Trio immer wieder zu gesellschaftlichen Anlässen eingeladen. Das Trio Lepraître, Lemaire und Kreutzer gilt Anfang des 19. Jahrhunderts als das Maß aller Dinge für die Kammermusik. 1803 weilen die drei französischen Kulturbotschafter in Wien. Ludwig van Beethoven hört ihrem Spiel zu und ist begeistert, vor allem von dem Violinisten Rodolphe Kreutzer, der ihm Sonaten widmet, die Kreutzer-Sonaten. Rodolphe kennt viele Kompositionen Beethovens und schätzt seine Werke. Die für ihn komponierten Sonaten hat er jedoch nie öffentlich vorgetragen. Er bezeichnet sie als virtuose Zumutung für den Geiger wie für das Publikum.

Die Brise wischt nun den blinden Fleck von Leopolds Stirn.

»Ja, da kommt er schon«, wiederholt Abraham.

Alexandre, mit braunem Wuschelkopf, dem schon markanten, jugendlichen Gesicht und fröhlichen, offenen Augen umarmt spontan seinen geliebten Meister. »Ich freue mich so, dass ich in zwei Wochen in Paris mein Studium aufnehmen darf.«

»Das verstehe ich gut. So kannst du dich ganz deiner Berufung widmen, befreit vom übrigen Schulkram«, antwortet sein Ersatzvater.

Leopold Feinstoff, sein wirklicher Vater, beobachtet aus der Distanz und für menschliche Augen unsichtbar das Geschehen mit höchster Wachsamkeit. Alle seine feinstofflichen Sinne sind aufgeschaltet. Er sieht den jungen Mann mit dem Namen Alexandre zum ersten Mal. »Eine äußerst sympathische Erscheinung«, bemerkt er.

»Das kann ich nur bestätigen«, stimmt ihm die liebreizende Brise zu.

»Lieber Alexandre, darf ich dir Schwester Johanna vorstellen? Sie ist heute vor allem wegen dir nach Fontainebleau gekommen«, sagt Abraham gerade.

Der junge Mann stutzt.

»Ich habe ihr einiges von dir erzählt«, fügt Abraham noch hinzu.

Alexandre begrüßt Johanna mit einem höflichen Knicks und küsst die Hand der hübschen Ordensschwester mit den Worten: »Es ist mir eine Freude, Sie kennenzulernen.« Charmant, ganz der Sohn des Erzeugers.

»Liebe Brise, hast du auch bei der Begrüßung den Diamantring am Ringfinger des jungen Mannes blitzen sehen? Irgendwie kommt er mir bekannt vor«, bemerkt Leopold zögernd.

»Seine Strahlkraft ist enorm«, stellt die Brise fest.

»Setzen wir uns doch alle drei auf die Bank gegenüber dem Lotusblumenstrauch«, schlägt Abraham vor.

Alexandre und Johanna sind einverstanden. »Geschätzte Johanna, erzählen Sie dem jungen Mann doch eine Geschichte«, sagt Abraham bedächtig. Dann wendet er sich Alexandre zu: »Eine Geschichte, die dich, junger Duc, bestimmt sehr interessieren wird.«

»Jetzt bin ich aber gespannt«, bekennt der junge Künstler.

Und Leopold Feinstoff auf Horchposten ist es auch.

Die empfindsame Brise bemerkt seine Anspannung und hält seine feinstoffliche Hand.

»Lieber Alexandre, ich werde dir nun eine wahre Geschichte erzählen, die Geschichte eines verirrten Briefes, der seit Jahren seinen rechtmäßigen Empfänger sucht. Der Absender ist eine Frau mit dem Namen Beatrice Duchesse de Fontainebleau et Valmy.«

»Das ist meine Mutter«, stellt Alexandre überrascht fest.

»Ja, das ist so, lieber rechtmäßiger, aber stellvertretender Empfänger dieses Liebesdokumentes. Deine Mutter hat diesen Brief einem Leopold Renaudin, bekannter Jakobiner, Cellist, Instrumentenbauer und Lebenskünstler vor 16 Jahren geschrieben. Renaudin wurde am 17. Floréal 1795 in Paris auf dem Place de Grève hingerichtet.«

Leopold ist betroffen und gleichzeitig verwirrt. Die Brise versteht, warum dem so ist.

Johanna fährt fort: »Ich kenne Fontainebleau aus meiner Zeit als Novizin in den Jahren 1783 bis 1784. Ich war zu dieser Zeit die engste Vertraute deiner Mutter. Es war damals eine schwierige Zeit für den Duc und die sehr verehrte Duchesse. Die Details erspare ich dir, lieber Duc junior.«

»Sie würden mich aber interessieren«, unterbricht Alexandre sie.

»Vielleicht später«, antwortet Johanna und erzählt weiter: »Das Schicksal spielte mit, als mir ein sterbender Flussschiffer vor einigen Jahren diesen Brief, den ich dir nun vorlese, anvertraute.«

Die beiden Renaudins in den zwei getrennten und doch verbundenen Welten werden nun vom Leben überrascht. Beide sind gleichermaßen gerührt, erschüttert und traurig, einfach von ihren Gefühlen überwältigt. Leopold weiß nun, dass er Vater eines Sohnes ist. Und Alexandre kennt nun die Wahrheit über seinen leiblichen Vater. Beide zweifeln keinen Moment daran, dass dieser Brief die Wahrheit und nichts als die Wahrheit ist.

»Nun weiß ich endlich Bescheid und bin froh, dass ich nicht der Sohn des Ducs bin«, verkündet Alexandre trocken, nachdem Johanna geendet hat. »Dass Sie mir nicht alles aus dieser schwierigen Zeit erzählt haben, interpretiere ich so, dass schon damals eine Klima von Streit und Häme zwischen meinen Eltern geherrscht hat.«

Johanna nickt bedrückt.

»Ich war ja noch ein Kleinkind, als meine geliebte Mutter starb. Aber die Gewalt meines Vaters und das Leiden meiner Mutter haben sich tief in mein Gedächtnis eingeprägt.«

Leopold torkelt währenddessen gefühlsbetrunken über dem Geschehen dahin, völlig aus der feinstofflichen Verfassung gebracht. Einmal himmelhochjauchzend, dann wieder zu Tode betrübt. Er durchleidet ein Wechselbad der Gefühle. Er hat einen Sohn geschenkt bekommen. Er sieht vor seinem geistigen Auge eine Geschäftsanschrift: Leopold Renaudin et Fils, Luthier. Und er sieht sich mit Beatrice glücklich vereint und mit Alexandre.

»Wie fühlst du dich nun, mein Junge?«, fragt Abraham.

»Wie von einer Last befreit und trotzdem gewillt, meinen Titel als Duc zu behalten. Denn ein Teil meiner Herkunft bleibt adelig. Und dass ich ab heute nur noch eine Halbadeliger bin, wird außer uns dreien vermutlich niemanden interessieren.«

Die Brise ist von der sachlichen Beurteilung des jungen Mannes beeindruckt. Und über den Gefühlszustand Leopolds besorgt.

Nachdem Abraham Alexandre noch die Geschichte vom Lotusblütenbaum erzählt hat, gehen sie zu dritt zum Mittagessen zur Familie Ibrahim Goldberg ins Schloss. Dort verschlingt der junge Duc nicht nur wie üblich zwei Portionen, sondern derer drei.

Johanna kehrte befreit vom Treffen mit Alexandre nach Barbeau zurück. Die Geduld mit dem Liebesbrief hatte sich ausbezahlt. Alexandre hatte überraschend ruhig auf den Inhalt der Botschaft seiner verstorbenen Mutter reagiert. Nun weiß er um seinen richtigen Vater, kennt seinen Namen und wird gelegentlich das Grab auf dem Friedhof Picpus besuchen. Sobald er sich in Paris etwas eingelebt hat, möchte er auch Rodolphe Kreutzer näher kennenlernen. Dieser wird ihm sicher Interessantes über seine Mutter und seinen Vater zu berichten wissen. Umschlag und Brief sind am Bestimmungsort angelangt. Sie ruhen sorgfältig aufbewahrt in der Brieftasche von Alexandre, herzseitig seiner Weste.

Zwischen 1802 und 1809 wird der Bau der Klosterkirche Barbeau unter großen Strapazen weiter vorangetrieben. Zwischen 1804 und 1805 kommen die Arbeiten wegen einer grassierenden Gelbsucht nur schleppend voran. Zwei Duzend Tote sind zu beklagen. Johanna hat mehr mit der Pflege zu tun, als dass sie beim Bau hilft. Aber sie selber überlebt, Bruder Christian leider nicht. Er wird auf dem Dorffriedhof im Winter 1804 zu Grabe getragen. Das Holzkreuz seiner letzten Ruhestätte schnitzen die Ordensbrüder aus dem Beichtstuhl, der so vielen zu modern war, genauer aus dem Teil mit der Überschrift: Eingang für Lebensgeprüfte.

Seit im Frühjahr 1807 ein junger Architekt und Kirchenfenstermaler die Bauleitung übernommen hat, geht das Bauen wieder zügig voran. Es fehlen nur noch die Decke, die drei vorderen Kirchenfenster und die Inneneinrichtung, insbesondere der Einbau der bestellten Orgel der Kirche. Monsieur le Maire plant schon das Richtfest. Er wünscht sich, dass das Gebäude ein Dom des Friedens wird.

Politisch ist die Zeit zwischen 1802 und 1809 ist vom unaufhaltsamen Aufstieg Napoleon Bonapartes gekennzeichnet. Er hat das Schloss Fontainebleau zu seiner Residenz gemacht. Schrittweise baut er an seiner Grande Armée und eilt von Erfolg zu Erfolg. Er reorganisiert die Armee, überträgt den Korpskommandeuren mehr Verantwortung und legt großen Wert auf die Ausbildung aller Truppenteile. Das Hauptausbildungslager in Boulogne gleicht in den frühen Jahren des 19. Jahrhunderts einer uniformierten Großstadt. Überall in Frankreich werden junge Männer für das Militär angeworben.

Im März 1804 tritt der Code civil in Kraft, ein von langer Hand vorbereites

Gesetzeswerk, basierend auf dem Gedankengut der Französischen Revolution. Es beinhaltet die Gleichheit aller vor dem Gesetz, Schutz und Freiheit des Individuums und dessen Eigentums sowie die strikte Trennung von Kirche und Staat.

Als Alleinherrscher besitzt Napoleon nun die politische und militärische Macht. Er lässt sich 1804 durch eine Volksabstimmung die Kaiserwürde zutragen. Am 2. Dezember des gleichen Jahres krönt er sich unter Anwesenheit des aus Rom herbeizitierten Papstes Pius der VII. in der Kathedrale Notre-Dame de Paris selber zum Kaiser. Die feierliche Zeremonie wird eingerahmt von imposanten Orgelsalven, gespielt von dem Genie und Organisten Antoine Desprez. Diese Selbstkrönung empfindet einer der größten Anhänger Bonapartes, Ludwig van Beethoven, als eine Geste des Größenwahns und als einen Verrat an den Ideen der Revolution. Ab dem Krönungsdatum nennt er deshalb seine 3. Symphonie »Heroische Symphonie«, die Widmung für Bonaparte wurde gestrichen.

Nachdem Napoleon seine Macht im Inneren gefestigt hat, wendet er sich ab 1805 wieder vermehrt der Machterweiterung im europäischen Raum zu. Im Herbst 1805 erleidet der Empereur par la Volonté Nationale eine empfindliche Niederlage, wieder durch die Engländer, wieder durch eine Seeschlacht, wieder angeführt von Admiral Nelson zerstört die britische Flotte am 21. Oktober bei Cádiz die französisch-spanische Armada. Ende 1805 schlägt Napoleon in Landschlachten bei Ulm die Österreicher und kurze Zeit später bei Austerlitz in der Dreikaiserschlacht eine österreichisch-russische Koalitionsarmee vernichtend. Schlag auf Schlag folgen weitere Siege der napoleonischen Armeen. Gezielt setzt der erste Franzose Familienmitglieder an die Spitze europäischer Königshäuser. Seinen älterern Bruder, Joseph Bonaparte, macht er zum König von Neapel von 1806 bis 1808, später soll er König von Spanien werden. Jérôme Bonaparte ist seit 1807 König von Westfahlen und Louis Bonaparte regiert seit 1806 als König in Holland. Große Teile Europas sind somit in fester Hand der Bonapartes.

Der Erfurter Fürstentag im Jahre 1808 mit Beteiligung des russischen Zaren Alexander I. ist eine Huldigung an Kaiser Napoleon. Mit diesem Treffen erreicht der kleine Korse einen Höhepunkt seiner Macht. Johann Wolfgang Goethe ist als Redner eingeladen und trifft sich während des Fürstentreffens mit Bonaparte.

Im Moment sind wir im Sommer des Jahres 1809. Der Hauptharst der Grande Armée und ihr Feldherr stehen kampfbereit vor Wagram. Gut 150000 französische Soldaten und Offiziere stehen 130000 Österreichern unter der Führung von Erzherzog Karl gegenüber. Wieder gilt es, den Machtbereich zu vergrößern. Aber wessen Macht eigentlich?

10. Die Grande Armée im Anmarsch auf Wagram, Veränderungen an der Rue Saint-Honoré 364, JCL an der Kriegsfront Anfang Juli 1809

Mittagshitze am 1. Juli 1809 nahe Passau. Die Grande Armée schiebt sich Richtung Wien. Generalleutnant Mazet lässt sein Kampfpferd durch seinen jungen Adjutanten Andreas von Stern, einen sächsischen Leutnant, reiten. Er selbst sitzt entspannt in einer Kutsche der Kaiserlichen Garde und schreibt, so gut das eben beim Fahren auf den holprigen Straßen geht, einen Brief an seine Eltern. Von Zeit zu Zeit lässt er den Blick über die noch friedliche Landschaft gleiten. Durch die geöffneten Fenster dringt ein leiser Windhauch, der von der nahen Donau zu ihm weht, und schenkt etwas Linderung von der starken Hitze. Gegenüber sitzt ein Musikus, die Noten einer Sonate studierend, immer wieder Passagen leise vor sich her summend, den Takt mit seinen feingliedrigen Musikerhänden dirigierend. Es ist Jérôme Lepraître, der vor einigen Tagen per Feldpost Neukomponiertes aus Paris von Rodolphe Kreutzer erhalten hatte.

Als Chef der Feldartillerie der Kaiserlichen Garde ist Christophe Mazet direkt dem selbsternannten Kaiser und Feldherrn unterstellt. Etwas wehmütig lässt der gewiefte Artillerist seine Gedanken in die Vergangenheit schweifen. Bilder von der ersten gemeinsamen Schlacht tauchen auf. Er als blutjunger Leutnant hoch zu Ross neben dem damaligen Brigadegeneral Bonaparte, Huldigungen von einigen hundert Soldaten entgegennehmend, begleitet von den vorausschauenden Worten des Korsen: »Ich habe den Eindruck, Leutnant Mazet, dass das nicht die letzte Schlacht gewesen ist, die wir zusammen geschlagen haben.«

Die Ahnung war zutreffend. Über zehn Jahre sind der Korse und Christophe nicht immer vereint, aber doch öfter gemeinsam in ganz Europa kriegerisch unterwegs, und dies mit größtem Erfolg. Die Franzosen erkämpfen die Geschichte neu, verändern die europäische Karte grundlegend. Und sie sind noch nicht am Ende. Weitere große Herausforderungen erwarten sie. Die nächste Schlacht ist geplant und die Grande Armée ist auf dem Weg, die isolierten Österreicher unter der Führung Erzherzog Karls vor Wien anzugreifen. Der österreichische Kaiser Franz der I. vertraut seiner Armee. Aber durch ihm nahe Kreise, von französischen Geheimdiensten durchsetzt, kennen die Franzosen seine große Sorge über den Ausgang der unvermeidbaren kriegerischen Auseinandersetzung. Mit wehenden Haaren und stolzem Gesichtsausdruck reitet Andreas, Christophes Adjutant, am geöffneten Fenster der fahrenden Kutsche vorbei. Er grüßt ihn diszipliniert und hochachtungsvoll. Seine Augen funkeln. Er ist auf dem Weg in seine erste Schlacht.

Gestern Nacht im Feldlager ließ Napoleon sämtliche Offiziere und Soldaten seiner Kaiserlichen Garde, gut 6.000 Mann, antreten. Umgeben von seinen wichtigsten Offizieren, darunter auch Christophe, alle auf ihren Pferden, schwor er seine Truppe auf die kommende Schlacht ein. Es ist unglaublich, was der kleine Korse für eine Energie verbreiten kann. Jeder unter den Angetretenen spürte die Kraft seiner Botschaft, als er in die Menge rief: »Wir alle, Offiziere und Soldaten, sind bereit für den großen Kampf gegen Österreich. Ich verlange von mir wie jedem Einzelnen unter euch restlosen Einsatz, Mut und Kampfeswillen, damit wir erneut siegen für Frankreich! Der Sieg gehört uns! Vive la Patrie, vive la France!«

Das Echo kam sofort: »Vive Napoleon! Vive Napoleon!« So schallte es ausnahmslos aus gut 6000 Kehlen. Christophe ist überzeugt, dass sie siegen.

Jérôme und sein Cello, im Kasten kriegstauglich verpackt, reisen mit ihm in der Kalesche. Oben sitzt der diensthabende Kutscher. Neben ihm halten sitzend mit zwei Musketen bewaffnete Soldaten Wache. Hinten, auf dem Rückfahrersitz überwachen drei weitere Soldaten seiner persönlichen Leibgarde den Rückraum. Das sind die Sicherheitsprivilegien eines hohen Offiziers.

Jérôme ist vor einem Monat zur Kaiserlichen Garde gestoßen. Napoleon will während seiner Feldzüge von Künstlern, Musikern und Akrobaten umgeben sein. Sie kommen nur selten zum Einsatz, denn der Korse ist ein Arbeitstier und fordert sich selbst und seine Leute häufig bis zur Erschöpfung. Schlachtstrategien, Führungsgrundsätze und Einsatzplanungen vergangener Feldzüge dienen als Grundlage für die Planung bevorstehender Waffengänge. Akribisch wird jeder Feldzug vorbereitet. Auch für die kommende Schlacht schoben letzte Woche die Kommandeure verschiedene Nachtschichten. Für die Durchführung der Strategieübungen ist Generalstabschef Marschall Berthier, ein genialer Stratege, zuständig. Marschierend und konzentriert überwacht der Kaiser und Feldherr diese Vorbereitungen seiner Führungsmannschaft, die Hände auf dem Rücken verschränkt, stolz seinen Zweispitz mit Kokarde tragend. Er sagt nicht viel, aber wenn er Einwände oder Kritik anbringt, sind diese messerscharf formuliert und finden Gehör, nicht nur wegen der Klangstärke seines Stimmorgans.

Jérôme legt seine Notenblätter zur Seite und wendet sich Christophe zu. Er hat bemerkt, dass er den Brief verschlossen hat, unterzeichnet wie immer mit den Schlusssatz: Habt keine Sorgen um mich, in großer Liebe, Euer Sohn Christophe Mazet, Generalleutnant der Kaiserlichen Garde.

»Lieber Christophe, wie ist eigentlich die Kaiserliche Garde organisiert?«, fragt Jérôme nun.

»Die Hauptziele sind es, den Kaiser und die oberste Armeeführung zu schützen und strategische Reserven in der Rückhand zu haben. Napoleon verfügt über alle Waffengattungen und außerdem Eliteeinheiten, die er je nach Kampfverlauf in die Schlacht werfen kann. Dies war in den vergangen Jahren öfter schlachtentscheidend. Für den bevorstehenden Kampf sind die Normalbestände an Kavalleristen und Artilleristen innerhalb der Garde wesentlich erhöht worden. Das hat mit der Angriffsplanung zu tun. Hoffentlich hört der Feind nicht mit«, erklärt Christophe und schmunzelt.

Nicht der Feind hört mit, aber Leopold Feinstoff. Er ist hellwach, die Brise hingegen in Schlaf versunken. Er schaut seine Geliebte an. Äußerlich ist sie for ever young, aber innerlich hat ihr Herz durch die vielen Erfahrungen in ihren vielen Leben Patina angesetzt. Das kriegt kein Diamantenschleifer weg. Christophes Herz schlägt in Liebe für seine Eltern, das Geschriebene hält nach. Jérômes Herz ist musikbesessen, großzügig verbreitet es Freude und erzeugt Wohlklang, dem Leben verpflichtet. Welch eine Strahlkraft geht von ihm aus. Leopold verabschiedet sich lautlos von den dreien und begibt sich auf Erkundungstour außerhalb der Kutsche.

Er überfliegt die marschierende Armee. Im Gleichschritt und zum Siegen verpflichtet, geht es der Schlacht entgegen. Hunderte, nein, tausende von Soldaten und Offizieren hat der kaiserliche Feldherr in Marsch gesetzt. Und sie marschieren unaufhaltsam. Viele unter ihnen sind auf ihrem letzten Waffengang. Jede Schlacht verlangt ihre Opfer, gnadenlos.

Er fliegt etwa 200 Meter über dem Boden. Hinter Christophes Kalesche folgt die Artillerie. Haubitzen für den indirekten Schuss und Kanonen für den Direktschuss werden von Gäulen gezogen. Er zählt: eins, zwei, drei …, gut sechzig Geschütze macht er aus und das ist nur die Artillerie der Kaiserlichen Garde. Zusätzlich folgen Dutzende von Munitionswagen und Feldküchen, alle von Pferden gezogen, ein eindrücklicher Korso. Vor ihm auf der Straße marschieren Teile der Infanterie, geordnet nach Kompanien, fahnenbestückt. Die Kommandeure reiten auf der linken Außenbahn, immer wieder ihre Soldaten laut antreibend.

Er geht auf 500 Meter und überblickt jetzt fast die ganze Grande Armée. 150000 Mann bis zu den Zähnen bewaffnet schieben sich Richtung Wien, angeführt vom mächtigen kleinen Korsen.

Er fliegt südostwärts. Etwa 30 Kilometer weiter sieht er eine andere uniformierte Armee im Anmarsch. 130000 Österreicher, angeführt von Erzherzog Karl. Teile der Armee haben schon Stellung bei Wagram bezogen. Die beiden Kampfverbände nähern sich einander mit jeder Stunde. Die Konfrontation steht kurz bevor.

Leopolds Auslandsreisen ergaben sich bisher aus kulturellen Anlässen, ohne Kriegsgehabe. Die Drecksarbeit hatten schon vor ihren Auftritten Armeeangehörige gemacht. JCL tröstete und begeisterte kriegsgeprüfte Seelen. Jetzt schmeckt Leopold schon den Pulverdampf, spürt den unvermeidlichen Zusammenstoß zweier mächtiger Blöcke. Er ist aufs Äußerste angespannt. Seine Intuition sagt ihm, dass auch er als Feinstofflicher nicht ungeschoren aus dem bevorstehenden Menschenkörpergemetzel herauskommen wird. Angst überfällt ihn. Ein Gefühl, dass er seit seinem menschlichen Ableben überwunden glaubte.

Er fliegt zurück zu seinen Landsleuten. Er sehnt sich nach der Sicherheit von Christophes Kutsche. Beim Rückflug schaut er in die Gesichter der marschierenden Soldaten. Er sieht bei den meisten ein Funkeln in den Augen, aber auch Anspannung und Angst. Ihre Ährenfelder bewegen sich eindrücklich im selben Rhythmus. Ihre jugendlichen Landschaften strotzen vor Kraft, die

Böden sind genährt. Ihre Herzen klopfen stärker mit jedem Schritt, den sie sich dem Feind nähern. Ihre Herzen sind besetzt. Napoleon hat ihnen seine Siegesbotschaft eingepflanzt mit dem Ziel, seine eigene Macht zu vergrößern. Es geht nicht mehr darum, die Ideale der Französischen Revolution unter die geknechteten Völker zu bringen.

Alexandre ist Mitte Mai 1809 mit Mosche unterwegs. Endlich finden sie wieder Zeit für ihre liebste Freizeitbeschäftigung: das Reiten. Für Kenner ist es augenfällig, dass ihre Pferde aus einer Zucht erster Güte stammen. Es sind elegante und kraftvolle Exemplare. Sie passen bestens zu ihren Herren. Mosche arbeitet als Jurist und zukünftiger Partner in der Anwaltskanzlei Damien Mazet und Partner an der Rue Saint-Honoré in Paris. Alexandre hat die Hochschule des Beaux-Arts 1805 verlassen mit einem Abschluss in Kirchenbau und Restauration, im Nebenfach Kirchenfenstermalerei. Heute wirkt er als Bauleiter der Klosterkirche Barbeau. Mitte des Jahres soll das Gotteshaus nach 16-jähriger Bauzeit fertiggestellt sein.

Meistens reiten die Freunde nebeneinander. Zwischendurch packt sie aber der Ehrgeiz, dann geben sie ihren Pferden die Sporen, wollen sich messen im friedvollen Kampf. Die Wettkämpfer gehören zur gleichen Klasse. Mal hat Mosche die Nase vorn, dann wieder Alexandre. Alexandre unterbricht das Wettkampfgeschehen mit den Worten: »Die nächste Wegkreuzung reiten wir nach rechts. Nach einhundert Metern steht dort eine bekannte Schenke. Ich habe dir von der Wirtin erzählt. Ein kühles Getränk haben wir uns redlich verdient.«

Mosche nickt und fügt hinzu: »Ich bin gespannt, ob die von dir beschriebene Wirtin wirklich die Klasse eines Weibsbildes hat, die du Frauenschwärmer und Frauenschwarm mir vorgeschwärmt hast.«

Wenig später springt Alexandre vor dem Wirtshaus vom Pferd. »Jetzt ist die Zeit gekommen, dass du mit der Wahrheit konfrontiert wirst.«

Die Pferde werden angebunden, mit Wasser und Stroh versorgt. Im Garten der Schenke nehmen die Freunde zwischen vereinzelten Gästen Platz. Das Weibsbild erscheint. Alexandre beobachtet Mosche, ist gespannt auf seine Reaktion. Mosches Kinnlade fällt nach unten, unbewusst streckt er seinen Kopf leicht nach vorne, er atmet sichtlich schneller und seine hungrigen Jungmänneraugen trinken die Schönheit der anschwebenden Frau.

Georgette erkennt Alexandre sofort, sein Begleiter ist ihr unbekannt. Sie stellt aber befriedigt in dessen funkelnden dunklen Augen fest, dass sie bei diesem strammen Herrn einmal mehr ein Männerherz verzaubert hat. Sie beantwortet diese Würdigung ihres fraulichen Seins mit einem offenherzigen Blick, der Mosche direkt ins Herz trifft.

Alexandre erhebt sich charmant. »Darf ich dir Mosche Goldberg vorstellen, einen meiner besten Freunde und mein Reitkumpan?«

Georgette und Mosche drücken sich beherzt die Hände. Dieser erste Körperkontakt löst bei beiden ein Erschaudern aus.

Alexandre meint eine Art Lichtbogen zu sehen, der die zwei urplötzlich umgibt. Dieser erste Kontakt dauert nur einen kurzen Moment länger als eine übliche Begrüßung, aber Alexandre erkennt, dass hier mehr passiert ist.

Die Bestellung beschränkt sich nicht nur auf zwei Krüge kühlen Apfelweins, sondern wird mit Alexandres Wunsch ergänzt, Georgette möge zusammen mit ihnen einen Krug Erfrischendes trinken. Er weiß, dass sein Freund Pluspunkte bei Georgette hat, freut sich darüber und hofft, dass sein Verkupplungsversuch nachhaltig wirkt.

Georgette willigt ein. Sie kommt schnell zurück mit zwei Krügen. »Wo ist Ihr Glas?«, fragt Mosche verunsichert.

»Ich habe nur zwei Hände, lieber Gast, und ich muss noch etwas in der Küche regeln, dann stehe ich Ihnen zur Verfügung.«

»Dein guter Geschmack bei Frauen hat mich schon immer beeindruckt, aber diesmal hast du mitten ins Schwarze getroffen«, raunt Mosche Alexandre zu, als Georgette davongeeilt ist.

»Darf ich dein Kompliment etwas umformulieren, lieber Mosche? Ich glaube, dass dich Amor gerade direkt ins Herz getroffen hat.«

Mosche scheint verlegen. »Wie kannst du in mein Herz sehen?«

»Weil ich dein Freund bin«, antwortet Alexandre spontan. Dann fährt er fort: »Wie gefällt es dir, mein lieber Freund Mosche, in deinen neu bezogenen Räumlichkeiten an der Rue St.-Honoré?«

»Der Umbau ist gelungen. Alle in der Kanzlei sind glücklich und froh, dass der Bezug vorbei ist. Die Räumlichkeiten mussten vollständig umgebaut werden. Im Parterre hausten bis zum Konkurs die Luthiers Delpierre, Lupot und Partner in einem Atelier und im ersten Stock wohnte Delpierre mit seiner Frau. Parterre und erster Stock sind nun mit einer Treppe verbunden. So müssen wir nicht über das Treppenhaus ins Obergeschoss. Drei Einzelbüros im Parterre mit Eingang und repräsentativem Empfang sowie ein Büro und ein Sitzungszimmer im ersten Stock befinden sich in der Kanzlei. Rodolphe Kreutzer, einer der besten Freunde meines leiblichen Vaters, hat mir beim letzten Besuch in Paris geklagt, dass er sich aufgrund der schlechten Geschäftsführung von Delpierre nicht mehr in der Lage sah, als Beteiligter Mitverantwortung am Geschäft zu tragen. Er hat seine Anteile an Delpierre und Lupot verkauft und sich als Partner verabschiedet«, erklärt Mosche.

»Tragisch war das Ende für seine Frau Marie Delpierre, die eine Woche nach Kreutzers Austritt, zurück von einem Einkauf, ihren Mann erhängt in der Wohnung vorfand. Beim Anblick soll sie herzzerreißend geschrien haben.«

Georgette erscheint. Jetzt hat Mosche nur noch Augen für sie. Locker daher schreitend bringt sie den dritten Krug und stellt ihn mit einem verführerischen Seufzer auf den Tisch. »So, ich habe es geschafft, meine Herren, und freue mich jetzt, mit Ihnen zu plaudern.«

Alexandre stellt innerlich schmunzelnd fest, dass Georgette einen guten Teil ihrer Abwesenheit nicht in der Küche, sondern vor dem Schminktisch verbracht haben muss. Auch der äußerst angenehme Geruch ihres Muguet-Parfums berührt die männlichen Geruchsnerven subtil, ihre Nüstern riechen erotischen Feinstoff. Mosche und er sind hell wach. Zwei Männer in Lauerstellung.

Zu dritt unterhalten sie sich ungezwungen. Die Zeit vergeht wie im Flug. »Es stört mich als Baustellenverantwortlicher, euch zu stören, ihr Lieben, aber die Arbeit ruft«, sagt Alexandre schließlich.

Georgette schaut ihn verschmitzt an. »Muss das sein?«

»Ja, es muss sein. Die letzte Ladung Ziegel für das Kirchendach muss in Melun gelöscht werden. Die Flussschiffer können wegen großer Winterdürre und dem dadurch bedingten tiefen Wasserstand nicht weiter flussaufwärts fahren. Unsere Lastkarren warten im Hafen von Melun, dass sie beladen werden können. Ich bin dafür verantwortlich. Die Zeit drängt. Vielleicht warten alle schon ungeduldig auf die Anwesenheit des Chefs.«

Georgette zeigt Verständnis. Alexandres liebster Freund hat Mühe, sich loszureißen. Die schöne Wirtin begleitet sie zu den Pferden. Alexandre kennt Georgette, seit sie vor acht Monaten die Schenke übernommen hat. Sie küssen sich kulturkonform dreimal auf die Wangen, herzlich wie immer.

Mosche wirkt irgendwie verlegen. Die Feinfühlige merkt das mit Freude. Sie hält Mosche keck ihre Wange entgegen. »Nun küss mal tüchtig, lieber Freund meines Freundes.«

Am liebsten hätte Mosche Georgette umarmt und sie innig auf ihre roten halb geöffneten Lippen geküsst.

Ein bisschen Eifersucht überkommt Alexandre nun doch, wenn er die beiden bei ihrer ersten Annäherung beobachte. »Los, Mosche, wir müssen weg!«, sagt er schnell.

Als sie in die Hauptstraße einbiegen, winkt ihnen die frisch verliebte Wirtin hinterher. Aber wenn Alexandre ehrlich mit sich ist, hat sie nur Augen für Mosche.

Sie reiten durch Melun, eine typische Kleinstadt Frankreichs. In der Innenstadt die Märkte mit den Lebensmittelangeboten des Tages, Gemüse, Kartoffeln, Eier, Fleisch, Salate, Käse, Salz und andere Gewürze, Schmalz und vereinzelt auch Fisch, vor allem Süßwasserfisch. Das Meeresfrüchteangebot schafft es gerade noch nach Paris, aber nicht weiter ins Landesinnere. Es gibt viele in Melun und Umgebung, die noch nie eine Auster verspeist haben.

Die Gerüche offener Abwasserkanäle vermischen sich mit denen von Pferdekot und Ausdünstungen ungewaschener Menschenleiber. Sehnsüchtig erinnert sich Alexandre an den Wohlgeruch von Georgettes gepflegtem Körper und ihr verführerisches Parfum. Spontan geben Mosche und er gleichzeitig ihren Pferden nochmals die Sporen. Alle vier Nüstern flüchten vor dem Gestank. Eine Brise kommt ihnen entgegen und weht Reitern und Pferden eine bessere Luft entgegen. Da sehen sie auch schon den Hafen von Melun. Die Suzette liegt schon vor Anker. Bergeron und Berthe diskutieren mit Alexandres Handwerker. Es ist höchste Zeit, dass er die Löschung der Ladung in die Hand nimmt.

Bei einfallender Dunkelheit hält die in Marsch gesetzte Armee zehn Kilometer vor Wagram an. Die Spitze bildet die Avantgarde der Infanterie. Dann folgen die Kavallerie und schließlich die Kaiserliche Garde sowie die Artillerie. Jetzt wird das Nachtlager bezogen. Morgen beginnt der Aufmarsch in den Kampf. Die blaue Stunde wird durch hunderte kleiner Feuer ihrer stillen Magie beraubt. Überall Gamellengeklimper, die Truppe verpflegt sich. Die friedfertige blaue Stunde verschwindet erleichtert, vom Gulaschgeruch und der kollektiven aggressiven Ausdünstung kampfbereiter Soldaten befreit, überlässt sie das

Feld gern der dunklen Nacht. Das Mondlicht ist stark genug, um die Schatten Tausender kampfbereiter Männer tanzen zu lassen. Einige unter ihnen werden in wenigen Tagen nicht mehr tanzen.

Langsam erlöschen die Feuer, eines nach dem anderen. Ruhe kehrt ein. Ein großes Feldzelt ist noch beleuchtet. Napoleon bittet um Rapport. Lückenlos und pünktlich sind alle wichtigen Kommandeure angeritten. Feldmarschall Berthier ist in seinem Element. Der Generalstabschef informiert mit Hilfe einer großen Karte, wie der Aufmarsch auszuführen ist, zeigt die Stellungen des Feindes bei Wagram und fasst nochmals die Angriffsstrategie zusammen.

Napoleon stolziert zwischen den versammelten Offizieren hin und her, als einziger seinen Zweispitz tragend, die Hände nach hinten verschränkt. »Noch Fragen, meine Herren Offiziere? Ich halte fest: Keine Fragen, somit kommen wir zur Befehlsausgabe.«

Ganz natürlich umgeben die Versammelten ihren Heerführer im Halbkreis. Napoleon wird Platz gemacht und er nimmt diesen Platz an, füllt ihn aus mit der Aura eines Siegers. Seine Befehle an die einzelnen Kommandeure sind kurz und prägnant und werden pflichtbewusst entgegengenommen. Dann vernehmen die Kommandeure Napoleons Stimme nicht allein messerscharf in militärischem Stakkato, jetzt spricht der Alleinherrscher messianisch und siegesverklärt. »Ich will den Feind in kurzer Zeit vernichten mit dem bekannten Schlachtplan. Ich verlange von Ihnen und Ihren Einheiten Mut und absoluten Gehorsam. Ich führe den Kampf und will jederzeit von Ihren Verbindungsoffizieren über das Geschehen informiert werden. Die Artillerie unter Generalleutnant Mazet und die Kürassier-Divisionen unter Feldmarschall Lannet werden in diesem Gefecht besonders gefordert sein. Führen Sie nun aus, was zu tun ist! Vive la France!«

Das Echo: »Vive la France! Vive Napoleon! Vive l' Empereur!«

Viermal kam Jérôme in der Truppe als Musiker zum Einsatz, zweimal mit italienischen Triopartnern, Anhängsel der italienischen Armee Napoleons. Mit Leutnant Andreas von Stern spielte Jérôme an einem Abend der Artillerieoffiziere. Für Laute und Cello im Duett gibt es kaum Musikliteratur. Das Thema des Musikvortrages: Ode an die heilige Barbara, die Schutzpatronin der Artilleristen, mit Themen und Improvisationen zur Marseillaise.

Andreas ist ein ausgezeichneter Improvisator und Unterhalter mit der Laute.

Mehrmals wurde ihr Duett durch den Chor der napoleonischen Artillerie zum mächtigen Trio infernale vergrößert. Die Marseillaise, das Lied der napoleonischen Rheinarmee, ist in der Zwischenzeit zu einem echten Lieblingsgesang der Grande Armée geworden. Der Abend war ein großer Erfolg. Nach einer guten Stunde Vortrag mussten sie Zugaben geben, natürlich mit dem dritten Triopartner, dem infernalen Chor zum Schluss mehr grölend als singend. »Allons enfants de la patrie, le Jour de gloire est arrivé!« Und zwischendurch hämmerten die Fäuste Angetrunkener auf den Tisch und lallten leicht verfälscht: »... le jour de merde est arrivé!«

Ein Höhepunkt für die Armeeangehörigen war sein Auftritt im Dom von Passau. Zu Ehren deutscher Lande spielte er alle sechs Cellosonaten von Johann Sebastian Bach. Obwohl viele unter den Zuhörern keine Musikkenner waren, wollte der Applaus nicht enden. Leopold war über die Reaktion des Publikums überrascht. Diesen Erfolg ermöglichten nicht nur J und C, sondern auch seine Wenigkeit: L. JCL ist und bleibt eine Erfolgsgeschichte. Leopold Feinstoff war in Passau so richtig in Form. Dutzende Herzen verbitterter Armeeangehöriger erlebten zum ersten Mal durch seine aktive Hilfe die Schönheit und Kraft, die von einem vollkommenen Musikvortrag ausgeht. Einige unter ihnen ließen sich sogar durch die Wohlklänge verzaubern. Nach einer Stunde Schwerstarbeit war Leopold fix und fertig, aber überglücklich. Für ihn ist heute klar: Das Domkonzert in Passau stellt bis zu diesem Tag einen Höhepunkt ihres gemeinsamen Wirkens dar.

Christophe Mazet hatte Jérôme zu dem lukrativen Musikerauftrag bei der Grande Armée verholfen. Er ist auf zwei Monate beschränkt. Bald wird er beendet sein. Das Pariser Opernorchester döst derweilen im Sommerschlaf. Die Mitglieder frönen dem Nichtstun, außer den international gefragten Solisten. Und zu ihnen gehört auch Jérôme Lepraître. Das ist wie mit der Schönheit, die nicht verschwindet, wenn man sie einmal hat. Für einmal ist Jérôme nicht als Orchestermitglied auf Reisen, sondern als Musiker und Angehöriger der Armee unterwegs.

Der Briefverkehr in den letzten Wochen mit seiner holden Ehegattin übertrifft den ehelichen Geschlechtsverkehr an Intensität bei Weitem. Sie haben sich immer noch etwas zu sagen, und das nach gut 20 Ehejahren! In Gedanken genehmigt sich Jérôme einen kräftigen Schnaps und stößt auf seine immer noch heißgeliebte Marianne an, sich sehnsüchtig wünschend, den Briefverkehr mit dem Geschlechtsverkehr einzutauschen.

Im letzten Brief teilte ihm Marianne mit, dass Claire eine wichtige Prüfung an der medizinischen Fakultät der Sorbonne bestanden hat. Ein halbes Jahr lang hatte sie gebüffelt und auf alle Freuden der Jugend verzichtet. Diese Prüfung gilt als letzte große Selektion. Nun können sie, was ihre älteste Tochter anbelangt, getrost in die Zukunft blicken. François wird Musikus wie sein Vater. Er ist seit zwei Jahren am Konservatorium in Paris und studiert Violine und Komposition, unter anderem bei Rodolphe, dem langjährigen Familienfreund. Das Nesthäkchen Lucy pubertiert mit ihren 13 Jahren tüchtig und fordert ihre Eltern, besonders Marianne.

Jérôme knurrt der Magen. Das Abendessen steht an. Er setzt sich zu den Subalternoffizieren aus Christophes Einheit. Sie essen im Freien an weiß gedeckten Feldtischen mit Silbergeschirr und werden von Offiziersordonnanzen bedient. Christophe selber ist zum Schlussrapport beim Heerführer. Der Küchenchef bekocht sie immer vorzüglich. Er beherrscht sein Metier. Generalleutnant Mazet rekrutierte ihn persönlich. Er weiß, dass nur gut genährte Offiziere und Soldaten auch gute Kämpfer sind. Jean-Pierre Lachat, so heißt der Feldküchenchef, kochte über Jahre für Guy Dupont im famosen Restaurant du Commerce in Paris. Am Vorabend des Aufmarsches verwöhnt er sie mit einem Feuerwerk an Delikatessen. Christophe hatte sich persönlich mit Lachat um die Tagesbeschaffung der Nahrungsmittel bemüht. Wie die beiden es schafften, im Feindesland so vorzügliche Nahrung aufzutreiben, bleibt ihr Geheimnis.

Verführerisch riecht das Cochon de Lait, das ein Küchengehilfe, auf einem Bierfass sitzend, neben ihnen im Freien röstet. Seine Nase ist stark gerötet. Beim Drehen des Schweines wischt er sich die Gluthitze aus dem Gesicht. Der Flüssigkeitsverlust ist gewaltig. Da kein Brunnen in der Nähe ist, genehmigt er sich von Zeit zu Zeit einen Schluck aus seinem Bierkrug. Im Schweiße seines Angesichts verrichtet er seine Arbeit, pflichtbewusst, bierbesoffen.

Die Vorspeise haben sie genossen, einen knackigen Feldsalat mit Eiern garniert. In der Zwischenzeit ist als Vorhut der höheren Offiziere, die neben den Subalternen an ihrem eigenen Tisch tafeln, eingetroffen. Von Stern berichtet, dass der Rapport Napoleons beendet sei und ihr Chef bald zum Abendessen eintreffen werde. Hierarchiekonform essen die Soldaten aus ihren Gamellen, die Unteroffiziere verfügen laut Verpflegungsreglement über eine Besteck- und Tellerkiste pro Einheit und werden vor den Soldaten im Feld bedient. Subalternoffiziere sowie Heeresbegleitende, das ist Jérômes offizieller Titel hier, werden wie Subalternoffiziere behandelt. Pro Tisch bedient sie eine Küchenordonanz. An den drei Nebentischen tigert bereits eine ganze Brigade Küchenordonanzen in Ausgangsuniform und mit weißen Handschuhen herum, um die hohen Herren rangkonform zu bedienen. In der Armee sind nicht alle gleich.

Als Lachat auftaucht, um die Kellner-Brigade und die Sauberkeit der Gedecke zu inspizieren, klatscht die halbe Garde in die Hände und ruft: »Es lebe unser Küchenchef Lachat, der beste in der ganzen Armee. Vive Lachat!«

Schmunzelnd nimmt dieser die Huldigung entgegen.

Andreas von Stern setzt sich Jérôme gegenüber und erklärt: »Lieber Zivilist, bald wird es ernst. Morgen beginnt der Aufmarsch. Mit feindlichem Beschuss muss dabei gerechnet werden. Ab sofort gilt Kampfbereitschaft Stufe eins für die Grande Armée.« Damit erhebt sich von Stern, greift nach einem Megaphon und befiehlt mit lauter Stimme: »Soldaten und Offiziere, im Auftrag unseres Kommandanten Generalleutnant Mazet befehle ich ab sofort Kampfbereitschaft der Stufe eins!« Ein Raunen geht durch die salatessende Menge. Der Leutnant fährt fort: »Die Kanonen und Haubitzen werden erst nach dem Essen bestückt, aber die Muskete ist ab sofort geladen und gesichert auf Mann!«

Eine gewisse Erleichterung ist unter den Soldaten auszumachen. Gamellenklimpernd bewegen sich Hunderte von Männern in die bewachten Feldwaffendepots, um ihre Flinte und Munitionstasche zu holen. Das Knattern unzähliger Ladebewegungen an der persönlichen Waffe lässt ahnen, dass der Waffengang unmittelbar bevorsteht. Eine tierähnliche Wachsamkeit ist ausgebrochen, die eher friedliche und durch den feinen Geruch Dutzender an den Feuerstellen schmorender Cochons de Lait gemütsverbessernde Stimmung weicht einer kriegerischen Stimmung. Gewaltbereit, kampfbereit und aufgerüstet befindet sich nun die gesamte Grande Armée in Lauerstellung. Der Hauch einer Abendbrise weht durch das Camp, lässt bei einbrechender Dunkelheit die Glut der Feuerstellen gespenstisch aufglimmen. Jérôme genießt im militärischen Großverband ein von Lachat gewürztes knuspriges Stück vom Cochon de Lait. Und das unzertrennliche Liebespaar, die Brise und Leopold, versinken im Cello in symbiotische Zweisamkeit.

Eine eigenartige, aggressive Klangwolke reißt Leopold Feinstoff und die Brise aus friedlichem Schlaf. Nach kurzer Absprache entschließen sie sich, ihr trautes Cello zu verlassen und auf Wanderschaft zu gehen.

11. Beethoven komponiert in Mödling, Leopold Feinstoff und die Brise erkunden die innere Landschaft des Musikus und entdecken Eigenartiges, Michael und die Freiheit Anfang Juli 1809, nahe Wien und in Paris-Mitte

Diesmal wissen sie beide nicht, wo die Reise hinführt. Sie wissen nur, dass sie von Wagram wegwollen, fluchtartig. In der Ferne winkt Barbeau. Leopold vertraut seiner Intuition, die Brise ist da vorsichtiger.

Schmunzelnd sitzt ein blinder Mann auf einer Bank in Paris-Mitte und steuert die beiden Feinstofflichen fern. Als mächtigster unter den Erzengeln und durchsetzungsstarker Revolutionär für eine neue große Ordnung gelingt ihm das. Er lässt sie Wien anfliegen. Dann sausen sie südlich und bis Mödling durch die Luft, bis sie über der Sommerwohnung Ludwig van Beethovens schweben.

Beethoven sitzt bei Kerzenlicht an seinem Schreibpult und arbeitet konzentriert in seiner Wohnung im ersten Stock. Seit zwei Jahren beschäftigt ihn seine Schicksalssymphonie. Die Uraufführung hat vor einem Jahr stattgefunden. Er legt seine Schreibfeder zur Seite, kratzt sich am Kopf, rauft sich seine beeindruckende Haarpracht und seufzt resigniert. »Das definitive Finale bringe ich heute nicht mehr aufs Papier«, sagt er zu sich selbst. Gierig genehmigt er sich daraufhin einen Schluck seines geliebten Weißweines. Er wendet sich vom Stehpult ab und lässt sich auf ein Sofa fallen, schließt die Augen und summt die ganze Symphonie ohne Partitur vor sich hin. Das Finale genügt ihm nicht, hat nicht die gleiche Kraft wie der Auftakt zur Symphonie – ta-ta-ta-taaa. Plötzlich springt er auf, schreit: »Zum Teufel mit der überarbeiteten Partitur«, öffnet das Fenster zur Terrasse und wirf wutentbrannt den dicken Bund der Notenblätter ins Freie. Einzelne Blätter tanzen schwebend über den sommerlichen Gartenboden, das zusammengeheftete Gros knallt mit einem dumpfen Knall auf die Pflastersteine des Vorplatzes.

Im Untergeschoss sitzt das Hausdienerehepaar Rositzky im Salon, die Tür zum Garten geöffnet. Sie haben das Toben ihres Sommergastes aus dem ersten Stock mitbekommen. Christina Rositzky stellt bedrückt fest: »Es wird von Jahr zu Jahr schlimmer mit dem Gemütszustand unseres verehrten Musikers Ludwig.«

Ihr Ehemann nickt zustimmend. Eine Abendbrise weht einige lose Blätter in den frisch gebohnerten Salon. Die Hausherrin zeigt sich darüber nicht besonders erfreut.

Michael hat sich über das ihm zugängliche Kommunikationsmittel ins Geschehen eingeschaltet. Er hat alles mitbekommen.

Die Brise und Leopold sind beeindruckt und schockiert, was mit Beethoven passiert. Sie versuchen das Geschehen einzuordnen. Leopold nimmt wahr. Die Brise überlegt.

Michael bleibt für die beiden Reisenden unsichtbar.

Die liebreizende Brise und Leopold fragen sich intuitiv und gleichzeitig: »Wie sieht eigentlich das Innenleben des Musiktitanen aus?«

Michael ist befriedigt. Die beiden neugierigen Feinstofflichen sind auf einem spannenden Weg.

In einer Haltung von Achtsamkeit und Respekt gegenüber dem mächtigen Innenleben Beethovens holen sie sich zuerst die Bewilligung der Traumwelt ein, bevor sie ins Innere des Komponisten schweben. Sofort erblicken sie die großen schattenspendenden Bäume der inneren Landschaft. Alte Eichen und riesige Mammutbäume wachsen hier auf einem fruchtbaren Boden, fest verwurzelt und unerschrocken himmelwärts strebend. Klare Fernsicht und eine wohlwollende Sommerwärme begrüßen sie. Weitläufige Ährenfelder wechseln sich mit Wiesen- und Waldflächen ab. Farbige Feldblumen schmücken die Landschaft. Eine imposante Bergkette grüßt von Weitem. Die ganze Natur ist genährt, strotzt vor Gesundheit und strahlt einen unbeschreiblichen Frieden aus. Ein mächtiger Strom durchmisst das Innenleben Beethovens. In der Ferne ergießt er sich in eine Seenlandschaft und verschwindet dann über eine Ebene im Meer. Einzelne Stromschnellen sind auch auszumachen. Das Wasser ist von einer perlenhaften Klarheit wie auch das Licht dieser Innenwelt. Leopold fühlt sich großartig. Der Brise bleibt die Spucke weg.

Leopold fühlt sich erneut intuitiv von etwas angezogen, diesmal gilt seine ganze Aufmerksamkeit dem fließenden Strom. Genussvoll lässt er sich vom Wasser in Richtung Seenlandschaft tragen. Die Brise beobachtet ihn von oben und stellt schmunzelnd fest: »Wenn einer sein Leben in vollen Zügen genießt, dann mein Schatz.«

Nach einiger Zeit erreichen sie den ersten See. Dieser lädt ebenfalls zum Bade ein. Nun verlustieren sie sich beide im erfrischenden Nass.

Der unsichtbare Michael schmunzelt.

Doch plötzlich zieht ein Unwetter auf. Von Ferne sind erste Blitze am Sommerhimmel zu erspähen. Ein Rauschen geht durch den mächtigen Blätterwald. Jetzt ächzen erste Äste unter dem immer stärker werdenden Sturmwind. Eine dunkle Wolkenwand schiebt sich Leopold und der Brise entgegen. Von tanzenden Blitzen und ohrenbetäubendem Donner begleitet, lässt sie Hagel auf die Landschaft niederprasseln. Geschmeidigkeit und Standhaftigkeit der riesigen Bäume werden von den stoßartigen Windböen gefordert. Doch die Bäume sind sturmerprobt. Sie lassen sich nicht so schnell entwurzeln. Ein Blitzeinschlag in unmittelbarer Nähe von ihnen veranlasst sie sofort, über die Regenwolken zu fliegen. Hier herrscht wieder Frieden und eitel Sonnenschein.

Die Regenwand verzieht sich wieder. Einige vom Sturm fortgerissene Blätter haben sich unter die Feldblumen gemischt. Wenige gebrochene Äste zeugen noch von der Heftigkeit des Sturmtiefs. Leopold fragt sich, ob wohl ein Zusammenhang zwischen der inneren und äußeren Wetterlage Beethovens besteht. Kaum hat er diesen Gedanken geäußert, zieht erneut ein starkes Gewitter auf. Er schlägt der Brise vor, die innere Landschaft kurzfristig gegen die äußere zu vertauschen. Gesagt, getan. Schon befinden sie sich wieder über dem Stehpult des Komponierenden. Ludwig tobt, schlägt mit den Fäusten auf das Pult, schreit fürchterlich: »Meine Melodien sind im Kopf, wollen sich aber nicht in Noten fassen lassen. Es ist zum Verzweifeln.« Er füllt sich ein Glas mit Weißwein, nimmt einen kräftigen Schluck und wirft dann das halbvolle Glas gegen die Wand.

Jetzt hat Christine Rositzky genug und klopft wütend mit einem Stock gegen die Decke. Beethoven öffnet das Balkonfenster und verwünscht die Hausherrin in derber Sprache. Es kommt zu einem Wortwechsel. Dann herrscht wieder Ruhe. Der um Noten und Melodien Ringende legt sich auf das Bett und schließt die Augen. Er versucht sich zu beruhigen. Es geling ihm nur schwer. Nach einer viertel Stunde fällt er in eine Art Halbschlaf.

Von außen haben die beiden Feinstofflichen genug gesehen. Erneut interessieren sie sich für die innere Landschaft Beethovens. Einige Blätter und Äste mehr auf dem Erdboden bestätigen ihnen, dass Beethovens Tobsuchtsanfall erneut ein inneres Sturmtief verursacht hatte. Jetzt ist außen wie innen alles wieder ruhig.

Sie sitzen am Ufer des dahinfließenden Stromes. Da bemerken sie etwas Eigenartiges, was auch sie Feinstoffliche noch nie gesehen haben. Sie sind perplex. Der Strom hat seine Richtung geändert. Er fließt nach ihrer verunsicherten Wahrnehmung aufwärts. Wie ist das möglich?

Michael freut sich, dass die beiden so aufmerksam sind. »Liebe feinstoffliche Wesen der dritten Dimension, ich mache euch zwei nun zu unseren Verbündeten.« Michael auf der Bank macht eine segnende Geste. »Ab sofort gehört ihr zum Geheimbund der 4. Dimension. Ihr beide habt das Potenzial dazu.«

Von dieser Segnung bemerken die beiden allerdings nichts. Sie verlassen das Flussufer, weil der Pegel beachtlich steigt, und begeben sich zum ersten See. Wenige Äste treiben auf der Oberfläche, Erinnerungen an das Sturmtief. Die Äste bewegen sich in Richtung der Flusseintrittsstelle, werden förmlich von einem geheimnisvollen Wasserflow flussaufwärts gesogen. Der Wasserpegel steigt auch hier, fast unmerklich, aber stetig. Leben sie in einer verkehrten Welt? Dieser Anblick macht sie schwindlig. Leopolds Hirnwindungen arbeiten auf Hochtouren. Am verdutzten Ausdruck der Brise sieht er, dass sie Gleiches empfindet.

Über dem flussaufwärts fließenden Wasser bildet sich jetzt dunstartig eine Art rhythmisch tanzende Wolke mit neuen, wie es ihnen scheint, wundersam klingenden Melodieabfolgen. Sie drängen geradezu in ihr Bewusstsein, befähigen sie, nein, Beethoven, Neues, Geniales zu komponieren, drängen zur Niederschrift, wollen als Symphonie oder in anderer Kompositionsart Gestalt annehmen. Es scheint hier eine Form von Geburtsvorgang stattzufinden. Beethovens Ringen ist erhört worden. Er ist wieder in der Lage, die musikalische Botschaft aufzuarbeiten, sie der Menschheit zugänglich zu machen. Eine Musik von einem anderen Stern. Ein Geschenk aus dem Jenseits.

Sie wechseln ihre Beobachtungsposition von innen wieder nach außen. Beethoven steht am Stehpult und schreibt Note um Note. Er braucht keinen Wein mehr. Es schreibt. Der Musiktitan hat seine innere Ruhe wiedergefunden. Seine hellwachen Augen funkeln.

Damit machen sie sich wieder davon. Aber wo treibt sie die Intuition jetzt hin? Sie vertrauen ihr. Irgendwie spüren sie eine Präsenz, können diese aber nicht fassen.

Michael stellt bewusst den inneren Kompass der beiden in Richtung Westen.

»Was meinst du, mein Liebling, zieht es dich auch spontan nach Paris-Mitte?«, fragt die Brise.

»Ja, genau, an den Ort, der für mich wirklich stimmig ist, wo ich mich frei fühle und Friede herrscht«, antwortet Leopold spontan.

Michael braucht keine Bestätigung, dass seine Methode funktioniert. Trotzdem freut er sich über das Vertrauen, dass ihm Leopold und die Brise entgegenbringen.

Sommerabend in Paris-Mitte. Auf der Bank sitzend und im Schwebezustand fühlen sich die Brise und Leopold erleichtert. Sie sind wieder zu Hause, leider ohne Jérôme und das Cello, aber weit weg vom Kriegsgeschehen. Ein älteres Ehepaar in lebensabschnittsgerechter Erwartung der blauen Stunde fühlt sich durch unbekannte, aber spürbare Präsenzen bei ihrer Abendmeditation gestört und wechselt die Bank. Die Brise und Leopold atmen endlich wieder Pariser Luft.

Tog, tog, tog … Michael sucht mit seinem Blindenstock die Bank. Er nimmt darauf Platz und begrüßt übersinnlich seine feinstofflichen Freunde. »Ich habe euch einfliegen sehen. Es freut mich, an diesem herrlichen Sommerabend mit euch zwei Lieben etwas Zeit verbringen zu können. Ich hoffe, dass dies für euch auch stimmig ist.«

Sie nicken zustimmend. Dieser Michael ist einfach ein Phänomen, denkt Leopold ehrfürchtig, eben halt ein Erzengel.

»Vor einiger Zeit diskutierte ich hier mit zwei Professoren über Gott und die Welt.«

»Da wäre ich gerne dabei gewesen«, bemerkt Leopold.

»Das Perlentauchen thematisierten wir.«

Perlentauchen – die feinstofflichen Gehirne von Leopold und der Brise liefern passende Bilder. Sie verstehen, was Michael sagen möchte.

»Ihr zwei unermüdlichen, feinstofflichen Entdeckungsreisenden, Pioniere im Erkunden innerer Landschaften, beeindruckt mich. Wie ihr immer wieder versucht, weiter zu denken, euch Fragen zu stellen, um zu verstehen, wie es so steht um die Menschen, Gott und die Welt. Oder auch ohne Gott.« Michaels Stimme verändert sich, wird mächtig und allumfassend. Sie ist mehr als nur eine einfache Stimme, eher die vielstimmige Vibration eines mit allem verbundenen Wesens. Leopold und die Brise sind hellwach und auf Empfang. Michael ist die Personifizierung des blauen Planeten, er spricht all-übergreifend, revolutionär, radikal und frei: »Alle Menschen sind Diamantenkinder, haben das Potenzial oder bauen bereits am Dom der Weisheit, ausnahmslos, radikal partnerschaftlich, jeder auf seine Art. Wichtig ist der Beitrag als solcher, egal wie subjektiv groß oder klein er erscheinen möge. Der Geheimbund der 4. Dimension weiß darum und verbrüdert und verschwestert sich mit Gleichgesinnten. Mit jeder Inkarnation werden wir stärker, damit wir uns gegenüber auf den ersten Blick Ungleichgesinnten durchsetzen können. Beim zweiten Hindenken stimmt diese Logik nur teilweise. Es ist die Logik des 18. Jahrhunderts. Es ist die Überzeugung, wie Robespierre die Freiheit definierte: Keine Freiheit für die Feinde der Freiheit. Es ist das Vokabular von Sieger und Besiegtem. Von Tätern und Opfern, von Überlebenden und Getöteten. Es ist die Welt der einsamen Helden und der Masse der Unterjochten. Dieser Überlebenskampf, wenn sich die Geschichte so weiterentwickelt, führt irgendwann zum großen GAU, zur Vernichtung des blauen Planeten.

Durch Zeitreisen können wir, lieber Leopold und hochgeschätzte Brise, festhalten, dass bis zum 21. Jahrhundert glücklicherweise unser wundersamer Planet vor der Vernichtung durch den Menschen verschont geblieben ist. Was wäre aber geschehen, wenn der irre Hitler schon über einsatzfähige Atomwaffen verfügt hätte? Das Geschenk, über den Rand der Geschichte blicken zu können, auf Zeitreise zu gehen, schätze ich außerordentlich. Ich bin mit meinen Mitstreitern zu dem Schluss gekommen, dass wir uns mit allen uns zur Verfügung stehenden Kräften für das Leben auf Erden und dadurch für das Überleben unseres unendlich schönen Planeten engagieren müssen, bedingungslos. Unter den Menschen haben sich viele schon mit uns verbündet. Die anderen versuchen wir achtsam zu begleiten, damit sie aus ihrem Gefängnis, dem Joch, nur überleben zu müssen, ausbrechen und ein vitales Leben in Frieden, in Einheit mit der Natur unseres Planeten und dem großen Ganzen führen können.«

»Das hört sich revolutionär an, das gefällt mir«, bemerkt Leopold anerkennend.

»Das ist es auch«, fährt Michael fort. »Aber es ist eine Wanderung auf einem schmalen Grat. Die Arbeit ist enorm, denn sie setzt bei jedem menschlichen Individuum an. Robespierre hat die Freiheit der Massen proklamiert. Wir gehen den umgekehrten Weg und vermehren die Freiheit des Individuums.

Ein Schweizer Denker und Maler schrieb Anfang des 20. Jahrhunderts über die individuelle Freiheit: ›Die Masse kann nie frei sein. Freiheit ist ein Produkt der Individualität, frei ist immer nur der Einzelne.‹ Was die Politiker mit der Freiheit der Massen meinen, ist materielles Wohlergehen. Was die Pädagogen mit der Befreiung durch Bildung meinen, ist Verstandesentwicklung. Aber Verstandesentwicklung führt ohne seelische Reife, ohne das erkannte Primat der Seele im Menschen, im Kosmos, im All, lediglich zur Intellektualisierung, zum Materialismus und Kritizismus, führt weit weg von der Freiheit.

Robespierre versprach Freiheit für alle, außer seinen Feinden. Der Schweizer sieht die Freiheit als individuelles Gut, das nur wenigen Menschen zusteht. Unser Weg zur Freiheit setzt beim einzelnen Menschen an, in seinem Inneren. Aus dem Inneren des Menschen darf Freiheit entstehen, für alle. Dafür scheint mir eine neue Form von Bewusstsein notwendig. Natürlich ist das bis jetzt eine Vision, aber für die Zukunft kann sie nachhaltig sein«, schließt Michael. Seine kraftvolle Stimme schwächelt nur minimal, aber für Musikerohren vernehmbar. Doch er setzt noch einmal an: »Noch ein Letztes, was mir während der Arbeit mit Stein auf dieser Bank klarwurde. Dies scheint mir für die Bewältigung unserer anspruchsvollen Zukunft besonders wichtig. Allein wir Menschen auf diesem Planeten verfügen über die Freiheit, ihn zu vernichten oder ihm mit Respekt zu begegnen. Dasselbe gilt auch für den Umgang zwischen Menschen. Jeder gesunde, einzelne Mensch, ohne Behinderung, hat die freie Wahl, sein Leben destruktiv oder konstruktiv anzugehen. So radikal wird uns Freiheit vom Leben geschenkt.«

Die reich beschenkten Feinstofflichen verabschieden sich dankbar von Michael und reisen zurück in ihr Instrumentenheim nach Wagram, kurz vor Beginn der Schlacht. Nachdenklich, die Worte Michaels nachklingen lassend, wiegen Leopold die feinstofflichen sanften Hände der liebreizenden Brise in den Schlaf.

Michael bleibt hellwach in der Dunkelheit dieser Nacht vom 4. auf den 5. Juli 1809. Der Blinde bleibt auch in der tiefsten Schwärze der Nacht sehend. Er denkt, lässt seine Worte von gerade eben nochmals vor seinem inneren Ohr erwachen, horcht, lauscht mit einer gewissen Distanz. War für Leopold und die Brise seine Botschaft verständlich? Ja! Eine Form von Dankbarkeit ergreift ihn. Er erhebt sich. Er ist froh, dass die Türen der Notre-Dame für alle Menschen 24 Stunden lang geöffnet sind. Er tritt über die Eingangsschwelle ins Innere der Kathedrale und setzt sich auf eine der vorderen Bänke. Einzelne Gebetskerzen verbreiten Licht in der Dunkelheit dieser kriegsschwangeren Nacht. Er fühlt sich alleine, aber er ist es nicht.

Ein diamantenes Licht umarmt ihn. »Zweifle nicht an deinem Handeln, führe weiter aus, was ich dir übertragen habe. Raphael und Gabriel benötige ich momentan in anderen Welten und die anderen Erzengel verfügen nicht über die nötige Revolutionskraft. Damit du als Erzengel nicht mehr alleine für große Veränderung kämpfen must, stelle ich dir zwei geweihte Menschen zur Verfügung, die dir zur Seite stehen, Johanna und Beethoven.« Mächtig klingt die Stimme Gottes.

Gleichzeitig sind Johanna und Beethoven durch eine Traumerscheinung über ihre neue Aufgabe informiert und für ihre höheren Aufgaben befähigt.

Dankbar und gestärkt verlässt Michael die Kathedrale.

12. Jérôme, das Cello und Leopold leben ihre gemeinsame Bestimmung und erfreuen die Herzen der Krieger vor Wagram, Barbeau wird erneut hart von einem Schicksalsschlag getroffen, gibt es einen Zusammenhang zwischen dem Osterhasen und Bachs Johannespassion? All das Anfang Juli 1809

Nach einigem Murren weilt auch Leopold unter den Erwachten. »Warum weckst du mich auf?«, fragt er die Brise unfreundlich. »Ich träumte gerade.«
»Von was?«
Verschlafen und verständnislos guckt er der Schlafstörenden in die Augen. »Ich glaube, der Traum hat mir ins Ohr geflüstert, dass die Schlacht bald beginnen wird.«
Schon sind sie erneut auf Achse. Das Leben der Feinstofflichen ist momentan äußerst intensiv. Kurze Zeit später kreisen die Brise und Leopold über dem Nachtlager der Grande Armée bei Wagram in der Nacht vom 4. auf den 5. Juli 1809. Zehn Kilometer weiter östlich schlafen die Akteure des österreichischen Heeres unruhig, ihre Musketen umarmend, kampfbereit.
Es herrscht die Ruhe vor dem Sturm. Jérôme nächtigt, wie öfter im letzten Monat, in Wolldecken eingewickelt in der Kutsche. Er schläft alleine und schlecht. Immer wieder erwacht er schweißgebadet aus Träumen, die ihm mitteilen, dass es morgen früh unter den Toten auch sehr viele Franzosen zu beweinen geben wird.
Instinktgetrieben steht Jérôme auf, öffnet den Cellokasten, entnimmt ihm das Instrument und den Bogen, öffnet die Kutschentür und tritt in die sternenklare Nacht. Sicheren Schrittes erreicht er nach kurzer Zeit eine Anhöhe,

von welcher aus man eine gute Sicht über das Gebiet von Wagram hat. Er setzt sich auf eine Bank unter einer alten Eiche und beginnt den Solopart seines Lieblingsstückes, Boccherinis Cellokonzert in D-Dur, zu spielen. Einzelne Schattengestalten erheben sich, wenden sich schläfrig dem Musiker zu, lauschen andächtig dem wunderbaren Klang des Nachtvortrages. Hunderte nähern sich der Anhöhe, setzen sich kreisförmig um Jérôme, vergessen für einen Moment die große Anspannung vor dem Kampf. JCL gibt alles. Die meisten der Krieger haben Tränen in den Augen, Tränen der Hoffnung, dass irgendwann mal wieder Frieden einkehren möge. Jérômes Schlussakkord verliert sich in der Stille der Nacht. Kein Applaus, keine Zugabe, einfach große Ruhe, Frieden.

Halb Barbeau steht in Flammen, nachts um zwei Uhr an diesem unheiligen 1. Juli 1809. Ein starkes Sommergewitter hatte nach Mitternacht eingesetzt. Kurz vor ein Uhr schlug ein Blitz in das Haus von Monsieur le Maire, gefolgt von einem Donner unheimlicher Stärke. Die soliden Hauswände sollen beinahe eingestürzt sein. Danach hat der Regen urplötzlich aufgehört und heimtückischen Sturmböen Platz gemacht. Diese fegten bis vor kurzem über das brennende Haus des Gemeindepräsidenten und verbreiteten das Feuer auf die umliegenden Gebäude. Einmal mehr ist Barbeau vom Schicksal hart getroffen.

Alexandre rennt als Erster aus dem Haus des Gemeindepräsidenten. Das Feuer brennt schon höllisch im Parterre. Monsieur le Maire und seine Gattin werden aus dem Schlaf gerissen. Erschreckt öffnen sie die Balkontür und sehen die Flammen beängstigend nahe züngeln, hungrig nach Opfern spähend. Alexandre stellt eine Gartenleiter an die bereits feuerversengte Wand, seine unbändige Jungmanneskraft kommt ihm und besonders dem Bürgermeisterehepaar zugute. Er holt sie unverletzt vom Balkon auf den Erdboden, rettet die beiden vor dem sicheren Feuertod. Kaum sind sie dem Feuer entkommen, brennt die Holzleiter lichterloh.

»Das war aber knapp«, bemerkte der Bürgermeister trocken.

Sein verängstigtes Weib klammert sich am Körper ihres Lebensretters zitternd und völlig außer sich fest.

Das Haus ist verloren und wird schnell völlig eingeäschert sein. Die Mairie de Barbeau hat ein für alle Mal ausgedient. So schnell kann sich das Leben ändern. »Vor Naturgewalten gibt es keinen Schutz«, stellt der Bürgermeister resigniert fest. Alles körperliche Leben und auch das Materielle werden irgendwann wieder der Erde zugeführt, zum Beispiel durch den Flammentod zu Asche verwandelt und so erneut in den Lebenszyklus eingebunden. Wenn es das Schicksal will, entsteht im besten Fall daraus Nahrung für Blumen, Sträucher und Bäume. Werden die Reste unseres Körpers nicht eingeäschert, dann verwesen diese in einer Holzkiste, den Würmern zum Fraß vorgesetzt.«

»Dazu gibt es nichts zu ergänzen«, bemerkt der Lebensretter.

Die Mehrheit der Bürger von Barbeau hat ihre Häuser verlassen und flieht vor den Flammen. Die Gebrüder Blanchet und die unverwüstliche Johanna bilden das Führungsteam. Sie wissen, wie man mit Krisensituationen umgeht und dabei ruhiges Blut bewahrt. Sie treiben die restlichen Bewohner aus den Häusern. Johanna kümmert sich mit den Ordensschwestern um die eingesperrten Tiere in den Ställen und Gehegen. Alexandre versucht mit den Handwerkern vor Ort die Feuersbrunst von der Klosterkirche fernzuhalten. Die Blanchets organisieren den Kampf gegen das sich im Städtchen ausbreitende Feuer und bekämpfen die gefährlichen Feuerwalzen außerhalb von Barbeau, die langsam ein Stoppelfeld nach dem anderen versengen und schließlich drohen, zu einem großen Flächenbrand auszuarten. Wasserkübel, Bottiche, Fässer – was als Wasserbehälter dienen kann, wird an die Feuerfront geworfen. Die Bewohner bilden lange Schlangen, um die gefüllten Wasserkübel vom nahen Dorfbach zu den Löschequipen zu bringen. Der Sturmwind legt sich, macht einer lauen Sommernachtsbrise Platz. Diese bringt willkommene Abkühlung, entspannt die Gesichtszüge der verängstigten Bewohner. Von Zeit zu Zeit ein Kommando, sonst herrscht Stille. Dass nur eine Person und ein paar Hühner ihr Leben lassen mussten, grenzt an ein Wunder. Eine Magd von Gilbert Blanchet, dem Nachbarn von Monsieur le Maire, wohnte in einer Dachkammer. Der Dachstock brannte. Alle Fluchtwege waren dem armen Weib versperrt. Sie stand schreiend am offenen Fenster. Unten am Boden standen vier Knechte mit einem gespannten Leintuch, Gilbert versuchte verzweifelt, sie zu bewegen, aufs rettende Leintuch zu springen, vergeblich. Sie wagte es nicht. Plötzlich wurde die Magd von hinten von den Flammen erfasst und zu einer lebendigen Fackel, unkontrolliert stürzte sie in die Tiefe. Beim Aufschlag auf den Vorplatz brach sie sich das Genick. Sie war sofort tot.

Als besonders guter Brandbekämpfer entpuppte sich der Organist. Er ist seit einer Woche in Barbeau und übt schon fleißig auf der unlängst installierten

Prachtorgel. Durch Alexandres gute Beziehungen zur Pariser Musikerszene, den nützlichen Kontakt zu Rodolphe Kreutzer und das generöse Portemonnaie des Maire gelang es, den pensionierten Organisten der Notre-Dame de Paris, den bekannten Antoine Desprez, als Organisten für die neue Klosterkirche zu gewinnen. Eine Anstellung, die weit herum für Aufsehen sorgte. Ganz Frankreich kennt Desprez, weil er es war, der bei der Zeremonie zur Kaiserkrönung Napoleons die große Orgel so meisterlich erschallen ließ.

Desprez war einer der Ersten, der den Brandausbruch bemerkte, mit seinem lauten Glockengeläut riss er die Barbeaujaner aus dem Schlaf und machte die Menschen der Nachbardörfer auf den Feuerausbruch in ihrer Nähe aufmerksam. Kurze Zeit später halfen nicht nur die Betroffenen im Klosterdorf, nein, aus den umliegenden Dörfern kamen Dutzende von freiwilligen Helfern dazu. So konnte im Laufe des Nachmittags des 1. Juli 1809 das Feuer gebannt werden. Die Klosterkirche überlebte schadlos.

Nach dem letzten Besuch von Mosche musste wegen schlechten Wetters eine gute Woche gewartet werden, bis der letzte Dachziegel verlegt war. Der Rohbau der Kirche war nun geschaffen. Dem Innenausbau, insbesondere dem Einbau der Holzbänke, der Empore, der Installation der großen Orgel und der Einpassung der kunstvoll gestalteten Kirchenfenster, galt nun die volle Aufmerksamkeit Alexandres, Sohn Leopold Renaudins. Sein leiblicher Vater hatte Instrumente gebaut. Alexandre baut Kirchen. Beide wissen um die Wichtigkeit des Innenausbaus. Das Äußere ist nicht vom Inneren zu trennen, beides ist miteinander verbunden und gehört zusammen. Belebend ist die Wirkung der Fenster. Sie lassen das Licht ins Innere treten, erhellen die Dunkelheit. Alexandre gestaltete sie selber. Über ein Jahr arbeitete er, meistens nachts, an den Entwürfen, legte die Farbzusammensetzung fest, verwarf sie wieder, Formen kamen und gingen, Neues wurde in schon Bestehendes integriert. Es dauerte lange, bis ihm die Entwürfe genügten. Seit zwei Wochen stehen die drei Chorfenster und die beiden imposanten Rosettenfenster im Schutze der Kirche zum Einbau bereit.

Als alle Bewohner und Tiere vor dem Feuer in Sicherheit gebracht waren, stürzte Alexandre sofort in die Kirche. Zusammen mit Desprez und einigen Helfern organisierten sie einen Lastkarren und brachten die Kunstwerke außerhalb der Kirche in Sicherheit.

Die Nachricht vom Brand in Barbeau erreicht rasch Paris. Mosche Goldberg beendet seinen Arbeitstag an der Rue St.-Honoré am frühen Abend des 2. Juli 1809. Auf dem Boulevard herrscht großer Kutschenverkehr. Der junge Jurist bemüht sich, den Boulevard zu überqueren. Seine Geduld wird strapaziert. Endlich schafft er es. Sein Patron, Damien Mazet, winkt ihm von der Bistroterrasse Marcs zu. Er sitzt gut gelaunt mit Rodolphe Kreutzer zusammen. »Setz dich zu uns, lieber Compagnon.« Er winkt Marc. »Bitte auch ein Glas Champagner für den jungen Herrn.«

Marc nickt und humpelt barwärts. »Dass er in seinem Alter und mit seinem Hüftleiden weiterhin arbeitet, ist bewundernswert«, bemerkt Monsieur le Directeur.

»Darf ich fragen, was es zu feiern gibt?«, fragt Mosche Goldberg.

Damien berichtet seinem Mitarbeiter, dass Rodolphe sich an der Kanzlei finanziell beteiligt. »Gleichzeitig erledigen wir ab sofort die juristischen Angelegenheiten für das Konservatorium und für die persönlichen Angelegenheiten unseres hochgeschätzten Mandanten Kreutzer.«

»Durch meine internationalen Tätigkeiten werden die Verträge über die Urheberrechte meiner Kompositionen immer wichtiger«, erklärt Rodolphe.

»Das wirst du, mein lieber Mosche, erledigen«, informiert ihn der Patron.

Marc schwebt humpelnd und trotz seiner Behinderung gute Laune verbreitend heran. »Voilà votre flûte maître.«

Die drei Herren stoßen an. Diskret tritt Marc wieder vom Tisch.

»Im Osten steht ja erneut eine Schlacht an«, wechselt Rodolphe das Thema. »Diesmal kämpft unser Kaiser nicht gegen eine Koalition, sondern gegen die isolierten Österreicher. Durch meine guten Musikerkontakte in Wien habe ich erfahren, dass ganz Österreich in Aufruhr ist. Die einen wünschen sich, von Napoleon befreit zu werden, die anderen fürchten ihn als Besatzer. Gestern habe ich zum zweiten Mal meinem Freund und Musikpartner Jérôme Lepraître, dem bekannten Cellisten, neue Kompositionen zur Durchsicht ins Feld geschickt. Er ist für zwei Monate als Musiker bei der Kaiserlichen Garde unter Vertrag. Wir pflegen einen interessanten Briefwechsel. Heute erhielt ich Feldpost von ihm. Er teilte mir mit, dass die Grande Armée nur noch wenige Kilometer von Wien entfernt sei. Verstärkt durch Napoleons italienische Armee könne er sich nichts als einen Sieg über die Österreicher vorstellen. Er ist beeindruckt von der Größe der Armee und von dem, was er über Napoleon hört.«

Auf dem Trottoir schreien Traktate-Verkäufer. Die ersten Abendblätter sind bereits gedruckt. Ganz Frankreich weiß, dass eine wichtige Schlacht bevorsteht. Die Traktate werden den Verkäufern förmlich aus den Händen gerissen. Damien springt auf, schnappt sich ein Abendblatt, zahlt und kommt an den Tisch zurück. Er überfliegt gebannt die Schlagzeilen auf der Titelseite. Nicht der Waffengang, sondern eine andere Meldung fesselt ihn: Großbrand in Barbeau. Neue Klosterkirche von Flammenmeer fast vernichtet! So liest er auf der ersten Seite. Mosche und Rodolphe sehen sich bestürzt an.

Rodolphe hat Alexandre ins Herz geschlossen. Seit ihrer ersten Begegnung um die Jahrhundertwende unterstützt er den liebgewonnenen Ziehsohn. Über seinen Vater gab es für Rodolphe nie einen Zweifel, denn sein Haarwuchs, das Funkeln in den Augen und seine Ausstrahlung verrieten deutlich, wessen Erbgut er mitbekommen hatte. Bei Rodolphe kommt nun ein schlechtes Gewissen hoch. Hätte er doch noch zu Leopolds Lebzeiten das verschlossene Couvert übergeben sollen? Was wäre dann aus den beiden Verliebten geworden? Heute kennt er den Inhalt des Briefes. Aus aktueller Sicht würde er anders handeln. Wäre, würde, hätte – die Vergangenheit lässt sich nicht ändern. Auch Luc Delpierres Selbstmord schlägt Kreutzer plötzlich auf den Magen. Doch auch in diesem Fall kann der ehemalige Beteiligte von Delpierre, Lupot und Partner die Vergangenheit nicht überlisten. Um Jérôme, seinen Musikerfreund und Trio-Partner, macht er sich ebenfalls Sorgen.

Maître Mazet blättert die erste Seite um und liest den Titel: »Nur noch Tage, möglicherweise Stunden bis zum Angriff auf Wien.«

Mosche teilt den beiden Tischgenossen seine Sorge um Alexandre mit. Mazet spielt in Gedanken Krieg, Rodolphe ist bedrückt. Die Stimmung am Tisch hat sich durch die Tagesaktualitäten sofort und grundlegend geändert, stellt Mosche fest. Er will fort. Rodolphe ahnt die Fluchtgelüste des jungen Anwaltes. Er nimmt die Gesprächsführung wieder in die Hand, indem er bei Marc noch drei Gläser Champagner bestellt. Dann wird auf die gemeinsame Zukunft angestoßen.

Mosche bittet seinen Patron um einige freie Tage, damit er sich vor Ort ein Bild der Verhältnisse in Barbeau machen kann. Überraschenderweise willigt Mazet sofort ein: »Natürlich willst du auch erfahren, wie es um deinen Freund steht, den Architekten Duc Alexandre de Fontainebleau et Valmy.«

»Das ist richtig, ich bin in Sorge um ihn.« Dass ihm die Visite auch eine neue Begegnung mit Georgette ermöglicht, bleibt sein süßes Geheimnis.

Rodolphe bezahlt die Getränke. Da kommt eine napoleonische Edelkutsche angerollt und hält direkt vor ihnen am Straßenrand. Die Tür öffnet sich und es steigen zwei Edeldamen und ein Edelherr aus, von den Passanten beäugt.
»Das passt ja bestens«, bemerkt Rodolphe.
Damien umarmt herzlich seine Mutter, Rodolphe kümmert sich herzlich um Marianne, küsst ihre Hand und begrüßt sie: »Sie sehen heute wieder blendend aus, meine hochgeschätzte Strohwitwe!«
Charles und Mosche geben sich die Hand. Vom Kutschbock drängt Sandro zur Abfahrt. Damien steigt als Letzter in die Kalesche. Mosche wünscht eine schöne Abendvorstellung in der Oper und Damien wünscht dem Zurückgelassenen alles Gute für seine Reise ins Krisengebiet Barbeau.

Alexandre drängte sofort nach der Löschung des Brandes auf die Einsetzung der Kirchenfenster. In der unversehrten Kirche stand unmittelbar vor dem Ausbruch des Feuers alles zur Montage bereit. Die Hebegräte wie die Installationsgerüste waren platziert, der Spezialmörtel angerichtet und die Einsatzequipe über das Vorgehen instruiert. Nun können die Arbeiten an diesem 3. Juli 1809 wieder aufgenommen werden.

Während draußen eine neue Hilfsmannschaft aus Fontainebleau eintrifft, wirken im Inneren der Klosterkirche die Handwerker, geben dem Gotteshaus den letzten Schliff. In zwei bis drei Tagen und Nächten wird das Bauwerk fertig sein. Ein wahrlich großer Moment nach gut 16 Jahren Bauzeit zeichnet sich ab. Und das, obwohl das Schicksal das Städtchen Barbeau wiederholt brutal heimgesucht hatte. Sicher ein Drittel der Gebäude sind zerstört. Die fast fertige Kirche ist unversehrt geblieben.

Ohne viel Gepäck stürmt Mosche dem Seine-Hafen Paris-Mitte, entgegen. Er schafft es, eines der letzten Schiffe in Richtung Melun zu besteigen. Er erreicht Melun am frühen Morgen des 3. Juli 1809. Beim erstbesten Schmied leiht er sich ein Pferd für einige Tage aus. Beim Reiten stellt er dann ernüchtert fest, dass ihm ein lahmer Ackergaul verpasst wurde. Aber es zieht ihn mit allen Kräften Richtung Barbeau. Er reitet ungeduldig voran, denkt nicht daran, das Pferd zu wechseln. Gegen 6:00 Uhr morgens ist er bei Georgettes Schenke angelangt. Er zögert einen Moment. Soll er einen Zwischenstopp einlegen? Nein! Er muss wissen, wie es um seinen Freund steht.

Mosche hört, bevor er aus dem Dunkel des Waldes reitet, sieben laute Glockenschläge. Das muss das Geläut der neuen Glocken der Klosterkirche Barbeau sein. Dann reitet er aus dem Wald. Von hier aus kann er das erste Mal das tiefer liegende Städtchen sehen. Die Kirche scheint das Feuer überlebt zu haben. Hingegen der ganze Osten und der südliche Teil der Ortschaft, wo auch die Mairie stand, sind niedergebrannt. Nur noch vereinzelte schwarze Mauern sind geblieben. Mosche ist entsetzt.

Je näher er dem Brandort kommt, desto beängstigender wirkt das Ganze auf den jungen Goldberg. Auf der Straße sind von Fontainebleau kommend mehrere Lastkarren in Anfahrt. Sicher hocken eine Hundertschaft von Soldaten und Bauern auf den pferdegezogenen Gefährten. Außerhalb der Siedlung sind Gehege erkennbar. Kühe, Rinder, Ziegen und andere Tiere sind dort untergebracht. Überall sind Menschen am Wirken. Sie kommen aus behelfsmäßig erstellten Feldzelten. Es brennen einige kleine Feuerchen. Frauen bereiten heißes Wasser zu, um Tee oder Morgenkaffee zu machen. Mit nacktem Oberkörper waschen sich Menschen mit Wasser aus dem Bach. Das Ganze erinnert Mosche an ein Armeefeldlager. Glück im Unglück, denkt der Anreitende, dass das Feuer nicht in einem Wintermonat ausgebrochen ist. Er fragt sofort beim ersten Bewohner nach, wo der Architekt Alexandre de Valmy sich befinde und ob er wisse, ob er überlebt habe.

Der junge Bauer lacht. »Der Bauführer ist momentan einfach zu finden. Er haust Tag und Nacht in seiner Kirche.«

Mosche bedankt sich. »Übrigens, wie viele Menschen starben den Flammentod?«

Der junge Bauer lacht erneut. »Außer einem wirren Weibsbild haben alle Einwohner überlebt.«

»Das ist kaum zu glauben«, staunt Goldberg. Er steigt von seinem erschöpften Gaul. Das Pferd ist störrisch und muss kurz am Halfter geführt werden. Überall liegen Trümmer. Die beiden Ankömmlinge, der alte Gaul und der elegant gekleidete Großstadt-Jurist, passen irgendwie nicht zu diesem Chaos. Mosche bindet das Pferd vor der Kirche an einen halbversengten Baumstamm und stürmt sofort ins Gotteshaus. Eine ganze Equipe arbeitet am Fenstereinbau. Alexandre dirigiert. Seine Anweisungen werden ohne Murren ausgeführt. Es herrscht ein Klima höchster Konzentration. Beeindruckend, denkt Mosche.

»Darf ich dich begrüßen, lieber Freund?«, sagt er dann laut.

»Einen kleinen Moment bitte.« Der Bauführer erteilt zwei, drei Anweisungen. Dann dreht sich Alexandre dem Eindringling zu mit dem Gedanken, dass er eigentlich gerade nicht gestört werden will. Doch die Worte bleiben ihm im Halse stecken, als er bemerkt, wer vor ihm steht. Herzlich umarmen sich die beiden.

Johanna tritt in die Kirche, begleitet vom Organisten Desprez. Beide sind Frühaufsteher. Ihre Blicke fallen gleichzeitig auf Mosche und Alexandre. »Eine echte Freundschaft unter Männern«, hält die Ordensschwester fest.

»Guten Morgen, werte Fensterbauer«, begrüßt Desprez die übernächtigten Arbeiter. »Wann habt ihr das letzte Mal eigentlich richtig geschlafen?«

Die Angesprochenen schmunzeln. Alexandre wirft ein: »Alle sind freiwillig hier. Wir erfüllen eine Mission.«

»Stört es euch, wenn ich auf der Orgel übe?«, fragt Desprez.

Unisono schallt ihm ein Nein entgegen.

Johanna stellt einen Korb mit Brot, Speck, Früchten und Most auf das Gerüst. Sie hat es sich zur Aufgabe gemacht, die Arbeiter zu verpflegen. Dann begrüßt sie Mosche: »Wenn du Arbeitskleider brauchst, melde dich bei mir. Wie viele Tage arbeitest du für uns?«

Mosche wendet sich vielsagend seinem Freund zu: »Bis die Mission erfüllt ist.«

Alexandre strahlt. »Ich kann jede Hand zur Vollendung der Kirche benötigen.«

Eine halbe Stunde später erscheint Mosche umgezogen und packt kräftig mit an.

Gegen 9:00 Uhr am Abend des 3. Juli 1809 verordnet der Bauleiter seinen Arbeitern Nachtruhe. Auf einfachen Bettlaken ausgestreckt fallen sie in den verdienten Schlaf.

Mosche ist von der Arbeit seines Freundes beeindruckt und von seinem Können als Fenstermaler begeistert. Er und Alexandre bleiben wach. Die Arbeit hatte Vorrang. So hatten sie kaum Zeit gefunden, sich auszutauschen. Alexandre greift in Johannas Speisekorb, kramt darin herum und findet eine Flasche Rotwein. Er wischt den Baustaub von der Flasche und zaubert so einen Bordeaux Château Lafitte, Jahrgang 1800, zutage, entkorkt die Flasche, zieht zwei edle Kristallkelche aus einem rotsamtenen Tuch, stellt diese vorsichtig auf den vom Schmutz befreiten Altar und schenkt den roten Tropfen in die

Kelche. »Ja, unsere gute Johanna, wo wären wir ohne sie? Sie versorgt uns nicht nur mit Essen und Getränken, sondern schenkt uns mit jedem Besuch auch ein umwerfendes Strahlen ihrer Augen.«

»Charmeur bleibt Charmeur«, frotzelt Mosche. »Sogar bei den Ordensschwestern kannst du es nicht lassen.«

Sie setzen sich in die vorderste Kirchenbank. »Siehst du, die Kirchenbänke sind schon geputzt. Morgen werden zwei Dutzend Helfer, ein Großteil Ordensangehörige, unter der Führung Johannas die letzten Putzarbeiten verrichten. Es freut mich, lieber Freund, dass wir morgen den letzten Schritt der langjährigen Bautätigkeit gemeinsam tun dürfen. Ich empfinde das als ein schicksalhaftes Privileg. Darauf stoßen wir an!« Der feine Klang der Gläser verwebt sich mit dem tanzenden Licht der brennenden Kerzen. Es fallen längere Zeit keine Worte. Der große Frieden hat nun genügend Zeit, sein neues Haus zu betreten. Er fühlt sich ausgesprochen wohl und willkommen.

»Das Ergebnis deiner Kirchenfenstermalerei ist beachtlich. Wie schaffst du es, diese wundervollen und wundersamen Fenster so kraftvoll zu gestalten?«, fragt Mosche leise.

»Ich habe monatelang dafür gerungen, habe die Farben und Formen förmlich aus dem Nichts herausgeholt. In Anlehnung an den großen italienischen Meister Michelangelo, der sagte: ›Alles ist vorhanden, man muss nur den Weg dazu finden.‹ Michelangelo hat beim Beginn seiner Arbeit an der berühmten Pieta ihre Gestalt nur in Ansätzen vor seinem inneren Auge gesehen. Zuerst wählte er den passenden Stein, einen, dem er zutraute, dass sich mit ihm ein Kunstwerk offenbaren könnte. Dann legte er los. Das Bemalen von Kirchenfenstern hat seine Eigenheiten. Wenn du auf einer Leinwand malst, versuchst du durch die Wahl von Farben und Materialien ein Bild zu gestalten, legst Wert auf Effekte, mit denen du Originalität zeigen kannst, wie unter anderem Farbdynamik und Lichtstärke. Schrittweise entsteht so das Werk. Begabte Maler machen es sogar zu einem Kunstwerk. Die Wirkung von Licht ist bei der Kirchenfenstermalerei besonders wichtig. Der Kirchenfenstermaler bringt sein Werk mit Farben und Formen auf die durchsichtige Glasplatte. Das Licht wird ihm geschenkt. Je mehr der Glasmaler vom Wesen des Lichtes versteht, desto besser werden seine Werke.«

»Da hast du aber einiges gut verstanden, mein lieber Alexandre. Das muss ich zugeben, wenn ich das beeindruckende Resultat sehe!«

»Danke für das Kompliment, mein Freund. Aber jetzt kommt für mich das Wichtigste, was mir durch die Gestaltung von Kirchenfenstern aufgefallen ist. Kirchenfenster werden nicht von einer Lichtquelle einfach von außen nach innen beleuchtet, sondern durchleuchtet. Wenn ein Bild an einer Wand hängt, muss es beleuchtet werden. Die Lichtquelle kann das Bild nicht durchleuchten, sondern nur anleuchten. Fenster sind Schwellen zwischen dem Innen und dem Außen. Dies gilt besonders für kunstvoll gestaltete Kirchenfenster. Es gibt meinem Verständnis nach verschiedene Qualitäten von Licht: das Tages- und das Mondlicht, das Licht der blauen Stunde und ein geheimnisvolles drittes Licht. Die blauen Stunden sind die Übergänge vom Tag in die Nacht oder von der Nacht in den Tag. Momente, in denen das Sonnenlicht für unsere menschlichen Augen nicht direkt sichtbar ist, wir aber bei schönem Wetter indirekt ein gespiegeltes Licht mehr spüren als wahrnehmen können.«

»Und wie steht es um das dritte Licht?«

»Stehe auf, lieber Freund.« Alexandre führt Mosche zu dem schon eingesetzten wunderschönen Rosettenfenster. Beim Vorbeigehen bläst er die Kerzen bis auf eine aus. Der gesamte Raum versinkt in völliger Dunkelheit. Kein Licht von außen dringt ins Kircheninnere. Alexandre nähert sich respektvoll der Rosette. »Schau die Rosette an«, fordert er seinen Freund auf.

Beide richten achtsam ihre Blicke auf die Rosette. Alexandre legt freundschaftlich den Arm um Mosches Schultern. Jetzt dreht er seinen Diamantring und streckt ihn der Rosette entgegen. Ein großer Frieden manifestiert sich im Inneren der Kirche und urplötzlich fällt durch die Rosette ein Licht auf die Oberfläche des Diamantrings. Es reflektiert über die geschliffene Oberfläche des Diamantrings eine Fülle tanzender Farbtöne von unvorstellbarer Schönheit an die Kirchenwände. Micha ist geblendet von der Leuchtkraft. Alexandre ermutigt seinen Freund durchzuhalten, die Augen nicht zu schließen. Mosche hält durch und wird beschenkt. Er kennt das Geschenk als solches nicht, spürt aber, dass es ein immens großes sein muss.

Alexandre dreht den Ring zurück. Die beiden Freunde entschwinden in die Dunkelheit der Nacht. Bald fallen sie in einen tiefen Schlaf. Eine einsame Kerze hält der Dunkelheit stand.

In der Nacht vom 4. auf den 5. Juli 1809 schlummern bereits Vernichtung und Tod in Wagram. Gleichzeitig sehnt sich ein Kirchenbau in Barbeau nach

Vollendung mit dem Wunsch, dass er zu einem Raum des Friedens werde. Michael sitzt guten Mutes auf der Bank in Paris-Mitte und ist hellwach. Er wartet gespannt auf die blaue Morgenstundestunde. Da Paris s'éveille.

Zuerst begrüßt er seine beiden gottgeweihten Mitstreiter Johanna in Barbeau und Beethoven nahe Wagrams und wünscht ihnen einen erfolgreichen Tag. Beide erwidern den Morgengruß und versichern ihrem Vorgesetzten vorbehaltlose Unterstützung.

Michael freut sich über seine Erzengelfähigkeiten! Er kann gleichzeitig an verschiedenen geographischen Orten sein, kann das Innenleben und die Befindlichkeit der Menschen sofort erfassen, weiß um ihre Gemütszustände und Umwelteinflüsse. Mit Tagesanbruch ist sein linkes Auge auf Wagram gerichtet und seine rechtes auf Barbeau. Er kann alles gleichzeitig erleben und verfolgen, nicht nur dort. Auch die Feinstofflichen der weisen Art sind seine Verbündeten, seine Heerscharen. Er steuert sie über Intuition und seit neuem mit Unterstützung zweier ihrer Wertvollsten unter ihnen, Leopold und der weisen Brise.

Er ist sich bewusst, dass er sie manipuliert. Sie haben den Eindruck, es sei ihr eigener Wille, wenn sie intuitiv etwas anpacken, dem ist aber nur teilweise so. Er besitzt einen Menschenkörper mit erweiterten Fähigkeiten, einen Flugschein für Zeitreisen und kann jederzeit das Kraftfeld der Erde verlassen. Somit ist er freier als jeder Mensch aus der Sicht des 18. Jahrhunderts, freier als jeder Feinstoffliche, aber mit großer Sicherheit auch selbst manipuliert und somit unfrei. Aus dieser Perspektive stellen sich Fragen wie: Ist die Freiheit eine Fiktion? Ist Freiheit erstrebenswert? Was ist an der Freiheit so faszinierend? Seit seiner letzten Gottesbegegnung ist Michael wieder überzeugt, dass er wirklich frei ist.

Gleichheit, oder vielleicht aktueller Gerechtigkeit, Brüderlichkeit oder aktueller Empathie sind für Michael die Voraussetzungen, dass Freiheit oder ehrlicher formuliert, totale Abhängigkeit, im Sinne vom Zugang zum Weltenwissen und Verankert-Sein in sich und dem großen Ganzen, möglich wird.

Granaten schlagen ein, Schwerter dringen in stöhnende Soldatenleiber, der Kampf Mann gegen Mann tobt, Pferde wiehern grausam dem Tode geweiht, stählernes Klirren der sich kreuzenden Klingen vermischt sich mit den Todesschreien der tödlich getroffenen Kämpfer. Das Schlachten auf dem Schlachtfeld will nicht aufhören. Leichenübersät, blutlachengetränkt, leidet der vormals fruchtbare Boden nahe Wagrams.

Barbeau erwacht, die ersten Sonnenstrahlen werfen wärmendes Licht auf das Dorf. Die Bewohner brechen auf, um gemeinsam das Dorf nach der Feuersbrunst wieder aufzubauen, die fertiggestellte Kirche ist zu einem architektonischen Kunstwerk gediehen, zu einem Dom des Friedens. Das alles tut sich mit Tagesbeginn am 5. Juli 1809 in Barbeau und Wagram.

Michaels linkes und rechtes Auge schmerzen. Michael weint über die Verschmelzung von Liebe und Hass. Sein Herz bricht beinahe, kann die Gegensätze nur unter großen Schmerzen aushalten. Er stellt um auf Echtzeit Paris-Mitte. Wie entspannend empfindet er die Gegenwart am Morgen dieses 5. Juli 1809.

Er lässt sich Zeit zum Sinnieren. Das Tageslicht zeigt sich erst in Ansätzen. Die ersten Frühaufsteher wandeln im Park, meistens Hundehalter. Eine ältere Dame fragt höflich, ob sie sich auf die Bank setzten darf. »Selbstverständlich, gnädige Dame«, antwortet er.

»Leg dich, lieber Barry.« Der Setter Barry legt sich folgsam. »Gut gemacht, mein Liebling.« Sie streichelt sein gepflegtes braunes Fell. Er schaut sie drollig-schelmisch an. Sie schaut drollig-schelmisch zurück. Die beiden kennen und lieben sich. Jetzt stellt die Dame einen vollen Korb auf die Bank. »Wissen Sie, es gibt immer mehr dieser armen Teufel, die obdachlos irgendwo über oder unter den Brücken von Paris ihr Leben fristen müssen. Ich kümmere mich um die Alleinstehenden unter ihnen. Es sind die Ärmsten unter den Armen, alleingelassen und kaum genug Nahrung zum Überleben. Seit ich vor zwei Jahren, Gott sei gedankt, von meinem Bruder selig eine Erbschaft machte, die mir selber einen problemlosen Lebensabend ermöglicht, versorge ich ein halbes Dutzend dieser Kreaturen regelmäßig mit Speis und Trank.«

»Beeindruckend, liebe …, wie ist doch Ihr Name?«

»Nennen Sie mich Hildegard.«

»Freut mich, Hildegard!« Michael hält ihr seine Hand entgegen. »Ich heiße Michael.« Hildegards Händedruck ist wunderbar. Da fließt viel Wärme. Ihre Augen sind gütig, ebenso ihr Lächeln.

»Wissen Sie, ich liebe Menschen und Tiere«, sagt sie und streichelt dabei zärtlich ihren Barry. Sie fährt fort: »Nur sind die Tiere intelligenter als die Menschen.«

»Schön, dass Sie auch Tiere lieben, aber intelligenter als Menschen sind sie meiner Ansicht nicht«, antwortet Michael. In Erwartung einer Begründung wird er enttäuscht. Hildegard erhebt sich, nimmt den Korb, verabschiedet sich ebenso freundlich, wie sie ihn begrüßt hat, und läuft in Richtung Pont Notre-Dame davon.

Michael lässt Hildegard ihre Meinung. Doch er überlegt, wie er einem Menschen wie Hildegard eben aus der Perspektive ihrer dreidimensionalen, aktuellen Sicht das Thema Intelligenz generell und insbesondere dazu den Unterschied zwischen Mensch und Tier näher bringen soll. Als Erzengel weiß er, dass es zu diesem Thema für die kommenden Generationen noch unendlich viel zu forschen und zu staunen gibt. Er beschäftigt sich gedanklich nicht mit seinem Erzengelwissen, sondern begibt sich auf die Ebene der Erdenbürger und orientiert sich einfach an deren gesundem Menschenverstand.

Hildegard kommt mit dem leeren Korb zurück. »So, jetzt sind meine Schützlinge für den heutigen Tag versorgt.«

»Liebe Tier- und Menschenfreundin, lieben Sie klassische Musik?«

»Ja, sehr, ich besuche regelmäßig am Sonntagabend die Orgelvorträge in Notre-Dame.«

»Ah, jetzt wird mir klar, von wo mir Ihr Gesicht bekannt ist«, bemerkt der sehende Blinde.

»Wissen Sie, Michael, für mich sind Menschen wie Tiere intelligent, wenn sie in Liebe leben und selber in der Lage sind, regelmäßig ihren Bauch zu füllen. Da mit leerem Magen kaum geliebt werden kann, versorge ich übrigens einige dieser Ärmsten, damit sie nicht hungern müssen, in der Hoffnung, dass sie das eines Tages selbst tun können. Es gibt nichts Schlimmeres für mich, als in die leeren Augen hungernder Menschen zu sehen. In den Augen der Menschen, denen ich Essen bringe, sehe ich, dass sie die Hoffnung nicht aufgegeben haben. Oft empfange ich liebende Blicke von einem Menschenschlag, der mehrheitlich mit verachtenden Blicken gestraft wird.« Sie seufzt. »Aber die Liebe, die mir Barry schenkt, ist unmittelbarer und konstanter als die meiner kauzigen Clochards.« »Mögen Sie die Tiere als liebesfähiger empfinden, aber Liebe ist nicht automatisch mit Intelligenz verkoppelt. Intelligenz kann benutzt werden, um zu lieben, aber leider auch um zu vernichten. Intelligenz nutzt der Mensch auch, um Großes zu schaffen oder Wesentliches zu erkennen.

Liebe Kirchenmusikliebhaberin, darf ich Ihnen eine Frage stellen? Vielleicht verstehen Sie dann besser, warum ich Menschen intelligenter finde als die lieben Tiere.«

»Nur voran, tiefschürfender Denker«, antwortet Hildegard schalkhaft.

»Haben Sie schon je einen Osterhasen gesehen, der eine Johannespassion komponiert hat?«

Laut lachend verabschieden sie sich.

Michael bleibt auf der Bank zurück und denkt weiter. Intelligenz kann lebensfördernd und zerstörerisch genutzt werden. Jeder Mensch ist grundsätzlich frei zu entscheiden, wofür er seine Intelligenz einsetzen will.

Doch was wäre Intelligenz ohne Gefühl? Beides geht Hand in Hand. Und das größte und reinste Gefühl unter allen ist die bedingungslose Liebe. Sie wohnt im Herzen. Arbeiten Liebe und Intelligenz im Einklang, jubiliert die Seele und der Geist fließt frei. Und der freie Geist kennt den Weg ins Jenseitsbewusstsein. Er vereint sich in Liebe mit dem Weltgeist und nimmt partnerschaftlich am Weltenwissen teil. Dieser würdige revolutionäre Austausch lässt aus den Urtiefen des Seins ein diamantklares Sehen entstehen. Urplötzlich erkennen die Menschen, was es zu erkennen gilt.

13. Die Schlacht um Wagram beginnt am 5. Juli 1809, Johanna auf streng geheimer Mission, Leopold trifft endlich andere Feinstoffliche der weisen Art, Napoleon ist unzufrieden, Begegnung mit heilender Wirkung in Barbeau

Jetzt ist es für Michael höchste Zeit, seine Fähigkeiten einzuschalten. Sonnenaufgang in Wagram und Barbeau ist an diesem 5. Juli 1809 um 05:30 Uhr. Er vergewissert sich vor Ort. An beiden Schauplätzen herrscht noch Dunkelheit. Er ist gespannt.

Zuerst eine Momentaufnahme der Akteure in Wagram. Auf einer Anhöhe vor Wagram ist der Führungsstand Napoleons eingerichtet. Seine Gehilfen haben kaum geschlafen. Verbindungsoffiziere sämtlicher einsatzbereiter Armeekorps sind in unmittelbarer Nähe. Gestern Abend bei Beginn erster Kampfhandlungen regnete es in Strömen. Erste Vorhuten, Einheiten des Korps Oudinots, hatten gemäß Kampfplan die Lobau mit Booten überquert und Brückenköpfe errichtet. Gefechte mit vorgelagerten österreichischen Avantgarden erfolgten noch vor Einbruch der Dunkelheit. Gegen 22:00 Uhr war der größte Teil der Franzosen auf dem Nordufer aufgestellt. Zuvor beschoss die Artillerie die feindlichen Stellungen am Südufer der Lobau.

Die österreichische Generalität unter Großherzog Karl hatte nicht mit Attacken am 4. Juli gerechnet. Ein Großteil seiner Truppen verbrachte die Nacht in befestigten Verteidigungsstellungen, kampfbereit, aber noch in gesicherter Distanz zu den Heereseinheiten Napoleons. Die Botschaft großer Verluste unter den vorgelagerten eigenen Infanteristen erreichte Karl noch vor Mitternacht. Sofort beorderte er seinen Führungsstab zu sich, um die aktuelle Lage zu beurteilen.

Vor Tagesanbruch stehen sich die beiden ähnlich starken Armeen kampfbereit gegenüber. Gut 400 Artilleriegeschütze sind beidseitig aufgestellt, 24000 französische Reiter stehen 15000 Österreichern gegenüber. Der Regen hat sich gelegt. Eine gewaltige Spannung liegt in der Luft. Napoleon wie Karl haben ihre Soldaten und Offiziere auf den Kampf eingeschworen. Es gilt für beide Seiten: Sieg um jeden Preis! Erste Todesopfer liegen blutüberströmt am Ufer der Lobau.

Jérôme befindet sich in der Kutsche von Generalleutnant Mazet in einiger Distanz hinter der Frontlinie. Mazet befehligt seine Einheit, die Artillerie der Kaiserlichen Garde. Diese 60 Geschütze hält Napoleon zunächst als Reserve in der Hinterhand. Leutnant Andreas von Stern ist einer der ungeduldig wartenden Verbindungsoffiziere im Gefechtsstand des Korsen. Mehrere Dutzend Pferde bevölkern das Hauptquartier, alle aus einem edlen Gestüt. Auch sie spüren die Spannung, wiehern, stampfen, warten ungeduldig auf ihre Herren.

Leopold und die liebreizende Brise erwachen im Inneren des Cellojuwels. JCL möchte Musik erklingen lassen, aber erstes Kanonendonnern bei Tagesanbruch am 5. Juli 1809 lässt erahnen, dass heute nicht sphärische Musikklänge, sondern Geschützlärm und Kampfgeschrei den Tag bestimmen.

So weit die Schlacht. Michael konzentriert sich jetzt auf Barbeau. Während des ganzen Tages und in der Nacht des 4. Juli 1809 ist eine ganze Schar von Leuten aus Barbeau und den Ordensangehörigen als Putzequipe im Einsatz. Alexandre und seine Gehilfen beenden noch vor Dunkelheit das Einsetzen der zweiten Rosette. Mosche fühlt sich wohl dabei, zusammen mit den Kirchenerbauern ein Jahrhundertbauwerk zu vollenden. Johanna koordiniert diesen Einsatz. Danach verabschiedet sie sich und sagt: »Da wir die Einweihung der Kirche wegen des Brandes verschoben haben, kann ich mich für zwei, drei Tage von euch verabschieden, meine lieben Mitbauenden. Es steht Wesentliches an. Ich werde außerhalb von Barbeau gebraucht.«

So beginnt in Wagram und Barbeau der Tag. Das Wetter in Österreich ist durchwachsen. In Barbeau scheint die Sommersonne. In Paris-Mitte sitzt Michael bei Tagesanbruch allein auf seiner Bank und konzentriert sich. Eine wärmende, ruhige Sonnenenergie fließt durch seinen Körper. Er fühlt sich stark und aufgehoben. Ein leises Knirschen der Wegkiesel wird lauter, unterbricht die großstadtunübliche Ruhe, kommt näher. Michael horcht auf. Ein Lächeln huscht über sein Gesicht. Eine Frau setzt sich zu ihm. Auch sie lächelt. »Auf dich ist Verlass, geschätzte Johanna«, stellt Michael fest.

Der sehende Blinde und Johanna umarmen sich. Die Zeit scheint stillzustehen. Beide lassen sich von der Morgensonne verwöhnen. Johanna bricht die Stille: »Die Zeit ist gekommen«, flüstert die Ordensschwester.

Michael nickt. Dann schreibt er mit seinem Blindenstock eine Zahl auf den Kieselsteinboden: 2189. Johanna begreift und verabschiedet sich.

Nun konzentriert sich Michael erneut auf Barbeau, um 05:30 Uhr. Das Städtchen wurde vom Feuer halb zerstört, die neue Klosterkirche, einige Häuser und außerhalb gelegene Höfe blieben verschont. Die Bevölkerung liegt noch im Schlaf, bis auf einige Bauern, die sich schon in den Ställen um ihre Tiere kümmern. Antoine Desprez ist wie jeden Tag auf dem Weg zur Kirche. Eigenartige Klänge einer neuartigen Musik begleiten ihn. Er summt sie vor sich hin. Jetzt tritt er in die Kirche, schreitet die Empore hoch und setzt sich an die Orgel.

Michael konzentriert sich wieder auf Wagram. Die Verbindungsoffiziere von Napoleons Heereseinheiten reiten im Eiltempo davon. Sie überbringen den Angriffsbefehl an ihre Kommandeure. Es ist kurz vor Tagesanbruch. Der Feldherr und Kaiser Frankreichs schreitet ungeduldig im Gefechtsstand auf und ab. »Wo ist mein Fernrohr?«, brüllt er in die Runde seiner Führungsgehilfen. Unterwürfig übergibt Generalstabschef Berthier seinem Herrn das Geforderte.

So in die Ferne blickend bis zum Kriegsschauplatz erinnert sich Michael an die Werte der Revolution: Liberté, Égalité, Fraternité. In den ersten Jahren seiner Herrschaft kämpfte Napoleon noch dafür. Er sah sich als Befreier im Dienste der gerechten Sache. In der Zwischenzeit hat er sich die gerechte Sache zu eigen gemacht. Er besitzt sie. Er ist die Gerechtigkeit. Die Gier nach Allmacht lodert gefährlich in ihm. Wie lange noch?

In der Kutsche Generalleutnant Mazets erwachen die beiden Feinstofflichen. Der Mensch, Cellist, Familienvater und für zwei Monate Unterhalter des kriegführenden Kaisers zeigt auch erste Anzeichen des Erwachens. Nun begibt Jérôme sich nach draußen und verrichtet ein urmenschliches Bedürfnis. Am Brunnen im Innenhofe des Bauerngehöftes, wo das Gefährt stationiert ist, wäscht er sich sein Gesicht. Der Hof ist von den Franzosen requiriert worden. Die siebenköpfige Bauernfamilie lebt zusammengepfercht in einer Kammer. Die meisten Tiere sind schon geschlachtet. Die Küche wurde nach außen provisorisch mit verschiedenen Gulaschkanonenkarren vergrößert und dient als eine der Basen für die Truppenverpflegung. Vereinzelte überlebende Hühner und Gänse gackern und schnattern. Ein erster Sonnenstrahl begrüßt den frischgewaschenen Musikus, begleitet vom Lärm einschlagender feindlicher Artilleriegeschosse in der Ferne. Der Tag beginnt. Jérôme verlässt sein Schlafgemach und begibt sich ins Innere der Küche. Der Küchenchef sitzt mit seinem Gehilfen und einigen Offizieren am wuchtigen Küchentisch, kaffeetrinkend und brotverzehrend. »Guten Morgen, ihr Frühaufsteher«, begrüßt Jérôme die Anwesenden. »Hier duftet es ja vorzüglich nach Kaffee«, bemerkt er.

Der Chef der Küche nickt einem Küchengehilfen zu. Dieser schenkt Jérôme eine Tasse vom heißen Getränk ein. Jérôme trinkt. Ein Reiter galoppiert in den Innenhof. Er springt vom Pferd und stürzt in die Küche.

»Nur nicht so hastig, junger Mann«, empfängt ihn der Küchenchef und hält Leutnant Andreas von Stern eine Tasse Kaffee entgegen. Von Stern ignoriert das Angebot. »Wo ist Generalleutnant Mazet?«, fragt er schroff.

»Bei seiner Truppe im Feld«, antwortet der Angesprochene.

Von Stern wendet sich ab. Aus seinem Mund sprudeln die Worte: »Die Schlacht beginnt. Ich muss nun zu Mazet ins Feld, um ihn zu informieren.« Mit wehenden Haaren reitet er wieder von dannen.

Michael konzentriert sich wieder auf Barbeau. Desprez unterbricht sein Orgelspiel. Er begibt sich in den Glockenstuhl und betätigt sich als Glöckner, nicht von Notre-Dame, sondern von seiner Klosterkirche Barbeau. Fünfmal lässt er die neue Glocke läuten. Ihr Klang hat etwas Magisches. Dann kehrt er zu seiner Orgel zurück, vergreift sich förmlich an ihrer großen Registratur, versucht neue Einstellung derselben und beginnt summend auf dem geliebten Instrument zu improvisieren.

Michael konzentriert sich wieder auf Wagram. Der Aufmarsch in die Angriffsstellungen der Grande Armée ist in vollem Gange. Die Artillerie der Franzosen legt einen Feuerteppich zwischen ihren vorrückenden Truppen und der ersten Verteidigungslinie der Österreicher. Aus vollen Rohren empfangen Geschosse der österreichischen Artillerie die Vorhut der französischen Infanterie, sobald diese in Schussdistanz der Kanonen und Haubitzen kommen. Das große Sterben beginnt.

Napoleon befahl ein fächerartiges Vorrücken auf das Zentrum der feindlichen Abwehrstellungen. Die Franzosen erfahren Verstärkung durch Streitkräfte befreiter deutscher Lande aus Bayern und Sachsen sowie großer Teile der französischen Italienarmee unter den Kommandeuren Jacques MacDonald und Paul Grenier. Die Italiener sind rechtzeitig von Süden zur Grande Armée gestoßen und bilden beim Vormarsch das Zentrum der Franzosen. An der linken Flanke stößt das IV. Korps unter Masséna vor. An der rechten Flanke kämpft das III. Korps, von Davout kommandiert. Die linke Mitte ist durch das sächsische IX. Korps unter Graf von Bernadotte abgedeckt. Mitte-rechts stößt Oudinot mit seinem II. Korps vor. Und im wichtigen Zentrum kommt MacDonald zum Einsatz. Die imperiale Garde mit der Artilleriereserve unter Generalleutnant Mazet sowie eine Kavalleriereserve wirft Napoleon an diesem 5. Juli noch nicht in die Schlacht. Gegen Mittag ist der Vormarsch abgeschlossen. Die Franzosen sind kampfbereit in ihren Angriffsstellungen. Aber schon während des Vormarsches zeigte sich der eiserne Wille des Feindes. Vor allem Bernadotte kam mühsam und nur unter großen Verlusten vorwärts. Auf allen Frontabschnitten wurde und wird erbarmungslos gekämpft. Trotz einfallender Dunkelheit befiehlt Napoleon weiterzukämpfen, den Feind aus seinen Verteidigungsstellungen zu vertreiben. Der Feldherr will eine rasche Entscheidung noch am ersten Tage der Schlacht und befiehlt einen Angriff durch die Mitte, MacDonald mit seiner verstärkten Kampfeinheit rückt vor. Nach erstem Erfolg, die Franzosen kommen bis auf die ersten Anhöhen hinter Wagram, geraten sie unter starken Beschuss des österreichischen Korps unter Heinrich von Bellegarde und werden zurückgeschlagen. Noch um 21:00 Uhr wird gekämpft.

Michael konzentriert sich weiter auf Wagram und verfolgt den Tagesablauf der Feinstofflichen. Er nimmt mit Johanna Kontakt auf und bittet sie neben dem helfenden Großeinsatz, »die Sache« mit Leopold nicht zu vergessen.

Leopold Feinstoff hat, wie üblich, Mühe aufzustehen. Die liebreizende Brise wirkt weder lieb noch reizend. Sie schüttelt ihn aus seinen Träumen, besser gesagt Alpträumen. »Unglaublich, was ich geträumt habe. Ich bin als menschliches Wesen explodiert. Mein Körper zerbarst in tausend Stücke. Ich fand mich in einem riesigen Blutmeer wieder und konnte nicht mehr atmen«, erzählt er ihr verschlafen und geschockt.

»Ein echter Alptraum«, bestätigt die nachdenkliche Brise. »Heute musst du dich einmal mehr warm anziehen, mein liebster Leopold! Und das im Sommer bei Sonnenschein.« Ein erster Sonnenstrahl fällt durch die F-Löcher ins Celloinnere. »Heute werden wir gebraucht, wir Feinstofflichen der weisen Art, nicht nur wir zwei, sondern viele unserer Artgenossen«, bemerkt die Brise.

Die Schlacht – Leopold ist plötzlich hellwach. »Da bin ich ja gespannt«, entgegnet er mit neugierigem Blick.

Gegen 10:00 Uhr schweben die Brise und er über das Schlachtfeld. Sie beobachten das XI. Korps der vorrückenden Franzosen. Österreichs Heinrich von Bellegardes Truppen und Nordmanns Vorhut leisten dem französischen Vormarsch hartnäckigen Widerstand. Kavalleristen und eigene Artillerie unterstützen den französischen Vorstoß. Die beiden Kampfeinheiten prallen aufeinander. Es tobt ein Nahkampf mit Bajonetten, Säbeln. Artilleriegeschosse schlagen ein, Pulverdampf überall, Musketenschüsse, wiehernde Pferde, Todesschreie, das Stöhnen Verwundeter, Säbelrasseln, Flüche, hart klingendes Bajonettgerassel, Hilferufe, Gebete, Gotteslästerungen, wütende Kämpfer, blutüberströmte Menschen und Pferde, wimmernde Sterbende, Rufe nach der Mutter, brutal Mordende, unendliche Schmerzen und unendliches Leid, Napoleons Befehl zur Vernichtung des Feindes, manipulierte Kampfscheusale, Tote überall – Krieg. Für was? Für die geographische Ausbreitung der gerechten Sache, für die Werte der Französischen Revolution, für Gerechtigkeit für alle oder wenigstens für viele?

Beethoven hatte Napoleon schon 1804 bei dessen Selbstkrönung entlarvt. Heute geht es dem Korsen nur noch um den weiteren Ausbau seiner Macht als Kaiser und Feldherr der Franzosen. Die Werte – Liberté Égalité, Fraternité – sind für ihn Mittel zum Zweck. Sein Code civil in Ehren, aber er bestimmt allein, was gerecht sein soll. Der Sonnenkönig grüßt aus der Vergangenheit des frühen 18. Jahrhunderts.

Michael konzentriert sich auf Barbeau. Desprez spielt Zukunftsmusik. In einer Art Trance lässt er sich bespielen. Die Musik hört sich nicht nur für Ohren des frühen 19. Jahrhunderts sphärisch an. Sie klingt wie die Grande Pièce Symphonique in fis-Moll, die 50 Jahre später von dem Komponisten und Professor für Orgelmusik am Conservatoire de Paris, César Franck, komponiert wird. Die romantischen Klänge vermischen sich mit dem feinen Liebesgeflüster eines Desprez unbekannten Paares. Es wird durch das Morgenlicht, das durch die farbenprächtigen Kirchenfenster einfällt, durchleuchtet. Die edlen nackten Körper wiegen sich im Rhythmus der Musik. Sie lassen sich treiben von einem liebesmächtigen Moment zum nächsten, zeitlos. Mosche und Georgette sind Liebe.

Michaels Blick schweift um 10.30 Uhr über das Schlachtfeld von Wagram.

Leopold muss magenlos kotzen. Er hält die Grausamkeiten, die sich Menschen antun können, nicht aus. Die Brise sagt nur lakonisch: »Kotze dich aus, Liebling, aber dann geht es an die Arbeit.« Nach dem ersten Schock nimmt ihn die weise Brise kräftig bei der Hand. Sie schweben unmittelbar über den Kriegern. »Konzentriere dich auf die Sterbenden. Was fällt dir auf?«, fragt die Brise.

»Soldaten und Offiziere kämpfen gegen ihre Feinde, dann kämpfen sie gegen den Tod«, sagt Leopold leise. Dieser Todeskampf ist auf dem Schlachtfeld mit unsagbaren Schmerzen verbunden. Gleichzeitig erkennen viele unter ihnen, dass sie eben diese Schmerzen anderen zugefügt haben. Sie flehen Gott an, wie dieser erbarmungswürdige 18-jährige österreichische Kavallerist Georg, der da neben seinem bereits verendeten Pferd blutüberströmt stirbt. Sein Inneres ist auch von Blut überschwemmt. Sein ehemals vor Gesundheit strotzendes Ährenfeld wird immer stärker geflutet, zusammen mit den farbenprächtigen Wiesen und Auen und einem bemerkenswerten Baumbestand. Das perlende Licht ist am Erlöschen. Es hat keine Aufgabe mehr. Georgs Herz ist erdolcht, gebrochen. Sein Inneres erlischt. Er kämpft mit letztem Willen, seine Glieder zucken. Er schreit nach seiner Mutter, bis ihn das Blut im Mund erstickt.

Leopold ist ganz bei Georg, auch wenn er ihm seine Mutter nicht ersetzen kann. Neben den körperlichen Schmerzen fühlt sich der junge Mann schuldig wegen der Soldaten, die er in seiner ersten Schlacht selber getötet hat, obwohl er eigentlich nur sein Vaterland verteidigte. Angstschübe erschüttern ihn, den mit einer von der Kirche gesegneten Waffe ausgerüsteten Kämpfer. Sein Herz, oder was von ihm noch übrig ist, zerbricht in tausend Stücke. Verzweifelt erwartet er den Tod, den schwarzen Sensenmann.

Die Brise schaut Leopold tief in seine feinstofflichen Augen. Und er versteht nun, warum sie sich auf dem Schlachtfeld befinden.

Zurück nach Barbeau. Kaum hat sich Johanna von ihren Freunden in Barbeau verabschiedet, erscheint sie erneut, nach dem kleinen Abstecher nach Paris-Mitte, im Klosterstädtchen. Nur bleibt sie für menschliche Augen unerkannt. Sie hat sich für die anstehenden Aufgaben in ein feinstoffliches Wesen verwandelt. Als Zeitreisende fühlt sie sich besser in diesem Wesenszustand. Sie will von den Menschen nicht erkannt werden, denn sie ist in streng geheimer Mission unterwegs. Sie befiehlt den Zeitkanal zu sich. Er erscheint gehorsam und öffnet ihr seine Eingangspforte. Hinter der Unsichtbaren schließen sich die Türen. Gewandt überwacht sie die blinkenden Armaturen. Sie drückt auf einen roten Knopf mit einer Jahreszahl mit einem Minuszeichen. Sie steht mit Michael über ein Kommunikationssystem in Verbindung und meldet sich nun für die nächsten Stunden aus dem Netz ab. Michael und der aus Mödling aufgeschaltete Beethoven wünschen ihr viel Erfolg für die wichtige Mission. Die Führungsmannschaft handelt.

Leopold schwebt derweil geschockt über dem Schlachtfeld Wagram. Er hat gerade erkannt, dass hier nicht seine charmante Kompetenz als Herzensbrecher und Herzensheiler gefragt ist. Nein, hier gilt es, gebrochene Herzen jenseitsfähig zu machen. Die Herzen zu öffnen, liegt ihm bedeutend mehr, als sie flugtüchtig für die letzte Reise herzurichten. Wie überall die Seelen aus den toten Körpern fliehen, ist beeindruckend! Jede Seele hat ein Script des Verstorbenen bei sich und wird von einer unsichtbaren Hand geführt. Er staunt, denn er sieht die Hände und erinnerte sich an sein eigenes Todeserlebnis vor gut 14 Jahren.

Die weise Brise zeigt nach Süden. Da sieht er einen riesigen Lichtkanal wie damals bei ihm. Er erschauert. Jetzt schaut er sich die feinstofflichen Hände, die die Toten begleiten, näher an. Seine Sicht wird klarer. Ein Schleier fällt von seinen Augen. Das sind die Hände seiner feinstofflichen Brüder und Schwestern der weisen Art.

Die Brise nickt. »Leg Hand an am Herzen Georgs!«, verlangt sie.

»Kann ich das?«, fragt er.

»Frage nicht. Tu es!«, sagt sie.

Sanft legt er seine Hände auf den bereits toten Körper Georgs. Seine starren gebrochenen Augen sind noch nicht geschlossen. Leopold weiß, dass er von seinen Schmerzen erlöst und von seinen Ängsten befreit ist. Freundschaftlich legt er seine feinstoffliche Hand in die des nun geistig gewordenen Gestorbenen und begleitet ihn zum Lichtkanal. Georg lächelt.

Die Arbeit als Todesbegleiter ist anstrengend. Den ganzen Nachmittag, bis in die Nacht des 5. Juli hinein, wird gestorben. 6000 österreichische Soldaten und beinahe ebenso viele französische Gefallenen erhalten auf ihrem letzten Weg durch die Feinstofflichen der weisen Art Orientierung und Halt.

In Barbeau hat Johanna ihre Mission erfolgreich beendet. Michael stellt befriedigt fest: »Wir sind auf einem guten Weg.«

Schwester Johanna hatte sich durch den Zeitkanal weit in die Vergangenheit der Menschheitsgeschichte und dann bis hin in die Zukunft des fernen Jahres 2189 bewegt. Nun ist sie wieder zurück aus der Zukunft. Sie fühlt sich wohl in

Barbeau. Die Kirche oder Notre-Dame des neuen Bewusstseins, wie Johanna sie nennt, bietet ihr Halt und Orientierung. Noch immer unsichtbar, setzt sie sich in die vorderste Kirchenbank und betet, dass wenigstens hier der Frieden weiter gedeihen möge. Bevor sie den mystischen Raum verlässt, zündet sie eine Kerze an, verbunden mit einem geheimen Wunsch.

Ein Kirchgänger, ebenfalls in der ersten Reihe, ist überrascht, dass sich eine Kerze selbständig zum Kerzenständer hinbewegt. »Hier geschehen noch Zeichen und Wunder«, schreit der verdatterte Mann.

Johanna in feinstofflicher Wesensform schmunzelt und freut sich über die frommen Worte. Dieser Mann scheint über hellseherische Fähigkeiten zu verfügen. Damit sich ihr geheimer Wunsch erfüllt, braucht es tatsächlich ein Wunder. Innerlich gestärkt tauscht sie den Ort des Friedens mit einem Ort des Krieges. Johanna ist sich bewusst, dass sie in den nächsten Stunden und Tagen weiterhin viel Arbeit erwartet.

Mosche und Georgette sind ein Liebespaar geworden und nächtigen vom 5. auf den 6. Juli in Georgettes Schenke. Desprez ist von seiner Zukunftsmusik besessen. Er komponiert die ganze Nacht. Die Bevölkerung schläft den Schlaf der Gerechten. Sie freuen sich über zusätzliche Aufbauhelfer, die der napoleonische Statthalter von Fontainebleau aufgrund der Intervention der Bürgermeister von Barbeau und Fontainebleau organisierte. Alexandre gönnte sich nach der Beendigung der Aufräum- und Reinigungsarbeiten einen Reitausflug zur alten Eiche, um sich von den Strapazen zu erholen und dem bis über beide Ohren verliebten Freund keine Liebeszeit zu stehlen.

Michael nimmt zur Kenntnis, dass Johanna wieder unter den Feinstofflichen der weisen Art auf dem Schlachtfeld von Wagram eingetroffen ist.

Sie übernimmt sofort das Kommando und koordiniert die Einsätze. Sie führt gekonnt Regie, ist eine Meisterin der Sterbebegleitung auf den Schlachtfeldern des 19. Jahrhunderts. Sie ist ihm wie prophezeit eine große und mächtige Hilfe. Noch in dieser Nacht offenbart sich Johanna. Leopold und die Brise erkennen in ihr die Kommandantin und sind über deren Wesensform überrascht. Gleichzeitig sehen sie, dass Johanna offenbar außergewöhnliche Fähigkeiten besitzt, und spüren, dass sie alle drei eine enge Beziehung zu Michael verbindet.

Etwas später und einige Kilometer hinter der Front sinken die Brise und Leopold nach getaner Arbeit todmüde im Cello in den Schlaf. Neben ihnen schnarcht Jérôme auf seiner Kutschenpritsche. Da während der Schlacht donnernde, grelle Musik gespielt wird, verzichtet Jérôme auf Cellomusik. Das Cello ist über seine wenigen Einsätze nicht erfreut.

Tagsüber macht sich der Musikus als Küchengehilfe unter dem Küchenchef Jean-Pierre Lachat nützlich. Gestern verwurstete der erste Koch die letzten Schweine des Bauern zu exzellenten Würsten. Jeder Soldat bekam eine solche zur Tagesration des 5. Juli. Die Saucisson magique à la façon Jean-Pièrre Lachat sollte den Galliern zusätzliche Kräfte verleihen. Die gefallenen Franzosen wurden von eigenen wie von feindlichen Kämpfern sofort nach noch nicht verspeisten Würsten untersucht. Denn das Gerücht über ihren vorzüglichen Geschmack und die geheimnisvolle kräftesteigernde Wirkung verbreitete sich in Windeseile auf dem ganzen Schlachtfeld.

Einige Kilometer weiter östlich beobachtet Napoleon im Gefechtsstand mit seinem Fernrohr die letzten Aktionen der Schlacht bei Einbruch der Nacht vom 5. Juli und begreift, dass seine Truppen die Entscheidung noch nicht herbeiführen konnten. Der Feldherr ist unzufrieden. Der in den Gefechtsstand zitierte oberste Sanitätsoffizier, Oberst Doktor Le Grand, trotz seines Namens ein recht kleiner Mann, bringt die aktuelle Liste der gefallenen Soldaten und Offiziere. »Die Liste ist viel länger als bei unseren bisherigen Waffengängen. Sie ist natürlich provisorisch«, erwähnt Le Grand unterwürfig und fährt fort: »Aber kürzer wird sie bestimmt nicht.«

Berthier, der seinen Heeresführer seit Jahren kennt, bemerkt, wie kurz eine Verunsicherung über Napoleons Gesicht huscht. Dann stellt Napoleon mit majestätischer Stimme klar: »Morgen ist der Sieg unser!«

Ein »Vive Napoleon« und »Vive la France« schallt ihm entgegen.

Der oberste Feldherr erledigt anschließend hinter dem Gefechtsstand seine menschlichen Bedürfnisse. Ein schwarzer, eigenartig tänzelnder Pudel nähert sich ihm und stört ihn kläffend bei der Erledigung dieses Geschäftes. Napoleon versucht ihn durch einen kräftigen Stoß seines rechten Lederstiefels zu verscheuchen. Aber der Pudel lässt sich nicht so schnell verscheuchen, versucht sich in seinen Lederstiefel zu verbeißen, was ihm nicht gelingt. Jetzt reicht es Napoleon. Er zieht seine Pistole und schießt auf den Pudel. Der Schwarze kann darüber nur lachen. Kugeln können das personifizierte Böse nicht eliminieren. Und doch beginnt das Böse nach dem dritten Schuss Napoleons zu wanken und tanzt auch nicht mehr eigenartig. Was geht hier vor? Die Bewegungen des

Tieres wirken plötzlich unkoordiniert. Der Schwarze begreift die Welt nicht mehr. Er fällt zu Boden. »Zur Hölle mit diesem Tier«, verwünscht der genervte Korse den erschossenen Pudel, was auch eintritt.

Kurz den Pistolenpulverdampf der verschossenen Munition genussvoll einatmend, steckt der Sieger seine Waffe befriedigt wieder in den Rock. »Schafft mir das Biest weg!«, befiehlt Bonaparte zweien seiner Soldaten. Der Schwarze, oder was von ihm noch übrig ist, entsorgt.

Nachtrag zur Geschichtsschreibung aus der Sicht des 21. Jahrhunderts: Napoleon wird nicht nur von der frankophonen Geschichtsschreibung mehrheitlich verklärt dargestellt. Er selbst bezeichnet am Ende seines Lebens die Erschaffung des Code Civil als sein wichtigstes Lebenswerk. Die Sicht der Meta-Historiker sieht aber in der Erschießung des eigenartig tanzenden schwarzen Pudels seine größte Leistung.

Michael treibt die Mission des Geheimbundes weiter voran. Die Konstellation der Sterne lässt ihn hoffen, dass der Zeitpunkt für eine erfolgreiche Durchführung der geplanten Aktionen günstig ist. Von seinem Gefechtsstand aus, der geliebten Bank in Paris-Mitte, wird er erneut aktiv. Er weckt den schon eingeschlafenen Leopold im Celloinnern im fernen Wagram und verpasst ihm den ultimativen Wunsch, sich nach Barbeau zu begeben. Gleichzeitig wird die Brise in einen Tiefschlaf und Alexandre unter der alten Eiche in der Nähe Barbeaus in Trance versetzt. Dann konzentriert er sich auf einen hellen Stern im All, der ihn zum Wesen der Duchesse Beatrice de Fontainebleau et Valmy leitet. Ein starkes Aufblitzen der glänzenden Oberfläche von Alexandres Diamantring bestätigt ihm, dass seine Botschaft, Beatrice solle sich auf Erden begeben, bei ihr angekommen ist. Ihr momentanes Bewusstseinsniveau schließt aus, dass sie weiß, was sie auf der Erde, ihrem ehemaligen Lebensraum, erwartet. Michael steuert sie, so dass sie mit Lichtgeschwindigkeit sofort die vermittelten Koordinaten in der Milchstraße ansteuert. Aus unendlicher Ferne empfängt Michael die Schwingungen freudiger Erwartung, charmant, weiblich, vibrierend.

Alexandre nimmt wahr, dass etwas mit ihm geschieht. Er empfindet den Zustand als angenehm und überlässt sich ihm.

Michael beobachtet, wie Leopold mit der Müdigkeit kämpft und schließlich unter der alten Eiche neben seinem Sohn einnickt, ohne dass er diesen bemerkt hat. Für ihn ist das ein friedliches Bild, der Sohn und sein Erzeuger wesensüberschreitend vereint, es erfreut ihn. Zum großen Glück fehlt jetzt noch die verstorbene Mutter Alexandres und große Liebe des Menschen Leopold.

Beatrice nähert sich der Milchstraße. Michael ist gespannt, ihrer heutigen Version zu begegnen. Seine Erwartungen werden nicht enttäuscht. Ein edles Wesen im Einklang mit sich selbst und ihrem Sein stürmt da auf die Erde zu. Mit einem Lichtblitz durchstößt Beatrice charmant die Stratosphäre. Dann schwebt sie, einen weiblichen Schweif hinter sich lassend, dem Erdboden zu, an diesem 5. Juli 1809, und landet punktgenau am Bestimmungsort in der Nähe von Barbeau. Mutter, Vater und Sohn sind vereint. Sie erkennen sich gegenseitig noch nicht aufgrund ihrer verschiedenen Wesenszustände.

Die Bürger von Barbeau sehen einen mächtigen Kometenschweif bei Einbruch der Nacht des 5. Juli 1809. Die meisten von ihnen deuten das als Zeichen für eine bessere Zukunft.

Freudig stimmt sich Michael auf seine nächste Aktion ein. Johanna ist mit der Führung ihrer helfenden Truppe auf dem Schlachtfeld beschäftigt. Seit das Feuer wegen Dunkelheit eingestellt ist, betreten zivile wie militärische Retter mit Fackeln den Ort des Grauens. Stöhnen und Verrecken überall. Ungesehen und unerkannt vermittelt Johanna den menschlichen Rettern Kraft, damit sie möglichst viele Verletzte retten können. Gleichzeitig koordiniert sie den Einsatz der Todesbegleitbrigade. Daneben findet sie noch Zeit, Michael von Weitem gutes Gelingen für die heikle Mission, erstmalig eine Transformation von drei komplett verschiedenen Wesensformen zu wagen. Dafür braucht es Körperkontakt zwischen ihnen als Menschen. Deshalb sollen alle drei kurzfristig in drei menschlichen Körper materialisiert sein.

Genau das wagt Michael jetzt. Er schafft die Rahmenbedingungen, die eine Selbstheilung von Mensch zu Mensch ermöglichen. Er vermutet, dass Heilung von Leid im Nachhinein geschehen darf, wenn dies umständehalber in der Vergangenheit und über Inkarnationszeiträume hinweg nicht hat stattfinden können. Er verbindet sich mit seiner Herzenergie, bleibt dabei hellwach, nimmt Kontakt auf mit den Herzzentren von Beatrice, Leopold und Alexandre. Demütig wünscht er sich, das allumfassende Herz möge ihn befähigen, das Experiment so zu gestalten, dass Liebe und Heilung unter den Beteiligten Einzug halten können.

Und so geschieht es: Leopold und Beatrice werden an diesem Spätabend im

Schatten der alten Eiche mit einem Menschenkörper beschenkt, sind kurzfristig Vater und Mutter ihres Kindes. Alexandre ist vier Monate alt. Beatrice stillt ihr Kind. Der stolze Leopold legt liebevoll seinen Arm um Beatrice. Friede und Liebe durchströmen die Familie. Alexandre bekommt die natürliche Kleinkindnahrung, auf der er sein Leben bestens aufbauen kann. Das Kind ist nach einiger Zeit gestillt. Klein-Alexandre liegt lächelnd in den Armen seiner Mutter. Zärtlich küsst Vater Leopold Beatrice. Drei Menschen in Liebe vereint. Dieses Kind wird keine Lebenskrise, kein Schicksalsschlag ganz aus der Bahn werfen. Alexandre hat Liebe erfahren und wird dadurch liebend leben können, auch in Lebensphasen, die ihn an seine persönlichen Grenzen bringen. Davon ist Michael überzeugt.

In einem diamantenen Lichtbogen verabschieden sich Leopold und Beatrice wieder und kehren dematerialisiert in ihre Welten zurück.

Michael ist glücklich. Alexandre und seine Eltern erlebten die unendliche Größe, Schönheit und Macht einer allumfassenden Liebe. Michael ist davon ergriffen.

Alexandre erwacht aus seinem Halbschlaf. In seinem Kopf sind seltsame Traumbilder. Er sieht sich als Säugling mit seiner verstorbenen Mutter vereint. Jetzt taucht die menschliche Gestalt seines Vaters Leopold Renaudin vor seinem geistigen Auge auf, den er umständehalber nie gesehen hat. Das Gesicht ist zum Greifen nah – großer Charakterkopf, wellige Haare, funkelnde, leidenschaftliche Augen blicken ihm entgegen. Sein Vater streichelt sanft sein Gesicht, küsst ihn und flüstert: »Ich liebe dich, mein Sohn.« Seine Mutter wiegt ihn in ihren schützenden Armen. An sie kann er sich noch gut erinnern. Das Traumbild entspricht haargenau dem Bild, das er von ihr in seinem Herzen trägt. Somit liegt es nahe, dass das Bild seines Vaters ebenfalls der Realität entspricht. Er ist seinem Vater begegnet und sein Vater liebt ihn.

Nun sieht Michael, wie Alexandre tiefberührt von seinen Gefühlen überflutet wird, Tränen des Glücks rollen über sein Gesicht. Michael dankt der allumfassenden Liebe, dass sein Experiment geglückt ist.

Die alte Eiche schenkt Alexandre noch für eine Weile Wärme und Erdverbundenheit. Der Vaterbeschenkte schaut in den klaren Sternenhimmel. Ein ferner Stern strahlt besonders hell. Wieder rollen Tränen. Oder sind es Tränen des fernen Sterns?

14. Der 6. Juli 1809 bringt die Entscheidung in der Schlacht um Wagram, viel Blut fließt auf dem Feld der Ehre, Michael leitet gleichzeitig die Aktionen der Revolution für ein neues Bewusstsein mit Herzblut. Krieg und Frieden zwischen Wagram und Barbeau, ob Krieg oder Frieden, Menschen sterben

Nach einem kurzen erquickenden Schlaf auf einer der Bänke unter der Pont Notre-Dame neben seinen Clochard-Freunden erhebt sich Michael und begibt sich wieder auf seinen Bankgefechtsstand im nahen Park. Dieser Tag des 6. Juli 1809 wird auch für ihn und seine Mission von entscheidender Bedeutung sein. Paris s'éveille. Er konzentriert sich wie gestern auf die Schauplätze Barbeau und Wagram.

Ein Gewaltgewitter wütet über dem Schlachtfeld von Wagram. Donner hallt von Mauern und Hängen wider. Erdbebenähnlich erzittert der Boden. Blitze zucken grell über die aus dem Schlaf gerissene, erschreckte und verängstigte Natur. Noch vor Anbruch des Tages erhellen unzählige Blitze Felder, Wiesen und Auen um Wagram. Mit dem erstarkenden Sonnenlicht wehrt sich die Natur gegen die Kälte des grellstählernen Blitzlichtes. Doch das tobende Gewitter lässt sich nicht aus der Region vertreiben. Die Blitze sind auch bei Tageslicht sichtbar. Naturverhöhnend schießen sie horizontal über das Land, blenden ihre Feinde von Angesicht zu Angesicht. Der begleitende Granatenhagel blendet nicht nur, sondern tötet, vernichtet, verwüstet. Die Natur versteht die Welt nicht mehr.

Napoleon und sein Widersacher Erzherzog Karl verbrachten die Nacht vom 5. auf den 6. Juli in ihren Gefechtsständen, erfolgversprechende Vernichtungsstrategien entwerfend. Erzherzog Karl entschloss sich bei Tagesanbruch zum Gegenabgriff. Er wollte erst durch die Franzosen besetzte Verteidigungsstellungen zurückerobern und danach sofort zum entscheidenden Schlag ausholen. Nach Informationen seiner Nachrichtenoffiziere sind die Franzosen, typisch napoleonisch, dabei, die gesamte Artillerie zusammenzuziehen, um ihre Feuerkraft zu konzentrieren. Karls ebenbürtige Artillerie hat den Vorteil, dass sich dank seines Verteidigungsdispositives die Artilleriebatterien schon einsatzfähig in ihren Stellungen befinden und nur noch auf die Kommandos der Schießkommandanten warten. Nach der österreichischen Artilleriefeuerwalze soll der Gegenangriff auf breiter Front mit Infanterie und Kavallerie geführt werden mit dem Ziel, den Feind möglichst rasch zu vernichten, und zwar bevor die französische Artillerie Stellung bezogen hat.

Generalstabschef Berthier war leicht betupft, als ihm der Feldherr und Kaiser der Franzosen spät in der Nacht des 5. auf den 6. Juli 1809 befahl, sich auszuruhen. Napoleons Interesse galt nur noch Marschall Davout. Mit Davout, dem kompetentesten seiner Kommandeure, besprach sich Napoleon in dieser Nacht. Sie analysierten den ersten Tag der Schlacht – was wurde erreicht, was nicht, Truppenbestand, Verluste. Danach wurde der Kampfplan den Realitäten angepasst und die Strategie für den folgenden Tag festgelegt. Die Lagebeurteilung hatte gezeigt, dass der Feind während des ersten Tages geschwächt, aber nicht besiegt war, über große Kampfmoral verfügt und seine Offiziere durch die mehrjährigen kriegerischen Auseinandersetzungen mit den Franzosen an militärischen Führungsqualitäten dazugewonnen hatten. Als Davout neben den großen Verlusten des Feindes auch die verhältnismäßig großen eigenen Verluste erwähnte, reagierte der Korse griesgrämig.

Napoleon sieht klare Vorteile für seine Armee. Dank der Verstärkung durch die kampfbereite bayrische Division und das Heranziehen des XI. Korps unter Marmot verschiebt sich das Gewicht der Kampftruppen deutlich zu Gunsten Frankreichs.

Napoleons langjähriger Kampfgefährte und Seelenverwandter, Arrighi, Herzog von Padua, wird am frühen Morgen mit seiner französischen Kürassierdivision die rechte Flanke verstärken. Generalleutnant Mazets Artillerie der Kaiserlichen Garde wird sofort an die Front verlegt. Der gemeldete Reiterbestand besteht aus 29000 Kavalleristen und Kürassieren auf der Seite von

Frankreich. Österreichs Bestand: 14600 Reiter. Auch da sieht sich Napoleon für den zweiten Tag der Schlacht im Vorteil.

Gegen 04:00 Uhr ist ein Offiziersrapport befohlen. Der Kaiser erhebt sich: »Davout, arbeiten Sie zusammen mit dem Generalstabschef die Befehle für die Kommandeure aus! Ich lege mich noch für eine Stunde aufs Ohr.«

Damit wendet sich Michael wieder Barbeau zu. Hier darf die Natur noch Natur sein. Das Morgenlicht erhellt die Wiesen, Auen und Wälder. Einige wenige Frühaufsteher – Bauern, Organisten, Morgensonnenanbeter – kümmern sich um Tiere, Orgeln oder einfach um ihr Seelenwohl, fütternd oder musizierend auf der Mutter Erde hockend. Die verbrannten Gebäude des Städtchens erinnern noch an die schlimme Feuersbrunst vor wenigen Tagen. Aber sogar die verkohlten Überreste glänzen friedlich in der Morgensonne. Die Mehrzahl der Menschen schlummert noch ungestört und friedlich auf ihren Laken. So auch Alexandre, von einer tiefen seelischen Verletzung geheilt, und Georgette und Mosche, die mit intensiver Liebe beschenkt wurden.

An diesem Morgen des 6. Juli 1809 in Barbeau lässt Desprez die Kirchenglocke fünf Mal schlagen. Dann setzt er sich an die Orgel und lässt deren Pfeifen kräftig erschallen. Die Orgel in Paris war größer, aber diese hier hat einen geheimnisvolleren Klang, so freut sich Napoleons Krönungsorganist still.

Michael konzentriert sich wieder auf Wagram. Viele französische Offiziere und Soldaten liegen mit dem Tode ringend in einem improvisierten, überfüllten Feldlazarett in der Nähe von Napoleons Gefechtsstand. Docteur Le Grand kümmert sich aufopfernd mit seinen Gehilfen um die Verletzten. Er ist erstaunt über die Ausdauer und Unermüdlichkeit der Truppe.

Johanna, Leopold und die Brise sind übermüdet, aber schon wieder im Feldeinsatz.

Beim Frühmorgenrapport des 2. Kampftages verliert Napoleon kein Wort zu den Verlusten des Vortags. Er entlässt seine Kommandeure nach der Befehlsausgabe mit den Worten: »Für uns alle gilt: Sieg oder Tod für Frankreich. Vive la France!«

»Vive Napoleon! Vive la France!«, schallt es einstimmig zurück.

JCL steht, weitgehend auf C reduziert, verlassen in der Kutsche Mazets. Christophe kämpft beritten an der Front. Das Gefährt steht unnütz im Innenhof. Noch vor Sonnenaufgang, durch den Geschützlärm der feindlichen Artillerie geweckt, begibt sich Jérôme in die Küchenzentrale. Lachat steht pflichtbewusst mit seiner Küchenschürze vor einem riesigen Eimer. Er rührt mit einer Holzkelle die kochend heiße Kaffeebrühe. »Guten Morgen, Musikus, möchtest du un bol de café?«

»Volontiers«, antwortet Jérôme.

Der Schöpfer der saucisson magique lässt die Kelle beiseite und schöpft eine Tasse voll mit dem heißen Getränk. »Hier, mein Freund, eine Stärkung, damit du den angebrochenen Tag …« Der gewaltige Knall einer einschlagenden Artilleriegranate unterbricht den Küchenchef. Jérôme, Jean-Pierre und zwei Küchengehilfen werfen sich zu Boden. Einer davon bekommt heißen Kaffee ins Gesicht und schreit fürchterlich, seine Tasse zerschellt in tausend Stücke. Gut hundert Meter weit weg schlägt eine zweite Granate ein, dann Ruhe. Verwirrt zwitschernd fliegt ein Vogel aus der schützenden Küche, unverletzt. Vier Köpfe heben sich fast gleichzeitig vom Küchenboden. Verängstigte Augen suchen einander. Als Erster steht der Küchenchef wieder auf. »Schwein gehabt!«, kommentiert er kurz und ehrlich die Situation.

Jérôme und die Küchengehilfen erheben sich ebenfalls mit schlotternden Knien und geschockt. Nachdem Lachat dem verletzten Küchengehilfen erste Hilfe geleistet hat, nimmt er die große Kelle wieder in die Hand und arbeitet weiter. Jérôme geht nun vorsichtig nach draußen und ist erleichtert, dass die zweite Granate weit weg von Mazets Kriegskalesche eingeschlagen war, unmittelbar außerhalb der Hofgebäude.

Die Bauernkinder weinen. Die Bäuerin ist betroffen. Die Granate hat ihren Wachhund zerfetzt. Einen Moment stockt Jérôme der Atem. Er sieht bewaffnete Soldaten vor dem Eingangstor vorbeiziehen. Sind das die unsrigen, fragt er sich verunsichert. Als er sie französisch sprechen hört, beruhigt sich sein Herzschlag.

Michael beobachtet von seiner Bank gut 1000 Kilometer westwärts, wie die beiden Heerführer aus ihren Gefechtsständen die tobende Schlacht beobachten, an diesem Morgen um neun Uhr. Karl sieht, wie seine Truppen an verschiedenen Frontabschnitten erfolgreich vorstoßen. Erste Verteidigungsstellungen sind zurückerobert. Der überraschende frühe Artillerieschlag zeigt Wirkung. Es herrscht ein gewisser Optimismus in der österreichischen Heeresführung. In einigen Offiziersaugen kann man ein hämisches siegeslüsternes Flackern wahrnehmen.

Napoleon hingegen ist in Rage. Er ärgert sich über die schwache Kampfführung Bernadottes. Das IX. sächsische Korps hat große Probleme, die Frontlinie zu halten. Zwei österreichische Korps unter Bellegarde und Liechtenstein attackieren die napoleonischen Sachsen pausenlos und fügen ihnen große Verluste zu. Napoleon befiehlt Masséna näher ans Zentrum und wirft Kavalleriereserven in den Kampf. Generalleutnant Mazet überträgt er das Kommando der Artilleriekampfgruppe für diesen heiklen Frontabschnitt. Zu den 60 Geschützen der Kaiserlichen Garde kommen noch einmal so viele dazu. In kürzester Zeit geling es Mazet, die angeschlagene sächsische Front mit Feuer aus 112 Rohren massiv zu schwächen. Liechtensteins heroisch kämpfende Grenadiere fallen wie die Fliegen.

Die linken und rechten Flanken attackieren die Österreicher an diesem Morgen ebenfalls. Noch vor Mittag hat Napoleon seine Front wieder stabilisiert. Die Österreicher haben den entscheidenden Durchbruch mit ihrem Gegenangriff nicht geschafft. Das sieht auch Erzherzog Karl. Seine Miene verfinstert sich, als ihm ein Meldeläufer einen versiegelten Brief überbringt. Er flucht. Der Heeresstab ist betroffen, Flüche aus dem adeligen Mund ihres kultivierten Feldherrn zu hören. Sein Bruder Erzherzog Johann teilt ihm freudig mit, dass Karl schon gegen Abend mit der Verstärkung seiner 11200 Soldaten rechnen könne.

Napoleons Meldeoffiziere, auch Leutnant von Stern, schwingen sich auf ihre Pferde und reiten im Eiltempo zu ihren Kommandeuren. Es ist kurz nach 10:00 Uhr. Der junge Offizier trägt den schriftlichen Befehl in seiner Herztasche. Sein Inhalt lautet: Wagram, 6. Juli 1809, Befehl von 10:15 Uhr an alle: sofort auszuführen. Linke und rechte Flanke halten und den Feind stören. Entscheidung wird durch die Mitte mit den Truppen von General MacDonald, verstärkt durch Reserveeinheiten, Infanterie wie Kavallerie und Teile der Kaiserlichen Garde erzwungen. Der Gegenangriff wird durch die Artilleriekampfgruppe Mazet mit einer Feuerwalze eingeleitet. Danach wird MacDonald das Zentrum des Feindes unter Führung von Graf Heinrich Bellegarde angegriffen. Der Sieg ist unser! Vive la France! Signiert: Napoleon, oberster Heerführer und Kaiser der Franzosen.

Von Sterns Augen funkeln nicht mehr so intensiv wie zu Beginn der Kampfhandlungen. Als Meldeoffizier konnte er sich zwar bisher dem Töten entziehen, aber das grausame Gesicht des Krieges kennt er nun dennoch. Unzählige seiner Truppenkollegen sind tot, darunter auch solche, die ihm als Freunde ans Herz gewachsen waren. Sein Inneres wird geprüft, seine eigentliche Musikerseele rebelliert. Sein Hurrapatriotismus ist verflogen. Aber sein starkes Herz trägt ihn durch diesen schwer auf ihm lastenden Kriegstag.

Nach der Befehlsausgabe nimmt Napoleon sein Fernrohr und beobachtet das Geschehen an der gesamten Front. Rechts kämpfen Davout und Oudinot wirkungsvoll, wie erwartet. Auf die zwei ist immer Verlass. Masséna links und die befohlenen Verstärkungsmaßnahmen zeigen Wirkung. Liechtensteins Grenadiere kennen nur noch eine Richtung: die Flucht zurück. Von einem geordneten Rückzug ist da keine Rede mehr. Dieser Frontabschnitt ist mit Tausenden von Leichen bedeckt, französische wie österreichische. Die Front hält endlich wieder bei den Sachsen. »Der einmal mehr überforderte Bernadotte ist nicht fähig, ein Korps selbständig zu führen«, bemerkt Napoleon mit einem verächtlichen Blick zu seinem Generalstabschef. »Das wird Folgen haben.« Wütend schlägt der kleine mächtige Korse seinen Heerführerstab gegen das Zeltgestänge. Der gesamte versammelte Heeresstab wirkt plötzlich verunsichert.

Ein lautes Grollen nähert sich dem Gefechtsstand. Berthier sieht sich schon im direkten Feindeskontakt und entsichert seine Pistole. Da galoppiert der junge Sicherheitsoffizier Leutnant Fabio Santini heran, grüßt Napoleon und hält die flatternde Standarte der Kaiserlichen Garde hoch. Santini befehligt die Sicherheitstruppe, die den Gefechtsstand der Heeresführung bewacht. Er ist der Sohn Napoleons langjährigen Adjutanten Giuseppe Santini, der im Juni 1800 bei der Schlacht in Marengo fiel. »Napoleon, mein Kaiser, ich melde die Kürassierdivision von Arrighi, Herzog von Padua«, ruft der junge Mann. Fabio springt von seinem Hengst und stellt sich neben Napoleon. Seine Worte verlieren sich im Lärm der aus 100 Rohren schießenden französischen Artillerie und den heranbrausenden, säbelschwingenden Kürassierschwadronen.

Über tausend Berittene in Kampfmontur galoppieren um den Feldherrenhügel, voraus ihr beliebter Kommandant. Die Divisionsstandarte trägt der neben ihm reitende Adjutant, sie flattert im Wind. Der heißblütige Arrighi grüßt Napoleon reitend mit den Worten: »Wir Kürassiere kämpfen für unseren Kaiser bis in den Tod. Vive Napoleon!« Seine Mannschaft wiederholt brüllend die huldigenden Worte des Italieners.

Sogar Napoleon ist beeindruckt vom Kampfeswillen und der geballten Energie der Kämpfer. Nach zweimaligem Umkreisen meldet sich Arrighi ab, weist mit seinem imponierend großen Säbel in Richtung Schlachtfeld. Grell glänzen die frischgeschliffenen Klingen, ungeduldig darauf wartend, endlich feindliche Glieder und Köpfe abzuhacken. »En avant! In den Kampf, Kürassiere, für den Sieg unseres Kaisers und für Frankreich!«

Die Kampfesenergie hinterlässt noch eine geraume Zeit erdrückende Spuren.

Der Gehuldigte wendet sich nun Fabio Santini zu und blickt ihm tief in die dunklen Augen. »Großzügig verzichte ich darauf, Sie sofort zu exekutieren, Leutnant. Ohne mich zu informieren, haben Sie die Kürassiere in mein Hauptquartier ungehindert einreiten lassen, unglaublich.«

»Ich entschuldige mich in aller Form«, flüstert der Getadelte. »Aber ich kenne meinen Landsmann Arrighi bestens und kann immer noch Freund und Feind unterscheiden. Und wie hätte ich mit meiner Hundertschaft gegen eine zehnfache Übermacht bestehen können?«

Der Korse antwortet auf Italienisch: »Va bene«, und schlägt dem jungen Bengel freundschaftlich sein Fernrohr auf den Kopf.

Berthier macht den Feldherrn auf die Vorwärtsbewegung MacDonalds aufmerksam. Nur noch feindlicher Artilleriegeschosslärm ist aus der Ferne zu hören. Die vorstoßenden Franzosen drängen den Feind im Zentrum zurück. Die Infanteristen stehen im Nahkampf. Der Gegenangriff ist im vollen Gange.

Die Glocken von Notre-Dame schlagen 11:00 Uhr. Michael hat genug von Pulverdampf und Kriegsgeschrei. »Sollen sie sich doch gegenseitig die Köpfe einschlagen. Wie sagt man noch? Herr, verzeihe ihnen, denn sie wissen nicht, was sie tun«, murmelt er und seufzt. »Es wird endlich Zeit, dass die Menschheit weiß, was sie tut!«

Im Park herrscht Großstadtgetriebe und immer ein gewisser Lärmpegel. Die Leute unterhalten sich, die Hunde werden Gassi geführt, der schwarze Pudel fehlt, die Sonne scheint, ein typischer Tag nimmt friedlich und unaufgeregt seinen Fortgang. Das Leben fließt ganz natürlich.

Hildegard weiß um das Wertvolle dieser Stunden. Sie hat ihre Clochards mit Nahrung versorgt, die Tauben vor Notre-Dame gefüttert, mit drei anderen Hundehaltern geplaudert und sitzt nun glücklich auf ihrer Lieblingsbank, Michael gegenüber. Jetzt rückt sie ihren mit künstlichen, farbigen Blumen überladenen Strohhut zurecht, streckt locker ihre alten, aber noch rüstigen Beine von sich, genießt den Sonnenschein und streichelt den gutmütigen Barry mit den Worten: »Mein liebes Kind, was wollen wir mehr?« Wohlig rekelt sich Barry und schaut seine Herrin mit treuen Augen an. Beide verstehen sich.

Michael macht auch mal Pause, klinkt sich aus dem menschlichen Drama von Krieg und Frieden aus. Einfach den menschlichen Körper spüren, den ewiglich erotisierenden Duft von Paris einatmen, die Energie der pulsierenden Metropole auf sich wirken lassen. Er spürt den salzigen Geschmack seiner Schweißtropfen, die ihm von der Stirn über die Nase auf die Lippen träufeln. Er lässt das Träufeln zu. Einerseits ekelt ihn der Geschmack, anderseits liebt er seine Ausdünstung. Er berührt das warme Holz der Sitzbank, tastet über die Struktur, spürt Holzrillen, eingeschnitzte Liebesbekundungen und ein Herz, das von Amors Pfeil durchbohrt wird. Daneben zwei Initialen. Er lauscht dem Turteln der Tauben und fällt in eine Art Tagesschlaf.

Ein Klopfen an die Banklehne erinnert ihn an seine Arbeit: Ta-ta-ta-taaaa, ta-ta-ta-taaaa. Das ist das Zeichen zur Kontaktaufnahme unter den Führenden des Geheimbundes. Jemand nimmt mit Michael Kontakt auf. Das Bild erscheint zuerst etwas unscharf. Gesendet wird aus dem Großraum Wien. Es ist der Musikus, das Mitglied des Führungsteams, das für den geheimen Code verantwortlich ist. Ludwig van Beethoven grüßt Michael aus Mödling.

»Hörst du den Kanonendonner der Schlacht um Wagram?«, fragt Michael.

Beethoven antwortet: »Zuerst wollte ich kurz vorbeischauen, aber dann habe ich mich entschlossen, die Übersetzungsarbeit der Schicksalssymphonie zu beenden, denn wie du weißt: Die Zeit eilt. Und wie im Namen der Gerechtigkeit gemordet wird, weiß ich zur Genüge. Nur so viel: Unsere Musik ist bereits in den meisten Ländern dieses Planeten verteilt, die einzelnen Noten sind mit den notwendigen Genen versorgt. Nur auf den Falklandinseln gibt es noch Einführungsprobleme. Aber die werden wir auch noch in den Griff bekommen.«

»Hört sich gut an, mein lieber Beethoven!«

Ludwig fährt fort: »Die Liste, die unsere Schwester Johanna erstellt hat, findest du in deiner Ablage. Ich bin der Meinung, dass wir alle Namen erfasst haben, keiner fehlt.«

Michael ist zufrieden mit der Arbeit seiner geweihten Führungsgehilfen.

Ludwig ist heute gesprächig. »Nach getaner Arbeit war ich gestern kurz auf Zeitreise im 20. Jahrhundert und habe mich doch noch mit unserem Hauptthema Krieg und Frieden befasst, mich in Teile der Kriegsdramen zwischen den Deutschen und den Franzosen eingelebt, grauenhaft.«

»Ja, mein lieber Ludwig, ich bin gespannt, ob es uns gelingt, das unheilige Drama von Krieg und Frieden mit den laufenden Aktivitäten unseres Geheimbundes zu verändern.«

»Davon bin ich überzeugt«, antwortet Beethoven spontan. »Und die Magie der Klänge wird uns dabei sehr hilfreich sein«, ergänzt er.

Die Schlacht tobt. Napoleon ist gut in Form, sein Kontrahent skeptisch. Mit Leichengeruch angereicherte Pulverdampfschwaden überziehen das Schlachtfeld. Das Zischen der Artilleriegranaten vermischt sich mit den Todesschreien erdolchter, niedergesäbelter, erschossener und durch Granatsplitter grausam zerfetzter Körper von Mensch und Tier. Das Wiehern stolzer reiterloser Pferde übertönt das Stöhnen ihrer sterbenden Kavalleristen. Hasstiraden brüllende Kämpfer metzeln Feinde nieder. Säbel und Bajonette klirren im brutalen Nahkampf gnadenlos, blutüberströmte Körper, blutgetränkte Felder, Auen und Wiesen, wo das Auge auch hinsieht. Den Lebenden gestohlenes Blut sucht vergebens eine neue Aufgabe. Resigniert, zur Herzlosigkeit verbannt, gerinnt es überall auf dem Feld der Ehre.

Es ist kurz vor Mittag an diesem 6. Juli 1809. MacDonald greift, wie Napoleon es befohlen hat, mit seiner Heeresgruppe an. Die Feuerwalze der von Mazet befehligten 111-rohrstarken Artillerie hat den Feind in diesem Frontabschnitt wirkungsvoll dezimiert. MacDonald nutzt die feindliche Verunsicherung und stößt sofort mit mehreren, geschickt verstärkten Formationen vor. Die 8.000 Kämpfer umfassenden Einheiten kennen die Stoßrichtung und den Auftrag, kämpfen aber weitgehend autonom. Die starre Verteidigungslinie der Österreicher wird ständig von verschiedenen Seiten attackiert. Das Zentrum Österreichs unter Heinrich von Bellegarde kommt mit Andauer des verlustreichen Kampfes immer mehr in Schwierigkeiten. Bellegardes will Verstärkung. Karl verweigert sie ihm, weil er weitere Attacken der Franzosen in anderen Frontabschnitten erwartet. Nach 14:00 Uhr wird die Lage Bellegards kritisch. Sein Zentrum wackelt. An mehreren Orten durchstoßen die flexibel kämpfenden Franzosen die feindlichen Stellungen. Erfolgreich kämpfen auch die Husaren Lasalles links und die Husaren Nantsotys rechts der Angriffsachse. Sie binden einerseits Bellegardes Einheiten und anderseits treiben sie einen Keil zwischen die angrenzenden, auch in Kampfhandlungen verwickelten österreichischen Korps.

Nach 14:30 Uhr bricht die österreichische Front definitiv auseinander. Die Korps, oder was von ihnen noch übrig geblieben ist, verlassen ihre Stellungen zum Teil fluchtartig. Um 15:00 Uhr erkennt Karl resigniert die Aussichtslosigkeit der Situation und befiehlt zur Rettung seines Gros den sofortigen Rückzug nach Znaim.

Nun weiß Napoleon, dass die Schlacht siegreich geschlagen ist. Genüsslich beobachtet er den Feldherrenhügel Karls und sieht, wie dort die Standarten eingerollt werden und der Gefechtsstand abgebrochen wird. Karl selber ist nicht mehr auszumachen.

Fabio Santini übergibt das Kommando der Sicherheitskompanie auf Befehl des Kaisers seinem Stellvertreter. Der Feind hat Wagram aufgegeben und entrückt in weite Ferne. Santini bekommt einen neuen Auftrag. Der siegreiche Feldherr verlangt gut gelaunt von seinem noch nicht exekutierten Sicherheitsverantwortlichen, dass sich Lachat unverzüglich mit dem besten Champagner aus der kaiserlichen Kriegsreserve im Gefechtsstand einzufinden hat. »À vos Ordre mon Empereur!«

»Repos! Und nun sofort zur Arbeit«, befiehlt der Befehlsgewohnte.

Der versammelte Heeresstab huldigt Napoleon lautstark.

Als Santini mit zwei Küchengehilfen und dem gewünschten Champagner eintrifft, brüllt ihn der Feldherr herrisch an: »Wie können Sie es sich erlauben, Santini, meine Befehle zu missachten und ohne unseren hochgeschätzten Küchenchef Lachat zu erscheinen?«

Leutnant Santini blickt Napoleon, militärisch untypisch, mit Tränen in den Augen an und teilt ihm mit: »Ich melde, Jean-Pierre Lachat, unser allseits hochgeschätzter Küchenchef, ist heute Morgen bei einem feindlichen Artilleriebeschuss auf dem Feld der Ehre für Gott und Vaterland gefallen.«

Beklemmende Stille herrscht unter den Offizieren. Der Feldprediger spricht spontan ein kurzes Gebet für den Verstorbenen, dann übernimmt der Feldherr wieder die Regie mit den Worten: »Stoßen wir an auf den Sieg Frankreichs und alle mutigen Soldaten und Offiziere. Jeder Waffengang hinterlässt Sieger und Besiegte, Tote und Überlebende. Auf dem Feld der Ehre zu sterben, ist die höchste aller Ehren. Vive la France!«

»Vive la France et vive Napoleon!«, erklingt es rundherum aus weiterhin kriegslüsternen Kehlen.

Und wie erging es den feinstofflichen Freunden in der blutigen Schlacht? Die Brise und Leopold Feinstoff arbeiteten wie viele Brüder und Schwestern der weisen Art während der ganzen Schlacht weitgehend rund um die Uhr. Gegen 3:00 Uhr in der Nacht des 6. Juli verabschiedeten sie sich übermüdet für eine Weile vom Schlachtfeld. Sie kehrten ins Celloinnere zurück. »Wie lässt es sich hier gut ausruhen«, bemerkte weise die Brise. Im Kutscheninneren schnarchte Jérôme friedlich auf einer Bank vor sich hin. Die Brise und Leopold lagen warm verpackt im Cellokasten und fühlten sich sicher und geborgen. Gegen 5:00 Uhr war der kurze Schlaf wieder vorbei. Ihre Arbeitskraft war erneut gefragt, denn bald würde mit Tagesanbruch das große Sterben des 6. Juli 1809 beginnen.

Gestern hatten die Soldaten mit dem Ausheben von Massengräbern begonnen. Die Feldlazarette waren überfüllt mit verletzten Kämpfern. Viele Schwerverletzte konnten in der Nacht nicht vom Schlachtfeld weggebracht werden. Die Überlebenden lagen immer noch höllisch leidend auf dem Feld der Ehre. Mit dem ersten Sonnenstrahl und der erneuten Feuerwalze der Österreicher floss neues Blut. Johanna hatte um Verstärkung gebeten, ahnend, dass der anbrechende Tag noch mehr Arbeit bringen würde als der vergangene. Der Feldherr Erzherzog Karl könnte einiges von Johanna lernen, zum Beispiel wie man Divisionen auf dem Schlachtfeld erfolgreich führt und Verstärkungen rechtzeitig anfordert.

Immun gegen Granaten, Gewehrschüsse, Säbel- und Bajonetthiebe heilten die Feinstofflichen der weisen Art gebrochene Herzen, bevor sie diese mit kräftiger Hand schmerz- und angstbefreit dem Lichtkanal zuführten.

Gegen 9:00 Uhr wurde Leopold plötzlich übel. Das Kotzen überkam ihn mal wieder. Die Brise war beunruhigt. Sie ließ einen Moment ihre Sterbenden allein und wandte sich Leopold zu. »Was ist los, Liebling?«

Was los ist? Er konnte es nicht sagen. Es ging ihm einfach schlecht. Sein Gesicht war aschfahl, er schwitzte, fror und zitterte gleichzeitig. Dann fiel er in eine Art Ohnmacht.

Die weise Brise war am Ende mit ihrer Weisheit. Was ging mit Leopold vor? Wie konnte sie ihm helfen? Sie war sich plötzlich unsicher, ob Leopolds Zeit für einen neuen Wesenszustand schon gekommen war. Leopold lag am Boden zwischen zwei Kriegsopfern. Einer davon war tot, der andere schwerverletzt. Die Brise streichelte zärtlich Leopolds feinstoffliches Gesicht. Sie ahnte Schlimmes.

Kurz entschlossen nahm sie den Leidenden in ihre Arm und brachte ihn zurück zur Truppenküche. Auf dem Weg dorthin fiel ihr auf, dass sich österreichische Grenadiere beängstigend nahe zu den Versorgungseinrichtungen der Kaiserlichen Garde vorgekämpft hatten. Überall waren Einschusslöcher von Artilleriegranaten. So erreichte die Brise mit Leopold den heimatlichen Hof. Im Innenhof herrschte gespenstische Ruhe. Nur die fürchterlichen Schreie eines Bauernkindes durchbrachen die Stille. Das Mädchen lief verwirrt umher, eine Katze in den Armen haltend, von Weinkrämpfen geschüttelt. Ihre Schreie verhallten ungehört an den Mauern der Hofgebäude. Die verängstigte Katze und das arme Mädchen hatten den feindlichen Artilleriebeschuss überlebt.

Jetzt übergab sich die kriegserfahrene Brise. Torkelnd schwebte sie mit Leopold, der nun wieder zu sich kam, zur unbewachten Kalesche von Generalleutnant Mazet. Zwei Räder waren gebrochen und das Gehäuse stark beschädigt. Im Kutscheninneren lag der Cellokasten am Boden. Auf den ersten Blick schien er unbeschädigt. In seinem Inneren sah das anders aus. Die österreichische Artillerie hatte offensichtlich Platzgranaten verschossen. Diese neuen Geschosse sind sehr heimtückisch. Sie bersten beim Aufprall in tausend kleinste sandartige Metallstücke. Das Cellojuwel war verletzt. Seine obere Decke war von vielen kleinen Metallstücken getroffen. Sonst war ihm nichts anzusehen.

Wo war Jérôme? Grauenvolles ahnend schwebten die beiden in die Truppenküche. Jérôme, sämtliche Küchengehilfen und Jean-Pierre Lachat hatte der Tod während des gemeinsamen Frühstücks geholt. Sie lagen auf dem großen Holztisch, die Arme unnatürlich verrenkt vor ihren zum Teil noch halbvollen Kaffeetassen. Nur ein Bein lag zerfetzt in der Mitte der Feldküche. Den Küchenchef hatte es beim Rühren der heißen Kaffeebrühe erwischt. Kopfüber, die Arme voraus, hing er im Kaffeegebräu. Wenig Blut war geflossen, die neuen Geschosse schienen unblutiger zu töten. Aber ihre Wirkung war offensichtlich brutal effizient.

Das Bauernmädchen wurde immer noch von Weinkrämpfen geschüttelt. Im Innenhof drehte sie nach wie vor ihre Runden. Ihre Eltern und Geschwister, der Esel und die zwei verbliebenen Milchkühe hatten den Artilleriebeschuss ebenfalls nicht überlebt.

Jérôme war gefallen, JCL tödlich getroffen! In einem zerschossenen Bauernhof bei Wagram war am frühen Morgen des 6. Juli 1809 eine Ära zu Ende gegangen, beweint von zwei Feinstofflichen.

Acht Tage später weint in Paris die Familie Lepraître um den Ehemann und Vater. Marianne, Claire, Christian und Julie trauern unsäglich, verstehen die Welt nicht mehr. Liebe Freunde trauern mit ihnen und lassen sie nicht im Stich. Christophe Mazet erwirkt eine Witwenrente aus der napoleonischen Stiftung gefallener Offiziere der Grande Armée. Rodolphe Kreutzer zahlt den Betrag seiner ehemaligen Beteiligung am Atelier der Rue St.-Honoré an Jérômes Erben und kümmert sich um die Reparatur des Cellojuwels. Cécile und Charles betreuen die Familie vor Ort, helfen Marianne beim Organisieren des Begräbnisses. Anastasia stellt den Versaillern gerne ihr Gästezimmer zur Verfügung.

Der Leichnam Jérômes wird auf Befehl von Generalleutnant Mazet, begleitet von einer Ehrenkompanie unter dem Kommando des zum Oberleutnant beförderten Andreas von Stern, von Wagram nach Paris gebracht. Dank Le Grands Einbalsamierungskünsten überstehen die sterblichen Überreste die Überführung des ersten Solocellisten der Pariser Oper weitgehend unverwest. Das Begräbnis findet Mitte Juli 1809 in der Kathedrale Notre-Dame unter großer Anteilnahme und begleitet von einem Musikbeitrag ehemaliger Kollegen der Pariser Oper statt. Bei der anschließenden würdigen Beerdigung auf dem Friedhof Picpus versammeln sich Familie, Freunde und Oberleutnant von Stern um das offene Grab. Alle Trauernden werfen eine rote Rose ins Grab. In Absprache mit Marianne und ihren Kindern spielte Andreas für seinen verstorbenen Musikerfreund Jérôme den ersten Satz aus dem Cellokonzert in D-Dur von Luigi Boccherini auf seiner Laute. Jérôme hatte in den letzten Wochen sein Lieblingsstück für den jungen Freund und seine Laute umgeschrieben. Zwei Tage vor seinem Tode überreichte Jérôme Andreas die Notenblätter mit den Worten: »Hier, ein Geschenk für dich, lieber Andreas. Diese Musik gilt es weiter zu verschenken. Du hast die Gabe, mit deiner Laute Menschen zu verzaubern und bei Schicksalsschlägen zu trösten.«

Weinend, aber konzentriert lässt Andreas nun seine Laute erklingen, Jérômes letztes Geschenk an die Trauernden. Dies ist auf eine zauberhafte Weise unendlich trostspendend.

Nachtrag zur Schlacht: Erzherzog Johanns Truppen erreichten die Armee seines Bruders gegen 18:00 Uhr, zu spät und zu klein, um nochmals einen Gegenangriff auszulösen. Am 11. Juli kam es noch zu einem kurzen Gefecht bei Znaim zwischen einer österreichischen Nachhut und den Franzosen. Danach wurde Erzherzog Karl zu einem Waffenstillstand gezwungen. Aufgrund der verlorenen Schlacht bei Wagram musste Österreich im Oktober 1809 den Frieden von Schönbrunn schließen. Erzherzog Karl wurde darauf von Kaiser Franz I. als Oberbefehlshaber der österreichischen Armee entlassen.

Auch bei der Grande Armée kam es zu Veränderungen. Bernadotte wurde das Kommando des sächsischen Korps entzogen. Den erfolgreichen Kommandeure MacDonald und, nach seiner Genesung, Oudinot hingegen wurde der Feldmarschallstab überreicht.

Wagram ging als einer der blutigsten Waffengänge Napoleons in die Geschichte ein. Von den 300000 Kämpfern verloren an die 80000 ihr Leben, darunter beidseitig viele ranghohe Offiziere. Der Husarengeneral Lannet auf französischer Seite fiel wie Feldmarschall Nordmann auf Seite Österreichs. Dies sind nur zwei Namen stellvertretend für die vielen anderen gefallenen Kommandeure. Der Kommandant des II. Korps, Charles-Nicolas Oudinot, wurde schwer verletzt und überlebte nur mit Glück und dank der Medizinkunst von Oberst Le Grand.

15. Leopold bringt die große Ordnung ins Wanken, Aufstand der Titanen, zwischen dem 6. Juli 1809 und dem 14. Juli 2189

Am 6. Juli gegen Abend lässt der siegreiche Feldherr beste Mahlzeiten für ein gutes Dutzend seiner nahestehenden Offiziere in den Gefechtsstand bringen. Immer wieder ergötzt sich Napoleon, durch sein Fernrohr spähend, an den letzten Österreichern, die in der Ferne geschlagen von dannen ziehen.

»Das war ein großer Sieg«, huldigt der Generalsstabschef seinem Heerführer.

Die Feldtische werden mit weißen Tischtüchern bezogen und mit Porzellangeschirr und silbernen Bestecken gedeckt. Kristallgläser werden aufgetischt. Allmählich treffen die Kommandeure ein. Von den zwölf Gedecken wird eines neben Napoleon nicht genutzt werden – das des Kommandeurs des II. Korps, Oudinot. Er liegt im Feldlazarett. Sein Zustand ist sehr ernst. Man weiß nicht, ob er die Nacht überleben wird.

Nach 20:00 Uhr wird getafelt und getrunken. Die Stimmung entspannt sich mit jedem Schluck Wein mehr. Die hohen Verluste der Franzosen werden im Rotwein ertränkt.

In Barbeau geschieht vordergründig an diesem 6. Juli 1809 nichts Außergewöhnliches. Im Hintergrund jedoch, für die Bewohner nicht wahrnehmbar, bereiten sich Michael und seine Verbündeten vor, von Barbeau aus ein Jahrhundertereignis bald Wirklichkeit für die gesamte Menschheit werden zu lassen. Die Hauptakteure befinden sich an diesen Mittag an verschiedenen Standorten und ihre Gehilfen sind rund um den Globus verteilt. Friedlich arbeiten die Bauern auf ihren Feldern. Die übrigen Bewohner arbeiten ruhig und stetig am Wiederaufbau des Städtchens. Alle Straßen sind bereits vom Schutt befreit. Die Klosterkirche wartet geduldig auf ihre Einweihung. An Georgettes Schenke hängt nach wie vor ein Schild: »Aus persönlichen Gründen bleibt die Schenke heute geschlossen.« Mosche und Georgette zelebrieren Liebe, kommen einfach nicht mehr aus ihren weichen Federn heraus. Sie kennen weder Müdigkeit noch Lustabfall.

Alexandre arbeitet mit Schaufel und Pickel. Seine Künstlerhände schmerzen. Er hat seinen Diamantring vorsichtshalber an einem geheimen Ort in der Kirche deponiert, um ihn vor Schäden zu bewahren. Es macht ihm Freude, wieder einmal handwerklich zu arbeiten und den Geist dabei auszulüften. Seit der Begegnung mit seinem leiblichen Vater im Traum fühlt er sich einfach gut, noch besser als früher, leichter, fließender und freier.

Johanna wird überall vermisst. Man rätselt über die wichtige Mission, die sie außerhalb Barbeaus zu erledigen hat. Um was geht es da wohl? Spekulationen wildester Art zirkulieren unter den Bewohnern und Ordensangehörigen. Vielleicht sucht sie weitere spendable Geldgeber für den Aufbau des Städtchens. Und Napoleon soll eine neue Geliebte haben, die er in der neuen Kirche unauffälliger heiraten kann als in Paris ... Desprez als Organist hätte ihm Johanna als Organisatorin des Festes empfohlen.

Wie auch immer, alle in Barbeau wünschen sich Schwester Johanna so schnell wie möglich zurück. Sie ist da schon eine lebende Legende.

Johanna, temporär in feinstofflicher Wesensform, nimmt sich im Laufe des Nachmittages dieses 6. Juli eine verdiente Auszeit. Alle Feinstofflichen der weisen Art sind sinnvoll eingesetzt und verrichten ihre Aufgaben auf dem Feld der Ehre, versehen mit der Intuition, das notwendig Mögliche zu tun. Johanna hat auch da ganze Arbeit geleistet, stellt Michael freudig aus der Ferne fest.

Leopold Feinstoff und die Brise bekämpfen ihre Trauer um Jérôme, indem sie sich in die Arbeit werfen. Und an Arbeit fehlt es nicht.

Das Feld der Ehre zieht sich in die Länge. Einige Franzosen machen sich einen Spaß und schießen auf die Flüchtenden. Die Schlacht ist entschieden, aber die Freude am Töten nicht erloschen. In einigen Frontabschnitten finden Treibjagden statt, unmenschlich und erbarmungslos wird weiter gemordet. Viele Kommandeure ermuntern ihre Soldaten zu diesem schauerlichen Treiben. Überall stehen gefangene Österreicher, die Fahnen gestreckt und entwaffnet. Angstvolle Verzweiflung steht in ihren Augen. Treffen sie auf französische

Kommandeure, die sie als besiegte Soldaten behandeln, oder will das Unglück, dass blutrünstige Offiziere ihre sofortige Exekution befehlen?

Johanna fliegt auf 1000 Metern an der Donau entlang und sucht sich eine ruhige Waldlichtung mit einer mächtigen Eiche. Kaum gefunden, sitzt sie auf dem kühlen, moosigen Waldboden in unberührter Natur, kaum 50 Kilometer von großen Schlachten entfernt. Da ertönt das Ta-ta-ta-taaaa. Sie sitzt nach Paris-Mitte ausgerichtet und wartete auf den Kontakt zu Michael. Michael begrüßt sie und Ludwig, der ebenfalls angerufen wurde. Sie führen ein Gespräch zu dritt mit Sichtkontakt und vernetzten Herzen. So sehen und hören sie sich nicht nur, sondern spüren sich auch.

»Seid ihr einverstanden, dass wir nun die Mission gemäß unserem Masterplan starten?«, fragt Michael.

Ludwig und Johanna willigen ein. »Damit nichts schiefläuft, möchte ich mit euch den Plan nochmals sorgfältig durchgehen. Die Jahrhunderte überschreitend wurde dieser Plan gemeinsam unter Beteiligung aller Titanen der Menschheit erarbeitet. Wie ihr wisst, handelt es sich dabei um einen großen Wunsch aller bewusster Wesen unseres blauen Planeten Erde. Unser Geheimbund ist zu dem Schluss gekommen, dass die nächste Revolution der Menschheit ansteht und diese im Inneren des Menschen stattfinden sollte. Jedes menschliche Individuum soll in die Lage versetzt werden, mehr Bewusstheit zu entwickeln. Dafür haben wir eine Beschreibung erstellt, wie ein neuer Mensch so frei wie möglich sein Leben in Achtsamkeit gegenüber seinen Mitmenschen und der Umwelt eigenverantwortlich gestalten kann. Wir vom Geheimbund sind uns bewusst, dass dies auf der beschränkten Sicht dreidimensionaler Wesen basiert. Die Mathematik hat aber bewiesen, dass es höhere Dimensionen gibt, und auch dazugehörige Räume definiert. Wir wagen jetzt den revolutionären Versuch, die Welt von innen heraus zu verändern.«

Frei dahinziehende Wolken begleiten die drei bei diesem Gespräch. Eine spiralähnliche Wolke spiegelt nun eine neue DNA, die den Dialog in Würde und Frieden unter den Menschen und Völkern festschreibt.

Und eine herzförmige Wolke erinnert: »Nur ein starkes Menschenherz erträgt Schicksalsschläge und Lebensprüfungen, ohne dadurch zu verbittern. Es soll so tragfähig sein, dass Lebensprüfungen als Chance zur Lebensveränderung erlebt werden können.«

Ein anderer Wolkengeist weist auf die menschliche Topologie hin. Er erinnert daran, dass Menschen ihr eigenes Wissen, ihre eigenen Erfahrungen und Erkenntnisse besitzen, die Teil des Kollektivbewusstseins sind. Diese können sie mit etwas mehr innerer Durchlässigkeit gewaltig vergrößern. Dazu müssten sie aber auch den Weg in die inneren Tiefen wagen. Menschliche Titanen sehen das schon lange so. Die Psyche des neuen Menschen soll diese Durchlässigkeit gewähren. So soll ein Dialog zwischen Unterbewusstsein und Bewusstsein entstehen.

Viele kleine Schäfchenwolken haben sich zu einem ballonartigen, dreidimensionalen Wolkengebilde zusammengeballt. Das soll das menschliche Gehirn sein mit seiner Dreiteilung: Stammhirn, Zwischenhirn und Großhirn. Des Menschen wichtiges Denkorgan, das Physiker im 20. Jahrhundert in die Lage versetzt, Atombomben zu bauen und Menschen in einer friedlichen Mission auf dem Mond landen lässt. Nun gilt es für das neue Hirn, human und umweltbewusst zu denken und das Primat des Herzens zu respektieren. Das neue menschliche Gehirn soll keine Abweichungen zulassen – null Toleranz.

Nach diesen Ausführungen herrscht achtsame Stille in Paris, Mödling und 50 Kilometer von Wagram entfernt.

»Ist das für euch so verständlich?«, fragt nun die Wolkengemeinschaft.

»Ich denke, ja«, antwortet Ludwig sofort.

Johanna spürt, dass die Botschaft in dieser Form, auf das Script reduziert, für alle Titanen, alle Mitglieder des Geheimbundes nachvollziehbar ist.

Michael verifiziert sein Denken über sein Herz und kommt auch zu dem Schluss: »Ja, das passt.«

Aber wenn dieser Menschentypus in die heutige Welt hineingeboren würde, wäre ein Fallieren garantiert. Das ist schon länger die einhellige Meinung der Führungsverantwortlichen. Die Schere von Bewusstheit und Unbewusstheit würde sich noch schneller und weiter auftun. Den hungernden, unterprivilegierten Menschen wäre damit nicht geholfen. Es gibt nur den radikal revolutionären Neuanfang.

Michael hatte deshalb zuvor versucht, den Plan und seine Frage im Namen der Führungsverantwortlichen der allumfassenden Liebe meditativ zu übermitteln. Innerhalb des Geheimbundes bestünde Unsicherheit, wann die Revolution ausgelöst werden soll. Sie möge ihm doch bitte ein Zeichen und den Plan freigeben.

Vor zwei Wochen auf seiner Bank sitzend begann sich dann Michaels Blindenstock plötzlich in ungewohnter Manier zu bewegen. Zuerst kaum bemerkbar, aber dann immer stärker, die Bewegung erinnerte an ein Pendel. Intuitiv nahm der blinde Sehende den Stock in die Hand und berührte den Boden des Kieselsteinweges – und siehe da, seine Hand wurde geheimnisvoll geführt. Zuerst malte er die Zahl 2, dann eine 1, gefolgt von zwei weiteren Zahlen: 8 und 9. Vor den sehenden blinden Augen Michaels erschien eine Zahlenfolge: 2189. Der radikale Ansatz der Revolution war damit erstens von höchster Stelle abgesegnet und zweitens gab es nun einen Zeitpunkt für die Mission. Michaels Herz vibrierte: Er wusste nun, dass die geplante Revolution am besten im Jahr 2189 stattfindet.

Michael ist zufrieden. »Jetzt werde ich dieses Script wie geplant an alle menschlichen Titanen gemäß Johannas Liste übermitteln, also an die lebenden Titanen unserer Zeit, an die vergangener Epochen sowie an noch nicht in die Welt geborene zukünftige Titanen. Alle verbindet, dass sie als Menschen ihrer Zeit Außerordentliches bewirkt haben oder noch bewirken werden bis zum Jahre 2189. Die Botschaft wird grenzüberschreitend in allen Sprachen gesendet, auch in Hieroglyphen, damit auch die ersten Titanen auf Johannas Liste, zum Beispiel unter den alten Ägyptern, sie verstehen.« Michael hält inne. Dann fährt er fort mit mächtiger Stimme. »Hier nun die Botschaft an unsere menschlichen Titanen:

Hauptsitz-Bank, Paris-Mitte, 6. Juli 1809

Aufruf zum Aufstand der Titanen gegen die alte Ordnung, für ein neues Bewusstsein!

Hochverehrte Mitglieder des Geheimbundes der 4. Dimension,
Ihr seid aufgerufen, Euch am 14. Juli 1809 um 12:30 Uhr bei der Klosterkirche in Barbeau, Frankreich, einzufinden. Wir brauchen Eure Präsenz. Nur vereint sind wir stark genug, um die alte Ordnung ihrer Macht zu berauben. Deshalb treffen wir uns zur Initiation der Revolution ein erstes Mal. Die Zukunft gehört uns Revolutionären, die der Menschheit nicht nur die Freiheit versprechen, sondern diese auch jedem Erdenbürger ermöglichen, und zwar durch ein neues Bewusstsein.

Durch unsere Herzen zeitlos verbunden!
Gezeichnet: Das Führungsteam
Michael, Johanna, Ludwig

Kann ich dieses Script so durch die Jahrhunderte entlang der Zeitachse übermitteln?«, fragt Michael.

Johanna und Ludwig antworten gleichzeitig: »Ja!«

Michael konzentriert sich und sieht das kosmische Interface vor sich. Er aktiviert die Sendung und das Erkennungszeichen, ta-ta-ta-taaaa, erklingt. Dann schwebt sie davon, die Botschaft, quer durch Raum und Zeit.

Klare Worte, bewusstheitsaktivierende Wohlklänge, mächtige Botschaft von Michael sanft übermittelt. Die Kommunikation einer neuen menschlichen Ära deutet sich an.

Michael sieht über seine Verbindung zum Kollektivbewusstsein, dass die Botschaft ihre Empfänger erreicht hat. Es fühlt sich stimmig und gut an. »Somit sind die Vorbereitungen zum ersten Treffen abgeschlossen. Liebe Johanna und lieber Ludwig, ich danke euch für eure wertvolle Unterstützung. Wir sehen uns spätestens am 14. Juli kurz vor Mitternacht, genau 20 Jahre nach dem Beginn der Französischen Revolution, in der Klosterkirche Barbeau wieder. Dann geht es um alles oder nichts.«

Damit kehrt jeder der drei Revolutionäre in seinen Alltag zurück.

Spätabends an diesem 6. Juli 1809 schaut Johanna auf dem Schlachtfeld nach dem Rechten und ist entsetzt über die hohe Anzahl der Toten. Tausende von Leichen lassen die Massengräber überquellen. Ludwig steht am Stehpult und komponiert. Michael schlendert, seinen Blindenstock schwingend, beschwingt in Richtung Kathedrale Notre-Dame. Unauffällig entzündet er eine Kerze, stellt diese zu den anderen nach menschlichen Wünschen duftenden Kerzen. Er setzt sich auf die vorderste Bank und meditiert, öffnet sein großes Herz ganz und gar. Ein wärmendes Vibrieren aus unendlicher Ferne lässt ihn erschauern. Er ist nicht allein.

Johanna weiß in der Zwischenzeit um den Schmerz wegen Jérômes Tod und kennt das Vaterglück des feinstofflichen Revolutionärs. Sie tröstet ihn und die mitleidende Brise. Trotzdem zwingt sie der Masterplan gegenüber den zwei liebgewonnen Feinstofflichen, für diese im Moment kaum nachvollziehbare Schritte zu vollziehen. Vor dem ersten Schritt nimmt sie nochmals vorsichtshalber Verbindung mit Michael auf. Nachdem sie dessen Einverständnis und Unterstützung zugesichert bekommen hat, agiert sie plankonform.

Sie weicht nicht von Leopold und der weisen Brise ab, die beide kümmern sich erneut um die Sterbenden und die verstorbenen Kämpfer. Da stellt die Brise erneut fest, dass es Leopold sehr schlecht geht. Er unterbricht seine Arbeit. Seine Geistgestalt beginnt am ganzen Körper zu zittern. Er lehnt sich an eine zerschossene Steinmauer und rutscht langsam zu Boden. Die Brise ist sofort zur Stelle. Jetzt zittert ihr Geistkörper. Sie spürt, dass es mit Leopold zu Ende gehen könnte. Innerlich protestiert sie und kann nicht begreifen, dass ihr Liebling vor ihr sterben könnte. Und wo bleibt da das paradiesische Versprechen auf 200 Jahre Feinstofflichkeit für Leopold?

Das Unfassbare geschieht. Leopold erleidet schmerzfrei seinen Tod als feinstoffliches Wesen. Er stirbt auf dem Feld der Ehre an diesem 6. Juli 2009.

Die liebreizende Brise ist untröstlich, selbst die feinstoffliche wärmende Hand Johannas hilft da nicht viel. Johanna verbleibt längere Zeit bei der verzweifelten Brise und ihrem gefallenen Geliebten. Diese ist untröstlich.

Der erste Schritt mit dem Eintreten des Todes Leopolds mit Hilfe Michaels ist getan, denkt Johanna für sich. Obwohl sie dabei an ihre Grenzen kommt, agiert sie zielgerichtet weiter. Sie spürt die Unterstützung Michaels. So wird der zweite Schritt gemacht. Sie richtet die gebrochene Brise wieder auf. Michael verleiht der Trauernden überfeinstoffliche Kraft, damit sie sich von ihrem langjährigen Lebensgefährten trennen kann. Die Brise verabschiedet sich vom toten über alles geliebten Geistwesen und übergibt seine Seele Johanna. »Ich komme vom Lichtturm zurück, wenn ich die Seele und was sonst noch von Leopold übrig bleibt, dort übergeben habe.« Alleingelassen versteht die Brise die Welt nicht mehr. Sie ist mit ihrer Weisheit am Ende. Ist es mehr als das Ende ihrer Weisheit?

Der dritte und letzte Schritt für heute auf dem Masterplan steht an. Bevor Johanna feierlich den verblichenen Feinstofflichen dem Lichtturm übergibt, wird der Tote von ihr geweiht, zum Verbündeten der neuen Ordnung, und mit dem Wissen, das er dazu braucht, ausgestattet. Michael freut sich über die gründliche Ausführung seines Auftrages durch Johanna.

Sie kehrt auf das Schlachtfeld zurück und sucht nach der trauernden Brise. Diese ist unauffindbar. Sie wendet sich an feinstoffliche Helfer, die in der Nähe das Sterben Leopolds mitverfolgt haben. »Kaum als Sie Leopold auf seinem letzten Weg begleitet haben, verschied auch die ehrwürdige Brise. Ihr feinstoffliches, alterndes Herz hat den Tod ihres Geliebten nicht verkraftete«, wird ihr mitgeteilt.

»So haben wir sie zum Lichtkanal begleitet, wie es unserer Bestimmung entspricht, sie war die Letzte, die noch zugelassen wurde, bevor sich das Gefährt Richtung Unendlichkeit wegbewegte.«

Johanna erschrickt und fühlt sich echt mies, dass sie während der Begleitung Leopolds auf seinem letzten Gang nichts vom Sterben der Brise mitbekommen hat. Hat nun die tiefe Liebe der Brise zu Leopold den Masterplan durcheinander gebracht? Nein! Sie ist berührt, dass die beiden gemeinsam die Reise in die Ewigkeit angetreten haben. Michael meldet sich und beruhigt sie mit den Worten: »Die Liebe wirkt oft überraschend und ist stärker als alles andere.«

Der Brise und Leopolds Seelen sowie das, was von ihnen noch übrig geblieben ist, brausen miteinander unbeschreiblich rasch irgendwohin. Lichtfetzen scheinen an den Kanalwänden festgemacht. Dies ermöglicht einen Bezug, ein Empfinden, wie schnell sie sich von einem zum nächsten Fetzen fortbewegen. Zuerst erscheinen die Lichtfetzen groß, verlieren sich, werden immer kleiner. Dann nichts und schon taucht die nächste Lichtquelle auf. Leopold Zwischendenwelten fällt, oder vielmehr das, was von ihm noch übrig ist, in einen tranceartigen Zustand. Er ist im Begriff, sein Bewusstsein zu verlieren. Oder löst es sich auf? In was? Er will das nicht! Er ist noch nicht bereit loszulassen, sperrt sich gegen die Fremdbestimmung. Sein Ich ist also immer noch sein Ich. Aber wie lange noch? Der Lichtkanal scheint sich zu öffnen. Die Brise und er sausen heraus, eine Grenze durchbrechend, und wechseln in eine neue Lichtdimension. Die beiden Ichs scheinen sich je in tausend Teile zu verästeln, Bäumen gleich. Jeder Ich-Teil wird zu einer winzigen Lichtquelle. Unzählige dieser Glitzerlichter strahlen offenherzig, verschenken ihr Licht an eine geheimnisvolle Außenwelt. Leopold und die weise Brise in einer neuen Welt, sind zwar getrennt, aber niemand kann ihr Liebesband durchschneiden. Charmant und frisch verliebt blinzeln sie sich von Baum zu Baum Liebkosungen zu. Ihre Baumkronen erstrahlen majestätisch.

Leopolds Ich scheint nicht zertrümmerbar. Er ist offensichtlich noch nicht am Ende seiner Reise angekommen. In seinem 999sten Ich-Teil hat Leopold in einer neuen Welt als Individuum stark komprimiert überlebt. Gespannt empfängt der Eingeweihte eine Botschaft. Sie kommt vom blauen Planeten.

Unmittelbar versteht er, was von ihm verlangt wird. Und wie dieses Verlangen mit seinem Verlangen übereinstimmt, ist großartig. Er weiß, dass er einer großen Sache dienen darf. Er wartet auf die alles durchdringenden Codewellen, die ihm mitteilen, wann er, der unfreiwillig im 999sten Ich-Teil Eingesperrte, seine majestätisch strahlende Baumkrone verlassen darf.

Die Revolutionäre haben die Mission listig vorbereitet. Leopold, sich von der neuen Welt und der erneut an Trennungsschmerz leidenden Brise verabschiedend, jetzt als winziges Diamantenkind unterwegs, hat seine Reise angetreten, für die Wächter der ins Alter gekommenen großen Ordnung nicht sichtbar. Wobei diese sowieso nicht verstehen, was heute spirituell alles möglich ist. Die Codewellen erreichen Leopold – ta-ta-ta-taaaa. Er spürt, wie er mit gewaltiger Energie versorgt wird. Sein sonst schon gut ausgeprägtes Ego wird weiter gestärkt. Er möchte aus seinem hochverdichteten Ego-Gefängnis ausbrechen, steht kurz vor dem bestimmt endgültig tödlichen Auseinanderbersten. Da bewegt sich etwas. Kaum hat er die Grenze Baumkrone-Baumstamm durchbrochen, geht es ihm besser. Sein Ego hat wieder irdische Dimensionen angenommen.

Die Rückreise zur Erde ist erfolgreich gestartet. Rasant bewegt er sich im Lichtkanal zurück. Von Zeit zu Zeit zeigen sich zwischen den Lichtfetzen durchlässige Aderöffnungen. Das kommt ihm bekannt vor. Das letzte Mal hat er das vor 14 Jahren erlebt. Da blinkt eine Aderöffnung grün. Da muss er links abbiegen. Da er die Geschwindigkeit nicht beeinflussen kann, macht sich sein auf Schwerkraft getrimmtes Ego Sorgen, inwieweit er ohne Unfall die Kurve kriegen kann. Er passiert problemlos. Bald kommt die Zone, in der die Erfahrung seiner letzten Rückkehr auf Erden gefragt ist. Auch deshalb hat ihn der Geheimbund der 4. Dimension für diese Mission ausgewählt. Konzentriert beobachtet er die vorbeiflitzenden Aderränder. Er erinnert sich noch gut an die Stelle. Da kommt sie. Er greift mit seinen diamantenen Mentalhänden zu, reißt die trennende Aderwand auf und bekommt Einblick ins Paradies. Überall stehen apfeltragende Bäume der Erkenntnis. Da steht seine Flasche mit der Aufschrift Süßstoff. Aber sieht er richtig? Dort steht Süßstoff für 14 und nicht für 200 Jahre. Jemand hat die Aufschrift geändert. War das der Pudel vor seinem Ableben? Es ist höchste Zeit, hier nach dem Rechten zu schauen.

Michael schmunzelt von Weitem. Auch er ist ein Meister der Manipulation, aber immer im Dienste der Liebe.

Im Hintergrund wandelt eine Horde Paradiesvögel, in die Ewigkeit verbannt. Die meisten torkeln unkontrolliert durch die paradiesische Landschaft. Da sie diese ewig sehen, haben sie keine Augen mehr für die Schönheit dieser Welt. Sie langweilen sich paradiesisch, was möglicherweise eine Art Hölle ist.

Von Michael gesteuert betritt Leopold eine paradiesische Grotte. Es ist ein heiliger Ort. Schimmernde Stalaktiten und Stalagmiten wachsen hier, sie erleuchten perlenklar in der Mitte der Grotte einen See mit absolut reinem Wasser. Das in die Tiefe eindringende Licht spiegelt sich auf dem mit feinsten Perlen übersäten Grund. Hier muss kein Perlentaucher eingesetzt werden, der mühsam im finsteren Grund nach Perlen sucht. Das Licht erhellt das Wasser magisch, leuchtet auch den tiefsten Untergrund aus. Sollten die Perlen jemals, aus der Tiefe an die Oberfläche gelangen, brauchen sie nicht von Schmutz befreit zu werden. Leopold befindet sich am Ursprungsort der Perlen.

Das Licht hier erinnert ihn an das Licht, das die inneren Landschaften der Menschen beleuchtet. Das Unterbewusste könnte somit aus Wasserpartikeln bestehen, welche eine klare Sicht auf den Urgrund des menschlichen Inneren unmöglich machen. Ist dem so, gilt es, das innere Wasser vom Unterbewussten zu säubern, dann entsteht Klarsicht für die Schätze, die in der Tiefe jedes menschlichen Seins warten, damit diese durch das Individuum erkannt werden können. Dieses Selbsterkennen erscheint Leopold Voraussetzung, um mit dem Weltenwissen in Kontakt zu treten und wie menschliche Titanen Zugang zum diamantenerleuchteten Raum zu finden.

»Im Inneren wie im Äußern durchlässige Menschen sind Autoritäten, welche die zukünftige Menschheit braucht«, hört er die Stimme Michaels sagen. »Bitte nimm den Kelch, der vor dir steht, und fülle ihn achtsam mit dem wertvollen Wasser.«

»Es ist mir eine Ehre, deinem Wunsch zu folgen«, hört sich Leopold selbst sagen.

»Kehre nun mit dem heiligen Wasser zurück auf deine geliebte Erde, Leopold, du Revolutionär der ersten Stunde. Du wirst in der Klosterkirche Barbeau in feinstofflicher Wesensform erwartet.«

Alexandre geht kurz vor Mitternacht an diesem 6. Juli 1809 in seine Kirche. Er steckt sich den Diamantring an den Finger. Den ganzen Tag hat er hart gearbeitet. Nach der Arbeit hat er sich frisch gemacht und einige Früchte verspeist. Der Gestalter des Kircheninnern sitzt auf der ersten kunstvoll aus Holz gearbeiteten Kirchenbank und findet Gefallen an seiner Schöpfung. Es ist vollbracht! Und was jetzt?

Leopold Erneutfeinstoff ist soeben ohne Schwierigkeiten punktsicher in der Klosterkirche Barbeau gelandet. Er sitzt in der zweiten Sitzreihe, unmittelbar hinter seinem leiblichen Sohn. Er hört, wie Alexandre sagt: »Und was jetzt?«

Der Apfel fällt nicht weit vom Stamm, denkt sich Leopold und kann sich ein Schmunzeln nicht verkneifen.

Johanna verabschiedet sich von ihrer Brigade in Wagram und visiert Barbeau an. Michael trifft soeben in Barbeau ein. Er wählt ebenfalls die feinstoffliche Wesensform, und so bleiben alle drei Revolutionäre für Alexandre unerkannt. Die Begrüßung zwischen Michael, Johanna und Leopold ist herzlich.

Alexandre fällt in einen Halbschlaf. Leopold stellt den Kelch mit dem Wasser der paradiesischen Grotte auf den Altartisch. Alexandre wird in einen Traum verwoben. Er wird zum Traumwandler, schreitet zum Altartisch und trinkt vom reinen Quellwasser. Danach setzt er sich wieder auf die erste Bank und schläft sitzend weiter. Er spürt nicht mehr, was mit ihm vorgeht. Aber es geht viel in ihm vor. Das reine Wasser ergießt sich in den Fluss in Alexandres innerer Landschaft und wird so ins Meer getragen und vermischt sich mit den Wassermassen von Alexandres Unterbewusstsein. Auch das letzte unbewusste Wasserpartikelchen wird gereinigt. Alexandres Unterbewusstsein ist in ein Meer des Nochnichtbewussten transformiert worden. Alexandres Inneres ist absolut durchlässig. Er verfügt nun über eine neue innere Topologie, die es ihm, verbunden mit seiner menschlichen Neugier, ermöglicht, sich und die Welt um ihn herum immer wieder neu zu entdecken, sich selbst und die Welt zu erneuern, weiterzutreiben, frei, friedlich, kreativ und in Verbindung und Einklang mit der Weisheit der alles umfassenden Liebe.

Die drei Revolutionäre, Kämpfer für die Revolution aus dem Inneren des Menschen, für ein neues Bewusstsein, schwören auf die neue Ordnung. Michael zündet eine Kerze an, stellt sie neben den Altar zu den vielen anderen mit Menschenwünschen versorgten Kerzen und erklärt der alles umfassenden Liebe, sie sei eingeladen, alles durchdringend in Barbeau den Dom der menschlichen Weisheit mit ihrem Besuch zu ehren und mit ihrer Weisheit zu beschenken, damit die Erde in ihrer wundersamen Schönheit zukünftig in Einklang und Frieden mit ihren Bewohnern leben kann.

Kaum ist Michaels Wunsch stellvertretend für alle Mitglieder des Geheimbundes der 4. Dimension ausgesprochen, erscheint ein Licht, explodierend in alle Spektralfarben, auf Alexandres Diamantring und erleuchtet für Sekundenbruchteile das Innere des Doms der Weisheit.

Alexandre erwacht aus seinem Traumschlaf, steht auf und verlässt die Kirche. Michael ist vom tiefen Frieden in seinen Augen beeindruckt und freut sich für die gesamte Menschheit. Er weiß, dass die erste Transformation geglückt ist. Jetzt gilt es, alle Menschen radikal revolutionär und ohne Ausnahme mit dem neuen Bewusstsein zu beschenken. Die Freiheit ist dann kein Privileg mehr, sie wird zum Segen aller. »Danke für euren außergewöhnlichen Einsatz. Wir sehen uns am 14. Juli hier in der Kirche zum ersten revolutionären Akt«, verkündet Michael seinen Mitstreitern. Leopold ist überwältigt, aber was passiert jetzt mit der Brise in einer anderen Welt? Michael hat verstanden. »Ich werde mich persönlich darum kümmern, dass es mit euch zweien zu einem guten Ende kommt, sei für den Moment geduldig und vertraue mir.« Dann verabschiedet er sich von ihnen und eilt in Richtung Paris-Mitte.

Johanna schlüpft zurück in ihren menschlichen Körper und Leopold Erneutfeinstofflich zieht es nach Wagram. Er findet sein kriegsverletztes Cello in einer unbeschädigten Kutsche, transportbereit. Es liegt neben einem Sarg und in dem Sarg liegt Jérôme. Leopold seufzt. Das Cellojuwel hat gelitten, aber besser ein beschädigtes Haus als keines, tröstet er sich alleingelassen. Sehnsuchtsvoll wünscht er sich die liebreizende Brise an seine Seite. Obwohl todmüde, hält er die ganze Nacht Totenwache an Jérômes Sarg, bis zum frühen Morgen des 7. Juli 1809.

Bis zum 12. Juli 1809 reist das Cello fast wie früher durch Länder, Auen und Wiesen. Aber das Energieniveau ist nicht mehr das alte. Jérôme ist verschieden, die Energie des Cellos brennt bis zu seiner Heilung nur auf halber Flamme und Leopold ist angeschlagen und trauert. Er muss akzeptieren, dass die spannende Zeit von JCL vorbei ist. Dies ist hart für ihn. Aber trotz allem ist er dankbar. Zusammen hatten sie vieles erlebt und bewegt, Herzen geöffnet, Trost gespendet, Musik verschenkt und Konzertbesucher in ganz Europa verzaubert. Dieser 6. Juli war eine Zäsur in seinem Sein, seit diesem Tag ist er nicht mehr der Alte. Was ihm geblieben ist, sind sein Herz als Revolutionär und sein unbändiger Wille, Neues zu erleben und zu gestalten. Und ein Schuss Frechheit, mutig Altes wegzustoßen gehört auch noch zu seinem Ego. All das hat erneut überlebt. Was seine Existenz als Erneutfeinstofflicher noch bereithält, wird die Zukunft weisen. Seit er dem Geheimbund der 4. Dimension angehört, spürt er mit jedem Tag mehr, dass seine Revolutionsenergie zurückkommt und seine Trauer um Verflossenes abnimmt. Heute, am 12. Juli, steht die definitive Trennung vom Cellojuwel an. Er schwebt aus der fahrenden Kutsche. Dreht drei Trauerrunden über dem Gefährt und fliegt in Richtung Barbeau. Dort stehen neue Herausforderungen an.

Nach einem Zwischenstopp im Dom der Weisheit – Desprez übt ein gewaltiges Orgelwerk – fliegt er über die Waldlichtung, grüßt von oben die altersweise Eiche und steuert die Brücke über die Gerbe an. Als Leopold Feinstoff verspürte er einen starken Drang zum Brückenbauen. In seiner letzten Inkarnation war er dazu nicht in der Lage. Als Leopold Erneutfeinstofflich findet er, dass diese Form von Gestaltung nun umsetzbar wird, der Instrumentenbau in Ehren. Dort gibt es für ihn nicht mehr viel Neues zu entdecken. Er erbaut die alte Brücke neu, stärker und mit den Mitteln der aktuellen Brückenbauerkunst. Die Brücke soll gewichtige Lasten tragen können. Am Vorabend des 14. Juli ist die Arbeit dank seiner gesteigerten Gestaltungskraft und der stillen Unterstützung Michaels als Erneutfeinstofflicher beendet.

Johanna im Menschengewand steht früh auf am 14. Juli 1809, dem 20. Jahrestag der Französischen Revolution. Emsig erledigt sie letzte Vorbereitungen. Als Erstes bespricht sie sich mit dem Frühaufsteher Desprez, wann der Einsatz des Orgelspiels ansteht. Das Stück, welches er zusammen mit Johanna ausgewählt hat, wird in der Zukunft für die Orgelmusik des 19. und 20. Jahrhunderts zukunftsweisend sein. Ein Komponist namens Widor wird es Ende des 19. Jahrhunderts aus den Tiefen seines Bewusstseins hervorzaubern. Mit Johannas Hilfe erblickt dieses einmalige Werk seine erste Uraufführung schon am 14. Juli 1809, vorkomponiert und vorgespielt vom besten Organisten dieser Zeit: von Desprez. Er ist fasziniert von der Kraft, die von diesem Werk ausgeht. Er gehört zu den wenigen Eingeweihten, die das Vorgehen während des Aktes in der Klosterkirche Barbeau kennen. Was er aus seiner begrenzten menschlichen Sicht noch nicht weiß, ist, dass auch er in der Zwischenzeit zum Kreise der Titanen gehört. Und die Titanen proben heute nicht den Aufstand, nein, sie initiieren ihn, kompromisslos, radikal, sorgfältig vorbereitet, mit Herzblut und unter der weisen Führung Michaels. Ein letztes Mal erschallt übungshalber der Schlusssatz aus der 5. Orgelsymphonie, Toccata in f-Moll von Charles-Marie Widor, lässt die Kirchenmauern klangmächtig erzittern. Diese sind stark und nicht auf Sand gebaut, ergeben sich dem Klangbeben vertrauensvoll. Jetzt herrscht wieder Stille.

Johanna begrüßt Alexandre in der Kirche gegen 8:00 Uhr morgens. Sie bittet ihn, sich pünktlich um 13:00 Uhr in der Kirche einzufinden. Als er im Begriffe ist nachzufragen, was seine Aufgabe sein soll, wendet sich seine Gesprächspartnerin von ihm ab und sieht, wie Michael über die Eingangspforte schreitet. Alexandre ist von der Ausstrahlung der Person überwältigt. Johanna stellt Alexandre Michael vor. Michael zeigt sich erfreut und gratuliert ihm für die kompetente Bauführung und die kunstvolle Gestaltung der Kirchenfenster. Unbewusst dreht sein Ringfinger gegen das Rosettenfenster. Diamantenes Licht bricht in die Kirche, multipliziert die Strahlkraft des Sonnenlichts an diesem für den Kirchenbauer noch geheimnisumwobenen Morgen. Die beiden Führungskräfte des Geheimbundes der 4. Dimension kennen und verstehen die Lichtbotschaft und danken für die Präsenz der Kraft außerhalb von Zeit und Raum. »Als würdiger Träger dieses wertvollen, Raum und Zeit öffnenden Ringes ist es nun höchste Zeit, dass auch Sie geschätzter Alexandre über die bevorstehende Revolution und die Geheimnisse unseres Geheimbundes informiert werden.« Michael legt seine Hände segnend auf Alexandres Kopf. Feierliche Stille herrscht. Nach geraumer Zeit ist der neuaufgenommene Titan wissend über sein Schicksal und den Weg dazu.

Etwas später trifft Ludwig van Beethoven bei der Kirche ein. Er steigt aus seiner Kutsche und freut sich auf die kurze Führung durch Dorf und Kirche. Desprez und Alexandre kümmern sich um den hochgelobten Musikus aus dem fernen Österreich. Einige der Bewohner erkennen den ausländischen Meister und fragen sich verwundert, was der hier sucht.

Leopold Erneutfeinstofflich überprüft die Statik der wiederhergestellten Brücke über die Gerbe und stellt befriedigt fest, dass diese den neuesten Sicherheitsanforderungen standhält. Er steht genau in der Brückenmitte, die Mentalhände selbstbewusst in die Hüften gestemmt, blickt er zufrieden auf das Erschaffene und lässt eine abkühlende Sommermorgenbrise durch seinen erneutfeinstofflichen Körper wehen. Das angenehme Gefühl der Abkühlung verändert sich in ein Gefühl der Erwärmung. Ein sanfter Schauer lässt Leopold vibrieren, vereinnahmt seinen Körper und verbreitet sich bis ins Innerste seines Herzens. Dort entsteht ein Bild. Ungläubig und fasziniert versucht er es aus nebulösen Schichten zu befreien. Der Nebel verflüchtigt sich in weite Ferne – die liebreizende Brise ist zurück! Sie verwebt sich feinstofflich mit Leopold. »Du bist zurück …« Ein unbeschreibliches Glücksgefühl ergreift die beiden.

Leopold kann es kaum fassen und stellt fest, dass sie nicht mehr im Besitz der alten Ordnung sind, sondern frei und im Herzen vereint. »Wir sind der lebende Beweis, dass die alte Ordnung an Macht verliert!«

Michael grüßt von Weitem und wünscht den beiden gutes Gelingen für ihre weitere holde Zweisamkeit und schickt der Brise die Informationen, die ihr erlaubten den bisherigen Verlauf der Mission zu verstehen.

Ein enthusiastischer Leopold ergreift die Hände der erneutfeinstofflichen Brise mit den Worten, »Da die nächste Aktion der Mission hier an der Gerbe um 12:30 Uhr stattfinden wird, bleibt uns noch Zeit, unsere einmalige Liebe würdig zu zelebrieren«. Ort und Liebestun bleiben ihr Geheimnis.

Johanna und mit Michael besprechen sich auf einer Bank neben dem Dorfbach. Beethoven unterhält sich angeregt mit dem Kirchenorganisten über zukünftige Entwicklungen der Musik bis zum geplanten Eintreffen der Gäste um 12:30 Uhr. Auf der südlichen Seite der tragfähigen Brücke über die Gerbe zelebrieren die Brise und Leopold das erste Mal Liebe in erneuerter Form, schöner denn je. Alexandre, Mosche und Georgette sitzen im Garten der Schenke und essen eine Kleinigkeit. Als sich daraufhin Mosche und Georgette verabschieden mit den Worten: »Wir machen noch ein Nickerchen, bis auf bald.« Er schmunzelt verstehend und verlässt die Schenke um 12:00 Uhr. Als er zwanzig Minuten später in Barbeau ankommt, sieht er keinen Menschen, weder am Wiederaufbau des Dorfes noch auf den Feldern. Das Städtchen scheint ausgestorben. Alle Bewohner sind in ein Mittagsschläfchen gefallen und dösen friedlich vor sich hin. Ah, natürlich, der Masterplan wird umgesetzt, erkennt Alexandre.

Michael hat, am Ufer des Dorfbachs meditierend, die Menschen in Barbeau in den Schlaf geschickt, nicht um sie vom nahenden Geschehen auszuschließen, nein, um sie zu schützen. Alexandre begibt sich in die Kirche.

Fast hätten die Brise und Leopold das Treffen verpasst.

Johanna, Michael und Ludwig in ihrer aktuellen menschlichen Gestalt stehen zeitig am Nordufer der Gerbe und erfahren nun, dass die weise Brise intuitiv-listig die alte Ordnung getäuscht hat, und sich erneut in feinstofflicher Art auf dem blauen Planeten befindet. Michael lädt sie umgehend ein, den ersten revolutionären Akt mit ihnen zu feiern.

Punkt 12:30 Uhr beginnt südlich der Gerbe die Erde zu beben, von einem eigenartigen Surren begleitet. Ein mächtiger Zeitreiseturm schwebt aus weiter Ferne hernieder. Er vermindert bei der Landung mit dampfartigen Rückstößen die Geschwindigkeit und setzt lautlos auf. Das Beben kommt zu einem jähen Ende. Johanna, Michael, Ludwig und die beiden Erneutfeinstofflichen stehen auf der Nordseite der Brücke zum Empfang der Gäste bereit. Sie halten ein Transparent hoch, darauf steht: »Willkommen auf dem blauen Heimatplaneten in Barbeau, der Stadt des Doms der Weisheit und des nachhaltigen Friedens auf Erden«.

Und da öffnet sich das Tor des Zeitreiseturms und Menschen aus weiter Vergangenheit, Menschen aus dem frühen 19. Jahrhundert sowie Menschen aus der nahen Zukunft setzen ihre Füße auf die Erde an diesem 14. Juli 1809. Alle sind festlich gekleidet. Der Erste ist Echnaton, ein Titan der ägyptischen Pharaonendynastien aus dem Jahre 1350 vor Christus. Erhobenen Hauptes, sich seiner Macht bewusst, schreitet er würdigen Schrittes über die Brücke dem Begrüßungskomitee entgegen. Eine leichte Brise streicht ehrerbietend über seine eindrückliche Gestalt. Sein weißes, seidenglänzendes Gewand bedeckt einen kraftvollen Menschenkörper. Die mitteleuropäische Sonneneinstrahlung kann dem wüstenklimaresistenten Pharaonengesicht nichts anhaben. Seine Insignien der Macht zeigt er mit Stolz. In der einen Hand trägt er den Krummstab, in der anderen den Wedel. Mit seiner Doppelkrone repräsentiert er Größe. Respektvoll wird er empfangen.

Unmittelbar hinter Echnaton stöckelt Niki de Saint Phalle über die Brücke. Ihre Kleidung ist von einer explodierenden Farbenpracht, eigenwillig und keinem Stil verpflichtet. Eine Mittagsbrise erfasst die Lust, mit dieser kreativen Gestalterin des 20. Jahrhunderts zu spielen. Von hinten pirscht sie sich heran und versucht Niki den mit verschiedenen Objekten verzierten Strohhut zu entwenden. Es gelingt ihr – und Niki spielt mit. Die Mittagsbrise bläst nur kurz, so bekommt Niki den Hut wieder zu fassen. Dann bläst die Mittagsbrise stärker. Der Hut entgleitet Niki erneut. In letzter Sekunde gelingt es der genialen Selbstdarstellerin mit ihrer zweiten Hand den Hut am äußersten Rand zu packen, dabei ist ihr jugendlicher Gleichgewichtssinn gefordert. Sie fällt, nein, sie fällt nur fast, dabei wackelt ihr weiblicher Birnenpopo verführerisch. Der hinter Niki über die Brücke laufende Nobelpreisträger in Physik, Albert Einstein, vergisst Raum, Zeit und Relativität und hat nur noch Augen für den Moment, genauer gesagt: für Nikis niedliches Hinterteil.

»Wie genieße ich es, wieder einen menschlichen Körper bewohnen zu dürfen«, freut sich Albert. Heimatliche Gefühle überkommen ihn. Freudentränen kollern über seine Wangen.

Niki hat die Überquerung doch noch unbeschadet überstanden. Sie herzt Michael.

Immer mehr menschliche Titanen betreten heimatliche Gefilde. Noch haben die Letzten unter ihnen den Zeitreiseturm nicht verlassen.

Alexandre öffnet derweil die Eingangspforte der Klosterkirche. Gewaltige Orgelklangwolken brausen ihm entgegen. Alexandre ist besorgt. Werden seine Freunde in Barbeau nicht geweckt? Aber Michael hat wie üblich ganze Arbeit geleistet. Sie schlafen den Schlaf der Gerechten für die nächste Stunde und sind nicht aufzuwecken.

Um 12.45 Uhr sitzt Desprez an seiner Orgel und freut sich. Er hat die Orgeltranskription einer Kurzform der 5. Symphonie, der Schicksalssymphonie von Ludwig, speziell vom Meister für den bevorstehenden Anlass komponiert, vor sich. Die Partitur hatte Ludwig erst heute Morgen überarbeitet. »Ab heute heißt meine 5. Symphonie nicht mehr Schicksalssymphonie, sondern Symphonie für ein neues Bewusstsein«, hatte er gesagt und lakonisch ergänzt: »Wir Menschen haben lange genug unterwürfig an die Himmelspforte geklopft. Ab heute initiieren wir selbst den Umsturz der alten Ordnung. Wir menschlichen Titanen haben uns mit der allumfassenden Liebe verbündet, die uns Menschen an ihrem Wachstum teilhaben lässt, uns mit der Kreativität beschenkt, die uns wirklich frei macht.«

Fast alle Titanen haben den Zeitreiseturm verlassen, bis auf zwei. Einer von ihnen ist der Nobelpreisträger in biologischer Physik des Jahres 2150. 1809 liegt für ihn weit zurück und die Erde war bisher noch nie seine Heimat. Etwas fremd empfindet er sich mit seiner stolzen Körpergröße von 1,95 Meter und einem Körpergewicht von 82 Kilo. Er ist 45 Jahre alt. Der 20. November 2105 ist sein Geburtstag. Eigentlich existiert Gerry Lemoine also heute noch nicht. Aber am 14. Juli 1809 erfährt er auf alchemistische Art und Weise, dass seine

Heimat als 45-jähriger Mensch in Barbeau auf dem blauen Planeten Erde ist. Gerry Lemoine studierte an der Harvard- und der Chinesischen Universität in Peking Anfang des 22. Jahrhunderts. Seine steile akademische Karriere krönte er mit einer Professur für physikalische Zukunftsforschung an der Universität Zürich. Einstein hatte dort auch schon studiert. Den Nobelpreis erhält Lemoine im Jahre 2148 für seine Forschungen über physikalische Phänomene tieranthropologischer Transformationen. Es gelang ihm, mit seinem Team Anfang der 40er-Jahre eine Spitzmaus im Labor so zu dematerialisieren, dass diese innerhalb weniger Sekunden in der internationalen Forschungsstation auf dem Mond in energetischer Form ankam. Dort wurde sie wieder in eine lebende und materielle Spitzmaus zurückverwandelt, und zwar ohne schädliche Folgen.

Gerade hilft Lemoine einer gebrechlichen älteren Dame aus dem Zeitreiseturm. Die eindrückliche Person ist Hildegard von Bingen, eine prägende Universalgelehrte aus dem Hochmittelalter. Michael begrüßt die beiden besonders liebevoll. Dann schließen sich die Pforten des Lichtturmes. Die vereinte Schar der Mitglieder des Geheimbundes der 4. Dimension begeben sich, angeführt von Michael, gemeinsam zum Dom des neuen Bewusstseins, Nicki de Saint Phalle, barfuß, neckisch ihre hohen Stöckelschuhe und ihren Birnenpo schwenkend.

Die Titanen strömen in die Kirche. Sie verteilen sich auf die Bänke im Parterre. Die vorderste Reihe ist für die Organisatoren und den Vorstand reserviert. Die Plätze sind mit Namen versehen. Leopold Erneutfeinstofflich und die wieder mit neuem jugendlichen Elan beschenkte Brise schweben durch das Kirchenschiff. Sie lesen die Namen auf der ersten Kirchenbank. In der Mitte nimmt Alexandre Platz, links und rechts von ihm Michael und Johanna. Neben der Schwester belegen die nächsten Plätze Echnaton, Albert Einstein, Johann Sebastian Bach, Dante Alighiri, Jeanne d'Arc, William Shakespeare, Nelson Mandela und Pablo Casals. Neben Michael sitzen Ludwig van Beethoven, Platon, Michelangelo, Goethe, Franz von Assisi, Hildegard von Bingen, Marie Curie, Gandhi, Picasso, Freud und Voltaire. Unglaublich, was sich da in Barbeau alles versammelt hat. Alle diese Titanen wollen nur eines: das, was sie zu ihrer Zeit mit menschlichem Talent geschaffen haben, allen Menschen zugänglich zu machen.

Zwischen den vielen edlen Gesichtern aus aller Herren Länder und Kulturen fällt der eine oder andere bunte Querkopf auf. Da sitzt Salvador Dalí mit seinem Schnauzer zwei Bänke hinter der schillernden Niki de Saint Phalle, die mit ihrem Nachbarn, Wolfgang Amadeus Mozart, schäkert. Schließlich in einer der letzten Reihen fallen die Blicke der Feinstofflichen auf die tiefgründigen traurig-lustigen Augen eines Clowns mit Namen Grock.

Neben weiteren weltbekannten Gesichtern sind viele beeindruckende Titanen anwesend, die für die Menschheit im Stillen gewirkt haben, nie im Rampenlicht standen, keine Geschichte geschrieben haben, darunter viele Frauen.

In den himmlischen Höhen, auf der Empore, thronen die Götter der Menschheit. Desprez ist umringt von Großen. Alle wichtigen Religionsgründer und Heilsbringer sind vertreten. Sie haben sich mit dem Geheimbund der 4. Dimension solidarisiert. Sie haben Heilbringendes verkündet, damit Spiritualität auf dem blauen Planeten Einzug hält. Ihre weisen Lehren wurden immer wieder missbraucht. Mächtige klerikale und weltliche Kreise interpretierten die Weisheiten zu ihren Gunsten, um ihre Macht zu vergrößern, Andersgläubige und Andersdenkende auszugrenzen. Es ist an der Zeit, dass die Weltbevölkerung auch diese Botschaft versteht, sich verbrüdert. Die zentrale spirituelle Botschaft der Liebe, in welcher Form und Ausprägung auch immer, soll zukünftig gelebt werden können. Auch das ermöglicht die neue Freiheit. Alles Ausgrenzende und Einseitige hat in einer neuen globalen Welt keinen Platz mehr.

Die Mission läuft nun. Es herrscht absolute Stille in der Klosterkirche von Barbeau. Desprez ist hochkonzentriert. Alexandre dreht seinen Ring gegen das Kirchenfenster. Die Bewohner von Barbeau dösen eigenartig tief. Michael geht die Meditation durch und verbindet sich über sein Herzzentrum mit den Anwesenden. Johanna legt ihre warmen Hände auf die von Michael.

Es ist gut 13 Uhr. Die Brise und Leopold repräsentieren die feinstoffliche Welt. Michael gibt Alexandre ein Zeichen. Genau um 13:15 Uhr touchiert der Erzengel die Oberfläche des diamantenen Rings.

Die Orgel rauscht, ta, ta, ta, taaaa, ta, ta, ta, taaa, der ganze Innenraum scheint vom diamantenen Licht explosionsartig erhellt. Das Licht tanzt in allen Spektralfarben wohlwollend und mächtig über die Kirchenwände. Desprez spielt die Orgelversion der Symphonie für ein neues Bewusstsein. Gleichzeitig lässt Michael alle Revolutionäre eine Bildabfolge vor ihren inneren Augen erleben: Es regnet, die düsterte Landschaft wirkt gespenstisch, nebelverhangen. Aus den Tiefen eines regennassen Waldes erscheint eine noch nicht definierbare Gestalt. Sie nähert sich. Langsam erkennen alle die Umrisse eines Schimmels, seine Lenden sind blutrot befleckt. Er trägt eine Last. Der edle Wuchs des Pferdes ist nun klar erkennbar. Ein Last- oder Ackergaul sieht anders aus. Das weiße Pferd trägt einen Reiter, seinen Meister. Sein Meister ist tot. Jetzt ist der Tote gut zu sehen. Er trägt eine Uniform. Auf der einen Seite des Pferderumpfes baumeln die Beine, auf der anderen hängen Brust, Arme und Kopf der Leiche. Der Schimmel ist sehr geschwächt. Achtsam bewegt er sich vorwärts, will seinen toten Meister nicht abwerfen. Mit seinen großen traurigen Pferdeaugen fragt der Schimmel: WARUM?

Präzise nach dieser Frage beendet Desprez sein Orgelspiel. Sie schwebt im Dom der Weisheit eine gute Weile in absoluter Stille. Dieser Dom hat eine andere Weisheit verdient. Jetzt erleben die Anwesenden das Verscheiden des Tieres, eingebettet in die Klangmacht von Widors Toccata. Der Schimmel bricht schauerlich wiehernd zusammen. Leopold Erneutfeinstoff und die Brise sind ergriffen, unsagbar traurig, aber auch wütend. Heiliger Zorn überfällt sie wie auch alle anderen Kirchenbesucher an diesem 14. Juli 1809.

Jetzt treten Michael und Johanna in die Bildabfolge. Sie schaufeln ein Grab. Sie arbeiten hart. Ihre menschlichen Körper schwitzen. Ihre Arbeitskleider sind verschmutzt und durchnässt. Sie brauchen einige Zeit. Sie erledigen ihre Arbeit würdevoll. Alle Zuschauer halten in diesem Moment aus, was Menschen erleiden, wenn sie ihre geliebten Nächsten verlieren. Johanna und Michael schleifen die leblosen Körper in das offene Grab und decken es mit Erde zu. Die Orgelklänge verstummen. Dann bleiben sie eine Weile, in sich ruhend, vor dem frischen Grab stehen. Sie verbeugen sich vor den Verstorbenen und setzen eine hölzerne Grabinschrift auf das Grab: Hier ruhen die letzten Kriegsopfer der Menschheit, gefallen am 13. Juli 2189. Michael touchiert erneut die Oberfläche des diamantenen Rings. Die Bildabfolge geht zu Ende. Desprez spielt nun viermal das Ta-ta-ta-taaaa. Beim vierten »a« des »taaaa« implodiert das gesamte Kircheninnere mit einem gewaltigen Knall. Alle zugereisten Beteiligten werden unter einem Lichtbogen weggesogen, verschwinden im großen Ausatmen des Kosmos. Weg sind sie! Aber nicht für immer.

Die Führungsverantwortlichen und Alexandre verbleiben in der Kirche in sich gekehrt, wie Desprez auf der Empore und die lautlos schwebenden

Erneutfeinstofflichen eine an Ewigkeit grenzende Weile. Dann unterbricht Michael die feierliche Stille mit den Worten: »Liebe Anwesende, die Initiation ist vollbracht. Geht nun zurück in eure alltägliche Welt und erfüllt eure irdischen Aufgaben. Damit wir uns zu noch bevorstehenden Akt der definitiven Transformation alle wieder mit unseren Titanen hier vereinen können, braucht es für heute noch zwei Schritte. Alexandre und Desprez sind mit heutigem Datum 14. Juli 1809 in den erlauchten Kreis menschlicher Titanen aufgenommen.« Dann wechselt die beinahe allmächtige Stimme des Erzengels den Ton und er spricht lachend zu den beiden Erneutfeinstofflichen. Den zweiten Schritt hätte ich beinahe vergessen, euch zwei nämlich. Eure Sauerbeziehungsweise Süßstoffflaschen im Paradies sind nun neu beschriftet. Das Ablaufdatum ist 14. Juli 2189.« Leopold hat verstanden.

Die Revolutionäre sind zurück! Punktgenau landen sie am 14. Juli 2189 in der endlich zum Dom der wirklichen Weisheit gereiften Kathedrale in Barbeau.

Desprez spielt zur Freude aller Titanen und Götter und nicht zuletzt für alle Menschen, Tiere und die Natur, also für den gesamten blauen Planeten, die Symphonie für ein neues Bewusstsein. Die Menschen des 22. Jahrhunderts verstehen nicht, dass sie alle unmittelbar und weltweit vor einem Quantensprung der Menschheit stehen. Dass am 400. Jahrestage der Französischen Revolution sie alle in ein neues Zeitalter eintreten werden. Dafür fehlt nur noch ein letzter, aber wichtiger Schritt. Der Schritt der inneren Revolution. Der wird nun in Barbeau vollzogen.

Zurück aus dem fernen Kosmos muss zuerst wieder irdische Bodenhaftung gespürt werden. Alle Mitglieder des Geheimbundes sind erneut nach 380 Jahren menschlicher Zeitrechnung in der zur Wallfahrtsstätte gewordenen Kathedrale in Barbeau versammelt. Gut geerdet sitzen sie wieder auf ihren Kirchenbänken. Nur der ewig quirlige Amadeus Mozart bleibt seinem übermächtigen Zittern treu. Er hat nun einmal den direkten Zugang zur himmlischen Kreativität und er will diese, kann diese auch nicht steuern, er genießt sie einfach und amüsiert sich mit ihr. Er ist pure Lebensfreude. Und seine Resultate sind Geschenke des Himmels an alle Menschen. Er lebt die Freiheit, vom eigenen Freiheitswahn befreit zu sein.

Die Musik ist gefragt. Ludwig van Beethovens Symphonie für ein neues Bewusstsein erklingt ebenso genial wie vor 380 Jahren am gleichen Ort. Wieder ist Desprez an der Orgel. Dies wurde möglich, weil auch er in der Zwischenzeit zum Titanen geworden worden ist. Seine sterblichen Überreste moderten bis Ende des 19. Jahrhunderts auf dem Friedhof von Barbeau. Sein Grab ist schon lange Zeit ausgehoben. »Lassen wir ihn in Frieden ruhen«, betete die in der Zwischenzeit auch verstorbene Trauergemeinde bei seiner Beerdigung.

Desprez selber lebt aber lieber in einer Epoche, die den Frieden auf Erden kennt. Möglicherweise ist das Leben doch eher ein geheimnisvolles Geschenk, sagt sich Desprez und greift kräftig in die Orgeltasten.

Vor den erneut versammelten Revolutionären des Geheimbundes für ein neues Bewusstsein begrüßt Michael zusammen mit Johanna die Rückkehrer aus dem 19. Jahrhundert. Alle haben die Zeitreise gut und gestärkt überstanden. Sie warten gespannt auf die Dinge, die da kommen.

Michael gibt bekannt, dass der Zeitreiseturm nach Beendung des Aktes bezugsbereit direkt vor dem Ausgangsportal zum Abflug bereitstehe. Die gegenwärtigen Einwohner von Barbeau seien in einen kurzfristigen Schlafzustand versetzt worden. Die Geheimdienste der Nördlichen Weltstaaten hätten bereits Warnungen verbreitet, dass unbekannte Wesen in der Region südlich von Paris gelandet seien und sämtliche Kraftfelder blockierten. »Wir werden somit unsere Aktion zügig abschließen«, verkündet der Zeremonienmeister. Dann gibt er dem Organisten den Einsatz.

Leopold und die liebreizende Brise haben sich zu Mozart gesellt. Sie finden ihn einfach umwerfend sympathisch. Er ist völlig in seiner Welt und unheimlich aufgeregt, er nagt an seinen Fingernägeln und wiederholt immer wieder: »Macht schon vorwärts, macht schon vorwärts.« Er kann es offensichtlich kaum mehr erwarten.

Da legen Johanna und Michael unter dem Orgelklang von Beethovens Revolutionshymne ihre Hände auf den Kopf Alexandres. Leopold verschlägt es die Sprache. Was passiert mit seinem Sohn? Unter einem diamantenen Lichtbogen und beim Orgelschlussakkord wird Alexandre zum ersten Menschen der 4. Dimension transmutiert. Im gleichen Moment vollzieht sich dies für alle Erdenbewohner ausnahmslos. Seit dem 14. Juli 2189 um genau 13:15 Uhr sieht die Welt nicht mehr aus wie früher. Alle Menschen sind mit einem neuen Bewusstsein beschenkt. Die gefährlich auseinanderstrebenden Scheren der Menschheitsentwicklung sind ein für alle Mal geschlossen. Freiheit und Friede herrschen. Mit einem gewaltigen Knall, der die Bürger von Barbeau aus ihrem verordneten Schlaf reißt und den verunsicherten Geheimdienstleuten nie verständlich sein wird, verabschieden sich alle Verbündeten des Geheimbundes der 4. Dimension auf Nimmerwiedersehen. Der letzte Schritt ist vollzogen, die Mission erfüllt. Michaels Lachen ist ab sofort wieder sphärischer Natur.

16. Nachtrag ..., eigentlich Vortrag: das Cello in anderen Sphären

Ein revolutionärer Geheimbund tagt in fernen Zeiten und ganze 1.789 Millionen Lichtjahre vom blauen Planeten entfernt. Er berät, wie und wann die geplante Revolution durchgeführt werden soll. Die edlen, menschenähnlichen Häupter tun sich schwer mit ihrer Entscheidung. Da erkennt plötzlich der Weise unter den Weisen intuitiv, was zu tun ist. Der Schlüssel, der ihnen sagt, wann der richtige Zeitpunkt zur Durchführung der Revolution gekommen ist, befindet sich im Museum für Urkunst. Er liegt in einem Violoncello. Das Cello wird sofort geliefert. Es steht gut einbalsamiert in einem durchsichtigen und mit Sauerstoff versehenen Kasten, samt Cellobogen. Der Weise der Weisen öffnet den Kasten, entnimmt vorsichtig Instrument und Bogen und beginnt Cello zu spielen. So entlockt er dem Instrument geheimnisvolle Urklänge. Er spielt Bach, durchdringend, zeitlos, wundervoll und friedensstiftend. Tränen rinnen aus den Augen des galaktischen Erztitanen. Er hat erkannt, dass der verlorengegangene Frieden unmittelbar bevorsteht, und weiß urplötzlich, wann und was dafür zu tun ist. Diamantenes Licht fällt durch die F-Löcher des Cellos auf einen fast vergilbten Zettel. Da steht noch gut lesbar: Leopold Renaudin, Luthier, Paris Floréal 1790.

ENDE